DIE CHRONIKEN VON
GOR
JOHN NORMAN

Die
Nomaden

DIE CHRONIKEN VON GOR

GOR

JOHN NORMAN

Die Nomaden

BASILISK

Titel der amerikanischen Originalausgabe
NOMADS OF GOR © by John Norman

Published in agreement with the author, c/o BAROR INTERNATIONAL INC.,
ARMONK, NEW YORK, USA

Deutsche Übersetzung: Dirk van den Boom

© 2009 by Basilisk Verlag, Reichelsheim

Umschlagillustration und Logo: Timo Kümmel
Umschlaggestaltung: Factor 7
Satz und Layout: Factor 7

ISBN 3-935706-44-8

Besuchen Sie uns im Internet:
www.basilisk-verlag.de

1 Die Ebenen von Turia

»Fliehe!«, rief die Frau. »Renne um dein Leben!«

Ich sah ihre vor Angst wilden Augen für einen Moment über dem Schleier aus Reptuch, und schon war sie an mir vorbeigeschossen. Sie war Kleinbäuerin, barfuß, ihre Kleidung kaum mehr als grobes Sackleinen. Sie hatte einen Weidenkorb getragen, der Vulos enthielt, gezähmte Tauben, die wegen ihrer Eier und ihres Fleisches gezüchtet wurden. Ihr Mann, der eine Hacke trug, war nicht weit hinter ihr. Über seiner linken Schulter hing ein ausgebeulter Sack mit dem, was wahrscheinlich die Habseligkeiten seiner Hütte darstellte.

Er machte einen großen Bogen um mich. »Vorsicht«, sagte er. »Ich trage einen Heim-Stein.«

Ich trat zurück und machte keinerlei Anstalten, meine Waffe zu ziehen. Obwohl ich aus der Kaste der Krieger war und er aus der der Kleinbauern, und ich bewaffnet war, während er nichts als ein grobes Werkzeug trug, versperrte ich ihm nicht den Weg. Man versperrt nicht so leicht jemandem den Weg, der seinen Heim-Stein trägt.

Als er sah, dass ich ihm nichts Böses wollte, machte er eine Pause und hob seinen Arm wie einen Stock in einem zerrissenen Ärmel und zeigte nach hinten. »Sie kommen«, sagte er. »Lauf, du Narr! Lauf zu den Toren von Turia!« Turia, von hohen Mauern und neun Toren umgeben, war die goreanische Stadt, die in der Mitte von riesigen Prärien lag, die von den Wagenvölkern beansprucht wurden.

Sie war nie gefallen.

Ungeschickt holperte und stolperte der Kleinbauer, seinen Sack tragend, voran und warf ab und zu ängstliche Blicke über die Schulter.

Ich beobachtete, wie er und seine Frau über das braune winterliche Gras verschwanden.

In der Ferne konnte ich auf beiden Seiten Menschen sehen, die rannten, Lasten trugen, Tiere mit Stöcken vor sich hertrieben, flohen.

Eine schwerfällige Herde aufgeschreckter Kailiauks mit kurzem Rüssel trampelte an mir vorüber, kräftige, ungeschickte Wiederkäuer der Ebenen, gelbbraun, wild, schwer, ihre Hüften mit roten und braunen Streifen gezeichnet, ihre breiten Köpfe struppig, mit einem Dreizack aus Horn. Sie hatten nicht stillgestanden und ihren Kreis gebildet, weibliche und junge inmitten des Kreises von Dreizacken, auch sie waren geflohen. Auf der einen Seite sah ich ein Paar junger Prärieleens, kleiner als die Waldsleens, aber genauso unberechenbar und bösartig, jedes Tier etwa sieben Fuß lang, mit

Fell und sechs Füßen, Säugetiere, die sich in ihrem wellenförmigen Gang voranbewegten, wobei ihre Natterköpfe hin- und herschwenkten und so fortwährend den Wind prüften; hinter ihnen entdeckte ich einen der Tumits, einen großen, flugunfähigen Vogel, dessen hakenförmiger Schnabel, so lang wie mein Unterarm, sehr klar seine Fressgewohnheiten belegte. Ich hob meinen Schild empor und ergriff den langen Speer, aber er drehte sich nicht in meine Richtung; er zog vorbei, nichts ahnend. Hinter dem Vogel sah ich zu meinem Erstaunen sogar einen schwarzen Larl, ein großes, katzenartiges Raubtier, das man eher im Bergland findet. Er stolzierte davon, zog sich ohne Eile wie ein König zurück. *Wovor*, fragte ich mich, *würde sogar ein schwarzer Larl fliehen*, und ich fragte mich weiter, *wie weit er gejagt wurde.* Vielleicht sogar von den Ta-Thassa-Bergen, die sich in dieser Hemisphäre, der südlichen von Gor, drohend abzeichneten, an der Küste der Thassa, dem Meer, von dem in Mythen gesagt wird, dass es keine weitere Küste hat.

Die Wagenvölker beanspruchten die südlichen Prärien von Gor, vom schimmernden Thassa und den Ta-Thassa-Bergen bis zum südlichen Vorgebirge des Voltaigebirges selbst, das sich aus der Erdkruste von Gor erhebt wie das Rückgrat eines Planeten. Auf der Nordseite beanspruchten sie Länder sogar bis zu den binsenbewachsenen Ufern des Cartius, eines breiten, schnell fließenden Nebenflusses, der in den unvergleichlichen Vosk mündet. Das Land zwischen Cartius und Vosk war einst innerhalb der Grenzen des beanspruchten Reiches von Ar, aber nicht einmal Marlenus, Ubar aller Ubars, Herr über das verschwenderische, glorreiche Ar, hatte seine Tarnreiter südlich des Cartius geflogen.

In den vergangenen Monaten war ich zu Fuß meinen Weg gegangen, von der nördlichen zur südlichen Hemisphäre von Gor, über Land, über den Äquator, wobei ich von der Jagd lebte und gelegentlich im Dienste der Karawane der Händler stand. Ich hatte die Gegend des Sardargebirges im Monat Se'Var verlassen, der in der nördlichen Hemisphäre ein Wintermonat ist, und war monatelang südwärts gereist, und war nun, im Herbst dieser Hemisphäre, zu dem Ort gekommen, den manche die Ebenen von Turia nennen, andere das Land der Wagenvölker; es gibt, offensichtlich dank des Gleichgewichts von Land- und Wassermassen auf Gor, keine besonderen Unterschiede beim Wechsel der Jahreszeiten, weder in der nördlichen noch in der südlichen Hemisphäre; sozusagen fast keine; andererseits sind die Temperaturen von Gor im Ganzen eher etwas heftiger als die der Erde, vielleicht größtenteils aufgrund der Tatsache ihrer gigantischen Landmassen; tatsächlich, obwohl Gor kleiner als die Erde ist, mit der daraus folgenden Verminderung der Gravitation, sind seine eigentlichen Landflächen vielleicht, soweit ich weiß, größer als die meines Heimatplaneten; die Gebiete von Gor, die auf Karten verzeichnet sind, sind groß, aber nur ein Bruchteil der Oberfläche des Planeten; ein großer Teil von Gor bleibt für seine Bewohner einfach *terra incognita.**

Vom Sardar bin ich hauptsächlich nach Cart gegangen, manchmal nach Vask, dann wieder nach Cart, bis ich zu den Ebenen von Turia oder dem Land der Wagenvölker gekommen war. Ich überquerte den Cartius auf einer Barke, einer von mehreren, die von den Händlern der Karawane, denen ich zu der Zeit diente, angeheuert wurden. Diese Barken, gebaut aus übereinanderliegenden Balken aus Ka-lana-Holz, werden von Gruppen von Fluss-Tharlarions geschleppt, gezähmten, riesengroßen, pflanzenfressenden Eidechsen mit Schwimmfüßen, die von den Flussschiffern gezüchtet und angetrieben werden, Vätern und Söhnen, miteinander in Beziehung stehenden Clans, die den Status einer eigenen Kaste beanspruchen. Sogar mit der angeschirrten Kraft mehrerer riesiger Tharlarions, die zum anderen Ufer zogen, brachte uns die Überquerung mehrere Pasangs flussabwärts. Das Ziel der Karawane war natürlich Turia. Soweit ich weiß, machen keine Karawanen ihren Weg zu den Wagenvölkern, die sehr isoliert sind und ihre eigene Lebensweise haben. Ich verließ die Karawane, bevor sie Turia erreichte. Ich hatte bei den Wagenvölkern zu tun, nicht bei den Turianern, von denen gesagt wird, dass sie träge sind und Luxus lieben, aber ich wundere mich über diesen Vorwurf, denn Turia steht seit Generationen auf den Ebenen, die von den kämpferischen Wagenvölkern beansprucht werden.

Ein paar Minuten stand ich schweigend da und beobachtete die Tiere und die Menschen, die nach Turia, unsichtbar über den braunen Horizont, drängten. Ich fand es schwer, ihr Grauen zu verstehen. Sogar das herbstliche Gras selbst beugte sich und zitterte in braunen Wellen Richtung Turia, es schimmerte in der Sonne wie eine gelbbraune Brandung unter den fliehenden Wolken; es war, als ob der unsichtbare Wind selbst – rasende Mengen und Bewegungen einfacher Luft – auch seinen Schutz hinter den hohen Mauern der fernen Stadt suchte.

Hoch oben flog ein gellend schreiender, wilder, goreanischer Milan seinen einsamen Weg fort von diesem Ort, der anscheinend nicht anders war als tausend andere Orte auf diesem weiten Grasland des Südens.

Ich schaute in die Ferne, aus der diese fliehenden Massen, verängstigte Menschen und stampfende Tiere, gekommen waren. Da, ein paar Pasangs entfernt, sah ich Rauchsäulen in der kalten Luft aufsteigen, wo Felder brannten. Und doch brannte die Prärie selbst nicht, nur die Felder der Kleinbauern, die Felder der Menschen, die den Acker bestellt hatten; das Präriegras, auf dem die schwerfälligen Bosks weiden konnten, war verschont geblieben.

Auch in der Ferne sah ich Staub, der sich wie eine schwarze tobende Dämmerung erhob und von den Hufen der unzähligen Tiere aufgewirbelt wurde, nicht von denen, die flohen, aber zweifellos von den Boskherden der Wagenvölker.

Die Wagenvölker pflanzen weder Nahrungsmittel an, noch produzieren sie etwas, so wie wir es kennen. Sie sind Hirten und, so wird gesagt, Mörder. Sie essen nichts, was den Schmutz der Erde berührt hat. Sie leben vom Fleisch und der Milch der Bosks. Sie gehören zu den stolzesten Völkern auf Gor und betrachten die Stadtbewohner von Gor als Würmer in Löchern, Feiglinge, die sich hinter hohe Mauern flüchten müssen, Schurken, die sich davor fürchten, unter freiem Himmel zu leben, die es nicht wagen, mit ihnen um die offenen, windgepeitschten Ebenen ihrer Welt zu streiten.

Der Bosk, ohne den die Wagenvölker nicht leben können, ist ein ochsenähnliches Wesen, ein riesiges, dahintrottendes Tier mit einem dicken Höcker und langem, zotteligem Fell. Er hat einen breiten Kopf und winzige rote Augen, ein Temperament, das es mit dem eines Sleens aufnehmen kann, und zwei lange, böse Hörner, die am Kopf ansetzen und sich plötzlich nach vorn biegen, um in schrecklichen Spitzen zu enden. Manche dieser Hörner, gemessen von Spitze zu Spitze, übersteigen bei größeren Tieren die Länge von zwei Speeren.

Die Wagenvölker werden nicht nur mit dem Fleisch des Bosks und der Milch seiner Kühe versorgt, sondern seine Felle bedecken auch die kuppelartigen Wagen, in denen sie leben; seine gegerbten und zusammengenähten Häute bekleiden ihre Körper; das Leder seines Höckers wird für ihre Schilde benutzt, seine Sehnen bilden ihren Faden, seine Knochen und Hörner werden geteilt und zu Hunderten von Gegenständen verarbeitet, angefangen bei Ahlen, Stanzen und Löffeln bis hin zu Trinkgefäßen und Waffenspitzen. Seine Hufe werden als Leim verwendet, seine Fette schützen ihre Körper vor der Kälte. Sogar der Dung des Bosks findet seine Verwendung auf den baumlosen Prärien, indem er getrocknet und als Brennstoff genutzt wird. Es heißt, der Bosk sei die Mutter der Wagenvölker, und sie verehren ihn dementsprechend. Der Mann, der einen Bosk unbedacht tötet, wird mit Riemen erdrosselt oder im Fell des Tieres erstickt, das er getötet hat; wenn aus irgendeinem Grund der Mann eine Boskkuh mit einem ungeborenen Jungen tötet, wird er lebend an einen Pfahl inmitten der Herde gebunden, und der Weg der Wagenvölker führt direkt über ihn hinweg.

Jetzt schienen weniger Menschen und Tiere vorbeizueilen, verstreut über die Prärie; nur der Wind blieb und die Feuer in der Ferne und der anschwellende, sich nähernde Staubwirbel, der in den gefärbten Himmel zog. Dann begann ich, unter den Sohlen meiner Sandalen das Zittern der Erde wahrzunehmen. Meine Nackenhaare schienen sich aufzurichten, und ich fühlte, wie die Haare auf meinen Unterarmen erstarrten. Die Erde selbst schwankte unter den Hufen der Boskherden der Wagenvölker.

Sie näherten sich.

Ihre Vorreiter würden bald zu sehen sein.

Ich hängte meinen Helm über meine linke Schulter mit dem ummantelten kurzen Schwert, an meinem linken Arm trug ich meinen Schild; in meiner rechten Hand hielt ich den goreanischen Kriegsspeer.

Ich begann, in Richtung des Staubs in der Ferne zu laufen, über den zitternden Boden.

2 Ich mache die Bekanntschaft der Wagenvölker

Während ich ging, fragte ich mich, warum ich das tat, warum ich – Tarl Cabot – einst von der Erde, später ein Krieger der goreanischen Stadt Ko-ro-ba, der Türme des Morgens, hierher gekommen war.

In den langen Jahren, die vergangen waren, seit ich zuerst auf die Gegenerde gekommen war, hatte ich viele Dinge gesehen, hatte Liebe erlebt, hatte Abenteuer und Gefahren und Wunder gefunden, aber ich fragte mich, ob irgendetwas, das ich getan hatte, so unvernünftig, so töricht, so merkwürdig war wie dies jetzt.

Ein paar Jahre zuvor, vielleicht vor etwa zwei oder fünf Jahren, als Höhepunkt einer Intrige, die Jahrhunderte andauerte, hatten zwei Männer, Menschen von den mit Mauern umgebenen Städten von Gor, um der Priesterkönige willen eine lange geheime Reise unternommen und einen Gegenstand zu den Wagenvölkern gebracht, einen Gegenstand, der ihnen von den Priesterkönigen ausgehändigt worden war, um ihn dem Volk zu geben, das, soweit es den Goreanern bekannt war, das freieste unter den wilden, unter den isoliertesten des Planeten war – einen Gegenstand, der ihnen in Gewahrsam gegeben wurde.

Die zwei Männer, die diesen Gegenstand getragen und sein Geheimnis bewahrt hatten, wie es die Priesterkönige verlangten, hatten vielen Gefahren tapfer ins Auge gesehen und waren wie Brüder gewesen. Aber später, kurz nach der Beendigung ihrer Reise, in einem Krieg zwischen ihren Städten, hatte jeder im Kampf den anderen umgebracht, und so war das Geheimnis unter den Menschen verloren gegangen, vielleicht mit Ausnahme von ein paar unter den Wagenvölkern. Erst im Sardargebirge hatte ich von der Beschaffenheit ihrer Mission erfahren und was es war, das sie getragen hatten. Nun ging ich davon aus, dass ich allein, von allen Menschen auf Gor, vielleicht mit ein paar Ausnahmen unter den Wagenvölkern, die Beschaffenheit des geheimnisvollen Gegenstandes kannte, den einst diese zwei tapferen Männer unter Geheimhaltung in die Ebenen von Turia gebracht hatten – und um ehrlich zu sein, ich wusste noch nicht einmal, dass ich – sollte ich ihn sehen – ihn als das erkennen würde, wonach ich suchte.

Konnte ich, Tarl Cabot, Mensch und Sterblicher, diesen Gegenstand finden und, wie die Priesterkönige es wünschten, zum Sardar zurückbringen – zurückbringen zu den versteckten Höfen der Priesterkönige, dass er dort seine einzigartige und unersetzliche Rolle für das Schicksal dieser barbarischen Welt erfüllen konnte – für Gor, unsere Gegenerde?

Ich wusste es nicht.

Was war dieser Gegenstand?

Man könnte darüber wie über viele Dinge reden, das Objekt geheimer, gewalttätiger Intrigen, die Quelle riesiger Kämpfe unterhalb des Sardar, Kämpfe, die den Menschen von Gor unbekannt sind; die verborgene, wertvolle, versteckte Hoffnung einer unglaublichen und uralten Rasse, ein einfacher Keim, etwas lebendiges Gewebe, das schlafende Potenzial der Wiedergeburt eines Volkes, der Samen der Götter – ein Ei – das letzte und einzige Ei der Priesterkönige.

Aber warum war ich derjenige, der kam?

Warum nicht die Priesterkönige mit ihren Flugschiffen und ihrer Macht, mit ihren grimmigen Waffen und fantastischen Geräten? Priesterkönige können die Sonne nicht ertragen. Sie sind nicht wie die Menschen, und wenn diese sie sähen, hätten sie Angst vor ihnen. Die Menschen würden nicht glauben, dass dies Priesterkönige sind. Menschen nehmen die Priesterkönige wahr, wie sie sich selbst wahrnehmen.

Der Gegenstand – das Ei – könnte zerstört werden, bevor er ihnen abgeliefert wird, könnte sogar schon zerstört worden sein.

Nur die Tatsache, dass es das Ei der Priesterkönige war, gab mir Anlass zu vermuten, zu hoffen, dass es irgendwie innerhalb dieser geheimnisvollen, vermutlich eiförmigen Kugel, wenn sie noch existierte, unbewegt aber schlummernd, Leben geben könnte.

Und wenn ich den Gegenstand fände – warum sollte ich ihn nicht zerstören und dadurch die Rasse der Priesterkönige, um die Welt meiner eigenen Art, den Menschen, zu geben, damit sie mit ihr tun könnten, was sie wollten, ohne Einschränkung durch die Gesetze und Anordnungen der Priesterkönige, die ihre Entwicklung, ihre Technologie so behinderten? Einmal hatte ich mit einem Priesterkönig über diese Dinge gesprochen. Er hatte zu mir gesagt: »Der Mensch ist dem Menschen gegenüber wie ein Larl; wenn wir es zuließen, würde er auch die Priesterkönige so behandeln.«

»Aber der Mensch muss frei sein«, hatte ich gesagt.

»Freiheit ohne Vernunft ist Selbstmord«, hatte der Priesterkönig gesagt und hinzugefügt: »Der Mensch ist noch nicht rational.«

Aber ich würde das Ei nicht zerstören, nicht nur, weil es Leben in sich hatte, sondern weil es für meinen Freund, der Misk hieß, wichtig war und von dem an anderer Stelle berichtet wird; ein Großteil des Lebens dieses tapferen Geschöpfes war dem Traum von einem neuen Leben für die Priesterkönige gewidmet, einem neuen Bestand, einem neuen Anfang; eine Bereitwilligkeit, seinen Platz in einer alten Welt aufzugeben, um eine

Wohnung für die neue zu bereiten; ein Kind zu haben und zu lieben, sozusagen für Misk, der ein Priesterkönig ist, weder männlich noch weiblich, und dennoch lieben kann.

Ich erinnerte mich an die stürmische Nacht im Schatten des Sardar, als wir von seltsamen Dingen gesprochen hatten, und ich ihn schließlich verlassen hatte und den Berg hinuntergegangen war, und den Führer derjenigen, mit denen ich gereist war nach dem Weg in das Land der Wagenvölker gefragt hatte.

Nun hatte ich es gefunden.

Der Staub rollte näher heran, der Boden schien sich mehr denn je zu bewegen.

Ich drängte voran.

Vielleicht könnte ich, wenn ich erfolgreich wäre, meine Rasse retten, indem ich die Priesterkönige bewahrte, die sie dann schützen könnten vor der Selbstvernichtung, die sonst passieren könnte, falls unkontrollierte technologische Entwicklung ihnen zu früh zugestanden wurde; vielleicht würde der Mensch mit der Zeit rational werden, und Vernunft und Liebe und Toleranz würden in ihm zunehmen, und er und die Priesterkönige könnten zusammen ihre Sinne auf die Sterne richten.

Aber ich wusste, dass ich das alles für Misk tat – der mein Freund war.

Die Folgen meiner Tat, wenn sie erfolgreich wäre, waren zu komplex und zu furchterregend, um sie vorherzuberechnen, so zahlreich und unklar waren die Faktoren, die im Spiel waren.

Wenn das missglückte, was ich tat, würde ich keine andere Verteidigung haben als die Tatsache, dass ich das, was ich tat, für meinen Freund tat – für ihn – und für seine tapferen Artgenossen, einst verhasste Feinde, die ich kennen und respektieren gelernt hatte.

Es ist kein Verlust der Ehre, wenn man eine solche Aufgabe nicht erfüllen kann, sagte ich mir. Sie ist eines Kriegers aus der Kaste der Krieger würdig, eines Schwertkämpfers der hohen Stadt Ko-ro-ba, der Türme des Morgens. »Tal«, könnte ich zur Begrüßung sagen. »Ich bin Tarl Cabot von Ko-ro-ba; ich bringe keine Empfehlungen, keine Beweise; ich komme von den Priesterkönigen und begehre den Gegenstand, den ihr für sie verwahrt. Sie möchten ihn jetzt gern zurückhaben. Danke. Lebt wohl?«

Ich lachte.

Ich würde wenig oder gar nichts sagen.

Der Gegenstand war vielleicht gar nicht mehr bei den Wagenvölkern.

Außerdem gab es vier Wagenvölker: die Paravaci, die Kataii, die Kassars und die gefürchteten Tuchuks.

Wer wusste schon bei welchem Volk der Gegenstand gelandet war?

Vielleicht war er versteckt und vergessen worden?

Vielleicht war er jetzt ein heiliger Gegenstand, wenig verstanden, aber verehrt – und es wäre ein Sakrileg daran zu denken, Blasphemie seinen Namen auszusprechen, und ein grausamer und langsamer Tod, einen Blick darauf zu werfen.

Und wenn es mir gelänge, ihn zu ergreifen, wie könnte ich ihn wegbringen?

Ich hatte keinen Tarn, keinen der kämpferischen Reitvögel von Gor; ich hatte noch nicht einmal das Hohe Tharlarion, das als Reittier der Stoßkavallerie von den Kriegern mancher Städte benutzt wird.

Ich war zu Fuß auf den baumlosen südlichen Ebenen von Gor unterwegs, auf den Ebenen von Turia, im Land der Wagenvölker.

Es heißt, dass die Wagenvölker Fremde töten.

Das Wort für Fremder und das Wort für Feind sind im Goreanischen identisch.

Ich würde mich offen nähern.

Wenn ich auf den Ebenen nahe der Lager oder der Boskherden gefunden würde, wusste ich, dass ich von den gezähmten, nachtaktiven Herdensleens aufgespürt und getötet werden würde, die von den Wagenvölkern als Schäfer und Wächter benutzt und bei Einbruch der Dunkelheit aus ihren Käfigen herausgelassen werden.

Diese Tiere, abgerichtete Prärieleens, bewegen sich schnell und lautlos und greifen nur aus einem Grund an, nämlich beim Betreten dessen, von dem sie entschieden haben, dass es ihr Hoheitsgebiet ist. Sie reagieren nur auf die Stimme ihres Herrn, und wenn er getötet wird oder stirbt, werden die Tiere geschlachtet und gegessen.

Nächtliches Ausspionieren der Wagenvölker kam nicht infrage.

Ich wusste, dass sie einen Dialekt des Goreanischen sprachen, und ich hoffte, dass ich sie verstehen würde.

Wenn ich es nicht könnte, müsste ich sterben, wie es für einen Schwertkämpfer von Ko-ro-ba angemessen ist.

Ich hoffte, dass mir ein Tod im Kampf gewährt werden würde, wenn der Tod schon sein musste. Die Wagenvölker, von allen, die ich auf Gor kenne, sind die einzigen, die einen Clan von Folterern haben, die genauso sorgfältig ausgebildet werden wie Schreiber oder Ärzte in der Kunst das Leben zu inhaftieren.

Manche dieser Männer sind in verschiedenen goreanischen Städten zu Reichtum und Ruhm gelangt durch ihre Dienste für Erleuchtete und Ubars und anderen mit einem Interesse an den Künsten der Ermittlung und der Überzeugung. Aus einem bestimmten Grund haben sie alle Kapuzen getragen. Es wird gesagt, dass sie ihre Kapuzen nur abnehmen, wenn es ein Todesurteil ist, sodass es nur die zum Tode verurteilten Menschen sind, die gesehen haben, was auch immer sich unter diesen Kapuzen verbirgt.

Ich war überrascht über die Entfernung, die zwischen mir und den Herden lag, denn obwohl ich den wirbelnden Staub klar gesehen und die Erschütterung der Erde gespürt hatte, die das Vorbeiziehen der riesigen Herden verriet, war ich noch nicht zu ihnen gekommen.

Aber nun konnte ich das Brüllen der Bosks hören, das vom Wind herübergetragen wurde in Richtung des fernen Turia. Der Staub war nun schwer wie ein Nachteinbruch in der Luft. Das Gras und die Erde schienen unter meinen Füßen zu beben.

Ich kam an brennenden Feldern und Hütten der Kleinbauern vorbei, an rauchenden Panzern von Sa-Tarna-Kornkäfern, an den zerbrochenen Lattenkäfigen für Vulos, an den eingestürzten Mauern der Behausungen für die kleinen, langhaarigen, gezähmten Verrs, weniger aggressiv und groß als die wilden Verrs des Voltaigebirges.

Dann tauchte zum ersten Mal gegen den Horizont eine gezackte Linie, buckelartig und sich voranwälzend wie donnerndes Wasser, scheinbar lebendig, aus der Prärie auf, riesig, ausgedehnt, ein enormer Bogen, aufwühlend und von einer Ecke des Himmels zur anderen stampfend, die Herden der Wagenvölker, die Kreise bildeten, Staub wie Feuer zum Himmel aufwirbelten, und wie Gletscher aus Hufen, Fell und Hörnern sich in zotteligen Fluten über das Gras zu mir hinbewegten.

Und dann sah ich den ersten der Vorreiter, der in meine Richtung kam, schnell, jedoch scheinbar ohne Eile. Ich sah die schlanke Linie seiner leichten Lanze gegen den Himmel, die über seinem Rücken festgeschnallt war.

Ich konnte sehen, dass er einen kleinen runden Lederschild trug, der glänzte, schwarz und lackiert war; er trug einen konischen, mit Fell besetzten eisernen Helm, und ein buntes Kettennetz, das vom Helm herabhing, schützte sein Gesicht und ließ nur die Augen frei. Er trug eine Steppjacke und darunter ein Lederwams; die Jacke war mit Fell besetzt und hatte einen Fellkragen; er trug einen breiten Gürtel mit fünf Schnallen. Ich konnte sein Gesicht wegen des Kettennetzes, das davorhing, nicht sehen. Ich bemerkte auch um seinen Hals, der nun gesenkt war, ein weiches Windtuch aus Leder, das, wenn das Kettennetz emporgezogen wurde, über Mund und Nase gezogen werden konnte, als Schutz vor dem Wind und dem Staub seines Rittes.

Er saß sehr aufrecht im Sattel. Seine Lanze blieb auf seinem Rücken, aber er trug in seiner rechten Hand den kleinen, machtvollen Hornbogen der

Wagenvölker, und an seinem Sattel angebracht, war ein lackierter, enger, rechteckiger Köcher, der ganze vierzig Pfeile enthielt. Am Sattel hing auch auf der einen Seite ein aufgewickeltes Seil aus geflochtenem Boskleder und auf der anderen eine lange, dreigewichtige Bola von der Sorte, die für die Tumit- und Menschenjagd benutzt wird; am Sattel selbst auf der rechten Seite, was zeigte, dass der Reiter Rechtshänder sein musste, waren die sieben Futterale für die fast legendären Quivas, die ausbalancierten Sattelmesser der Prärie. Man sagt, dass die Jungen der Wagenvölker im Gebrauch des Bogens, dem Quiva und der Lanze unterwiesen werden, noch ehe ihre Eltern dazu bereit sind, ihnen einen Namen zu geben, denn Namen sind unter den Wagenvölkern kostbar, wie allgemein unter den Goreanern, und sollen nicht an jemanden verschwendet werden, der wahrscheinlich sterben wird oder die Waffen der Jagd und des Krieges nicht vollkommen beherrscht. Bevor der Junge den Bogen, das Quiva und die Lanze beherrscht, wird er erster, zweiter, und so weiter, Sohn von diesem oder jenem Vater genannt.

Die Wagenvölker führen oft Kriege untereinander, aber einmal in zehn Jahren gibt es eine Zeit der Zusammenkunft der Völker, und dies war, so hatte ich erfahren, jetzt der Fall. Im Denken der Wagenvölker wird diese Zeit das Omenjahr genannt, obwohl es eigentlich eher eine Jahreszeit als ein Jahr ist, die einen Teil von zwei ihrer regulären Jahre einnimmt, weil die Wagenvölker das Jahr von der Zeit des Schnees bis zur Zeit des Schnees rechnen; Turianer berechnen übrigens das Jahr von der jetzigen Frühjahrs-Tagundnachtgleiche bis zur darauffolgenden, und so beginnt ihr neues Jahr wie das der Natur mit dem Frühling; das Omenjahr oder die Omenjahreszeit dauert mehrere Monate und besteht aus drei Phasen: das Vorbeiziehen an Turia im Herbst, und aus dem Überwintern, das nördlich von Turia und gewöhnlich südlich des Cartius stattfindet, wobei der Äquator natürlich in dieser Hemisphäre nördlich liegt, und aus der Rückkehr nach Turia im Frühling oder, wie die Wagenvölker sagen, zur Jahreszeit des Kleinen Grases. Das Omenjahr wird im Frühling in der Nähe von Turia abgeschlossen, wenn die Omen gelesen werden, normalerweise über mehrere Tage von Hunderten von Haruspexen, meist Deutern von Boskblut oder Verrlebern, um festzustellen, ob sie günstig sind für die Wahl eines Ubar San, eines Hohen Ubars, eines Ubars aller Ubars, eines Ubars aller Wagen, eines Ubars aller Völker, einer, der sie wie ein Volk führen könnte.[*]

---

[*] Eine Folge der chronologischen Sitten der Wagenvölker ist natürlich, dass ihre Jahre unterschiedliche Längen haben, aber diese Tatsache, die uns vielleicht stört,

stört sie nicht mehr als die Tatsache, dass manche Menschen und Tiere länger leben als andere; die Frauen der Wagenvölker führen übrigens einen Kalender, der auf den Phasen des größten Mondes von Gor beruht, aber dies ist ein Kalender mit fünfzehn Monden, die nach den fünfzehn verschiedenen Boskarten benannt sind, und funktioniert unabhängig von der Berechnung der Jahre durch Schneefall; zum Beispiel kann der Mond des braunen Bosks einmal im Winter, ein anderes Mal, Jahre später, im Sommer stattfinden; dieser Kalender wird mittels eines Satzes bunter Haken an der Seite mancher Wagen angebracht, wobei auf einer Seite, abhängig vom Mond, ein rundes, hölzernes Schild, das das Bild eines Bosks trägt, befestigt wird. Die Jahre werden übrigens von den Wagenvölkern nicht gezählt, aber sie erhalten Namen, wenn sie zu Ende gehen, auf der Grundlage von irgendetwas, das passiert ist und das Jahr auszeichnet. Die Namen der Jahre werden von den Jahreshütern in lebendiger Erinnerung gehalten, von denen manche die Namen einiger tausend aufeinanderfolgender Jahre im Gedächtnis haben. Die Wagenvölker trauen sich nicht, so wichtige Dinge wie Jahresnamen auf Papier oder Pergament festzuhalten, da es anfällig ist für Diebstahl, Insekten- und Schädlingsbefall, Verschleiß etc. Die meisten Angehörigen der Wagenvölker haben ein ausgezeichnetes Gedächtnis, das von Geburt an trainiert wird. Wenige können lesen, manche können es zwar und haben diese Fähigkeit vielleicht fern von den Wagen, vielleicht von Händlern oder Handwerkern gelernt. Die Wagenvölker haben, wie es zu erwarten ist, eine große und komplexe mündlich überlieferte Literatur. Diese wird von den Lagersängern bewahrt und gelegentlich in Teilen rezitiert. Sie haben keine Kasten, wie Goreaner sie sich vorstellen. Zum Beispiel wird von jedem männlichen Angehörigen der Wagenvölker erwartet, dass er ein Krieger wird, dass er reiten, jagen und für die Bosks sorgen kann. Wenn ich von den Jahreshütern und Sängern spreche, muss klar sein, dass diese für die Wagenvölker keine Kasten darstellen, sondern eher Rollen, die ihre Hauptfunktionen unterstützen, die nämlich Krieg, Tierhüten und Jagd, ergänzen. Sie haben jedoch bestimmte Clans, nicht Kasten, die auf bestimmte Dinge spezialisiert sind, so zum Beispiel den Clan der Heiler, Lederarbeiter, Salzjäger und so weiter. Schon erwähnt habe ich den Clan der Folterer. Von den Mitgliedern dieser Clans, wie den Jahreshütern und Sängern, wird in erster Linie und vor allem erwartet, dass sie, wie man sagt, zu den Wagen gehören – nämlich dem Bosk folgen, ihn hegen und beschützen, im Sattel hervorragend sind und Fertigkeiten im Umgang mit Waffen für Jagd und Krieg haben.

Ich wusste, dass die Omen über mehr als hundert Jahre nicht günstig gewesen waren. Ich hatte den Verdacht, dass das vielleicht in den Feindseligkeiten und Streitereien der Völker selbst begründet war, darin, wo Menschen sich nicht vereinen wollten, wo sie ihre Autonomie schätzten, wo sie alte Kümmernisse hegten und die Herrlichkeit von Rachefeldzügen besangen, wo sie alle anderen, selbst die der anderen Völker, für untergeordnet hielten, da existierten wahrscheinlich nicht die Bedingungen für ein Bündnis, eine Zusammenkunft der Wagen, wie das Sprichwort sagt; unter solchen Bedingungen war es nicht überraschend, dass »die Omen eher ungünstig waren«; tatsächlich, welche Omen könnten noch unheilvoller sein? Die Haruspexe, die Deuter von Boskblut und Verrlebern, waren sich dieser größeren, schwerwiegenden Omen sicher bewusst. Es wäre natürlich nicht zum Vorteil von Turia oder den weiter wegliegenden Städten oder in der Tat von irgendeiner der freien Städte des nördlichen Gor, wenn die isolierten kämpferischen Völker des Südens sich unter einer Fahne scharen und ihre Herden nach Norden treiben würden – weg von den trockenen Ebenen zu den üppigeren Flussabschnitten der Täler des östlichen Cartius, vielleicht sogar darüber hinaus zu denen des Vosk. Wenig wäre vor den Wagenvölkern sicher, wenn sie marschieren würden. Es wurde gesagt, dass sie vor tausend Jahren die Verwüstung bis zu den Mauern von Ar und Ko-ro-ba gebracht hatten.

Der Reiter hatte mich deutlich gesehen und bewegte sein Reittier stetig auf mich zu. Ich konnte nun auch sehen, obwohl ich Hunderte Meter entfernt war, dass drei andere Reiter sich näherten.

Einer umkreiste mich, um sich von hinten zu nähern.

Das Reittier der Wagenvölker, das in der nördlichen Hemisphäre von Gor unbekannt ist, ist das furchterregende, aber schöne Kaiila. Es ist ein seidiges, fleischfressendes, hoch aufragendes Tier, anmutig, mit einem langen Hals und einem gleichmäßigen Gang. Es ist lebend gebärend und zweifellos ein Säugetier, obwohl die Jungen nicht gesäugt werden. Die Jungen kommen bereits tückisch zur Welt, und sobald sie auf ihren Beinen stehen können, jagen sie. Es ist ein Instinkt der Mutter, die die Geburt vorausahnt und das Junge in der Umgebung von Wild zur Welt bringt. Bei den gezähmten Kaiilas, so nahm ich an, wurde wahrscheinlich ein gefesselter Verr oder ein Gefangener dem neugeborenen Tier zum Fraße vorgeworfen. Das Kaiila speichert das, was es frisst, und rührt dann mehrere Tage keine Nahrung mehr an.

Das Kaiila ist extrem beweglich und kann das langsame, schwerfällige Tharlarion durch geschicktes Manövrieren überlisten. Es braucht natürlich weniger Nahrung als ein Tarn. Ein Kaiila, das in Schulterhöhe etwa zwanzig bis zweiundzwanzig Hände misst, kann in einem einzigen Tagesritt ganze sechshundert Pasangs zurücklegen.[*]

---

[*] Der Pasang, eine gebräuchliche Maßeinheit in der goreanischen Landvermessung, entspricht ungefähr sieben Zehnteln einer Meile.

Am Kopf des Kaiilas sitzen zwei große Augen, eines auf jeder Seite, aber diese Augen haben ein dreifaches Lid, wahrscheinlich eine Anpassung an die Umwelt, die gelegentlich von schweren Wind- und Sandstürmen heimgesucht wird; die Anpassung, eigentlich ein transparentes drittes Lid, erlaubt dem Tier, sich so zu bewegen, wie es will, unter Bedingungen, bei denen sich andere Prärietiere aus dem Wind zurückziehen oder bei denen sich der Sleen im Boden vergraben kann. Das Kaiila ist unter solchen Bedingungen höchst gefährlich und benutzt, als ob es das wüsste, diese Zeiten oft für seine Jagd.

Jetzt hatte der Reiter auf dem Kaiila die Zügel angezogen.

Er behauptete seinen Platz und wartete auf die anderen.

Ich konnte das leise Aufschlagen der Tatzen eines Kaiilas zu meiner Rechten hören.

Der zweite Reiter war dort stehen geblieben. Er war fast genauso angezogen wie der erste Mann, außer, dass von seinem Helm kein Kettennetz hing, sein Windtuch war um sein Gesicht gewickelt. Sein Schild war gelb lackiert, und auch sein Bogen war gelb. Über seiner Schulter trug er eine der schlanken Lanzen. Er war ein Schwarzer. *Ein Kataii*, sagte ich mir.

Der dritte Reiter platzierte sich, indem er plötzlich die Zügel anzog und sein Reittier auf seine Hinterbeine zog; es bäumte sich auf, fletschte die Zähne gegen das Gebiss und stand dann still, seinen Hals zu mir hinzerrend. Ich konnte die lange, dreieckige Zunge im Maul des Tieres sehen, hinter den vier Reihen von Reißzähnen. Auch dieser Reiter trug ein Windtuch. Darunter jedoch, teilweise vom Stoff bedeckt, war eine Kettenmaske, wahrscheinlich ähnlich der des ersten Reiters, die Ketten hingen vom Helm herab. Sein Schild war rot. Das Blutvolk, die Kassars.

Ich drehte mich um und war nicht überrascht, den vierten Reiter, bewegungslos auf seinem Tier, schon in Position zu sehen. Das Kaiila bewegt sich mit großer Geschwindigkeit. Der vierte Reiter war mit einem Kapuzenumhang aus weißem Fell bekleidet. Er trug eine weiche weiße Fellkappe, die die konischen Umrisse des Stahls darunter nicht verbarg. Das Leder seines Wamses war schwarz; die Schnalle seines Gürtels war aus Gold. Seine Lanze hatte einen Haken unter der Spitze, mit der er einen Gegner aus dem Sattel heben konnte.

Die Kaiilas dieser Männer waren so gelbbraun wie das braune Gras der Prärie, außer dem des Mannes, der mir zugewandt war, dessen Reittier von einem seidigen dunklen Schwarz war, so schwarz wie der Lack seines Schildes.

Der vierte Reiter trug um seinen Hals ein breites Edelsteinband, so breit wie meine Hand. Ich nahm an, dass dies eine Zurschaustellung war. Tatsächlich sollte ich später erfahren, dass das edelsteinbesetzte Band getragen wird, um Neid zu wecken und Feinde anzulocken; es hat den Zweck, einen Angriff zu provozieren, damit der Besitzer die Fähigkeiten seiner Waffen testen kann, damit er sich nicht damit ermüden muss, Gegner zu suchen. Ich wusste aber anhand des Bandes, obwohl ich seinen Zweck erst falsch deutete, dass der Besitzer zu den Paravaci gehörte, zu dem Reichen Volk, dem reichsten der Wagenvölker.

»Tal!«, rief ich und hob meine Hand mit der Handfläche nach innen zum goreanischen Gruß.

Wie ein Mann schnallten die vier Reiter ihre Lanzen los.

»Ich bin Tarl Cabot«, rief ich. »Ich komme in Frieden!«

Ich sah, dass die Kaiilas sich anspannten, fast wie Larls, ihre Flanken bebten, ihre großen Augen waren aufmerksam auf mich gerichtet. Ich sah eine der langen, dreieckigen Zungen heraus- und wieder zurückschießen. Ihre langen Ohren lagen an ihren wilden, seidigen Köpfen an.

»Sprecht ihr Goreanisch?«, rief ich.

Einheitlich wurden die Lanzen gesenkt. Die Lanzen der Wagenvölker werden nicht angelegt. Sie werden einfach in der rechten Faust getragen und sind beweglich und leicht; sie werden zum Stoßen benutzt und haben nicht den Rammbock-Effekt der schweren Lanzen des europäischen Mittelalters. Natürlich können sie im Angriff genauso flink und fein wie ein Säbel sein. Sie können beinahe zweimal gebogen werden wie fein gehärteter Stahl, bevor sie brechen. Eine lose Schlaufe aus Boskhaut, zweimal um die rechte Faust gewickelt, hilft, die Waffe im Nahkampf zu behalten. Sie wird selten geworfen.

»Ich komme in Frieden!«, schrie ich.

Der Mann hinter mir sprach Goreanisch mit starkem Akzent und rief aus: »Ich bin Tolnus von den Paravaci.« Dann schüttelte er seine Kapuze ab und ließ sein langes Haar hinter sich über den weißen Fellkragen fallen. Regungslos stand ich da, als ich sein Gesicht sah.

Von meiner Linken kam ein Ruf: »Ich bin Conrad von den Kassars.« Er zog das Windtuch von seinem Gesicht, warf über seinen Helm das Kettennetz und lachte. *Waren sie von der Erde*, fragte ich mich. *Waren sie Menschen?*

Rechts von mir ertönte ein herzhaftes Lachen. »Ich bin Hakimba von den Kataii«, brüllte er. Er zog das Windtuch mit einer Hand zur Seite, und sein Gesicht, obwohl schwarz, hatte die gleichen Merkmale wie die anderen.

Nun hob der Reiter vor mir das bunte Kettennetz in die Höhe, damit ich sein Gesicht sehen konnte. Es war ein weißes Gesicht, aber grobschlächtig, eingefettet; die epikanthische Augenfalte ließ auf eine Mischlingsherkunft schließen.

Ich sah die Gesichter von vier Männern, Kriegern der Wagenvölker.

Auf dem Gesicht eines jeden waren farbige Narben fast wie gezackte Schnüre. Die lebhafte Farbgebung und die Intensität der Narben, ihr Hervorstechen, erinnerte mich an die scheußlichen Male auf dem Gesicht eines Mandrills; aber diese Entstellungen, so merkte ich bald, waren kulturell, nicht angeboren, und bezeugten nicht die natürliche Unschuld des Werkes der Gene, sondern Ruhm und Status, die Arroganz und den Stolz ihrer Träger. Die Narben waren mit Nadeln und Messern eingeritzt und mit Pigmenten und Boskdung über einen Zeitraum von Tagen und Nächten in die Gesichter eingearbeitet worden. Es gab Männer, die beim Anbringen dieser Narben gestorben waren. Die meisten Narben waren paarweise gesetzt und verliefen diagonal von der Seite des Kopfes in Richtung Nase und zum Kinn. Der Mann, der mir gegenüberstand, hatte sieben solcher Narben in sein Gesicht gravieren lassen, die oberste war rot, die nächste gelb, dann blau, die vierte schwarz, es folgten zwei gelbe, dann wieder schwarz. Die Gesichter der Männer, die ich sah, hatten unterschiedliche Narben, aber alle hatten Narben. Der Effekt dieser Narben, hässlich, alarmierend, schrecklich, vielleicht dazu bestimmt, Feinden Furcht einzuflößen, hatte sogar mich dazu verleitet, für einen wilden Augenblick anzunehmen, dass das, was ich in den Ebenen von Turia sah, keine Menschen waren, sondern vielleicht eine Art Außerirdische, die vor langer Zeit aus entfernten Welten nach Gor gebracht worden waren, um irgendeinem hinfälligen oder vergessenen Zweck der Priesterkönige zu dienen; aber nun wusste ich es besser; jetzt konnte ich sie als Menschen sehen; und nun erinnerte ich mich, was von größerer Bedeutung war, was ich hatte flüstern hören in einer Schankwirtschaft in Ar, die schrecklichen Narbenkodizes der Wagenvölker, wonach jede dieser abscheulichen Markierungen auf den Gesichtern dieser Männer eine Bedeutung, hatte, einen Sinn, der von den Paravaci, den Kassars, den Kataii und den Tuchuks so klar gelesen werden konnte wie Sie oder ich ein Schild in einem Fenster oder einen Satz in einem Buch lesen würden. Zu dieser Zeit konnte ich nur die oberste Narbe deuten, die rote, leuchtende, wilde fadenartige Narbe, die die Mutnarbe war.

Sie ist stets die Narbe, die sich auf dem Gesicht ganz oben befindet. Tatsächlich kann ohne diese Narbe keine weitere Narbe gewährt werden. Die Wagenvölker schätzen Mut über alles. Jeder der Männer, der mir gegenüberstand, trug diese Narbe.

Nun hob der Mann, der mir zugewandt war seinen kleinen lackierten Schild und seine schlanke schwarze Lanze.

»Höre meinen Namen!«, rief er. »Ich bin Kamchak von den Tuchuks!«

So plötzlich wie er geendet hatte, sobald die Männer ihren Namen nannten, als ob ein Signal gegeben worden wäre, sprangen die vier Kaiilas nach vorne und kreischten vor Wut, jeder Reiter beugte sich tief über sein Reittier, die Lanze mit der rechten Hand gefasst und darum bemüht, mich als Erster zu erreichen.

3 Das Speer-Glücksspiel

Einen, den Tuchuk, hätte ich vielleicht mit einem Hieb des schweren goreanischen Kriegsspeers niederstrecken können; die anderen hätten freies
Spiel mit ihren Lanzen gehabt. Ich hätte mich auf den Boden werfen können wie die Larljäger von Ar, sobald sie ihre Waffe eingesetzt haben, und
mich mit dem Schild bedecken können, aber dann wäre ich hilflos, liegend, unter den klauenartigen Tatzen von vier kreischenden, schnaubenden Kaiilas gewesen, während die Reiter mich mit ihren Lanzen gestoßen
hätten.

So setzte ich alles auf eine Karte, nämlich auf den Respekt der Wagenvölker vor dem Mut der Menschen, ich machte keine Bewegung, um mich
zu verteidigen, aber mit klopfendem Herzen und rasendem Puls, ohne ein
sichtbares Zeichen der Aufregung in meinem Gesicht, ohne ein verräteri-
sches Zucken eines Muskels oder einer Sehne, stand ich ruhig aufrecht.

In meinem Gesicht war nur Verachtung.

In letzter Sekunde, die Lanzen der vier Reiter waren nur eine Handbreit
von meinem Körper entfernt, wurden die wütenden, donnernden Kaiilas,
die fauchten und kreischten, von einer Berührung der Zügel in ihrem
kämpferischen Angriff angehalten, sie stoppten ab und rissen mit ihren
plötzlich hervorkommenden Krallen den Boden tief auf. Keiner der Reiter
fiel herunter oder war auch nur für einen Moment aus dem Gleichgewicht
gebracht. Die Kinder der Wagenvölker lernen das Reiten auf dem Kaiila,
bevor sie laufen können.

»Aieee!«, schrie der Krieger der Kataii.

Er und die anderen wendeten ihre Reittiere und wichen ein paar Meter
zurück, während sie mich ansahen.

Ich hatte mich nicht bewegt.

»Ich heiße Tarl Cabot«, sagte ich. »Ich komme in Frieden.«

Die vier Reiter tauschten Blicke aus und dann, auf das Zeichen des
schweren Tuchuks, ritten sie ein bisschen von mir weg.

Ich konnte nicht verstehen, was sie sagten, aber eine Art von Auseinandersetzung war im Gange.

Ich lehnte mich auf meinen Speer und gähnte, sah weg zu den Boskherden.

Mein Puls raste. Ich wusste, wenn ich mich bewegt oder Angst gezeigt
oder zu fliehen versucht hätte, wäre ich jetzt tot. Ich hätte kämpfen können. Ich hätte vielleicht gewinnen können, aber meine Chancen standen
sehr schlecht. Sogar wenn ich zwei von ihnen getötet hätte, hätten sich die

anderen vielleicht zurückgezogen und mich mit ihren Pfeilen oder Bolas zu Boden gebracht. Wichtiger war jedoch, dass ich mich diesen Leuten nicht als Feind vorstellen wollte. Ich wollte, wie ich gesagt hatte, in Frieden kommen.

Schließlich löste sich der Tuchuk von den anderen drei Kriegern und stolzierte auf seinem Kaiila bis auf zwölf Meter zu mir.

»Du bist ein Fremder«, sagte er.

»Ich komme in Frieden zu den Wagenvölkern«, sagte ich.

»Du trägst keine Abzeichen auf deinem Schild«, fuhr er fort. »Du bist ein Geächteter.«

Ich antwortete nicht. Ich war dazu berechtigt, die Abzeichen der Stadt Ko-ro-ba, Türme des Morgens, zu tragen, aber ich hatte es nicht getan. Einst, vor langer Zeit, hatten Ko-ro-ba und Ar die Invasion der vereinigten Wagenvölker aus dem Norden zurückgedrängt und die Erinnerungen an diese Dinge, die noch in den ehrlichen Liedern der Lagersänger brannten, würden im Magen dieser kämpferischen, stolzen Völker schmerzen. Ich wollte ihnen nicht als Feind gegenübertreten.

»Welche war deine Stadt?«, fragte er mich.

Auf eine solche Frage hin konnte ich als Krieger von Ko-ro-ba nicht anders, als zu antworten.

»Ich bin aus Ko-ro-ba«, sagte ich. »Du hast von ihr gehört.«

Das Gesicht des Tuchuks spannte sich. Dann grinste er. »Ich habe von Ko-ro-ba singen hören«, sagte er.

Ich antwortete ihm nicht.

Er drehte sich zu seinen Kameraden um. »Ein Korobaner!«, rief er.

Die Männer bewegten sich unruhig auf ihren Reittieren und sprachen eifrig untereinander.

»Wir haben euch zurückgeschlagen«, sagte ich.

»In welcher Angelegenheit kommst du zu den Wagenvölkern?«, fragte der Tuchuk.

Ich zögerte. Was konnte ich ihm sagen? Sicher musste ich hier in dieser Angelegenheit den richtigen Augenblick abwarten.

»Du siehst, dass auf meinem Schild und meiner Tunika keine Abzeichen sind«, sagte ich.

Er nickte. »Du bist ein Narr«, sagte er, »zu den Wagenvölkern zu fliehen.«

Ich hatte ihn dazu gebracht zu glauben, dass ich tatsächlich ein Geächteter, ein Flüchtling, war.

Er warf seinen Kopf zurück und lachte. Er klopfte sich auf seinen Schenkel. »Ein Korobaner! Und er flieht zu den Wagenvölkern!« Tränen der Fröhlichkeit liefen aus seinen Augenwinkeln. »Du bist ein Narr!«, wiederholte er.

»Lass uns kämpfen«, schlug ich vor.

Wütend zog der Tuchuk die Zügel des Kaiilas zurück, brachte es damit zum Aufbäumen, knurrend, zum Himmel scharrend. »Ich nehme gerne an, korobanischer Sleen«, spie er aus. »Bete zu deinen Priesterkönigen, dass die Lanze nicht an mich fällt!«

Das verstand ich nicht.

Er wendete sein Kaiila, und in ein oder zwei Sprüngen schwang es in der Mitte seiner Gefährten herum.

Dann kam der Kassar auf mich zu.

»Korobaner«, sagte er, »fürchtest du nicht unsere Lanzen?«

»Doch, das tue ich«, sagte ich.

»Aber du hast deine Angst nicht gezeigt«, sagte er.

Ich hob die Schultern.

»Dennoch«, sagte er, »erzählst du mir, dass du sie gefürchtet hast.« Erstaunen zeigte sich auf seinem Gesicht.

Ich blickte weg.

»Das«, sagte der Reiter, »beweist mir Mut.«

Wir taxierten uns einen Moment, schätzten uns ab. Dann sagte er: »Obwohl du ein Stadtbewohner bist – ein Abschaum der Mauern – denke ich nicht, dass du es nicht wert bist. Und daher bete ich dafür, dass die Lanze mir zufallen wird.«

Er drehte sein Reittier zurück zu seinen Gefährten. Sie berieten sich erneut für einen Moment, dann kam der Krieger der Kataii näher, ein geschmeidiger, starker und stolzer Mann. Jemand, in dessen Augen ich erkennen konnte, dass er noch nie aus dem Sattel gefallen oder vor einem Feind geflohen war. Seine Hand ruhte leicht auf dem gelben Bogen, stramm gespannt. Allerdings lag kein Pfeil auf der Sehne.

»Wo sind deine Leute?«, fragte er.

»Ich bin allein«, sagte ich.

Der Krieger stellte sich in die Steigbügel und beschattete die Augen mit einer Hand.

»Warum bist du gekommen, um uns auszuspionieren?«, fragte er.

»Ich bin kein Spion«, sagte ich.

»Du wurdest von den Turianern angeheuert«, sagte er.

»Nein«, erwiderte ich.

»Du bist ein Fremder«, sagte er.

»Ich komme in Frieden«, erwiderte ich.

»Hast du davon gehört«, fragte er, »dass die Wagenvölker Fremde abschlachten?«

»Ja«, sagte ich, »ich habe davon gehört.«

»Es ist wahr«, sagte er und drehte sein Reittier zu den Gefährten um.

Der Letzte, der zu mir kam, war der Krieger der Paravaci, mit seiner Kapuze, seinem weißen Pelzumhang und um dessen Hals ein funkelndes, breites Halsband aus Edelsteinen lag.

Er deutete auf das Band. »Es ist schön, nicht wahr?«, fragte er.

»Ja«, antwortete ich.

»Ich kann davon zehn Wälder kaufen«, sagte er, »zwanzig Wagen gefüllt mit goldenem Geschmeide, Hunderte weiblicher Sklaven von Turia.«

Ich wandte mich ab.

»Begehrst du nicht diese Steine?«, stichelte er. »Diesen Reichtum?«

»Nein«, sagte ich.

Zorn überzog sein Gesicht. »Du kannst sie haben«, sagte er.

»Was muss ich dafür tun?«, fragte ich.

»Töte mich!« Er lachte.

Ich sah ihn unverwandt an. »Das sind wahrscheinlich falsche Steine«, sagte ich. »Bernsteintropfen, die Perlen der Vosk-Sorps, die polierten Gehäuse der Tambermuscheln. Buntes, geschliffenes Glas, um mit den dummen Südländern zu handeln.«

Das mit schrecklichen Furchen tiefer Narben übersäte Gesicht des Paravaci verzerrte sich vor Wut. Er riss das Band von seinem Hals und schleuderte es mir vor die Füße.

»Sieh dir den Wert dieser Steine an!«, schrie er.

Ich fischte das Halsband mit der Spitze meines Speers aus dem Staub und betrachtete es in der Sonne. Es hing dort wie ein Gürtel aus Licht, glitzernd, in aller Breite von Reichtum, das die Träume Hunderter von Händlern überstieg.

»Ausgezeichnet«, gestand ich und reichte es ihm, an der Speerspitze hängend, zurück.

Verärgert wickelte er es um den Sattelknauf.

»Aber ich gehöre der Kriegerkaste an«, sagte ich, »aus einer großen Stadt. Wir beschmutzen nicht unsere Speere für die Steine anderer – nicht einmal für solche wie diese.«

Der Paravaci war sprachlos.

»Du wagst es, mich zu versuchen!«, sagte ich in gespieltem Zorn. »Als wäre ich jemand aus der Kaste der Assassinen oder ein gewöhnlicher Dieb mit einem verborgenen Dolch.« Ich warf ihm einen finsteren Blick zu. »Sei vorsichtig«, warnte ich ihn, »dass ich deine Worte nicht als Beleidigung auffasse.«

Der Paravaci, in seinem Umhang und der weißen Pelzkapuze, mit seinem unbezahlbaren Halsband, das nun um den Sattelknauf gewickelt war, saß angespannt im Sattel. Unbeweglich. Vollkommen aufgebracht. Dann stemmte er sich wütend in die Bügel und hob beide Hände zum Himmel. »Geister des Himmels«, schrie er, »lasst die Lanze an mich fallen. An mich!« Immer noch wütend, wendete er das Kaiila und kehrte zu den anderen zurück, um mich von dort zu beobachten.

Während ich ihnen zusah, nahm der Tuchuk seine lange, schlanke Lanze und rammte sie mit der Spitze nach oben in den Boden. Dann begannen die vier Reiter ihre Tiere auf die Lanze zuzutreiben. Sie beobachteten sie, die rechten Hände frei und bereit, sie an sich zu reißen, sobald sie fiel. Der Wind schien stärker zu werden.

Ich wusste, dass sie mich auf ihre Art und Weise ehrten, indem sie meinen Standpunkt in der Lanzensache respektierten, sodass sie nun darum spielten, wer mich gewinnen würde, an wessen Waffe ich mein Blut lassen und unter welchen Kaiilatatzen ich auf dem Boden zerquetscht werden würde.

Ich sah die Lanze in der bebenden Erde erzittern, und ich erkannte die Absicht der Reiter, als sie ihre leiseste Bewegung verfolgten. Sie würde bald fallen.

Ich konnte die Herden nun deutlich sehen und einzelne Tiere erkennen: die zotteligen Höcker, wie sie sich durch den Staub bewegten. Ich sah die Nachmittagssonne sich von tausend Hörnern widerspiegeln.

Hier und da sah ich Reiter, wie sie auf den flinken, anmutigen Kaiilas sitzend, losstürmten. Der Anblick der Sonne, wie sie von den Hörnern im Dunst des Staubes, der über der Herde hing, reflektiert wurde, war wirklich wunderschön.

Die Lanze war bisher noch nicht gefallen.

Schon bald würden die Tiere hier sein, sich gegenseitig verheddern, ehe sie von ihren eigenen zotteligen Wänden gestoppt wurden, um dann dort zu stehen und bis zum Morgen zu grasen. Natürlich würden die Wagen den Herden folgen. Die Herde bildet sowohl die Vorhut als auch den Schutzwall für die vorrückenden Wagen. Man behauptet, die Zahl der Wagen sei unzählbar, die Herde unendlich groß. Natürlich waren beide Behauptungen falsch. Die Ubars der Wagenvölker kennen jeden ihrer Wagen und die Zahl des gebrandmarkten Viehs in etlichen Herden. Jede Herde besteht aus mehreren kleineren Herden, von denen jede wiederum von eigenen Reitern kontrolliert wird.

Das Brüllen schien nun direkt vom Himmel zu kommen, wie ein Donner. Oder vom Horizont, wie die Brandung eines Ozeans gegen Klippen. Langsam näherte sich die Herde ähnlich einem Meer oder gigantischem Naturphänomen. Letzteres war es natürlich in der Tat. Jetzt, zum ersten

Mal, konnte ich die Herde deutlich riechen. Ein intensiver, frischer, moschusartiger, durchdringender Geruch, der aus zertrampeltem Gras und aufgewühlter Erde bestand. Gemischt mit dem Dünger von Urin und Schweiß von vielleicht mehr als einer Million Tiere.

Diese herrliche Lebendigkeit des Geruchs, der manchen widerwärtig erscheint, erstaunte und erregte mich. Er verkündete von dem Aufruhr und dem Anschwellen des Lebens selbst. Überschwänglich, rau, ausufernd, uneinnehmbar, primitiv, duftend, grundlegend, tierisch, aufstapfend, schnaubend, sich bewegend. Eine Lawine aus Gewebe und Blut und Pracht. Ein glorreicher, beharrlicher, unbesiegbarer Wasserfall aus atmender, gehender, sehender und fühlender, fließender, windumtoster Muttererde. Und ich begriff in diesem Moment, was der Bosk für die Wagenvölker bedeuten mochte.

»Ho!«, hörte ich und wandte mich um. Ich sah, wie die schwarze Lanze fiel, und kaum dass sie sich bewegte, wurde sie von der Faust des narbigen Tuchuk-Kriegers an sich gerissen.

4 Das Ergebnis des Speer-Glücksspiels

Der Tuchuk-Krieger hob triumphierend die Lanze. Im selben Augenblick schlüpfte seine Faust durch den Halteknoten. Er trat seine sporenbewehrten Stiefelabsätze in die seidigen Flanken seines Reittieres. Dieses sprang vorwärts, direkt auf mich zu. Der Reiter und sein Tier schienen eins zu sein. Er lehnte sich aus dem Sattel, die Lanze leicht gesenkt, angriffsbereit.

Der schlanke, flexible Stab der Lanze schrammte am siebenschichtigen goreanischen Schild entlang und entfachte einen Funken am Blechkranz, der ihn zusammenhielt, als der Mann nach meinem Kopf schlug.

Ich musste den Speer nicht werfen.

Ich wollte den Tuchuk nicht töten.

Aufgrund seiner Schnelligkeit und der Eigendynamik trug der Angriff den Tuchuk mehr als vier Schritte an mir vorbei. Es sah knapp aus. Als er vorbei war, schwang das Kaiila herum und griff erneut an. Diesmal ließ sein Reiter ihm freie Zügel, sodass es mich vermutlich mit seinen Fängen zerreißen würde.

Ich stieß mit dem Speer zu und versuchte, die schnappenden Kiefer des schreienden Tieres zurückzudrängen.

Das Kaiila schlug zu, zog sich zurück und schlug erneut zu. Jedes Mal stieß der Tuchuk mit seiner Lanze nach mir. Viermal erwischte mich die Spitze und verletzte mich, doch er hatte nicht das notwendige Gewicht auf seinem springenden Reittier, um einen durchdringenden Stoß zu landen. Er stieß auf Armeslänge zu, die Spitze erreichte mich kaum. Dann packte das Tier meinen Schild mit seinen Zähnen, bäumte sich auf und hob uns beide hoch. Ich fiel aus einigen Dutzend Fuß Höhe ins Gras und sah, wie das Tier knurrend auf dem Schild herumbiss. Dann schüttelte es ihn ab und schleuderte ihn weit hinter sich.

Ich schüttelte mich ebenfalls.

Der Helm, den ich um meine Schulter geschlungen hatte, war fort. Mein Schwert besaß ich noch. Ich griff nach dem goreanischen Speer.

Ich stand abseits im Gras, schwer atmend, blutend.

Der Tuchuk lachte und warf seinen Kopf in den Nacken.

Ich bereitete den Speer für einen Wurf vor.

Das Tier begann, mich vorsichtig zu umkreisen, fast wie nach menschlicher Art. Es behielt den Speer im Auge. Dann wechselte es die Richtung, täuschte an, zog sich wieder zurück und versuchte, mich zu einem übereilten Wurf zu provozieren. Erst später sollte ich erfahren, dass Kaiilas darauf trainiert waren, Wurfspeeren zu entkommen. Ein Training, das mit stumpfen Stöcken beginnt und mit scharfen Waffen endet. Solange das Kaiila in dieser Kunst nicht gut genug bewandert ist, erlaubt man ihm nicht, Junge zu bekommen. Jene, die es nicht lernen, sterben durch den Speer.

Doch auf diese kurze Distanz hatte ich keinen Zweifel, dass ich das Biest treffen würde. So flink ein Kaiila auch sein mochte, ich war überzeugt, schneller zu sein. Goreanische Krieger jagen Menschen und Larls mit diesen Waffen. Allerdings wollte ich weder Tier noch Reiter töten.

Zur Verwunderung des Tuchuks und der anderen Beobachter warf ich die Waffe fort. Der Tuchuk saß ruhig in seinem Sattel, genau wie die anderen. Dann nahm er seine Lanze und schlug sie gegen den kleinen, glänzenden Schild, um mein Vorgehen anzuerkennen. Die anderen taten es ihm gleich, selbst der Mann der Paravaci mit dem weißen Umhang.

Dann trieb der Tuchuk seine Lanze in den Staub und hing an ihr seinen glänzenden Schild auf. Ich sah, wie er eines der Quivas aus den Satteltaschen zog und eine lange Bola mit drei Gewichten an ihren Enden von seiner Seite löste.

Langsam, dabei in einem gutturalen Chor ein Tuchuk-Kriegerlied singend, begann er die Bola zu schwingen. Sie besteht aus drei langen Lederbändern, jedes ungefähr fünf Fuß lang, jedes in einem Ledersack endend, der ein schweres, rundes Metallgewicht enthält. Vermutlich wurde die Bola entwickelt, um Tumits zu jagen, große, flugunfähige, fleischfressende Vögel der Ebenen. Aber die Wagenvölker benutzen sie ebenso als Kriegswaffe. Niedrig geworfen, mit den langen Bändern und ihrem geschätzten Zehn-Fuß-Einflussbereich, ist es nahezu unmöglich, ihr auszuweichen. Sie trifft das Opfer mit den Gewichten, und sobald sie auf Widerstand stößt, wickeln sich die Bänder um den Körper und ziehen fest zu. Manchmal werden dabei Beine gebrochen. Es ist oft schwierig, die Bänder wieder zu lösen, so eng schnüren sie sich um das Opfer. Hochgeworfen, kann die goreanische Bola die Arme eines Mannes an den Körper fesseln, auf die Kehle gezielt, ihn erwürgen. Gegen den Kopf geworfen, ein schwieriger Wurf, können die wirbelnden Gewichte einen Schädel zertrümmern. Man fängt sein Opfer mit der Bola, steigt von seinem Reittier und schneidet dem anderen mit dem Quiva die Kehle durch.

Bisher bin ich noch nie einer solchen Waffe begegnet und hatte auch keine Vorstellung davon, wie es sein würde.

Der Tuchuk handhabe sie sehr gut. Die drei Gewichte am Ende der Bänder verschwammen fast in der Luft. Das Lied endete. Der Tuchuk, die Zügel in der linken Hand, die Quivaklinge nun zwischen seinen Zähnen eingeklemmt, die Bola im erhobenen rechten Arm schwingend, schrie plötzlich auf und trat dem Kaiila in die Flanken.

Er will töten, dachte ich. Er steht unter Beobachtung der Krieger der anderen Völker. Es wäre am sichersten, niedrig zu werfen. Ein schönerer Wurf wäre es jedoch gegen die Kehle oder den Kopf anzusetzen. Wie eitel ist er? Wie geschickt?

Er würde beides sein. Geschickt und eitel. Er war ein Tuchuk.

Die blitzende Bola bewegte sich in ihrer schnellen Drehung fast unsichtbar in der Luft auf meinen Kopf zu. Anstatt, dass ich diesen einzog oder mich auf den Boden warf, streckte ich dem fliegenden, mit Gewichten beschwerten Leder die Klinge eines korobanischen Kurzschwertes entgegen. Mit der Schneide, die Seide zerteilen konnte, erwischte ich zwei der Bänder. Sie flogen von der Klinge, wobei das letzte und die drei Gewichte im Gras landeten.

Der Tuchuk, der sich kaum bewusst wurde, was eben geschehen war, sprang gleichzeitig von seinem Kaiila, das Quiva in der Hand und sah sich unerwarteterweise einem bereiten Krieger von Ko-ro-ba mit gezogenem Schwert gegenüber.

Das Quiva drehte sich in seiner Hand, so schnell, dass ich die Bewegung erst wahrnahm, als sein Arm zurückflog – seine Hand an der Klinge, um die Waffe zu schleudern.

Ich sprintete mit unglaublicher Geschwindigkeit vorwärts, um die paar Schritte, die uns trennten, zu überbrücken. Ich konnte nicht ausweichen. Lediglich kontern. Und zwar mit dem korobanischen Stahl in meiner Hand. Ein plötzliches Klingeln, ein gleitender Blitz von Stahl, und das Messer wurde von meiner Brust abgelenkt.

Der Tuchuk stand da, vor Ehrfurcht gerührt, im Gras der bebenden Ebenen, umgeben von staubiger Luft.

Ich hörte die anderen drei Männer der Wagenvölker: den Kataii, den Kassar und den Paravaci. Sie schlugen ihre Lanzen gegen die Schilde.

»Sehr gut«, sagte der Kassar.

Der Tuchuk nahm seinen Helm ab und warf ihn ins Gras. Er riss sich seine Jacke auf. Ebenso das Lederwams, das er darunter trug, um seine Brust zu enthüllen.

Er sah über mich hinweg zu den fernen Boskherden, hob seinen Kopf und sah in den Himmel. Sein Kaiila stand ein paar Meter entfernt, bewegte sich etwas, war verwirrt, die Zügel hingen lose um den Hals.

Der Tuchuk sah nun schnell zu mir. Er grinste. Er erwartete keine Hilfe von seinen Kameraden und würde sie auch nicht bekommen.

Ich musterte sein kräftiges Gesicht, die schrecklichen Narben, die ihn irgendwie auszeichneten. Die dunklen Augen mit der Mongolenfalte. Er grinste mich an.

»Ja«, sagte er, »gut gemacht.«

Ich ging zu ihm und setzte ihm die Spitze des goreanischen Kurzschwertes auf sein Herz.

Er wich nicht zurück.

»Ich bin Tarl Cabot«, sagte ich. »Ich komme in Frieden.«

Dann stieß ich die Klinge zurück in die Scheide.

Für einen Moment schien der Tuchuk wie versteinert. Er starrte mich an, ungläubig, und warf dann plötzlich seinen Kopf in den Nacken und lachte, bis Tränen in Strömen sein Gesicht herunterrannen. Er krümmte sich und hämmerte mit den Fäusten auf seine Knie. Dann richtete er sich auf und rieb sich mit dem Handrücken über das Gesicht.

Ich zuckte.

Plötzlich beugte sich der Tuchuk zum Boden hinunter und klaubte eine Handvoll Lehm und Gras auf. Das Land, auf dem der Bosk graste. Das Land der Tuchuks. Und diesen Lehm und das Gras schob er mir in die Hände und drückte sie. Der Krieger grinste und legte seine Hände über die meinen, sodass wir zusammen den Lehm und das Gras festhielten.

»Ja«, sagte der Krieger, »komm in Frieden in das Land der Wagenvölker.«

5 Der Gefangene

Ich folgte dem Krieger Kamchak zum Lager der Tuchuks. Beinahe wären wir von sechs Reitern auf donnernden Kaiilas niedergetrampelt worden, die sich einen Sport daraus machten, wild zwischen den überfüllten, dicht beieinander fahrenden Wagen durchzureiten. Ich hörte das Muhen von Milchbosks zwischen den Wagen. Hier und dort rannten Kinder zwischen den Rädern her, spielten mit einem Korkball und dem Quiva. Das Ziel des Spiels war es, den geworfenen Ball zu treffen. Tuchuk-Frauen in langen Lederkleidern, das lange Haar zu Zöpfen geflochten, kümmerten sich um Kochtöpfe, die an Temholzdreibeinen über Düngefeuern hingen. Diese Frauen waren nicht entstellt, aber genau wie die Bosks selbst, trug jede von ihnen einen Nasenring. Jener der Tiere war schwer und aus Gold. Der der Frauen bestand ebenfalls aus Gold, war jedoch winzig und dünn, ähnlich den Eheringen meiner eigenen Welt.

Ich hörte einen Haruspex zwischen den Wagen singen. Für ein Stück Fleisch würde er den Wind befragen und aus den Grashalmen lesen. Für einen Becher Wein die Sterne und den Flug der Vögel deuten. Für ein opulentes Abendessen würde er die Zukunft aus der Leber eines Sleens oder eines Sklaven lesen.

Die Wagenvölker sind von der Zukunft und dem Deuten von Zeichen fasziniert. Wenn man sie reden hört, scheinen sie dem nicht viel beizumessen, doch in der Praxis schenken sie der Sache eine große Bedeutung.

Von Kamchak habe ich erfahren, dass einmal eine Armee von tausend Wagen seitwärts auswich, weil ein Schwarm Rennels, giftige, krabbenähnliche Wüsteninsekten, nicht sein vom Rad des Führungswagens zerstörtes Nest verteidigte. Ein andermal, vor über hundert Jahren, verlor ein Ubar der Wagenvölker die Spore seines rechten Stiefels und wandte sich allein aus diesem Grund von den Toren des mächtigen Ars selbst ab.

An einem Feuer konnte ich einen gedrungenen Tuchuk sehen, die Hände an den Hüften, während er tanzte und aufstampfte, betrunken von vergorener, geronnener Milch. Nach Kamchak diente der Tanz dazu, den Himmel zufriedenzustellen.

Die Tuchuks und die anderen Wagenvölker verehren die Priesterkönige. Im Gegensatz zu den Goreanern der Städte, mit ihren Erleuchteten, verlieren sie bei ihrer Anbetung nicht ihre Würde. Ich nehme an, die Tuchuks *beten* nichts an, zumindest nicht im Sinne dieses Wortes. Allerdings halten sie viele Dinge für heilig, unter ihnen den Bosk und die Fertigkeit im Umgang mit Waffen. Aber das Größte unter ihnen, vor dem der stolze

Tuchuk steht und bereit ist, seinen Helm abzusetzen, ist der Himmel. Der einfache, riesige und schöne Himmel, von dem der Regen fällt, der in den Mythen die Erde formte, und die Bosks und die Tuchuks. Wenn die Tuchuks beten, dann zum Himmel, von dem sie Sieg und Glück für sich selbst erbitten und Niederlage und Unheil für ihre Feinde. Im Übrigen betet der Tuchuk nur, genau wie alle anderen der Wagenvölker, wenn er reitet; nur wenn er im Sattel sitzt und vollständig bewaffnet ist. Er betet nicht wie ein Sklave zum Herrn den Himmel an, nicht wie ein Diener zu einem Gott, sondern als Krieger zu einem Ubar. Es sollte noch erwähnt werden, dass es den Frauen der Wagenvölker verboten ist zu beten. Viele von ihnen unterstützen jedoch die Haruspexe, die neben ihren mehr oder weniger präzisen Zukunftsvorhersagen gegen gewöhnlich vernünftige Gebühren auch eine unglaubliche Zusammenstellung von Amuletten, Talismanen, Schmuck, Zauber- und Liebestränken, Spruchrollen, wunderwirkenden Sleenzähnen und sagenhaften, pulverisierten Kailiaukhörnern feilbieten. Dazu noch farbige, magische Bänder, die je nach Verwendungszweck auf verschiedene Art und Weise verknotet werden können, und die man um den Hals trägt.

Während wir die Wagen passierten, sprang ich zurück, als ein goldbrauner Präriesleen sich gegen die Gitterstäbe eines Sleenkäfigs warf und mit seiner sechskralligen Pfote nach mir griff. Mit ihm waren vier weitere Präriesleens in dem kleinen Käfig. Sie kringelten sich und bewegten sich unruhig umeinander wie wütende Schlangen. Nach Einbruch der Dunkelheit würden sie aus dem Käfig gelassen werden, um, wie ich bereits erwähnte, die Herde als Schäfer und Wächter zu begleiten. Sie werden auch eingesetzt, wenn ein Sklave flieht, denn ein Sleen ist ein effizienter, unermüdlicher, wilder und fast unfehlbarer Jäger. Er ist in der Lage, eine tagealte Geruchsspur über Hunderte von Pasangs zu verfolgen, bis er – vielleicht Monate später – sein Opfer findet und es in Stücke reißt.

Ich erschrak beim Klang der Sklavenglöckchen und sah ein nacktes Mädchen, nur mit Halsreif und Glöckchen bekleidet, das eine Last zwischen den Wagen trug.

Kamchak sah, dass ich das Mädchen bemerkt hatte und schien zu spüren, dass ich es vermutlich seltsam fand, einen Sklaven so bei den Wagen zu sehen. Sie trug Glöckchen, die an beiden Handgelenken befestigt waren und an beiden Fußgelenken dicke Manschetten und Ketten, jede mit einer zweifachen Reihe von Glöckchen und mit einem stählernen Schloss verriegelt. Ein turianischer Halsreif ersetzte den gewöhnlichen Sklavenreif. Der turianische Halsreif liegt lose um den Hals des Mädchens. Ein Ring. So lose, dass, wenn er von einer Männerhand ergriffen wird, sich das Mädchen innerhalb des Rings drehen kann. Der gewöhnliche Halsreif dagegen ist ein flaches, gut passendes Stahlband. Beide Bänder werden im Nacken verschlossen. Der turianische Reif ist etwas schwieriger zu prägen, aber genau wie der flache Reif trägt er eine Beschriftung, die sicherstellt, dass ein gefundenes Mädchen direkt seinem Besitzer zurückgegeben wird. An dem Reif waren ebenso Glöckchen angebracht.

»Sie ist Turianerin?«, fragte ich.

»Natürlich«, sagte Kamchak.

»In den Städten«, sagte ich, »werden nur die Vergnügungssklaven so mit Glöckchen behangen. Und überlicherweise nur für den Tanz.«

»Ihr Herr vertraut ihr nicht«, sagte Kamchak.

Aus dieser einfachen Aussage konnte ich die Verfassung des Mädchens ableiten. Ihr würde niemals das Tragen von Kleidung erlaubt werden, unter der sie vielleicht eine Waffe verbergen konnte. Die Glöckchen würden jede ihrer Bewegungen anzeigen.

»Nachts wird sie unter dem Wagen angekettet«, sagte Kamchak.

Das Mädchen war nun außer Sicht.

»Turianische Mädchen sind stolz«, sagte Kamchak. »Daher geben sie exzellente Sklaven ab.«

Was er da sagte, überraschte mich nicht. Der goreanische Herr mag für gewöhnlich ein temperamentvolles Mädchen, das gegen Peitsche und Halsband aufbegehrt und so lange Widerstand leistet, bis es vielleicht nach einem Monat besiegt wird und ihn dann anerkennt. Danach wird sie Angst davor haben, dass er vielleicht ihrer überdrüssig wird und sie an einen anderen verkauft.

»Bald wird sie um einen Sklavenfetzen betteln«, sagte Kamchak.

Ich nahm an, dass er damit recht behielt. Ein Mädchen konnte nur ein gewisses Maß ertragen. Dann würde sie vor ihrem Herrn knien, ihren Kopf an seinen Stiefelspitzen, und für ein Stück Kleidung betteln, selbst dann, wenn sie nur kajirartig gekleidet wäre.

Kajira ist wahrscheinlich der gebräuchliche Ausdruck für eine Sklavin. Ein anderer oft gehörter Ausdruck ist Sa-Fora, ein zusammengesetztes Wort, das eher wörtlich eine Kettentochter bedeutet, oder Tochter der Ketten. Für eine Sklavin der Wagenvölker bedeutet die Kajirkleidung, dass sie vier Teile trägt. Zwei in rot, zwei in schwarz. Ein rotes Band, die sogenannte Curla, wird um ihre Taille gebunden. Die Chatka, ein langer, schmaler schwarzer Lederstreifen, wird vorn über das Band gezogen, führt zwischen den Beinen zum Rücken und wird dort am Band festgezurrt. Darüber wird das Kalmak gezogen. Dabei handelt es sich um eine kurze, offene und ärmellose Weste aus schwarzem Leder. Zuletzt wird ein

Streifen roten Stoffs, die Koora, die farblich auf die Curla abgestimmt ist, um den Kopf der Sklavin gebunden, um ihr Haar zurückzuhalten. Unter den Wagenvölkern ist es Sklavinnen nicht erlaubt, ihr Haar zu flechten oder es anderweitig zu frisieren. Es muss offen getragen werden, nur die Koora darf es schmücken.

Für einen männlichen Sklaven beziehungsweise Kajirus, von denen es einige wenige gab außer einigen Arbeitsketten, bedeutet Kajirkleidung nur, den Kes zu tragen. Das ist eine kurze, ärmellose Arbeitstunika aus schwarzem Leder.

Während Kamchak und ich zu seinem Wagen gingen, sah ich hier und dort einige Mädchen, die kajirartig gekleidet waren. Sie waren prächtig und bewegten sich mit der wahren unverschämten Anmaßung von Sklavenmädchen. Mädchen, die wussten, dass sie das Eigentum eines anderen waren, deren Herren sie schön und interessant genug fanden, um sie an sich zu binden. Die mürrischen Frauen der Wagenvölker, die ich sah, betrachteten diese Mädchen mit Neid und Hass. Manchmal schlugen sie eine mit Stöcken, wenn sie zu nahe an die Kochtöpfe kam und versuchte, Fleisch zu stehlen.

»Ich werde es deinem Herrn erzählen!«, rief eine der Frauen.

Das Mädchen lachte die Frau aus und rannte mit wirbelndem kastanienbraunem Haar, das durch die Koora gehalten wurde, zwischen den Wagen davon.

Kamchak und ich lachten.

Soviel ich wusste, hatte diese Schönheit wenig von ihrem Herrn zu befürchten, außer vielleicht, dass sie ihm nicht mehr willig sein musste.

In ihren blendend bunten Farben waren die Hunderte oder Tausende von Wagen der Wagenvölker eine prächtige Ansicht. Erstaunlich war, dass die Wagen beinahe quadratisch waren, jeder von der Größe eines geräumigen Zimmers. Jeder Wagen wird von einer zweifachen Gruppe Bosks gezogen, vier davon in einer Gruppe. Jede Gruppe wiederum ist mit einer Wagendeichsel verbunden, die durch Temholzquerstreben gehalten werden. Die beiden Achsen der Wagen bestehen ebenso aus Temholz, das wahrscheinlich wegen seiner Flexibilität in Verbindung mit dem allgemeinen Flachland der südlichen goreanischen Ebenen überhaupt erst die Breite der Wagen erlaubt. Das Wagengehäuse, das sich immerhin fast sechs Fuß über dem Boden befindet, besteht aus schwarzem lackiertem Temholz. Innerhalb des quadratischen Gehäuses gibt es einen eingelassenen runden zeltähnlichen Rahmen, der mit bemalten und versiegelten Boskhäuten bespannt ist. Diese Häute werden in fantastischen Designs gearbeitet, jeder Wagen steht hierbei in einer Art Wettbewerb mit seinem

Nachbarn, welcher den gewagtesten und interessantesten hat. Der abgerundete Rahmen ist fest mit dem Wagenkasten verbunden und von einer festmontierten Gangway, die einer Schiffsbrücke ähnelt, umrundet. An den Wagenseiten befinden sich Scharten für die Pfeile des kleinen Hornbogens der Wagenvölker, der nicht nur vorteilhaft vom Rücken eines Kaiilas eingesetzt werden kann, sondern wie eine Armbrust auch in solch einem beengten Raum wie einem Wagen. Eine der herausragendsten Eigenschaften der Wagen sind ihre riesigen Räder. Die Hinterräder bringen es auf einen Durchmesser von knapp zehn Fuß; die vorderen sind wie die der Conestoga-Wagen etwas kleiner. In diesem Fall etwa acht Fuß im Durchmesser. Die größeren Hinterräder erweisen sich als vorteilhaft in sumpfigem Gelände, während die kleineren Vorderräder in der Nähe der Zugkraft der Bosks sich hervorragend für Wendemanöver der Wagen eignen. Diese Räder bestehen aus geschnitztem Holz und sind genauso wie die Wagenhäute bemalt. Dicke Streifen aus Boskfell bilden den Radkranz, der drei- bis viermal im Jahr ersetzt wird. Ein Wagen wird mit einer Garnitur aus acht Riemen gelenkt, jeweils zwei für die vier Führungstiere. Normalerweise werden die Wagen jedoch in Tandemtradition in unzähligen langen Kolonnen zusammengebunden. Dabei wird nur der Führungswagen gelenkt, während alle anderen einfach nachfolgen. Die Riemen verlaufen vom Ende eines Wagens zum Nasenring des nachfolgenden Bosks und besitzen oft einen Abstand von bis zu dreißig Metern zum nächsten Wagen. Manchmal wird ein Wagen auch von einer Frau oder einem Jungen geführt, die oder der neben den Führungstieren hergeht und einen spitzen Stock benutzt.

Das Innere der Wagen ist bei geschlossenen Laschen ausreichend vor dem Staub des Marsches geschützt: Es ist meist verschwenderisch geschmückt, gefüllt mit Truhen und Seide sowie Beute von geplünderten Karawanen und erleuchtet von hängenden Tharlarionöllampen, deren goldenes Licht auf Seidenkissen und knöcheltiefe, in komplizierten Mustern gewebte Teppiche fällt. In der Mitte eines Wagens befindet sich eine kleine, flache Feuerschale aus Kupfer, die mit einem Blechrost versehen ist. Hier kann man Kleinigkeiten kochen, doch hauptsächlich wird die Feuerschale zum Heizen des Wageninneren benutzt. Der Rauch wird dabei durch ein Loch in der Spitze des zeltähnlichen Gestells abgeführt. Während der Fahrt wird diese Öffnung geschlossen.

Es gab einen plötzlichen Rums von Kaiilapfoten auf dem Gras zwischen den Wagen, gefolgt von einem wilden, schnaubenden Kreischen.

Ich sprang zurück und wich den Tatzen des wütenden Tieres aus.

»Aus dem Weg, du Narr!«, schrie eine Mädchenstimme. Zu meinem

Erstaunen erspähte ich im Sattel der Bestie ein junges, unglaublich schönes, vitales und wütendes Mädchen, das an den Zügeln zog. Sie war anders als die anderen Frauen der Wagenvölker, die ich bisher gesehen hatte. Anders als die mürrischen, dünnen Frauen mit geflochtenem Haar, die sich über die Kochtöpfe beugten. Diese hier trug einen kurzen Lederrock. Er war an der rechten Seite geschlitzt, was ihr erlaubte, im Sattel eines Kaiilas zu sitzen. Ihre Lederbluse war ärmellos. Um ihre Schultern befand sich ein purpurnes Cape, und ihr wildes schwarzes Haar wurde von einem dunkelroten Stoffband gebändigt. Wie die anderen Frauen der Wagenvölker trug sie keinen Schleier und genau wie sie, befand sich in ihrer Nase ein winziger, feiner Ring, der für ihr Volk stand. Ihre Haut war hellbraun, und ihre dunklen feurigen Augen funkelten frech.

»Was für ein Narr ist das?«, verlangte sie von Kamchak zu wissen.

»Kein Narr«, sagte dieser, »sondern Tarl Cabot, ein Krieger. Jemand, der mit mir gemeinsam Gras und Erde in seinen Händen gehalten hat.«

»Er ist ein Fremder«, sagte sie. »Er sollte getötet werden!«

Kamchak grinste sie an. »Er hat mit mir Gras und Erde gehalten.«

Das Mädchen schnaubte vor Missachtung und trat dann seine kleinen, mit Sporen beschlagenen Hacken in die Flanken des Kaiilas und sprang davon.

Kamchak lachte. »Sie heißt Hereena. Eine Hure des Ersten Wagens«, sagte er.

»Erzähl mir von ihr«, sagte ich.

»Was gibt es da zu erzählen?«, fragte Kamchak.

»Was bedeutet es, vom Ersten Wagen zu sein?«, fragte ich.

Kamchak lachte. »Du weißt so wenig von den Wagenvölkern.«

»Das stimmt«, gab ich zu.

»Vom Ersten Wagen zu sein, bedeutet, zum Haushalt von Kutaituchik zu gehören«, sagte er.

Ich wiederholte den Namen langsam und versuchte, ein Gespür für den Klang zu bekommen. Er wird in vier Silben betont, eingeteilt wie: Ku-tai-tu-chik.

»Er ist also der Ubar der Tuchuks?«, fragte ich.

Kamchak lächelte. »Sein Wagen ist der Erste Wagen. Und es ist Kutaituchik, der auf der grauen Robe sitzt.«

»Die graue Robe?«, fragte ich.

»Dieses Gewand ist der Thron des Ubars der Tuchuks«, sagte Kamchak.

Dies war das erste Mal, dass ich den Namen des Mannes erfuhr, der nach meinem Wissen der Ubar dieser kämpferischen Leute war.

»Irgendwann wirst du zu Kutaituchik geführt werden«, sagte Kamchak. »Ich selbst war bereits oft im Wagen des Ubars.«

37

Seiner Bemerkung entnahm ich, dass Kamchak ein Mann von großer Wichtigkeit unter den Tuchuks war.

»Es gibt über hundert Wagen im Haushalt von Kutaituchik«, sagte Kamchak. »Irgendeinem der Wagen anzugehören, bedeutet gleichzeitig, dem Ersten Wagen zu gehören.«

»Ich verstehe«, sagte ich. »Und das Mädchen, das auf dem Kaiila, ist wahrscheinlich die Tochter von Kutaituchik, den sie Ubar der Tuchuks nennen?«

»Nein«, sagte Kamchak. »Sie ist nicht mit ihm verwandt. Genauso wenig wie die meisten des Ersten Wagens.«

»Sie scheint sich von den anderen Tuchuk-Frauen zu unterscheiden«, sagte ich.

Kamchak lachte. Die farbigen Narben in seinem breiten Gesicht knitterten. »Natürlich. Sie wurde aufgezogen, um einen angemessenen Preis im Kriegsspiel der Liebe darzustellen.«

»Ich verstehe nicht«, sagte ich.

»Hast du nicht die Ebenen der Tausend Pfähle gesehen?«, fragte Kamchak.

»Nein«, sagte ich. »Habe ich nicht.«

Ich war kurz davor, Kamchak in dieser Sache auf den Zahn zu fühlen, als wir einen plötzlichen Schrei und das Kreischen eines Kaiilas zwischen den Wagen hörten. Dann hörte ich die Schreie von Männern und die Rufe von Frauen und Kindern. Kamchak hob seinen Kopf und lauschte. Dann hörten wir das Hämmern einer kleinen Trommel und zwei Stöße aus einem Boskhorn.

Kamchak verstand die Botschaft der Trommel und des Horns.

»Ein Gefangener wurde zum Lager gebracht«, sagte er.

6 Zum Wagen von Kutaituchik

Kamchark durchschritt die Gassen zwischen den Wagen in Richtung des Lärms. Ich folgte ihm dichtauf. Viele andere bewegten sich ebenfalls dorthin. Wir wurden von bewaffneten, narbigen und grimmigen Kriegern angerempelt, von Jungen mit unvernarbten Gesichtern, die die spitzen Stöcke trugen, die oft benutzt wurden, um die Bosks an den Wagen anzuspornen, von lederbekleideten Frauen, die von den Kochtöpfen davoneilten, von wilden, halbnackten Kindern. Selbst von versklavten kajirgekleideten Schönheiten von Turia. Auch das Mädchen, das anstelle von Glöckchen und Halsreif die langen, balkenbreiten und getrockneten Streifen von Boskfleisch trug und unter ihrer Last litt, war da. Sie beeilte sich herauszufinden, warum die Trommel und das Horn unter den schreienden Tuchuks erklungen waren. Wir traten plötzlich in die Mitte von etwas, das wie eine breite, grasige Straße zwischen den Wagen aussah. Eine breite Gasse, offen und platt, eine Allee in dieser Stadt aus Harigga oder Boskwagen. Die Straße war von einem Pulk Tuchuks und Sklaven gesäumt, unter ihnen auch Wahrsager und Haruspexe, Sänger und Musiker und hier und dort unbedeutende Bettler und Händler aus verschiedenen Städten. Ihnen wurde gelegentlich von den Tuchuks, die sich nach ihren Waren verzehrten, gestattet, sich den Wagen zu nähern. Wie ich später erfuhr, trug jeder von ihnen auf dem Unterarm ein winziges Brandzeichen in Form eines gespreizten Boskhorns, das ihnen zu bestimmten Zeiten eine sichere Passage über die Ebenen der Wagenvölker garantierte. Die Schwierigkeit lag natürlich darin, zunächst einmal das Brandzeichen zu bekommen. Wenn im Falle eines Sängers sein Lied abgelehnt wird, oder im Falle eines Händlers seine Ware nicht akzeptiert wird, wird er sofort getötet. Dieses Akzeptanzbrandzeichen war natürlich auch ein Schandfleck, der darauf hinwies, dass sich diese Leute wie Sklaven den Wagen näherten.

Nun konnte ich unten in der weiten, grasigen Gasse zwei Kaiilareiter sehen, die uns entgegengaloppierten. Zwischen ihnen war eine Lanze an den Steigbügeln ihrer Sättel befestigt. Die Lanze befand sich durch die Größe der Kaiilas ungefähr fünf Fuß über dem Boden. Zwischen den beiden Tieren stolperte verzweifelt ein Mädchen. Ihr Hals war mit Lederriemen in ihrem Nacken an die Lanze gebunden. Die Handgelenke hinter ihrem Rücken festgezurrt.

Ich war überrascht, denn dieses Mädchen war nicht wie eine Goreanerin gekleidet. Nicht einmal wie eine Frau von irgendeiner anderen Stadt der

Gegenerde. Weder wie eine Bäuerin der Sa-Tarna-Felder oder der Weinberge, in denen die Ta-Trauben wuchsen, noch wie eine Frau der wilden Wagenvölker.

Kamchak schritt in die Mitte der grasigen Gasse, hob seine Hand, und die beiden Reiter mit ihrer Beute zügelten ihre Tiere.

Ich war sprachlos.

Das Mädchen stand dort, rang nach Atem. Ihr Körper zitterte und bebte. Ihre Knie waren leicht gebeugt. Wenn die Lanze sie nicht gehalten hätte, wäre sie gefallen. Sie zog schwach an den Riemen, die um ihre Handgelenke gebunden waren. Ihre Augen wirkten leblos; sie konnte kaum geradeaus sehen. Ihre Kleidung war mit Staub befleckt, und ihr Haar hing offen und wirr herab. Ihr Körper war von einem glänzenden Schweißfilm bedeckt. Man hatte ihr die Schuhe ausgezogen und sie um ihren Nacken gebunden. Ihre Füße bluteten. Die Fetzen einer gelben Nylonstrumpfhose hingen an ihren Knöcheln. Das kurze Kleid war vom Hinterherschleifen durchs Dickicht zerrissen.

Kamchak schien vom Anblick des Mädchens ebenfalls überrascht zu sein, da er noch nie eines in so einer auffälligen Kleidung gesehen hatte. Wegen der Kürze ihres Rocks nahm er natürlich an, dass sie eine Sklavin war. Wahrscheinlich war er über das Fehlen eines Metallreifs um ihren Hals verwirrt. Es gab jedoch ein buchstäblich um ihren Hals genähtes, dickes, hohes Lederband.

Kamchak ging zu ihr und nahm ihr Gesicht in seine Hände. Sie hob ihren Kopf und sah das wilde, furchterregende, vernarbte Gesicht, das sie direkt anstarrte. Plötzlich schrie sie hysterisch auf und versuchte sich loszureißen, aber die Lanze hielt sie in Position. Sie schüttelte weiter ihren Kopf und wimmerte. Es war klar, dass sie ihren Augen nicht traute, dass sie überhaupt nichts von dem verstand, was um sie geschah. Sie dachte, sie wäre verrückt geworden.

Ich bemerkte, dass sie dunkles Haar und dunkelbraune Augen hatte.

Irgendwie kam ich auf den Gedanken, dass diese Eigenschaften ihren Preis minderten.

Sie trug ein einfaches gelbes Hemdblusenkleid mit engen orangefarbenen Streifen, was irgendwann einmal neuer Oxfordstoff gewesen sein musste. Es hatte lange Ärmel mit Aufschlag und einen Button-Down-Kragen, ähnlich einem Männerhemd.

Jetzt war es natürlich zerrissen und beschmutzt.

Ja, sie war keine unangenehme Erscheinung, schlank, geschmeidig und mit schönen Knöcheln. Auf dem goreanischen Markt würde sie einen guten Preis bringen.

Sie schrie leise auf, als Kamchak ihr die Schuhe vom Hals riss.

Er warf sie mir zu.

Sie waren orangefarben, aus feinem, bearbeitetem Leder und besaßen eine Schnalle.

Ihre Absätze waren etwas mehr als einen Zoll hoch. In den Schuhen gab es auch einen Aufdruck, doch Schrift und Wörter würden für Goreaner kaum verständlich sein. Sie waren in Englisch.

Das Mädchen versuchte zu sprechen. »Mein Name ist Elizabeth Cardwell«, sagte sie. »Ich bin eine amerikanische Staatsbürgerin. Meine Heimatstadt ist New York City.«

Kamchak sah verwirrt zu den Reitern und sie zu ihm. Einer der Reiter sagte auf Goreanisch: »Sie ist eine Barbarin. Sie kann kein Goreanisch.«

Soweit ich es begriff, war meine Rolle hierbei, still zu sein.

»Ihr seid alle wahnsinnig«, schrie das Mädchen, zog an den Riemen, die sie banden und kämpfte gegen die Fesseln. »Wahnsinnig!«

Die Tuchuks und die anderen starrten sich ratlos an.

Ich sagte nichts.

Ich stand da, wie vom Blitz getroffen, dass ein Mädchen, augenscheinlich von der Erde, das Englisch sprach, genau zu diesem Zeitpunkt zu den Tuchuks gebracht wurde, zu dem ich auch hier weilte und darauf hoffte, das Ei zurück zu den Priesterkönigen zu bringen. Etwas, von dem ich annahm, dass es ein goldenes Spheroid war. Die letzte Hoffnung ihrer Rasse. Wurde dieses Mädchen etwa von den Priesterkönigen in diese Welt gebracht? Oder war sie das jüngste Opfer einer der Akquisitionsreisen? Aber soweit ich sie verstanden habe, haben sie diese Reisen im neuesten unterirdischen Krieg der Priesterkönige gestoppt. Oder waren sie wieder aufgenommen worden? Sicherlich war dieses Mädchen noch nicht lange auf Gor, vielleicht nicht länger als ein paar Stunden. Aber wenn die Akquisitionsreisen wieder aufgenommen worden waren, warum hatte man dies getan? Oder war es tatsächlich so, dass sie von den Priesterkönigen nach Gor gebracht worden war? Gab es vielleicht andere? Wurde dieses Mädchen jetzt zu den Tuchuks geschickt, freigelassen auf den Ebenen, um dort unweigerlich von den Vorreitern aufgefangen zu werden? Zu irgendeinem Zweck? Und wenn ja, zu welchem und für wen? Oder handelte es sich um einen fantastischen Unfall oder Zufall, der mit ihrer Ankunft zusammenhing? Irgendwie wusste ich, dass Letzteres wahrscheinlich nicht der Fall war.

Plötzlich warf das Mädchen seinen Kopf zurück und schrie hysterisch: »Ich bin verrückt! Ich bin wahnsinnig geworden! Ich bin verrückt geworden!«

Ich hielt es nicht länger aus. Sie war zu erbärmlich. Entgegen besseren Wissens sprach ich zu ihr: »Nein, Sie sind normal.«

Die Augen des Mädchens sahen mich an, und es konnte kaum die Worte, die es gehört hatte, glauben.

Die Tuchuks und die anderen wandten sich mir in einer Bewegung zu.

Ich drehte mich zu Kamchak. Auf Goreanisch sagte ich zu ihm: »Ich kann sie verstehen.«

Einer der Reiter deutete auf mich und rief aufgeregt zu der Menge: »Er kann ihre Sprache sprechen!«

Eine Welle der Freude jagte durch den Pulk.

Es sah mir fast danach aus, dass das Mädchen nur für diesen einen Zweck zu den Tuchuks gebracht worden war, um den einen Mann unter all den Tausenden der Wagenvölker zu finden, der sie verstand und mit ihr sprechen konnte.

»Ausgezeichnet«, sagte Kamchak und grinste mich an.

»Bitte«, rief das Mädchen mir zu. »Helfen Sie mir!«

Kamchak sagte: »Sag ihr, sie soll still sein.«

Ich tat es, und das Mädchen sah mich verduzt an. Aber sie blieb ruhig.

Ich stellte fest, dass ich nun ein Übersetzer war.

Neugierig fingerte Kamchak an ihrer gelben Kleidung. Dann riss er sie schnell von ihrem Leib.

Sie schrie auf.

»Seien Sie still«, sagte ich zu ihr.

Ich wusste, was nun geschehen würde, und das war etwas, was in jeder Stadt oder auf jeder Straße oder auf jedem Pfad Gors passieren würde. Sie war eine weibliche Gefangene, und ihr Wert musste natürlich geschätzt werden. Außerdem musste sie nach Waffen durchsucht werden. Ein Dolch oder eine vergiftete Nadel wurde oft von freien Frauen in der Kleidung verborgen.

Aus der Menge kam interessiertes Geraune, als die nach goreanischer Denkweise ungewöhnliche Kleidung unter ihrem gelben Hemdblusenkleid entblößt wurde.

»Bitte«, weinte sie und drehte sich zu mir.

»Seien Sie still«, warnte ich sie.

Kamchak entfernte dann ihre restliche Kleidung, auch die Fetzen der Nylonstrumpfhose, die an ihren Knöcheln hingen.

Aus der Menge schwoll zustimmendes Gemurmel an. Sogar einige der versklavten turianischen Schönheiten riefen Bewunderungsschreie aus.

Ich befand, dass Elizabeth Cardwell in der Tat einen hohen Preis einbringen würde.

Sie stand noch immer da, von der Lanze gehalten und ihren Hals an das Holz in ihrem Nacken gebunden, die Handgelenke auf dem Rücken gefesselt. Abgesehen von den Fesseln trug sie jetzt nur noch das dicke Lederband, das um ihren Hals genäht war.

Kamchak nahm die Kleidung vom Gras auf und griff ebenso nach den Schuhen. Er wickelte alles zu einem verschmutzten Bündel zusammen. Dann warf er es einer nahestehenden Frau zu. »Verbrenne es«, sagte Kamchak.

Das gefesselte Mädchen sah hilflos zu, als die andere seine Kleidung, die alles darstellte, was es noch von seiner alten Welt besaß, zu einem Kochfeuer, einige Meter entfernt, am Rande der Wagen trug.

Die Menge hatte einen Weg für die Gefangene freigemacht, und sie sah, wie ihre Kleider in das offene Feuer geworfen wurden.

»Nein, nein!«, schrie sie. »Nein!«

Dann versuchte sie abermals, sich zu befreien.

»Sag ihr«, sagte Kamchak, »dass sie schnell Goreanisch lernen muss. Dass sie getötet wird, wenn sie es nicht tut.«

Ich übersetzte es für das Mädchen.

Sie schüttelte wild ihren Kopf. »Sagen Sie ihnen, dass mein Name Elizabeth Cardwell ist«, sagte sie. »Ich weiß nicht, wo ich bin oder wie ich hierher gekommen bin. Ich will zurück nach Amerika. Ich bin eine amerikanische Staatsbürgerin. Mein Zuhause ist in New York City. Bringen Sie mich zurück. Ich werde Ihnen ... alles zahlen!«

»Sag ihr«, wiederholte Kamchak, »dass sie schnell Goreanisch lernen muss, und dass sie getötet wird, wenn sie es nicht tut.«

Ich übersetzte es erneut für das Mädchen.

»Ich werde Ihnen alles bezahlen«, wandte sie ein. »Alles!«

»Sie haben nichts«, informierte ich sie, und sie errötete. »Des Weiteren haben wir nicht die Mittel, Sie nach Hause zurückzubringen.«

»Warum nicht?«, wollte sie wissen.

»Haben Sie nicht den Unterschied im Gravitationsfeld dieses Ortes bemerkt?«, presste ich hervor. »Haben Sie nicht den leichten Unterschied in der Erscheinung der Sonne bemerkt?«

»Das ist nicht wahr!«, schrie sie.

»Dies ist nicht die Erde«, erklärte ich ihr. »Dies ist Gor – eine andere Erde vielleicht, aber nicht Ihre.« Ich starrte sie an. Sie musste es verstehen. »Sie sind auf einem anderen Planeten.«

Sie schloss ihre Augen und stöhnte.

»Ich weiß«, sagte sie. »Ich weiß. Ich weiß. Aber wie ... wie ... wie?«

»Ich kenne keine Antwort auf diese Frage«, sagte ich. Ich verschwieg ihr, dass ich zufälligerweise aus eigennützigen Gründen mehr als nur interessiert war, eine Antwort auf ihre Frage zu erfahren.

Kamchak schien ungeduldig zu sein.

»Was hat sie gesagt?«, fragte er.

»Sie ist natürlich etwas verstört«, sagte ich. »Sie will in ihre Stadt zurückkehren.«

»Welches ist ihre Stadt?«, fragte Kamchak.

»Sie heißt New York«, antwortete ich.

»Ich habe nie zuvor davon gehört«, sagte Kamchak.

»Es liegt weit weg«, sagte ich.

»Wie kommt es, dass du ihre Sprache sprichst?«, fragte er.

»Ich habe einmal in den Ländern gewohnt, in der ihre Sprache gesprochen wird«, sagte ich.

»Gibt es Gras für die Bosks in diesen Ländern?«, fragte Kamchak.

»Ja, aber es liegt weit weg.«

»Selbst weiter als Thentis?«, fragte er.

»Ja«, sagte ich.

»Auch weiter als die Inseln Cos und Tyros?«

»Ja.«

Kamchak pfiff. »Das ist weit.«

Ich lächelte. »Zu weit, um die Bosks dorthinzuführen.«

Kamchak grinste mich an.

Einer der Krieger auf den Kaiilas begann zu sprechen. »Sie war allein«, sagte er. »Wir haben alles durchsucht, aber niemand war bei ihr.«

Kamchak nickte mir zu, dann in Richtung des Mädchens.

»Sie waren allein?«, fragte ich.

Schwach nickte das Mädchen.

»Sie sagt, sie war allein«, erklärte ich Kamchak.

»Wie kam sie hierher?«, fragte Kamchak.

Ich übersetzte die Frage, und das Mädchen sah mich an. Dann schloss sie ihre Augen und schüttelte den Kopf. »Ich weiß es nicht«, sagte sie.

»Sie sagt, sie weiß es nicht«, erzählte ich Kamchak.

»Das ist seltsam«, sagte er. »Aber wir werden sie später weiter befragen.«

Er gab einem Jungen, der eine mit Ka-la-na-Wein gefüllte Haut über seiner Schulter trug, ein Zeichen. Er nahm den Weinschlauch von dem Jungen und zog den Hornstöpsel mit den Zähnen heraus. Dann, mit dem Weinschlauch über seiner Schulter, hielt er Elizabeth Cardwells Kopf mit einer Hand hoch. Mit der anderen drückte er das Knochenmundstück der Trinkhaut zwischen ihre Zähne. Er kippte den Schlauch, und das Mädchen würgte halb, schluckte dann aber den Wein. Etwas von der roten Flüssigkeit rann aus ihrem Mund über ihren Körper.

Als Kamchak der Meinung war, sie hätte genug getrunken, zog er das Mundstück aus ihrem Mund, drückte den Stopfen in die Öffnung und gab die Trinkhaut wieder dem Jungen.

Benebelt, erschöpft, mit Schweiß bedeckt, Staub in ihrem Gesicht und auf ihren Beinen, Wein an ihrem Körper, so stand Elizabeth Cardwell als Gefangene vor Kamchak von den Tuchuks.

Er musste gnädig sein. Er musste gütig sein.

»Sie muss Goreanisch lernen«, sagte er zu mir. »Lehre sie die ›La Kajira‹.«

»Sie müssen Goreanisch lernen«, erklärte ich dem Mädchen.

Sie versuchte zu protestieren, aber ich ließ es nicht zu.

»Sagen Sie ›La Kajira‹«, sagte ich ihr.

Sie sah mich hilflos an. Dann wiederholte sie: »La Kajira.«

»Noch einmal!«, befahl ich.

»La Kajira«, sagte das Mädchen deutlich. »La Kajira.«

Elizabeth Cardwell lernte ihr erstes Goreanisch.

»Was bedeutet das?«, fragte sie.

»Es bedeutet, ich bin ein Sklavenmädchen.«

»Nein!«, schrie sie. »Nein, nein, nein!«

Kamchak nickte den beiden Reitern auf ihren Kaiilas zu. »Bringt sie zu Kutaituchiks Wagen.«

Die beiden Reiter wendeten ihre Kaiilas, und in diesem Moment bewegte sich das Mädchen schnell und rannte zwischen ihnen. Sie wandten sich von der grasigen Gasse ab und verschwanden zwischen den Wagen.

Kamchak und ich betrachteten uns gegenseitig.

»Hast du das Band gesehen, das sie trug?«, fragte ich.

Er schien nicht sehr interessiert an dem hohen, dicken Lederband zu sein, das das Mädchen um ihren Nacken gebunden hatte.

»Natürlich«, sagte er.

»Ich selbst habe nie zuvor solch ein Band gesehen«, sagte ich.

»Es ist ein Nachrichtenband«, sagte Kamchak. »In dem Leder wird eine Botschaft eingenäht sein.«

Mein Ausdruck des Erstaunens musste ihn amüsieren, denn er begann zu lachen. »Komm«, sagte er, »lass uns zu Kutaituchiks Wagen gehen.«

7 La Kajira

Der Wagen von Kutaituchik, den sie Ubar der Tuchuks nannten, war auf einem großen, flachen Grashügel aufgebaut worden, dem höchsten Landstück im Lager. Neben dem Wagen, auf einem großen Mast, der in die Erde gerammt worden war, stand die Tuchuk-Flagge mit den vier Boskhörnern. Die hundert oder eher die acht Bosks, die seinen Wagen zogen, waren abgespannt worden. Es handelte sich um riesige rote Bosks. Ihre Hörner waren poliert worden, und ihr Fell glänzte vom Kämmen und Ölen. Ihre goldenen Nasenringe waren mit Juwelen besetzt. Ketten von prächtigen Steinen hingen an den polierten Hörnern.

Der Wagen selbst war der größte im Lager und der größte Wagen, den ich überhaupt für möglich hielt. Tatsächlich war seine Plattform gewaltig, aufgesetzt auf zahlreiche Radrahmen. Doch an den Ecken der Plattform befanden sich an jeder Seite ein Dutzend der riesigen Räder, die man auch bei den kleineren Wagen fand. Diese letzteren Räder drehten sich, wenn der Wagen in Fahrt war und unterstützten das Gewicht, doch sie hätten selbst nicht das gesamte Gewicht dieses fantastischen Fellpalastes tragen können.

Die Felle formten eine Art Dom aus Tausenden von Farben, und das Rauchloch an seiner Spitze musste sich mehr als hundert Fuß vom Fußboden der gewaltigen Plattform befinden. Ich konnte mir gut vorstellen, welche Reichtümer, welche Beute und Möbel im Inneren einer solch großartigen Behausung schillerten.

Allerdings betrat ich den Wagen nicht, da Kutaituchik sein Gericht draußen unter freiem Himmel auf dem Plateau des Grashügels abhielt. Man hatte ein riesiges Podium gebaut, gewaltig und breit, doch nicht mehr als nur einen Fuß von der Erde. Dieses Podium war mit einem Dutzend dicker Teppiche ausgelegt und an einigen Stellen vier oder fünf Zoll tief.

Einige Tuchuks und ein paar andere hatten sich um das Podium versammelt; auf der Plattform standen um Kutaituchik einige Männer, von denen ich aufgrund ihrer Position und ihrem Schmuck vermutete, dass sie von großer Wichtigkeit waren. Unter diesen Männern saß Kutaituchik mit überkreuzten Beinen. Um Kutaituchik waren verschiedene Waren angehäuft, meist Metallgefäße, Ketten und haufenweise Juwelen. Auch Seide von Tyros gab es. Silber von Thentis und Tharna. Wandteppiche aus den Webereien von Ar. Wein aus Cos. Datteln aus der Stadt Tor. Unter den anderen Waren gab es ebenfalls zwei Mädchen, blond und blauäugig, unbekleidet, angekettet. Wahrscheinlich waren sie ein Geschenk an Kutaituchik oder die Töchter von Feinden. Sie konnten aus jeder Stadt sein. Beide waren schön. Eine saß mit bis zum Kinn angezogenen Knien da, die Hände um ihre Knöchel gehakt und starrte auf die Juwelen an ihren Füßen. Auf ihrem Mund lag ein gelber Klecks von den Früchten, mit denen man sie gefüttert hatte. Beide Mädchen trugen den Sirik, eine leichte Kette, die von den goreanischen Herren bei weiblichen Sklaven bevorzugt wird. Er besteht aus einem turianischen Reif, einem losen Stahlring, an dem eine leichte, glänzende Kette angebracht ist. Sollte das Mädchen stehen, fällt die Kette, die von seinem Reif baumelt, zu Boden. Sie ist zehn oder zwölf Zoll länger, als sie sein soll, um vom Reif bis zu den Knöcheln zu reichen. An dieser Kette, an der natürlichen Neigung ihrer Handgelenke, ist ein Paar Sklavenarmbänder befestigt. Am Ende der Kette befindet sich ein anderes Bauteil, ein Paar verbundener Knöchelringe, die, wenn sie um ihre Knöchel geschlossen werden, einen Teil der lockeren Kette vom Boden heben. Der Sirik ist ein erstaunlich anmutiges Ding und entworfen worden, um die Schönheit seiner Trägerin zu verstärken. Vielleicht sollte nur noch hinzugefügt werden, dass die Sklavenarmbänder und die Knöchelringe auch von der Kette gelöst und unabhängig von ihr benutzt werden können. Das erlaubt dem Sirik ebenso, als eine Sklavenleine zu funktionieren.

Kamchak und ich hielten am Rand des Podiums an. Dort wurden uns die Sandalen ausgezogen und unsere Füße von turianischen Sklaven gewaschen, von Männern im Kes, die möglicherweise früher einmal Stadtoffiziere gewesen waren. Wir stiegen auf das Podium und näherten uns der scheinbar schläfrigen Gestalt, die darauf saß. Obwohl das Podium prächtig aussah und die Teppiche darauf es noch übertrafen, sah ich, dass unterhalb von Kutaituchik eine einfache, abgetragene, zerfetzte Robe aus grauem Boskfell über den Teppichen ausgebreitet worden war. Er saß auf dieser einfachen Robe. Zweifelsohne war dies das, wovon Kamchak gesprochen hatte, das Gewand, auf dem der Ubar der Tuchuks saß. Dieses einfache Gewand war sein Thron.

Kutaituchik hob seinen Kopf und bemerkte uns. Seine Augen schienen schläfrig zu sein. Er war fast kahl, abgesehen von einem schwarzen Haarknoten hinten am ansonsten rasierten Schädel. Er war ein breitschultriger Mann mit kleinen Beinen. Seine Augen wiesen die Mongolenfalte auf. Seine Haut war in einem gelblich braunen Ton gefärbt. Obwohl er bis zur Hüfte nackt war, trug er eine wertvolle, mit Ornamenten und Juwelen verzierte, Robe aus rotem Bosk um seine Schultern. Um seinen Hals, an einer Kette, die mit Sleenzähnen verziert war, hing ein goldenes Medaillon, das das Zeichen der vier Boskhörner trug. Er hatte Pelzstiefel an, trug weite

Lederhosen und eine rote Schärpe, in der ein Quiva steckte. Neben ihm lag, vermutlich als Zeichen der Macht, eine aufgewickelte Boskpeitsche. Kutaituchik griff geistesabwesend in ein kleines goldenes Kästchen in der Nähe seines rechten Knies und zog einen Strang zusammengerollter Kandablätter heraus. Die Wurzeln der Kandaplanze, die hauptsächlich in den Wüstenregionen von Gor wächst, sind extrem giftig, aber überraschenderweise werden die gerollten Blätter dieser Pflanze, die relativ ungefährlich sind, zu Schnüren geformt und von vielen Goreanern gekaut oder gelutscht, besonders in der südlichen Hemisphäre, wo das Blatt ergiebiger ist.

Während Kutaituchik nicht die Augen von uns nahm, stieß er ein Ende des grünen Kandastranges in die linke Seite seines Mundes und begann sehr langsam darauf zu kauen. Er sagte nichts. Noch tat es Kamchak. Wir saßen einfach in seiner Nähe, die Beine gekreuzt. Ich war mir bewusst, dass nur wir drei auf dem Podium saßen. Ich war dankbar dafür, dass mit der Annäherung an die erhabene Gegenwart des hohen Kutaituchik keine Unterwerfungsrituale verbunden waren. Ich erfasste, dass er in früheren Jahren einmal ein Kaiilareiter gewesen war, der im Umgang mit Bogen, Lanze und Quiva geübt war. Solch ein Mann würde keine Zeremonien brauchen. Ich fühlte, dass dieser Mann früher vielleicht sechshundert Pasangs am Tag geritten war, nur von einem Mund voll Wasser und einer Handvoll Boskfleisch überlebte, das zwischen dem Sattel seines Kaiilas weich und warm gehalten wurde. Wahrscheinlich hat es nur wenige gegeben, die so geschickt mit dem Quiva oder so feinfühlig mit der Lanze umgehen konnten, wie er. Er hatte die Kriege und Winter der Prärie miterlebt. Und sicherlich hatte er Tiere und Menschen getroffen, genauso wie Feinde. Und er hatte gelebt. Solch ein Mann brauchte wirklich keine Zeremonie. Solch ein Mann, das fühlte ich, war Kutaituchik, den sie den Ubar der Tuchuks nannten.

Und trotzdem war ich traurig, als ich ihn ansah, denn ich fühlte auch, dass dieser Mann nicht länger im Sattel eines Kaiilas sitzen konnte. Dass er nicht mehr das Seil oder die Bola schwingen oder an Jagden und Kriegen teilnehmen konnte.

Nun kam aus der rechten Seite seines Mundes der dünne, schwarze und nasse Strang der gekauten Kanda hervor. Jedes Mal ein Viertelzoll. Langsam. Die matten und glasigen Augen betrachteten uns. Für ihn würde es nie wieder Geschicklichkeitsrennen über die gefrorene Prärie geben oder Kampfbegegnungen. Selbst das Tanzen für den Himmel um ein Feuer aus Boskdung würde er nicht mehr mitmachen können.

Kamchak und ich warteten, bis der Streifen zu Ende gekaut war.

Als Kutaituchik fertig war, hielt er seine rechte Hand auf, und ein Mann, kein Tuchuk, der die grünen Roben der Kaste der Ärzte trug, drückte ihm einen Kelch aus Boskhorn in die Hand. Er enthielt irgendeine gelbe Flüssigkeit. Verärgert und seine Abscheu nicht verhehlend, leerte Kutaituchik den Kelch und schleuderte ihn fort.

Er schüttelte sich und musterte Kamchak; er grinste ein Tuchuk-Grinsen. »Wie geht es den Bosks?«, fragte er.

»So gut, wie man es von ihnen erwartet«, sagte Kamchak.

»Sind die Quivas scharf?«

»Man gibt sich Mühe, sie scharf zu halten«, sagte Kamchak.

»Es ist wichtig, die Achsen der Wagen zu schmieren«, stellte Kutaituchik fest.

»Ja«, sagte Kamchak. »Ich glaube schon.«

Plötzlich griff Kutaituchik nach vorn, und er und Kamchak begannen zu lachen und umfassten ihre Hände.

Dann lehnte sich Kutaituchik zurück und klatschte zweimal laut in die Hände. »Bringt die Sklavin«, sagte er.

Ich drehte mich um und sah einen stämmigen Soldaten, der auf das Podium zuschritt. In seinen Armen trug er, eingeschlagen in den Fellen eines scharlachroten Larls, ein Mädchen.

Ich hörte den leisen Klang einer Kette.

Der Soldat platzierte Elizabeth Cardwell vor uns, und Kutaituchik zog das Fell weg.

Elizabeth Cardwell war gesäubert und ihr Haar gekämmt worden. Sie war schlank und sehenswert.

Der Soldat rückte sie vor uns zurecht. Ich bemerkte, dass das hohe Lederband noch immer um ihren Hals genäht war.

Auch wenn sie es nicht wusste, kniete Elizabeth Cardwell vor uns in der Position einer Vergnügungssklavin. Sie sah sich mit wildem Blick um und ließ dann den Kopf sinken. Abgesehen von dem Band um ihren Hals trug sie, wie die anderen Frauen auf der Plattform, nur den Sirik.

Kamchak winkte mir zu.

»Reden Sie«, sagte ich zu ihr.

Sie hob ihren Kopf und sagte kaum hörbar und zitternd durch die Beengung des Siriks: »La Kajira.« Dann ließ sie den Kopf fallen.

Kutaituchik schien zufrieden zu sein.

»Das ist das einzige Goreanisch, das sie kennt«, informierte ihn Kamchak.

»Für den Moment ist es genug«, sagte Kutaituchik. Dann sah er den Soldaten an. »Hast du sie gefüttert?«, fragte er.

Der Mann nickte.

»Gut«, sagte Kutaituchik, »die Sklavin wird ihre Stärke brauchen.«

Das Verhör von Elizabeth Cardwell dauerte Stunden. Unnötig zu erwähnen, dass ich als Übersetzer fungierte. Zu meiner Überraschung führte Kamchak den größten Teil der Vernehmung, anstelle von Kutaituchik, den sie Ubar der Tuchuks nannten. Kamchaks Fragen waren präzise, zahlreich und kompliziert. Mehrmals kam er zu den verschiedensten Fragen auf unterschiedlichste Art zurück und verband auf subtile Weise ihre Antworten mit den vorhergegangenen. Er wob ein ausgeklügeltes Netz der Befragung um das Mädchen, grazil und fein. Ich wunderte mich über seine Fertigkeit. Hätte es auch nur die kleinste Unstimmigkeit oder Zögern in den Antworten des Mädchens gegeben, wäre es sofort erkannt worden.

Während all dieser Zeit, in der man zwischendurch Fackeln brachte, um die Nacht zu erhellen, war es Elizabeth Cardwell nicht gestattet, sich zu bewegen. Sie musste die Position der Vergnügungssklavin beibehalten, die Knie sorgfältig platziert, den Rücken durchgedrückt, den Kopf erhoben, die glänzende Kette des Siriks vom turianischen Reif baumelnd und am anderen Ende auf dem Fell des roten Larls liegend, auf dem sie kniete.

Wie man sicherlich erwartete, war die Übersetzung alles andere als leicht, aber ich versuchte, so viel wie ich konnte von dem zu übermitteln, was das Mädchen mir mit kläglich herauspurzelnden Worten zu erzählen versuchte.

Auch wenn es Risiken barg, versuchte ich, so genau zu übersetzen, wie ich konnte und ließ Miss Cardwell frei sprechen, auch wenn ihre Worte ziemlich fantastisch für die Tuchuks klingen mussten, denn das meiste von dem, was sie sagte, kam von einer fremden Welt. Einer Welt voller riesiger Nationen anstelle von autonomen Städten. Einer Welt ohne Kasten und Handwerk, mit globalen, ineinandergreifenden Industrieanlagen. Keine Welt des Tauschhandels oder der Tarnmünze, sondern ein fantastisches System von Börsen und Banken. Eine Welt ohne Tarn und Tharlarion, aber mit Flugzeugen, Motorbussen und LKWs. Eine Welt, in der Worte nicht durch einen Reiter auf einem flinken Kaiila weitergetragen werden mussten, die vielmehr von einem Winkel der Erde aus gesprochen werden konnten und über einen künstlichen Mond weitergeleitet wurden.

Zu meiner Freude hielten sich Kutaituchik und Kamchak mit der Beurteilung dieser Dinge zurück. Zum Glück schienen sie dieses Mädchen nicht als verrückt zu betrachten. Ich fürchtete zwischenzeitlich, dass sie das tun könnten und bei dem scheinbar völligen Unsinn, den sie erzählte, die Geduld verlieren und sie schlagen oder aufspießen lassen würden.

Ich weiß nicht warum, aber Kutaituchik und Kamchak hatten offenbar ihren Grund zur Annahme, dass das Mädchen die Wahrheit sprach. Natürlich war das, was sie am meisten interessierte, wie und warum es kam, dass sie über die Ebenen von Turia wanderte, in den Ländern der Wagenvölker. Weder sie noch ich erfuhren es.

Wir waren zumindest befriedigt, dass selbst das Mädchen es nicht wusste.

Endlich kamen Kamchak und Kutaituchik zum Ende und lehnten sich zurück, während sie das Mädchen ansahen.

»Rühren Sie sich nicht«, sagte ich zu ihr.

Sie blieb ruhig. Sie war sehr schön.

Kamchak gestikulierte mit seinem Kopf.

»Sie sollten Ihren Kopf senken«, sagte ich zu ihr.

Mit einem Rasseln der Ketten fielen ihr Kopf und die Schultern erbärmlich nach vorn, und obwohl sie kniete, berührte ihr Kopf das Fell des Larls. Ihre Schultern und ihr Rücken zitterten.

Von dem, was ich erfahren hatte, schien es mir keinen besonderen Grund dafür zu geben, warum ausgerechnet Elizabeth Cardwell und nicht irgendeine andere der zahllosen Frauen auf der Erde, ausgewählt wurde, um das Nachrichtenband zu tragen. Bisher wurde das Band nicht entfernt und untersucht. Vielleicht, weil es zweckmäßig war und sie, eine liebreizende Frau, die ein Band trug, ein Geschenk darstellte. Mit einer Botschaft, die den Tuchuks gefallen sollte, und deren Inhalt auf diese Art vielleicht besser übermittelt werden konnte.

Miss Cardwell unterschied sich kaum von den Tausenden reizender arbeitender Frauen in den Großstädten der Erde, vielleicht war sie intelligenter als viele, vielleicht hübscher als die meisten, aber grundsätzlich war sie wie jede andere, die allein oder zusammen in Apartments leben, in Büros, Werkstätten und Läden arbeiten, die um ein erstrebenswertes Leben in einer glamourösen Stadt kämpfen, deren Waren und Freuden sie sich schlecht leisten konnten. Was mit ihr geschehen war, erfasste ich, hätte mit jeder anderen ebenso geschehen können.

Sie erinnerte sich daran, wie sie aufstand, sich wusch und anzog, ein eiliges Frühstück zu sich nahm, mit dem Aufzug ihres Apartments nach unten fuhr, in die U-Bahn stieg, bei der Arbeit ankam und den Alltagsmorgen als Sekretärin in einer größeren Werbeagentur in der Madison Avenue durchlebte. Auch an ihre Erregung, als sie zu einem Vorstellungsgespräch für die Position der Managmentsekretärin der Kunstabteilung eingeladen wurde, erinnerte sie sich. Ebenso wie sie in letzter Sekunde ihren Lippenstift nachzog, den Saum ihres gelben Hemdblusenkleides richtete und dann, mit dem Stenoblock in der Hand, das Büro ihres Vorgesetzten betrat.

Bei ihm befand sich ein großer, fremder Mann mit breiten Schultern und großen Händen, einem gräulichen Gesicht und Augen wie Glas. Er machte ihr Angst. Er trug einen dunklen Anzug aus teurem Stoff von hochwertiger Arbeit, und dennoch wirkte er nicht so, als hätte er sich an das Tragen solcher Kleidung gewöhnt. Er sprach zu ihr, eher wie der Mann, den sie kannte, der Boss ihrer Abteilung, den sie täglich sah. Er erlaubte ihr nicht, sich an den Tisch zu setzen. Stattdessen befahl er ihr, gerade zu stehen. Er schien ihre Haltung zu verachten. Wütend darüber, tat sie dennoch wie ihr geheißen, zuerst peinlich berührt, dann stand sie frech und aufrecht vor ihm. Seine Augen musterten sorgfältig ihre Knöchel, dann ihre Waden, und sie war sich durchaus beschämt bewusst, wie sie da vor ihm stand, in dem gelben Kleid aus Oxfordstoff, der kaum ihre Schenkel verhüllte, mit flachem Bauch und ihrer schönen Figur.

»Heben Sie den Kopf«, sagte er, und sie tat es. Das Kinn hocherhoben, der reizende, wütende Kopf, der stolz auf ihrem aristokratischen, grazilen Nacken saß.

Dann wandte der Fremde sich von ihr ab.

Sie drehte sich mit blitzenden Augen zu ihm.

»Sprechen Sie nicht«, sagte er.

Ihre Finger wurden weiß vor Wut, während sie Stenoblock und Bleistift verkrampft hielt.

Er deutete zum anderen Ende des Raumes. »Gehen Sie dorthin und kommen Sie wieder zurück.«

»Das werde ich nicht«, sagte sie.

»Jetzt«, forderte der Mann.

Elizabeth hatte fast mit Tränen in den Augen zu ihrem Abteilungschef geschaut, doch dieser schien in ihren Augen plötzlich schwach, plump, distanziert, schwitzend, ein Nichts zu sein. Er nickte hastig. »Bitte, Miss Cardwell, tun Sie, was er sagt.«

Elizabeth wandte sich dem großen fremden Mann zu. Sie atmete schnell. Sie fühlte, wie sie den Bleistift in ihrer schwitzenden Hand hielt. Dann brach er auseinander.

»Jetzt«, sagte der Mann.

Als sie ihn ansah, spürte sie mit einem Mal, dass ein Fremder wie dieser Mann unter Umständen und zu unterschiedlichen Zwecken schon viele Frauen abgeschätzt und beurteilt hatte.

Das machte sie wütend.

Es sah fast wie eine Herausforderung aus, die sie akzeptieren würde. Sie würde ihm in der Tat eine Frau zeigen. Indem sie sich selbst gestattete, jetzt unverschämt und ganz weiblich zu sein, würde sie ihm in ihrem Gang ihre Verachtung und ihren Hohn für ihn zeigen.

Sie würde danach gehen und direkt zum Personalbüro eilen, um ihre Kündigung einzureichen.

Sie warf ihren Kopf zurück. »Nun gut«, sagte sie. Und Elizabeth Cardwell marschierte stolz und wütend zum anderen Ende des Raums, drehte sich dort in Richtung des Mannes um, näherte sich ihm mit spöttischem Blick und einem verachtenden Lächeln, das ihre Lippen umspielte. Sie hörte, wie sich der Abteilungschef an seinem Atem verschluckte. Sie nahm ihre Augen nicht von dem großen, fremden Mann.

»Sind Sie zufrieden?«, fragte sie ruhig und beißend.

»Ja«, hatte er gesagt.

Sie erinnerte sich danach nur noch daran, wie sie sich umdrehte und in Richtung Tür in Bewegung setzte, dann an einen plötzlichen, auffälligen Geruch, durchdringend, der ihr Gesicht und Kopf umhüllte.

Sie war erst auf den Ebenen von Gor wieder zu Bewusstsein gekommen. Sie war noch exakt so gekleidet, wie sie sich am Morgen angezogen hatte und zur Arbeit gegangen war, abgesehen von dem dicken, ledernen Band, das um ihren Hals genäht worden war. Sie hatte laut geschrien und war umhergezogen. Dann, nach einigen Stunden, in denen sie nur noch verwirrt, erschrocken und hungrig durch das hohe braune Gras stolperte, hatte sie zwei Reiter gesehen, die auf flinken, seltsamen Tieren saßen. Sie hatten sie gesehen; sie rief ihnen zu. Vorsichtig näherten sie sich ihr in einem großen Bogen, als ob sie das Gras nach Feinden oder jemand anderem absuchten.

»Ich bin Elizabeth Cardwell«, hatte sie gerufen. »Meine Heimat ist in New York City. Was für ein Ort ist das hier? Wo bin ich?« Und dann hatte sie ihre Gesichter gesehen und geschrien.

»Haltung«, sagte Kamchak.

Ich spach das Mädchen mit scharfem Ton an. »Halten Sie sich so, wie Sie gerade waren.«

Erschrocken richtete sie sich wieder auf, platzierte die Knie, den Rücken gerade und den Kopf hoch, kniete vor uns in der Position einer Vergnügungssklavin.

»Das Band ist turianisch«, sagte Kamchak.

Kutaituchik nickte.

Das waren willkommene Neuigkeiten für mich, denn dies bedeutete, dass die Antwort auf wenigstens einen Teil des Rätsels, mit dem ich konfrontiert war, irgendwie in der Stadt Turia lag.

Aber wie kam es, dass Elizabeth Cardwell, von der Erde, ein turianisches Nachrichtenband trug?

Kamchak zog das Quiva von seinem Gürtel und näherte sich dem Mädchen. Sie funkelte ihn wild an und zog sich zurück.

»Bewegen Sie sich nicht«, sagte ich ihr.

Kamchak schob die Klinge des Quivas zwischen das Band und die Kehle des Mädchens und schnitt, sodass das lederne Band herunterfiel.

Der Nacken des Mädchens, dort wo das Band befestigt worden war, war rot, schweißnass und wund.

Kamchak ging zu seinem Platz zurück und setzte sich wieder mit überkreuzten Beinen hin und legte das abgeschnittene Band vor sich auf den Teppich.

Kutaituchik und ich sahen zu, wie er sorgfältig das Band ausbreitete, indem er zwei Kanten zurückdrängte und dann aus dem Inneren ein dünnes, zusammengefaltetes Stück Papier herauszog, Rencepapier aus dem Zellstoff der Rencepflanze, einer großen, langstieligen Blattpflanze, die überwiegend im Delta des Vosk wächst. Ich nehme an, es bedeutete an sich nichts, aber ich musste sofort an Port Kar, an das heimtückische, armselige Port Kar denken, das die Herrschaft über das Delta für sich beansprucht. Es erhebt grausame Tribute von Rencebauern, große Bestände von Rencepapier zum Handeln, Söhne für Ruderer in Galeeren, Töchter als Vergnügungssklavinnen in den Tavernen der Stadt. Ich hätte eher erwartet, dass die Nachricht auf starkem, glänzendem Leinenpapier, wie in der Art des in Ar hergestellten, geschrieben worden wäre oder vielleicht auf Velin oder dickerem Pergament, das in vielen Städten gefertigt und gewöhnlicherweise in Rollen benutzt wurde. Der Prozess der Herstellung beinhaltete neben anderen Dingen das Waschen und Kalken von Häuten, ebenso ihr Kratzen und Dehnen, ihr Abstauben mit gesiebten Kalksteinen und das Glattreiben mit Bimsstein.

Kamchak gab Kutaituchik das Papier, und er nahm es und sah es, wie ich dachte, ausdruckslos an. Nichts sagend, gab er es an Kamchak zurück, der es mit großer Sorgfalt zu studieren schien und es dann, zu meinem Erstaunen, seitwärts und in alle Richtungen drehte. Endlich gab er es grunzend an mich weiter.

Ich war plötzlich erheitert, denn ich stellte fest, dass keiner der Tuchuks lesen konnte.

»Lies«, sagte Kutaituchik.

Ich lächelte und nahm das Stück Rencepapier. Ich blickte darauf und hörte auf zu lächeln. Natürlich konnte ich es lesen. Es war in goreanischer Schrift, von links nach rechts, geschrieben und dann von rechts nach links in abwechselnden Zeilen. Die Schrift war durchaus lesbar. Sie war in schwarzer Tinte geschrieben, wahrscheinlich mit einer Rohrfeder. Das brachte mich abermals auf das Delta des Vosk.

»Was sagt es?«, fragte Kutaituchik.

Die Botschaft war einfach und bestand lediglich aus drei Zeilen.

Ich las sie laut vor:

Findet den Mann, zu dem dieses Mädchen sprechen kann.

Sein Name ist Tarl Cabot.

Tötet ihn.

»Und wer hat diese Nachricht verfasst?«, fragte Kutaituchik.

Ich zögerte, die Unterschrift vorzulesen.

»Nun?«, fragte Kutaituchik.

»Sie ist unterzeichnet«, sagte ich, »... von den Priesterkönigen von Gor.«

Kutaituchik lächelte. »Du liest sehr gut Goreanisch«, sagte er.

Ich verstand endlich, dass beide Männer lesen konnten, auch wenn es viele der Tuchuks nicht konnten. Es war ein Test gewesen.

Kamchak grinste zu Kutaituchik, die Narben auf seinem Gesicht runzelten sich vor Freude. »Er hat Gras und Erde mit mir gehalten«, sagte er.

»Ah!«, sagte Kutaituchik. »Das wusste ich nicht.«

Meine Gedanken wirbelten. Nun verstand ich, was ich vorher schon vermutet hatte, warum eine englischsprechende Frau notwendig war, dieses Band zu tragen, nämlich, weil sie das Mittel dazu war, um mich von all den Hunderten und Tausenden unter den Wagenvölkern auszusortieren und zum Tode zu verurteilen.

Aber ich konnte nicht verstehen, warum die Priesterkönige wünschten, mich tot zu sehen. War ich nicht, in gewissem Sinne, in ihre Arbeit eingespannt? War ich nicht in ihrer Vertretung zu den Wagenvölkern gekommen, um nach dieser zweifellos goldenen Kugel zu suchen, die das letzte Ei der Priesterkönige und die letzte Hoffnung ihrer Rasse darstellte?

Nun wünschten sie, dass ich starb.

Das schien unwahrscheinlich zu sein.

Ich bereitete mich darauf vor, um mein Leben zu kämpfen, es so teuer wie möglich auf dem Podium Kutaituchiks, den sie Ubar der Tuchuks nannten, zu verkaufen, denn welcher Goreaner würde den Befehl der Priesterkönige verweigern? Ich stand auf und zog mein Schwert aus der Scheide.

Ein oder zwei der Soldaten zogen sofort ihre Quivas.

Ein feines Lächeln zog sich über das breite Gesicht Kutaituchiks.

»Steck dein Schwert weg und setz dich«, sagte Kamchak.

Sprachlos tat ich es.

»Das ist offensichtlich keine Botschaft der Priesterkönige«, sagte Kamchak.

»Woher weißt du das?«, fragte ich.

Das narbige Gesicht runzelte sich, und Kamchak ruckte zurück und klatschte auf seine Knie. Er lachte. »Glaubst du, die Priesterkönige, sollten sie dich tot sehen wollen, würden jemand anderes fragen, um das für sie zu erledigen?« Er deutete auf das geöffnete Band, das vor ihm auf dem Teppich lag. »Glaubst du, die Priesterkönige würden ein turianisches Nachrichtenband benutzen?« Er deutete mit seinem dicken Finger auf Elizabeth Cardwell. »Glaubst du, die Priesterkönige würden ein Mädchen benötigen, um dich zu finden?« Kamchak warf seinen Kopf zurück und lachte laut, und selbst Kutaituchik lächelte.

»Nein«, sagte Kamchak und klatschte auf seine Knie. »Priesterkönige brauchen keine Tuchuks, die ihre Auftragsmorde ausführen.«

Was Kamchak sagte, erschien mir sehr schlüssig zu sein. Allerdings war es befremdlich, dass jemand, egal wer, es wagte, fälschlich im Namen der Priesterkönige zu sprechen. Wer oder was konnte das wagen? Dennoch, wie konnte ich wissen, dass die Nachricht nicht von den Priesterkönigen stammte? Kamchak und Kutaituchik wussten im Gegensatz zu mir nichts von dem neuesten Nestkrieg unter dem Sardar und der Störung in den technologischen Komplexen des Nestes – wer wusste schon, zu welchen primitiven Mitteln Priesterkönige greifen mussten, jetzt, wo sie eingeschränkt waren? Trotzdem, in der Gesamtbetrachtung tendierte ich dazu, Kamchak zuzustimmen, dass es nicht wahrscheinlich war, dass diese Nachricht von den Priesterkönigen kam. Nach dem Nestkrieg waren Monate vergangen, und inzwischen würden die Priesterkönige sicherlich einige Teile ihrer Ausrüstung und Kontroll- und Überwachungsgeräte wiederhergestellt haben, bei all den Mitteln, die sie seit einem so langen Jahrtausend besaßen, um ihre Herrschaft in dieser barbarischen Umwelt zu halten. Abgesehen davon und soweit ich wusste, war Misk, der mein Freund war und zwischen dem und mir es Nestvertrauen gab, noch immer der Höchstgeborene der lebenden Priesterkönige und die letzte Autorität in wichtigen Belangen des Nestes. Ich wusste, dass Misk, falls es niemand anderes tat, nicht meinen Tod wünschte. Und schlussendlich erinnerte ich mich selbst daran, dass ich doch in ihre Arbeit eingebunden war. War ich nicht, wenn auch in Gefahr, in ihrer Vertretung bei den Wagenvölkern?

Aber ich fragte mich, wenn diese Nachricht nicht von den Priesterkönigen kam, von wem konnte sie dann sein? Wer würde dies wagen? Wer außer den Priesterkönigen würde wissen, dass ich bei den Wagenvölkern weilte? Aber ich sagte mir selbst, dass das jemand oder etwas sein musste, auf keinen Fall aber die Priesterkönige. Es musste Andere geben, die nicht wollten, dass ich weiterhin mit meinem Werk vorwärtskam, die wollten, dass die Rasse der Priesterkönige ausstarb. Andere, die selbst in der Lage und damit technologisch fortgeschritten waren, Menschen von der Erde zu ihrem Zweck herzubringen. Andere, die wahrscheinlich, vorsichtig und unsichtbar, einen Krieg mit den Priesterkönigen austrugen, die als Preis für ihren Sieg nach dieser Welt oder sogar der ganzen Erde verlangten oder der Sonne und ihren Planeten. Andere, die vielleicht im Gegensatz zu unserem System standen und auf den Untergang der Priesterkönige warteten, die möglicherweise den Schild darstellten, unerkannt von allen anderen, der sie bisher beschützt hat. Vermutlich von der Zeit an, in der die ersten Steine entstanden, vielleicht sogar vor dem ersten intelligenten, greiffähigen Tier, das Feuer in seiner Höhle entfachen konnte.

Aber diese Spekulationen waren zu fantastisch, und ich verwarf sie.

Es blieb jedoch ein Rätsel zurück, das ich bestimmt war zu lösen.

Die Antwort lag möglicherweise in Turia.

In der Zwischenzeit würde ich natürlich meine Arbeit fortsetzen. Ich würde versuchen, für Misk das Ei zu finden und es zum Sardar zurückbringen. Ich nahm wirklich an, dass das Rätsel und meine Mission miteinander verbunden waren.

»Was hättest du getan, wenn du gedacht hättest, dass diese Botschaft wirklich von den Priesterkönigen stammt?«, fragte ich Kamchak.

»Nichts«, sagte Kamchak ernst.

»Würdest du die Herden, die Wagen, die Völker riskieren?«, fragte ich.

Sowohl Kamchak als auch ich wussten, dass man den Priesterkönigen nicht so einfach einen Befehl verweigern konnte. Ihre Vergeltung konnte sich bis zur totalen und vollständigen Ausrottung ganzer Städte ausweiten. Tatsächlich war ihre Macht, soweit ich wusste, ausreichend, um Planeten zu zerstören.

»Ja«, sagte Kamchak.

»Warum?«, fragte ich.

Er sah mich an und lächelte. »Weil wir zusammen Gras und Erde gehalten haben«, sagte er.

Kutaituchik, Kamchak und ich betrachteten dann Elizabeth Cardwell.

Ich wusste, dass sie ihren Zweck erfüllt hatte, soweit es das Verhör betraf. Es gab nichts mehr von ihr zu erfahren. Sie musste das auch gespürt haben, denn sie schien schrecklich ängstlich zu sein, auch wenn sie sich nicht bewegte. Ihre Angst war in ihren Augen zu lesen und in den schwachen, zittrigen Bewegungen ihrer Unterlippe. Im Staatssinne war sie nun ohne Wert. Dann plötzlich, nicht aufzuhalten, zitternd im Sirik, senkte sie den Kopf bis zum Fell des Larls. »Bitte«, sagte sie. »Tötet mich nicht.«

Ich übersetzte für Kamchak und Kutaituchik.

Kutaituchik richtete die Frage an sie: »Bist du darauf bedacht, die Launen der Tuchuks zu befriedigen? «

Ich übersetzte.

Mir Schrecken hob Elizabeth Cardwell ihren Kopf vom Fell und musterte ihre Kidnapper. Sie schüttelte wild ihren Kopf. »Nein, bitte nicht!«

»Spießt sie auf«, sagte Kutaituchik.

Zwei Krieger stürmten vorwärts, packten das Mädchen unter den Armen und zogen sie vom Fell.

»Was tun sie?«, schrie sie.

»Sie haben vor, Sie aufzuspießen«, erklärte ich ihr.

Sie begann zu schreien. »Bitte, bitte, bitte!«

Meine Hand lag auf dem Schwertheft, aber Kamchaks Hand legte sich auf meine.

Kamchak drehte sich zu Kutaituchik um. »Sie sieht bereit aus«, sagte er.

Erneut richtete Kutaituchik seine Frage an sie, und ich übersetzte sie.

»Bist du darauf bedacht, die Launen der Tuchuks zu befriedigen?«

Die Männer, die das Mädchen festhielten, erlaubten ihm, auf die Knie zwischen ihnen zu fallen. »Ja«, sagte sie kläglich. »Ja!«

Kutaituchik, Kamchak und ich betrachteten sie.

»Ja«, weinte sie, ihren Kopf auf dem Teppich. »Ich bin bereit, die Launen der Tuchuks zu befriedigen.«

Ich übersetzte für Kutaituchik und Kamchak.

»Frag sie, ob sie darum bettelt, ein Sklavenmädchen zu sein«, verlangte Kutaituchik.

Ich übersetzte die Frage.

»Ja«, weinte Elizabeth Cardwell. »Ja, ich bettle darum, ein Sklavenmädchen zu sein.«

Vielleicht erinnerte sich Elizabeth Cardwell in dem Moment an den fremden Mann, so furchteinflößend mit seinem grauen Gesicht und den Augen wie Glas, der sie auf der Erde untersucht hatte, vor dem sie wie auf einem Podest gestanden hatte, der sie ohne ihr Wissen auf ihre Fitness, ein Nachrichtenband von Turia zu tragen, untersucht hatte. Wie sie ihn herausforderte, wie sie vor ihm stolziert war, wie unverschämt sie ihm gegenüber gewesen war! Vielleicht dachte sie in diesem Moment daran, wie sehr es diesen Mann amüsieren musste, wenn er sie jetzt sehen könnte, das stolze Mädchen, nun im Sirik, ihren Kopf auf dem Fell eines Larls, vor Barbaren kniend, darum bettelnd, ein Sklavenmädchen zu sein. Und wenn sie an diese Dinge dachte, wie musste sie dann erst in ihrem Herzen aufschreien, weil sie erkannte, dass der Mann ganz genau gewusst hatte, was aus ihr werden würde. Wie musste er sich selbst ins Fäustchen gelacht haben, während ihrer hübschen Showeinlage von weiblichem Stolz, ihrer Eitelkeit, in dem Bewusstsein, dass dies hier das war, was für dieses liebreizende braunhaarige Mädchen im gelben Kleid bestimmt war.

»Ich gewähre ihr den Wunsch«, sagte Kutaituchik. Dann sagte er zu einem nahe stehenden Krieger: »Bring Fleisch.«

Der Krieger sprang vom Podium und kam nach wenigen Augenblicken mit einer Handvoll gebratenem Boskfleisch zurück.

Kutaituchik gestikulierte, dass man das zitternde Mädchen zu ihm brachte, und die beiden Krieger zogen sie zu ihm und platzierten sie direkt vor ihn.

Er nahm das Fleisch in seine Hand und gab es an Kamchak, der hineinbiss. Ein wenig Saft rann ihm an den Seiten seines Mundes herab. Kamchak hielt dann das Fleisch dem Mädchen hin.

»Essen Sie«, erklärte ich ihr.

Elizabeth Cardwell nahm das Fleisch in beide Hände, soweit es die Sklavenarmbänder und die Kette des Siriks erlaubten, und mit gebeugtem Kopf, ihr Haar vornüberfallend, aß sie.

Sie, eine Sklavin, hatte Fleisch aus der Hand von Kamchak von den Tuchuks akzeptiert.

Sie gehörte nun ihm.

»La Kajira«, sagte sie, ihren Kopf nach unten legend, dann das Gesicht mit ihren gefesselten Händen bedeckend und schluchzend. »La Kajira. La Kajira!«

8 Das Überwintern

Wenn ich darauf gehofft hatte, eine Antwort auf die Rätsel, die mich beschäftigten, zu bekommen oder auf ein schnelles Ende meiner Suche nach dem Ei der Priesterkönige, so wurde ich enttäuscht, denn ich erfuhr in den nächsten Monaten nichts darüber.

Ich hatte gehofft, nach Turia gehen zu können und dort nach einer Antwort zum Rätsel des Nachrichtenbandes zu suchen, aber es hatte nicht sein sollen, zumindest nicht bis zum Frühling.

»Dies ist das Omenjahr«, hatte Kamchak zu den Tuchuks gesagt.

Die Herden würden Turia umrunden, da dieser Teil des Omenjahres das Vorbeiziehen an Turia genannt wurde, in dem die Wagenvölker sich sammeln und beginnen, zu ihren Winterweiden aufzubrechen. Der zweite Teil des Omenjahres besteht im Überwintern, was weit nördlich von Turia stattfindet, nahe dem Äquator, dem man sich von dieser Hemisphäre nähert, natürlich vom Süden her. Der dritte und letzte Teil des Omenjahres ist die Rückkehr nach Turia, die dann im Frühling stattfindet, oder wie die Wagenvölker sagen, in der Saison des Kleinen Grases. Es ist der Frühling, in dem die Omen bezüglich der Wahl des Ubar San gedeutet werden, des Einen Ubars, dessen, der der Ubar aller Wagen und aller Völker sein würde.

Ich schaffte es zumindest vom Rücken des Kaiilas, das ich zu reiten gelernt hatte, einen kurzen Blick auf das ferne, von hohen Mauern und neun Toren umgebene Turia zu erhaschen. Es wirkte wie eine erhabene, feine Stadt, weiß und schimmernd, sich aus den Ebenen erhebend.

»Geduld, Tarl Cabot«, sagte Kamchak neben mir auf seinem Kaiila. »Im Frühjahr gibt es die Spiele des Liebeskrieges, und ich werde nach Turia gehen. Wenn du willst, kannst du mich dann begleiten.«

»Gut«, sagte ich.

Ich würde warten. Bei näherem Betrachten schien es das Beste zu sein, was ich tun konnte. Das Rätsel des Nachrichtenbandes, so faszinierend es auch war, war von sekundärem Belang. Eine Zeit lang verbannte ich es aus meinen Gedanken. Mein Hauptaugenmerk galt sicherlich nicht dem fernen Turia, sondern den Wagen.

Ich fragte mich, was Kamchak die Spiele des Liebeskrieges genannt hatte, die in den Ebenen der Tausend Pfähle abgehalten wurden. Ich nahm an, dass ich es beizeiten erfahren würde.

»Nach den Spielen des Liebeskrieges werden die Omen gedeutet«, sagte Kamchak.

Ich nickte, und wir ritten zu den Herden zurück.

Seit mehr als hundert Jahren hatte es keinen Ubar San mehr gegeben. Es war auch nicht wahrscheinlich, dass einer im Frühling gewählt wurde. Während der Zeit, in der ich bei den Wagenvölkern war, erfasste ich, was die vorbehaltlose Waffenruhe des Omenjahres bedeutete, die diese vier wilden, kriegführenden Völker davon abhielt, sich gegenseitig an die Kehlen zu gehen, oder, etwas genauer, den jeweils anderen an seinem Bosk aufzuhängen.

Als Korobaner, dazu noch einer mit Zuneigung für die Städte von Gor, besonders jenen im Norden wie Ko-ro-ba, Ar, Thentis und Tharna, war ich natürlich nicht enttäuscht von der Wahrscheinlichkeit, dass ein Ubar San nicht gewählt werden würde. Tatsächlich fand ich nur wenige, die sich tatsächlich die Wahl eines Ubar San wünschten. Die Tuchuks waren wie die anderen Wagenvölker extrem unabhängig. Dennoch wurden alle zehn Jahre die Omen gedeutet. Ich betrachtete die Omenjahre ursprünglich als eine völlig sinnlose Einrichtung, aber später erfuhr ich, dass sie doch einiges bedeuteten: Sie bringen die Wagenvölker von Zeit zu Zeit zusammen, und in dieser Zeit, abgesehen von den einfachen Werten sich zu sammeln, wird viel mit den Bosks und Frauen gehandelt, mit freien genauso wie mit Sklavinnen. Der Boskhandel bringt frische Gene in die Herden, und ich denke, dass das Gleiche aus biologischer Sicht auch für den Tausch von Frauen gilt. Wichtiger jedoch, als dass jemand Frauen und Bosks stehlen könnte, ist die institutionalisierte Möglichkeit, die Wagenvölker in Zeiten einer Krise zu vereinen, sollten sie getrennt und bedroht sein. Ich denke, dass jene, die das Omenjahr vor mehr als tausend Jahren etablierten, weise Männer waren.

Ich fragte mich, wie es kam, dass Kamchak im Frühjahr nach Turia ging.

Bisher spürte ich in ihm eher die Wichtigkeit, bei den Wagen zu bleiben.

Vielleicht waren Verhandlungen zu führen. Möglicherweise hatte es mit dem zu tun, was sie die Spiele des Liebeskrieges nannten. Oder vielleicht auch mit Handel.

Zu meiner Überraschung erfuhr ich, dass Handel gelegentlich mit Turia betrieben wurde. Als ich dies hörte, hatte ich bereits meine Hoffnungen, ich könnte mich der Stadt in naher Zukunft nähern in den Wind geschossen. Hoffnungen, die enttäuscht wurden, als dies herauskam. Vielleicht war das gut so.

Obwohl sie Feinde von Turia waren, brauchten und wollten die Wagenvölker die Waren der Stadt, insbesondere Materialien aus Metall und Stoff, die einen hohen Stellenwert unter den Wagen innehatten. Tatsächlich sind selbst die Ketten und Reife der Sklavenmädchen, die oft von gefangenen turianischen Mädchen getragen werden, von turianischer Herkunft. Auf der anderen Seite tauschen die Turianer gern ihre Waren, die sie durch eigene Herstellung oder im Handel mit anderen Städten erwerben, gegen das Horn und das Fell der Bosks, die die Wagenvölker, die mit den Bosks leben, im Überfluss besitzen. Wie ich bemerke, erhalten die Turianer auch andere Waren von den Wagenvölkern, die auch vom Rauben leben. Waren von geplünderten Karawanen, vielleicht tausend Pasangs von den Herden entfernt, einige davon waren tatsächlich auf dem Weg von oder nach Turia gewesen, als sie von den Wagenvölkern überfallen wurden. Aus diesen Raubzügen erbeuten die Wagenvölker verschiedene Güter, die sie den Turianern feilbieten: Juwelen, kostbare Metalle, Gewürze, farbige Tafelsalze, Geschirr und Sättel für das Hohe Tharlarion, Pelze von kleinen Flusstieren, Werkzeuge für die Arbeit draußen, wissenschaftliche Schriftrollen, Tinten und Papiere, Wurzelgemüse, getrockneten Fisch, Medizin in Pulverform, Salben, Parfüme und Frauen, üblicherweise einfache Frauen, die sie nicht für sich selbst behalten wollen. Attraktivere Mädchen werden zu deren Bestürzung gewöhnlich bei den Wagen behalten. Einige der einfacheren Frauen werden für weniger als einen Kupferbecher verkauft. Ein wirklich schönes Mädchen, besonders von hohem Stand und freier Geburt, mochte den Gegenwert von vierzig Goldstücken bringen. Solche Frauen werden jedoch selten verkauft. Die Wagenvölker genießen es, von zivilisierten Sklavinnen von großer Schönheit und hohem Stand bedient zu werden. Während des Tages, in der Hitze und dem Staub, werden solche Frauen sich um die Zugbosks kümmern und Zündmittel für die Düngefeuer sammeln. In der Nacht werden sie ihren Herren gefallen. Die Wagenvölker bieten den Turianern manchmal auch Seide an, aber für gewöhnlich behalten sie diese für ihre eigenen Sklavinnen, die sie im Schutz der Wagen tragen. Im Übrigen ist es freien Frauen unter den Wagenvölkern nicht gestattet, Seide zu tragen. Jene von den Wagenvölkern behaupten, reizvoll, wie ich denke, dass jede Frau, die das Gefühl von Seide auf ihrem Körper liebt, tief in ihrem Innersten eine Sklavin ist, ganz gleich, ob ein Herr sie dazu gezwungen hat, einen Halsreif zu tragen oder nicht. Es sollte noch hinzugefügt werden, dass es zwei Dinge gibt, die die Wagenvölker nicht nach Turia verkaufen oder zum Tausch anbieten. Die eine Sache ist ein lebender Bosk und die andere ein Mädchen aus der Stadt selbst, obwohl letzterem manchmal zum Sport der jungen Männer erlaubt wird, nach der Stadt zu rennen. Sie werden dann vom Rücken des Kaiilas mit der Bola und dem Riemen gejagt.

Der Winter brach wild – einige Tage, bevor er erwartet wurde – über die Herde herein. Mit heftigen Schneefällen und lang anhaltenden Winden,

dem Gelände herunter. Es gab einen enttäuschenden Ausruf, als die Lanzenspitze die Frucht zerschnitt, statt sie festzuhalten. Sie wurde von dem Stab geschlagen. Das war nur ein Ein-Punkt-Stoß. Elizabeth jubelte erneut vor Vergnügen, denn sie gehörte zum Wagen von Kamchak und Tarl Cabot.

Der Reiter, der den unbefriedigenden Stoß geführt hatte, wirbelte plötzlich mit seinem Kaiila herum, direkt auf sie zu, und Elizabeth fiel auf ihre Knie und wurde sich bewusst, dass sie niemals ihre Freude ob seines Versagens hätte offenbaren dürfen. So legte sie ihren Kopf direkt ins Gras. Ich spannte mich an, aber Kamchak lachte und hielt mich zurück. Das Kaiila des Reiters bäumte sich vor ihr auf, und er brachte das Tier zur Ruhe. Mit der Lanzenspitze, die von der Tospitfrucht befleckt war, zerschnitt er den Riemen, der ihre Mütze hielt und schob die Mütze fort. Dann hob er mit der Spitze vorsichtig ihr Kinn an, damit sie ihn ansah.

»Vergib mir, Herr«, sagte Elizabeth Cardwell.

Auf Gor müssen alle Sklavenmädchen jeden freien Mann mit Herr anreden, auch wenn es nur einen wahren Herrn für sie gibt.

Ich war erfreut, wie gut Elizabeth sich in den letzten Monaten mit der Sprache angefreundet hatte. Natürlich hatte Kamchak drei turianische Frauen gemietet, Sklavinnen, die sie lehrten. Sie hatten das getan, indem sie ihre Hände banden und sie durch die Wagen führten, und sie Wörter für Dinge lehrten, die sie dort sah. Sie schlugen sie mit einer Gerte, wenn sie Fehler machte. Elizabeth hatte schnell gelernt. Sie war ein intelligentes Mädchen.

Für Elizabeth Cardwell waren besonders die ersten Wochen hart gewesen. Es ist keine einfache Verwandlung von einer aufgeweckten, hübschen Sekretärin in einem angenehmen, mit Leuchtstoffröhren beleuchteten, klimatisierten Büro in der Madison Avenue in New York City, zu einem Sklavenmädchen in einem Wagen eines Tuchuk-Kriegers zu werden.

Nachdem ihr Verhör beendet war, war sie auf dem Podium Kutaituchiks zusammengebrochen und schrie in ihrem Leid immer wieder: »La Kajira. La Kajira!« Kamchak hatte sie, die immer noch weinte auf dem Fell des roten Larls, auf das sie ursprünglich vor uns gesetzt worden war, in den Sirik gesteckt.

Als ich ihm vom Podium folgte, hatte ich Kutaituchik gesehen, wie er abwesend in das kleine goldene Kästchen der Kandastränge griff und seine Augen sich langsam zu schließen begannen.

In dieser Nacht kettete Kamchak Elizabeth Cardwell in seinem Wagen fest, nicht, wie sonst, unterhalb an das Rad gefesselt. Er nahm eine kurze Kette von einem Sklavenring, der sich auf dem Boden des Wagens befand und befestigte sie am Halsreif ihres Siriks. Dann wickelte er sie sorgfältig in das Fell des roten Larls ein, während sie zitterte und weinte.

Sie lag dort, bebend und stöhnend, sicherlich am Rande des Wahnsinns. Ich fürchtete, dass die nächste Phase in ihrer Verfassung aus Benommenheit, Schock, vielleicht der Verweigerung zu glauben, was ihr widerfahren war, Wahnsinn bestehen würde.

Kamchak hatte mich angesehen. Er war wirklich verwirrt über ihre emotionalen Reaktionen, die er als ungewöhnlich ansah. Er war sich natürlich bewusst, dass man von keiner Frau, goreanisch oder nicht, erwarten konnte, dass sie ihre plötzliche Erniedrigung zu einem Objekt und kompletter Sklaverei leicht hinnahm, besonders, wenn man bedachte, was dies unter den Wagenvölkern bedeutete.

Jedoch betrachtete er Miss Cardwells Verhalten eher als eigentümlich und irgendwie verwerflich. Einmal stand er auf und trat sie mit seinem pelzbesetzten Stiefel, um ihr zu befehlen, still zu sein. Natürlich verstand sie kein Goreanisch, aber seine Absicht und seine Ungeduld waren deutlich genug, um die Notwendigkeit einer Übersetzung auszuschließen. Sie hörte auf zu stöhnen, aber sie zitterte weiterhin, und manchmal schluchzte sie. Ich sah, wie er eine Sklavenpeitsche von der Wand nahm und sich ihr näherte, sich dann umdrehte und die Peitsche wieder zurückhängte. Ich war überrascht, dass er sie nicht benutzt hatte und fragte mich, warum. Ich war erfreut, dass er sie nicht geschlagen hatte, weil ich sonst wahrscheinlich hätte eingreifen müssen. Ich versuchte, mit Kamchak zu reden und wollte ihm zu verstehen geben, unter welchem Schock dieses Mädchen stand, das die totale Umkrempelung seines bisherigen Lebens erfuhr. Ungeklärte Umstände. Sie fand sich selbst allein in der Prärie wieder, die Tuchuks um sie, ihre Gefangennahme, die Rückkehr zu den Wagen, ihre Untersuchung auf der grasigen Straße, der Sirik, das Verhör, die Bedrohung durch eine Exekution, dann die Tatsache, sehr schwer für sie zu verstehen, dass sie nun Eigentum war, dass sie von jemandem besessen wurde, dass sie eine Sklavin war. Ich versuchte Kamchak zu erklären, dass sie in ihrer alten Welt nicht auf all das hier vorbereitet worden war, denn Sklaverei war in ihrer alten Welt von einer anderen Art, subtiler und unsichtbar, von der manche glaubten, dass sie nicht einmal existierte.

Kamchak sagte nichts dazu, stand dann auf und nahm aus einer Truhe im Wagen einen Kelch, den er mit einer bernsteinfarbenen Flüssigkeit füllte, in die er ein dunkles bläuliches Pulver schüttete. Dann nahm er Elizabeth Cardwell in seinen linken Arm, und mit seiner rechten Hand gab er ihr davon zu trinken. Ihre Augen waren furchterfüllt, aber sie trank. In wenigen Minuten schlief sie ein.

Zu Kamchaks Ärger und meinem Verlust von Schlaf, schrie sie ein- oder zweimal auf, riss an der Kette. Aber wir stellten fest, dass sie dabei nicht aufgewacht war.

Ich nahm an, dass Kamchak am nächsten Morgen den Eisenmeister der Tuchuks rufen würde, um seine kleine Barbarin, wie er sie nannte, zu brandmarken. Das Brandzeichen eines Tuchuk-Sklaven ist übrigens nicht das Gleiche, das üblicherweise in den Städten benutzt wird, das für Frauen den ersten Buchstaben der Bezeichnung Kajira in Kursivschrift darstellt, sondern das Zeichen der vier Boskhörner, jene der Tuchuk-Standarte. Das Brandzeichen der vier Boskhörner, das so angeordnet ist, dass es etwa an den Buchstaben H erinnert, ist nur ein Zoll hoch. Das gewöhnliche goreanische Brandzeichen ist jedoch meist eineinhalb bis zwei Zoll groß. Das Brandzeichen der vier Boskhörner wird natürlich auch benutzt, um die Bosks der Tuchuks zu zeichnen, allerdings ist es dann natürlich wesentlich größer und bildet ungefähr ein sechs Zoll großes Quadrat. Ich nahm an, dass Kamchak nach dem Brandmarken einen der winzigen Nasenringe anbringen würde. Alle Tuchuk-Frauen, Freie oder Sklavinnen, tragen solche Ringe. Nach diesen Dingen würde nur noch der gravierte turianische Halsreif fehlen und die Kleidung von Elizabeth Cardwell Kajir.

Am Morgen wachte ich auf und fand Elizabeth mit geröteten Augen an der Seite des Wagens. Sie lehnte mit dem Rücken gegen einen der Pfeiler, die das Wagenfell stützten, und war in das Fell des roten Larls eingehüllt.

Sie sah mich an. »Ich habe Hunger«, sagte sie.

Mein Herz hüpfte. Diese Frau war stärker, als ich geglaubt hatte. Ich war sehr erfreut. Auf dem Podium von Kutaituchik hatte ich befürchtet, dass sie nicht in der Lage war zu überleben, dass sie zu schwach für die Welt von Gor war. Ich war aufgewühlt darüber, dass der Schock über ihren radikalen Wechsel zwischen den Welten, verbunden mit ihrer Erniedrigung zur Knechtschaft, vielleicht ihren Verstand durcheinanderwürfeln, sie zerschmettern könnte und wertlos für die Tuchuks werden würde, die sie vielleicht dann sogar einfach zu den Kaiilas und den Herdensleens werfen würden.

Nun sah ich jedoch, dass Elizabeth Cardwell stark war, dass sie nicht verrückt werden würde, dass es ihr bestimmt war zu leben.

»Kamchak von den Tuchuks ist dein Herr«, sagte ich. »Er wird zuerst essen. Danach, wenn er es will, wirst du gefüttert.«

Sie lehnte sich zurück gegen den Wagenpfeiler. »In Ordnung«, sagte sie.

Als Kamchak sich aus seinen Fellen rollte, rückte Elizabeth unweigerlich zurück, bis der Pfeiler ihr keine Rückzugsmöglichkeit mehr gab.

Kamchak sah mich an. »Wie geht es der kleinen Barbarin heute Morgen?«, fragte er.

»Hungrig«, sagte ich.

»Ausgezeichnet«, sagte er.

Er sah sie an, ihren Rücken eng gegen den Wagenpfeiler gedrückt, das Fell des Larls mit ihren gefesselten Händen fest an sich gepresst.

Sie unterschied sich natürlich von allem, was er je besessen hatte. Sie war seine erste Barbarin. Er wusste noch nicht genau, was er mit ihr tun sollte. Er war an Frauen gewöhnt, deren Kultur sie auf die sehr reale Wahrscheinlichkeit der Sklaverei vorbereitet hatte, wenn auch nicht auf Sklaverei als Objekt sondern der Art, eine Hure der Tuchuks zu sein. Die goreanische Frau ist, auch wenn sie frei sein sollte, an Sklaverei gewöhnt. Sie selbst wird vielleicht einen oder mehr Sklaven besitzen. Sie weiß, dass sie schwächer als die Männer ist, und was das bedeuten kann. Sie weiß, dass Städte fallen, und Karawanen geplündert werden. Sie weiß, sie könnte von einem ausreichend dreisten Krieger in ihrem eigenen Quartier gefangen genommen, gefesselt, verhüllt und dann auf dem Rücken eines Tarns über die Mauern ihrer eigenen Stadt entführt werden. Außerdem, wenn sie selbst niemals versklavt wurde, ist sie mit den Pflichten eines Sklaven und mit dem, was man von ihm erwartet, vertraut. Falls sie selbst versklavt wird, wird sie wissen, was man von ihr erwartet, was erlaubt ist und was nicht. Darüber hinaus ist die goreanische Frau im wahrsten Sinne des Wortes mit dem Gedanken ausgebildet, ob glücklicherweise oder nicht, dass es von größter Wichtigkeit ist zu wissen, wie man einen Mann zufriedenstellt. Demzufolge lernen auch Frauen als freie Gefährtinnen, die nie Sklaven waren, das Vorbereiten und Auftischen von exotischen Gerichten, die Kunst des Gehens und Stehens und schön zu sein, die Sorge für die Ausrüstung eines Mannes, den Liebestanz ihrer Stadt und so weiter. Natürlich wusste Elizabeth Cardwell nichts über diese Dinge. Ich war gezwungen zuzugeben, dass sie, in allem betrachtet, genau das war, was Kamchak über sie dachte – eine kleine Barbarin. Aber, um sicherzugehen, eine sehr schöne kleine Barbarin.

Kamchak schnippte mit seinen Fingern und deutete auf den Teppich. Dann kniete Elizabeth vor ihm, raffte das Fell um sich und legte ihren Kopf vor seine Füße.

Sie war eine Sklavin.

Zu meiner Überraschung und aus unerfindlichen Gründen kleidete er Elizabeth Cardwell nicht in das Sklavengewand, sehr zum Missfallen der anderen Sklavenmädchen im Lager. Außerdem hatte er sie nicht gebrandmarkt und auch keinen der winzigen goldenen Nasenringe der Tuchuk-Frauen angebracht, und unverständlicherweise hatte er ihr nicht einmal einen turianischen Halsreif angelegt. Er erlaubte ihr natürlich nicht, ihr

Haar hochzustecken oder anders zu frisieren, es musste offen getragen werden. Das allein war schon ausreichend, sie als Sklavin unter den Wagen zu zeichnen.

Um sich zu kleiden, erlaubte er ihr, so gut sie konnte, ein ärmelloses Kleid aus dem Fell des roten Larls zu schneidern. Sie nähte es nicht besonders gut, und es erheiterte mich, ihr beim Fluchen zuzuhören, wie sie da an der Seite des Wagens hockte, nur an einen Reif gebunden und an den Sklavenring gekettet. Immer wieder stach sie sich die Knochennadel in ihre Finger, wenn sie durch das Fell drang. Oder sie schimpfte mit den durch das Leder gedrungenen Stichen, die entweder zu fest waren und damit den Pelz zu faltig machten oder zusammenzogen, oder zu lose und damit das offenbarten, was möglicherweise darunter liegen mochte. Ich stellte fest, dass Frauen wie Elizabeth Cardwell, die es gewohnt waren maschinengefertigte, vorgenähte Kleider auf der Erde zu kaufen, nicht so geschickt waren, wie sie es in häuslichem Handwerk, das man mit Hausarbeit in Verbindung brachte, sein sollten. Fertigkeiten, die bei Gelegenheit, wie es schien, doch nützlich waren.

Endlich hatte sie das Kleid fertiggestellt, und Kamchak löste ihre Ketten, damit sie aufstehen und es anziehen konnte.

Nicht überraschend, aber zu meiner Erheiterung, sah ich, dass es einige Zoll unter ihren Knien hing, in der Tat, nur vier Zoll oder so über ihren Fußgelenken. Kamchak sah sie an und kürzte es mit einem Quiva, bis es wesentlich kürzer war, als das ziemlich kurze, schöne Kleid, in dem sie gefangen genommen worden war.

»Aber es war die Länge des Lederkleides, das die Tuchuk-Frauen tragen«, wagte Elizabeth zu widersprechen.

Ich übersetzte.

»Aber du bist eine Sklavin«, hatte Kamchak gesagt.

Ich übersetzte seine Bemerkung.

Sie senkte besiegt ihren Kopf.

Miss Cardwell hatte schlanke, schöne Beine. Kamchak, als Mann, wünschte, diese zu sehen. Neben der Tatsache, dass er ein Mann war, war Kamchak natürlich ihr Herr. Er besaß das Mädchen, demnach würde er sein Vergnügen haben. Wenn es notwendig sein sollte, würde ich zugeben, dass mir seine Maßnahmen nicht missfielen. Ich missbilligte den Anblick der hübschen Miss Cardwell, wie sie sich zwischen den Wagen bewegte, nicht besonders.

Kamchak veranlasste, dass sie zweimal vor- und zurückging, dann sprach er in scharfem Tonfall über ihre Haltung, dann, zu meiner und Miss Cardwells Überraschung, kettete er sie nicht an, sondern sagte ihr, sie könne

sich unbegleitet im Lager bewegen und warnte sie nur, vor der Abenddämmerung und dem Freilassen der Herdensleens zurückzukommen. Sie
senkte schüchtern den Kopf und lächelte, dann sprintete sie vom Wagen.
Ich freute mich darüber, sie so frei zu sehen.

»Du magst sie?«, fragte ich.

Kamchak grinste. »Sie ist nur eine kleine Barbarin«, sagte er. Dann sah
er mich an. »Ich will Aphris von Turia.«

Ich fragte mich, wer das wohl sein könnte.

Im Ganzen betrachtet, sah es für mich so aus, als ob Kamchak seine kleine barbarische Sklavin sehr gut behandelte, wenn man bedachte, dass er
ein Tuchuk war. Das bedeutete nicht, dass sie nicht hart gearbeitet oder
nicht hin und wieder einen guten Schlag bekommen hätte, aber im Allgemeinen, und wenn man das normale Los einer Tuchuk-Sklavin betrachtete, denke ich nicht, dass sie übel behandelt wurde. Einmal, das sollte noch
angemerkt werden, kehrte sie vom Suchen von Brennmaterial mit dem
Dungsack zurück, den sie nur halb voll hinter sich herzog. »Das ist alles,
was ich finden konnte«, erklärte sie Kamchak. Ohne Vorwarnung stieß er
ihren Kopf in den Sack und zog ihn zu. Er befreite sie erst am nächsten
Morgen. Elizabeth Cardwell brachte nie wieder einen halb gefüllten
Dungsack zum Wagen Kamchaks von den Tuchuks zurück.

Nun begann der Kassar, auf dem Rücken seines Kaiilas, seine Lanze mit
der Spitze unter dem Kinn des Mädchens, das vor ihm kniete und zu ihm
aufsah, plötzlich zu lachen und zog die Lanze zurück.

Ich atmete erleichtert auf.

Er ritt auf seinem Kaiila zu Kamchak. »Was willst du für diese schöne
kleine Barbarensklavin haben?«, fragte er.

»Sie steht nicht zum Verkauf«, sagte Kamchak.

»Wirst du um sie wetten?«, drängte der Reiter. Er hieß Albrecht von den
Kassars, und er war gemeinsam mit Conrad von den Kassars gegen mich
und Kamchak geritten.

Mein Herz sank.

Kamchaks Augen leuchteten. Er war ein Tuchuk. »Wie sind deine Bedingungen?«, fragte er.

»Beim Sieg«, sagte er und deutete auf zwei Mädchen, die beide auf der
linken Seite in ihren Pelzen standen, »gegen diese beiden.« Beide Mädchen waren aus Turia. Keine Barbarinnen. Beide waren hübsch. Zweifellos
waren beide geübt darin, den wilden Kriegern der Wagenvölker Vergnügen zu bereiten.

Conrad schnaubte verächtlich, als er von der Wette Albrechts hörte.

»Nein«, schrie Albrecht. »Das ist mein Ernst!«

»Abgemacht!«, rief Kamchak aus.

Einige Kinder, ein paar Männer und Frauen, beobachteten uns. Sobald Kamchak auf Albrechts Vorschlag eingegangen war, begannen die Kinder und einige der Sklavenmädchen sofort in Richtung der Wagen zu stürzen und erfreut zu schreien: »Wettkampf! Wettkampf!«

Zu meinem Missfallen versammelte sich bald eine große Anzahl Tuchuks, sowohl Männer als auch Frauen und deren Sklaven in der Nähe der abgenutzten Bahn auf dem Landstrich. Die Bedingungen der Wette hatten sich schnell herumgesprochen. In der Menge befanden sich auch einige Kassars, ein oder zwei Paravaci und selbst einer von den Kataii. Die Sklavenmädchen schienen besonders aufgeregt zu sein. Ich konnte hören, wie Gebote angenommen wurden. Ähnlich wie der Goreaner im Allgemeinen lieben die Tuchuks das Spielen. In der Tat hörte man davon, dass ein Tuchuk seinen gesamten Bestand an Bosks auf das Ergebnis eines einzigen Kaiilarennens setzte, oder dass sogar ein Dutzend Sklavinnen den Besitzer wechselte aufgrund einer kleinen Wette, etwa über die Richtung, in die ein Vogel flog oder über die Anzahl von Kernen in einer Tospit.

Die beiden Mädchen von Albrecht standen auf der einen Seite, ihre Augen glänzten, und sie versuchten nicht, vor Freude zu lächeln. Einige der Frauen in der Menge starrten sie neidisch an. Es war eine große Ehre für eine Frau, als Preis einer Tuchuk-Wette herzuhalten. Zu meinem Erstaunen schien Elizabeth Cardwell eher erfreut über die ganze Angelegenheit zu sein, auch wenn ich den Grund dafür kaum verstand. Sie kam zu mir herüber und sah auf. Sie stand auf Zehenspitzen in ihren Pelzstiefeln und hielt den Steigbügel. »Sie werden gewinnen«, sagte sie.

Ich wünschte, ich wäre so zuversichtlich wie sie.

Ich war der zweite Reiter an Kamchaks Seite, so wie Albrecht an Conrads Seite, dem Mann vom Blutvolk der Kassars.

Es ist ein Vorrecht der Ehre, der erste Reiter zu sein, aber die Punkte werden für jeden Reiter gleichermaßen verteilt, abhängig von seiner Leistung. Gewöhnlich ist der erste Reiter, wie man es vermutlich erwartete, der erfahrenere und geschicktere von beiden.

In der folgenden Stunde jubelte ich innerlich darüber, dass ich mich in den letzten Monaten, wenn ich nicht mit Kamchak ritt, um mich um die Bosks zu kümmern, der vergnüglichen und für einen Krieger befriedigenden Tätigkeit, die Waffenkunst der Tuchuks zu erlernen, gewidmet hatte. Sowohl für die Jagd, als auch für den Krieg. Kamchak war ein geschickter Lehrer in diesen Dingen und überwachte meine Übungen in solch üblen

71

Werkzeugen wie der Lanze, dem Quiva und der Bola, manchmal stundenlang, bis es zu dunkel wurde, um noch etwas zu sehen. Ich lernte auch, mit dem Seil und dem Bogen umzugehen. Natürlich ist der kleine Bogen, den man zum Gebrauch aus dem Sattel einsetzt, in seiner Reichweite und Durchschlagskraft gegenüber dem goreanischen Langbogen und der Armbrust benachteiligt. Dennoch, auf kurze Distanz mit beachtlicher Kraft und schnell Pfeil um Pfeil abgefeuert, ist er eine furchterregende Waffe. Ich war sehr angetan von dem ausbalancierten Sattelmesser, dem Quiva. Es ist ungefähr ein Fuß lang und zweischneidig; es verjüngt sich zu einer dolchartigen Spitze. Ich denke, ich habe in seinem Gebrauch einige Übung erworben. Auf vierzig Fuß konnte ich eine geworfene Tospit zerschlagen. Auf hundert Fuß konnte ich eine mit Boskfell beschichtete Wurfscheibe mit vier Zoll Durchmesser, die auf einem Lanzenstab auf dem Gelände befestigt war, durchstoßen.

Kamchak war zufrieden.

Natürlich war ich ebenso zufrieden mit mir.

Aber wenn ich tatsächlich das entsprechende Geschick mit diesen wilden Waffen erworben hatte, würde dieses im jetzigen Wettbewerb bis zum äußersten auf die Probe gestellt werden.

Während der Tag sich dahinzog, wurden Punkte gesammelt, aber zum Vergnügen und den Launen der Menge wechselte die Führung in diesem Waffenwettkampf ständig zwischen Kamchak und mir, und dann zwischen Conrad und Albrecht.

Auf dem Rücken eines Kaiilas erspähte ich in der Menge das Mädchen Hereena vom Ersten Wagen, das ich an meinem ersten Tag im Lager der Tuchuks gesehen hatte und das damals fast Kamchak und mich mit ihrem Reittier zwischen den Wagen niedergetrampelt hätte. Sie war ein sehr erstaunliches, lebendiges und stolzes Mädchen mit blitzenden dunklen Augen. Der winzige goldene Nasenring, gegen ihren braunen Teint betrachtet, tat ihrer Schönheit keinen Abbruch.

Kamchak hatte mir erzählt, dass sie, wie andere Frauen ihrer Art auch, und anders als die meisten anderen Tuchuk-Frauen, seit ihrer Kindheit in all ihren Launen dahingehend ermutigt und erzogen wurden, den besten Preis in den Spielen des Liebeskrieges abzugeben. Er sagte mir, dass turianische Krieger solche Frauen, die wilden Mädchen der Wagen, bevorzugten. Ein junger Mann mit blondem Haar und blauen Augen, ohne Narben, prallte im Gedränge der Menge gegen das Geschirr des Mädchens. Sie schlug ihn zweimal boshaft und hart mit der ledernen Reitgerte in ihrer Hand. Ich konnte Blut an einer Seite seines Nackens sehen, dort wo die Schulter begann.

»Sklave!«, fauchte sie.

Er sah wütend auf. »Ich bin kein Sklave«, sagte er. »Ich bin ein Tuchuk.«

»Turianischer Sklave!«, lachte sie verächtlich. »Ich wette unter deinen Pelzen trägst du den Kes!«

»Ich bin ein Tuchuk«, antwortete er und sah verärgert weg.

Kamchak erzählte mir etwas über diesen jungen Mann. Unter den Wagenvölkern war er nichts. Er hatte seine Arbeit, half bei den Bosks für ein Stück Fleisch aus einem der Kochtöpfe. Er wurde Harold genannt, was weder ein Tuchuk-Name war, noch ein Name, der überhaupt unter den Wagenvölkern benutzt wurde. Obwohl er ähnlich wie einige der Kassar-Namen klang, war es ein englischer Name, aber solche Vornamen sind auf Gor nicht unbekannt und wurden wahrscheinlich seit mehr als tausend Jahren überliefert. Der Name eines Vorfahren, vielleicht von jemandem, der im frühen Mittelalter der Erde von den Priesterkönigen nach Gor entführt worden war. Ich wusste, dass die Akquisitionsreisen sogar bis in die Antike zurückreichten. Als ich einmal mit ihm gesprochen hatte, hatte ich zu meiner Zufriedenheit festgestellt, dass dieser Junge oder junge Mann in der Tat Goreaner war. Seine Leute und Vorfahren und jene, zu weit zurück als dass man sich noch an sie erinnern konnte, gehörten zu den Wagenvölkern. Das Problem des jungen Mannes und wahrscheinlich der Grund dafür, dass er bisher nicht einmal die Narbe des Mutes der Tuchuks erlangt hatte, lag darin, dass er in seiner Kindheit turianischen Räubern in die Hände gefallen war und einige Jahre in der Stadt verbracht hatte. Als Jüngling entkam er unter großer Gefahr für sich selbst der Stadt und ging seinen Weg mit großer Mühsal über die Ebenen, um sich wieder seinem Volk anzuschließen. Zu seiner großen Enttäuschung hatten sie ihn natürlich nicht akzeptiert und sahen in ihm eher einen Turianer, denn einen Tuchuk. Seine Eltern und Verwandten wurden während des turianischen Raubes, bei dem er gefangen genommen worden war, ermordet, sodass er keine Familie mehr besaß. Glücklicherweise hatte sich ein Jahreshüter an seine Familie erinnert. Daher war er nicht getötet, sondern ihm war erlaubt worden, bei den Tuchuks zu bleiben. Er hatte keinen eigenen Wagen oder Bosk. Er besaß nicht einmal ein Kaiila. Er hatte sich mit zurückgelassenen Waffen ausgestattet, mit denen er in der Einsamkeit übte. Keiner von denjenigen, die Raubzüge auf feindliche Karawanen oder Einsätze gegen Städte und ihre abseits gelegenen Felder leitete oder sich an seinen Nachbarn in der empfindlichen Angelegenheit von Boskdiebstahl rächte, würde ihn in einer seiner Gruppen dulden. Er hatte ihnen seine Tapferkeit im Umgang mit Waffen zu ihrer Zufriedenheit demonstriert, aber sie lachten ihn dennoch aus. »Du besitzt nicht einmal ein Kaiila«, sagten sie ihm.

»Du trägst nicht einmal die Narbe des Mutes.« Ich vermutete, dass es nicht sehr wahrscheinlich war, dass der junge Mann die Narbe tragen würde, ohne die er, unter den strengen, gemeinen Tuchuks, weiterhin ein Objekt des Hohns, des Gespötts und der Geringschätzung blieb. Tatsächlich wusste ich, dass einige unter den Wagenvölkern, das Mädchen Hereena zum Beispiel, das ihm große Abneigung entgegenzubringen schien, darauf bestanden hatte, dass er, obwohl er ein freier Mann war, dazu gezwungen werden sollte, den Kes oder das Kleid einer Frau zu tragen. Das wäre ein großer Scherz unter den Tuchuks gewesen.

Ich verbannte das Mädchen, Hereena, und den jungen Mann, Harold, aus meinen Gedanken.

Albrecht schnaubte auf seinem Kaiila und löste die Bola vom Sattel.

»Entfernt die Pelze«, wies er seine beiden Mädchen an.

Sie gehorchten sofort und trotz des regen, heiteren, kühlen Nachmittags standen sie kajirgekleidet im Gras.

Sie würden für uns rennen.

Kamchak trieb sein Kaiila zum Rand der Menge hinüber und verhandelte eilig mit einem Krieger, dessen Wagen unserem im Marsch der Tuchuks folgte. In der Tat war es der Krieger, von dem Kamchak die beiden Mädchen entliehen hatte, die Elizabeth Cardwell zwischen den Wagen herzogen, um sie Goreanisch zu lehren. Ich sah das Aufblitzen von Kupfer, vielleicht eine Tarnscheibe aus einer der fernen Städte, und eines der Mädchen des Kriegers, eine attraktive turianische Hure mit Namen Tuka, begann, sich aus dem Pelz zu schälen.

Sie würde für einen der beiden Kassars laufen, zweifellos für Conrad.

Ich wusste, dass Tuka Elizabeth hasste, und ich wusste ebenso, dass Elizabeth dieses Gefühl inbrünstig erwiderte. Tuka war bei Elizabeths Sprachschulung besonders grausam gewesen. Da Elizabeth gefesselt war, konnte sie sich nicht wehren, und wenn sie es dennoch versuchte, sprangen Tukas Begleiterinnen von ihrem Wagen auf sie und droschen mit ihren Gerten auf sie ein. Für ihren Teil hatte Tuka verständlicherweise Gründe, die junge amerikanische Sklavin zu beneiden und Groll gegen sie zu hegen. Im Gegensatz zu Tuka war Elizabeth Cardwell zumindest bisher dem Brandzeichen ebenso dem Nasenring und dem Halsreif entgangen. Elizabeth war eindeutig so etwas wie eine Favoritin in ihrem Wagen. Tatsächlich war sie die einzige Frau in dem Wagen. Das allein, obwohl es natürlich bedeutete, dass sie sehr hart arbeitete, wurde als eine höchst beneidenswerte Auszeichnung gewertet. Schließlich, aber vielleicht nicht schlussendlich, war Elizabeth Cardwell das Fell des Larls als Kleidung gegeben worden, während Tuka wie alle anderen kajirgekleidet durch das Lager gehen musste.

Ich befürchtete, Tuka würde nicht gut genug laufen, ja uns dadurch den Wettkampf verlieren lassen, indem sie absichtlich erlaubte, sie leicht zu fangen.

Aber dann bemerkte ich, dass das nicht wahr war. Wenn Kamchak und ihr Herr nicht überzeugt davon waren, dass sie so gut lief, wie sie konnte, würde sie nicht so leicht davonkommen. Sie hätte dann einem Kasssar zum Sieg über einen Tuchuk verholfen. In dieser Nacht wäre eines der verhüllten Mitglieder des Folterclans zu ihrem Wagen gekommen, hätte sie mitgenommen, und sie wäre niemals wieder gesehen worden. Sie würde gut laufen, ob sie nun Elizabeth hasste oder nicht. Sie würde um ihr Leben rennen.

Kamchak wendete sein Kaiila und schloss sich uns an. Er deutete mit seiner Lanze auf Elizabeth Cardwell.

»Entkleide dich«, sagte er.

Elizabeth entfernte die Pelze und stand im Fell des Larls vor uns, zusammen mit den anderen Mädchen.

Obwohl es bereits spät am Nachmittag war, schien die Sonne noch hell. Die Luft war kühl. Ein leichter Wind strich über das Gras.

Eine schwarze Lanze wurde etwa vierhundert Meter entfernt in den Boden gerammt. Daneben markierte ein Reiter auf einem Kaiila ihren Standort. Natürlich wurde von den Mädchen nicht erwartet, dass überhaupt eines von ihnen die Lanze erreichte. Falls es doch eine tat, würde der Reiter sie für sicher erklären. Das Wichtigste bei dem Lauf war die Zeit, der Start und die Geschicklichkeit, mit dem das Ganze bewerkstelligt wurde. Tuchuk-Mädchen, also Elizabeth und Tuka, würden für die Kassars rennen. Die beiden Kassar-Mädchen würden für Kamchak und mich rennen. Gewöhnlich tat jede Sklavin ihr Bestes für ihren Herrn und versuchte, seinem Konkurrenten auszuweichen.

Die Zeit wurde bei dieser Sache am Herzschlag eines stehenden Kaiilas gemessen. Eines war bereits gebracht worden. In der Nähe des Tieres wurde eine lange Boskpeitsche auf dem Gelände kreisförmig ausgelegt, etwa im Durchmesser zwischen acht und zehn Fuß. Das Mädchen fängt an, von diesem Kreis aus zu starten. Das Ziel der Reiter ist es, das Mädchen in kürzester Zeit zu fangen, es zu sichern und zum Peitschenkreis zurückzubringen.

Ein grauhaariger Tuchuk hatte bereits seine Hand mit der flachen Seite auf das seidige Fell des stehenden Kaiilas gelegt.

Kamchak machte eine Bewegung, und Tuka trat barfuß und ängstlich in den Kreis.

Conrad zog seine Bola vom Sattelriemen. Zwischen seinen Zähnen hielt er einen Boskfellriemen, der etwa einen Meter lang war. Wie der Tarnsattel wird der Sattel der Kaiilas so gefertigt, dass er eine weibliche Gefangene, quer darüber gebunden, aufnehmen und diese an Ringen auf beiden Seiten mit einer Sehne oder Riemen daran befestigt werden kann. Andererseits wusste ich, dass bei diesem Sport keine Zeit auf solche Dinge verschwendet wurde. Innerhalb von nur wenigen Herzschlägen des Kaiilas würden die Handgelenke und Knöchel des Mädchens festgebunden, und es würde ohne Umstände über den Knauf des Sattels geworfen. Der Knauf als Pflock, ihr Körper als Ring.

»Lauf«, sagte Conrad ruhig.

Tuka sprintete vom Kreis los. Die Menge fing an zu brüllen, feuerte sie an, drängte sie. Conrad, noch immer mit dem Riemen zwischen den Zähnen, die Bola ruhig an seiner Seite, beobachtete sie. Sie würde einen Vorsprung von fünfzehn Schlägen des großen Kaiilaherzens bekommen, nach denen sie etwa die halbe Strecke zur Lanze zurückgelegt haben mochte.

Der Kampfrichter zählte laut mit.

Bei zehn begann Conrad langsam die Bola zu wirbeln. Sie würde nicht ihre Höchstdrehzahl erreichen, ehe er sich nicht in vollem Galopp befand und fast seine Beute erreicht hatte.

Bei fünfzehn gab Conrad dem Kaiila lautlos die Sporen, um das Mädchen nicht vorzuwarnen, verfolgte es und schwang die Bola.

Die Menge sah angespannt zu.

Der Kampfrichter zählte erneut und begann mit eins. Die zweite Zählung würde die Zeit des Reiters bestimmen.

Das Mädchen war schnell, und das bedeutete Zeit für uns, wenn auch vielleicht nur einen Herzschlag. Sie musste für sich selbst mitgezählt haben, denn kaum dass Conrad hinter ihr herpreschte, blickte sie über ihre Schulter und sah, wie er sich näherte. Sie musste dann etwa drei Schläge weiter gezählt haben und begann ihr Fluchtmuster zu unterbrechen, indem sie von einer Seite zur anderen sprang und es dem Reiter erschwerte, sich schnell zu nähern.

»Sie rennt gut«, sagte Kamchak.

Das tat sie wirklich, aber dann plötzlich sah ich die Lederbola aufblitzen, mit ihrem teuflisch schönen, nahezu Zehn-Fuß-Schwung, auf die Fußgelenke des Mädchens zufliegen. Dann sah ich sie fallen.

Es hatte kaum zehn Herzschläge gebraucht, bis Conrad die kämpfende und kratzende Tuka gebunden und über den Sattelknauf geworfen hatte und mit kreischendem Kaiila zurückritt, um das Mädchen, die Hände mit den Fußgelenken verknüpft, auf den Boden innerhalb des Kreises der Boskfellpeitsche zu werfen.

»Dreißig«, sagte der Kampfrichter.

Conrad grinste.

Tuka wand sich so gut sie konnte in den Fesseln und kämpfte dagegen an. Sollte sie eine Hand oder einen Fuß freibekommen oder sogar den Riemen lockern können, würde Conrad disqualifiziert werden.

Nach einem oder zwei Momenten sagte der Kampfrichter: »Stopp!« Tuka blieb gehorsam ruhig liegen. Der Kampfrichter überprüfte die Riemen. »Das Mädchen ist gesichert«, verkündete er.

Voller Schreck sah Tuka zu Kamchak auf, der auf seinem Kaiila saß.

»Du bist gut gelaufen«, erklärte er.

Sie schloss vor Erleichterung und beinahe kraftlos ihre Augen.

Sie würde leben.

Ein Tuchuk-Krieger schnitt die Riemen mit seinem Quiva durch, und Tuka, nur zu erfreut, vom Kreis fortzukommen, sprang auf und rannte schnell an die Seite ihres Herrn. In wenigen Augenblicken zog sie, hechelnd und mit Schweiß bedeckt, ihren Pelz an.

Das nächste Mädchen, ein geschmeidiges Kassar-Mädchen, trat in den Kreis und Kamchak entrollte seine Bola. Für mich sah es aus, als liefe sie ausgezeichnet, aber Kamchak fing sie mit seinem überlegenen Geschick mühelos ein. Als er umkehrte und zum Kreis der Boskfellpeitsche stürmte, schaffte es das schöne Mädchen, zu meiner Bestürzung, seine Zähne in den Nacken des Kaiilas zu senken, das sich daraufhin aufbäumte und kreischend und fauchend nach ihm schlug. In der Zeit, die Kamchak brauchte, um das Mädchen vom Nacken des Tieres zu ziehen und die schnappenden Kaiilakiefer von seinem zweimal gebissenen Bein zu schlagen sowie zum Kreis zurückzukehren, hatte er fünfunddreißig Herzschläge benötigt.

Er hatte verloren.

Als das Mädchen mit blutendem Bein freigelassen wurde, strahlte es vor Freude.

»Sehr gut«, sagte Albrecht, ihr Herr, und fügte grinsend hinzu: »Für eine turianische Sklavin.«

Das Mädchen senkte den Blick und lächelte.

Sie war ein mutiges Mädchen. Ich bewunderte sie. Es war leicht zu erkennen, dass sie mehr als nur eine Kettenlänge an Albrecht den Kassar gebunden war.

Auf ein Zeichen Kamchaks trat Elizabeth Cardwell in den Peitschenkreis. Sie war nun verängstigt. Sowohl sie als auch ich hatten angenommen, dass Kamchak über Conrad siegen würde. Wenn dies der Fall gewesen wäre, wären unsere Punkte im Gleichstand gewesen, auch wenn ich von

Albrecht geschlagen worden wäre, was leicht der Fall sein konnte. Nun, wenn ich ebenfalls verlor, würde sie eine Kassar-Hure werden.

Albrecht grinste, schwang leicht seine Bola, nicht kreisförmig, sondern in sanfter, pendelnder Bewegung, neben dem Steigbügel seines Kaiilas.

Er sah sie an. »Lauf«, sagte er.

Elizabeth Cardwell stürzte barfuß und im Larlfell auf die schwarze Lanze in der Ferne zu. Sie hatte vielleicht den Lauf von Tuka und dem Kassar-Mädchen beobachtet und versuchte aus dem Gesehenen zu lernen, aber sie war völlig unerfahren in dieser grausamen Sportart der Wagenvölker. Beispielsweise hatte sie nie ihre Zeit in unermüdlichen Stunden unter der Anleitung ihres Herrn gegen den Herzschlag eines Kaiilas messen müssen. Dabei zählt der Herr den Schlag des Herzens, lässt die Sklavin aber so lange im Ungewissen über die Anzahl, bis sie diese selbst nennt. Einige Frauen der Wagenvölker sind tatsächlich, auch wenn es ungewöhnlich erscheint, so unerschöpflich im Ausweichen der Bola trainiert, dass sie einen großen Wetteinsatz rechtfertigen, wenn ein Herr sie als Trumpf ausspielt. Eine der besten unter den Wagenvölkern, von der ich gehört hatte, war eine Kassar-Sklavin, eine geschmeidige turianische Hure, deren Name Dina war. Sie war in mehr als zweihundert echten Wettbewerben gelaufen. Fast immer schaffte sie es, ihre Rückkehr zum Kreis zu unterbrechen oder zu behindern. Und vierzig Mal, eine erstaunliche Leistung, hatte sie es geschafft, die Lanze selbst zu erreichen.

Bei fünfzehn spurtete Albrecht mit erstaunlicher Geschwindigkeit und wirbelnder Bola hinter der fliehenden Elizabeth Cardwell her. Sie hatte den Herzschlag falsch eingeschätzt oder nicht die Flinkheit eines Kaiilas bedacht, die sie nie zuvor aus dem wenig beneidenswerten Blickpunkt eines Opfers beobachtet hatte. Als sie sich umdrehte, um zu sehen, ob ihr Jäger die Nähe des Kreises bereits verlassen hatte, war er schon bei ihr. Und als sie schrie, streckte sie die Bola schon nieder, indem sie sich um ihre Beine wickelte und sie zu Boden warf. Es schien kaum mehr als fünf oder sechs Herzschläge her zu sein, ehe Elizabeth, mit auf grausame Art an ihre Füße gebundenen Handgelenken, ins Gras vor die Füße des Kampfrichters geworfen wurde.

»Fünfundzwanzig«, verkündete dieser.

Die Beifallsrufe der Menge, obwohl sie vornehmlich von den Tuchuks kamen, erreichten einen famosen Höhepunkt. Die weinende Elizabeth zuckte und zerrte hilflos an den sie fesselnden Riemen.

Der Kampfrichter prüfte die Fesseln. »Das Mädchen ist gesichert«, sagte er.

Elizabeth stöhnte.

»Freu dich, kleine Barbarin«, sagte Albrecht. »Heute Abend wirst du den Kettentanz für die Kassar-Krieger in Vergnügungsseide tanzen.«

Sie drehte ihren Kopf zur Seite und erschauerte in den Riemen. Ein Jammerschrei kam über ihre Lippen.

»Sei still«, sagte Kamchak.

Elizabeth wurde still und blieb, mit den Tränen kämpfend, ruhig liegen, darauf wartend, freigelassen zu werden.

Ich schnitt die Riemen von ihren Handgelenken und Knöcheln auf.

»Ich habe es versucht«, sagte sie, zu mir aufsehend und mit Tränen in ihren Augen. »Ich habe es versucht.«

»Einige Mädchen haben den Lauf mit der Bola schon mehr als hundertmal gemacht. Manche sind darauf trainiert worden«, sagte ich.

»Gibst du auf?«, fragte Conrad Kamchak.

»Nein«, sagte Kamchak. »Mein zweiter Reiter muss reiten.«

»Er ist nicht einmal von den Wagenvölkern«, sagte Conrad.

»Nichtsdestotrotz wird er reiten«, versicherte Kamchak.

»Er wird fünfundzwanzig nicht schlagen«, sagte Conrad.

Kamchak hob die Schultern. Ich wusste selbst, dass fünfundzwanzig eine bemerkenswerte Zeit war. Albrecht war ein guter Reiter und geschickt in dieser Art von Sport, und nicht zu vergessen, in diesem Fall war seine Beute lediglich eine ungeübte barbarische Sklavin, in der Tat eine Frau, die nie zuvor vor einer Bola geflohen war.

»Zum Kreis«, sagte Albrecht zu dem anderen Kassar-Mädchen.

Sie war eine Schönheit.

Sie trat rasch in den Kreis, warf ihren Kopf zurück und atmete tief durch.

Sie sah intelligent aus.

Schwarzhaarig.

Ich bemerkte, dass ihre Knöchel etwas kräftiger waren, als man es von einer Sklavin wünschte. Ich erfasste, dass sie dem Stoß ihres Körpergewichts einige Male widerstanden hatten. Bei schnellen Drehungen und Sprüngen. Ich wünschte, ich hätte sie zuvor schon einmal rennen sehen, denn die meisten Mädchen hatten ein Fluchtmuster, das man erahnen konnte, wenn man es mehrere Male gesehen hatte, selbst wenn sie Kniffe anwandten. Es war keine einfache Sache, aber etwas, das man irgendwie voraussahen konnte, wenn auch nur bis zu einem gewissen Grad. Wahrscheinlich ist es mehr das Ergebnis von Rückschlüssen auf ihre Denkmuster, wenn sie liefen. Dann versuchte man, wie sie und mit ihnen zu denken und sie mit der Bola zu treffen. Sie atmete nun tief und gleichmäßig. Vor dem Eintritt in den Kreis hatte ich gesehen, wie sie ein wenig umherging, sich warm lief, ihre Beine lockerte und ihren Blutkreislauf anregte.

Ich nahm an, dass sie nicht das erste Mal vor der Bola floh.

»Du wirst für uns siegen«, sagte Albrecht zu ihr und grinste in seinem Sattel auf dem Kaiila. »Diesmal wirst du einen silbernen Armreif und fünf Meter scharlachroter Seide bekommen.«

»Ich werde für dich siegen, Herr«, sagte sie.

Für eine Sklavin war sie meiner Meinung nach eine Spur zu arrogant.

Albrecht sah mich an. »Dieses Mädchen wurde noch nie zuvor in weniger als zweiunddreißig Herzschlägen eingefangen«, sagte er.

Ich bemerkte ein Aufblitzen in den Augen Kamchaks, doch er schien andererseits ungerührt zu sein.

»Sie ist eine hervorragende Läuferin«, sagte ich.

Das Mädchen lachte.

Zu meiner Überraschung sah sie mich dann kühn an, obwohl sie den turianischen Halsreif trug, obwohl sie einen Nasenring trug, obwohl sie nur eine gebrandmarkte Sklavin war, die kajirartig gekleidet war.

»Ich wette«, sagte sie, »dass ich die Lanze erreichen werde.«

Das verwirrte mich. Ferner war ich nicht unempfindlich gegenüber der Tatsache, dass, obwohl sie eine Sklavin und ich ein freier Mann war, sie mich nicht, wie es die Regel ist, mit dem Titel eines Herrn angeredet hatte. Ich hatte keine Abneigung zu der Unterlassung an sich, aber ich protestierte innerlich gegen die Beleidigung, die darin lag. Aus irgendeinem Grund erschien mir dieses Mädchen arrogant und verachtend zu sein.

»Ich wette, das schaffst du nicht«, sagte ich.

»Deine Bedingungen!«, forderte sie.

»Was sind deine?«, fragte ich.

Sie lachte. »Wenn ich gewinne, gibst du mir deine Bola, die ich meinem Herrn überreiche.«

»Angenommen«, sagte ich. »Und wenn ich siegen sollte?«

»Wirst du nicht«, sagte sie.

»Aber falls doch?«

»Dann«, sagte sie, »werde ich dir einen goldenen Ring und eine silberne Schale geben.«

»Wie kommt es, dass eine Sklavin solche Reichtümer besitzt?«, fragte ich.

Sie warf ihren Kopf zurück, sich nicht zu einer Antwort herablassend.

»Ich habe ihr einige dieser Dinge gegeben«, sagte Albrecht.

Nun erfasste ich, dass dieses Mädchen vor mir keine typische Sklavin war, und es musste einen ziemlich guten Grund dafür geben, dass sie solche Dinge besaß.

»Ich will deinen goldenen Ring und die Silberschale nicht«, sagte ich.

»Was könntest du sonst wollen?«, fragte sie.

»Sollte ich gewinnen«, sagte ich, »werde ich den Kuss eines frechen Mädchens für mich beanspruchen.«

»Du Tuchuk-Sleen!«, rief sie mit blitzenden Augen.

Conrad und Albrecht lachten. Albrecht sagte zu dem Mädchen: »Es ist erlaubt.«

»Nun gut, Tharlarion«, sagte das Mädchen, »deine Bola gegen einen Kuss.« Ihre Schultern zitterten vor Zorn. »Ich werde dir zeigen, wie ein Kassar-Mädchen rennt!«

»Du hältst dich für gut«, bemerkte ich. »Du bist aber kein Kassar-Mädchen. Du bist nur eine turianische Sklavin der Kassars.«

Ihre Fäuste ballten sich.

Wütend blickte sie zu Albrecht und Conrad. »Ich werde laufen, wie ich nie zuvor gelaufen bin«, schrie sie.

Mein Herz sank etwas in die Tiefe. Ich erinnerte mich daran, dass Albrecht gesagt hatte, dass dieses Mädchen noch nie in weniger als zweiunddreißig Herzschlägen eingefangen worden war. Zweifellos war sie einige Male schon vor der Bola geflohen, vielleicht zehn- oder fünfzehnmal.

»Soviel ich weiß, ist dieses Mädchen schon einige Male gelaufen«, sagte ich beiläufig zu Albrecht.

»Ja«, sagte Albrecht. »Das ist wahr.« Dann fügte er hinzu: »Du müsstest von ihr gehört haben. Ihr Name ist Dina von Turia.«

Conrad und Albrecht klatschten auf ihre Sättel und lachten brüllend. Kamchak lachte ebenfalls, so stark, dass Tränen über die Narbenfurchen seines Gesichtes rannen. Er deutete mit einem Finger auf Conrad. »Gerissener Kassar!«, lachte er. Das war ein Witz. Selbst ich musste lachen. Die Tuchuks wurden für gewöhnlich die Gerissenen genannt. Aber obwohl der Augenblick amüsant für die Wagenvölker schien, selbst für Kamchak, so war ich selbst nicht auf diese Art von Humor vorbereitet. Es mochte ein guter Trick sein, aber ich war gegenwärtig nicht in der Verfassung, es zu genießen. Sehr klug von Conrad, sich über Albrecht lustig zu machen, als er zwei Mädchen gegen eines wettete. Wir wussten zu wenig darüber, dass eines dieser Mädchen Dina von Turia war, die natürlich nicht für den geschickten Kamchak laufen würde, sondern für seinen unbeholfenen Freund, den plumpen Tarl Cabot, der nicht einmal zu den Wagenvölkern gehörte, für den Kaiilas und Bolas Neuland waren! Conrad und Albrecht waren möglicherweise genau aus diesem Grund zum Lager der Tuchuks gekommen. Zweifelsohne! Was konnten sie verlieren? Nichts. Das Beste, das wir hoffen konnten, war ein Punktegleichstand, wenn Kamchak Conrad besiegt hätte. Aber er hatte es nicht. Dafür hatte die feine kleine turianische Hure gesorgt, als sie unter Lebensgefahr in den Nacken des Kaiilas biss. Albrecht und Conrad waren zu einem einfachen Zweck gekommen, um einen Tuchuk zu übertreffen und ein oder zwei Mädchen mitzunehmen. Natürlich war Elizabeth Cardwell die einzige, die wir hatten. Selbst das turianische Mädchen Dina, vielleicht die beste Sklavin in diesem Sport unter all den Wagenvölkern, lachte und hing, zu ihm aufsehend, an Albrechts Steigbügel. Ich bemerkte, dass sein Kaiila innerhalb des Peitschenkreises stand, in dem sich auch das Mädchen befand. Ihre Füße hingen über dem Boden, und sie hatte ihren Kopf gegen seine Pelzstiefel gedrückt.

»Lauf«, sagte ich.

Sie schrie verärgert auf, genau wie Albrecht, und Kamchak lachte.

»Lauf, kleine Närrin«, schrie Conrad.

Das Mädchen löste sich vom Steigbügel, und ihre Füße setzten auf dem Boden auf. Sie wankte, fing sich aber, und mit einem wütenden Ruf sprintete sie vom Kreis los. Indem ich sie damit überraschte, gewann ich vielleicht zehn oder fünfzehn Meter.

Ich nahm den Binderiemen von meinem Gürtel und klemmte ihn mir zwischen die Zähne.

Ich begann, die Bola zu schwingen.

Zu meinem Erstaunen, während ich die Bola in immer schneller werdenden Kreisen schwang, ohne meine Augen von ihr zu nehmen, brach sie in einer Entfernung von fünfzig Metern vom Peitschenkreis aus ihrem geraden Lauf aus, täuschte an, hielt jedoch auf die Lanze zu. Das verwirrte mich. Sicherlich hatte sie sich nicht verzählt, doch nicht Dina von Turia. Als der Kampfrichter laut zählte, beobachtete ich ihr Laufmuster. Zwei links, dann ein langer rechts, um die Richtung auszugleichen und sich weiterhin auf die Lanze zuzubewegen. Zwei links, dann rechts. Zwei links, dann rechts.

»Fünfzehn!«, rief der Kampfrichter, und ich stürmte auf dem Rücken des Kaiilas vom Kreis der Boskfellpeitsche los. Ich ritt mit voller Geschwindigkeit, da es keinen Herzschlag zu verlieren galt. Selbst wenn ich es mit viel Glück schaffen sollte, Dina zu fesseln, würde Elizabeth dennoch den Kassars gehören, da Conrad einen klaren Sieg über Kamchak errungen hatte. Es war natürlich gefährlich, sich einem alles andere als dummen, gerade laufenden, vielleicht erschrockenen Mädchen mit voller Geschwindigkeit zu nähern, denn es konnte antäuschen oder sich zu einer Seite bewegen. Dann musste man das Kaiila abbremsen, um ihr hinterherzujagen, damit man nicht zu schnell an ihr vorbeischoss, gar aus der Reichweite der Bola. Aber ich konnte Dinas Lauf abschätzen, zwei links, einer rechts, so trieb ich das Kaiila mit voller Geschwindigkeit zu dem wahrscheinlichen Rendevouspunkt zwischen Dina und dem Leder der Bola an. Ich war überrascht von der Einfachheit ihres Musters. Ich fragte mich, wie es sein konnte, dass so ein Mädchen niemals in weniger als zweiunddreißig Herzschlägen gefasst worden war, und dass sie die Lanze vierzigmal erreicht hatte.

Ich würde die Bola beim nächsten Herzschlag loslassen, wenn sie ihren zweiten Sprung nach links machte.

Dann erinnerte ich mich an die Schläue in ihren Augen, ihre Zuversicht darüber, dass sie niemals zuvor in weniger als zweiunddreißig Herzschlägen gefasst worden war und die Lanze bereits vierzigmal erreicht hatte. Ihr Geschick musste ausgetüftelt sein, ihr Timing fabelhaft.

Ich riskierte alles, ließ die Bola los und schleuderte sie nicht zum erwarteten Rendevouspunkt des zweiten Linkssprungs, sondern zu dem ersten rechten, unerwarteten, ersten Bruch in ihrem Zwei-links-einmal-rechts-Muster. Ich hörte ihren bestürzten Ausruf, als der mit Gewichten beschwerte Lederriemen um ihre Schenkel, Waden und Knöchel zuckte, sie plötzlich so fest zusammenzog wie Fesselband. Das Tempo beinahe beibehaltend, fegte ich an dem Mädchen vorbei, wendete das Kaiila, um in ihre Richtung zu sehen und flankte es in einen vollen Galopp. Ich sah flüchtig den Ausdruck vollkommenen Erstaunens auf ihrem schönen Gesicht. Ihre Hände waren draußen und versuchten instinktiv, ihre Balance zu halten, aber die Bolagewichte schnappten noch immer in winzigen, wütenden Kreisen um ihre Fußgelenke. Sie würde jeden Moment ins Gras fallen. An ihr vorbeireitend, riss ich sie an den Haaren hoch und warf sie über den Sattel. Sie verstand kaum, was zuvor geschehen war und fand sich selbst als meine Gefangene wieder, während das Kaiila noch immer im Galopp dahinpreschte, zurrte ich sie am Sattelknauf fest. Ich hatte mir nicht einmal die Zeit genommen, abzusteigen. Vielleicht nur ein oder zwei Herzschläge, bevor das Kaiila in den Kreis sprang, hatte ich die letzten Knoten vollendet, die sie fesselten. Ich warf sie auf den Boden zu den Füßen des Kampfrichters.

Dieser und die Menge schienen sprachlos zu sein.

»Zeit!«, rief Kamchak.

Der Kampfrichter sah bestürzt drein, als könnte er nicht glauben, was er gesehen hatte. Er nahm seine Hand von der Seite des stehenden Kaiilas.

»Zeit!«, rief Kamchak.

Der Richter sah ihn an. »Siebzehn«, flüsterte er.

Die Menge war still, dann plötzlich brachen, so unerwartet wie ein Donnerschlag, Gebrüll und Jubelrufe aus.

Kamchak klopfte Conrad und Albrecht auf die Schultern, beide blickten mutlos drein.

Ich sah zu Dina von Turia hinunter. Während sie mich mit rasendem Blick ansah, fing sie an, an den Riemen zu ziehen und sich im Gras zu winden.

Der Kampfrichter ließ sie für ein paar Ihn, vielleicht dreißig Sekunden oder so gewähren, und dann überprüfte er ihre Fesseln. Er stand mit einem Lächeln auf dem Gesicht auf. »Das Mädchen ist gesichert«, sagte er.

Es gab einen weiteren riesigen Aufschrei und Jubel von der Menge. Die meisten von ihnen waren Tuchuks, und sie waren hoch erfreut über das, was sie gesehen hatten, aber ich sah auch, dass selbst die Kassars und einer oder zwei der anwesenden Paravaci und der Kataii sehr großzügig ihren Beifall spendeten. Die Menge war verrückt geworden.

Elizabeth Cardwell sprang auf und ab und klatschte in ihre Hände.

Ich sah zu Dina hinunter, die zu meinen Füßen lag und sich nicht mehr wehrte.

Ich entfernte die Bola von ihren Beinen.

Mit meinem Quiva zerschnitt ich die Schnüre an ihren Knöcheln und erlaubte ihr damit, sich auf die Beine zu kämpfen.

Sie stand direkt vor mir, kajirgekleidet, die Handgelenke noch immer hinter ihr gefesselt.

Ich befestigte die Bola an meinem Sattel. »Wie es aussieht, werde ich meine Bola behalten«, sagte ich.

Sie versuchte, ihre Gelenke frei zu bekommen, aber sie schaffte es natürlich nicht.

Hilflos stand sie da und wartete auf mich.

Ich nahm dann Dina von Turia in meine Arme und holte genüsslich ausdehnend und mit einer bestimmten, mir eingestandenen Befriedigung meinen Gewinn. Da sie mich verärgert hatte, war der Kuss für sie wie der eines Herrn zu seinem Sklavenmädchen, dennoch blieb ich geduldig, denn der Kuss selbst war nicht genug. Ich war nicht zufrieden, bis ich, ihrem eigenen Willen zum Trotz, in meinen Armen das plötzliche, unfreiwillige Zugeständnis ihres Körpers über meinen Sieg fühlte. »Herr«, sagte sie mit glänzenden Augen, zu schwach um gegen die Schnüre, die um ihre Hände gewickelt waren, anzukämpfen. Mit einem fröhlichen Klaps brachte ich sie zu Albrecht zurück, der die Fesseln, die sie banden, wütend mit der Spitze seiner Lanze auftrennte. Kamchak lachte, Conrad ebenso. Und auch einige in der Menge. Elizabeth Cardwell schien jedoch aufgebracht zu sein. Sie hatte ihre Felle angezogen. Als ich sie ansah, blickte sie wütend weg.

Ich fragte mich, was mit ihr los war.

Hatte ich sie nicht gerettet?

Waren die Punkte zwischen Kamchak und mir und Conrad und Albrecht nicht im Gleichstand? War sie nicht sicher und das Spiel zu Ende?

»Wir haben ein Unentschieden«, sagte Kamchak, »und die Wette ist beendet. Es gibt keinen Gewinner.«

»Abgemacht«, sagte Conrad.

»Nein«, widersprach Albrecht.

Wir starrten ihn an.

»Lanze und Tospit«, sagte er.

»Das Spiel ist zu Ende«, entgegnete ich.

»Es gibt keinen Gewinner«, wandte Albrecht ein.

»Das ist wahr«, stimmte Kamchak zu.

»Es muss einen Gewinner geben«, beharrte Albrecht.

»Ich bin für heute genug geritten«, sagte Kamchak.

»Ich auch«, sagte Conrad. »Lass uns zu unseren Wagen zurückkehren.«

Albrecht deutete mit seiner Lanze auf mich. »Du bist herausgefordert«, sagte er. »Lanze und Tospit.«

»Wir haben das eben beendet«, sagte ich.

»Der lebende Stab!«, schrie Albrecht.

Kamchak verschluckte sich.

Einige in der Menge riefen aus: »Der lebende Stab!«

Ich sah Kamchak an. Ich erkannte in seinen Augen, dass die Herausforderung angenommen werden musste. In dieser Angelegenheit musste ich ein Tuchuk sein.

Abgesehen von dem bewaffneten Kampf mit Lanze und Tospit ist der lebende Stab der gefährlichste Sport der Wagenvölker.

In dieser Art von Sport erwartet man, dass ein eigener Sklave für einen selbst einstehen muss. Im Wesentlichen ist es der gleiche Sport, wie den Tospit vom Stab zu schneiden, außer, dass die Frucht im Mund einer Frau gehalten wird, die dabei getötet wird, falls sie sich bewegen oder sich in irgendeiner Weise von der Lanze zurückziehen sollte.

Unnötig zu sagen, dass schon viele Sklavinnen bei diesem grausamen Sport verletzt worden waren.

»Ich will nicht für ihn stehen!«, schrie Elizabeth Cardwell.

»Du wirst für ihn stehen, Sklavin«, fauchte Kamchak.

Elizabeth Cardwell nahm ihre Position ein, stellte sich seitwärts und hielt eine Tospit zwischen ihren Zähnen.

Aus irgendeinem Grund schien sie keine Angst zu haben, aber für mich sah es eher danach aus, dass sie unverständlicherweise aufgebracht war.

Sie sollte eigentlich vor Panik zittern. Stattdessen wirkte sie entrüstet.

Aber sie stand da wie ein Fels, und als ich an ihr vorbeidonnerte, schnitt die Spitze meiner Lanze durch die Tospit.

Das Mädchen, das sich im Nacken des Kaiilas festgebissen hatte und dessen Beine von den Zähnen des Tieres aufgerissen worden waren, stand für Albrecht.

Mit äußerst verächtlicher Ruhe raste er an ihr vorbei und lupfte die Tospit mit der Spitze seiner Lanze von ihrem Mund.

»Drei Punkte für jeden«, verkündete der Kampfrichter.

»Wir sind fertig«, sagte ich zu Albrecht. »Ein Unentschieden. Es gibt keinen Gewinner.«

Er hielt sich im Sattel seines aufbäumenden Kaiilas. »Es wird einen Gewinner geben!«, rief er. »Stell dich der Lanze!«

»Ich werde nicht reiten«, sagte ich.

»Ich beanspruche den Sieg und die Frau!«, schrie Albrecht.

»Sie gehört ihm«, sagte der Kampfrichter, »wenn du nicht reitest.«

Ich würde reiten.

Elizabeth stand mir in etwa fünfzig Metern Entfernung gegenüber.

Das ist das Schwerste an dem Lanzensport. Der Stoß muss mit außerordentlicher Leichtigkeit geführt werden, die Lanze locker in der Hand, die Hand nicht am Riemen, mit so viel Spiel, dass die Lanze zurückgleiten und, wenn alles klar ist, man sie nach links bewegen kann und dabei hoffentlich vorbei an dem lebenden Stab. Wenn man es gut macht, ist dies ein graziler und schöner Schlag. Wenn man es vermasselt, wird die Frau entstellt oder vielleicht getötet werden.

Elizabeth stand mir gegenüber, ohne Angst, scheinbar eher ausgenutzt. Ihre Fäuste waren sogar geballt.

Ich hoffte, dass sie nicht verletzt wurde. Als sie seitwärts gestanden hatte, hatte ich die linke Seite bevorzugt, sodass ein fehlgeleiteter Stoß auch die Topsit verfehlt hätte. Aber nun stand sie mir direkt gegenüber. Der Stoß musste direkt ins Zentrum der Frucht geführt werden, eine Alternative gab es nicht.

Der Gang des Kaiilas war flink und ausgeglichen.

Ein Schrei kam aus der Menge, als ich an Elizabeth vorbeiritt – mit der Tospit auf der Lanzenspitze.

Krieger hämmerten mit ihren Lanzen auf ihre lackierten Schilde.

Männer brüllten. Ich hörte die schrillen Schreie von Sklavenmädchen.

Ich wandte mich um und sah Elizabeth schwanken, beinahe in Ohnmacht fallend, aber sie tat es nicht.

Albrecht der Kassar senkte wütend seine Lanze und ritt auf sein Mäd-

chen zu. Augenblicklich passierte er sie. Die Tospit tanzte auf der Lanzenspitze.

Das Mädchen stand völlig still und lächelte.

Die Menge jubelte ebenso für Albrecht.

Dann wurde es still, als der Kampfrichter sich auf die Lanze von Albrecht stürzte und sie einforderte.

Albrecht der Kassar übergab verwirrt seine Waffe.

»Da ist Blut auf der Waffe«, sagte der Richter.

»Sie wurde nicht berührt«, sagte Albrecht.

»Ich wurde nicht berührt!«, rief das Mädchen.

Der Richter zeigte auf die Spitze der Lanze. Dort befand sich ein winziger Blutfleck, und ebenso fand sich ein Ausstrich von Blut auf der kleinen
gelbweißen Frucht.

»Öffne deinen Mund, Sklavin«, verlangte der Kampfrichter.

Das Mädchen schüttelte den Kopf.

»Tu es«, sagte Albrecht.

Sie gehorchte, und der Richter zog grob ihre Zähne mit seinen Händen
auseinander und spähte hinein. In ihrem Mund fand er Blut. Das Mädchen hatte es lieber heruntergeschluckt als zu zeigen, dass es getroffen
worden war.

Für mich schien sie dadurch ein mutiges, feines Mädchen zu sein.

Plötzlich wurde ich mir wie unter Schock bewusst, dass sie und Dina
von Turia nun zu Kamchak und mir gehörten.

Während Elizabeth Cardwell zornig dreinblickte, knieten die beiden
Mädchen vor Kamchak und mir, senkten ihre Köpfe, hoben und breiteten
ihre Arme aus, die Gelenke über Kreuz. Kamchak kicherte, sprang von
seinem Kaiila und band rasch ihre Hände mit Bindeschnüren zusammen.
Dann befestigte er einen Lederriemen in dem Nacken eines jeden Mädchens und band die freien Enden an den Knauf seines Sattels. So gesichert,
knieten die Mädchen neben den Tatzen seines Kaiilas. Ich sah Dina von
Turia mich ansehen. In ihren vor Tränen weichen Augen las ich das befan-
gene Eingeständnis, dass ich ihr Herr war.

»Ich weiß nicht, was wir mit all diesen Sklavinnen anfangen sollen«,
sagte Elizabeth Cardwell.

»Sei still«, sagte Kamchak, »oder du wirst gebrandmarkt.«

Aus irgendeinem Grund starrte Elizabeth Cardwell eher mich als Kamchak wütend an. Sie warf ihren Kopf zurück, ihre kleine Nase in die Luft,
ihr braunes Haar hüpfte auf ihren Schultern.

Dann verstand ich und nahm eine Bindeschnur und band ihre Handgelenke vor ihrem Körper und, wie Kamchak es mit den anderen beiden

Mädchen getan hatte, befestigte ich einen Riemen in ihrem Nacken und machte ihn an meinem Sattelknauf fest.

Das war vielleicht meine Art, sie daran zu erinnern, dass auch sie eine Sklavin war, falls sie es vergessen sollte.

»Heute Nacht, kleine Barbarin, wirst du angekettet unter dem Wagen schlafen«, sagte Kamchak und winkte ihr zu.

Elizabeth unterdrückte einen Wutschrei.

Dann schwangen Kamchak und ich uns auf den Rücken unserer Kaiilas und machten uns auf den Rückweg zu unserem Wagen, die angebundenen Mädchen mitziehend.

»Die Zeit des Kleinen Grases ist nah«, sagte Kamchak. »Morgen werden die Herden in Richtung Turia ziehen.«

Ich nickte. Das Überwintern hatte ein Ende. Nun war es Zeit für die dritte Phase des Omenjahres, die Rückkehr nach Turia.

Ich hoffte, dass ich nun vielleicht die Antwort auf all die Rätsel finden würde, die nicht aufhörten, mich zu beunruhigen. Ich würde vielleicht eine Antwort auf das Mysterium des Nachrichtenbandes erhalten und Antworten auf unzählige Fragen, die damit verbunden waren. Und vielleicht fand ich endlich einen Hinweis, den ich bisher nicht unter den Wagenvölkern bekommen hatte, auf den Aufenthaltsort oder das Schicksal des zweifelsohne goldenen Spheroiden, der das letzte Ei der Priesterkönige darstellte.

»Ich werde dich nach Turia bringen«, sagte Kamchak.

»Gut«, sagte ich.

Ich hatte das Überwintern genossen. Nun war es vorbei. Die Bosks trieben mit dem Aufziehen des Frühlings in Richtung Süden. Und die Wagen und ich würden mit ihnen ziehen.

9 Aphris von Turia

Zweifellos schienen ich, in der getragenen roten Tunika eines Kriegers, und Kamchak, im schwarzen Leder eines Tuchuks, irgendwie fehl am Platz des Banketts von Saphrar, einem Händler von Turia zu sein.

»Das ist das gewürzte Hirn eines turianischen Vulos«, erklärte Saphrar. Irgendwie überraschte es mich, dass Kamchak und ich, die wir auf unsere Art Botschafter der Wagenvölker darstellten, eher im Haus von Saphrar, dem Händler, unterhalten wurden, anstatt im Palast von Phanius Turmus, dem Administrator von Turia. Kamchaks Erklärung war einigermaßen zufriedenstellend. Es gab anscheinend zwei Gründe, den offiziellen und den tatsächlichen. Der offizielle, der von Phanius Turmus, dem Administrator, und anderen hohen Tieren der Regierung verkündet wurde, war, dass die Angehörigen der Wagenvölker unwürdig waren, im Regierungspalast unterhalten zu werden. Der wirkliche Grund, der offenbar selten von irgendjemandem verkündet wurde, war, dass die wahre Macht in Turia, wie in vielen anderen Städten auch, bei der Kaste der Händler lag, deren Anführer Saphrar war. Jedoch wurde der Administrator informiert. Seine Anwesenheit am Bankett war in der Person seines Generalbevollmächtigten, Kamras aus der Kaste der Krieger, zu spüren, ein Hauptmann, den man als den Champion von Turia bezeichnete.

Ich schob mir das gewürzte Vulohirn auf der Spitze einer goldenen Essgabel in den Mund. Soweit ich wusste, war dieses Utensil einzigartig in Turia. Ich nahm einen großen Schluck wilden Paga und spülte es damit so schnell wie möglich hinunter. Ich machte mir nichts aus den süßen, sirupartigen Weinen von Turia, die bis zu dem Punkt, dass man seinen Fingerabdruck auf ihrer Oberfläche hinterlassen konnte, aromatisiert und gezuckert waren.

Für jene, die sich der Tatsache nicht bewusst waren, sollte vielleicht erwähnt werden, dass die Kaste der Händler nicht als eine der traditionellen fünf hohen Kasten von Gor betrachtet wird. Diese sind die Eingeweihten, die Schreiber, die Ärzte, die Hausbauer und die Krieger. Für gewöhnlich und zweifellos leider, bekleiden nur Mitglieder der fünf hohen Kasten Ränge in den hohen Räten der Städte. Nichtsdestotrotz und zu erwarten, hatte das Gold der Händler einen unwägbaren Einfluss, nicht immer in so einer vulgären Form wie Bestechung, sondern viel eher in den feinsinnigen Angelegenheiten von Verlängerung oder Ablehnung gewährter Kredite in Verbindung mit Projekten, Vergnügen oder den Bedürfnissen des hohen Rates.

Es gibt ein Sprichwort auf Gor: »Gold kennt keine Kaste«. Ein Sprichwort, das für die Händler auf Gor Gesetz ist. Tatsächlich habe ich unter der Hand erfahren, dass sie sich selbst als die höchste Kaste auf Gor betrachten, obwohl sie es nicht laut aussprechen würden, da sie fürchten damit die Empörung der anderen Kasten zu wecken. Es gibt einiges, das solch einen Anspruch untermauert, denn die Händler sind auf ihre Art tatsächlich mutige, gewitzte und geschickte Männer, die lange Reisen unternehmen, die für den Erwerb von Gütern das Risiko, Karawanen zu verlieren, eingehen, die geschäftliche Abkommen aushandeln, die unter den goreanischen Städten existieren. Faktisch arrangieren und veranstalten die Händler auch die vier großen Jahrmärkte, die jedes Jahr in der Nähe des Sardargebirges stattfinden. Ich sage »faktisch«, weil diese Märkte nominal unter der Kontrolle eines Komitees der Kaste der Eingeweihten stehen, die sich jedoch hauptsächlich mit ihren Zeremonien und Opferungen beschäftigen. Und es ist nur zu gut, wenn man das komplizierte Management des gewaltigen, kommerziellen Phänomens der Sardarjahrmärkte an Mitglieder der niedrigeren, wenig geachteten Kaste der Händler delegieren kann, ohne die übrigens diese Märkte gar nicht exitsieren könnten, sicherlich nicht in irgendeiner Weise auf die momentan bestehende Art.

»Nun, dies ist die geschmorte Leber des blauen, vierstacheligen cosianischen Flügelfisches«, erklärte mir Saphrar der Händler.

Es ist ein winziger, delikater Fisch, blau und ungefähr von der Größe einer Tarnscheibe, wenn er sich in der Hand windet. Er besitzt drei oder vier feingliedrige und giftige Stacheln in seiner Rückenflosse. Er ist in der Lage, sich selbst aus dem Wasser zu werfen und für eine kurze Strecke auf seinen gespannten Brustflossen durch die Luft zu gleiten, gewöhnlich um kleineren See-Tharlarions auszuweichen, die immun gegen das Gift der Stacheln sind. Dieser Fisch wird manchmal auch Singfisch genannt, weil bei einem Teil seiner Balzrituale sowohl Weibchen als auch Männchen ihre Köpfe aus dem Wasser stoßen und eine Art pfeifenden Ton abgeben.

Der blaue vierstachelige Flügelfisch ist in den Wassern von Cos beheimatet. Größere Exemplare können weiter draußen in der See gefunden werden. Der kleine blaue Fisch gilt als Delikatesse und seine Leber als Delikatesse aller Delikatessen.

»Wie kommt es, dass du in Turia die Leber von Flügelfischen servieren kannst?«, fragte ich.

»Ich habe eine Kriegsgaleere in Port Kar«, sagte Saphrar der Händler. »Diese schicke ich zweimal im Jahr nach Cos, um den Fisch zu fangen.«

Saphrar war ein kleiner, fetter, blassrosa Mann mit kurzen Beinen und Armen. Er hatte flinke helle Augen und einen winzigen runden Mund mit roten Lippen. Gelegentlich bewegte er seine kleinen feisten Finger mit den abgerundeten scharlachroten Nägeln schnell daher, als würde er eine Tarnscheibe polieren oder die Oberfläche von feinem Stoff befühlen. Sein Kopf war wie der von vielen Händlern rasiert, seine Augenbrauen ausgezupft. Dafür waren über jedem Auge vier goldene Tränen auf der rosafarbenen Haut angebracht. Wenn er lachte, wurden zwei Goldzähne sichtbar, die beiden oberen Schneidezähne, die vermutlich Gift enthielten. Händler sind selten im Umgang mit Waffen geübt. Sein rechtes Ohr war, zweifellos durch einen Unfall, eingekerbt. Ich wusste, dass so eine Kerbe normalerweise den Ohren von Dieben beigebracht wird. Eine zweite Straftat wird gewöhnlich mit dem Verlust der rechten Hand geahndet. Eine dritte Straftat mit dem Abschlagen der linken Hand und beider Füße. Im Übrigen gibt es nur wenige Diebe auf Gor. Ich habe allerdings gehört, dass es eine Kaste der Diebe in Port Kar geben soll, eine starke Kaste, die normalerweise ihre Mitglieder vor solchen Erniedrigungen wie die der Ohrkerbe beschützt. In Saphrars Fall war die Ohrkerbe sicherlich nur ein Zufall, da er der Kaste der Händler angehörte, obgleich sie ihm bestimmt schon so manche Peinlichkeit bereitet hatte. Saphrar war ein vergnüglicher, großzügiger Geselle, ein wenig träge vielleicht, abgesehen von seinen Augen und den schnellen Fingern. Er war bestimmt ein aufmerksamer und ausgezeichneter Gastgeber. Ich kam nicht umhin, ihn besser kennenlernen zu wollen.

»Wie kommt es, dass ein Händler von Turia eine Kriegsgaleere in Port Kar hat?«, fragte ich.

Saphrar lehnte sich auf den gelben Polstern zurück, hinter dem niedrigen Tisch, der mit Wein, Früchten und goldenen, mit delikaten Köstlichkeiten angehäuften Tellern, beladen war.

»Ich wusste gar nicht, dass Port Kar friedliche Beziehungen mit irgendeiner der inländischen Städte unterhält«, sagte ich.

»Tut sie auch nicht«, sagte Saphrar.

»Wie dann?«, fragte ich.

Er hob die Schultern. »Gold kennt keine Kaste«, sagte er.

Ich versuchte die Leber des Flügelfisches. Danach nahm ich einen weiteren Schluck des Pagas.

Saphrar zuckte.

»Vielleicht möchtest du ein Stück gebratenes Boskfleisch probieren«, schlug er vor.

Ich legte die goldene Essgabel zurück in ihre Ablage neben meinem Platz, schob den glitzernden Teller, auf dem einige theoretisch essbare Dinge lagen, die sorgfältig von einer Sklavin arrangiert worden waren,

um einem Bouquet wilder Blumen zu ähneln, die aus einer Felskluft sprossen. »Ja«, sagte ich, »ich denke schon.«

Saphrar leitete meine Wünsche an den empörten Bankettmeister weiter,
und dieser schickte, mit einem wütenden Blick in meine Richtung, zwei
junge Sklavinnen, die losflitzten und die Küchen von Turia nach einer
Scheibe Boskfleisch durchkämmten.

Ich blickte zur Seite und sah Kamchak ein anderes Tablett leerkratzen,
indem er es an seinen Mund hob und die sorgfältig arrangierten Köstlichkeiten in seinen Mund gleiten ließ oder sie hineinschaufelte. Ich blickte
Saphrar an, der sich nun in seiner seidenen Vergnügungsrobe in den gelben Polstern zurücklehnte. Die Kleidung war weiß und gold, die Farben
der Kaste der Händler. Saphrar hatte die Augen geschlossen und knab-
berte an einem winzigen Ding, das noch immer zitterte und auf einem farbigen Stock aufgespießt war.

Ich drehte mich weg und betrachtete einen Feuerschlucker, der zu den
hüpfenden Melodien der Musiker auftrat.

»Beschwer dich nicht, dass wir im Hause Saphrars von den Händlern
unterhalten werden«, hatte Kamchak gesagt, »denn in Turia liegt die
wahre Macht bei diesen Leuten.«

Ich sah den Tisch entlang zu Kamras, dem Generalbevöllmächtigten von
Phanius Turmus, dem Administrator von Turia. Er war ein grobschlächti-
ger, starker Mann mit langem schwarzem Haar. Er saß wie ein Krieger,
wenn auch in Seidenroben. Über sein Gesicht zogen sich zwei lange
Narben, möglicherweise Wunden, verursacht durch ein Quiva. Man sagte
von ihm, dass er ein großer Krieger sei, in der Tat der Champion von Turia. Er hatte bisher weder mit uns gesprochen, noch unsere Anwesenheit
bei dem Festmahl anerkannt.

»Abgesehen davon sind Essen und Unterhaltung hier besser als im
Palast von Phanius Turmus«, hatte mir Kamchak erklärt und mir dabei in
die Rippen geknufft.

Für ein Stück Boskfleisch würde ich alles tun, sagte ich mir.

Ich fragte mich, wie Kamchaks Magen die köstlichen Verletzungen ertragen konnte, die er mit solcher Begeisterung in sich hineinschaufelte.
Um ehrlich zu sein, er konnte es nicht. So ein turianisches Fest dauert normalerweise die halbe Nacht und kann sogar bis zu hundertfünfzig Gänge
haben. Das ist normalerweise unmöglich, außer man benutzt dieses abscheuliche Instrument, bestehend aus goldener Schale und gefiedertem
Bankettstäbchen, das in parfümiertes Öl getaucht wird und mit dem sich
der Gast erfrischen kann, um mit Eifer zum Fest zurückzukehren.

Ich hatte bisher keinen Gebrauch von diesem besonderen Werkzeug gemacht und hatte mich selbst zufriedengestellt, indem ich bloß ein oder zwei Bissen jedes Gangs zu mir nahm, um den Anforderungen an die Etikette zu genügen.

Die Turianer betrachteten dies zweifellos als hoffnungsloses, barbarisches Hemmnis meinerseits.

Jedoch hatte ich vielleicht zu viel Paga getrunken.

An diesem Nachmittag hatten Kamchak und ich mit vier Packkaiilas das erste der neun Tore von Turia betreten.

Auf den Packtieren waren Kästen mit edlem Blech, Edelsteinen, silbernen Gefäßen, einem Gewirr von Juwelen, Spiegeln, Ringen, Kämmen und goldenen Tarnscheiben mit den Prägungen von über einem Dutzend Städten, festgeschnallt.

Diese wurden als Geschenke zu den Turianern gebracht, hauptsächlich als eine eher unverschämte Geste seitens der Wagenvölker, die zeigen sollte, wie wenig sie sich aus solchen Dingen machten und dass sie diese an die Turianer verschenkten. Turianische Botschafter bei den Wagenvölkern, so sie denn vorkamen, bemühten sich normalerweise darum, solche Geschenke gleichermaßen zurückzugeben oder zu übertreffen. Kamchak erzählte mir, vermutlich eine Art Geheimnis, dass einige der Dinge, die sie getragen hatten, schon ein Dutzend Mal hin und her getauscht worden waren. Ein kleines, flaches Kästchen übergab Kamchak jedoch nicht an die Diener von Phanius Turmus, die er am ersten Tor getroffen hatte. Er bestand darauf, dieses mit sich zu tragen und behielt es sogar jetzt neben seinem rechten Knie am Tisch.

Ich war sehr froh darüber, nach Turia zu kommen, da ich immer sehr gespannt war, wenn ich eine neue Stadt betrat. Turia erfüllte meine Erwartungen. Es war luxuriös. Seine Läden waren angefüllt mit seltenem, faszinierendem Krimskrams. Ich roch Parfüme, die ich nie zuvor gerochen hatte. Mehr als einmal begegneten wir einer Reihe von Musikern, die hintereinander die Straße heruntertanzten und auf ihren Flöten und Trommeln spielten, vermutlich auf ihrem Weg zum Festmahl. Ich war erfreut, die großartige Vielfältigkeit der seidigen Kastenfarben einer typischen goreanischen Stadt wiederzusehen und wieder einmal die Rufe der Händler zu hören, die mir sehr vertraut waren: die der Kuchenverkäufer, der Gemüsehändler und des Weinhändlers, der sich unter einer doppelten Verrhaut seiner Ernte beugte. Wir zogen nicht so viel Aufmerksamkeit auf uns, wie ich dachte, und ich ahnte, dass zumindest jedes Frühjahr Abgesandte der Wagenvölker in die Stadt kommen mussten. Viele Leute beachteten uns kaum, obwohl wir im Grunde Blutfeinde waren. Ich nahm an, dass das Leben innerhalb der hohen Mauern von Turia für die meisten

Einwohner von Tag zu Tag in gewohnten Mustern weiterging, und man die fernen Wagenvölker einfach vergaß. Die Stadt war nie gefallen und war seit über einem Jahrhundert nicht mehr belagert worden. Gewöhnlich sorgte sich der Durchschnittsbürger nur um die Wagenvölker, wenn er sich außerhalb der Mauern befand. Dann allerdings sorgte er sich zu Recht und, wie ich ihm zugestehen würde, vernünftigerweise.

Eine Enttäuschung für mich war, während wir durch die Straßen von Turia zogen, dass ein Schreier vor uns aufmarschierte und die Frauen der Stadt aufrief, sich zu verhüllen, auch die weiblichen Sklaven. Daher sahen wir auf unserer Reise vom Tor der Stadt bis zum Haus von Saphrar unglücklicherweise keine der fabelhaften seidigen Schönheiten von Turia, abgesehen von einem gelegentlichen Blick eines dunklen Augenpaares, das verstohlen hinter einem Schleier in einem ausgesparten Fensterflügel hervorlugte.

Ich erwähnte dies Kamchak gegenüber, und er lachte laut.

Er hatte natürlich recht. Unter den Wagenvölkern, bekleidet mit kurzem Cord und Leder, gezeichnet, einen Nasenring und den turianischen Halsreif tragend, konnte man viele Schönheiten von Turia finden. In der Tat, zum Verdruss von Elizabeth Cardwell, die in den letzten Wochen ihre Nächte unter dem Wagen verbracht hatte, gab es zwei von diesen Schönheiten in unserem eigenen Wagen, nämlich das Mädchen Dina, das ich im Bola-Wettbewerb gefangen hatte und ihre Gefährtin, das feine Mädchen, das Kamchaks Kaiila in den Nacken gebissen und versucht hatte, ihre Verletzung durch Albrechts Lanze zu verheimlichen. Ihr Name war Tenchika, eine Tuchuk-Verfälschung ihres turianischen Namens Tendite. Sie kämpfte darum, Kamchak gut zu dienen, aber es war klar, dass sie ihre Trennung von Albrecht von den Kassars bedauerte. Erstaunlicherweise hatte dieser bereits zweimal versucht, seine kleine Sklavin zurückzukaufen, aber Kamchak wartete auf ein höheres Angebot. Auf der anderen Seite diente mir Dina geschickt und unterwürfig. Einmal plante Albrecht ein weiteres Bola-Wettrennen und versuchte, sie genauso zurückzukaufen wie Tenchika, aber ich hatte abgelehnt.

»Bedeutet das, dass Dinas Herr mit ihr zufrieden ist?«, hatte Dina mich in dieser Nacht mit dem Kopf auf meinen Stiefeln gefragt.

»Ja«, sagte ich, »das bedeutet es.«

»Ich bin glücklich«, hatte sie gesagt.

»Sie hat dicke Knöchel«, hatte Elizabeth Cardwell angemerkt.

»Nicht dick«, sagte ich. »Starke, kräftige Knöchel.«

»Wenn du dicke Knöchel magst«, hatte Elizabeth gesagt, sich umgedreht und den Wagen verlassen. Dabei hatte sie vermutlich unachtsam die reizende Schlankheit ihrer eigenen Knöchel offenbart.

Plötzlich wurde ich mir wieder des Banketts Saphrars von Turia bewusst.

Mein Stück gebratenes Boskfleisch wurde serviert. Ich nahm es und begann, darauf zu kauen. Ich mochte es lieber, wenn es über den offenen Feuern der Prärie gebraten wurde, aber es war gutes Bosk. Ich senkte meine Zähne in das saftige Fleisch, biss ab und kaute es.

Ich beobachtete die Banketttafeln, die in einem offenen Viereck angeordnet waren und damit den Sklaven erlaubten, durch das offene Ende leichter zu bedienen, und natürlich erlaubte es auch den Künstlern, ihre Darbietungen an den Tischen zu präsentieren. Auf der einen Seite befand sich ein kleiner Altar der Priesterkönige, an dem ein kleines Feuer brannte. Am Anfang des Festes hatte der Bankettmeister einige Gramm Fleisch in das Feuer gestreut, dazu etwas farbigen Sand und ein paar Tropfen Wein. »Ta-Sardar-Gor«, hatte er gesagt, und dieser Ausdruck wurde von den anderen im Saal wiederholt: »Auf die Priesterkönige von Gor.« Das war der allgemeine Trinkspruch für das Bankett. Der Einzige im Saal, der sich nicht an dieser Zeremonie beteiligte, war Kamchak, der dachte, dass solch ein Trinkopfer in den Augen des Himmels nicht angemessen war. Aus Respekt vor den Priesterkönigen, insbesondere für den, dessen Name Misk war, nahm ich an diesem Trinkspruch teil.

Ein Turianer, der einige Fuß von mir entfernt saß, hatte bemerkt, dass ich mich an dem Trinkopfer beteiligt hatte. »Ich sehe, dass du nicht bei den Wagenvölkern groß geworden bist«, sagte er.

»Nein«, sagte ich.

»Das ist Tarl Cabot von Ko-ro-ba«, bemerkte Saphrar.

»Wie kommt es, dass du meinen Namen kennst?«, fragte ich.

»Man hört von solchen Dingen«, sagte er.

Ich hätte ihn gern weiter befragt, aber er drehte sich zu einem Mann hinter ihm um und sprach mit ihm über Angelegenheiten, die das Fest betrafen.

Ich vergaß es.

Wenn es auch keine Frauen gegeben hatte, die wir in den Straßen von Turia bewundern konnten, so hatte anscheinend Saphrar, Händler der Stadt, entschieden, diesen Makel beim Bankett auszumerzen. Es gab einige Frauen an den Tischen, freie Frauen und einige andere, Sklavinnen, die bedienten. Die freien Frauen senkten, aus Kamchaks eher prüder Sicht, schamlos ihre Schleier und warfen die Kapuzen ihrer Roben der Verhüllung zurück, erfreuten sich am Fest und aßen mit dem gleichen goreanischen Geschmack wie ihre Männer. Ihre Schönheit und das Funkeln in ihren Augen, ihr Lachen und die Unterhaltung hoben die Stimmung des

Abends ungemein. Einige hatten flinke Zungen und waren geistreiche Mädchen, vollkommen charmant und hemmungslos. Ich dachte jedoch daran, dass es sehr ungewöhnlich war, wie sie sich unverhüllt in der Öffentlichkeit zeigten, insbesondere da Kamchak und ich anwesend waren. Die anwesenden gebundenen Frauen, die uns bedienten, trugen jeweils vier goldene Ringe an jedem Knöchel und jedem Handgelenk, die miteinander verschlossen waren, und wenn sie sich bewegten, einen scheppernden Ton zu den Sklavenglöckchen, die sich an ihren turianischen Halsreifen befanden und von ihren Haaren hingen, hinzufügten. Ihre Ohren waren durchstochen, und an jedem hing ein winziges Sklavenglöckchen. Die schlichte Kleidung dieser Frauen bestand aus der turianischen Camisk. Ich weiß nicht, warum man es Camisk nennt, außer, dass es ein einfaches Gewand für Sklavinnen ist. Die gewöhnliche Camisk ist ein einzelnes Stück Stoff, etwa achtzehn Zoll weit, das über den Kopf einer Frau geworfen und wie ein Poncho getragen wird. Meist fällt sie bis über die Knie und wird vorn und auf dem Rücken mit einer Kordel oder Kette zusammengebunden. Auf der anderen Seite ist die turianische Camisk, wenn man sie auf dem Boden auslegt, wie ein umgekehrtes T geformt, in dem der Querbalken des T auf jeder Seite abgerundet ist. Sie wird an drei Stellen an der tragenden Frau befestigt. Hinter dem Nacken, am Rücken und vorn an der Hüfte. Anders als die gewöhnliche Camisk, verdeckt die turianische Camisk das Brandzeichen der Frau. Andererseits und im Unterschied zur gewöhnlichen Camisk, lässt sie den Rücken unbedeckt, kann zusammengeknüpft werden und ist bequemer. Sie enthüllt besser die Schönheit einer Frau. Wenn eine Frau die Camisk anzieht, bindet sie sie in ihrem Nacken. Die eher senkrechten Streifen fallen dann vor ihr herunter, und sie zieht sie dann zu den Seiten, um sie im Rücken zusammenzubinden. Sie trägt etwas zur Verhüllung ihres Busens bei, wenn auch nicht viel. Das weitere Teil des T-Streifens, das auch vor ihr herabfällt, wird dann zwischen ihre Beine und wieder hinter ihrem Rücken hochgezogen und sorgt bequem für den Schutz des Unterleibs, was ungewöhnlich für Sklavenkleidung ist. Die beiden abgeschrägten Enden werden dann nach vorn gezogen und um die Hüften gewickelt. Anschließend wird das Kleidungsstück vorn an der Taille zugezogen. An dieser Stelle kann der Knoten bequem von einem Herrn aufgezogen und der gesamte Stoff von ihrem Leib gerissen, losgezogen oder beiseite gefegt werden. Solche Dinge eben. Tatsächlich kann der Stoff, nachdem er vom Körper gelöst ist, auch als Sklavenhaube benutzt werden, wenn man es wünscht. Dabei wird er im Nacken mit Kordeln befestigt und gehalten.

Auf jeden Fall wissen Frauen im Camisk, egal ob in einer gewöhnlichen oder einer turianischen, ganz genau, dass sie Sklaven sind.

Im Vorbeigehen könnte man vielleicht bemerken, dass es eine reiche und aufreizende Vielfalt von Bekleidungstücken gibt, die von goreanischen Meistern entworfen wurden, um die weiblichen Sklaven auszubilden, zu erregen und vorzuführen. Die einfache, kurze und ärmellose Tunika ist geläufig. Eine gewöhnliche, leichte Tunika, meist aus Seide, die sich schmeichelnd auf dem Körper bewegt, locker sitzt und eine einzige Schleife an der linken Schulter besitzt. Ein Ruck lässt die Kleidung bis zum Knöchel fallen. Die Schleife befindet sich an der linken Schulter, weil die meisten Herren Rechtshänder sind. Der Sklavin selbst, die dabei in der Nähe ihres Herrn steht oder kniet, wird befohlen, die Kleidung fallen zu lassen.

Ich habe bereits herausgestellt, was es für eine weibliche Sklavin, die Kajirkleidung unter den Wagenvölkern trägt, typischerweise bedeutet Chatka und Curla, Kalmak und Koora zu tragen. Elizabeth Cardwell, der es erlaubt wurde, das Fell des roten Larls zu tragen, war, wie Sie verstehen müssen, vollkommen ungewöhnlich unter den Wagen. Dennoch ließ es keinen Zweifel daran, dass sie eine Sklavin war.

Wir erfreuten uns an den Darbietungen des Jonglierens, Feuerschluckens und der Akrobaten. Es gab auch einen Magier, an dem Kamchak besonders viel Spaß hatte: Ein Mann, der mit der Peitsche in der Hand zeigte, was ein tanzender Sleen alles konnte.

Ich konnte einige Gesprächsfetzen zwischen Kamchak und Saphrar aufschnappen und zog daraus den Schluss, dass sie einen Treffpunkt für den Tausch der Waren aushandelten. Doch, später am Abend, als ich vom Paga mehr betrunken war, als ich mir selbst hätte erlauben sollen, hörte ich, wie sie Details besprachen, die nur mit dem zu tun haben konnten, was Kamchak ständig die Spiele des Liebeskrieges nannte und Zeit, Waffen, Schiedsrichter und so weiter bestimmten. Dann hörte ich den Satz: »Wenn sie daran teilnehmen soll, musst du die goldene Kugel aushändigen.«

Abrupt wurde ich wach und befand mich nicht länger vor Trunkenheit im Halbschlaf. Plötzlich sah es so aus, als wäre ich vor Schock wach und nüchtern. Ich fing an zu zittern und hielt mich am Tisch fest, aber ich glaube, ich gab mit keinem Zeichen meine innere Aufregung preis.

»Ich kann arrangieren, dass sie für die Spiele ausgewählt wird«, sagte Saphrar. »Aber es muss für mich etwas dabei herausspringen.«

»Wie kannst du bestimmen, dass sie ausgewählt wird?«, fragte Kamchak.

»Mein Gold kann es«, sagte Saphrar. »Und später wird es bestimmen, dass sie böse besiegt wird.«

Aus dem Augenwinkel sah ich Kamchaks dunkle Augen glühen.

Dann hörte ich den Bankettmeister rufen; seine Stimme legte alles andere still, alle Gespräche, selbst die Musiker. Die Akrobaten, die mitten in ihrer Darbietung waren, flohen zwischen den Tischen.

Die Stimme des Bankettmeisters war erneut zu hören: »Die Lady Aphris von Turia.«

Ich und alle anderen wandten die Augen zu einer breiten, marmornen Wendeltreppe im hinteren, linken Bereich des erhabenen Speisesaals im Haus von Saphrar dem Händler.

Das Mädchen, das sich Aphris von Turia nannte, stieg langsam und königlich, bekleidet mit weißer Seide, die mit Gold verziert war, den Farben der Händler, die Treppe hinunter.

Ihre Sandalen waren aus Gold, und sie trug dazu passende Handschuhe, ebenfalls aus Gold.

Ihr Gesicht konnte nicht erkannt werden, denn es war verhüllt mit einem seidenen Schleier, der von Gold durchsetzt war. Auch ihr Haar war nicht sichtbar; es wurde von den Falten der Robe, der Verhüllung einer freien Frau, versteckt, in ihrem Fall natürlich in den Farben der Händler.

Aphris von Turia gehörte also der Kaste der Händler an.

Ich erinnerte mich daran, wie Kamchak von ihr ein- oder zweimal gesprochen hatte.

Als die Frau sich näherte, wurde ich mir plötzlich bewusst, dass Saphrar sprach. »Seht euch mein Mündel an«, sagte er und deutete dabei auf das sich nähernde Mädchen.

»Die reichste Frau in ganz Turia«, sagte Kamchak.

»Wenn sie ihre Volljährigkeit erreicht«, bemerkte Saphrar.

Bis dahin, stellte ich fest, würde ihr Einkommen in den zweifellos fähigen Händen von Saphrar dem Händler liegen.

Kamchak bestätigte später diese Annahme. Saphrar war nicht mit dem Mädchen verwandt, aber er war von den turianischen Händlern, auf die er zweifelsfrei einen beträchtlichen Einfluss ausübte, zum Wächter des Mädchens, nach dem Tod seines Vaters durch einen paravacischen Karawanenraubzug vor ein paar Jahren, ernannt worden. Der Vater von Aphris von Turia, Tethrar von Turia, war der reichste Händler der Stadt gewesen, die wiederum eine der reichsten Städte auf Gor war. Es hatte keinen überlebenden männlichen Erben gegeben, und das beträchtliche Vermögen Tethrars von Turia gehörte nun seiner Tochter Aphris, die die Kontrolle über dieses bemerkenswerte Schicksal annehmen würde, sobald sie ihre Volljährigkeit erreicht hatte, was diesen Frühling der Fall war.

Ich war sicher, dass das Mädchen sich der vielen auf sie gerichteten Augen bewusst war, als sie auf der Treppe anhielt und erhaben die Bankettszene überschaute. Ich konnte fühlen, dass sie fast sofort mich und Kamchak entdeckt hatte, Fremde an den Tischen. Irgendetwas an ihrer Haltung verriet, dass sie wahrscheinlich amüsiert war.

Ich hörte Saphrar zu Kamchak flüstern, dessen Augen glühten und auf der Gestalt in Weiß und Gold auf der fernen Treppe verharrten.

»Ist sie nicht die goldene Kugel wert?«, fragte der Händler.

»Schwer zu sagen«, sagte Kamchak.

»Ich habe das Wort der ihr dienenden Sklaven«, beharrte Saphrar. »Sie ist wunderschön.«

Kamchak hob die Schultern mit seinem gerissenen Tuchuk-Handelszucken. Ich hatte es schon mehrmals an ihm beobachtet, während er den möglichen Verkauf der kleinen Tenchika mit Albrecht im Wagen aushandelte.

»Tatsächlich hat die Kugel keinen großen Wert«, sagte Saphrar. »Sie ist nicht wirklich aus Gold, es scheint nur so.«

»Dennoch ist sie bei den Tuchuks heiß begehrt«, sagte Kamchak.

»Ich möchte sie ja nur als Kuriosität«, sagte Saphrar.

»Ich muss das Ganze überdenken«, sagte Kamchak, ohne die Augen von Aphris von Turia zu nehmen.

»Ich weiß, wo sie ist«, sagte Saphrar, seine Lippen zurückziehend und die goldenen Eckzähne entblößend. »Ich könnte Männer dorthin schicken.«

Ich gab vor, nicht zuzuhören, aber natürlich verfolgte ich ihre Unterhaltung so aufmerksam wie möglich. Aber nur wenige im Saal hätten mein Interesse überhaupt bemerkt, wenn ich es offen gezeigt hätte. Wie es schien, waren alle Augen auf das Mädchen auf den Stufen gerichtet. Schlank, anmutig und in den Roben der Verhüllung, in Weiß und Gold gekleidet. Selbst ich war durch sie abgelenkt. Selbst ich, der ich doch in das Gespräch zwischen Kamchak und Saphrar vertieft war, hätte es schwer gefunden, meine Augen von ihr zu nehmen, selbst wenn ich es gewollt hätte. Nun schritt sie die letzten drei Stufen herunter und stoppte dann, um mit dem Kopf zu nicken. Sie beehrte einige begierige Burschen hier und da am Tisch mit einem Wort oder einer Geste, dann begann sie, sich dem Kopf der Tafel zu nähern. Die Musiker nahmen auf ein Signal des Bankettmeisters wieder ihre Instrumente auf, und die Akrobaten eilten zurück zu den Tischen und purzelten und sprangen drumherum.

»Sie befindet sich im Wagen von Kutaituchik«, sagte Saphrar. »Ich könnte Söldnertarnreiter aus dem Norden schicken, aber ich bevorzuge es, keinen Krieg anzuzetteln.«

Kamchak betrachtete noch immer Aphris von Turia.

Mein Herz schlug mit hoher Schnelligkeit. Ich hatte nun erfahren, dass die goldene Kugel, unzweifelhaft das letzte Ei der Priesterkönige, sich im

Wagen von Kutaituchik, dem Ubar der Tuchuks, befand. Sofern Saphrar richtig lag. Endlich kannte ich den Aufenthaltsort.

Ich nahm kaum wahr, dass Aphris von Turia, als sie zum Kopf der Tafel schritt, zu keiner der anwesenden Frauen sprach, oder sie in irgendeiner Art und Weise anerkannte, auch wenn ihre Roben zeigten, dass sie von hohem Stand und Vermögen waren. Mit keinem Zeichen gab sie ihnen zu verstehen, dass sie ihre Anwesenheit wahrnahm. Den Männern hier und dort nickte sie jedoch zu oder wechselte ein oder zwei Worte mit ihnen. Ich dachte, dass Aphris vielleicht keine unverhüllten freien Frauen akzeptierte. Ihr eigener Schleier war natürlich nicht gesenkt worden. Über dem Schleier konnte ich zwei dunkle, tiefe, mandelförmige Augen sehen. Ihre Haut, zumindest das, was ich von ihr erkennen konnte, war schön und anschaulich. Ihre Hautfarbe war nicht so hell wie die von Miss Cardwell, aber heller als die von Hereena vom Ersten Wagen.

»Die goldene Kugel gegen Aphris von Turia«, flüsterte Saphrar Kamchak zu.

Kamchak drehte sich zu dem kleinen, fetten Händler um; sein vernarbtes, zerfurchtes Gesicht verzerrte sich zu einem Grinsen und näherte sich dem runden rosafarbenen Gesicht des Händlers. »Die Tuchuks sind besessen von der goldenen Kugel«, sagte er.

»Nun gut«, schnappte Saphrar, »dann wirst du diese Frau auch nicht bekommen. Ich werde dafür sorgen. Und irgendwie werde ich schon noch an die goldene Kugel kommen. Das solltest du wissen!«

Kamchak wandte sich wieder Aphris von Turia zu.

Das Mädchen kam auf uns zu, schritt hinter die Tafel, und Saphrar sprang auf seine Füße und verbeugte sich tief vor ihr. »Verehrte Aphris von Turia, die ich liebe wie meine eigene Tochter«, sagte er.

Das Mädchen neigte seinen Kopf zu ihm. »Verehrter Saphrar«, sagte sie.

Saphrar bedeutete zwei Frauen im Camisk den Saal herzukommen. Sie brachten Kissen und eine seidene Fußmatte und platzierten sie zwischen Saphrar und Kamchak.

Aphris nickte dem Bankettmeister zu, und er schickte die Akrobaten hinaus. Die Musiker begannen sanfte, honigsüße Melodien anzustimmen; die Gäste am Bankett kehrten zu ihren Gesprächen und Mahlzeiten zurück.

Aphris schaute sich um.

Sie hob ihren Kopf, und ich konnte den reizenden Zug ihrer Nase unterhalb des Schleiers aus weißer Seide, abgegrenzt mit Gold, sehen. Sie schnüffelte zweimal. Dann klatschte sie zweimal in ihre kleinen, behandschuhten Hände, und der Bankettmeister eilte an ihre Seite.

»Ich rieche Boskdung«, sagte sie.

Der Bankettmeister schaute zuerst bestürzt, dann erschrocken, dann wissend, schließlich verneigte er sich und spreizte seine Hände. Er lächelte schmeichlerisch und entschuldigend. »Es tut mir leid, Lady Aphris«, sagte er, »aber unter den gegebenen Umständen ...«

Sie sah sich um, und es sah so aus, als sähe sie Kamchak an. »Ah!«, sagte sie. »Ich verstehe – ein Tuchuk. Natürlich.«

Obwohl er mit überkreuzten Beinen dasaß, schien Kamchak zweimal gegen den kleinen Tisch zu stoßen. Das Geschirr klapperte zu beiden Seiten auf einer Länge von einem Dutzend Fuß. Er brach in schallendes Gelächter aus.

»Großartig!«, rief er.

»Bitte, wenn du wünschst, geselle dich zu uns, Lady Aphris«, keuchte Saphrar.

Aphris von Turia war zufrieden mit sich selbst und nahm Platz zwischen dem Händler und Kamchak, indem sie sich auf ihre Fersen hockte, in der Haltung einer freien goreanischen Frau.

Ihr Rücken war sehr gerade und ihr Kopf hocherhoben, ganz nach goreanischem Brauch.

Sie wandte sich Kamchak zu. »Es scheint mir, als wären wir uns zuvor schon einmal begegnet«, sagte sie.

»Vor zwei Jahren«, sagte Kamchak. »An so einem Ort und zu so einer Zeit. Du wirst dich daran erinnern, dass du mich einen Tuchuk-Sleen genannt hast.«

»Ich glaube mich zu erinnern«, sagte Aphris und tat dabei so, als müsste sie sich anstrengen.

»Ich hatte dir ein fünfreihiges Halsband mit Diamanten als Geschenk gebracht, weil ich hörte, du seiest schön«, sagte Kamchak.

»Oh«, sagte Aphris. »Ja ... ich habe es einer meiner Sklavinnen gegeben.«

Kamchak schlug erneut belustigt gegen den Tisch.

»Dann hast du dich von mir abgewandt und mich einen Tuchuk-Sleen genannt«, sagte er.

»Oh, ja!«, lachte Aphris.

»Danach«, sagte Kamchak, immer noch lachend, »gelobte ich, dich zu meiner Sklavin zu machen.«

Aphris hörte auf zu lachen.

Saphrar war sprachlos.

Es gab kein Geräusch mehr an der Tafel.

Kamras, der Champion der Stadt Turia, stand auf. Er wandte sich an Saphrar. »Erlaube mir, meine Waffen zu ziehen«, sagte er.

Kamchak spülte seinen Mund mit Paga und tat so, als hätte er Kamras Bemerkung überhört.

»Nein, nein, nein!«, rief Saphrar. »Der Tuchuk und seine Freunde sind Gäste und Botschafter der Wagenvölker – sie dürfen nicht zu Schaden kommen!«

Aphris von Turia lachte fröhlich, und Kamras kehrte beschämt zu seinem Platz zurück.

»Bringt Duftwasser!«, befahl sie dem Bankettmeister, und er schickte nach vier camiskbekleideten Sklavinnen, die einen winzigen Kasten mit exotischen, turianischen Düften brachten. Sie nahm ein oder zwei dieser kleinen Fläschchen und hielt sie sich unter ihre Nase, dann sprühte sie sie über den Tisch und die Kissen. Ihr Handeln entzückte die Turianer, und sie lachten.

Kamchak lächelte nun nur noch, lachte aber nicht mehr. »Dafür wirst du deine erste Nacht im Dungsack verbringen«, sagte er lächelnd.

Erneut lachte Aphris fröhlich, und die Leute am Bankett fielen mit ein.

Kamchaks Fäuste verkrampften sich am Tisch.

»Wer bist du?«, fragte Aphris und sah mich dabei an.

Ich war froh, dass sie zumindest meinen Namen nicht kannte.

»Ich bin Tarl Cabot von der Stadt Ko-ro-ba«, sagte ich.

»Das ist weit im Norden«, sagte sie. »Jenseits von Ar.«

»Ja«, sagte ich.

»Wie kommt es, dass ein Korobaner im stinkenden Wagen eines Tuchuk-Sleens mitfährt?«, fragte sie.

»Der Wagen stinkt nicht«, sagte ich. »Und Kamchak von den Tuchuks ist mein Freund.«

»Du bist natürlich ein Gesetzloser«, stellte sie fest.

Ich zuckte die Achseln.

Sie lachte.

Das Mädchen drehte sich zu Saphrar um. »Vielleicht möchten die Barbaren unterhalten werden«, schlug es vor.

Ich war verwirrt, da wir bereits den ganzen Abend unterhalten worden waren: von Jongleuren, Akrobaten, dem Kerl, der Feuer zur Musik schluckte, dem Magier mit dem tanzenden Sleen.

Saphrar blickte nach unten. Er war wütend. »Vielleicht«, sagte er. Ich nahm an, dass Saphrar noch immer irritiert war von Kamchaks Weigerung, die goldene Kugel im Tausch herauszurücken. Ich verstand nicht ganz Kamchaks Absichten in dieser Angelegenheit, es sei denn, dass er die wahre Natur der goldenen Kugel kannte. In diesem Fall würde er natürlich erkennen, dass sie unbezahlbar war. Ich stellte fest, dass er den wahren Wert nicht verstand, denn ich hatte mitangesehen, wie er sehr ernsthaft am frühen Abend über den Tausch der Kugel diskutierte. Augenscheinlich wollte er mehr haben, als Saphrar ihm im Gegenzug dafür anbot, auch wenn es Aphris von Turia höchstpersönlich war.

Aphris wandte sich nun mir zu. Sie deutete zum Tisch der Frauen und ihren Begleitern. »Sind die Frauen von Turia nicht schön?«, fragte sie.

»In der Tat«, gab ich zu, denn es gab keine, die nicht auf ihre Art schön war.

Sie lachte aus irgendeinem Grund.

»In meiner Stadt«, sagte ich, »ist es freien Frauen nicht gestattet, sich vor Fremden unverhüllt zu zeigen.«

Das Mädchen lachte belustigt auf und wandte sich an Kamchak. »Was denkst du, mein farbenfrohes Stück Boskdung?«, fragte sie.

Kamchak hob die Schultern. »Es ist ziemlich bekannt, dass die Frauen von Turia schamlos sind«, sagte er.

»Ich denke nicht«, schnappte die wütende Aphris von Turia mit blitzenden Augen über dem goldenen Rand ihres weißen Seidenschleiers.

»Ich sehe sie doch«, sagte Kamchak, breitete seine Arme zu beiden Seiten aus und grinste.

»Ich denke nicht«, wiederholte das Mädchen.

Kamchak blickte verwirrt.

Dann klatschte das Mädchen zu meiner Überraschung zweimal scharf in die Hände, und die Frauen an der Tafel standen auf und kamen von beiden Seiten hastig auf uns zu, um direkt vor uns zwischen den Tischen stehen zu bleiben.

Die Trommeln und Flöten der Musiker stimmten an, und zu meinem Erstaunen lupfte die erste Frau mit einem plötzlichen, anmutigen Schwung ihres Körpers, ihre Roben und schleuderte sie über die Köpfe der Gäste, die vor Entzücken aufschrien. Sie stand zu uns gewandt, wunderschön, die Knie gebeugt, tief atmend, die Arme über dem Kopf erhoben, bereit zu tanzen. Jede Frau, von der ich dachte, sie wäre frei, tat das Gleiche, bis sie alle vor uns standen, Sklavenmädchen mit Halsreifen, nur gekleidet in durchsichtige scharlachrote Seide von Gor. Sie tanzten zu der barbarischen Musik.

Kamchak war wütend.

»Hast du wirklich gedacht, dass es einem Tuchuk erlaubt würde, in die Gesichter freier turianischer Frauen zu schauen?«, fragte Aphris von Turia mit einer Spur Arroganz.

Kamchaks Fäuste verkrampften sich um die Tischkante, denn kein Tuchuk mochte es, zum Narren gehalten zu werden.

Kamras lachte laut, und selbst Saphrar kicherte zwischen den gelben Kissen.

Kein Tuchuk, soweit ich wusste, machte sich etwas daraus, wenn man einen Scherz auf seine Kosten machte, besonders dann nicht, wenn es ein turianischer Witz war.

Aber Kamchak sagte nichts.

Dann nahm er seinen mit Paga gefüllten Kelch und leerte ihn und sah den Frauen zu, die sich zu der schmeichelnden turianischen Melodie wiegten.

»Sind sie nicht reizend?«, stichelte Aphris nach einer Weile.

»Wir haben viele Frauen unter den Wagenvölkern, die genauso gut sind«, sagte Kamchak.

»Oh?«, machte Aphris.

»Ja«, sagte Kamchak. »Turianerinnen ... Sklavinnen ... so wie du eine sein wirst.«

»Du bist dir hoffentlich bewusst, dass, wenn du nicht der Botschafter der Wagenvölker wärest, ich dich auf der Stelle töten lassen würde«, sagte sie.

Kamchak lachte. »Es ist eine Sache, den Tod eines Tuchuks zu befehlen«, sagte er, »aber eine ganz andere, ihn zu töten.«

»Ich bin sicher, beides lässt sich arrangieren«, bemerkte Aphris.

Kamchak lachte. »Ich werde mich daran erfreuen, dich zu besitzen«, sagte er.

Das Mädchen lachte. »Du bist ein Narr«, sagte sie. Dann fügte sie unerfreulicherweise hinzu: »Aber sei vorsichtig, denn falls du damit aufhörst, mich zu amüsieren, wirst du diese Tafel nicht lebend verlassen.«

Kamchak spülte einen weiteren Schluck Paga hinunter, von dem ein Teil aus seinem Mundwinkel lief.

Aphris wandte sich an Saphrar. »Sicherlich möchten unsere Gäste die anderen sehen«, schlug sie vor.

Ich fragte mich, was das bedeutete.

»Bitte, Aphris«, sagte Saphrar und schüttelte schwitzend seinen fetten rosafarbenen Kopf. »Keinen Ärger, keinen Ärger.«

»Ho!«, rief Aphris von Turia und rief den Bankettmeister, der sich einen Weg durch die sich an den Tischen tanzenden Frauen bahnte. »Die anderen«, befahl Aphris. »Zur Unterhaltung unserer Gäste!«

Der Bankettmeister sah Saphrar wachsam an, der besiegt mit dem Kopf nickte, dann klatschte er zweimal in seine Hände und entließ die Frauen, die aus dem Raum eilten. Erneut klatschte er zweimal in seine Hände, wartete einen Moment, und dann wieder zweimal.

Ich hörte den Klang von Sklavenglöckchen, die an Knöchelringen und Armbändern angebracht und mit einem turianischen Halsreif verschlossen waren.

Weitere Frauen näherten sich schnell. Ihre Füße machten kleine Laufschritte in einer sich windenden Linie und hetzten aus einem kleinen Raum im hinteren Bereich des Saals von der rechten Seite.

Meine Hand klammerte sich um den Kelch. Aphris von Turia war in der Tat kühn. Ich fragte mich, ob Kamchak aufstehen und einen Krieg im Saal anfangen würde.

Die Frauen, die nun barfuß und in wirbelnder Vergnügungsseide mit Glöckchen und Halsreif vor uns standen, waren Mädchen von den Wagenvölkern. Aus der Nähe konnte man sogar unter dem Seidenstoff, den sie trugen, erkennen, dass sie gebrandmarkte Sklaven der Turianer waren. Ihre Anführerin, die zu ihrer Überraschung Kamchak sah, fiel vor Scham vor ihm auf die Knie, sehr zum Ärgernis des Bankettmeisters, dessen, der sie gerufen hatte. Die anderen taten es ihr gleich.

Der Bankettmeister hielt eine Sklavenpeitsche in der Hand und türmte sich vor der Anführerin der Mädchen auf. Seine Hand holte aus, aber der Hieb kam nicht, denn er zuckte unter einem Schmerzensschrei zurück. Das Heft eines Quivas drückte sich gegen die Innenseite seines Armes, während die Klinge auf der anderen Seite heraustrat.

Selbst ich hatte nicht gesehen, wie Kamchak das Messer geworfen hatte. Zu meiner Befriedigung balancierte er nun eine weitere Klinge zwischen seinen Fingerspitzen. Einige der Männer waren von den Tischen aufgesprungen, auch Kamras, aber sie zögerten, als sie Kamchak so bewaffnet sahen. Ich war ebenfalls auf meinen Füßen. »Waffen sind beim Bankett nicht erlaubt«, sagte Kamras.

»Ah«, machte Kamchak und beugte sich zu ihm vor. »Das wusste ich nicht.«

»Wir sollten uns setzen und uns amüsieren«, empfahl Saphrar. »Wenn die Tuchuks diese Mädchen nicht zu sehen wünschen, wollen wir sie entlassen.«

»Ich möchte sie tanzen sehen«, sagte Aphris von Turia, obwohl sie in Waffenreichweite von Kamchaks Quiva stand.

Kamchak lachte und sah sie an. Dann, zu meiner Erleichterung und zweifellos ebenso zur Erleichterung einiger anderer an der Tafel, stieß er das Quiva in seine Schärpe und setzte sich wieder.

»Tanzt!«, befahl Aphris.

Das zitternde Mädchen vor ihr bewegte sich nicht.

»Tanz!«, schrie Aphris und sprang auf ihre Füße.

»Was soll ich tun?«, flehte das kniende Mädchen zu Kamchak. Es war Hereena nicht unähnlich, und vielleicht die gleiche Art von Mädchen, aufgewachsen und trainiert in der gleichen Weise. Wie Hereena trug sie natürlich einen winzigen Nasenring.

Kamchak sprach sehr höflich zu ihr. »Du bist eine Sklavin«, sagte er. »Tanze für deine Herren.«

Dankbar sah ihn das Mädchen an, dann erhob es sich mit den anderen auf seine Füße, und sie tanzten zu der verblüffenden Grausamkeit der Musik die wilden Liebestänze der Kassars, der Paravaci, der Kataii und der Tuchuks.

Sie waren großartig.

Die Anführerin, die mit Kamchak gesprochen hatte, war eine Tuchuk-Frau, und sie war besonders auffällig, vital, unkontrollierbar und wild.

Es war dann für mich klar, warum die turianischen Männer sich so sehr nach den Mädchen der Wagenvölker verzehrten.

Auf dem Höhepunkt ihres Tanzes, den man den Tanz der Tuchuk-Sklavenmädchen nannte, wandte sich Kamchak an Aphris von Turia, die mit leuchtenden Augen den Tanz verfolgte und ob des wilden Spektakels genauso verblüfft war wie ich. »Ich werde zusehen, dass man dich diesen Tanz lehrt, sobald du meine Sklavin bist«, sagte Kamchak.

Rücken und Kopf von Aphris von Turia versteiften sich vor Wut, aber sie gab mit keinem Zeichen zu verstehen, dass sie ihn gehört hatte.

Kamchak wartete, bis die Mädchen der Wagenvölker ihren Tanz beendet hatten, und als man sie fortgeschickt hatte, erhob er sich auf seine gestiefelten Füße. »Wir müssen los«, sagte er.

Ich nickte, kämpfte mich auf die Füße, bereit, zu seinem Wagen zu laufen.

»Was ist in der Schatulle?«, fragte Aphris von Turia, als sie sah, wie Kamchak ein kleines schwarzes Kästchen an sich nahm, das er während des ganzen Banketts an seinem rechten Knie gehalten hatte. Das Mädchen war eindeutig neugierig. Typisch Frau.

Kamchak zuckte die Achseln.

Ich erinnerte mich daran, erfahren zu haben, dass Kamchak vor zwei Jahren ein fünfreihiges Diamanthalsband für Aphris von Turia mitgebracht hatte, das sie verschmähte und, nach ihrer letzten Aussage, schließlich einer Sklavin schenkte. Genau in diesem Moment hatte sie ihn einen Tuchuk-Sleen genannt, vermutlich weil er es überhaupt gewagt hatte, ihr ein Geschenk mitzubringen.

Aber ich konnte sehen, dass sie an der Schatulle interessiert war. Tatsächlich hatte ich während des Abends bemerkt, dass sie dem Kästchen heimliche Blicke zuwarf.

106

»Es ist nichts«, sagte Kamchak. »Nur ein Schmuckstück.«

»Aber es ist für jemanden bestimmt?«, fragte sie.

»Ich hatte daran gedacht, es dir vielleicht zu schenken«, sagte Kamchak.

»Oh?«, machte Aphris, deutlich interessiert.

»Aber es würde dir nicht gefallen«, sagte er.

»Wie willst du das wissen«, sagte sie wie beiläufig. »Ich habe es noch nicht gesehen.«

»Ich werde es mit nach Hause nehmen«, sagte Kamchak.

»Wie du willst«, sagte sie.

»Aber du kannst es haben, wenn du es wünschst«, sagte er.

»Ist es etwas anderes als nur ein Halsband mit Diamanten?«, fragte sie.

Aphris von Turia war keine Närrin. Sie wusste, dass die Wagenvölker als Plünderer Hunderter von Karawanen gelegentlich wertvolle Dinge besaßen, Reichtümer, die überall auf Gor etwas bedeuteten.

»Ja«, sagte Kamchak. »Es ist etwas anderes als ein Halsband mit Diamanten.«

»Ah!«, machte sie. Ich vermutete, dass sie nicht wirklich das fünfreihige Diamanthalsband an eine Sklavin weitergegeben hatte. Unzweifelhaft lag es in irgendeiner ihrer Schatztruhen.

»Aber du wirst es nicht mögen«, sagte Kamchak schüchtern.

»Vielleicht doch«, sagte sie.

»Nein«, sagte Kamchak. »Es wird dir nicht gefallen.«

»Du hast es doch extra für mich mitgebracht, oder nicht?«, fragte sie.

Kamchak hob die Schultern und sah auf die Schatulle in seiner Hand.

»Ja«, sagte er. »Ich habe es für dich mitgebracht.«

Das Kästchen hatte ungefähr die Größe, in der man ein Halsband auf schwarzem Samt präsentieren konnte.

»Ich will es«, sagte Aphris von Turia.

»Wirklich?«, fragte Kamchak. »Du willst es?«

»Ja«, sagte Aphris. »Gib es mir!«

»Na schön«, sagte Kamchak, »aber ich muss dich darum bitten, dass ich es dir selbst anlegen darf.«

Kamras, der Champion von Turia, richtete sich halb auf. »Dreister Tuchuk-Sleen!«, zischte er.

»Nun gut«, sagte Aphris von Turia, »du darfst es mir selbst anlegen.«

Also beugte sich Kamchak dort hinunter, wo Aphris von Turia mit durchgedrücktem Rücken und hocherhobenem Kopf vor dem niedrigen Tisch kniete. Er trat hinter sie und hob leicht ihr Kinn an. Ihre Augen glänzten vor Neugier. Ich konnte in der weichen, sich bewegenden Seide ihres weißen und goldenen Schleiers ihren schnellen Atem erkennen.

»Jetzt«, sagte Aphris.

Kamchak öffnete die Schatulle.

Als Aphris das leise Klicken des Verschlusses hörte, konnte sie lediglich still sitzen bleiben und sich nicht umdrehen, um ihr Geschenk zu betrachten. Sie blieb in der Haltung und hob ihr Kinn etwas weiter an.

»Jetzt!«, sagte Aphris von Turia und zitterte in Erwartung.

Was dann geschah, geschah sehr schnell. Kamchak zog etwas aus dem Kästchen, das tatsächlich dem Hals einer Frau huldigte. Aber es war ein runder Metallring, ein turianischer Halsreif, der Reif einer Sklavin. Es gab ein hartes Schnappen, als das schwere Schloss auf der Rückseite des Reifs einrastete und damit den Hals von Aphris von Turia mit Sklavenstahl umschloss. Genau in diesem Augenblick zog Kamchak sie auf die Füße, drehte ihr bestürztes Gesicht zu sich herum und riss mit beiden Händen den Schleier herunter!

Dann, ehe irgendjemand der entsetzten Turianer ihn aufhalten konnte, holte er sich in seiner Dreistigkeit einen Kuss von den Lippen Aphris von Turia! Schließlich wirbelte er sie über den niedrigen Tisch, bis sie auf den Boden fiel, wo die Tuchuk-Sklavinnen zuvor zu ihrem Vergnügen getanzt hatten. Das Quiva, das wie von Magie geführt in seiner Hand erschien, hielt alle zurück, die sich auf ihn stürzen wollten, um die Tochter ihrer Stadt zu rächen. Ich stand neben Kamchak und war bereit, ihn mit meinem Leben zu verteidigen, dennoch war ich genauso erschrocken über das, was er getan hatte, wie jeder andere im Saal.

Das Mädchen kämpfte sich auf die Knie und riss an dem Reif. Ihre kleinen, behandschuhten Finger schlossen sich um ihn, zogen an ihm, als könnte sie ihn durch rohe Gewalt von ihrem Hals ziehen.

Kamchak sah sie an. »Unter deinen weißen und goldenen Roben rieche ich den Körper eines Sklavenmädchens«, sagte er.

»Sleen! Sleen! Sleen!«, rief sie.

»Leg deinen Schleier wieder an!«, befahl Saphrar.

»Entferne sofort den Reif!«, befahl Kamras, der Generalbevollmächtigte von Phanius Turmus, dem Administrator von Turia.

Kamchak lächelte. »Sieht so aus, als hätte ich den Schlüssel vergessen«, sagte er.

»Schickt jemanden zu der Kaste der Metallarbeiter!«, schrie Saphrar.

Überall waren Schreie: »Tötet den Tuchuk-Sleen!« »Foltert ihn!« »Das Öl der Tharlarions!« »Blutegelpflanzen!« »Pfählung!« »Zangen und Feuer!« Aber Kamchak schien das überhaupt nicht zu berühren. Niemand stürzte sich auf ihn, denn in seiner Hand glomm das Quiva auf – und er war ein Tuchuk.

»Tötet ihn!«, schrie Aphris von Turia. »Tötet ihn!«

»Verhülle dich«, wiederholte Saphrar. »Hast du denn keine Scham?«

Das Mädchen versuchte die Falten seines Schleiers wieder zu ordnen, aber es konnte ihn nicht vor seinem Gesicht halten, da Kamchak die Ösen zerschnitten hatte, an denen er befestigt wurde.

Ihre Augen waren wild vor Wut und Tränen.

Er, ein Tuchuk, hatte ihr Gesicht gesehen.

Ich war für Kamchaks Wagemut dankbar, auch wenn ich es nicht zugeben würde, denn ihr Gesicht war eines für das ein Mann sehr viel riskieren würde, selbst den Tod in den Folterverliesen von Turia. Vollkommen schön, auch wenn es momentan vor Wut verzerrt wirkte. Weitaus schöner als jedes Gesicht einer Sklavenfrau, die uns je gedient oder für uns getanzt hatte.

»Ihr erinnert euch natürlich daran, dass ich ein Botschafter der Wagenvölker bin und ich einen Anspruch auf die Großzügigkeit eurer Stadt habe«, sagte Kamchak.

»Pfählt ihn!«, riefen einige Stimmen.

»Es ist ein Witz!«, rief Saphrar aus. »Ein Scherz! Ein Tuchuk-Scherz!«

»Tötet ihn!«, schrie Aphris von Turia.

Aber niemand stellte sich dem Quiva in die Quere.

»Nun, vornehme Aphris«, säuselte Saphrar, »du musst dich beruhigen. Schon bald wird jemand aus der Kaste der Metallarbeiter hier sein und dich befreien. Alles wird gut. Und du wirst zu deinen Gemächern zurückkehren.«

»Nein!«, schrie Aphris. »Dieser Tuchuk muss getötet werden!«

»Das ist nicht möglich, meine Liebe«, keuchte Saphrar.

»Ich fordere dich heraus!«, sagte Kamras und spuckte auf den Boden vor Kamchaks gestiefelte Füße.

Für einen Moment sah ich Kamchaks Augen aufleuchten und dachte, dass er die Herausforderung hier am Tisch, vor dem er stand, vom Champion von Turia annehmen würde, doch stattdessen zuckte er die Achseln und grinste.

»Warum sollte ich kämpfen?«, fragte er.

Das hörte sich ganz und gar nicht nach Kamchak an.

»Du bist ein Feigling!«, rief Kamras.

Ich fragte mich, ob Kamras die Bedeutung des Wortes kannte, das er jemandem an den Kopf zu werfen wagte, der die Mutnarbe der Wagenvölker trug.

Zu meinem Erstaunen lächelte Kamchak nur. »Warum sollte ich kämpfen?«, fragte er.

»Was meinst du damit?«, verlangte Kamras zu wissen.

»Was ist für mich drin?«, fragte Kamchak.

»Aphris von Turia!«, schrie das Mädchen.

Schreie von Schrecken und Protest brandeten aus der Menge der Männer auf.

»Ja!«, schrie Aphris von Turia. »Wenn du gegen Kamras, den Champion von Turia antrittst, werde ich, Aphris von Turia, der Spieleinsatz im Liebeskrieg sein!«

Kamchak sah sie an. »Ich werde kämpfen«, sagte er.

Stille breitete sich im Saal aus.

Ich sah Saphrar, der in den Hintergrund gerückt war, wie er seine Augen schloss und nickte. »Schlauer Tuchuk«, hörte ich ihn brummeln. *Ja*, sagte ich zu mir selbst, *schlauer Tuchuk*. Indem Kamchak den Stolz Aphris' von Turia, von Kamras und den beleidigten Turianern verletzte, hatte er das Mädchen dazu gebracht, sich freiwillig für den Liebeskrieg einzusetzen. Das war etwas, das er nicht mit der goldenen Kugel von Saphrar dem Händler zu kaufen brauchte. Es war etwas, was er nur selbst sorgfältig planen konnte, mit Tuchuk-Gerissenheit. Ich nahm jedoch an, dass Saphrar als Wächter Aphris' von Turia nicht zulassen würde, dass so etwas geschehen konnte.

»Nein, meine Liebe«, sagte Saphrar zu dem Mädchen. »Du darfst keine Befriedigung aus diesem schrecklichen Unfall ziehen, der über dich kam. Du darfst nicht einmal an die Spiele denken. Du musst diesen unangenehmen Abend einfach vergessen. Du musst versuchen, nicht an die Geschichten zu denken, die man über dich erzählen könnte, was diesen Abend anbelangt, was dieser Tuchuk dir angetan hat, und wie er ungestraft davonkommen konnte.«

»Niemals!«, schrie Aphris. »Ich werde zur Verfügung stehen, das sage ich dir. Ich werde! Ich werde!«

»Nein«, sagte Saphrar. »Das kann ich nicht zulassen. Es ist besser, wenn die Leute über Aphris von Turia lachen und das alles in einigen Jahren vielleicht vergessen haben.«

»Ich bitte dich darum, mir zu gestatten, aufgestellt zu werden«, schrie das Mädchen. Dann weinte sie. »Ich flehe dich an, Saphrar. Erlaube es mir!«

»Aber in ein paar Tagen wirst du deine Volljährigkeit erlangen und deine Reichtümer erhalten. Dann kannst du tun und lassen, was du willst.«

»Aber es wird nach den Spielen sein«, rief das Mädchen.

»Ja«, sagte Saphrar und gab vor, darüber nachzudenken. »Das ist wahr.«

»Ich werde sie verteidigen«, sagte Kamras. »Ich werde nicht verlieren.«

»Es stimmt, dass du noch nie verloren hast«, zauderte Saphrar.

»Erlaube es!«, riefen einige der Anwesenden.

»Wenn du es nicht erlaubst, wird meine Ehre für immer befleckt sein«, schluchzte Aphris.

»Wenn du es nicht erlaubst, werde ich nie die Gelegenheit haben, die Klingen mit diesem barbarischen Sleen zu kreuzen«, sagte Kamras ernst.

Plötzlich fiel es mir wie Schuppen von den Augen. Wenn man nach dem goreanischen Bürgerrecht geht, so fällt jeglicher Besitztum und Titel, alles Kapital und Güter, die ein einzelner sein eigen nennt, wenn er zu einem Sklaven wird, automatisch an seinen nächsten, männlichen Verwandten oder an den nächsten Verwandten, wenn kein männlicher Erwachsener zur Verfügung stehen sollte oder an die Stadt oder, wenn es sachdienlich ist, an einen Wächter. Also, wenn Aphris von Turia durch einen unglücklichen Umstand an Kamchak in die Sklaverei fallen sollte, würden ihre beträchtlichen Reichtümer sofort an Saphrar, Händler von Turia, übereignet. Um gesetzliche Komplikationen zu vermeiden und das Kapital für Investitionen freizusetzen, ist die Übereignung ungleichmäßig, in dem Sinne, dass, sollte der Versklavte jemals wieder seine Freiheit erlangen, er keinen Anspruch auf seine früheren Besitztümer mehr besitzt.

»In Ordnung«, sagte Saphrar, die Augen gesenkt, als würde er wider jedes bessere Wissen ein Urteil fällen. »Ich werde meinem Mündel, Lady Aphris von Turia, erlauben, als Belohnung im Liebeskrieg aufgestellt zu werden.«

Es gab einen entzückten Ausruf aus der Menge, zuversichtlich, dass der Tuchuk-Sleen angemessen für seinen frechen Umgang mit der reichsten Tochter Turias bestraft werden würde.

»Danke, mein Wächter«, sagte Aphris von Turia, und mit einem bösen Blick in Kamchaks Richtung warf sie ihren Kopf zurück und wirbelte dabei ihr weißes, mit Gold besticktes, Gewand herum und schritt majestätisch von den Tischen davon.

»Wenn man sie so gehen sieht«, bemerkte Kamchak laut, »würde man kaum annehmen, dass sie den Halsreif einer Sklavin trägt.«

Aphris wirbelte zu ihm herum, ihre rechte Faust geballt, mit der linken den Schleier vor ihrem Gesicht haltend, die Augen blitzend. Der Stahlring glänzte auf der Seide an ihrem Hals.

»Ich wollte damit nur sagen, kleine Aphris«, sagte Kamchak, »dass du deinen Halsreif gut trägst.«

Das Mädchen schrie in hilfloser Wut auf und wandte sich um, stolperte und schlug auf das Geländer der Treppe. Dann rannte sie weinend und mit verrutschtem Schleier die Stufen hinauf, beide Hände am Halsreif reißend. Mit einem Schrei verschwand sie.

»Keine Angst, Saphrar von Turia«, sagte Kamras. »Ich werde diesen Tuchuk-Sleen töten – und zwar langsam.«

10 Liebeskrieg

Es war früher Morgen, einige Tage nach Saphrars Bankett, als Kamchak und ich mit Hunderten anderen der vier Wagenvölker zu den Ebenen der Tausend Pfähle, einige Pasangs vom erhabenen Turia entfernt, kamen.

Schiedsrichter und Handwerker aus Ar, das Hunderte von Pasangs entfernt, über dem Cartius liegt, waren bereits bei den Pfählen und inspizierten sie und bereiteten den Boden zwischen ihnen vor. Wie ich erfuhr, wurde diesen Männern in jedem Jahr eine sichere Passage über die südlichen Ebenen gewährt, damit sie an diesem Ereignis teilhaben konnten.

Dennoch war die Reise nicht ohne Gefahren, aber sie wurden reich entlohnt, sowohl aus den Schatzkisten Turias, als auch denjenigen der Wagenvölker. Einige der nun wohlhabenden Schiedsrichter hatten die Spiele schon mehrfach besucht. Der Lohn für die sie begleitenden Handwerker war ausreichend, um einem Mann ein gutes Jahr im luxuriösen Ar zu gönnen.

Wir bewegten uns langsam auf den Kaiilas in vier langen Reihen – die Tuchuks, die Kassars, die Kataii, die Paravaci, etwa zweihundert Krieger oder so aus jedem Stamm. Kamchak ritt in der Nähe der Führungsspitze der Tuchuk-Reihe. Der Standartenträger ritt in unserer Nähe. Er hielt auf einer Lanze eine Darstellung der vier Boskhörner empor, die aus Holz geschnitzt sind. Am Kopf unserer Reihe ritt auf einem riesigen Kaiila Kutaituchik. Seine Augen waren geschlossen, der Kopf nickte, und sein Körper wippte zu der stattlichen Bewegung des Tieres. Ein halb gekauter Kandastrang hing aus seinem Mundwinkel.

Neben ihm ritten drei Ubars, die nur die Anführer der Kassars, der Kataii und der Paravaci sein konnten. In der Nähe der vorderen Front, in den dazugehörigen Reihen, konnte ich überraschenderweise drei andere Männer sehen, die ich damals gesehen hatte, als ich zu den Wagenvölkern kam: Conrad von den Kassars, Hakimba von den Kataii und Tolnus von den Paravaci. Diese ritten genau wie Kamchak neben ihrem jeweiligen Standartenträger. Das Wappen der Kassars gleicht einer scharlachroten Bola mit drei Gewichten, die von einer Lanze hängt. Die symbolische Darstellung der Bola, drei Kreise, die an den Mittelpunkten durch Linien verbunden sind, wird benutzt, um ihre Bosks und Sklaven zu markieren. Sowohl Tenchika als auch Dina trugen dieses Brandzeichen. Kamchak hatte sich noch nicht entschlossen, sie neu zu zeichnen. Er dachte zu Recht, dass es ihren Wert mindern würde. Ich denke, er war damit zufrieden, dass er Sklavinnen in seinem Wagen hatte, die das Brandzeichen der Kassars trugen, denn das mochte als Beweis der Überlegenheit der Tuchuks über die Kassars angesehen werden. Als Beweis, dass sie sie übertroffen und ihre Sklavinnen genommen hatten. Gleichermaßen war Kamchak zufrieden damit, in seiner Herde Bosks zu haben – und er hatte einige –, deren Brandzeichen ebenfalls das der Bola mit den drei Gewichten war. Das Wappen der Kataii ist ein gelber Bogen, der quer auf eine schwarze Lanze gebunden ist. Ihr Brandzeichen besteht ebenfalls aus einem Bogen, der nach links deutet. Das paravacische Wappen ist ein großes Banner aus Juwelen, die auf goldenen Drähten aufgezogen sind und symbolisch einen Boskkopf darstellen – ein Halbkreis, der auf einem umgedrehten, gleichschenkligen Dreieck ruht.

Elizabeth Cardwell ging barfuß und im Fell des Larls neben Kamchaks Geschirr. Weder Tenchika noch Dina waren bei uns. Gestern Nachmittag hatte Kamchak Tenchika für unglaubliche vierzig Goldstücke, vier Quivas und einen Kaiilasattel an Albrecht zurückverkauft. Das war einer der höchsten Preise überhaupt, der je bei den Wagenvölkern für eine Sklavin bezahlt worden war, und meiner Meinung nach hatte Albrecht seine kleine Tenchika schmerzlich vermisst. Der hohe Preis, den er gezwungen war, für das Mädchen zu zahlen, wurde noch unerträglicher durch Kamchaks Belustigung, die er durch schallendes Gelächter und Schlagen auf seine Knie äußerte. Zu offensichtlich schien sich Albrecht um dieses Mädchen zu sorgen, obwohl sie nur eine Sklavin war! Albrecht hatte sie wütend zwei- oder dreimal angeschubst, während er ihre Handgelenke zusammenband und den Riemen um ihren Nacken schlang. Er nannte sie wertlos und für nichts gut. Sie lachte und sprang neben seinem Kaiila her und heulte vor Freude. Ich sah sie das letzte Mal neben seinem Steigbügel herlaufen, wie sie versuchte, ihren Kopf gegen seinen Pelzstiefel zu pressen.

Ich hatte Dina, obwohl sie eine Sklavin war, vor mich in den Sattel gesetzt. Ihre Beine lagen im linken Vorderbereich des Tieres, und ich war mit ihr von den Wagen bis zu einer Stelle geritten, von der aus ich die glänzenden weißen Mauern von Turia sehen konnte. Als wir dort waren, setzte ich sie im Gras ab. Verwirrt sah sie mich an.

»Warum hast du mich hierhergebracht?«, fragte sie mich.

Ich deutete in die Ferne. »Das ist Turia«, sagte ich, »deine Stadt.«

Sie blickte zu mir auf. »Ist es dein Wunsch, dass ich zur Stadt laufe?«, fragte sie.

Damit meinte sie einen grausigen Sport der jungen Männer der Wagenvölker, die manchmal eine turianische Sklavin in Sichtweite der turianischen Mauern brachten und ihr dann, mit gelockerter Bola und Riemen befahlen, zur Stadt zu rennen.

»Nein«, erklärte ich ihr. »Ich habe dich hierhergebracht, um dich zu befreien.«

Das Mädchen erbebte.

Sie senkte ihren Kopf. »Ich bin dein, so sehr dein«, sagte sie und sah das Gras an. »Sei nicht so grausam.«

»Nein«, sagte ich. »Ich habe dich hierhergebracht, damit du frei bist.«

Sie blickte zu mir auf und schüttelte ihren Kopf.

»Es ist mein Wunsch«, sagte ich.

»Aber warum?«, fragte sie.

»Es ist mein Wunsch«, wiederholte ich.

»Habe ich dir nicht gefallen?«, fragte sie.

»Du hast mir sehr gefallen«, erklärte ich ihr.

»Warum verkaufst du mich nicht?«, fragte sie.

»Ich wünsche es nicht«, antwortete ich.

»Aber du würdest einen Bosk oder ein Kaiila verkaufen«, sagte sie.

»Ja«, sagte ich.

»Warum nicht Dina?«, fragte sie.

»Ich möchte es nicht«, sagte ich.

»Ich bin wertvoll«, sagte das Mädchen. Sie äußerte damit eine Tatsache.

»Wertvoller als du ahnst«, sagte ich zu ihr.

»Ich verstehe nicht«, sagte sie.

Ich griff in meine Gürteltasche und gab ihr ein Goldstück. »Nimm das«, sagte ich, »und geh nach Turia. Finde deine Leute und sei frei.«

Plötzlich schüttelte sie sich schluchzend und fiel auf ihre Knie zu den Tatzen des Kaiilas, das Goldstück in ihrer linken Hand. »Wenn das ein Tuchuk-Scherz ist«, weinte sie, »dann töte mich schnell.«

Ich sprang aus dem Sattel des Kaiilas und kniete neben ihr, hielt sie in den Armen und drückte sie gegen meine Schulter. »Nein«, sagte ich. »Dina von Turia, ich scherze nicht. Du bist frei.«

Sie sah mich mit Tränen in den Augen an. »Turianische Mädchen werden nie befreit«, sagte sie. »Nie.«

Ich schüttelte und küsste sie. »Dina von Turia, du bist frei«, wiederholte ich. Dann rüttelte ich sie erneut.

»Willst du, dass ich zu den Mauern reite und dich hinüberwerfe?«, fragte ich.

Sie lachte unter Tränen. »Nein«, sagte sie. »Nein!«

Ich hob sie auf die Füße, und plötzlich küsste sie mich. »Tarl Cabot!«, rief sie. »Tarl Cabot!«

Es sah so aus, als ob sie meinen Namen so ausgerufen hatte, wie eine freie Frau es tun würde.

Und tatsächlich, sie war eine freie Frau, die diese Worte rief. Dina, freie Frau von Turia. »Oh, Tarl Cabot«, schluchzte sie.

Dann betrachtete sie mich sanft. »Aber behalte mich noch für eine Weile«, sagte sie.

»Du bist frei«, sagte ich.

»Aber ich werde dir dienen«, sagte sie.

Ich lächelte. »Es gibt keinen Platz dafür«, sagte ich.

»Ach, Tarl Cabot«, schalt sie mich, »es gibt die ganzen Ebenen von Turia.«

»Das Land der Wagenvölker meinst du.«

Sie lachte. »Nein«, sagte sie, »die Ebenen von Turia.«

»Unverschämtes Mädchen«, bemerkte ich.

Aber sie küsste mich und zog mich an den Armen ins Gras der Frühlingsprärie.

Als ich sie auf ihre Füße hob, bemerkte ich in der Ferne eine Wolke aus Staub, die sich uns von einem der Stadttore näherte. Wahrscheinlich zwei oder drei Krieger auf Hohen Tharlarions.

Dina hatte sie noch nicht gesehen. Sie schien mir sehr glücklich zu sein, und das machte mich auch glücklich. Dann plötzlich umwölkte sich ihre Stirn, und ihre Gesichtszüge verdüsterten sich. Ihre Hände bewegten sich zu ihrem Gesicht, bedeckten ihren Mund. »Oh!«, sagte sie.

»Was ist los?«, fragte ich.

»Ich kann nicht nach Turia gehen«, weinte sie.

»Warum nicht?«, fragte ich.

»Ich habe keinen Schleier!«, schluchzte sie.

Ich stöhnte vor Verzweiflung, küsste sie, drehte sie an den Schultern herum und versetzte ihr einen Klaps, der kaum zu einer freien Frau passte, damit sie sich endlich nach Turia bewegte.

Der Staub kam näher.

Ich sprang in den Sattel und winkte dem Mädchen zu, das ein paar Meter weit gerannt war und sich dann umdrehte. Sie winkte mir zu; sie weinte.

Ein Pfeil fegte über meinen Kopf hinweg.

Ich lachte, wendete das Kaiila und hetzte fort von diesem Ort, die Reiter der schwerfälligen Tharlarions weit hinter mir zurücklassend.

Sie wendeten und fanden eine freie Frau, die, wenn sie auch noch kajirgekleidet war, in einer Hand ein Goldstück umklammerte und hinter dem davoneilenden Feind herwinkte. Lachend und weinend.

Als ich zum Wagen zurückkehrte, waren Kamchaks erste Worte an mich: »Ich hoffe, du hast einen guten Preis für sie bekommen.«

115

Ich lächelte.

»Bist du zufrieden?«, fragte er.

Ich erinnerte mich an die Ebenen von Turia. »Ja«, sagte ich. »Sehr zufrieden.«

Elizabeth Cardwell, die gerade das Feuer im Wagen anfachte, erschrak, als ich ohne Dina zurückkehrte, aber sie wagte es nicht zu fragen, was ich mit ihr getan hatte. Nun ruhten ihre Augen auf mir, vor Unglauben geweitet. »Du ... hast sie ... verkauft?«, sagte sie unverständlich. »Verkauft?«

»Du hast gesagt, sie hätte dicke Knöchel«, erinnerte ich sie.

Elizabeth betrachtete mich voller Bestürzung. »Sie war ein Mensch«, sagte Elizabeth. »Ein menschliches Wesen ...«

»Nein!«, sagte Kamchak und schubste ihren Kopf. »Ein Tier! Eine Sklavin!« Dann gab er ihrem Kopf noch einen Stoß und fügte hinzu: »Wie du!«

Elizabeth sah ihn erschrocken an.

»Ich denke, ich werde dich verkaufen«, sagte Kamchak.

Elizabeths Gesicht sah mehr als bestürzt aus. Sie warf mir einen wilden, bittenden Blick zu.

Kamchaks Worte hatten mich ebenso verstört.

Ich denke, dass sie in diesem Moment, zum ersten Mal, seit sie zu den Wagenvölkern gekommen war, ihre Misere vollständig verstand. Denn Kamchak war bisher, im Ganzen betrachtet, sehr freundlich zu ihr gewesen. Er hatte ihr nicht den Nasenring der Tuchuks durchgesteckt, sie nicht kajirgekleidet und sie genauso wenig mit den Boskhörnern auf ihren Oberschenkeln gezeichnet. Nicht einmal einen turianischen Halsreif hatte er um ihren schönen Hals gelegt. Nun, sichtlich erschüttert, erkannte Elizabeth, dass sie vielleicht, wenn es Kamchaks Laune befriedigte, mit der gleichen Leichtigkeit verkauft oder getauscht werden konnte wie ein Sattel oder ein Jagdsleen. Sie hatte gesehen, wie Tenchika verkauft wurde. Nun nahm sie an, dass Dinas Verschwinden aus dem Wagen auf die gleiche Weise erklärt werden konnte. Sie sah mich ungläubig an und schüttelte ihren Kopf. Für meinen Teil dachte ich nicht daran, dass es eine gute Idee wäre, ihr zu erzählen, dass ich Dina freigelassen hatte. Welchen Nutzen würde sie aus dieser Information ziehen? Es mochte ihre eigene Gefangenschaft vielleicht noch grausamer erscheinen lassen oder sie mit närrischen Hoffnungen erfüllen, dass ihr Herr, Kamchak, ihr vielleicht eines Tages dasselbe wunderschöne Geschenk der Freiheit gewähren würde. Ich lächelte bei dem Gedanken. Kamchak! Eine Sklavin freilassen! *Und*, sagte ich mir, *auch wenn ich selbst Elizabeth anstelle von Kamchak besitzen würde, könnte ich sie nicht freilassen.* Wie würde die Freiheit für sie aussehen? Wenn sie sich Turia näherte, würde sie zur Sklavin der ersten Patrouille werden, die sie fesselte und verhüllte. Wenn sie versuchte, bei den Wagen zu bleiben, würde ein junger Krieger, der sah, dass sie nicht beschützt wurde und nicht zu den Völkern gehörte, noch vor Anbruch der Nacht seine Ketten um sie legen. Und ich selbst beabsichtigte nicht, bei den Wagen zu bleiben. Wenn Saphrars Informationen richtig waren, hatte ich nun erfahren, dass die goldene Kugel, zweifellos das Ei der Priesterkönige, im Wagen von Kutaituchik lag. Ich musste versuchen, es an mich zu bringen und zum Sardar zurückzukehren. Ich wusste, dass das mein Leben kosten konnte. Nein, es war das Beste, wenn Elizabeth Cardwell glaubte, ich hätte die reizende Dina von Turia gleichmütig verkauft. Es war das Beste, dass sie verstand, wer sie war, nämlich ein barbarisches Sklavenmädchen im Wagen Kamchaks von den Tuchuks.

»Ja«, sagte Kamchak, »ich denke, ich werde sie verkaufen.«

Elizabeth zitterte vor Grauen und legte ihren Kopf auf den Teppich zu Kamchaks Füßen. »Bitte«, sagte sie im Flüsterton. »Verkauf mich nicht, Herr.«

»Was glaubst du, würde sie einbringen?«, fragte Kamchak.

»Sie ist nur eine Barbarin«, sagte ich. Ich wollte nicht, dass Kamchak sie verkaufte.

»Vielleicht könnte ich sie trainieren ...«, grübelte Kamchak.

»Das würde sicherlich ihren Wert erhöhen«, gab ich zu. Ich wusste aber auch, dass ein gutes Training Monate beanspruchen würde, wenn man auch einiges mit einem intelligenten Mädchen innerhalb weniger Wochen ausrichten konnte.

»Was würdest du gern lernen?«, fragte Kamchak das Mädchen. »Seide und Glöckchen zu tragen, zu sprechen, zu stehen und zu gehen, zu tanzen – oder Männer verrückt zu machen mit dem Verlangen, dich zu besitzen und dich zu beherrschen?«

Das Mädchen sagte nichts, sondern schauderte nur.

»Ich bezweifle, dass du lernfähig bist«, sagte Kamchak.

Elizabeth sagte nichts und hielt den Kopf gesenkt.

»Du bist nur eine kleine Barbarin«, sagte Kamchak müde. Dann winkte er mir zu. »Aber sie ist auch eine hübsche kleine Barbarin, nicht wahr?«

»Ja«, sagte ich, »das ist sie in der Tat.«

Ich sah, wie Miss Cardwell die Augen schloss und ihre Schultern schamvoll schüttelte. Ihre Hände bedeckten die Augen.

Ich folgte Kamchak aus dem Wagen. Als wir draußen waren, drehte er sich zu meinem Erstaunen herum und sagte: »Du bist ein Narr, dass du Dina von Turia freigelassen hast.«

»Woher weißt du, dass ich sie freigelassen habe?«, fragte ich.

117

»Ich habe gesehen, wie du mit dem Kaiila und ihr in Richtung Turia geritten bist«, sagte er. »Sie ist nicht einmal angebunden neben dem Kaiila hergelaufen.« Er grinste. »Und ich weiß, dass du sie mochtest und sie daher nicht verwetten würdest ... und«, fügte er hinzu und nickte zu meiner Gürteltasche, »dein Beutel ist nicht schwerer als vor deinem Weggang.«

Ich lachte.

Kamchak deutete auf die Tasche. »Du solltest vierzig Goldstücke in dieser Börse haben«, sagte er. »So viel mindestens für sie, vielleicht mehr, denn sie war ziemlich geschickt bei den Bola-Spielen.«

Er kicherte. »Eine Frau wie Dina von Turia ist mehr wert als ein Kaiila«, sagte er. »Und dazu war sie noch eine Schönheit!« Kamchak lachte. »Albrecht war ein Narr«, sagte er, »aber Tarl Cabot ist ein noch größerer!«

»Vielleicht«, gab ich zu.

»Jeder Mann, der sich selbst erlaubt, sich um ein Sklavenmädchen zu sorgen, ist ein Narr«, sagte Kamchak.

»Vielleicht wird eines Tages auch Kamchak von den Tuchuks sich um ein Sklavenmädchen sorgen«, sagte ich.

Daraufhin warf Kamchak seinen Kopf zurück und brüllte, und dann beugte er sich vornüber und klopfte sich auf die Schenkel.

»Dann wirst du vielleicht wissen, wie es sich anfühlt«, sagte ich bestimmt.

Kamchak war nicht mehr zu halten und lehnte sich zurück, klopfte sich mit den Handflächen auf die Oberschenkel und lachte, als wenn er verrückt wäre. Er taumelte sogar vor Brüllen, als wenn er betrunken wäre. Er schleifte sogar am Rad des Nachbarwagens für ein oder zwei Minuten entlang, bis sein Lachen sich in krampfhaftes Keuchen verwandelte und er pfeifend, und seltsame Geräusche von sich gebend, nach Luft schnappte, während sein Brustkorb bebte. Ich wäre nicht weiter überrascht gewesen, wenn er auf der Stelle erstickt wäre.

»Morgen wirst du auf den Ebenen der Tausend Pfähle kämpfen«, sagte ich.

»Ja«, sagte er, »also werde ich mich heute Nacht betrinken.«

»Es wäre besser, wenn du schlafen gehen würdest«, sagte ich.

»Ja«, sagte Kamchak, »aber ich bin ein Tuchuk. Also werde ich mich betrinken.«

»Na schön«, sagte ich. »Dann sollte ich mich auch betrinken.«

Wir spuckten dann um die Wette, um zu bestimmen, wer eine Flasche Paga organisieren würde. Kamchak schlug mich um etwa achtzehn Zoll, indem er von der Seite begann und seinen Kopf schnell herumschleuderte. Im Licht seines Geschicks wirkte ich deprimierend naiv, einfach gedacht, einfallslos und geradewegs heraus. Den Trick mit der Kopfdrehung hatte ich nicht gekannt. Der gerissene Tuchuk hatte mich natürlich zuerst spucken lassen.

An diesem Morgen waren wir also auf den Ebenen der Tausend Pfähle. Dafür, dass er gestern Nacht mit einer Flasche Paga in der Hand laut um den Wagen gestampft war, Miss Cardwell halb zu Tode erschreckt und stürmische Tuchuk-Lieder gesungen hatte, schien er in guter Verfassung zu sein. Er sah sich um, pfiff vor sich hin, und gelegentlich klopfte er im Rhythmus auf die Sattelseite. Ich würde es Miss Cardwell nicht verraten, aber der Rhythmus war der Trommelrhythmus des Kettentanzes. Soviel ich wusste, dachte Kamchak an Aphris von Turia und zählte in meinen Augen leichtsinnigerweise die Schäfchen, bevor er sie gewonnen hatte.

Ich weiß nicht, ob es zahlenmäßig wirklich tausend Pfähle auf den Ebenen der Tausend Pfähle gibt, aber ich nehme an, dass es viele sind oder sogar sehr viele. Die Pfähle, an ihren Spitzen abgeflacht, sind jeder sechseinhalb Fuß hoch und etwa sieben oder acht Zoll im Durchmesser. Sie sind in zwei langen Reihen paarweise gegenüber aufgestellt; die beiden Reihen sind etwa fünfzig Fuß voneinander getrennt, und jeder Pfahl in der Reihe befindet sich etwa zehn Meter von dem jeweils nächsten entfernt. Die beiden Reihen aus Pfählen weiten sich mehr als vier Pasangs über die Prärie aus. Eine der Reihen befindet sich in der Nähe der Stadt, die andere verschwindet am Horizont. Die Pfähle waren, wie ich bemerkte, erst jüngst bunt bemalt worden, jeder anders als der andere in einer schönen Farbenvielfalt. Weiterhin war jeder abgegratet und auf verschiedene Art dekoriert worden, je nach Laune der Handwerker. Manchmal schlicht, manchmal fantasiereich, manchmal überladen. Der gesamte Anblick bestand aus Farbe, guten Mut, Freude und Heiterkeit. Es lag ein Gefühl von Karneval in der Luft. Ich musste mich zwingen, daran zu denken, dass schon bald Männer zwischen diesen Pfahlreihen kämpfen und sterben würden.

Ich bemerkte einige der Arbeiter, die noch immer kleine Halteringe an einigen der Pfähle befestigten. Sie verschraubten sie an einer Seite, gewöhnlich zwischen fünf und fünfeinhalb Fuß über dem Boden. Ein Arbeiter drückte ein paar Halteringe zusammen, bis sie sich schlossen, dann öffnete er sie mit einem Schlüssel, den er anschließend auf einem kleinen Haken nahe des Pfahlendes aufhing.

Ich hörte einige Musiker, die früh von Turia hergekommen waren, leise Klänge hinter den turianischen Pfählen anspielen, etwa fünfzig Meter oder so entfernt.

In dem Freiraum zwischen den Reihen der Pfähle befand sich für jedes

Paar der sich gegenüberstehenden Pfähle ein Kreis von ungefähr acht Metern im Durchmesser. Dieser Kreis bestand aus herausgeschnittenem Gras und war geglättet und geharkt worden.

Händler aus Turia, die sich nun wagemutig unter den Wagenvölkern bewegten, verkauften Kuchen, Weine und Fleisch, selbst Ketten und Halsreife.

Kamchak sah zur Sonne, die gerade im ersten Viertel ihres Weges zum Zenit war.

»Die Turianer sind spät«, stellte er fest.

Vom Rücken des Kaiilas konnte ich Staub aus der Richtung von Turia sehen. »Sie kommen«, sagte ich.

Unter den Tuchuks, wenn auch zu Fuß, sah ich den jungen Mann Harold, der von Hereena vom Ersten Wagen bitter beleidigt worden war, als wir unsere Wette mit Conrad und Albrecht machten. Allerdings sah ich nicht das Mädchen. Der junge Mann wirkte auf mich wie ein starker, feiner Geselle, auch wenn er keine Narben trug. Er hatte, wie ich zuvor schon erwähnte, blondes Haar und blaue Augen, nicht fremd unter den Tuchuks, aber ungewöhnlich. Er trug Waffen. Natürlich konnte er an diesen Wettkämpfen nicht teilnehmen, denn sie waren eine Statusangelegenheit, und nur Kriegern mit Ansehen war es erlaubt, mitzumachen. Tatsächlich konnte jemand ohne die Narbe des Mutes nicht einmal daran denken, sich an dem Wettkampf zu beteiligen. Es sollte übrigens erwähnt werden, dass unter den Tuchuks jemand ohne Mutnarbe überhaupt nicht in der Lage war, die Aufmerksamkeit einer freien Frau zu erlangen, einen Wagen oder mehr als fünf Bosks und drei Kaiilas zu besitzen. Die Narbe des Mutes hat daher sowohl ihre soziale und wirtschaftliche als auch ihre kriegerische Bedeutung.

»Du hast recht«, sagte Kamchak und stellte sich in seinem Sattel auf. »Zuerst die Krieger.«

Ich konnte sehen, wie sich die turianischen Krieger in langen, prozessionsähnlichen Tharlarionreihen den Ebenen der Tausend Pfähle näherten. Die Morgensonne blitzte auf ihren Helmen, ihren langen Tharlarionlanzen und den metallenen Prägungen auf ihren Schilden, die sich von den Rundschilden der meisten goreanischen Städte unterschieden. Ich konnte das Schlagen der beiden Tharlariontrommeln, die den Rhythmus ihres Marsches angaben, wie das Klopfen eines Herzens hören. Neben den Tharlarions schritten andere Soldaten und selbst ein paar Bürger Turias sowie weitere Händler und Musiker, die die Spiele ansehen wollten.

Auf den Höhen der fernen Stadt selbst konnte ich das Flattern von Flaggen und Wimpeln sehen. Die Mauern waren von Menschen überfüllt, und ich vermutete, dass viele von ihnen die langen Gläser der Kaste der Hausbauer benutzten, um das Feld der Pfähle zu beobachten.

Die Krieger von Turia erweiterten ihre Formation, etwa zweihundert Meter von den Pfählen entfernt, zu einer langen Reihe, so breit wie die Reihe der Pfähle selbst und vier oder fünf Glied stark. Dann hielten sie an. Sobald Hunderte von schwerfälligen Tharlarions in Reihen angeordnet waren, wurde eine Lanze mit einem flatternden Wimpel gesenkt. Ein plötzliches Signal tönte von den Tharlariontrommeln. Sofort wurden die Lanzen der Reihen gesenkt, und Hunderte von Tharlarions schnaubten und grunzten. Ihre Reiter riefen. Die Trommeln schlugen, und die Tharlarions begannen, schnell auf uns zuzuspringen.

»Verrat!«, rief ich.

Auf Gor kannte ich kein Lebewesen, das den Aufprall eines Tharlarionangriffs überleben konnte. Elizabeth Cardwell schrie und warf die Hände vor ihr Gesicht.

Zu meinem Erstaunen schienen die Krieger der Wagenvölker der tierischen Lawine kaum Aufmerksamkeit zu schenken, obwohl sie auf sie zuraste. Einige feilschten mit den Händlern, andere sprachen miteinander.

Ich wendete das Kaiila, hielt nach Elizabeth Cardwell Ausschau, die zu Fuß umgebracht würde, noch ehe die Tharlarions die Linie der Pfähle überquerten. Sie stand da, die Hände vor ihrem Gesicht, zu den angreifenden Tharlarions gewandt, als sei sie mit der Erde verwurzelt. Ich beugte mich aus dem Sattel und hatte vor, das Kaiila vorwärtszutreiben und sie in den Sattel zu ziehen, zu wenden und um unser Leben zu reiten.

»Also wirklich«, sagte Kamchak.

Ich richtete mich auf und sah, wie die Reihen der Tharlarionlanzenträger mit viel Gedonner und Getrampel auf dem Boden, mit Schreien und dem Fauchen der großen Tiere unverzüglich und abrupt stoppten – etwa fünfzehn Meter oder so vor den Linien der Pfähle.

»Das ist ein turianischer Scherz«, sagte Kamchak. »Sie sind genauso wild auf die Spiele wie wir und werden uns den Spaß nicht verderben.«

Ich errötete. Elizabeth Cardwells Knie schienen plötzlich schwach zu werden, aber sie wankte zu uns zurück.

Kamchak lächelte mich an. »Sie ist eine schöne kleine Barbarin, nicht wahr?«, sagte er.

»Ja«, sagte ich und blickte verwirrt weg.

Kamchak lachte.

Elizabeth sah uns irritiert an.

Ich hörte einen Ruf von den Turianern, die an uns vorbeiritten. »Die Mädchen!«, rief jemand, und der Schrei wurde von vielen anderen aufgenommen. Es gab viel Gelächter und Trommeln der Lanzen auf den Schilden. Sofort kam mit donnernden Kaiilatatzen und Sand aufwirbelnd eine große Schar Reiterinnen zwischen den Reihen der Pfähle hervorgepprescht. Ihre schwarzen Haare wirbelten hinter ihnen her. Sie richteten sich in den Sätteln auf, brüllten und kreischten und sprangen zwischen den Pfählen von ihren Reittieren in den Sand und gaben die Zügel ihrer Tiere an die Männer der Wagenvölker.

Sie waren wunderbar, die vielen wilden Frauen der Wagenvölker, und ich sah, dass die Anführerin unter ihnen die schöne, stolze Hereena des Ersten Wagens war. Sie waren ungeheuer aufgeregt und lachten. Ihre Augen glänzten. Ein paar spien aus und schüttelten ihre kleinen Fäuste in Richtung der vorbeiziehenden Turianer, die diese Gesten mit freundlichen Rufen und Gelächter quittierten.

Ich sah, wie Hereena den jungen Mann Harold unter den Kriegern bemerkte, und sie deutete gebieterisch mit dem Finger auf ihn und befahl ihn zu sich.

Er näherte sich ihr. »Nimm die Zügel meines Kaiilas, Sklave«, sagte sie zu ihm und warf ihm die Zügel unverschämterweise zu.

Wütend nahm er sie, und unter dem Gelächter vieler anwesender Tuchuks zog er sich mit dem Tier zurück.

Die Frauen mischten sich unter die Krieger. Von jedem der vier Wagenvölker waren bestimmt hundert bis hundertfünfzig Frauen gekommen.

»Ha!«, machte Kamchak und sah die Reihen der Tharlarions aufbrechen: eine Lücke von etwa vierzig Metern, durch die man die verdeckten Sänften der turianischen Jungfern erkennen konnte. Einige davon wurden von angeketteten Sklaven auf den Schultern getragen, unter ihnen zweifellos Männer der Wagenvölker.

Nun war die Aufregung der Menge hauptsächlich bei den Kriegern der Wagenvölker. Sie standen in ihren Steigbügeln, um die sich wiegenden, nähernden Sänften besser sehen zu können. Jede von ihnen trug angeblich ein Juwel von großer Schönheit, ein angemessener Preis in dem wilden Wettbewerb des Liebeskrieges. Der Liebeskrieg ist ein sehr alter Brauch zwischen den Turianern und den Wagenvölkern. Nach den Jahreshütern sogar vor dem Omenjahr datiert. Die Spiele des Liebeskrieges werden natürlich jeden Frühling zwischen der Stadt und den Ebenen gefeiert, während das Omenjahr nur jedes zehnte Jahr stattfindet. Für sich gesehen, veranlassen sie die Wagenvölker nicht, sich zu sammeln, denn normalerweise näherten sich die Herden und die freien Frauen der Völker nicht in diesen Zeiten. Nur bestimmte Delegationen von Kriegern, gewöhnlich etwa zweihundert von einem Volk, werden im Frühjahr zu den Ebenen der Tausend Pfähle geschickt.

Aus turianischer Sicht ist die theoretische Rechtfertigung des Liebeskrieges, dass er eine exzellente Bühne darstellt, in der man die Wildheit und den Heldenmut der turianischen Krieger demonstrieren kann und damit die verwegenen Krieger der Wagenvölker einschüchtert oder sie sogar ermutigt, sich vor turianischem Stahl in Acht zu nehmen. Ich nehme an, der geheime Grund ist jedoch, dass die turianischen Krieger wild darauf sind, den Feind zu treffen, seine Frauen zu erwerben, besonders, wenn sie es mit kleinen Bestien wie Hereena vom Ersten Wagen zu tun haben, genauso ungezügelt und wild wie schön. Unter turianischen Kriegern betrachtet man es als großen Sport, solch ein Mädchen zu versklaven und sie dazu zu zwingen, Reitleder gegen Glöckchen und Seide eines duftenden Sklavenmädchens zu tauschen. Es sollte auch erwähnt werden, dass der turianische Krieger seiner Meinung nach viel zu selten den Kriegern der Wagenvölker begegnet, die meist ein frustrierender, geschickter und schwer fassbarer Gegner sind, der mit großer Schnelligkeit zuschlägt und sich mit Waren und Gefangenen wieder zurückzieht, bevor überhaupt begriffen wird, was geschehen ist. Ich fragte einmal Kamchak, ob auch die Wagenvölker eine Rechtfertigung für den Liebeskrieg haben. »Ja«, hatte er geantwortet und dann hatte er auf Dina und Tenchika gedeutet, die kajirgekleidet und zu der Zeit noch in seinem Wagen beschäftigt waren. »Das ist die Rechtfertigung«, sagte Kamchak. Und er hatte dann gelacht und sich auf die Knie geschlagen. Das war das erste Mal, dass ich daran dachte, dass die beiden Frauen im Liebeskrieg erworben worden waren. Aber Fakt war, wie ich später erfuhr, dass nur Tenchika auf diese Art zu den Wagenvölkern gekommen war. Dina hatte die Peitsche eines Herrn erstmals neben den brennenden Wagen einer Karawane, in der sie eine sichere Passage gebucht hatte, zu spüren bekommen. Nun, während ich die sich nähernden Sänften ansah, nahm ich an, dass die liebreizende Tenchika irgendwann einmal in Schleier und Seide auf dieselbe Art geritten war, und soweit ich wusste, hätte es Dina auch getan, wäre sie nicht früher und auf andere Art den Ketten der Kassar-Krieger zum Opfer gefallen. Ich fragte mich, wie viele der stolzen Schönheiten von Turia in dieser Nacht barbarischen Herren unter Tränen dienen würden. Und wie viele von den wilden, in Leder gekleideten Frauen der Wagenvölker, wie Hereena, würden sich in dieser Nacht mit nichts als Armreifen und Seide bekleidet und weggesperrt hinter den hohen Mauern des fernen und erhabenen Turias wiederfinden.

Nach und nach wurden die verhüllten Sänften der Jungfrauen von Turia auf dem Gras abgestellt, und ein Sklave platzierte vor jeder einen seidenen Teppich, damit die Insassin der Sänfte, wenn sie aus der Verborgenheit trat, nicht ihre Sandalen oder Slipper beschmutzte.

Die Wagenfrauen, die das beobachteten, und von denen einige auf Früchten oder Grashalmen herumkauten, johlten.

Eine nach der anderen, gehüllt in das stolze Gewand glänzender Seide, jede in den Roben der Verhüllung, stiegen die Jungfrauen Turias, verschleiert und aufrecht, aus ihren Sänften und verbargen kaum ihren Ekel für den Lärm und das Geschrei um sie herum.

Schiedsrichter, jeder mit Listen in den Händen, kreisten nun unter den Wagenvölkern und den Turianern. Soweit ich wusste, konnte nicht jedes Mädchen, genauso wenig wie jeder Krieger, an den Spielen des Liebeskrieges teilnehmen. Nur die schönsten waren berechtigt, und nur die schönsten von diesen konnten erwählt werden.

Auch wenn eine Frau selbst vorgeschlagen haben mochte, sich aufstellen zu lassen, ganz wie Aphris von Turia es getan hatte, garantierte das noch lange nicht, dass sie auch ausgewählt wurde, denn die Kriterien des Liebeskrieges sind anspruchsvoll und werden, soweit möglich, objektiv angewendet. Nur die Allerschönsten der Allerschönsten konnten in diesem barbarischen Sport bestehen.

Ich hörte einen Schiedsrichter rufen: »Erster Pfahl! Aphris von Turia!«

»Ha!«, schrie Kamchak und klopfte mir so fest auf den Rücken, dass er mich damit fast vom Rücken meines Kaiilas schlug.

Ich war überrascht. Das turianische Mädchen musste in der Tat so schön sein, dass sie am Ersten Pfahl stehen konnte. Das bedeutete, es war durchaus möglich, dass sie die schönste Frau in Turia war, zumindest unter allen, die an den Spielen in diesem Jahr teilnahmen.

In ihrer Seide aus Weiß und Gold trat Aphris von Turia verächtlich auf Stoffe, die man ihr vor die Füße geworfen hatte. Sie wurde von einem der Richter zum ersten der Pfähle auf der Seite der Wagenvölker geleitet. Auf der anderen Seite würden die Frauen der Wagenvölker an den Pfählen, die Turia näher waren, stehen. Auf diese Art konnten die turianischen Mädchen ihre Stadt und ihre Krieger sehen, während die Mädchen der Wagenvölker die Ebenen und ihre Krieger sehen konnten. Kamchak hatte mir auch erzählt, dass diese Art der Platzierung eine Frau weiter von ihrem eigenen Volk trennt. Daher muss ein Turianer zuerst den Raum zwischen den Pfählen überqueren, wenn er einschreiten will, und genauso müssen es die Krieger der Wagenvölker tun. Sie richteten ihre Aufmerksamkeit auf die Schiedsrichter, die Offiziellen, die die Spiele überwachten.

Die Richter riefen nun Namen auf, und Frauen sowohl von den Wagenvölkern als auch von Turia traten vor.

Ich sah Hereena vom Ersten Wagen, die am Dritten Pfahl stand, obwohl sie, soweit ich es beurteilen konnte, nicht weniger schön war als die beiden Kassar-Mädchen, die über ihr standen.

Kamchak erklärte, dass es eine kleine Lücke zwischen zwei ihrer Zähne an der oberen rechten hinteren Seite gab. »Oh«, sagte ich.

Belustigt bemerkte ich, dass sie wütend darüber war, dass sie nur für den Dritten Pfahl ausgewählt worden war. »Ich, Hereena vom Ersten Wagen, bin besser als diese beiden Kassar-Kaiilaweibchen«, rief sie.

Aber der Richter befand sich bereits vier Pfähle weiter.

Die Auswahl der Mädchen wird übrigens von den Richtern in ihrer Stadt bestimmt oder von ihren eigenen Leuten; in Turia von Mitgliedern der Kaste der Ärzte, die im großen Sklavenhaus von Ar gedient haben. Unter den Wagenvölkern von den Herren der öffentlichen Sklavenwagen, die Frauen an- und verkaufen und für Krieger und Sklavenhalter eine Art Abrechnungsstelle und Markt für ihre weiblichen Güter darstellen. Die öffentlichen Sklavenwagen liefern übrigens auch Paga. Sie sind eine Art Kombination aus Pagataverne und Sklavenmarkt. Ich kannte nichts Vergleichbares auf Gor. Kamchak und ich hatten letzte Nacht einen von ihnen aufgesucht, und ich verließ ihn wieder, nicht ohne vier kupferne Tarnscheiben für eine Flasche Paga ausgegeben zu haben. Ich zog Kamchak aus dem Wagen, bevor er für ein angekettetes kleines Mädchen aus Port Kar bieten konnte, die seine Aufmerksamkeit erregte.

Ich schritt die Reihen der Pfähle auf und ab. Die Mädchen der Wagenvölker standen stolz vor ihren Pfählen, sicher, dass ihre Kämpfer, wer immer sie auch sein mochten, siegreich waren und sie zu ihren eigenen Leuten zurückbrachten; die Mädchen aus der Stadt Turia standen ebenfalls an ihren Pfählen, allerdings mit geheucheltem Desinteresse.

Trotz ihres scheinbaren Mangels an Sorge nahm ich an, dass die Herzen der meisten turianischen Frauen rasten. Dies war für sie kein gewöhnlicher Tag.

Ich sah zu ihnen hinüber, wie sie verschleiert und schön in ihren Seidengewändern dastanden. Doch ich wusste, dass viele von ihnen unter den Roben der Verhüllung die schändliche turianische Camisk trugen, vermutlich das einzige Mal, dass die verhasste Kleidung ihren Körper berührte, denn sollten ihre Krieger das Spiel verlieren, so wussten sie, dass man es ihnen nicht erlaubte, den Pfahl in den Roben zu verlassen, in denen sie hergekommen waren. Sie würden nicht als freie Frauen fortgeführt werden.

Ich lächelte in mich hinein und fragte mich, ob Aphris von Turia, die so hochnäsig am Ersten Pfahl stand, unter ihren Roben aus Weiß und Gold die Camisk eines Sklavenmädchens trug. Ich vermutete nicht. Sie war zu selbstsicher. Zu stolz.

Kamchak arbeitete sich mit seinem Kaiila durch die Menge zum Ersten Pfahl.

Ich folgte ihm.

Er lehnte sich von seinem Sattel herunter. »Guten Morgen, kleine Aphris«, sagte er fröhlich.

Sie versteifte sich und wandte sich ihm nicht einmal zu, um ihn anzusehen. »Bist du bereit zu sterben, Sleen?«, fragte sie.

»Nein«, sagte Kamchak.

Ich hörte ihr weiches Lachen unter dem weißen, mit Seide abgesetzten Schleier.

»Wie ich sehe, trägst du deinen Halsreif nicht mehr«, bemerkte Kamchak.

Sie hob ihren Kopf und ließ sich nicht zu einer Antwort herab.

»Ich habe noch einen«, versicherte Kamchak ihr.

Sie drehte sich, um ihn anzusehen. Ihre Fäuste waren geballt. Wenn diese reizenden Mandelaugen Waffen gewesen wären, wäre er im Sattel, wie von einem Blitz getroffen, getötet worden.

»Es wird mich außerordentlich freuen, wenn ich dich auf deinen Knien im Sand sehe und du Kamras von Turia anflehst, dein Leben zu beenden«, fauchte das Mädchen.

»Heute Nacht, kleine Aphris«, sagte Kamchak, »verspreche ich dir, wirst du deine erste Nacht in einem Dungsack verbringen.«

»Sleen!«, schrie sie. »Sleen! Sleen!«

Kamchak brüllte vor Lachen und drehte mit seinem Kaiila ab.

»Sind alle Frauen im Spiel?«, rief einer der Richter.

Von den langen Reihen kamen die bestätigenden Rufe der anderen Schiedsrichter. »Sie sind bereit.«

»Sichert die Frauen«, rief der Erste Richter, der auf einer Plattform in der Nähe des Anfangs der Pfahlreihen stand, in diesem Jahr auf der Seite der Wagenvölker.

Aphris von Turia musste auf Weisung eines der niedrigeren Richter ihre Handschuhe aus seidiger weißer Verrhaut, abgesetzt mit Gold, ausziehen und sie in die tiefen Falten ihrer Robe stecken.

»Die Halteringe«, forderte der Richter.

»Das ist nicht notwendig«, meinte Aphris. »Ich werde hier ganz ruhig stehen, bis der Sleen getötet ist.«

»Leg deine Handgelenke in die Ringe!«, befahl der Richter. »Oder jemand anderes wird es für dich tun.«

Wütend hob das Mädchen seine Hände hinter seinen Kopf in die Ringe auf jeder Seite des Pfahls. Der Richter ließ sie fachmännisch zuschnappen und ging zum nächsten Pfahl.

Aphris versuchte verstohlen, die Hände in den Ringen zu bewegen, um sie wieder herauszuziehen. Natürlich gelang ihr dies nicht. Ich dachte, ich hätte sie für einen Moment zittern sehen, als sie erkannte, dass sie gefesselt war, doch dann stand sie ruhig da und sah an sich herab, als wenn sie gelangweilt wäre. Der Schlüssel zu den Ringen hing an einem kleinen Haken am oberen Ende des Pfahls, ungefähr zwei Zoll über ihrem Kopf.

»Sind die Frauen gesichert?«, rief der Erste Richter von der Plattform.

»Sie sind gesichert«, kam es von den Reihen aus beiden Richtungen zurück.

Ich sah Hereena frech an ihrem Pfahl stehend; ihre braunen Handgelenke waren natürlich an Stahl gebunden.

»Lasst die Spiele beginnen«, rief der Richter.

Ich hörte bald die anderen Richter diesen Ruf erwidern.

Entlang der Reihen von Pfählen sah ich turianische Krieger und jene der Wagenvölker in den Bereich zwischen den Pfählen drängen.

Die Mädchen der Wagenvölker waren, wie gewöhnlich, unverhüllt. Turianische Krieger marschierten entlang der Reihe von Pfählen, untersuchten sie, schritten zurück, wenn eines der Mädchen sie anspuckte oder nach ihnen trat. Die Mädchen johlten und verfluchten sie, ein Kompliment, das sie mit gutem Humor nahmen und in der Form zurückgaben, dass sie den tatsächlichen und nur eingebildeten Makeln der Mädchen Beachtung schenkten.

Auf Anforderung eines der Krieger der Wagenvölker würde ein Schiedsrichter die Nadeln des Gesichtsschleiers einer turianischen Frau entfernen und die Kapuze ihrer Robe der Verhüllung zurückziehen, damit Kopf und Gesicht gesehen werden konnten.

Dieser Teil der Spiele war besonders erniedrigend für die turianischen Frauen, aber sie verstanden die Notwendigkeit. Wenige Männer, besonders keine barbarischen Krieger, würden um eine Frau kämpfen, deren Gesicht sie nicht einmal gesehen hatten.

»Ich möchte mir diese da ansehen«, sagte Kamchak und zuckte mit dem Daumen in Richtung von Aphris von Turia.

»Sicher«, bemerkte der nächststehende Richter.

»Kannst du dich nicht an das Gesicht Aphris' von Turia erinnern, Sleen?«, fragte das Mädchen.

»Meine Erinnerung ist undeutlich«, sagte Kamchak. »So viele Gesichter.«

Der Richter entfernte den weißgoldenen Schleier und dann, mit sachter Bewegung, zog er ihre Kapuze zurück und enthüllte das lange, wundervolle schwarze Haar.

Aphris von Turia war eine unglaublich schöne Frau.

Sie schüttelte ihr Haar so gut sie konnte und es der Pfosten, an den sie gebunden war, erlaubte.

»Vielleicht erinnerst du dich jetzt?«, fragte sie beißend.

»Nur undeutlich«, murmelte Kamchak zaudernd. »In meiner Erinnerung habe ich das Gesicht einer Sklavin, dann war da, soweit ich mich entsinne, ein Halsreif ...«

»Du Tharlarion!«, sagte sie. »Du Sleen!«

»Was denkst du?«, fragte Kamchak.

»Sie ist unglaublich schön«, sagte ich.

»Es gibt wahrscheinlich noch Schönere an den Pfählen«, sagte Kamchak. »Lass uns mal sehen.«

Er zog los, und ich folgte ihm.

Ich sah flüchtig das Gesicht Aphris' von Turia, wie es sich vor Wut verzerrte, und sie versuchte, sich selbst zu befreien.

»Komm hierher zurück!«, schrie sie. »Du Sleen! Du dreckiger Sleen! Komm zurück! Komm zurück!« Ich hörte, wie sie an den Ringen zog und gegen den Pfosten trat.

»Steh ruhig«, warnte sie der Richter, »oder du wirst gezwungen, einen Betäubungstrank zu trinken.«

»Der Sleen!«, schrie sie.

Auch einige der anderen Krieger der Wagenvölker begutachteten bereits die unverhüllte Aphris von Turia.

»Willst du nicht um sie kämpfen?«, fragte ich Kamchak.

»Sicherlich«, sagte Kamchak.

Aber er und ich sahen uns zuerst die anderen turianischen Schönheiten an.

Schließlich kehrten wir zu Aphris zurück.

»Ein trauriges Los dieses Jahr«, sagte er zu ihr.

»Kämpfe um mich!«, schrie sie.

»Ich weiß nicht, ob ich überhaupt für irgendeine kämpfen werde«, sagte er. »Alles nur Sleenweibchen und Kaiilaweibchen.«

»Du musst kämpfen!«, schrie sie. »Du musst um mich kämpfen!«

»Bittest du darum?«, fragte Kamchak interessiert.

Sie schüttelte sich vor Wut. »Ja«, sagte sie. »Ich bitte darum.«

»Na schön«, sagte Kamchak. »Dann werde ich um dich kämpfen.«

Es sah so aus, als würde Aphris von Turia sich in erschöpfter Erleichterung mit dem Rücken gegen den Pfahl lehnen. Dann betrachtete sie Kamchak mit Vergnügen. »Du wirst vor meinen Füßen in Stücke geschnitten«, sagte sie.

Kamchak hob die Schultern und wies die Möglichkeit nicht von der Hand. Dann wandte er sich an den Richter. »Will sonst noch jemand um sie kämpfen?«, fragte er.

»Nein«, sagte der Richter.

Falls mehr Männer als einer um ein Mädchen kämpfen wollen, entscheiden die Turianer dies übrigens anhand des Ranges und der Tapferkeit, die Wagenvölker anhand der Narben und der Tapferkeit. Kurz auf verschiedene Arten, so etwas wie Alter und Geschicklichkeit entscheiden zwischen zwei oder mehreren Turianern oder zwischen zwei oder mehreren Kriegern der Wagenvölker, wer auf das Feld tritt. Manchmal kämpfen zwei Männer von einem Stamm gegeneinander für diese Ehre, aber solch ein Kampf wird sowohl von den Turianern, als auch von den Wagenvölker missbilligt. Man betrachtet diese Kontrahenten als schändlich, besonders in der Gegenwart von Feinden.

»Sie muss ganz enthüllt werden«, bemerkte Kachamk und sah erneut Aphris genau an.

»Nein«, sagte der Richter. »Weil sie von Kamras, dem Champion von Turia, verteidigt wird, braucht sie das nicht.«

»Oh, nein!«, schrie Kamchak und klatschte seine Faust in hilfloser Verzweiflung gegen die Stirn.

»Ja«, sagte der Richter. »Er.«

»Du erinnerst dich sicherlich?«, lachte Aphris fröhlich.

»Ich hatte damals wohl zu viel Paga getrunken«, gab Kamchak zu.

»Wenn du es wünschst, brauchst du dich ihm nicht zu stellen«, sagte der Richter.

Ich fand das eine menschliche Abmachung – dass zwei Mann genau verstanden, wem sie gegenüberstehen würden, ehe sie den Sandkreis betraten. Es war in der Tat unangenehm, wenn man sich plötzlich und unerwartet einem großartigen berühmten Krieger, sagen wir einem Kamras von Turia, gegenüber sah.

»Stell dich ihm!«, schrie Aphris.

»Wenn ihm keiner gegenübertritt«, sagte der Richter, »wird das Kassar-Mädchen sein Pfand.«

Ich konnte sehen, dass sie, eine Schönheit, die an dem Pfahl genau gegenüber von Aphris von Turia stand, verständlicherweise gequält dreinblickte. Es sah so aus, als würde sie nach Turia gehen, ohne dass mehr als eine Handvoll Sand zu ihren Ehren aufgewirbelt wurde.

»Stell dich ihm, Tuchuk!«, schrie sie.

»Wo sind deine Kassars?«, fragte Kamchak.

Ich fand, das war eine ausgezeichnete Frage. Ich hatte Conrad umhergehen sehen, aber er hatte ein turianisches Mädchen, etwa sechs oder sieben Pfähle entfernt, ausgewählt. Albrecht war nicht einmal bei den Spielen dabei. Ich nahm an, er war zu Hause mit Tenchika.

»Sie kämpfen anderswo!«, schrie sie. »Bitte, Tuchuk!«, weinte sie.

»Aber du bist nur ein Kassar-Mädchen«, betonte Kamchak.

»Bitte!« Sie weinte.

»Außerdem siehst du bestimmt gut aus in Vergnügungsseide«, sagte Kamchak.

»Sieh dir die turianische Hure an!«, schrie das Mädchen. »Ist sie nicht schön? Willst du sie nicht?«

Kamchak sah zu Aphris von Turia.

»Ich nehme an, sie ist nicht schlechter als der Rest«, sagte er.

»Kämpfe um mich!«, rief Aphris von Turia.

»Nun gut«, sagte Kamchak. »Ich tue es.«

Das Kassar-Mädchen lehnte seinen Rücken gegen den Pfahl und zitterte vor Erleichterung.

»Du bist ein Narr«, sagte Kamras von Turia. Ich war etwas erschrocken, da ich nicht bemerkt hatte, dass er so nah war. Ich sah ihn an. Er war in der Tat ein eindrucksvoller Krieger. Er schien stark zu sein. Und schnell. Sein langes schwarzes Haar war hinter seinem Kopf zusammengebunden. Seine großen Handgelenke waren mit Boskleder umwickelt. Er trug einen Helm und hielt einen turianischen ovalen Schild. In seiner rechten Hand lag ein Speer. Über seine Schulter war die Scheide eines Kurzschwertes geschlungen.

Kamchak sah zu ihm auf. Zwar war Kamchak nicht besonders klein, doch Kamras war größer, ein sehr großer Mann.

»Beim Himmel«, sagte Kamchak pfeifend, »du bist in der Tat ein großer Geselle.«

»Lass uns anfangen«, schlug Kamras vor.

Bei diesen Worten forderte der Schiedsrichter alle auf, den Raum zwischen den Pfählen mit Aphris von Turia und dem reizenden Kassar-Mädchen zu räumen. Zwei Männer aus Ar kamen mit Harken und glätteten den Sandkreis zwischen den Pfählen, der während der Begutachtung der Frauen aufgewühlt worden war.

Bedauerlicherweise für Kamchak war es, soviel wusste ich, das Jahr, in dem der turianische Gegner die Art der Waffen wählte. Erfreulicherweise konnte sich der Krieger der Wagenvölker jedoch noch jederzeit vom Kampf zurückziehen, bevor sein Name offiziell auf die Liste der Spiele gesetzt wurde. Falls Kamras also eine Waffe wählen sollte, die Kamchak nicht so leicht handhaben konnte, würde der Tuchuk den Kampf geziert ablehnen, zumal das Pfand nur ein Kassar-Mädchen war, was – da war ich sicher – den philosophischen Kamchak nicht übermäßig stören würde.

»Ah, ja, die Waffen«, sagte Kamchak. »Was soll es denn sein? Die Kaiilalanze, eine Peitsche und die Klingenbola. Oder vielleicht das Quiva?«

»Das Schwert«, sagte Kamras.

Die Entscheidung des Turianers stürzte mich in Verzweiflung. Während meiner ganzen Zeit bei den Wagenvölkern hatte ich noch keines der goreanischen Kurzschwerter gesehen, eine wilde und schnelle, weitverbreitete Waffe bei den Städtern. Der Krieger der Wagenvölker benutzt kein Kurzschwert, wahrscheinlich, weil solch eine Waffe nicht optimal vom Sattel eines Kaiilas geführt werden kann. Der Säbel übrigens, der ein wenig effektiver von einem Kaiilarücken zu führen ist, ist auf Gor weitgehend unbekannt. Er wird, so verstand ich, eher durch die Lanze ersetzt, die mit der Feinheit und Gewandtheit, vergleichbar mit der einer Klinge, benutzt wurde, unterstützt durch die sieben Quivas oder die Sattelmesser. Es sollte weiter darauf hingewiesen werden, dass ein Säbel kaum den Sattel eines Hohen Tharlarions erreichen kann. Die Krieger der Wagenvölker nähern sich einem Feind kaum mehr, als es unbedingt notwendig ist, um ihn mit einem Bogen runterzubringen, oder, falls es notwendig ist, mit der Lanze. Das Quiva selbst wird im Ganzen eher als eine Geschosswaffe betrachtet als ein Messer. Ich verstand, dass die Wagenvölker, wenn sie Säbel hätten haben wollen oder sie als wertvoll betrachteten, in der Lage sein würden, sie zu beschaffen, ungeachtet der Tatsache, dass sie keine eigene Metallverarbeitung unterhielten. Es mochte Versuche geben zu verhindern, dass sie in die Hände der Wagenvölker gelangten, aber wo man für Gold und Juwelen Händler fand, in Ar oder sonstwo, und diese sehen konnten, dass sie dort hergestellt wurden, hätten sie längst die südlichen Ebenen erreicht. Die meisten Quivas wurden übrigens in den Schmieden von Ar gefertigt. Die Tatsache, dass der Säbel keine verbreitete Waffe der Wagenvölker ist, ist eine Betrachtung ihres Stils, ihrer Natur und der Bedingungen ihrer Kriegskunst, an die sie sich gewöhnt haben, eher eine Sache der Wahl auf ihrer Seite, denn das Ergebnis von Ignoranz oder technischen Einschränkungen. Der Säbel ist im Übrigen nicht nur bei den Wagenvölkern unbeliebt, sondern generell bei den Kriegern auf Gor. Er wird als zu lang und zu plump für eine Nahkampfwaffe angesehen, obwohl er bei den Kriegern der Städte so beliebt ist. Weiterhin ist er vom Sattel eines Tarns oder Tharlarions überhaupt nicht zu gebrauchen. Der wichtigste Punkt jedoch, in Anbetracht der Umstände, war, dass Kamras das Schwert als Waffe seiner Begegnung mit Kamchak vorgeschlagen hatte, und der arme Kamchak war sicherlich genauso unvertraut mit dem Schwert wie

Sie oder ich es mit einer der weit ungebräuchlichen Waffen auf Gor, sagen wir dem Peitschenmesser von Port Kar oder der abgerichteten Varts aus den Höhlen von Tyros, sein würden. Übrigens wählen turianische Krieger, um so die Gelegenheit zu nutzen, einen Gegner zu töten, seine Frau zu bekommen, normalerweise als Waffe in Begegnungen wie dieser den Faustschild und den Dolch, Axt und Schild, Dolch und Peitsche, Axt und Netz oder zwei Dolche, mit der Einschränkung, dass ein Quiva, wenn es benutzt wird, nicht geworfen werden darf. Kamras schien jedoch hartnäckig in diesem Punkt zu sein. »Das Schwert«, wiederholte er.

»Aber ich bin doch nur ein armer Tuchuk«, jammerte Kamchak.

Kamras lachte. »Das Schwert«, sagte er noch einmal.

Ich fand, wenn man alle Dinge betrachtete, Kamras' Forderung in Bezug auf die Waffen grausam und schändlich.

»Aber wie soll ich, ein armer Tuchuk, irgendetwas über ein Schwert wissen?«, stöhnte Kamchak.

»Dann zieh ab«, sagte Kamras hochmütig. »Und ich werde diese Kassar-Hure als Sklavin nach Turia bringen.«

Das Mädchen stöhnte.

Kamras lächelte mit Verachtung. »Du siehst, ich bin der Champion von Turia, und ich habe keinen besonderen Wunsch, meine Klinge mit dem Blut eines Urts zu beschmutzen«, sagte er.

Der Urt ist ein widerliches, gehörntes, goreanisches Nagetier. Einige sind ziemlich groß, etwa wie Wölfe oder Ponys, aber die meisten sind sehr klein, winzig genug, um sie in der Handfläche zu halten.

»Nun«, sagte Kamchak, »ich möchte sicherlich nicht, dass dies geschieht.«

Das Kassar-Mädchen schrie verzweifelt auf.

»Kämpfe gegen ihn, dreckiger Tuchuk!«, schrie Aphris von Turia und zog an den Fesselringen.

»Sei nicht so unruhig, vornehme Aphris von Turia«, sagte Kamras. »Erlaube ihm, sich zurückzuziehen, als Angeber und Feigling gezeichnet. Lass ihn in seiner Schande leben, umso größer wird deine Vergeltung sein.«

Aber die reizende Aphris war nicht überzeugt. »Ich will, dass er tot ist«, schrie sie. »Schneide ihn in kleine Stücke, er soll den Tod von tausend Schnitten erleiden!«

»Zieh dich zurück«, riet ich Kamchak.

»Denkst du, ich sollte das tun?«, fragte er.

»Ja«, sagte ich. »Tu es.«

Kamras betrachtete Aphris von Turia. »Wenn es dein wahrer Wunsch ist«, sagte er, »werde ich ihm erlauben, die Waffen zu wählen, die für uns beide angemessen sind.«

»Es ist mein Wunsch«, sagte sie, »dass er getötet wird!«

Kamras zuckte die Achseln. »Also gut. Ich werde ihn töten«, sagte er. Dann drehte er sich zu Kamchak. »Tuchuk«, sagte er, »ich werde dir erlauben, die Waffen zu wählen, die für uns beide angemessen sind.«

»Aber vielleicht werde ich gar nicht kämpfen«, sagte Kamchak argwöhnisch.

Kamras ballte seine Fäuste. »Na schön, wie du wünschst«, sagte er.

»Aber auf der anderen Seite«, sinnierte Kamchak, »vielleicht sollte ich doch.«

Aphris von Turia schrie vor Wut auf, das Kassar-Mädchen vor Qual.

»Ich werde kämpfen«, verkündete Kamchak.

Beide Mädchen schrien vor Freude auf.

Der Richter setzte nun den Namen von Kamchak von den Tuchuks auf seine Liste.

»Welche Waffen wählst du?«, fragte der Richter. »Denk daran«, warnte der Richter, »die Waffe oder die Waffen müssen von beiden akzeptiert werden.«

Kamchak schien in Gedanken versunken zu sein, dann blickte er strahlend auf. »Ich habe mich immer gefragt«, sagte er, »wie es sein würde, ein Schwert zu halten.«

Der Richter ließ fast seine Liste fallen.

»Ich wähle das Schwert«, sagte Kamchak.

Das Kassar-Mädchen stöhnte auf.

Kamras sah verblüfft zu Aphris von Turia. Das Mädchen selbst war sprachlos. »Er ist verrückt«, sagte Kamras.

»Zieh dich zurück«, drängte ich Kamchak.

»Es ist jetzt zu spät«, sagte der Richter.

»Es ist nun zu spät«, sagte Kamchak unschuldig.

Innerlich stöhnte ich auf, denn in den letzten Monaten hatte ich angefangen, diesen gerissenen, stürmischen, bulligen Tuchuk zu respektieren und Zuneigung für ihn zu empfinden.

Zwei Schwerter wurden gebracht. Goreanische Kurzschwerter, geschmiedet in Ar.

Kamchak nahm seines so auf, als handelte es sich um einen Wagenhebel, der dazu benutzt wird, die festgefahrenen Wagenräder aus dem Schlamm zu lösen.

Kamras und ich zuckten.

Dann zollte ihm Kamras Anerkennung und sagte zu Kamchak: »Zieh dich zurück.« Ich konnte ihn durchaus verstehen. Kamras war immerhin ein Krieger, kein Schlachter.

»Tausend Schnitte!«, schrie die vornehme Aphris von Turia. »Ein Goldstück für jeden Schnitt, Kamras!«, rief sie.

Kamchak drückte seinen Daumen auf die Klinge. Ich sah einen plötzlichen hellen Blutstropfen auf seinem Daumen. Er sah auf. »Scharf«, sagte er.

»Ja«, sagte ich in Verzweiflung. Ich wandte mich an den Richter. »Kann ich für ihn kämpfen?«, bat ich.

»Das ist nicht erlaubt«, sagte der Richter.

»Aber«, sagte Kamchak, »es war eine gute Idee.«

Ich fasste Kamchak bei den Schultern. »Kamras will dich doch gar nicht töten«, sagte ich. »Es reicht ihm, wenn er dich beschämt. Zieh dich zurück.«

Plötzlich leuchteten die Augen Kamchaks auf. »Möchtest du mich beschämt sehen?«, fragte er.

Ich sah ihn an. »Besser als tot, mein Freund«, entgegnete ich.

»Nein«, sagte Kamchak. Seine Augen waren wie Stahl. »Besser tot als beschämt.«

Ich schritt zurück. Er war ein Tuchuk. Ich würde meinen Freund schmerzlich vermissen, den frechen, trinkfesten, stampfenden, tanzenden Kamchak von den Tuchuks.

Im letzten Moment rief ich zu Kamchak: »Um der Priesterkönige willen, halte die Waffe wenigstens so!« Ich versuchte, ihm den einfachsten der gebräuchlichen Griffe, das Halten des Heftes vom Kurzschwert zu lehren, der ihm einen hohen Grad an Rückhalt und Flexibilität erlaubte. Aber als ich zurücktrat, hielt er es wie eine goreanische Winkelsäge.

Selbst Kamras schloss kurz seine Augen, als wollte er das Spektakel ausblenden. Ich erkannte nun, dass Kamras nur den Wunsch hatte, Kamchak vom Feld zu vertreiben, als gezüchtigten, beschämten Mann. Er verspürte genauso wenig den Wunsch, den plumpen Tuchuk zu töten, wie er einen Bauern oder Topfmacher töten wollte.

»Lasst den Kampf beginnen«, sagte der Richter.

Ich trat von Kamchak zurück, und Kamras näherte sich ihm aufgrund seines Trainings vorsichtig.

Kamchak blickte zum Rand seines Schwertes, drehte es herum und bemerkte anscheinend mit Freude das Spiel des Sonnenlichts auf der Klinge.

»Vorsicht!«, schrie ich.

Kamchak wandte sich um, um zu sehen, was ich meinte und als er es tat, blitzte zu seinem großen Glück die Sonne von der Klinge in Kamras' Augen, der plötzlich seinen Arm hochwarf, blinzelte und seinen Kopf vor der plötzlichen Blendung schüttelte.

»Dreh dich und schlag zu!«, schrie ich.

»Was?«, fragte Kamchak.

»Vorsicht!«, rief ich, denn Kamras hatte sich erholt und näherte sich erneut.

Kamras hatte die Sonne natürlich im Rücken und nutzte sie, wie der Tarn, zu seinem Vorteil.

Es war unglaubliches Glück gewesen, dass Kamchak die Klinge genau so gehalten hatte, dass der Sonnenstrahl Kamras' Augen blendete.

Das hatte ihm möglicherweise das Leben gerettet.

Kamras sprang vor, und es sah aus, als würde Kamchak seine Balance verlieren, als er im letzten Moment seinen Arm hochriss, und tatsächlich taumelte er jetzt auf einem Fuß. Ich konnte kaum verfolgen, wie er den Hieb pariert hatte. Kamras fing dann damit an, Kamchak aus dem Sandring zu jagen. Kamchak stolperte fast rückwärts darüber und versuchte, sein Gleichgewicht zurückzugewinnen. In dieser eher würdelosen Jagd hieb Kamras etwa ein Dutzend Mal auf Kamchak ein, und verblüffenderweise schaffte es der aus dem Gleichgewicht geratene Kamchak, der sein Schwert wie den Mörser eines Arztes hielt, jedem Schlag auszuweichen oder zu parieren.

»Töte ihn!«, schrie Aphris von Turia.

Ich war versucht, meine Augen zuzuhalten.

Das Kassar-Mädchen heulte.

Dann, als wäre er erschöpft, setzte sich Kamchak pustend in den Sand. Sein Schwert befand sich vor seinem Gesicht und blockierte scheinbar seine Sicht. Mit seinen Stiefeln wirbelte er herum und drehte sich so, dass er jedes Mal in Kamras' Richtung saß, ganz gleich von welcher Seite er sich näherte. Jedes Mal, wenn der Turianer zuschlug und ich dachte, diesmal würde er Kamchak töten, ließ die Klinge des Tuchuks irgendwie und unverständlicherweise im letzten Moment, sodass mein Herz fast stehen blieb, den turianischen Stahl mit einem überraschenden, schwachen Ruck harmlos zur Seite abgleiten. Erst da dämmerte mir, dass Kamchak für drei oder vier Minuten das Ziel der immer wütender werdenden Angriffe von Turias Champion war und daraus völlig unverletzt hervorging.

Kamchak kämpfte sich schwach auf die Füße.

»Stirb, Tuchuk!«, schrie Kamras aufgebracht und stürzte sich auf ihn. Für mehr als eine Minute, während ich kaum wagte zu atmen, herrschte überall Stille, bis auf den Klang von Stahl. Ich sah Kamchak dastehen, schwerfällig in seinen Stiefeln, sein Kopf schien fast auf den Schultern zu liegen, sein Körper bewegte sich kaum, abgesehen von der Schnelligkeit seines Handgelenks und der Drehung seiner Hand.

Kamras war erschöpft und kaum dazu in der Lage, seinen Arm zu heben. Er wankte zurück.

Noch einmal blitzte gekonnt die Sonne von Kamchaks Schwert direkt in Kamras' Augen.

Vor Schreck blinzelte Kamras und schüttelte seinen Kopf und drosch schwach mit dem Schwert um sich.

Dann näherte sich Kamchak ihm Schritt um Schritt. Ich sah erstmals Blut aus der Wange Kamras' spritzen, dann weiteres am linken Arm, dann vom Oberschenkel, dann von einem Ohr.

»Töte ihn!«, schrie Aphris von Turia. »Töte ihn!«

Aber nun kämpfte Kamras fast wie ein Betrunkener um sein Leben, und der Tuchuk folgte ihm wie ein Bär, sich kaum bewegend, nur aus Arm und Handgelenk kämpfend. Er latschte durch den Sand hinter ihm her, berührte ihn immer wieder mit der Klinge.

»Erschlag ihn!«, heulte Aphris von Turia.

Für vielleicht fünfzehn Minuten setzte Kamchak von den Tuchuks geduldig und ohne Eile Kamras von Turia nach, traf ihn mehrmals und hinterließ jedes Mal einen schnellen hellen Blutfleck auf seiner Tunika oder dem Körper. Und dann, zu meinem Erstaunen und dem der Menge, die den Wettkampf verfolgte, sah ich Kamras, den Champion von Turia, geschwächt vom Blutverlust, vor Kamchak auf die Knie fallen. Kamras versuchte, sein Schwert zu heben, aber der Stiefel Kamchaks drückte es in den Sand, und Kamras hob seinen Blick, um benommen in das vernarbte, undurchschaubare Antlitz des Tuchuks zu sehen.

Kamchaks Schwert befand sich an seiner Kehle. »Sechs Jahre«, sagte Kamchak, »bevor ich meine ersten Narben erhielt, war ich Söldner in der Garde von Ar, um die Mauern und die Verteidigung der Stadt für mein Volk kennenzulernen. In dieser Zeit war ich Erster Schwertmeister der Garde von Ar.«

Kamras fiel in den Sand zu Kamchaks Füßen, nicht einmal in der Lage, um Gnade zu betteln.

Kamchak tötete ihn nicht.

Stattdessen warf er das Schwert, das er trug, in den Sand und, obwohl er es mit Leichtigkeit warf, drang es bis fast zum Heft ein. Er sah mich an und grinste. »Eine interessante Waffe«, sagte er, »aber ich bevorzuge die Lanze und das Quiva.«

Um uns brandete gewaltiges Getose auf und das Klopfen von Lanzen auf Lederschilde. Ich stürzte auf Kamchak, schlang meine Arme um ihn, lachte und drückte ihn. Er grinste von einem Ohr zum anderen. Schweiß glänzte in den Furchen seiner Narben.

Dann wandte er sich ab und ging auf den Pfahl mit Aphris von Turia zu, die dort mit Händen in Stahl gebunden stand und ihn sprachlos vor Entsetzen anstarrte.

11 Glöckchen und Halsreif

Kamchak betrachtete Aphris von Turia.

»Warum kleidet sich eine Sklavin mit den Roben einer freien Frau?«, fragte er.

»Bitte, nein, Tuchuk«, sagte sie. »Bitte, nicht!«

Nur einen Augenblick darauf stand die reizende Aphris von Turia völlig entblößt für die Augen ihres Herrn am Pfahl.

Sie warf ihren Kopf zurück und stöhnte, die Handgelenke noch immer in den Halteringen verschlossen.

Wie ich vermutet hatte, hatte sie sich nicht dazu herabgelassen, die beschämende Camisk unter ihren Roben aus Weiß und Gold zu tragen.

Das Kassar-Mädchen, das an dem ihr gegenüberliegenden Pfahl gebunden war, wurde nun von einem Schiedsrichter befreit und schritt dorthin, wo Aphris noch immer gefesselt war.

»Gut gemacht, Tuchuk«, sagte das Mädchen und salutierte vor Kamchak.

Kamchak hob die Schultern.

Dann spuckte das Mädchen ungestüm in das Gesicht der liebreizenden Aphris. »Sklavin!«, fauchte das Mädchen. »Sklavin! Sklavin!«

Dann drehte sie sich um und schritt davon, um nach den Kriegern der Kassars Ausschau zu halten.

Kamchak lachte laut.

»Bestraf sie!«, verlangte Aphris.

Kamchak gab Aphris von Turia plötzlich eine Ohrfeige. Ihr Kopf knallte zur Seite, und ein Streifen Blut war in einem Mundwinkel zu sehen. Das Mädchen sah ihn mit plötzlicher Angst an. Es mochte das erste Mal gewesen sein, dass sie geschlagen worden war. Kamchak hatte nicht fest zugeschlagen, aber scharf genug, um sie zu belehren. »Du wirst jede Beleidigung hinnehmen, die dir eine freie Person der Wagenvölker aufdrängt«, sagte er.

»Ich sehe, dass du weißt, wie man Sklaven behandelt«, sagte eine Stimme.

Ich drehte mich um und sah, nur wenige Fuß entfernt, in einer offenen, mit Juwelen besetzten und Kissen ausstaffierten Sänfte auf den Schultern von Sklaven, die im blutbefleckten Sand standen, Saphrar von der Kaste der Händler.

Aphris errötete vom Kopf bis zu den Zehen, völlig durchsichtig nun in der dunkelroten Flagge ihrer Scham. Saphrars rundes blassrosanes Gesicht strahlte vor Vergnügen, obwohl ich dachte, dass dies für ihn eine Tragödie hätte sein müssen. Der kleine rotlippige Mund war vor gütiger Zufriedenheit weit geöffnet. Ich sah die Spitzen der beiden goldenen Eckzähne. Aphris zog plötzlich an den Halteringen und versuchte sie rauszureißen, sich nicht einmal dessen bewusst, dass der Reichtum ihrer Schönheit sogar den Sklaven, die die Sänften trugen, enthüllt worden war. Für diese war sie natürlich nun nicht mehr als sie selbst, außer vielleicht, dass ihr Fleisch nicht dazu herhalten musste, die Enden einer Sänfte zu tragen oder Kisten oder in der Erde zu graben, sondern, dass es zu eigenen Aufgaben berufen war, leichter und angemessener, zweifellos noch befriedigender als ihre für einen Herrn. »Saphrar!«, rief sie. »Saphrar!«

Saphrar blickte zu dem Mädchen. Er nahm aus einem seidenen Täschchen, das vor ihm auf der Sänfte lag, ein kleines Glas mit Glasblattecken wie bei einer Blume, das auf einem silbernen Stängel montiert war, und um den sich silberne Blätter rankten. Dadurch sah er sie näher an.

»Aphris!«, rief er, als wäre er entsetzt. Dennoch lächelte er.

»Saphrar«, weinte sie. »Befreie mich!«

»Wie bedauerlich!«, klagte Saphrar. Ich konnte immer noch die Spitzen der goldenen Zähne sehen.

Kamchak legte seinen Arm um meine Schulter und kicherte. »Aphris von Turia hat eine Überraschung parat«, sagte er.

Aphris wandte ihren Kopf zu Kamchak. »Ich bin die reichste Frau in ganz Turia«, sagte sie. »Sag mir deinen Preis!«

Kamchak sah mich an. »Denkst du, fünf Goldstücke wären zu viel?«, fragte er.

Ich war entsetzt.

Aphris würgte. »Sleen«, weinte sie. Dann drehte sie sich zu Saphrar. »Kauf mich!«, flehte sie. »Wenn es notwendig ist, nutze mein ganzes Kapital. Alles! Befreie mich!«

»Aber Aphris«, säuselte Saphra, »ich kontrolliere deine ganzen Finanzen, und sie und all deine Besitztümer und Waren gegen einen Sklaven einzutauschen, wäre eine sehr unkluge und absurde Entscheidung von meiner Seite aus. Sogar unverantwortlich.«

Aphris sah ihn plötzlich verblüfft an.

»Es ist – oder war – wahr, dass du die reichste Frau von ganz Turia bist«, sagte Saphrar. »Aber deine Reichtümer werden nicht von dir verwaltet, sondern von mir, und zwar bis du deine Volljährigkeit erreicht hast. Ich glaube in einigen Tagen von nun an.«

»Ich will keine Sklavin sein, nicht einmal für einen Tag!«, rief sie.

»Zu meinem besseren Verständnis«, fragte Saphrar, und die goldenen

Tropfen über seinen Augen hoben sich, »würdest du, sobald du deine Volljährigkeit erreicht hast, dein gesamtes Hab und Gut einem Tuchuk überlassen, nur um deine Freiheit zu erlangen?«

»Natürlich!«, weinte sie.

»Wie günstig, dass solch ein Handel vom Gesetz verhindert wird«, bemerkte Saphrar.

»Ich verstehe nicht«, sagte Aphris.

Kamchak drückte meine Schulter und rieb seine Nase.

»Sicherlich bist du dir bewusst, dass ein Sklave keinen Besitz haben kann«, sagte Saphrar. »Nicht mehr, als ein Kaiila, ein Tharlarion oder Sleen besitzt.«

»Ich bin die reichste Frau in Turia!«, schrie sie.

Saphrar legte sich tiefer in seine Polster. Sein kleines, rundes, blassrosafarbenes Gesicht glänzte. Er schürzte seine Lippen und lächelte dann. Er stieß seinen Kopf vor und sagte sehr schnell: »Du bist eine Sklavin!« Dann kicherte er.

Aphris von Turia warf ihren Kopf zurück und schrie.

»Du hast nicht einmal mehr einen Namen«, zischte der kleine Händler.

Das war richtig. Kamchak würde sie zweifelsfrei weiterhin Aphris nennen, aber es würde von nun an sein Name für sie sein und nicht mehr ihr eigener. Ein Sklave, der vor dem goreanischen Gesetz nicht mehr als Person angesehen wird, kann rechtmäßig keinen eigenen Namen besitzen, genauso wenig wie ein Tier. Tatsächlich und leider sind Sklaven vor dem goreanischen Gesetz Tiere, völlig und uneingeschränkt zur Verfügung ihrer Herren stehend, die mit ihnen tun können, was sie wollen.

»Ich denke«, brüllte Kamchak, »ich werde sie Aphris von Turia nennen!«

»Befreie mich, Saphrar«, rief das Mädchen kläglich. »Befreie mich!«

Saphrar lachte.

»Sleen!«, schrie sie ihm zu. »Du stinkender Sleen!«

»Sei vorsichtig«, warnte Saphrar, »wie du zu dem reichsten Mann von Turia sprichst!«

Aphris weinte und zog an den Halteringen.

»Du verstehst natürlich«, fuhr Saphrar fort, »dass in dem Moment, in dem du zur Sklavin wurdest, all dein Besitz und deine Reichtümer, deine Garderobe und Juwelen, deine Investitionen und Kapital, Hab und Gut und Ländereien, in meinen Besitz übergingen.«

Aphris weinte unbeherrscht am Pfahl. Dann hob sie ihren Kopf zu ihm, die Augen leuchtend vor Tränen. »Ich flehe dich an, edler Saphrar«, schluchzte sie. »Ich flehe dich an. Ich flehe dich an, mich zu befreien. Bitte! Bitte! Bitte!«

Saphrar lächelte sie an. Dann wandte er sich Kamchak zu: »Was, sagtest du, wäre ihr Preis, Tuchuk?«

»Ich habe ihn gesenkt«, sagte Kamchak. »Du kannst sie für eine kupferne Tarnscheibe haben.«

Saphrar lächelte. »Der Preis ist zu hoch«, sagte er.

Aphris schrie vor Qual auf.

Saphrar hob erneut das kleine Glas, durch das er sie betrachtet hatte und begutachtete sie mit einiger Sorgfalt. Dann hob er die Schultern und bedeutete seinen Sklaven, die Sänfte zu wenden.

»Saphrar!«, schrie das Mädchen ein letztes Mal.

»Ich spreche nicht mit Sklaven«, sagte er, und der Händler in der Sänfte bewegte sich fort in Richtung der fernen Mauern Turias.

Aphris sah ihm wie betäubt nach, die Augen rot, die Wangen mit Tränen befleckt.

»Das macht nichts«, sagte Kamchak beruhigend zu dem Mädchen. »Selbst wenn Saphrar ein ehrenwerter Mann wäre, wärest du jetzt nicht frei.«

Sie drehte ihren wunderschönen Kopf und starrte ihn leer an.

»Nein«, sagte Kamchak, giff in ihr Haar und tätschelte freundschaftlich ihren Kopf. »Ich hätte dich nicht für alles Gold von Turia verkauft.«

»Aber warum?«, flüsterte sie.

»Erinnerst du dich?«, fragte Kamchak. »An eine Nacht vor zwei Jahren, als du mein Geschenk verschmäht hast und mich einen Sleen genannt hast?«

Das Mädchen nickte, ihre Augen schauten ängstlich.

»In dieser Nacht«, sagte Kamchak, »habe ich mir geschworen, dass ich dich zu meiner Sklavin mache.«

Sie senkte den Kopf.

»Und aus diesem Grund würde ich dich nicht für alles Gold von Turia verkaufen«, sagte Kamchak.

Sie sah mit roten Augen hoch.

»In dieser Nacht, kleine Aphris«, sagte Kamchak, »entschied ich, dass du meine Sklavin werden würdest.«

Das Mädchen schüttelte sich und ließ den Kopf zur Brust sinken.

Das Gelächter von Kamchak von den Tuchuks war laut.

Er hatte lange auf dieses Lachen gewartet. Lange gewartet, seinen Feind so vor sich zu sehen, so gefesselt und beschämt. Sie war sein. Eine Sklavin.

Kurzerhand nahm Kamchak den Schlüssel über dem Kopf von Aphris von Turia und ließ die Halteringe aufschnappen. Dann führte er die benommene, widerstandslose turianische Frau zu seinem Kaiila.

Dort, neben den Tatzen des Tieres, zwang er sie in die Knie.

»Dein Name ist Aphris von Turia«, sagte er zu ihr und gab ihr damit einen Namen.

»Mein Name ist Aphris von Turia«, sagte sie und akzeptierte damit ihren Namen aus seinen Händen.

»Unterwirf dich!«, befahl Kamchak.

Die zitternde und kniende Aphris von Turia senkte ihren Kopf und streckte ihre Arme mit überkreuzten Handgelenken aus.

Kamchak band sie schnell und fest zusammen.

Sie hob ihren Kopf. »Werde ich über den Sattel gebunden?«, fragte sie wie betäubt.

»Nein«, sagte Kamchak. »Ich bin nicht in Eile.«

»Ich verstehe nicht«, sagte das Mädchen.

Da legte Kamchak bereits einen Riemen um ihren Hals, das lose Ende wickelte er mehrmals um seinen Sattelknauf. »Du wirst nebenherlaufen«, erklärte er ihr.

Sie sah ihn voller Unglauben an.

Elizabeth Cardwell, die nicht angebunden war, hatte schon ihre Position auf der anderen Seite von Kamchaks Kaiila neben dem Zaumzeug eingenommen. Dann verließen Kamchak, seine beiden Frauen und ich die Ebenen der Tausend Pfähle und ritten zu den Wagen der Tuchuks.

Hinter uns konnten wir noch den Kampflärm und die Schreie der Männer hören.

Einige Stunden später erreichten wir das Feldlager der Tuchuks und setzten unseren Weg entlang der Wagen, der Kochkessel und der spielenden Kindern fort. Sklavenmädchen rannten an unserer Seite und johlten über Kamchaks angebundenen Preis. Freie Frauen sahen von ihren Pfannen und Kesseln auf und mit voreingenommenen Augen die weitere turianische Frau an, die zu ihrem Lager gebracht wurde.

»Sie war am Ersten Pfahl!«, rief Kamchak zu den johlenden Mädchen. »Was warst du?« Dann drehte er sein Kaiila plötzlich zu ihnen, und sie sprangen auseinander und rannten schreiend und lachend davon, und dann nahmen sie wie ein Schwarm Vögel wieder die Verfolgung auf. Kamchak grinste von einem Ohr zum anderen. »Erster Pfahl!«, rief er einem Krieger zu und zuckte mit dem Daumen zu der stolpernden, keuchenden Aphris. Der Krieger lachte. »Es ist wahr!«, brüllte Kamchak, grinste und klatschte auf die Seite seines Sattels.

Sicherlich gab es einigen Zweifel darüber, dass diese armselige Hure, die hinter Kamchaks Kaiila festgebunden war, am Ersten Pfahl gestanden hatte. Sie keuchte und stolperte. Ihr Körper glänzte vor Schweiß. Ihre Beine waren von nassem Staub geschwärzt. Ihr Haar war wirr und voller Schmutz. Ihre Füße und Knöchel bluteten. Ihre Waden waren zerkratzt und besprenkelt von den roten Bissen der Rennels. Als Kamchak seinen Wagen erreichte, fiel das arme Mädchen nach Atem ringend und mit zitternden Beinen erschöpft ins Gras, der ganze Körper zitterte von der Tortur ihres Marsches. Ich nahm an, dass Aphris von Turia in ihrem Leben kaum etwas Anstrengenderes getan hatte, als in und aus einem parfümierten Bad zu steigen. Elizabeth Cardwell dagegen marschierte zu meiner Freude gut, atmete gleichmäßig und zeigte keine Anzeichen von Ermüdung. Sie hatte sich natürlich während ihrer Zeit bei den Wagenvölkern an diese Art von Übung gewöhnt. So langsam bewunderte ich sie. Das Leben unter freiem Himmel und die Arbeit hatten ihr augenscheinlich gut getan. Sie war fit, lebendig, heiter. Ich fragte mich, wie viele der Frauen in ihrem New Yorker Büro so wie sie neben dem Steigbügel eines Tuchuk-Kriegers laufen konnten.

Kamchak sprang aus dem Sattel des Kaiilas und schnaufte etwas.

»Hier, hier!«, rief er fröhlich und schleifte die erschöpfte Aphris auf ihre Knie. »Es gibt Arbeit, Mädchen!«

Sie blickte zu ihm auf, den Riemen noch an ihrem Nacken, die Hände gebunden. Ihre Augen schienen verwirrt.

»Die Bosks müssen gestriegelt, ihre Hörner und Hufe poliert ebenso Futter und Dung gesammelt werden. Der Wagen muss gewischt und die Räder geschmiert werden«, erklärte er ihr. »Außerdem muss Wasser von dem vier Pasangs entfernten Strom hergebracht werden. Und das Fleisch muss für das Abendessen weichgeklopft werden! Los, los, du faules Mädchen!«

Dann lehnte er sich zurück und lachte sein Tuchuk-Lachen, während er sich dabei auf die Schenkel schlug.

Elizabeth Cardwell entfernte den Riemen vom Nacken des Mädchens und löste ihre Armfesseln.

»Komm mit mir«, sagte sie freundlich. »Ich werde es dir zeigen.«

Aphris stand wacklig auf, noch immer verwirrt. Sie wandte ihre Augen zu Elizabeth, die sie das erste Mal zu sehen schien. »Dein Akzent«, sagte sie langsam. »Du bist eine Barbarin.« Sie sagte es beinahe entsetzt.

»Du siehst sicher«, sagte Kamchak, »dass sie das Fell eines Larls trägt, dass sie keinen Halsreif besitzt und auch keinen Nasenring trägt, dass sie nicht einmal ein Brandzeichen hat.« Dann fügte er hinzu: »So wie du es tun wirst.«

Aphris erschauerte mit flehendem Blick.

»Fragst du dich, kleine Aphris, warum die Barbarin, obwohl sie eine Sklavin ist, nicht kajirgekleidet ist, und warum sie keinen Ring, kein Brandzeichen und auch keinen Reif trägt?«

»Warum?«, fragte Aphris ängstlich.

»Damit es jemanden im Wagen gibt, der höher gestellt ist als du«, sagte Kamchak.

Ich hatte mich schon gefragt, warum Kamchak Elizabeth Cardwell nicht wie jede andere versklavte Hure der Tuchuks behandelt hatte.

»Denn zu allen anderen Aufgaben, meine Liebe, wirst du für diese Barbarin die weiblichen Pflichten einer Sklavin erfüllen.«

Das entfachte das Feuer in Aphris von Turia. Sie richtete sich plötzlich empört auf und schrie: »Nicht ich! Nicht Aphris von Turia!«

»Doch, du«, sagte Kamchak.

»Ein Dienstsklave für eine Barbarin!«

»Ja«, sagte Kamchak.

»Niemals!«, schrie das Mädchen.

»Doch«, brüllte Kamchak und warf seinen Kopf laut lachend zurück. »Aphris von Turia wird in meinem Wagen die Dienstsklavin für eine Barbarin sein!«

Die Fäuste des Mädchens ballten sich.

»Und ich werde dafür sorgen, dass das in Turia bekannt wird«, sagte Kamchak. Er beugte sich vor und schlug seine Fäuste auf seine Knie, so sehr amüsierte ihn das alles.

Aphris von Turia zitterte vor Wut.

»Bitte«, sagte Elizabeth, »komm mit.« Sie versuchte, Aphris am Arm zu fassen.

Aphris von Turia zuckte arrogant vor ihrem Griff zurück, weil sie offenbar nicht ihre Hand auf ihrer Haut fühlen wollte. Aber dann ließ sie sich dazu herab, mit hocherhobenem Kopf Elizabeth zu begleiten.

»Wenn sie nicht gut arbeitet«, rief Kamchak fröhlich, »schlag sie.«

Aphris drehte den Kopf zu ihm um, die Fäuste geballt.

»Du wirst lernen, kleine Aphris, wer hier der Herr ist«, sagte er.

Das Mädchen hob ihren Kopf. »Ist ein Tuchuk zu arm, um eine ärmliche Sklavin zu kleiden?«, fragte sie.

»Im Wagen habe ich viele Diamanten«, sagte Kamchak. »Die kannst du tragen, wenn du willst, aber sonst wirst du nichts anziehen, solange ich es nicht wünsche.«

Sie wandte sich wütend ab und folgte Elizabeth Cardwell.

Danach verließen Kamchak und ich den Wagen und zogen umher. Wir hielten an einem der Sklavenwagen an und kauften eine Flasche Paga, die wir, während wir umherzogen, zwischen uns leerten.

Wie herauskam, hatten die Wagenvölker in diesem Jahr außerordentlich gut bei den Spielen des Liebeskrieges abgeschnitten. Das waren einige der Neuigkeiten, die wir zusammen mit dem Paga aufschnappten. Etwa siebzig Prozent der turianischen Jungfrauen waren als Skavinnen von den Pfählen, an die sie gebunden gewesen waren, fortgeführt worden. In manchen Jahren, so wusste ich, lag der Prozentsatz eher umgekehrt. Augenscheinlich war es ein reizender Wettbewerb. Wir hörten auch, dass das Mädchen Hereena vom Ersten Wagen von einem turianischen Offizier gewonnen worden war, der das Haus von Saphrar dem Händler repräsentierte und sie diesem gegen eine Gebühr überließ. Ich denke, dass er sie zu einer weiteren seiner Tanzmädchen machen würde. »Ein wenig Parfüm und Seide wird gut für diese Hure sein«, behauptete Kamchak. Es fühlte sich seltsam an, so von ihr zu denken. So wild und unverschämt wie sie war, so arrogant auf dem Rücken ihres Kaiilas, und nun war sie nichts als eine parfümierte und in Seide gehüllt Sklavin der Turianer. »Sie könnte ein wenig Peitsche und Stahl vertragen, diese Hure«, murmelte Kamchak zwischen den Schlucken Paga, mit denen er fast die ganze Flasche leerte. Ich fand, dass es sich ziemlich hart anhörte, aber ich nahm an, dass es zumindest einen Gesellen unter den Wagen geben würde, den jungen Mann Harold, den sie beleidigt hatte, der bisher noch keine Narbe des Mutes errungen hatte, der sich wesentlich mehr über ihren Zustand freuen würde als sie. All ihre Verachtung und ihr Groll wurden ihr nun durch Fesseln und Glöckchen hinter den hohen und dicken Mauern des Vergnügungsgartens von Turia versalzen.

Kamchak hatte sich im Kreis gedreht, und wir fanden uns am Sklavenwagen wieder.

Wir entschieden, dass wir erneut darum wetteten, wer die zweite Flasche Paga kaufen musste.

»Was ist mit dem Flug der Vögel?«, fragte Kamchak.

»Abgemacht«, sagte ich, »aber ich darf zuerst wählen.«

»Na schön«, sagte er.

Ich wusste natürlich, dass es Frühling war, und in dieser Hemisphäre die meisten Vögel, wenn welche fortwanderten, nach Süden fliegen würden. »Süden«, sagte ich.

»Norden«, sagte er.

Wir warteten etwa eine Minute, und dann sah ich einige Vögel, Flussmöwen, die nach Norden flogen.

»Das sind Vosk-Möwen«, sagte Kamchak. »Im Frühling, wenn das Eis im Vosk bricht, fliegen sie nach Norden.«

Ich fischte ein paar Münzen aus meiner Tasche, um den Paga zu kaufen.

145

»Die erste südliche Wanderung der Auendrachen hat bereits stattgefunden«, erklärte er. »Die Wanderung der Waldhurlits und der gehörnten Gims findet nicht vor dem Spätfrühling statt. In dieser Zeit fliegen die Vosk-Möwen.«

»Oh«, machte ich.

Während wir Tuchuk-Lieder sangen, schafften wir es zurück zu unserem Wagen.

Elizabeth hatte Fleisch gebraten, wenn auch offenbar zu sehr.

»Das Fleisch ist zu stark gebraten«, sagte Kamchak.

»Die beiden sind sturzbetrunken«, sagte Aphris von Turia.

Ich sah sie an. Beide waren wunderschön. »Nein«, korrigierte ich sie. »Herrlich berauscht.«

Kamchak sah sich die beiden Mädchen näher an, lehnte sich vorwärts und schielte.

Ich blinzelte ein paar Mal.

»Ist irgendetwas falsch?«, fragte Elizabeth Cardwell.

Ich bemerkte einen langen Striemen auf der einen Seite ihres Gesichtes und fünf lange Kratzer auf der anderen, erkannte auch, dass ihr das Haar ein wenig ausgerissen war.

»Nein«, sagte ich.

Aphris von Turia schien in noch schlechterer Verfassung zu sein. Sie hatte sicherlich mehr als eine Handvoll Haar verloren. Es gab Bissspuren auf ihrem linken Arm und, wenn ich es richtig sah, war ihr rechtes Auge von einem verfärbten Ring umgeben.

»Das Fleisch ist zu stark durch«, murmelte Kamchak. Ein Herr zeigt kein Interesse an den Zankereien von Sklaven, es ist unter seiner Würde. Er hätte es natürlich nicht akzeptiert, wenn eine der beiden Frauen verstümmelt, blind oder verunstaltet worden wäre.

»Sind die Bosks gehütet worden?«, fragte Kamchak.

»Ja«, sagte Elizabeth bestimmt.

Kamchak sah zu Aphris. »Wurden die Bosks gehütet?«, fragte er.

Sie blickte plötzlich auf, die Augen feucht vor Tränen. Sie warf Elizabeth einen wütenden Blick zu.

»Ja«, sagte sie. »Sie wurden gehütet.«

»Gut«, sagte Kamchak. »Gut.« Dann deutete er auf das Fleisch. »Es ist zu stark gebraten«, sagte er.

»Ihr seid Stunden zu spät«, sagte Elizabeth.

»Stunden«, wiederholte Aphris.

»Es ist zu stark durch«, sagte Kamchak.

»Ich sollte frisches Fleisch braten«, meinte Elizabeth, stand auf und tat es.

146

Aphris schniefte nur.

Als das Fleisch fertig war, aß Kamchak seinen Anteil und trank dazu eine Flasche Boskmilch. Ich tat das Gleiche, obwohl die Milch sich bei mir nicht so gut mit dem Paga des Nachmittags vertrug.

Kamchak saß, wie so oft, auf etwas, das an einen grauen Felsen erinnerte. Es war eher quadratisch, außer den Ecken, die ein wenig abgerundet waren. Als ich dieses Ding das erste Mal gesehen hatte, zusammengehäuft mit anderem Kleinkram in einer Ecke des Wagens, einige dieser Stücke waren Krüge voller Juwelen und kleine, schwere Truhen, gefüllt mit goldenen Tarnscheiben, hatte ich bloß an einen Felsen gedacht. Einmal, als Kamchak durch seine Sachen kramte, hatte er es über den Teppich getreten, damit ich es mir anschauen konnte. Ich war überrascht von der Art, wie es über den Teppich sprang und dann, als ich es hochhob, war ich erstaunt, wie leicht es war. Es war definitiv kein Fels. Eher ledrig und mit einer körnigen Oberfläche. Ein wenig erinnerte es mich an die leicht abfallenden Felsen, die ich in bestimmten, von den Priesterkönigen aufgegebenen Bereichen weit unter dem Sardar erblickt hatte. Unter solchen Felsen hätte ich dies hier nicht erkannt. »Was hältst du davon?«, fragte Kamchak.

»Interessant«, bemerkte ich.

»Ja«, sagte er. »Das dachte ich mir.« Er hielt seine Hände ausgestreckt, und ich schleuderte das Objekt zurück. »Ich habe es schon seit einiger Zeit«, erzählte er. »Zwei Reisende haben es mir gegeben.«

»Oh«, sagte ich.

Als Kamchak sein frisch gebratenes Stück Fleisch gegessen und die Flasche Boskmilch geleert hatte, schüttelte er seinen Kopf und rieb sich die Nase.

Er sah Miss Cardwell an. »Tenchika und Dina sind fort«, sagte er. »Du kannst wieder im Wagen schlafen.«

Elizabeth warf ihm einen dankbaren Blick zu. Ich wusste, dass der Boden unter dem Wagen hart war.

»Danke«, sagte sie.

»Ich dachte, er wäre dein Herr«, bemerkte Aphris.

»Herr«, fügte Elizabeth hinzu und warf Aphris, die lächelte, einen welken Blick zu.

Nun begann ich zu verstehen, warum es oft Probleme innerhalb eines Wagens gab, wenn man mehr als eine Frau besaß. Dennoch hatten sich Tenchika und Dina nicht viel gestritten. Der Grund mochte darin liegen, dass Tenchikas Herz sich woanders befand, nämlich im Wagen von Albrecht von den Kassars.

»Wer, wenn ich fragen darf, waren Tenchika und Dina?«, fragte Aphris.

»Sklavinnen. Turianische Weiber«, sagte Kamchak.

»Sie wurden verkauft«, informierte Elizabeth Aphris.

»Oh«, sagte Aphris. Dann sah sie Kamchak an. »Ich nehme nicht an, dass ich so viel Glück haben sollte, auch verkauft zu werden?«

»Sie würde wahrscheinlich einen hohen Preis bringen«, verdeutlichte Elizabeth hoffnungsvoll.

»Mit Sicherheit höher als eine Barbarin«, bemerkte Aphris.

»Ärgere dich nicht, kleine Aphris«, sagte Kamchak. »Wenn ich mit dir fertig bin, sollte ich dich, falls es mir gefällt, auf den Block in den öffentlichen Sklavenwagen bringen.«

»Ich freue mich auf diesen Tag«, sagte sie.

»Andererseits«, sagte Kamchak, »könnte ich dich auch an die Kaiilas verfüttern.«

Da zitterte die turianische Jungfrau leicht und blickte nach unten.

»Ich bezweifle, dass du für etwas anderes als Kaiilafutter taugst«, sagte Kamchak.

Aphris sah verärgert auf.

Elizabeth lachte und klatschte in ihre Hände.

»Du«, sagte Kamchak und blitzte zu Elizabeth, »du kleine, dumme Barbarin, du kannst nicht einmal tanzen!«

Elizabeth sah beschämt nach unten. Was Kamchak sagte, war wahr.

Die Stimme von Aphris klang schüchtern und ruhig. »Ich kann es auch nicht«, sagte sie.

»Was!«, heulte Kamchak.

»Nein«, weinte Aphris. »Ich habe es nie gelernt!«

»Kaiilafutter!«, rief Kamchak.

»Es tut mir leid«, sagte Aphris, nun ziemlich verwirrt. »Ich habe nie geplant, eine Sklavin zu werden.«

»Du hättest es dennoch lernen sollen«, rief der enttäuschte Kamchak.

»Unsinn«, sagte Aphris.

»Das wird Geld kosten«, murmelte Kamchak. »Aber du wirst es lernen. Jemand wird dich unterrichten.«

Aphris schnaubte und blickte weg.

Elizabeth sah mich an. Dann wandte sie sich an Kamchak. Zu meinem Erstaunen fragte sie: »Kann ich auch unterrichtet werden?«

»Warum?«, fragte er.

Sie blickte nach unten und errötete.

»Sie ist nur eine Barbarin«, sagte Aphris. »Nur Knie und Ellenbogen, sie wird das niemals lernen.«

»Ha!«, lachte Kamchak. »Die kleine Barbarin wünscht, nicht Zweites

Mädchen des Wagens zu werden!« Er gab Elizabeths Kopf einen groben, liebevollen Schub. »Du wirst um deinen Platz kämpfen! Ausgezeichnet!«

»Sie kann ruhig Erstes Mädchen sein, wenn sie möchte«, sagte Aphris. »Ich werde bei der ersten Gelegenheit entkommen und nach Turia zurückgehen.«

»Vorsicht vor den Herdensleens«, sagte Kamchak.

Aphris wurde weiß.

»Falls du versuchst, die Wagen in der Nacht zu verlassen, werden sie dich aufspüren und meine schöne kleine Sklavin in Stücke reißen.«

»Es ist wahr«, warnte ich Aphris von Turia.

»Dennoch«, sagte Aphris, »werde ich entkommen.«

»Aber nicht heute Nacht!«, lachte Kamchak laut.

»Nein«, sagte Aphris ätzend. »Nicht heute Nacht.« Dann sah sie sich herablassend im Wagen um. Ihr Blick verweilte einen Moment auf dem Kaiilasattel, der Teil der Ausbeute war, die Kamchak für Tenchika erhalten hatte. In den Satteltaschen befanden sich sieben Quivas. Aphris drehte sich erneut zu Kamchak um.

»Diese Sklavin«, sagte sie und meinte damit Elizabeth, »hat mir nichts zu essen gegeben.«

»Kamchak muss zuerst essen, Sklavin«, antwortete Elizabeth.

»Nun«, sagte Aphris, »er hat gegessen.«

Kamchak nahm dann ein Stück Fleisch, das noch von dem von Miss Cardwell frisch zubereitetem, gebratenem Fleisch übrig war. Er hielt es hoch. »Iss«, sagte er zu Aphris. »Aber fass es nicht an.«

Aphris blickte ihn wütend an, doch dann lächelte sie. »Sicher«, sagte sie und die stolze, kniende Aphris von Turia beugte sich vor, um das Fleisch aus der Hand ihres Herrn zu essen. Kamchaks Lachen brach abrupt ab, als sie ihre feinen weißen Zähne mit einem wilden Biss in seine Hand senkte.

»Aiii!«, heulte er, sprang auf und steckte sich die blutende Hand in den Mund und saugte das Blut aus der Wunde.

Elizabeth war aufgesprungen. Ich ebenfalls.

Aphris sprang auf ihre Füße und rannte auf die Seite des Wagens, wo der Kaiilasattel mit den sieben armierten Quivas lag. Sie zog eines der Quivas aus der Satteltasche und wandte sich uns nun, mit der Klinge in der Hand und leicht gebeugt vor Wut, zu.

Kamchak setzte sich wieder hin, noch immer an der Hand saugend. Ich setzte mich ebenfalls und auch Elizabeth Cardwell tat es uns gleich.

Wir ließen Aphris dort, mit umklammertem Messer und tief atmend, stehen.

»Sleen!«, schrie das Mädchen. »Ich habe ein Messer!«

Kamchak beachtete sie nicht einmal, sondern sah nur seine Hand an. Er schien zufrieden damit zu sein, dass die Wunde nicht ernst war und nahm das Stück Fleisch auf, das er fallengelassen hatte, warf es Elizabeth zu, die es stumm aß. Dann deutete er auf die Überreste des zu stark gebratenen Fleisches und wollte damit darauf hinweisen, dass sie es essen sollte.

»Ich habe ein Messer!«, schrie Aphris in Rage.

Kamchak stocherte nun mit seinen Fingernägeln in seinen Zähnen. »Bring Wein«, sagte er zu Elizabeth, die, ihren Mund noch mit Fleisch gefüllt, losging und eine kleine Weinhaut sowie einen Becher, den sie für ihn füllte, besorgte. Nachdem Kamchak von dem Wein getrunken hatte, sah er wieder Aphris an. »Für das, was du getan hast«, sagte er, »müsste ich normalerweise den Clan der Folterer rufen.«

»Vorher werde ich mich selbst töten«, schrie Aphris und platzierte das Quiva über ihrem Herzen.

Kamchak zuckte die Achseln.

Das Mädchen brachte sich nicht selbst um. »Nein«, rief sie, »ich werde dich töten.«

»Viel besser«, sagte Kamchak nickend. »Viel besser.«

»Ich habe ein Messer!«, schrie Aphris.

»Offensichtlich«, sagte Kamchak. Er erhob sich und ging eher schwerfällig zu einer Seite des Wagens hinüber, um dort eine Sklavenpeitsche von der Wand zu nehmen.

Er wandte sich Aphris von Turia zu.

»Sleen!«, schluchzte sie. Sie zog ihre Hand mit dem Messer zurück, um nach vorn zu stürzen und es in Kamchaks Herz zu rammen, doch die aufgewickelte Peitsche schnappte vorwärts, und ich sah die stachelige Spitze sich viermal um das Handgelenk und den Unterarm des turianischen Mädchens wickeln. Sie schrie vor plötzlichem Schmerz auf, und Kamchak schritt zur Seite. Mit einer Bewegung seiner Hand warf er sie aus dem Gleichgewicht und zog sie mit der Peitsche grob über den Teppich zu seinen Füßen. Dann trat er auf ihr Handgelenk und nahm das Messer aus ihrer offenen Hand. Er stieß es in seinen Gürtel.

»Töte mich!«, weinte das Mädchen. »Ich werde nicht deine Sklavin sein!«

Aber Kamchak zog sie auf die Füße und schleuderte sie wieder dorthin zurück, wo sie zuvor gestanden hatte. Benommen und ihren rechten Arm haltend, auf dem man vier kreisförmige Flammen aus dunklem Rot erkennen konnte, betrachtete sie ihn. Kamchak zog das Quiva aus seinem Gürtel und schleuderte es quer durch den Raum, bis es in einem der Rahmenpfähle stecken blieb, welche die Wagenbespannung trugen – zwei Zoll im Holz neben der Kehle des Mädchens.

»Nimm das Quiva«, sagte Kamchak.

Ängstlich schüttelte das Mädchen den Kopf.

»Nimm es!«, befahl Kamchak.

Sie tat es.

»Nun«, sagte er, »leg es zurück, wo du es hergenommen hast.«

Zitternd tat sie auch dies.

»Jetzt komm her und iss«, sagte Kamchak. Aphris von Turia gehorchte. Besiegt kniete sie vor ihm, wandte ihren Kopf leicht und nahm das Fleisch aus seiner Hand. »Morgen«, sagte Kamchak, »werde ich dir erlauben, selbst zu essen, nachdem ich gegessen habe.«

Plötzlich sagte Elizabeth Cardwell unklugerweise: »Du bist herzlos.«

Kamchak sah sie überrascht an. »Ich bin freundlich«, sagte er.

»Wie war das?«, fragte ich.

»Ich erlaube ihr, hier zu leben«, sagte er.

»Ich denke, du hast diese Nacht gewonnen«, sagte ich. »Aber ich warne dich davor, dass dieses Mädchen aus Turia erneut daran denken wird, das Quiva in das Herz eines Tuchuk-Kriegers zu stoßen.«

»Natürlich«, lächelte Kamchak, während er Aphris fütterte. »Sie ist herrlich.«

Das Mädchen sah ihn fragend an.

»Für eine turianische Sklavin«, fügte er hinzu. Er fütterte sie mit einem weiteren Stück Fleisch. »Morgen, kleine Aphris«, sagte er, »werde ich dir etwas zum Anziehen geben.«

Dankbar sah sie ihn an.

»Glöckchen und Halsreif«, sagte er.

Tränen traten in ihre Augen.

»Kann ich dir vertrauen?«, fragte er.

»Nein«, sagte sie.

»Glöckchen und Halsreif«, sagte er. »Aber ich werde sie mit Diamantkettchen umwickeln, damit jene, die dich sehen, wissen, dass dein Herr sich die Waren leisten kann, ohne die du auskommen musst.«

»Ich hasse dich«, sagte sie.

»Ausgezeichnet«, sagte Kamchak. »Ausgezeichnet.«

Als das Mädchen fertig war und Elizabeth ihr eine Schöpfkelle mit Wasser aus einem Ledereimer, der in der Nähe der Tür hing, gegeben hatte, streckte Aphris ihre Handgelenke vor Kamchak aus.

Der Tuchuk sah verwirrt drein.

»Bestimmt willst du mir Sklavenarmbänder anlegen, um mich für heute Nacht in Ketten zu legen.«

»Aber es ist noch früh«, verwies Kamchak.

Die Augen des Mädchens zeigten für einen Moment Angst, aber dann schien sie entschlossen zu sein. »Du hast mich zu deiner Sklavin gemacht«, sagte sie, »aber ich bin noch Aphris von Turia. Du, Tuchuk, magst Aphris von Turia töten, wenn es dir gefällt, aber wisse, dass sie niemals deinem Vergnügen dienen wird. Niemals!«

»Nun«, sagte der Tuchuk. »Für heute bin ich ziemlich betrunken.«

»Niemals«, sagte Aphris von Turia.

»Ich bemerke«, sagte Kamchak, »dass du mich nie Herr genannt hast.«

»Ich nenne keinen Mann Herr«, sagte das Mädchen.

»Ich bin müde«, sagte Kamchak gähnend. »Ich hatte einen harten Tag.«

Aphris zitterte vor Zorn, ihre Handgelenke immer noch nach vorn haltend.

»Ich würde mich ja zurückziehen«, sagte sie

»Vielleicht sollte ich dann Laken aus dunkelroter Seide bringen«, sagte Kamchak. »Und die Felle eines Berglarls.«

»Wie du wünschst«, sagte das Mädchen.

Kamchak klatschte auf ihre Schultern. »Heute Nacht«, sagte er, »werde ich dich weder in Ketten legen, noch dir Armbänder geben.«

Aphris war deutlich überrascht. Ich sah, wie ihre Augen heimlich zu dem Kaiilasattel mit den sieben Quivas spähten.

»Wie Kamchak wünscht«, sagte sie.

»Erinnerst du dich noch an das Bankett von Saphrar?«, fragte Kamchak.

»Natürlich«, sagte sie vorsichtig.

»Erinnerst du dich noch an die Sache mit den kleinen Parfümfläschchen und den Duft von Boskdung?«, fragte Kamchak. »Wie vornehm du versuchtest, den unangenehmen und widerlichen Duft aus dem Bankettsaal zu bekommen?«

»Ja«, sagte das Mädchen sehr langsam.

»Erinnerst du dich auch daran, was ich dann zu dir gesagt habe?«, fragte Kamchak. »Was ich genau zu dem Zeitpunkt gesagt habe?«

»Nein!«, schrie das Mädchen und sprang hoch, aber Kamchak war auf sie zugesprungen, schaufelte sie hoch und warf sie über seine Schulter. Sie drehte und wand sich, kämpfte auf seiner Schulter und trat und schlug nach seinem Rücken. »Sleen!«, schrie sie. »Sleen! Sleen! Sleen!«

Ich folgte Kamchak die Stufen des Wagens hinunter und, immer noch empfindlich von den Auswirkungen des Pagas blinzelnd, hielt ich ernsthaft einen großen Dungsack nahe dem linken, hinteren Wagenrad auf. »Nein, Herr!«, weinte das Mädchen.

»Du nennst keinen Mann Herr«, erinnerte sie Kamchak.

Und dann sah ich, wie die reizende Aphris von Turia mit dem Kopf voran in den großen, ledernen Sack stürzte. Schreiend und stotternd, um sich schlagend.

»Herr!«, rief sie. »Herr! Herr!«

Schläfrig konnte ich die Seiten des Sackes sich hier und dort wild ausbeulen sehen, als sie sich wand.

Kamchak zog dann das Ende des Ledersacks zu und stand schwerfällig auf. »Ich bin müde«, sagte er. »Ich hatte einen schweren und erschöpfenden Tag.«

Ich folgte ihm in den Wagen, wo wir beide nach kurzer Zeit in tiefen Schlaf fielen.

12 Das Quiva

In den nächsten Tagen spazierte ich mehrere Male in die Nähe des riesigen Wagens von Kutaituchik, den sie Ubar der Tuchuks nannten. Mehr als einmal wurde ich von den Wachen weggescheucht. Ich wusste, dass in diesem Wagen, wenn die Worte Saphrars richtig waren, die goldene Kugel lag, zweifellos das Ei der Priesterkönige, das er aus irgendeinem mir unbekannten Grund in seinen Besitz bringen wollte.

Ich erkannte, dass ich irgendwie in den Wagen gelangen, die Kugel finden und fortschaffen musste und versuchen sollte, sie zum Sardar zurückzubringen. Ich hätte alles für einen Tarn gegeben. Ich war sicher, dass ich, selbst auf meinem Kaiila, von unzähligen Reitern überholt werden konnte, die jeder in der Art der Tuchuks über eine Reihe von frischen Reittieren geboten. Letztendlich würde mein Kaiila ermüden, und ich würde von den Verfolgern in der Prärie gestellt werden. Das Fährtenlesen würde zweifelsohne von einem trainierten Herdensleen durchgeführt werden.

Die Prärie breitete sich etwa vierhundert Pasangs in alle Richtungen aus. Es gab kaum Deckung. Es war natürlich möglich, dass ich Kutaituchik oder Kamchak meine Mission erklären und dann sehen musste, was geschah. Aber ich wusste, dass Kamchak zu Saphrar von Turia gesagt hatte, dass die Tuchuks verrückt nach der goldenen Kugel seien – und ich hatte keine Hoffnungen, dass ich sie davon abbringen konnte –, und ich besaß bestimmt keine Reichtümer vergleichbar mit denen Saphrars, mit denen ich sie kaufen konnte. Ich erinnerte mich daran, dass Saphrars eigene Versuche, die Kugel durch einen Kauf zu bekommen, fehlgeschlagen waren. Dennoch zögerte ich, wie ein Dieb im Wagen von Kutaituchik zuzuschlagen, denn die Tuchuks hatten mich in ihrer rauen Art willkommen geheißen, und ich hatte einige von ihnen liebgewonnen, besonders den groben, lachenden, gerissenen Kamchak, dessen Wagen ich teilte. Es sah für mich nicht besonders ehrenwert aus, die Gastfreundschaft der Tuchuks zu verraten, indem ich von ihnen ein Objekt entwendete, von dem sie offensichtlich glaubten, dass es von großem Wert war. Ich fragte mich, ob irgendeiner im Lager der Tuchuks den tatsächlich großen Wert der goldenen Kugel erkannte, die unzweifelhaft die letzte Hoffnung des Volkes, das sich Priesterkönige nannte, darstellte.

In Turia hatte ich unglücklicherweise keine Antwort auf das Rätsel des Nachrichtenbandes oder das Erscheinen von Miss Elizabeth Cardwell in den südlichen Ebenen von Gor gefunden. Ich hatte jedoch versehentlich von dem Aufenthaltsort der goldenen Kugel erfahren, und dass Saphrar, ein Mann von Einfluss in Turia, auch ein Interesse daran hatte, sie zu erwerben. Diese Informationshäppchen waren als Errungenschaften von nicht unerheblichem Wert. Ich fragte mich, ob Saphrar selbst vielleicht der Schlüssel zu den Rätseln war, mit denen ich kontrontiert wurde. Es schien nicht unmöglich zu sein. Wie kam es, dass er, ein Händler von Turia, von der goldenen Kugel wusste? Wie kam es, dass er, ein Mann von Scharfsinn und Intelligenz, bereit war, einen Haufen von Gold für etwas auszugeben, das er als kaum mehr denn ein Kuriosum bezeichnete. Hier schien der Vorteil bei einer vernünftigen Gier, gepaart mit kaufmännischer Berechnung, zu liegen. Etwas, das jenseits der oft unverantwortlichen Begeisterung eines engagierten Sammlers lag, der zu sein er von sich behauptete. Dennoch wusste ich, dass, was immer Saphrar, Händler von Turia, auch sein mochte, er zumindest kein Narr war. Er oder jene, für die er arbeitete, mussten eine Ahnung von der wahren Natur der goldenen Kugel haben oder vielleicht sogar um sie wissen. Wenn das wahr war, und ich hielt es für wahrscheinlich, so erkannte ich, musste ich versuchen, das Ei so schnell wie möglich an mich zu nehmen und zum Sardar zurückzubringen. Es gab keine Zeit zu verlieren. Dennoch, wie konnte ich erfolgreich sein?

Ich entschied, dass die beste Zeit, um das Ei zu stehlen, während der Tage des Omenempfangs war. Zu der Zeit würden Kutaituchik und andere hohe Männer unter den Tuchuks, zweifellos auch Kamchak, draußen im Feld bei den Hügellandschaften sein, die das Omental umschlossen, in dem auf Hunderten von rauchenden Altären die Haruspexe der vier Völker ihr dunkles Handwerk ausübten, um Omen anzunehmen und daraus zu bestimmen, ob sie für die Wahl eines Ubar San, des Einen Ubars, der Ubar über alle Wagen sein würde, geeignet waren. Wenn ein solcher gewählt werden würde, so hoffte ich um der Wagenvölker willen, dass es nicht Kutaituchik war. Früher mochte er einmal ein großer Mann und Krieger gewesen sein, doch nun, schläfrig und fett, dachte er nur an wenig mehr als den Inhalt einer goldenen Kandaschatulle. *Aber*, sagte ich mir selbst, *eine solche Wahl, wenn es denn eine geben musste, mochte das Beste für die Städte von Gor sein, denn unter Kutaituchik war es sehr unwahrscheinlich, dass die Wagen weiter nach Norden zogen, nicht einmal vor die Tore von Turia.* Ich war allerdings fest davon überzeugt, dass es gar keine Wahl geben würde – es hatte seit über hundert Jahren und mehr keinen Ubar San gegeben – und dass sich die wilden und unabhängigen Wagenvölker auch gar keinen Ubar San wünschten.

Mehr als einmal bemerkte ich eine maskierte Gestalt, die die Kapuze von jemandem aus dem Clan der Folterer trug und mir folgte. Ich nahm an, dass er neugierig auf mich war, da ich weder Tuchuk noch Händler oder Sänger war und dennoch bei den Wagen weilte. Wenn ich ihn ansah, drehte er sich weg. Vielleicht bildete ich es mir tatsächlich auch nur ein, dass er mir folgte. Als ich einmal mit dem Gedanken spielte, mich umzudrehen und ihn zu befragen, war er verschwunden.

Ich wandte mich um und folgte wieder dem Weg zum Wagen von Kamchak. Ich freute mich auf den Abend.

Die kleine Hure von Port Kar, die Kamchak und ich in dem Sklavenwagen gesehen hatten, in dem wir den Paga in der Nacht vor den Spielen des Liebeskrieges gekauft hatten, führte in dieser Nacht den Kettentanz auf. Ich erinnerte mich daran, dass er, wenn es nicht nach mir gegangen wäre, das Mädchen sogar gekauft hätte. Er hatte sicherlich ein Auge auf sie geworfen, und ich gebe es zu, ich ebenfalls.

Eine große, mit Vorhängen verdeckte Einzäunung war bereits in der Nähe des Sklavenwagens aufgebaut worden. Gegen eine Gebühr erlaubte der Besitzer des Wagens Zuschauer. Dieses Arrangement irritierte mich etwas, denn normalerweise wurden der Kettentanz, der Peitschentanz, der Liebestanz eines neu bereiften Sklavenmädchens, der Brandzeichentanz und so weiter, öffentlich am Abend bei Feuerschein zum Vergnügen von jedermann, der es sehen wollte, aufgeführt. Tatsächlich waren es im Frühling, wenn die Ergebnisse der Karawanenraubzüge bereits feststanden, eher wenige Nächte, in denen man solch eine Tanzdarbietung sehen konnte. Soviel ich wusste, musste die kleine Hure von Port Kar wirklich außerordentlich sein. Kamchak, der nicht leichtfertig mit seinen Tarnscheiben umging, hatte offensichtlich unter der Hand Informationen von der Vorführung bekommen. Ich beschloss, mich nicht in dieser Sache mit ihm auf eine Wette einzulassen, wer von uns beiden das Eintrittsgeld bezahlte.

Als ich zum Wagen zurückkehrte, sah ich, dass die Bosks bereits versorgt waren, obwohl es noch früh am Tag war, und dass ein Kessel über einem Feuer kochte. Ich bemerkte ebenso, dass der Dungsack ziemlich voll war.

Ich sprang die Stufen hoch und betrat den Wagen.

Die beiden Mädchen waren da; Aphris kniete hinter Elizabeth und kämmte deren Haar.

Kamchak hatte, so ich mich erinnerte, tausend Striche am Tag empfohlen.

Das Fell des Larls, das Elizabeth trug, war frisch gebürstet worden.

Beide Frauen hatten sich augenscheinlich beim Wasserholen aus dem vier Pasangs entfernten Strom nicht die Gelegenheit entgehen lassen, sich zu waschen. Sie schienen ziemlich aufgeregt zu sein. Vielleicht erlaubte ihnen Kamchak, irgendwohin zu gehen.

Aphris von Turia trug Glöckchen und Halsreif, um ihren Hals lag der turianische Reif mit Glöckchen, um jedes Handgelenk und jeden Knöchel war eine doppelte Reihe von Glöckchen geschlossen. Ich konnte sie bei jeder Bewegung hören, während sie Elizabeths Haar kämmte. Abgesehen von den Glöckchen und dem Halsreif trug sie nur noch einige Riemchen mit Diamanten, die um den Reif gewickelt waren. Einige hingen, gemeinsam mit den Glöckchen, daran herab.

»Sei gegrüßt, Herr«, sagten beide Frauen gleichzeitig.

»Au!«, rief Elizabeth, als Aphris' Kamm offensichtlich und plötzlich einen Knoten in ihrem Haar auffing.

»Ich grüße euch«, sagte ich. »Wo ist Kamchak?«

»Er kommt«, sagte Aphris.

Elizabeth drehte ihren Kopf über ihre Schulter. »Ich werde mit ihm sprechen«, sagte sie. »Ich bin das Erste Mädchen.«

Der Kamm zog wieder an Elizabeths Haar, und sie schrie auf.

»Du bist nur eine Barbarin«, sagte Aphris süß.

»Kämm mein Haar, Sklavin«, sagte Elizabeth und wandte sich ab.

»Sicher ... Sklavin«, sagte Aphris und setzte ihre Arbeit fort.

»Ich sehe, ihr seid beide in vergnüglicher Stimmung«, sagte ich. Tatsächlich waren sie es. Ungeachtet ihres Gezänks schien jede von ihnen aufgeregt und glücklich zu sein.

»Unser Herr nimmt uns heute Abend mit zum Kettentanz des Mädchens von Port Kar«, sagte Aphris.

Ich war bestürzt.

»Vielleicht sollte ich nicht gehen«, sagte Elizabeth. »Ich hätte zu viel Mitleid mit dem armen Mädchen.«

»Du kannst im Wagen bleiben«, sagte Aphris.

»Wenn du sie siehst, wirst du sie nicht bedauern«, sagte ich. Eigentlich wollte ich Elizabeth nichts davon erzählen, dass nie jemand eine Hure von Port Kar bedauert. Sie neigen dazu, großartig, katzenhaft, boshaft und aufsehenerregend zu sein. Sie sind als Tänzer in allen Städten von Gor berühmt.

Ich fragte mich nebenbei, warum Kamchak die Mädchen mitnehmen wollte, denn der Besitzer des Sklavenwagens wollte bestimmt für sie genauso Eintrittsgeld haben wie für uns.

»Ho!«, rief Kamchak und stampfte in den Wagen. »Fleisch!«, rief er.

Elizabeth und Aphris sprangen auf und eilten nach draußen zu dem Kessel.

Er setzte sich dann mit überkreuzten Beinen auf den Teppich, nicht weit von dem Rost aus Blech und Kupfer.

Er sah mich scharfsinnig an, und zu meiner Überraschung zog er eine Tospit aus seiner Tasche, eine gelblich weiße bittere Frucht, die in etwa wie ein Pfirsich aussieht, aber die Größe einer Pflaume hat.

»Gerade oder ungerade?«, fragte er.

Ich hatte beschlossen, nicht mit Kamchak zu wetten, aber dies war tatsächlich eine Gelenheit, eine gehörige Portion Rache zu gewinnen, die ich von meiner Seite schmerzlich brauchte. Für gewöhnlich riet man beim Tospit-Kerne-Raten die tatsächliche Anzahl, und normalerweise wählten beide Rater eine ungerade Nummer. Die übliche Tospit hat fast ausnahmslos eine ungerade Anzahl von Kernen. Andererseits besitzt die seltene, langstielige Tospit für gewöhnlich eine gerade Anzahl von Kernen. Beide Früchte sind äußerlich nicht voneinander zu unterscheiden. Zufälligerweise konnte ich sehen, dass die Tospit, die Kamchak mir zugeworfen hatte, einen abgedrehten Stängel besaß. Ich mutmaßte, dass es demnach die seltene, langstielige Tospit sein musste.

»Gerade«, sagte ich.

Kamchak sah mich wie unter Schmerzen an. »Tospits haben immer eine ungerade Zahl von Kernen«, sagte er.

»Gerade«, sagte ich.

»Na schön«, sagte er. »Iss die Tospit, um es herauszufinden.«

»Warum sollte ich sie essen?«, fragte ich. Die Tospit ist immerhin ziemlich bitter. Und warum sollte nicht Kamchak sie essen? Er hatte die Wette vorgeschlagen.

»Ich bin ein Tuchuk«, sagte Kamchak. »Ich könnte versucht sein, die Kerne zu schlucken.«

»Lass sie uns aufschneiden«, schlug ich vor.

»Auf die Art könnten wir einen der Kerne übersehen«, sagte Kamchak.

»Wir könnten vielleicht die Tospit zerdrücken«, riet ich ihm.

»Aber würde das nicht einige Arbeit verursachen und dabei den Teppich beflecken?«, fragte Kamchak.

»Wir könnten sie in einer Schüssel zerdrücken«, bot ich ihm an.

»Aber dann müsste die Schüssel gesäubert werden«, sagte Kamchak.

»Das ist wahr«, gab ich zu.

»Alles in allem betrachtet, denke ich, dass die Frucht gegessen werden sollte«, sagte Kamchak.

»Ich denke, du liegst richtig«, sagte ich.

Ich biss gelassen in die Frucht. Sie war in der Tat bitter.

»Abgesehen davon mache ich mir nichts aus Tospits«, sagte Kamchak.

»Das überrascht mich nicht«, meinte ich.

»Sie sind ziemlich bitter«, sagte Kamchak.

»Ja«, sagte ich.

Ich aß die Frucht auf, und sie besaß natürlich sieben Kerne.

»Die meisten Tospits haben eine ungerade Zahl von Kernen«, erklärte mir Kamchak.

»Ich weiß«, sagte ich.

»Warum hast du dann eine gerade Zahl geraten?«, fragte er.

»Ich nahm an, du hättest eine langstielige Tospit gefunden«, murmelte ich.

»Aber die gibt es doch erst im Spätsommer«, sagte er.

»Oh«, machte ich.

»Da du verloren hast, denke ich, ist es nur fair, dass du für den Eintritt bezahlst.«

»Na gut«, sagte ich.

»Die Sklavinnen werden auch mitkommen«, erwähnte Kamchak.

»Natürlich«, sagte ich. »Selbstredend.«

Ich nahm einige Münzen aus meiner Tasche und gab sie Kamchak, der sie in eine Falte seiner Schärpe gleiten ließ. Ich sah finster und bedeutungsvoll zu den Krügen mit Juwelen und den Truhen mit goldenen Tarnscheiben in der Ecke des Wagens.

»Hier kommen die Sklavinnen«, sagte Kamchak.

Elizabeth und Aphris traten ein und trugen den Kessel zwischen sich, den sie auf den Rost aus Blech und Kupfer über der Feuerstelle im Wagen stellten.

»Los, frag ihn, Sklavin«, platzte Elizabeth heraus.

Aphris schien ängstlich und verwirrt zu sein.

»Fleisch!«, sagte Kamchak.

Nachdem wir, und auch die Mädchen, gegessen hatten und uns nicht mehr viel Zeit blieb, das Essen zu würdigen, stieß Elizabeth Aphris an. »Frag ihn!«, sagte sie.

Aphris senkte ihren Kopf und schüttelte ihn.

Elizabeth sah Kamchak an. »Eine deiner Sklavinnen möchte dich gerne etwas fragen«, sagte sie.

»Welche?«, hakte Kamchak nach.

»Aphris«, sagte Elizabeth fest.

»Nein«, sagte Aphris, »nein, Herr.«

»Gib ihm Ka-la-na-Wein«, forderte Elizabeth sie auf.

Aphris stand auf und holte anstelle einer Trinkhaut eine Flasche Wein, Ka-la-na-Wein von den Ka-la-na-Plantagen aus dem großartigen Ar selbst, hervor. Sie brachte ebenso einen rotgeschabten Weinbecher von der Insel Cos mit.

»Darf ich dir einschenken?«, fragte sie.

Kamchaks Augen flackerten. »Ja«, sagte er.

Sie goss Wein in den Becher und stellte die Flasche zurück. Kamchak hatte ihre Hände sehr genau beobachtet. Sie hatte das Siegel der Flasche aufgebrochen, um sie zu öffnen. Der Becher hatte auf dem Kopf gestanden, als sie ihn aufgenommen hatte. Wenn sie den Wein vergiftet hätte, hätte sie es sicherlich geschickter angestellt.

Sie kniete vor ihm in der Haltung einer Vergnügungssklavin und bot ihm mit gesenktem Kopf und ausgestreckten Armen den Becher an.

Er nahm ihn, roch daran und trank einen kleinen Schluck.

Dann warf er seinen Kopf zurück und leerte den Becher. »Ha!«, machte er, als er fertig war.

Aphris zuckte.

»Nun«, sagte Kamchak, »was begehrt die turianische Hure von ihrem Herrn?«

»Nichts«, sagte Aphris.

»Wenn du ihn nicht fragst, werde ich es tun«, sagte Elizabeth.

»Sprich, Sklavin!«, schrie Kamchak, und Aphris wurde weiß im Gesicht und schüttelte ihren Kopf.

»Sie hat heute etwas gefunden«, sagte Elizabeth. »Etwas, das jemand weggeworfen hat.«

»Zeig es mir!«, sagte Kamchak.

Ängstlich erhob sich Aphris und ging zu der dünnen Decke aus Reptuch, die ihr Bettlager in der Nähe von Kamchaks Stiefeln darstellte. Versteckt in der Decke, befand sich ein verblichenes Stück gelben Stoffes, den sie sehr klein gefaltet hatte.

Sie brachte es zu Kamchak und hielt es ihm hin.

Er nahm es und schüttelte es auf. Es war eine getragene, beschmutzte turianische Camisk, zweifellos eine, die von den turianischen Jungfrauen, im Liebeskrieg erworben, getragen worden war.

Aphris legte zitternd ihren Kopf auf den Teppich.

Als sie zu Kamchak aufsah, standen Tränen in ihren Augen. Sie sagte sehr sanft: »Aphris von Turia, die Sklavin, bittet ihren Herrn, dass sie sich selbst kleiden darf.«

»Aphris von Turia«, lachte Kamchak, »bittet darum, die Camisk tragen zu dürfen!«

Das Mädchen nickte und senkte schnell ihren Kopf.

»Komm her, kleine Aphris«, sagte Kamchak.

Sie rückte vorwärts.

Er legte eine Hand auf die Diamantriemen um ihre Kehle. »Möchtest du lieber Diamanten oder die Camisk tragen?«, fragte er.

»Bitte, Herr«, sagte sie. »Die Camisk.«

Kamchak riss die Diamanten von ihrem Halsreif und warf sie zu einer Seite im Raum. Dann zog er aus seiner Tasche den Schlüssel zu Reif und Glöckchen und öffnete Schloss für Schloss, um sie von ihr zu entfernen. Sie traute kaum ihren Augen.

»Du warst ziemlich laut«, sagte Kamchak streng zu ihr.

Elizabeth klatschte vor Freude in ihre Hände und betrachtete die Camisk.

»Eine Sklavin ist ihrem Herrn dankbar«, sagte Aphris mit Tränen in den Augen.

»Ganz richtig«, stimmte Kamchak zu.

Dann zog die erfreute Aphris, unterstützt von Elizabeth Cardwell, die gelbe Camisk an. Gegen ihre dunklen mandelförmigen Augen und das lange schwarze Haar wirkte diese äußerst reizend.

»Komm her!«, befahl Kamchak, und Aphris rannte leichtfüßig und ängstlich zu ihm.

»Ich werde dir zeigen, wie man die Camisk trägt«, sagte Kamchak, nahm die Kordel und richtete sie mit zwei oder drei Zügen und Rucken, nur um dem turianischen Mädchen den Wind aus den Segeln zu nehmen. Dann band er sie fest um ihre Hüfte. »Da«, sagte er, »so wird eine Camisk getragen.« Ich sah, dass Aphris von Turia außergewöhnlich attraktiv darin aussah.

Dann, zu meiner Überraschung, wanderte sie ein wenig im Wagen umher und wirbelte zweimal vor Kamchak herum. »Bin ich nicht schön, Herr?«, fragte sie.

»Ja«, sagte Kamchak nickend.

Sie lachte vor Freude, so stolz darauf, die Camisk zu tragen, wie sie zuvor vielleicht in den weißgoldenen Roben gewesen war.

»Für eine turianische Sklavin«, fügte Kamchak hinzu.

»Natürlich«, lachte sie, »für eine turianische Sklavin!«

»Wenn wir uns nicht beeilen, werden wir zu spät zu der Aufführung kommen«, sagte Elizabeth.

»Ich dachte, du bleibst im Wagen«, sagte Aphris.

»Nein«, sagte Elizabeth. »Ich habe mich entschieden, doch mitzugehen.«

Kamchak war mit seinem Krimskram fertig und kam mit zwei Hand- und Fußgelenkfesseln hoch.

»Wofür sind die?«, fragte Aphris.

»Dafür, dass ihr nicht vergesst, dass ihr Sklavinnen seid«, brummte Kamchak. »Kommt her!«

Kamchak bezahlte den Eintritt mit meinem Geld, das er fairerweise beim Wetten gewonnen hatte, und wir fanden uns innerhalb der mit Vorhängen verdeckten Einzäunung wieder.

Ein paar Männer und auch einige ihrer Mädchen waren bereits anwesend. Unter ihnen sah ich sogar mehrere Kassars und Paravaci und einen der seltenen Kataii, die man kaum in den Lagern der anderen Völker sah. Die Tuchuks waren natürlich sofort zu erkennen, wie sie mit überkreuzten Beinen im Kreis um ein großes Feuer in der Mitte der Einzäunung saßen. Sie waren bei guter Laune, lachten und gestikulierten, als sie sich an ihren neuesten Taten erfreuten, von denen es schlechthin eine Menge gab, denn es war die beste Zeit für Karawanenüberfälle. Das Feuer war, so stellte ich dankbar fest, nicht aus Boskdung, sondern aus Holz, Balken und Bohlen, und ich war nicht weniger erfreut darüber, dass es von einem der Händlerwagen abgerissen und zersplittert worden war.

Auf einer Seite, gegenüber einer freien Stelle abseits des Feuers, hielt sich ein wenig im Hintergrund eine Gruppe von neun Musikern auf. Bisher spielten sie noch nicht, doch einer von ihnen schlug einen Rhythmus auf einer kleinen Handtrommel, der Kaska. Zwei andere stimmten ihre Saiteninstrumente, indem sie ihre Ohren an die Instrumente legten. Eines dieser Instrumente war die achtsaitige Czehar, die eher einem großen, flachen, länglichen Kasten gleicht. Sie wird, wenn man über Kreuz sitzt, über dem Knie gehalten und mit einem Hornplektron gespielt. Das andere war die Kalika, ein sechssaitiges Instrument. Wie die Czehar ist sie flach und lang, und ihre Saiten werden mit kleinen, hölzernen Kurbeln gespannt. Andererseits ähnelt sie nicht so sehr, einem flachen Kasten, sondern lässt den Gedanken an ein Banjo oder eine Gitarre aufkommen, auch wenn der Klangkörper eher halbkugelförmig und der Hals relativ lang ist. Genau wie bei der Czehar werden die Saiten gezupft. Ich hatte noch kein gebogenes Instrument auf Gor gesehen. Ebenso, das sollte ich vielleicht erwähnen, hatte ich nie auf Gor geschriebene Musik gesehen. Ich weiß nicht, ob es Notenschriften gibt. Melodien werden vom Vater zum Sohn weitergegeben, vom Lehrer zum Schüler. Es gab noch einen weiteren Kalikaspieler, aber er saß nur da, hielt sein Instrument und betrachtete die Sklavinnen im Publikum. Die drei Flötisten polierten ihre Instrumente und sprachen miteinander. Wahrscheinlich war es Fachsimpeln, denn der eine oder andere hörte hin und wieder auf zu sprechen und erklärte seine

Worte, indem er eine Passage auf seiner Flöte spielte. Und dann versuchte der andere zu korrigieren oder zu verbessern. Gelegentlich erhitzte sich ihre Diskussion. Es gab auch einen zweiten Trommler, ebenfalls mit einer Kaskam und einen anderen Gesellen, einen jüngeren, der sehr ernst vor etwas hockte, das für mich wie ein Stapel aus verschiedenen Dingen aussah. Darunter ein gekerbter Stock, den man spielte, indem man einen polierten Temholzstock über seine Oberfläche gleiten ließ. Verschiedene Zimbeln. Offensichtlich ein Tamburin und etliche andere, verschiedenartige Trommelinstrumente, Berge von Metall an Drähten, Schalen, die mit Kieseln gefüllt waren, Sklavenglöckchen an Handringen und so weiter. All diese verschiedenen Dinge würden von Zeit zu Zeit nicht nur von diesem jungen Mann, sondern auch von den anderen in der Gruppe benutzt werden, wahrscheinlich von dem zweiten Kaskaspieler und dem dritten Flötisten. Unter goreanischen Musikern haben Czeharspieler übrigens das größte Ansehen. Es gab nur einen von ihnen in dieser Gruppe, wie ich bemerkte, und er war ihr Anführer. Als Nächstes folgen die Flötisten und dann die Kalikaspieler. Danach kommen die Trommler, und der letzte Geselle am Ende der Liste ist der Mann, der die Tasche mit den verschiedenen Instrumenten trägt, sie spielt und austeilt, wenn sie gebraucht werden. Zuletzt sollte noch erwähnt werden, da es doch interessant sein mochte, dass Musiker auf Gor niemals versklavt werden. Sie mochten vielleicht verbannt werden, gefoltert, getötet und so etwas, aber es wurde vermutlich wahrhaft geglaubt, dass jemand, der Musik macht, frei sein muss wie ein Tarn oder eine Vosk-Möwe.

Innerhalb der Einzäunung sah ich den Sklavenwagen auf der gegenüberliegenden Seite. Die Bosks waren abgeschirrt und woanders hingebracht worden. Er war offen, und man konnte hineingehen, um eine Flasche Paga zu kaufen, wenn man es wollte.

»Jemand ist durstig«, sagte Kamchak.

»Ich kaufe den Paga«, sagte ich.

Kamchak zuckte die Achseln. Er hatte immerhin den Eintritt mit meinem Geld bezahlt.

Als ich mit der Flasche zurückkehrte, musste ich mich zwischen den Tuchuks hindurchdrängen, ein- oder zweimal auf Tuchuks treten. Glücklicherweise wurde meine Ungeschicklichkeit nicht als Herausforderung interpretiert. Ein Kerl, auf den ich trat, war sogar höflich genug zu sagen: »Vergib mir, dass ich dort sitze, wo du hingetreten bist.« Nach der Art der Tuchuks versicherte ich ihm, dass ich keinen Anstoß daran nahm und schwitzend erreichte ich endlich meinen Platz an Kamchaks Seite. Er hatte recht gute Plätze ergattert, die vorher noch nicht da gewesen waren, und die er nach Tuchuk-Methode, indem er sich zwei Personen, die dicht bei-einander saßen, aussuchte und sich einfach zwischen sie setzte, erworben hatte. Er hatte Aphris zu seiner Rechten und Elizabeth zu seiner Linken platziert. Ich zog den Korken mit den Zähnen aus der Pagaflasche und reichte sie mit der gebotenen Höflichkeit an Elizabeth vorbei zu Kamchak. Etwa ein Drittel der Flasche war leer, als Elizabeth matt dreinblickte, nach-dem sie das Zeug gerochen hatte und mir die Flasche zurückgab.

Ich hörte zwei Schnappgeräusche und sah, dass Kamchak Aphris' Füße fesselte. Die Sklavenfußfessel besteht aus zwei Ringen, einen für das Handgelenk, den anderen für das Fußgelenk. Beide wurden mit einer sie-ben Zoll langen Kette verbunden. Bei einer Rechtshänderin wie Aphris oder Elizabeth schloss sich die Fessel um das rechte Handgelenk und den linken Fußknöchel. Wenn das Mädchen in der traditionellen Position ei-ner goreanischen Frau, ganz gleich ob Sklavin oder frei, kniete, war die Fessel nicht unbequem. Trotz der Fessel kniete Aphris in ihrer gelben Ca-misk und mit schwarzem wehendem Haar alarmiert an Kamchaks Seite und sah sich mit großem Interesse um. Ich sah einige der anwesenden Tuchuks, die sie mit bewundernden Blicken musterten. Weibliche Sklaven wurden auf Gor natürlich als Augenweide eingesetzt. Sie erwarteten und genossen es. Aphris machte da, wie ich zu meiner Freude entdeckte, keine Ausnahme.

Elizabeth Cardwell hielt ebenfalls ihren Kopf hoch und kniete sehr steif und offensichtlich nicht bewusst, dass auch sie das Anschauobjekt von einem oder zwei Blicken war.

Ich bemerkte, dass Kamchak, trotz der Tatsache, dass Aphris nun schon seit einigen Tagen im Wagen wohnte, noch nicht nach dem Eisenmeister gerufen hatte. Das Mädchen war bisher weder gebrandmarkt, noch war ihm der Tuchuk-Nasenring angelegt worden. Das schien mir höchst inte-ressant zu sein. Außerdem hatte er das Mädchen nach dem ersten oder zweiten Tag kaum gefesselt, obwohl er es einmal ziemlich hart geschlagen hatte, als es einen Becher fallen ließ. Nun sah ich, dass, obwohl sie erst seit wenigen Tagen seine Sklavin war, er ihr bereits erlaubte, die Camisk zu tragen. Ich lächelte grimmig in mich hinein und nahm einen großzügigen Schluck Paga. *Gerissener Tuchuk, was?*, dachte ich.

Aphris für ihren Teil schien, kurz nachdem sie angefangen hatte, bei Kamchaks Stiefeln zu schlafen und trotz der immer noch verfügbaren Quivas aus irgendeinem Grund den Gedanken, eines der Messer in sein Herz zu rammen, begraben zu haben. Natürlich wäre es nicht sehr klug gewesen, selbst wenn sie Erfolg gehabt hätte, wäre sie konsequenterweise auf abscheuliche Weise durch die Hand der Clan-Folterer gestorben. Und wenn man alles in allem betrachtete, wäre ihre Tat so etwas wie ein schlechter Handel gewesen. Andererseits mochte sie sich davor fürchten, dass Kamchak sich einfach umdrehte und sie packte. Immerhin war es ziemlich schwierig, sich an einen Mann heranzuschleichen, wenn man Halsreif und Glöckchen trug. Mehr als ihren Tod fürchtete sie vielleicht noch die Tatsache, dass sie, wenn sie bei dem Versuch ihn zu töten, versagte, wieder in den Sack gesteckt werden könnte, der allzeit bereit in der Nähe des linken Hinterrades des Wagens lag. Das schien eine Erfahrung zu sein, die sie genauso wenig wie Elizabeth Cardwell wiederholen wollte.

Sehr gut erinnere ich mich an den ersten Tag und die erste Nacht, als Aphris die Sklavin von Kamchak wurde. Wir waren an diesem Tag erst spät eingeschlafen und als Kamchak endlich aufgestanden und angezogen war, hatte er nach einem späten Frühstück, das Elizabeth sehr langsam serviert hatte, Aphris wieder aufgesammelt und das Ende ihres Schlafquartiers geöffnet. Sie kroch rückwärts heraus und flehte ihn mit dem Kopf auf den Stiefeln an, Wasser für die Bosks holen zu dürfen, obwohl es noch früh war. Es schien für alle einleuchtend zu sein, dass dieses reizende Mädchen von Turia keine weitere Nacht, die der ersten im Lager der Tuchuks glich, verbringen wollte, sofern es dies verhindern konnte. »Wo wirst du heute Nacht schlafen, Sklavin?«, hatte Kamchak gefragt. »Wenn mein Herr es erlaubt«, sagte das Mädchen mit offensichtlicher Aufrichtigkeit, »an seinen Füßen.«

Kamchak lachte. »Steh auf, faules Mädchen«, sagte er. »Die Bosks brauchen Wasser.« Dankbar hatte Aphris von Turia die Ledereimer aufgenommen und war davon geeilt, um Wasser zu holen.

Ich hörte das Geräusch einer Kette und sah auf. Kamchak warf mir die andere Fessel zu. »Sichere die Barbarin«, sagte er.

Das erschreckte mich genauso sehr wie Elizabeth.

Wie kam es, dass Kamchak mich aufforderte, diese Sklavin zu sichern? Sie war sein, nicht mein. Es gibt ein stillschweigendes Anrecht auf das Eigentum, wenn man ein Mädchen in Sklavenstahl legt. Es wird selten von jemand anderem als dem Herrn erledigt.

Plötzlich kniete Elizabeth entsetzlich gerade, sah auf und atmete sehr schnell.

Ich griff herum und nahm ihr rechtes Handgelenk und zog es hinter ihren Körper. Ich verschloss den Gelenkring um ihre Hand. Dann nahm ich ihren linken Fußknöchel in meine Hand, hob ihn etwas an und legte den offenen Knöchelring darunter. Dann drückte ich den Ring zu, der mit einem kurzen, schweren Klicken schloss.

Ihre Augen trafen plötzlich die meinen. Schüchtern. Ängstlich.

Ich verstaute den Schlüssel in meiner Tasche und richtete meine Aufmerksamkeit auf die Menge. Kamchak hatte nun seinen rechten Arm um Aphris gelegt.

»Bald schon wirst du sehen, was eine richtige Frau tun kann«, erklärte er ihr.

»Sie wird nur eine Sklavin sein, genau wie ich«, antwortete Aphris.

Ich wandte mich Elizabeth zu. Sie betrachtete mich, wie es aussah, mit unglaublicher Schüchternheit. »Was bedeutet das, dass du mich angekettet hast?«, fragte sie.

»Nichts«, sagte ich.

Sie senkte ihre Augen. Ohne aufzusehen, sagte sie: »Er mag sie.«

»Aphris, eine Sklavin?«, spöttelte ich.

»Werde ich verkauft?«, fragte sie.

Ich sah keinen Grund, dies vor ihr zu verbergen. »Es wäre möglich«, gestand ich.

Sie sah auf. Ihre Augen waren plötzlich feucht. »Tarl Cabot«, sagte sie flüsternd, »wenn ich verkauft werden sollte – kaufe mich.«

Ungläubig sah ich sie an.

»Warum?«, fragte ich.

Sie senkte ihren Kopf.

Kamchak langte an Elizabeth vorbei und riss mir die Pagaflasche aus der Hand. Er rang dann mit Aphris und zog ihren Kopf zurück, klemmte mit den Fingern ihre Nase zu und stieß ihr den Flaschenhals zwischen die Zähne. Sie kämpfte und lachte und schüttelte ihren Kopf. Dann musste sie atmen und ein großer Schluck Paga brannte sich seinen Weg ihre Kehle hinunter und ließ sie keuchen und husten. Ich bezweifle, dass sie jemals zuvor die Erfahrung eines Getränks gemacht hatte, das stärker als die Sirupweine von Turia war. Sie keuchte nun und schüttelte ihren Kopf, und Kamchak klopfte auf ihren Rücken.

»Warum?«, fragte Elizabeth noch einmal.

Aber Elizabeth hatte schon mit ihrer freien linken Hand die Pagaflasche von Kamchak genommen, und zu seinem Erstaunen warf sie ihren Kopf zurück und nahm, ohne die volle Bedeutung ihrer Tat zu erahnen, etwa fünf kräftige, verschlingende Schlucke Paga. Dann, als ich die Flasche rettete, öffneten sich ihre Augen sehr weit und blinzelten etwa zehnmal. Sie atmete langsam aus, als könnte Feuer anstelle von Atem aus ihrem Mund kommen. Dann, als verzögerte Reaktion, schüttelte sie sich, als wäre sie fünfmal angestoßen worden und begann krampfhaft und schmerzhaft zu husten, bis ich in der Angst, sie könnte ersticken, ihr mehrmals auf den

Rücken klopfte. Endlich beugte sie sich vor und rang nach Atem. Sie schien wieder zu sich zu kommen. Ich hielt sie an den Schultern, und plötzlich drehte sie sich in meinen Händen und warf sich, während ich noch mit überkreuzten Beinen dasaß, rittlings auf meine Knie, ihr rechtes Handgelenk noch immer an ihren linken Fußknöchel gekettet. Sie dehnte sich frech, soweit sie es konnte. Ich war verblüfft. Sie sah zu mir auf. »Weil ich besser als Dina und Tenchika bin«, sagte sie.

»Aber nicht besser als Aphris«, rief Aphris.

»Ja«, sagte Elizabeth. »Besser als Aphris.«

»Steh auf, kleines Sleenweibchen«, sagte Kamchak amüsiert, »oder ich müsste dich aufspießen, um meine Ehre zu bewahren.«

Elizabeth sah mich an.

»Sie ist betrunken«, sagte ich zu Kamchak.

»Einige Männer mögen vielleicht Barbarinnen«, sagte Elizabeth.

Ich hob Elizabeth wieder auf ihre Knie. »Niemand wird mich kaufen«, heulte sie.

Es gab sofort Angebote von drei oder vier Tuchuks, die sich um uns sammelten, und ich befürchtete, dass Kamchak vielleicht, falls sich die Gebote verbesserten, Miss Cardwell vom Fleck weg verkaufen würde.

»Verkaufe sie«, riet Aphris.

»Sei ruhig, Sklavin«, sagte Elizabeth.

Kamchak brüllte vor Lachen.

Der Paga hatte augenscheinlich Miss Cardwell schnell und hart getroffen. Sie schien kaum in der Lage zu sein zu knien, und ich erlaubte ihr, sich gegen mich zu lehnen. Sie tat es, wobei sie ihr Kinn auf meine rechte Schulter legte.

»Du weißt«, sagte Kamchak, »dass diese kleine Barbarin auch deine Kette trägt.«

»Unsinn«, sagte ich.

»Ich habe gesehen, wie du bei den Spielen dachtest, die Männer von Turia könnten dich herausfordern und du daran gedacht hast, das Mädchen zu befreien«, sagte Kamchak.

»Ich wollte nur nicht, dass dein Eigentum beschädigt wird«, sagte ich.

»Du magst sie«, verkündete Kamchak.

»Unsinn«, sagte ich zu ihm.

»Unsinn«, sagte Elizabeth schläfrig.

»Verkaufe sie ihm«, empfahl Aphris hicksend.

»Du willst nur Erstes Mädchen werden«, sagte Elizabeth.

»Ich würde sie abgeben«, sagte Aphris. »Sie ist nur eine Barbarin.«

Elizabeth hob ihren Kopf von meiner Schulter und betrachtete mich. Sie sagte auf Englisch: »Mein Name ist Miss Elizabeth Cardwell, Mr. Cabot. Möchten Sie mich kaufen?«

»Nein«, sagte ich auf Englisch.

»Das dachte ich mir«, sagte sie wieder auf Englisch und legte ihren Kopf zurück auf meine Schulter.

»Hast du nicht gesehen, wie sie sich bewegte und geatmet hat, als du ihr den Stahl angelegt hast?«, fragte Kamchak.

Ich hatte mir darüber keine Gedanken gemacht. »Ich glaube nicht«, sagte ich.

»Warum denkst du wohl, habe ich sie von dir anketten lassen?«, fragte Kamchak.

»Ich weiß es nicht«, sagte ich.

»Um zu sehen – und es ist, wie ich dachte –, wie dein Stahl sie entfacht.«

»Unsinn«, sagte ich.

»Unsinn«, sagte Elizabeth.

»Willst du sie kaufen?«, fragte Kamchak plötzlich.

»Nein«, sagte ich.

»Nein«, sagte Elizabeth.

Das Letzte, was ich auf der vor mir liegenden gefährlichen Mission gebrauchen konnte, war, mich mit einer Sklavin zu belasten.

»Wird die Aufführung bald anfangen?«, fragte Elizabeth Kamchak.

»Ja«, sagte Kamchak.

»Ich weiß nicht, ob ich es mir ansehen soll«, sagte Elizabeth.

»Erlaube ihr, zum Wagen zurückzugehen«, schlug Aphris vor.

»Ich nehme an, dass ich den ganzen Weg auf einem Fuß zurückhüpfen könnte«, sagte Elizabeth.

Ich bezweifelte, dass das machbar war, besonders in ihrer Verfassung.

»Wahrscheinlich könntest du das«, sagte Aphris. »Du hast muskulöse Beine ...«

Ich erachtete Miss Cardwells Beine nicht als muskulös. Allerdings war sie eine gute Läuferin.

Miss Cardwell hob ihr Kinn von meiner Schulter.

»Sklavin«, sagte sie.

»Barbarin«, erwiderte Aphris.

»Lass sie frei«, sagte Kamchak.

Ich griff in die Tasche an meinem Gürtel, um den Schlüssel der Fesseln zu sichern.

»Nein«, sagte Elizabeth. »Ich werde bleiben.«

»Wenn der Herr es erlaubt«, fügte Aphris hinzu.

»Na gut«, sagte Kamchak.

»Danke, Herr«, sagte Elizabeth höflich, und einmal mehr legte sie ihren Kopf auf meine Schulter.

»Du solltest sie kaufen!«, sagte Kamchak.

»Nein«, sagte ich.

»Ich mache dir einen guten Preis«, sagte er.

Oh ja, sagte ich zu mir selbst, *einen guten Preis und dann – ha, ha, ha.*

»Nein«, sagte ich.

»Na schön«, sagte Kamchak.

Erleichtert atmete ich auf.

Genau da erschien die schwarzgekleidete Gestalt einer Frau auf den Stufen des Sklavenwagens. Ich hörte, wie Kamchak Aphris von Turia zum Schweigen brachte, und wie er Elizabeth einen Stoß in die Rippen versetzte, dass sie sich regte. »Schaut zu, ihr miserablen Kochtopfhuren«, sagte er, »und lernt ein oder zwei Dinge!«

Stille kam über die Menge. Zufällig bemerkte ich auf der anderen Seite ein kapuzenverhülltes Mitglied des Clans der Folterer. Ich war überzeugt, dass er es war, der mich schon oft im Lager verfolgt hatte.

Aber dieser Gedanke wurde von der Darbietung, die jetzt begann, beiseite geschoben. Aphris sah aufmerksam und mit geöffneten Lippen zu. Kamchaks Augen glänzten. Selbst Elizabeth hatte ihren Kopf von meiner Schulter gehoben und richtete sich auf ihre Knie auf, um eine bessere Sicht zu haben. Die Gestalt der Frau, eingewickelt in Schwarz, schwer verhüllt, stieg die Stufen des Sklavenwagens herab. Als sie am Fuße der Treppe ankam, blieb sie dort für einen langen Augenblick stehen. Dann begannen die Musiker mit den Trommeln zuerst einen Rhythmus aus Herzschlag und Flucht anzustimmen.

Es sah so aus, als würde die ängstliche Gestalt zu der schönen Musik erst hierhin, dann dorthin rennen, gelegentlich imaginären Objekten ausweichen oder ihre Arme hochwerfen, allein durch die Menge einer brennenden Stadt rennen, dennoch wirkte es so, als würden um sie herum andere gejagt werden. Im Hintergrund, kaum sichtbar, erschien nun die Gestalt eines Kriegers in einer scharlachroten Robe. Er kam näher, auch wenn man seine Bewegungen kaum sehen konnte, und es schien so, als ob, wohin auch immer das Mädchen floh, es dort stets den Krieger fand. Und dann lag seine Hand endlich auf ihrer Schulter, und sie warf ihren Kopf zurück und hob ihre Hände. Ihr ganzer Körper schien Elend und Verzweiflung auszudrücken. Er drehte ihre Gestalt mit beiden Händen zu sich und fegte die Kapuze und den Schleier fort.

Es gab Begeisterungsrufe aus der Menge.

Das Gesicht des Mädchens war in der stilisierten Art eines Entsetzensschreis hergerichtet, aber es war wunderschön. Ich hatte sie natürlich zuvor schon gesehen, genauso wie Kamchak, aber es war verblüffend, sie so im Licht des Feuers zu sehen – ihr Haar war lang und seidenscharz, ihre Augen dunkel, die Farbe ihrer Haut hellbraun. Sie schien den Krieger um Vergebung zu bitten, doch er rührte sich nicht; sie schien sich vor Qual zu winden und seinem Griff entkommen zu wollen, aber sie schaffte es nicht.

Dann löste er seine Hände von ihren Schultern und, als die Menge aufschrie, sank sie in erbärmlicher Not zu seinen Füßen und führte die Zeremonie der Unterwerfung aus, kniend, ihren Kopf senkend, die Arme hebend und vorstreckend, die Gelenke über Kreuz.

Der Krieger wandte sich von ihr ab und streckte eine Hand aus.

Aus der Dunkelheit warf ihm jemand eine aufgerollte Kette und einen Halsreif zu.

Er bedeutete dem Mädchen, sich zu erheben; sie tat es und stand vor ihm, den Kopf gesenkt. Er schob ihren Kopf hoch und dann, mit einem Klick, der in der ganzen Einzäunung zu hören war, schloss er den Halsreif – einen turianischen Halsreif – um ihren Hals. Die Kette, die an dem Halsreif befestigt war, war beträchtlich länger als die des Siriks, etwa zwanzig Fuß in der Länge.

Dann schien das Mädchen sich zu der Musik zu winden und zu drehen und sich von ihm fortzubewegen, als er die Kette nachgab, bis sie jämmerlich, etwa zwanzig Fuß auf Kettenlänge von ihm entfernt stand. Für einen Moment bewegte sie sich nicht, aber sie stand kauernd da, die Hände an der Kette.

Ich sah, dass Aphris und Elizabeth fasziniert zusahen. Kamchak konnte ebenso seine Augen nicht von dem Mädchen nehmen.

Die Musik hatte aufgehört zu spielen.

Dann, mit einer Plötzlichkeit, die mich fast aufspringen und die Menge vor Vergnügen aufschreien ließ, spielte die Musik weiter, aber diesmal den barbarischen Schrei der Rebellion und Wut. Das Mädchen von Port Kar war plötzlich ein angekettetes, beißendes und reißendes Larlweibchen, und es hatte sich die schwarzen Roben von seinem Körper gerissen und stand enthüllt, in durchsichtiger, wirbelnder Vergnügungsseide, da. In dem Tanz lag nun eine Art von Raserei und Hass, eine Wut mit Zähnezeigen und Zähnefletschen. Sie wand sich innerhalb des Reifs, soweit es das turianische Design erlaubte und drehte den Krieger, wie ein gefangener Mond seine einkerkernde scharlachrote Sonne, immer an der Länge der Kette. Dann nahm er ein erstes Kettenglied und zog sie jedes Mal um ein paar Zoll näher zu sich heran. Hin und wieder erlaubte er ihr, sich wieder zurückzuziehen, aber nicht mehr zur vollen Kettenlänge, und jedes Mal, wenn er ihr erlaubte, sich zurückzuziehen, war es weniger als zuvor. Der Tanz bestand aus mehreren Phasen, abhängig von der allgemeinen Umkreisung, die dem Mädchen durch die Kette erlaubt wurde. Bestimmte Phasen sind sehr langsam, in ihnen gibt es fast keine Bewegung, außer vielleicht das Drehen des Kopfes oder das Bewegen einer Hand. Andere sind herausfordernd und flink. Einige sind elegant und flehend. Einige prächtig, einige einfach; einige stolz, andere kläglich. Aber jedes Mal wurde sie, als Thema aller Phasen, näher an den Krieger mit dem Umhang gezogen. Schließlich befand sich seine Faust im turianischen Halsreif, und er zog das erbärmliche und erschöpfte Mädchen zu seinen Lippen und bezwang es mit einem Kuss. Dann lagen ihre Arme um seinen Nacken, ohne Widerstand, gehorsam, ihr Kopf an seiner Brust, und sie wurde leicht in seinen Armen angehoben und vom Feuerschein weggetragen.

Kamchak und ich und auch andere warfen Goldmünzen in den Sand nahe des Feuers.

»Sie war wunderbar«, rief Aphris von Turia.

»Ich habe nie geahnt, dass eine Frau so wunderschön sein kann«, sagte Elizabeth, ihre Augen loderten und offenbarten ein paar Anzeichen des Pagas.

»Sie war fabelhaft«, sagte ich.

»Und ich«, heulte Kamchak, »habe nur zwei miserable Kochtopfhuren.«

Kamchak und ich standen auf. Aphris legte plötzlich ihren Kopf an seinen Schenkel und blickte nach unten.

»Mach mich heute Nacht zu einer Sklavin«, flüsterte sie.

Kamchak grub seine Faust in ihr Haar und zog ihren Kopf hoch, damit sie ihn ansehen konnte. Ihre Lippen waren geöffnet.

»Du bist bereits seit Tagen meine Sklavin«, sagte er.

»Heute Nacht«, bettelte sie. »Bitte, Herr, heute Nacht!«

Unter Triumphgeschrei fegte Kamchak sie hoch und schleuderte sie, gefesselt wie sie war, über seine Schulter, und sie schrie auf, und er sang ein Tuchuk-Lied, stampfte mit ihr von der verhangenen Einzäunung davon.

Am Ausgang blieb er flüchtig stehen und, mit Aphris auf seiner Schulter, drehte er sich zu Elizabeth und mir um. Er warf seine rechte Hand in einer ausladenden Geste hoch. »Für diese Nacht«, rief er, »gehört die kleine Barbarin dir!« Dann drehte er sich wieder um, sang und verschwand durch den Vorhang.

Ich lachte.

Elizabeth Cardwell starrte ihm hinterher. Dann sah sie zu mir auf. »Er kann das tun, oder nicht?«

»Natürlich«, sagte ich.

»Natürlich«, sagte sie wie betäubt. »Warum nicht?« Dann plötzlich zog sie an der Fessel, konnte jedoch nicht aufstehen und fiel beinahe hin. Sie hämmerte ihre linke Faust vor sich in den Staub. »Ich will keine Sklavin sein!«, weinte sie. »Ich will keine Sklavin sein!«

»Es tut mir leid«, sagte ich.

Sie blickte zu mir auf. Tränen standen in ihren Augen. »Er hat kein Recht dazu!«, weinte sie.

»Er hat das Recht«, sagte ich.

»Natürlich«, wimmerte sie und ließ den Kopf sinken. »Es ist wie bei einem Buch, einem Stuhl, einem Tier. ›Sie gehört dir! Nimm sie! Behalte sie bis morgen! Gib sie am Morgen zurück, wenn du mit ihr fertig bist!‹«

Mit gesenktem Kopf lachte und schluchzte sie.

»Ich dachte, du wünschtest, ich würde dich kaufen«, sagte ich. Ich hielt es für eine gute Idee, mit ihr zu spaßen.

»Verstehst du nicht?«, fragte sie. »Ich hätte zu jedem gegeben werden können, nicht nur zu dir, zu jedem, jedem!«

»Das ist wahr«, sagte ich.

»Zu jedem!«, weinte sie. »Jedem! Jedem!«

»Sei nicht verzweifelt«, sagte ich.

Sie schüttelte ihren Kopf, das Haar wirbelte hinter ihr herum, und sie sah mich an und lächelte durch die Tränen. »Sieht so aus ... Herr, dass ich für den Rest des Tages dir gehöre.«

»Es scheint so«, sagte ich.

»Wirst du mich über deiner Schulter zum Wagen tragen?«, fragte sie leicht. »Wie Aphris von Turia?«

»Eher nicht«, sagte ich.

Ich beugte mich zu den Fesseln herunter und löste sie.

Sie stand auf und wandte sich mir zu. »Was wirst du mit mir tun?«, fragte sie. Sie lächelte. »... Herr?«

Ich lächelte. »Nichts«, sagte ich ihr. »Hab keine Angst.«

»Oh?«, machte sie und hob skeptisch eine Braue hoch. Dann senkte sie ihren Kopf. »Bin ich wirklich so hässlich?«, fragte sie.

»Nein«, sagte ich, »du bist nicht hässlich.«

»Aber du willst mich nicht?«, fragte sie.

»Nein«, sagte ich.

Sie blickte mich verwegen an und warf ihren Kopf zurück. »Warum nicht?«, wollte sie wissen.

Was sollte ich ihr erzählen? Sie war schön, aber kläglich in ihrer Verfassung. Ich fühlte mich für sie verantwortlich. *Die kleine Sekretärin*, dachte ich, so *weit fort von ihren Bleistiften, ihrer Schreibmaschine, den Tischkalendern und Stenoblöcken – so weit fort von ihrer Welt.* So hilflos und so stark von Kamchaks Gnade abhängig und in dieser Nacht, sollte ich es wünschen, von meiner.

»Du bist nur eine kleine Barbarin«, sagte ich zu ihr. Irgendwie sah ich in ihr immer noch das ängstliche Mädchen in dem gelben Kleid, aufgegriffen in den Kriegsspielen und Intrigen jenseits ihres Verständnisses und, zu einem großen Ausmaß, auch meinem. Sie musste beschützt werden, behütet, mit Milde behandelt und beruhigt werden. Ich konnte sie mir nicht in meinen Armen vorstellen, noch ihre dummen, schüchternen Lippen auf meinen. Denn sie war nur die unglückliche Elizabeth Cardwell und würde es immer bleiben. Das unschuldige und unwissende Opfer einer unerklärlichen Umsiedlung und einer unerwarteten, ungerechten Reduzierung zu schändlichen Fesseln. Sie war von der Erde und kannte nicht die Flammen, die ihre Worte in der Brust eines goreanischen Kriegers entfachten – noch verstand sie sich selbst wirklich oder die Beziehung in der sie, eine Sklavin, zu einem freien Mann stand, dem sie gerade für eine Nacht überlassen worden war. Ich konnte ihr nicht erzählen, dass ein anderer Krieger sie vielleicht bei ihrem Anblick in die Dunkelheit zwischen die hohen Räder des Sklavenwagens gezogen hätte. Sie war freundlich, unwissend, naiv, auf ihre Art närrisch. Eine Frau von der Erde, aber nicht auf der Erde. Nicht eine Frau von Gor, weiblich in ihrer eigenen barbarischen Welt. Sie würde immer von der Erde sein. Das aufgeweckte, hübsche Mädchen mit dem Stenografieblock. Wie viele Frauen der Erde, die nicht Mann waren, aber es auch nicht wagten, Frau zu sein. »Aber«, gestand ich ihr ein und gab ihr einen Schubs, »du bist eine hübsche kleine Barbarin.«

Sie blickte für einen langen Moment in meine Augen und senkte plötzlich weinend ihren Kopf. Ich zog sie in meine Arme, um sie zu besänftigen, aber sie stieß mich fort, drehte sich um und rannte aus der Umzäunung.

Ich sah ihr verwirrt hinterher.

Dann verließ ich achselzuckend ebenfalls die Einzäunung und dachte daran, dass ich vielleicht ein paar Stunden bei den Wagen herumlaufen sollte, ehe ich zurückkehrte.

Ich erinnerte mich an Kamchak. Ich freute mich für ihn. Nie zuvor hatte ich ihn so zufrieden gesehen. Ich war jedoch verwirrt wegen Elizabeth, denn es sah für mich so aus, dass sie sich wirklich seltsam in dieser Nacht verhalten hatte. Ich nahm an, dass sie alles in allem vielleicht verstört war, weil sie fürchtete, bald als Erstes Mädchen des Wagens ersetzt oder tatsächlich verkauft zu werden. Sicherlich, so wie ich Kamchak mit Aphris gesehen hatte, sah es nicht so aus, als würde eine der beiden Möglichkeiten unwahrscheinlich sein. Elizabeth hatte einen Grund Angst zu haben. Ich sollte und würde Kamchak natürlich ermutigen, sie an einen guten Herrn zu verkaufen, aber Kamchak, der bis zu einem gewissen Punkt kooperativ war, würde unzweifelhaft seine Augen auf den besten Preis werfen, den er bekommen konnte. Ich könnte sie natürlich selbst kaufen, sofern ich das Geld auftreiben konnte, und versuchen, einen freundlichen Herrn für sie zu finden. Ich dachte vielleicht an Conrad von den Kassars, der ein gerechter Herr sein mochte. Er hatte jedoch, wie ich wusste, erst neulich ein turianisches Mädchen bei den Spielen gewonnen. Außerdem wollte nicht jeder Mann eine untrainierte barbarische Sklavin haben, selbst wenn man sie ihm einfach gab, denn sie musste gefüttert werden. Und in diesem Frühling, so konnte ich auf meinem Weg durch das Lager sehen, gab es wahrlich keinen Mangel an Frauen. Alle frisch mit Halsreif gebunden, vermutlich gebrandmarkt, vielleicht auch untrainiert, aber dennoch, was am wichtigsten war, Goreanerinnen, was Elizabeth Cardwell nicht war und in meinen Augen auch nie sein könnte.

Aus keinem besonderen Grund kaufte ich unklugerweise eine weitere Flasche Paga, vielleicht als Wegzehrung.

Ich hatte die Flasche erst zu einem Viertel geleert und passierte die Seite eines Wagens, als ich das schnelle Huschen eines Schattens sah, der von den lackierten Planken sprang. Instinktiv warf ich meinen Kopf zur Seite, als ein Quiva vorbeiflitzte und sich drei Zoll tief in die Holzseite des Wagens bohrte. Die Pagaflasche fortwerfend, sodass Flüssigkeit herausspritzte, wirbelte ich herum und sah, etwa fünfzig Fuß entfernt, die dunkle verhüllte Gestalt eines Mannes zwischen den Wagen. Es war derjenige vom Clan der Folterer, der mich verfolgt hatte. Er fuhr herum und rannte, und ich zog mein Schwert und lief stolpernd hinter ihm her. In weniger als einem Augenblick fand ich meine Verfolgung jäh unterbrochen, als ich auf eine Reihe angebundener Kaiilas traf, die nach ihrer Freilassung zur Jagd auf den Feldern wieder zurückgebracht wurden. In der Zeit, die ich brauchte, ihren stoßenden Körpern auszuweichen und unter dem Seil, das sie zusammenhielt, hindurchzukriechen, war mein Angreifer fort. Alles, was ich mir für meinen Ärger einhandelte, waren die verärgerten Rufe des Mannes, der das Kaiilaseil hielt. Tatsächlich schnappte eines der bösartigen Tiere nach mir und riss einen Ärmel von meiner Schulter.

Wütend kehrte ich zum Wagen zurück und zog das Quiva aus den Planken.

In der Zwischenzeit stand der Besitzer des Wagens, der natürlicherweise neugierig darüber war, was geschehen sein mochte, neben mir. Er hielt eine kleine Fackel, angezündet von der Feuerschüssel innerhalb des Wagens und untersuchte, nicht gerade glücklich, den Schnitt in den Holzplanken. »Ein tollpatschiger Wurf«, bemerkte er, meiner Meinung nach mit wenig Humor.

»Vielleicht«, räumte ich ein.

»Aber«, fügte er hinzu, drehte sich und sah mich an, »ich nehme an, unter den Umständen war das schon in Ordnung.«

»Ja«, sagte ich. »Das denke ich auch.«

Ich fand die Pagaflasche und bemerkte, dass sich noch etwas von der Flüssigkeit unterhalb des Flaschenhalses darin befand. Ich wischte den Hals ab und gab die Flasche dem Mann. Er trank die Hälfte, wischte sich den Mund ab und reichte mir die Flasche zurück. Ich leerte sie und schleuderte sie in ein Abfallloch, gegraben und regelmäßig gesäubert von männlichen Sklaven.

»Kein schlechter Paga«, sagte der Mann.

»Nein«, sagte ich. »Ich denke, er ist sehr gut.«

»Kann ich mal das Quiva sehen?«, fragte der Mann.

»Ja«, sagte ich.

»Interessant«, sagte er.

»Was?«, fragte ich.

»Das Quiva«, sagte er.

»Aber was ist daran so interessant?«, fragte ich.

»Es ist ein paravacisches Quiva«, sagte er.

13 Der Angriff

Am Morgen war Elizabeth Cardwell zu meinem Bestürzen nicht aufzufinden. Kamchak war außer sich. Aphris, die die Sitten von Gor und das Temperament der Tuchuks kannte, war entsetzt und sagte fast gar nichts.

»Lass nicht die Jagdsleens laufen«, flehte ich Kamchak an.

»Ich werde sie angebunden halten«, antwortete er grimmig.

Mit Bedenken beobachtete ich die beiden sechsbeinigen, geschmeidigen, gelbbraunen Jagdsleens an ihren Kettenriemen. Kamchak hielt Elizabeths Bettzeug, eine Decke aus Reptuch, an der sie riechen konnten. Ihre Ohren begannen, sich an den Seiten ihrer dreieckigen Köpfe zurückzulegen. Ihre langen, gewundenen Körper erzitterten. Ich sah Krallen aus ihren Pranken hervortreten, zurück- und wieder heraustreten und sich dann wieder zurückziehen. Sie hoben ihre Köpfe, wiegten sie hin und her, und dann stießen sie ihre Schnauzen in den Boden und fingen an, aufgeregt zu wimmern. Ich wusste, als Erstes würden sie die Fährte zu der verhangenen Einzäunung aufnehmen, in der wir letzte Nacht den Tanz gesehen hatten.

»Sie wird sich letzte Nacht bei den Wagen versteckt haben«, sagte Kamchak.

»Ich weiß«, sagte ich. »Die Herdensleens.« Sie würden das Mädchen in der Prärie im Licht der drei goreanischen Monde in Stücke gerissen haben.

»Sie kann nicht weit sein«, sagte Kamchak.

Er zog sich in den Sattel seines Kaiilas. An jeder Seite des Tieres befand sich ein tänzelnder, zitternder Jagdsleen, ihre Ketten hingen vom Knauf des Sattels.

»Was wirst du mit ihr tun?«, fragte ich.

»Ihr die Füße abschlagen«, sagte Kamchak, »und ihre Nase und Ohren, und sie auf einem Auge blenden. Dann werde ich sie freilassen, damit sie bei den Wagen leben kann.«

Ehe ich gegen den wütenden Tuchuk protestieren konnte, schienen die Jagdsleens plötzlich wild zu werden und bäumten sich auf ihre hinteren Beine auf, kratzten in der Luft und zogen an den Ketten. Kamchaks Kaiila spannte sich gegen die plötzliche Wildheit der Tiere.

»Ha!«, rief Kamchak.

Ich erspähte Elizabeth Cardwell, wie sie sich dem Wagen näherte, zwei lederne Wassereimer an einem hölzernen Joch befestigt, das sie über ihren Schultern trug. Etwas Wasser schwappte über die Eimer.

Aphris schrie vor Freude auf und lief zu ihr. Zu meiner Überraschung küsste sie Elizabeth und half ihr beim Tragen des Wassers.

»Wo warst du?«, fragte Kamchak.

Elizabeth hob unschuldig ihren Kopf und starrte ihn offen an. »Wasser holen«, sagte sie.

Die Sleens versuchten, an sie heranzukommen, und sie musste gegen den Wagen zurückweichen und beobachtete sie vorsichtig. »Das sind teuflische Bestien«, bemerkte sie.

Kamchak warf seinen Kopf zurück und lachte brüllend. Elizabeth war genauso verdutzt wie ich.

Dann schien Kamchak wieder vernünftig zu werden und sagte zu ihr: »Geh in den Wagen. Bring Sklavenarmbänder und eine Peitsche. Dann geh zum Rad.«

Sie sah ihn an und schien keine Angst zu haben. »Warum?«, fragte sie.

Kamchak stieg ab. »Du hast ziemlich lange gebraucht, um Wasser zu holen«, sagte er.

Elizabeth und Aphris waren in den Wagen gegangen.

»Es war klug von ihr, zurückzukommen«, sagte Kamchak.

Ich stimmte ihm zu, sprach es jedoch nicht aus. »Sieht so aus, als hätte sie Wasser geholt«, führte ich an.

»Du magst sie, nicht wahr?«, fragte Kamchak.

»Ich habe Mitleid mit ihr«, sagte ich.

»Hast du dich gestern mit ihr vergnügt?«, fragte Kamchak.

»Ich habe sie nicht mehr gesehen, nachdem sie die Einzäunung beim Tanz verlassen hat«, sagte ich.

»Wenn ich das gewusst hätte«, sagte Kamchak, »hätte ich die Sleens letzte Nacht freigelassen.«

»Dann hat das Mädchen Glück gehabt, dass du das nicht getan hast«, sagte ich.

»Einverstanden«, lächelte Kamchak. »Warum hast du sie nicht benutzt?«, wollte er wissen.

»Sie ist nur ein Mädchen«, sagte ich.

»Sie ist eine Frau«, sagte Kamchak, »mit Feuer.«

Ich hob die Schultern.

In dem Moment kehrte Elizabeth mit Peitsche und Armbändern zurück und gab diese an Kamchak. Sie ging dann zum linken, hinteren Wagenrad und blieb dort stehen. Dort band Kamchak ihre Handgelenke hoch über ihrem Kopf um den Rand und über eine der Sprossen. Sie stand mit dem Gesicht in Richtung Rad.

»Es gibt kein Entkommen von den Wagen«, sagte er.

Ihr Kopf war hocherhoben. »Ich weiß«, erwiderte sie.

»Du hast mich angelogen«, sagte er. »Von wegen, Wasser holen.«

»Ich hatte Angst«, sagte Elizabeth.

»Weißt du, wer sich davor fürchtet, die Wahrheit zu sagen?«, fragte er.

»Nein«, sagte sie.

»Ein Sklave«, sagte Kamchak.

Er riss ihr das Larlfell herunter, und ich erfasste, dass sie diese Bekleidung nicht länger mehr tragen würde. Sie stand ruhig da, die Augen geschlossen, ihre rechte Wange gegen die Lederkante des Rads gepresst. Tränen brachen zwischen den fest zusammengepressten Augenlidern hervor, aber sie war großartig darin, ihre Schreie zurückzuhalten.

Sie hatte noch immer keinen Laut herausgebracht, als Kamchak sie zufrieden losmachte, doch er schnallte ihre Handgelenke mit den Armbändern vor ihren Körper. Zitternd stand sie dort, den Kopf nach unten. Dann nahm er ihre gebundenen Hände, und mit einer Hand hob er ihre Hände über ihren Kopf: Sie stand da, ihre Knie leicht gebeugt, den Kopf nach unten.

»Du denkst, sie ist nur ein Mächen«, sagte Kamchak zu mir.

Ich sagte nichts.

»Du bist ein Narr, Tarl Cabot«, sagte er.

Ich antwortete nicht.

An seiner rechten Hand aufgewickelt, hielt Kamchak noch immer die Sklavenpeitsche.

»Sklavin«, sagte Kamchak.

Elizabeth sah ihn an.

»Willst du Männern dienen?«, fragte er.

Mit Tränen in den Augen schüttelte sie ihren Kopf. Nein. Nein. Nein. Dann fiel ihr Kopf auf ihre Brust.

»Schau her«, sagte Kamchak zu mir.

Dann, bevor ich erkennen konnte, was er vorhatte, hatte er Miss Cardwell zu dem unterworfen, was unter Sklavenherren als die Peitschenliebkosung bekannt ist. Idealerweise wird es, wie Kamchak es getan hatte, unerwartet ausgeführt, indem man die Frau unversehens nahm. Elizabeth schrie plötzlich auf und warf ihren Kopf zu einer Seite. Ich beobachtete zu meinem Erstaunen die plötzliche, unfreiwillige und unkontrollierbare Antwort auf die Berührung. Die Peitschenliebkosung wird gewöhnlich von Sklavenhaltern benutzt, um eine Frau dazu zu zwingen, sich selbst zu verraten.

»Sie ist eine Frau«, sagte Kamchak. »Hast du nicht ihr geheimes Feuer gesehen? Dass sie willig und bereit ist, dass sie der passende Preis für den Stahl eines Herrn ist, dass sie eine Frau ist, und ...«, fügte er hinzu, »eine Sklavin?«

»Nein!«, schrie Elizabeth Cardwell. »Nein!« Aber Kamchak zog sie an den Armbändern zu einem leeren Sleenkäfig, der auf einer niedrigen Karre neben dem Wagen stand. Er stieß sie, noch immer mit den Armbändern gebunden, hinein, schloss die Tür und verriegelte sie.

In dem niedrigen, engen Käfig konnte sie nicht stehen, sodass sie mit gefesselten Händen auf den Balken kniete. »Es ist nicht wahr!«, schrie sie.

Kamchak lachte über sie. »Sklavin«, sagte er. Sie vergrub ihren Kopf in ihre Hände und weinte. Sie wusste sehr wohl, genau wie wir, dass sie sich selbst präsentiert hatte, dass ihr Blut in ihr brodelte und seine Erinnerung nun der Hysterie ihrer Verweigerung Hohn sprach, dass sie für uns und sich selbst, vielleicht zum ersten Mal, die unbestreitbare Pracht ihrer Schönheit und deren Bedeutung anerkannte.

Ihre Antwort war die einer vollkommenen Frau.

»Es ist nicht wahr!«, flüsterte sie wieder und wieder schluchzend, genau wie sie es bei den grausamen Hieben der Peitsche getan hatte. »Es ist nicht wahr!«

Kamchak sah mich an. »Heute Nacht«, sagte er, »werde ich den Eisenmeister rufen.«

»Tu es nicht«, sagte ich.

»Ich sollte es«, sagte er.

»Warum?«, fragte ich.

Er lächelte mich grimmig an. »Sie hat zu lange zum Wasserholen gebraucht.«

Ich sagte nichts. Kamchak war für einen Tuchuk nicht grausam.

Die Strafe für einen flüchtigen Sklaven war oft schlimm, manchmal im Tod gipfelnd. Er würde mit Elizabeth Cardwell nicht mehr tun, als für gewöhnlich mit weiblichen Sklaven unter den Wagenvölkern getan wurde, selbst mit jenen, die nie gewagt hatten zu widersprechen oder nicht zu gehorchen, Letztere insbesondere. Elizabeth konnte sich glücklich schätzen, denn wie Kamchak wohl sagen würde, er erlaubte ihr zu leben. Ich glaubte nicht, dass es sie reizte, noch einmal fortzulaufen.

Ich sah Aphris zum Käfig schleichen, wie sie Elizabeth einen Schöpflöffel mit Wasser brachte. Aphris weinte. Falls Kamchak es sah, so hielt er sie nicht auf. »Komm her«, sagte er. »Es gibt da ein neues Kaiila in der Nähe des Wagens von Yachi vom Clan der Ledermacher, das ich mir gerne ansehen möchte.«

Es schien ein geschäftiger Tag für Kamchak zu sein.

Er kaufte das Kaiila nahe des Wagens von Yachi von den Ledermachern nicht, auch wenn es augenscheinlich ein großartiges Tier war. Einmal wickelte er einen schweren Pelz und eine Lederrobe um seinen linken Arm, schlug dem Tier mit seiner rechten Hand plötzlich auf die Schnauze. Es hatte nicht schnell genug zurückgeschlagen, um ihm zu gefallen, und es gab nur vier nadelähnliche Kratzer im Armschutz, ehe Kamchak es schaffte zurückzuspringen, und das Kaiila, an seiner Kette zerrend, nach ihm schnappte. »So ein langsames Tier«, sagte Kamchak, »könnte in einer Schlacht das Leben eines Mannes kosten.« Ich nahm an, dass das wahr war. Das Kaiila und sein Herr kämpfen in der Schlacht als eine Einheit, anscheinend wie ein einzelnes, wildes Tier, das mit Zähnen und Lanze bewaffnet ist. Nachdem wir uns das Kaiila angesehen hatten, besuchte Kamchak einen Wagen, in dem er das Kreuzen einer seiner eigenen Kühe mit dem Bullen des Besitzers besprach, im Austausch für einen ähnlichen Gefallen seinerseits. Diese Angelegenheit wurde zu beider Zufriedenheit abgewickelt. An einem anderen Wagen feilschte er um ein Set von Quivas, geschmiedet in Ar, und bekam es für den Preis, der ihm vorschwebte, zusammen mit einem neuen Sattel, der ihm am nächsten Morgen zu seinem Wagen gebracht werden würde. Wir aßen getrocknetes Boskfleisch und tranken Paga zum Mittag, und danach marschierten wir zu Kutaituchiks Wagen, wo er Scherze über die Gesundheit von Bosks, mit der schläfrigen Gestalt auf dem Gewand aus grauem Boskfell austauschte. Danach scherzten sie über die Schärfe von Quivas und die Notwendigkeit, Wagenachsen geschmiert zu halten und über einige andere Dinge. Während wir nahe von Kutaituchiks Wagen auf dem Podium saßen, beratschlagte er sich auch mit anderen hohen Männern unter den Tuchuks. Wie ich zuvor erfahren hatte, hatte Kamchak eine Position von einiger Wichtigkeit bei den Tuchuks inne. Nachdem wir Kutaituchik und die anderen gesehen hatten, hielt Kamchak beim Wagen eines Eisenmeisters an, und zu meiner Verwirrung arrangierte er, dass der Mann am Abend zu unserem Wagen kommen sollte. »Ich kann sie nicht für immer in dem Sleenkäfig halten«, sagte Kamchak. »Es gibt genug Arbeit im Wagen.« Dann borgte Kamchak problemlos zwei Kaiilas von einem Tuchuk-Krieger, den ich noch nie gesehen hatte, und wir ritten zu meiner Freude zum Omental.

Als wir über eine niedrige Hügellandschaft kamen, sahen wir eine große Anzahl Zelte, die in einem Kreis aufgestellt und von einem großen Grasareal umgeben waren. In dem Grasareal, vielleicht zweihundert Meter im Durchmesser, gab es buchstäblich Hunderte kleiner Steinaltäre. Eine runde Steinplattform befand sich im Zentrum des Feldes; auf der Plattform stand ein großer, vierseitiger Altar, den man über Stufen von allen vier Seiten erreichen konnte. Auf einer Seite dieses Altars sah ich das Zeichen der Tuchuks, und an den anderen jene der Kassars, der Kataii und der Paravaci. Ich hatte die Sache mit dem paravacischen Quiva, das mich letzte Nacht fast getroffen hätte, noch nicht erwähnt. Am Morgen war ich von Elizabeth Cardwells Erscheinen unterbrochen worden, und am Nachmittag war ich zu beschäftigt, Kamchak bei seinen Runden zu folgen. Ich beschloss, die Sache irgendwann ihm gegenüber zu erwähnen, aber nicht an diesem Abend, denn ich war überzeugt, dass dies kein guter Abend für alle im Wagen war, außer vielleicht für Kamchak, der zufrieden mit den Abmachungen zu sein schien, die er mit dem Hirten betreffend des Kreuzens des Viehbestandes getroffen hatte. Ebenso zufrieden schien er über den Handel mit dem Kerl bezüglich dem Quiva und dem Sattel zu sein.

Am äußeren Rand des Kreises gab es eine Menge angebundener Tiere, und neben ihnen standen viele Haruspexe. *Tatsächlich*, dachte ich, *musste es zumindest einen Haruspex für jeden der vielen Altäre im Feld geben.* Unter den Tieren sah ich einige Verr, ein paar einheimische Tarsks mit umhüllten Stoßzähnen, flatternde Vulos in Käfigen, einige Sleens, wenige Kaiilas und sogar ein paar Bosks. Bei den paravacischen Haruspexen erblickte ich gefesselte, männliche Sklaven. Sie waren nämlich bei den Paravaci erlaubt. Gewöhnlich, so habe ich Kamchak verstanden, erkennen die Tuchucks, die Kassars und die Kataii das Opfern von Sklaven nicht an, weil in ihren Augen, glücklicherweise für die Sklaven, ihre Herzen und Lebern nicht vertrauenswürdig im Erkennen von Omen sind. Immerhin, so Kamchak, wer würde schon einem turianischen Sklaven im Kes vertrauen, wenn es um eine so wichtige Angelegenheit wie die Wahl des Ubar San ging? Es erschien mir logisch und natürlich, da bin ich mir sicher, waren die Sklaven von diesem Argument ebenso angetan. Die Tiere, die man opferte, werden hinterher übrigens zum Essen verwendet, so ist der Omenempfang weit entfernt davon, eine Verschwendung von Tieren zu sein. Tatsächlich ist er eine Zeit des Feierns und der Fülle für die Wagenvölker, die den Omenempfang abgesehen von dem Ergebnis, dass kein Ubar San gewählt werden würde, als Gelegenheit für Heiterkeit und Feste betrachten. Wie ich bereits erwähnt habe, war in den letzten hundert Jahren kein Ubar San mehr gewählt worden.

Allerdings hatte der Omenempfang noch nicht begonnen. Die Haruspexe waren noch nicht zu den Altären gestürzt. Andererseits brannte auf jedem Altar ein kleines Feuer aus Boskdung, in das, wie ein kleines Zündholz, ein Räucherstock gesteckt worden war.

Kamchak und ich stiegen ab und beobachteten von außerhalb des Kreises, wie sich die vier hohen Haruspexe der Wagenvölker dem riesigen Altar in der Mitte des Feldes näherten. Hinter ihnen schritten vier weitere Haruspexe von jedem Volk und trugen einen großen Holzkäfig, der aus zusammengebundenen Stäben bestand; in dem Käfig waren vielleicht ein Dutzend weiße Vulos, einheimische Tauben. Diesen Käfig platzierten sie auf dem Altar. Ich bemerkte dann, wie jeder der vier hohen Haruspexe über den Schultern einen weißen Leinensack trug, ähnlich einem Samensack der Kleinbauern aus Reptuch.

»Das ist das erste Omen«, sagte Kamchak. »Das Omen, das zeigt, ob die Zeit für den Omenempfang günstig ist.«

»Oh«, sagte ich.

Die vier Haruspexe stimmten eine Art Beschwörung zum Himmel an, der zu diesem Zeitpunkt wohltätig schien, und warfen plötzlich eine Hand voll von irgendetwas, zweifellos Korn, zu den Tauben im Stabkäfig.

Selbst von dort, wo ich stand, konnte ich sehen, wie die Tauben das Korn wie rasend aufpickten.

Die vier Haruspexe wandten sich um, jeder von ihnen stand vor seinem niedrigen Haruspex, und jeder, der sonst noch dort herumstand, rief aus: »Es ist günstig!«

Bei dieser Ankündigung brandete aus der Menge ein zufriedener Aufschrei auf.

»Dieser Teil des Omenempfangs geht immer gut aus«, informierte mich Kamchak.

»Warum das?«, fragte ich.

»Ich weiß nicht«, sagte er. Dann blickte er mich an. »Vielleicht, weil die Vulos seit drei Tagen vor dem Omenempfang nicht mehr gefüttert wurden«, vermutete er.

»Vielleicht«, stimmte ich zu.

»Ich hätte jetzt gerne eine Flasche Paga«, sagte Kamchak.

»Ich auch«, gab ich zu.

»Wirst du eine kaufen?«, fragte er.

Ich verweigerte ihm die Antwort.

»Wir könnten darum wetten«, schlug er vor.

»Ich werde sie kaufen«, sagte ich.

Ich konnte sehen, wie die anderen Haruspexe der Völker mit ihren Tieren zu den Altären strömten. Im Ganzen betrachtet, dauerte der Omenempfang mehrere Tage und verschlang Hunderte von Tieren. Eine Strichliste wird von Tag zu Tag geführt. Als wir gingen, hörte ich, wie ein Haruspex aufschrie, er habe eine günstige Leber gefunden. Ein anderer Haruspex vom angrenzenden Altar eilte an seine Seite; sofort befanden sich die beiden in einer Auseinandersetzung. Ich stellte fest, dass das Deuten von Zeichen eine ziemlich subtile Angelegenheit war, die nach einer intellektuellen Interpretation sowie äußerster Feinheit und Urteilsvermögen rief.

Selbst als wir uns auf den Weg zurück zu den Kaailas machten, konnte ich von zwei weiteren Haruspexen hören, dass sie jeweils Lebern gefunden hätten, die eindeutig günstig seien. Schreiber mit Pergamentrollen kreisten zwischen den Altären, vermutlich um die Namen der Haruspexe, ihre Völker und ihre Fundstücke aufzuschreiben. Die vier hohen Haruspexe der Völker blieben am großen Zentralaltar, zu dem jetzt ein weißer Bosk langsam geführt wurde.

Es wurde schon dunkel, als Kamchak und ich den Sklavenwagen erreichten und eine Flasche Paga kauften. Unterwegs ritten wir an einem Mädchen aus Cos vorbei, das hundert Pasangs entfernt bei einem Raubzug auf eine Karawane, die auf dem Weg nach Ar war, aufgegriffen worden war. Sie war über ein am Boden liegendes Wagenrad gebunden. Ihr Körper befand sich direkt über der Radnabe. Ihre Kleidung war entfernt worden; auf ihrem Schenkel befand sich ein frisches und sauberes Brandzeichen mit den vier Boskhörnern. Sie weinte. Der Eisenmeister brachte einen turianischen Halsreif an. Er beugte sich über seine Werkzeuge und nahm einen kleinen, offenen goldenen Ring, eine erhitzte Metallahle und eine Zange. Ich wandte mich ab. Ich hörte sie schreien.

»Brandmarken Korobaner ihre Sklaven nicht?«, fragte Kamchak. »Legen sie ihnen keine Halsreife an?«

»Doch«, gab ich zu. »Tun sie.«

Ich konnte meine Gedanken nicht von dem Anblick des Mädchens aus Cos, das weinend auf dem Wagenrad festgebunden war, klären. So würde heute Nacht oder in irgendeiner Nacht auch die liebliche Elizabeth Cardwell enden. Ich nahm einen kräftigen Schluck Paga; ich beschloss, dass ich das Mädchen irgendwie befreien würde. Irgendwie würde ich sie vor der Grausamkeit des Schicksals, das Kamchak für sie bereithielt, beschützen.

»Du sprichst nicht viel«, sagte Kamchak und nahm verwirrt die Flasche an sich.

»Muss der Eisenmeister wirklich zum Wagen von Kamchak gerufen werden?«, fragte ich.

Kamchak sah mich an. »Ja«, sagte er.

Ich starrte hinab zu den polierten Bohlen des Wagenbodens.

»Fühlst du denn nichts für die Barbarin?«, fragte ich.

Kamchak war nie in der Lage gewesen, ihren Namen auszusprechen, der für ihn barbarisch lang und kompliziert war. »E-liz-a-beth-card-vella«, versuchte er zu sagen und fügte einen a-Klang an, weil es die übliche Endung eines weiblichen Namens auf Gor ist. Wie die meisten einheimischen Sprecher auf Gor, konnte er nicht mit dem Klang eines »w« richtig umgehen, da es sehr selten im Goreanischen benutzt wird und nur in einigen bestimmten ungebräuchlichen Wörtern, die offensichtlich barbarischer Herkunft sind, vorkommen. Der w-Klang ist übrigens ein sehr komplizierter. Wie viele solcher Klänge wird er am besten in den kurzen Jahren der Kindheit gelernt, wenn die sprachliche Anpassungsfähigkeit eines Kindes ihren Höhepunkt erreicht hat, und gleichzeitig jede Sprache der Menschheit auf natürliche Weise erworben wird. Eine Leistung, die für die meisten Individuen bereits verloren geht, lange bevor sie ihre Volljährigkeit erreichen. Allerdings könnte Kamchak sagen, dass der Klang, den ich als »vella« aufgeführt habe, sehr einfach war und er ihn bei Gelegenheit als Elizabeths Namen verwenden würde. Am häufigsten sprachen er und ich von ihr jedoch als kleine Barbarin. Ich hatte mich übrigens in den ersten paar Tagen geweigert, Englisch mit ihr zu sprechen, weil ich dachte, es wäre erstrebenswerter für sie, so schnell wie möglich zu lernen, Goreanisch zu sprechen, zu denken und zu hören. Sie konnte inzwischen ganz gut mit der Sprache umgehen. Natürlich konnte sie sie nicht lesen. Sie war in der Beziehung Analphabetin.

Kamchak sah mich an. Er lachte, lehnte sich vor und klopfte mir auf die Schulter.

»Sie ist nur eine Sklavin!«, kicherte er.

»Fühlst du denn nichts für sie?«, fragte ich.

Er lehnte sich zurück, ganz ernst für einen Moment. »Doch«, sagte er. »Ich bin ganz versessen auf die kleine Barbarin.«

»Warum dann?«, fragte ich.

»Sie ist fortgelaufen«, sagte Kamchak.

Das stritt ich nicht ab.

»Sie muss es lernen.«

Ich sagte nichts.

»Außerdem«, sagte Kamchak, »wird der Wagen langsam voll – sie muss bereit sein, verkauft zu werden.«

Ich nahm die Pagaflasche und stürzte einen weiteren Schluck hinunter.

»Willst du sie kaufen?«, fragte er.

Ich dachte an den Wagen von Kutaituchik und die goldene Kugel. Der Omenempfang hatte begonnen. Ich musste versuchen, in dieser Nacht oder einer anderen in naher Zukunft, die Kugel zu entwenden und irgendwie zum Sardar zurückzubringen. Ich wollte »Nein«, sagen, aber dann dachte ich an das Mädchen aus Cos, das weinend am Wagenrad angebunden war. Ich fragte mich, ob ich Kamchaks Preisvorstellung würde erfüllen können. Ich sah auf. Plötzlich hob Kamchak seine Hand und bedeutete mir alarmiert, still zu sein.

Jetzt erst bemerkte ich die anderen Tuchuks im Wagen. Plötzlich bewegte sich niemand mehr.

Dann hörte ich es auch, das Heulen eines Boskhorns in der Ferne. Schließlich ein weiteres.

Kamchak sprang auf seine Füße. »Das Lager wird angegriffen!«, schrie er.

14 Tarnreiter

Kamchak und ich sprangen die Stufen des Sklavenwagens hinab. Die Dunkelheit war angefüllt mir hetzenden Männern, einige mit Fackeln, und rennenden Kaiilas, auf denen schon Reiter saßen. Kriegslaternen, grün und blau und gelb, brannten bereits auf Pfählen in der Dunkelheit und kennzeichneten die Sammelpunkte für die Orlus, die Hundertschaften, und die Oralus, die Tausendschaften. Jeder Krieger der Wagenvölker, und das bedeutete jeder diensttüchtige Mann, ist ein Mitglied eines Or oder einer Zehnerschaft. Jede Zehnerschaft war Mitglied eines Orlu, einer Hundertschaft, jedes Orlu ist Mitglied eines Oralu, einer Tausendschaft. Jene, die mit den Wagenvölkern nicht vertraut sind und sie nur von ihren schnellen Raubzügen kennen, denken manchmal von ihnen, dass sie ohne Organisation sind, dass sie eine verrückte Horde oder eine Menge wilder Krieger sind. Aber das ist nicht der Fall. Jeder Mann kennt seine Position in einer Zehnerschaft, und die Position seiner Zehnerschaft in der Hundertschaft und die der Hundertschaft in der Tausendschaft. Tagsüber werden die schnellen Bewegungen jeder eigenständig manövrierbaren Einheit von Boskhörnern und den Bewegungen der Standarten geleitet; in der Nacht durch Boskhörner und Kriegslaternen, die an hohen Pfählen hängen und von Reitern getragen werden.

Kamchak und ich stiegen auf die Kaiilas, die wir zuvor geritten hatten und drängten so schnell wir konnten durch die Menge zu unserem Wagen.

Wenn die Boskhörner erklingen, löschen die Frauen die Feuer und bereiten die Waffen der Männer vor, indem sie Pfeil und Bogen und Lanzen herausbringen; die Quivas befinden sich immer in den Sattelscheiden. Die Bosks werden angeleint und die Sklaven, die möglicherweise den Vorteil des Tumults für sich nutzen konnten, angekettet.

Dann klettern die Frauen auf die Oberseite der hohen Wagen und beobachten die Kriegslaternen in der Ferne, um ihre Ansagen ebenso zu deuten wie die Männer. Daraus leiten sie ab, ob die Wagen fahren müssen und wenn ja, in welche Richtung.

Ich hörte ein Kind entrüstet schreien, da es in den Wagen gestoßen wurde.

In kurzer Zeit erreichten Kamchak und ich unseren Wagen. Aphris hatte einen guten Sinn dafür gehabt, die Bosks anzuleinen. Kamchak trat das Feuer seitlich des Wagens aus. »Was ist los?«, schrie sie.

Kamchak nahm sie grob am Arm und schob sie stolpernd zum Sleenkäfig, wo Elizabeth Cardwell ängstlich und die Gitterstäbe festhaltend, kniete. Kamchak schloss den Käfig auf und stieß Aphris zu Elizabeth hinein. Sie war eine Sklavin und wurde gesichert, damit sie nicht eine Waffe ergreifen oder versuchen konnte, den Wagen abzubrennen. »Bitte!«, rief sie und stieß ihre Hände durch die Stäbe. Aber Kamchak hatte schon die Tür zugeschlagen und drehte den Schlüssel im Schloss.

»Herr!«, rief sie. Ich wusste, dass es besser für sie war, gesichert zu sein, als wenn sie sich angekettet im Wagen oder vielleicht sogar an einem Wagenrad befand. Die Wagen wurden während turianischer Raubzüge abgefackelt.

Kamchak warf mir eine Lanze und einen Köcher mit vierzig Pfeilen sowie einen Bogen zu. Das Kaiila, auf dem ich ritt, besaß bereits am Sattel die Quivas, ein Lasso und eine Bola. Dann sprang er von der obersten Stufe des Wagens auf den Rücken seines Kaiilas und hetzte in Richtung der Klänge der Boskhörner davon.

»Herr!«, hörte ich Aphris' Ruf.

In weniger als ein paar goreanischen Ihn kamen wir zum inneren Rand der Herden. Dort hatten sich in einer Front von einigen Pasangs bereits Tausende formiert, lange Reihen von Reitern mit wenigen Lücken in ihren Stellungen warteten mit Lanzen in den Händen, ihre Augen auf die Kriegslaternen gerichtet.

Kamchak ritt zu ihnen, wählte jedoch keine Zehner- oder Hundertschaft aus. Zu meinem Erstaunen ritt er allen voraus und hetzte sein Kaiila zur Mitte der Linien, wo einige fünf oder zehn Krieger auf ihren Kaiilarücken warteten. Mit diesen tauschte er sich schnell aus, und dann sah ich ihn seinen Arm heben und rote Kriegslaternen wurden an Seilen an die Spitzen der Pfähle gezogen. Zu meiner Verblüffung öffneten sich Schneisen in den dicht gedrängten, bepackten Bosks vor ihnen. Hirten und Herdensleens trieben die Tiere zurück, um lange grasige Passagen zwischen ihren trampelnden zotteligen Kolossen zu bilden. Und dann flogen Kolonnen von Kriegern, den Kriegslaternen folgend, mit unglaublicher Schnelligkeit und Präzision aus ihren Reihen und flossen wie Ströme zwischen den Tieren her.

Ich ritt an Kamchaks Seite, und im Nu passierten wir die brüllende, erschrockene Herde und kamen auf den Ebenen dahinter heraus. Im Licht der goreanischen Monde sahen wir abgeschlachtete Bosks, einige Hunderte von ihnen und, etwa zweihundert Meter entfernt, vielleicht tausend Krieger auf ihren Tharlarions auf dem Rückzug.

Plötzlich zog Kamchak sein Reittier herum, um anzuhalten, statt die Verfolgung aufzunehmen. Hinter ihm hielten die Tuchuk-Kavallerien an und hielten ihre Stellung. Unter zwei roten Laternen sah ich eine gelbe, die auf halbem Weg zur Spitze des Pfahls war.

»Verfolgt sie!«, rief ich.

»Wartet!«, schrie er. »Wir sind Narren! Narren!«

Ich zog die Zügel meines Kaiilas zurück und hielt das Tier ruhig.

»Hört!«, sagte Kamchak gequält.

In der Ferne hörten wir einen Ton, der wie ein donnernder Flügelschlag klang, und dann sahen wir zu meiner Bestürzung vor dem Hintergrund der drei weißen Monde von Gor Tarnreiter über unseren Köpfen dahinfliegen. Sie hielten auf das Lager zu.

Es waren vielleicht achthundert bis tausend von ihnen. Ich konnte die Schläge der Tarntrommel hören, die den Flug der Formation bestimmte.

»Wir sind Narren!«, schrie Kamchak und wendete sein Kaiila.

Im Nu hetzten wir durch die Reihen der Leute zurück zum Lager. Nachdem wir die Linien, die sich noch immer ruhig verhielten, passiert hatten, drehten diese Tausende von Kriegern einfach ihre Kaiilas auf der Stelle, mit dem letzten nun als ersten in der Front und folgten uns.

»Jeder zu seinem Wagen, der Krieg beginnt!«, brüllte Kamchak.

Ich sah zwei gelbe Laternen und eine rote Laterne an den hohen Pfählen.

Ich war bestürzt über das Auftauchen von Tarnreitern über den südlichen Ebenen. Soweit ich wusste, waren die nächstgelegenen Tarnkavallerien im fernen Ar stationiert.

Mit Sicherheit war das herrliche Ar nicht im Krieg mit den Tuchuks der südlichen Ebenen.

Es mussten Söldner sein!

Kamchak kehrte nicht zu seinem eigenen Wagen zurück, sondern hetzte sein Kaiila, gefolgt von hundert Männern, zu einer Anhöhe, auf der die Standarte der vier Boskhörner stand. Dort stand ebenfalls der riesige Wagen von Kutaituchik, den sie Ubar der Tuchuks nannten.

Bei den Wagen hätten die Tarnreiter nur Sklaven, Frauen und Kinder vorgefunden, aber keiner der Wagen war geplündert oder abgebrannt worden.

Wir hörten erneutes Donnern von Flügelschlägen, und über unseren Köpfen sahen wir die Tarnreiter wie einen schwarzen Sturm zu den Trommelschlägen und auf kreischenden Tarns vorbeifliegen.

Ein paar Pfeile von denen, die uns folgten, fegten ihnen schwach hinterher, fielen jedoch zwischen den Wagen herunter.

Die zusammengenähten bemalten Boskhäute, die den kuppelartigen Rahmen über dem riesigen Wagen von Kutaituchik bedeckten, hingen aufgeschlitzt und in Fetzen von den verbundenen Temholzpfählen des Rahmens. An den Stellen, an denen sie nicht zerrissen waren, sah ich, dass sie durchlöchert waren, als ob jemand mit einem Messer immer wieder, nur wenige Zoll daneben, in sie hineingestochen hätte.

Fünfzehn oder zwanzig Wächter waren getötet worden, meist von Pfeilen. Sie lagen überall herum, einige auf dem Podium nahe des Wagens. In einem Körper steckten sechs Pfeile.

Kamchak sprang vom Rücken seines Kaiilas und zog eine Fackel aus einer eisernen Halterung, sprang dann die Stufen hoch und betrat den Wagen.

Ich folgte ihm und hielt bestürzt von dem, was ich sah, an. Buchstäblich Tausende von Pfeilen waren durch die Kuppel des Wagens abgefeuert worden. Man konnte nicht vorwärtsgehen, ohne einen der Pfeile abzubrechen oder zu knicken. In der Mitte des Wagens, allein und mit vornübergebeugtem Kopf, auf der Robe aus grauem Boskfell, saß Kutaituchik. Etwa fünfzehn bis zwanzig Pfeile steckten in seinem Körper. An seinem rechten Knie stand der goldene Kandakasten. Ich sah mich um. Der Wagen war geplündert worden. Soweit ich wusste, war er damit der Einzige.

Kamchak war zur Leiche Kutaituchiks hinübergegangen und setzte sich ihr im Schneidersitz gegenüber. Er legte seinen Kopf in seine Hände.

Ich störte ihn nicht.

Einige andere drückten sich hinter uns in den Wagen. Nicht viele. Die hereinkamen, hielten sich im Hintergrund.

Ich hörte Kamchak stöhnen. »Die Bosks sind so gut, wie wir es erwartet haben«, sagte er. »Die Quivas – ich werde sie scharf halten. Ich werde dafür sorgen, dass die Achsen der Wagen gut geschmiert sind.«

Er beugte seinen Kopf vornüber und schluchzte, vor- und zurückschaukelnd.

Außer dem Weinen konnte ich nur das Knistern der Fackel hören, die das Innere der zerrissenen Kuppel erhellte. Hier und dort sah ich unter den Teppichen und dem polierten, mit weißen Pfeilen übersäten Holz, umgestürzte Kisten, lose verstreute Juwelen, zerrissene Gewänder und Wandteppiche. Doch die goldene Kugel sah ich nicht. Wenn sie je da gewesen war, war sie jetzt fort.

Schließlich stand Kamchak auf.

Er drehte sich zu mir um. Ich konnte noch immer Tränen in seinen Augen sehen. »Er war einmal ein großer Krieger«, sagte er.

Ich nickte.

Kamchak sah sich selbst um und nahm einen der Pfeile auf und zerbrach ihn.

»Die Turianer sind dafür verantwortlich«, sagte er.

»Saphrar?«, fragte ich.

»Sicher«, sagte Kamchak. »Wer sonst außer Saphrar von Turia könnte Söldnertarnreiter anheuern oder für die Ablenkung sorgen, die uns Narren
zum Rand der Herden zog?«

Ich blieb still.

»Es gab eine goldene Kugel«, sagte Kamchak. »Diese wollte er haben.«

Ich sagte nichts.

»Genau wie du, Tarl Cabot«, fügte Kamchak hinzu.

Ich war entsetzt.

»Warum sonst hättest du zu den Wagenvölkern kommen sollen?«, fragte er.

Ich antwortete nicht; ich konnte nicht.

»Ja«, sagte ich. »Es ist wahr. Ich will sie für die Priesterkönige. Sie ist
wichtig für sie.«

»Sie ist wertlos«, sagte Kamchak.

»Nicht für die Priesterkönige«, sagte ich.

Kamchak schüttelte seinen Kopf. »Nein, Tarl Cabot«, sagte er, »die goldene Kugel ist wertlos.«

Der Tuchuk sah sich traurig um, und dann starrte er erneut zu der sit-
zenden, vornübergebeugten Gestalt Kutaituchiks.

Plötzlich schossen Tränen aus Kamchaks Augen. Seine Fäuste waren geballt. »Er war ein großartiger Mann!«, weinte Kamchak. »Er war einmal
ein großartiger Mann!«

Ich nickte. Natürlich kannte ich Kutaituchik nur als große, schläfrige
Masse eines Mannes, der im Schneidersitz und auf einer grauen Robe aus
Boskfell mit träumenden Augen dasaß.

Plötzlich schrie Kamchak vor Wut auf und riss den goldenen Kandakasten an sich und schleuderte ihn fort. »Es wird nun einen neuen Ubar
der Tuchuks geben müssen«, sagte ich sanft.

Kamchak wandte sich mir zu. »Nein«, sagte er.

»Kutaituchik ist tot«, entgegnete ich.

Kamchak betrachtete mich ruhig. »Kutaituchik war nicht der Ubar der
Tuchuks«, sagte er.

»Ich verstehe nicht«, sagte ich.

»Er wurde zwar Ubar der Tuchuks genannt«, sagte Kamchak, »aber er
war kein Ubar.«

»Wie kann das sein?«, fragte ich.

»Wir Tuchuks sind nicht solche Narren, wie die Turianer vielleicht glauben«, sagte Kamchak. »Genau für so eine Nacht wartete Kutaituchik hier
im Wagen des Ubars.«

Verwundert schüttelte ich meinen Kopf.

»Er wollte es auf diese Art«, sagte Kamchak. »Er und kein anderer.« Kamchak wischte mit seinem Arm über seine Augen. »Er sagte, es wäre alles, wofür er noch gut sei. Für dies und für nichts anderes mehr.«

Das war eine brillante Strategie.

»Dann wurde der wahre Ubar der Tuchuks nicht getötet«, sagte ich.

»Nein«, sagte Kamchak.

»Wer weiß, wer der wahre Ubar der Tuchuks ist?«, fragte ich.

»Die Krieger wissen es«, sagte Kamchak. »Die Krieger.«

»Wer ist der Ubar der Tuchuks«, fragte ich.

»Ich bin es«, sagte Kamchak.

15 Harold

Zu einem gewissen Ausmaß lag Turia nun unter Belagerung, auch wenn die Tuchuks allein die Stadt nicht ausreichend belagern konnten. Die anderen Wagenvölker betrachteten das Problem mit dem ermordeten Kutaituchik und das Plündern seines Wagens im Hinblick der Ressourcen der Völker der vier Boskhörner, als eines, das man am besten in Ruhe ließ. Es betraf ihrer Meinung nach weder die Kassars, noch die Kataii oder die Paravaci. Es gab Kassars, die kämpfen wollten, auch einige Kataii, aber die besonnenen Köpfe der Paravaci überzeugten sie, dass das Problem zwischen Turia und den Tuchuks bestand und nicht zwischen Turia und den Wagenvölkern im Allgemeinen. In der Tat waren Gesandte auf Tarnrücken zu den Kassars, den Kataii und den Paravaci geflogen und versicherten ihnen Turias Desinteresse an feindlichen Absichten ihnen gegenüber. Gesandte, die von reichen Geschenken begleitet wurden.

Die Kavallerien der Tuchuks schafften es jedoch, eine vernünftige und effektive Blockade der Landrouten nach Turia beizubehalten. Viermal war ein großer Teil der Tharlarionkavallerie von der Stadt ausgeschwärmt, aber jedes Mal hatten sich die Hundertschaften wieder zurückgezogen, bis das Kommando von wirbelnden Kaiilas umzingelt wurde und seine Reiter schnell von blitzenden Pfeilen der Tuchuks getötet wurden, die bis fast auf Lanzenreichweite heranritten und immer wieder feuerten, bis die Angreifer zurückwichen und nach Hause abrückten.

Einige Male hatten Heerscharen von Tharlarions versucht, die Karawanen, die die Stadt verließen, zu beschützen oder waren ankommenden Karawanen entgegengeritten, aber jedes Mal hatten die schnellen, plündernden, entschlossenen Reiter der Tuchuks trotz dieser Unterstützung die Karawanen zum Rückzug gezwungen oder im Kampf Mann gegen Mann, Tier gegen Tier, sie über Pasangs verstreut in der Prärie zurückgelassen.

Die Söldnertarnreiter von Turia wurden von den Tuchuks am meisten gefürchtet, denn diese konnten mit relativer Straffreiheit aus der Sicherheit ihrer luftigen Höhe das Feuer eröffnen. Aber selbst diese gefürchtete Waffe von Turia allein konnte die Tuchuks nicht von den umliegenden Ebenen vertreiben. Im Feld stellten sich die Tuchuks den Tarnreitern, indem sie ihre Hundertschaften auseinanderbrechen ließen und in Zehnerschaften zerstreuten, die nur zufällige, schnelle, sich bewegende Ziele abgaben. Es ist schwierig, einen Reiter oder ein Tier aus der Entfernung vom Rücken eines Tarns zu erledigen, wenn dieser sich deiner bewusst und jederzeit bereit ist, deinem Geschoss auszuweichen. Und wenn ein Tarnreiter zu dicht herankam, fand er sich und sein Reittier dem Gegenfeuer der Tuchuks ausgesetzt, bei dem die Tuchuks aufgrund der Nähe ihren kleinen Bogen zum bösen Vorteil einsetzen konnten. Die Bogenschützen der Tarnreiter sind natürlich effektiv gegen Infanteriemassen oder Gruppen von schwerfälligen Tharlarions. Weiterhin, vielleicht nicht ganz unwichtig, waren viele von Turias Söldnertarnreitern damit beschäftigt, zeitverbrauchende, unangenehme Aufgaben der Stadtversorgung von fernen Punkten zu übernehmen. Oft brachten sie Nahrung und Holz für Pfeile von entlegenen Orten, wie den Tälern des östlichen Cartius. Ich nehme an, dass die Söldner, auch wenn sie Tarnreiter und damit eine stolze, eigensinnige Art von Männern waren, sich die Versorgung mit Verpflegung von den Turianern hoch bezahlen ließen. Die Demütigungen solcher Bürden wurden sicherlich durch das ausgleichende Gewicht goldener Tarnscheiben gemindert. Es gab im Übrigen keinen Wassermangel in der Stadt, denn Turias Gewässer werden von tiefen, gefliesten Brunnen versorgt. Einige von ihnen sind mehrere hundert Fuß tief. Es gibt auch Belagerungsspeicher, gefüllt mit geschmolzenem Schnee des Winters und dem Regen des Frühlings.

Kamchak saß auf seinem Kaiilarücken und betrachtete wütend die fernen weißen Mauern von Turia. Er konnte die Versorgung der Stadt über den Luftweg nicht verhindern. Es fehlte ihm an Belagerungsmaschinen, Männern aus den nördlichen Städten und deren Fähigkeiten. Er war nur ein Nomade, auf seine Art verblüfft von den Wänden, die sich vor ihm auftürmten.

»Ich frage mich«, sagte ich, »warum die Tarnreiter nicht die Wagen mit Feuerpfeilen angegriffen haben. Warum haben sie nicht die Bosks selbst angegriffen? Sie hätten sie aus der Luft abschlachten und dich damit zwingen können, dich zurückzuziehen, um die Tiere zu schützen.«

Es schien eine einfache, grundlegende Strategie zu sein. Am Ende würde es keinen Platz in den Prärien geben, an dem man die Wagen oder Bosks verstecken konnte, und die Tarnreiter konnten sie leicht überall in einem Radius von einigen hundert Pasangs erreichen.

»Sie sind Söldner«, knurrte Kamchak.

»Ich verstehe nicht, was du damit sagen willst«, sagte ich.

»Wir haben sie dafür bezahlt, unsere Wagen nicht niederzubrennen oder unsere Bosks abzuschlachten«, sagte er.

»Sie werden von beiden Seiten bezahlt?«, fragte ich.

»Natürlich«, sagte Kamchak gereizt.

Aus irgendeinem Grund machte mich das wütend, auch wenn ich

natürlich dankbar dafür war, dass die Wagen und Bosks bisher sicher waren. Ich nehme an, ich war wütend, weil ich selbst ein Tarnreiter war, und es schien tatsächlich ungebührlich für Krieger, die die mächtigen Tarne ritten, ihre Gefälligkeiten willkürlich für Gold von jeder Seite einzutauschen.

»Aber«, sagte Kamchak, »ich denke am Ende wird Saphrar von Turia den höheren Preis zahlen können. Dann werden die Wagen angezündet und die Bosks erlegt.« Er biss die Zähne zusammen. »Aber bisher hat er den Söldnern noch nicht so viel geboten, weil wir ihm noch keinen Schaden zugefügt haben«, sagte Kamchak, »und ihn noch nicht unsere Anwesenheit haben fühlen lassen.«

Ich nickte.

»Wir werden uns zurückziehen«, sagte Kamchak. Er drehte sich zu einem Untergebenen um. »Lass die Wagen sich sammeln«, sagte er, »und die Bosks von Turia abziehen.«

»Du gibst auf?«, fragte ich.

Kamchaks Augen glommen kurz auf. Dann lächelte er. »Natürlich«, sagte er.

Ich zuckte die Achseln.

Ich wusste, dass ich selbst irgendwie nach Turia gelangen musste, denn in Turia lag nun die goldene Kugel. Ich musste irgendwie versuchen, sie zu ergreifen und zum Sardar zurückzubringen. War ich nicht genau aus diesem Grund zu den Wagenvölkern gekommen? Ich verfluchte die Tatsache, dass ich so lange gewartet hatte. So lange bis zur Zeit des Omenempfangs – denn ab da hatte ich die Gelegenheit verpasst, die Kugel im Wagen von Kutaituchik für mich zu bekommen. Nun lag die Kugel zu meinem Ärger nicht in einem Tuchuk-Wagen in der offenen Prärie, sondern vermutlich im Haus von Saphrar, einer Händlerfestung, hinter den hohen weißen Mauern Turias.

Ich sprach nicht mit Kamchak über meine Absicht, denn ich war überzeugt, dass er dann sehr wahrscheinlich so einer närrischen Mission widersprochen und vielleicht sogar versucht hätte, mich daran zu hindern, das Lager zu verlassen.

Allerdings kannte ich die Stadt nicht. Ich wusste nicht, wie ich hineinkommen sollte; ich wusste nicht einmal, wie ich diese gefährliche Aufgabe, die ich mir selbst gestellt hatte, meistern sollte.

Der Nachmittag bei den Wagen war sehr geschäftig, denn sie bereiteten sich auf ihren Abzug vor. Die Herden waren bereits westwärts geschickt worden, fort von Turia in Richtung Thassa, dem fernen Meer. Es gab einiges an den Wagen zu pflegen, die Geschirre mussten geprüft und geschnittenes Fleisch musste getrocknet werden, indem es von den Seiten der fahrenden Wagen in Sonne und Wind herabhing. Am Morgen würden die Wagen in langen Reihen den langsam ziehenden Herden folgen. Fort von Turia.

Inzwischen wurde der Omenempfang, auch mit Beteiligung der Tuchuk-Haruspexe, fortgesetzt, denn die Haruspexe der Völker würden zurückbleiben, bis die letzten Deutungen beendet waren. Ich hatte von dem Herrn der Jagdsleens gehört, dass die Omen sich wie vorausgesehen entwickelten. Viele Argumente sprachen gegen, aber nur eines für die Wahl des Ubar San. Tatsächlich hatte das Problem der Tuchuks mit den Turianern möglicherweise, so dachte ich, seinen Einfluss auf ein oder zwei Omen ausgeübt. Man konnte schlecht die Kassars, die Kataii und die Paravaci dafür verantwortlich machen, dass sie nicht von einem Tuchuk gegen Turia geführt werden wollten oder die Schwierigkeiten der Tuchuks zu ihren eigenen machen wollten, indem sie sich mit ihnen in irgendeiner Art verbündeten. Besonders die Paravaci bestanden darauf, die Unabhängigkeit der Völker beizubehalten.

Seit Kutaituchiks Tod war Kamchak unausstehlich geworden. Er trank nun nur noch selten, scherzte nicht, lachte nicht. Ich vermisste seine bisherigen häufigen Vorschläge für Wettkämpfe, Rennen und Wetten. Er war jetzt eher mürrisch, launisch, von Hass auf Turia und die Turianer verzehrt. Er schien besonders böse auf Aphris zu sein. Sie war Turianerin. Als er in der Nacht von Kutaituchiks Wagen zu seinem eigenen zurückkehrte, schritt er wütend zu dem Sleenkäfig, in den er Aphris und Elizabeth während des vermeintlichen Angriffs eingesperrt hatte. Er schloss die Tür auf und befahl der turianischen Jungfrau herauszukommen und vor ihm mit gesenktem Kopf zu stehen. Dann riss er ihr schnell und zu ihrer Verwirrung, ohne ein Wort zu verlieren die gelbe Camisk herunter und schloss Sklavenarmbänder um ihre Handgelenke. »Ich sollte dich auspeitschen«, sagte er. Das Mädchen zitterte. »Aber warum, Herr?«, fragte sie. »Weil du Turianerin bist«, sagte er. Das Mädchen sah ihn mit Tränen in den Augen an. Kamchak packte sie grob am Arm und stieß sie zurück in den Sleenkäfig neben die jämmerliche Elizabeth Cardwell. Er schloss die Tür und verriegelte sie. »Herr?«, fragte Aphris. »Still, Sklavin«, sagte er. Das Mädchen wagte nicht zu sprechen. »Ihr werdet beide hier auf den Eisenmeister warten«, fauchte er, drehte sich abrupt um und schritt die Wagenstufen hinauf. Aber der Eisenmeister kam weder in dieser Nacht noch in der nächsten. In diesen Tagen der Belagerung und des Krieges gab es wichtigere Dinge zu tun, als eine Sklavin zu brandmarken und mit einem

Halsreif zu binden. »Lass ihn mit seiner Hundertschaft reiten«, sagte Kamchak. »Sie werden nicht fortlaufen. Sie werden wie Sleenweibchen in ihrem Käfig warten und nicht wissen, an welchem Tag das Eisen kommen wird.« Vielleicht aus keinem anderen Grund, als wegen seines plötzlich gefundenen Hasses auf Aphris von Turia, schien er es nicht eilig damit zu haben, die Mädchen aus ihrem Gefängnis zu befreien. »Lass sie herauskrauchen, dann werden sie um ein Brandzeichen betteln«, knurrte er. Insbesondere Aphris schien völlig verzweifelt wegen Kamchaks unvernünftiger Grausamkeit, seiner gefühllosen Behandlung gegenüber ihr selbst und auch Elizabeth zu sein. Wahrscheinlich am meisten wegen seiner plötzlichen, scheinbaren Gefühllosigkeit zu ihr. Ich nahm an, auch wenn das Mädchen es sich nicht einmal im Traum eingestanden hätte, dass ihr Herz genauso wie ihr Körper nun rechtmäßig von ihm, dem grausamen Ubar der Tuchuks, beansprucht wurde. Elizabeth Cardwell lehnte es ab, mich anzusehen, und sie sprach auch nicht viel mit mir. »Geh weg!«, rief sie. »Lass mich allein!« Kamchak warf den Mädchen einmal am Tag, in der Nacht, zu der Zeit, in der Sleens gefüttert werden, Stücke von Boskfleisch hin und füllte einen Napf, der sich im Käfig befand, mit Wasser. Ich protestierte häufig unter vier Augen dagegen, doch er blieb hartnäckig. Er sah nach Aphris und kehrte dann zum Wagen zurück, setzte sich mit überkreuzten Beinen hin, sprach stundenlang nichts und starrte nur zur Seite des Wagens. Einmal hämmerte er auf den Teppich auf dem polierten Boden vor sich und schrie wütend, als wenn er sich selbst an eine bedeutende, nicht zu ändernde Tatsache erinnern müsste: »Sie ist Turianerin! Turianerin!« Die Arbeit im Wagen wurde von Tuka und einem anderen Mädchen, das Kamchak zu diesem Zweck angeheuert hatte, erledigt. Als die Wagen sich in Bewegung setzten, lief Tuka neben dem Karren mit dem Sleenkäfig her, der von einem einzelnen Bosk gezogen wurde. Mit einem Boskstock führte sie das Tier. Einmal sprach ich sie barsch an, als ich sah, wie sie Elizabeth Cardwell grausam mit dem Boskstock durch die Stäbe anstieß. Sie tat es nie wieder, wenn ich in der Nähe war. Sie schien die verzweifelte rotäugige Aphris von Turia in Ruhe zu lassen, vielleicht weil sie Turianerin war, vielleicht weil sie keinen Groll gegen sie hegte. »Wo ist nun das Fell des roten Larls, Sklavin?« Tuka verspottete Elizabeth und drohte ihr mit dem Boskstock. »Du wirst schön aussehen mit einem Ring in deiner Nase!«, rief sie. »Du wirst den Halsreif mögen! Warte, bis du das Eisen spürst, Sklavin. Wie Tuka!« Kamchak tadelte Tuka nie, aber ich brachte sie jedes Mal, wenn ich anwesend war, zum Schweigen. Elizabeth ertrug die Beleidigungen, als würde sie sie gar nicht beachten, aber manchmal konnte ich sie weinen hören.

Ich suchte lange zwischen den Wagen, bis ich ihn endlich fand. Er saß im Schneidersitz unter einem Wagen, eingewickelt in eine getragene Boskrobe, seine in Leder eingeschlagenen Waffen in der Hand, der junge Mann, dessen Name Harold war. Der blonde blauäugige Geselle, der von Hereena schikaniert worden war, dem Mädchen vom Ersten Wagen, das in den Spielen des Liebeskrieges als Beute an Turia gefallen war. Er aß ein Stück Boskfleisch nach der Art der Tuchuks, das Fleisch in der linken Hand und zwischen seinen Zähnen haltend und Stücke mit einem Quiva, kaum einen Viertelzoll von seinen Lippen entfernt, herausschneidend. Dann kaute er den abgetrennten Bissen, hielt erneut das Fleischstück in Hand und Zähnen und schnitt es ab.

Ohne ein Wort zu verlieren, setzte ich mich neben ihn und beobachtete ihn beim Essen. Er beäugte mich misstrauisch und sprach ebenfalls nicht. Nach einer Weile sagte ich zu ihm: »Wie sind die Bosks?«

»Sie sind so gut, wie man es von ihnen erwarten kann«, sagte er.

»Und sind die Quivas scharf?«, fragte ich.

»Wir versuchen, sie scharf zu halten«, sagte er.

»Es ist wichtig«, bemerkte ich, »die Achsen der Wagen zu schmieren.«

»Ja«, sagte er. »Ich denke ja.«

Er gab mir ein Stück Fleisch, und ich kaute darauf herum.

»Du bist Tarl Cabot, der Korobaner«, sagte er.

»Ja«, sagte ich. »Und du bist Harold ... der Tuchuk.«

Er blickte mich an und lächelte. »Ja«, sagte er. »Ich bin Harold ... der Tuchuk.«

»Ich gehe nach Turia«, erzählte ich.

»Das ist interessant«, entgegnete Harold. »Ich werde auch nach Turia gehen.«

»In dringender Angelegenheit?«, fragte ich.

»Nein«, sagte er.

»Was willst du dort?«, fragte ich weiter.

»Ein Mädchen erwerben«, sagte er.

»Ah«, machte ich.

»Was willst du in Turia?«, fragte Harold.

»Nichts Wichtiges«, bemerkte ich.

»Eine Frau?«, fragte er.

»Nein«, sagte ich. »Eine goldene Kugel.«

»Ich habe davon gehört«, sagte Harold. »Sie wurde aus Kutaituchiks Wagen gestohlen.« Er sah mich an. »Es heißt, sie sei wertlos.«

»Vielleicht«, gestand ich ein. »Aber ich denke, ich werde nach Turia gehen und danach suchen. Sollte ich das Glück haben, sie zu sehen, werde ich sie vielleicht an mich nehmen und sie mit zurückbringen.«

»Wo denkst du, würde diese goldene Kugel wohl herumliegen?«, fragte Harold.

»Ich vermute, dass sie irgendwo im Haus von Saphrar, einem Händler von Turia, gefunden werden kann«, sagte ich.

»Das ist interessant«, sagte Harold, »denn ich habe mir gedacht, ich könnte mein Glück in den Vergnügungsgärten eines turianischen Händlers namens Saphrar versuchen.«

»Das ist in der Tat interessant«, sagte ich. »Möglicherweise ist es derselbe.«

»Das wäre möglich«, räumte Harold ein. »Ist es dieser kleine Kerl, eher fett, mit den gelben Zähnen?«

»Ja«, sagte ich.

»Das sind Giftzähne«, bemerkte Harold. »Eine turianische Vorliebe – aber ziemlich tödlich, wenn sie mit dem Gift der Ost gefüllt werden.«

»Dann sollte ich mich darum bemühen, nicht gebissen zu werden«, sagte ich.

»Ich denke, das ist eine gute Idee«, meinte Harold.

Dann saßen wir da für eine Weile, sprachen nicht weiter. Er aß, und ich sah zu, wie er das Fleisch, das sein Abendessen darstellte, schnitt und kaute. In der Nähe gab es ein Feuer, aber es war nicht seines. Der Wagen über seinem Kopf war nicht sein Wagen. Es war auch kein Kaiila angeleint. Soweit ich es beurteilen konnte, besaß Harold nicht viel mehr als die Kleidung an seinem Leib, eine Robe aus Boskfell, seine Waffen und dieses Abendbrot.

»Du wirst in Turia getötet werden«, sagte Harold und beendete sein Mal. In Tuchuk-Manier wischte er sich den Mund mit dem rechten Ärmel sauber.

»Vielleicht«, stimmte ich zu.

»Du weißt nicht einmal, wie du in die Stadt kommen sollst«, sagte er.

»Das ist wahr«, gab ich zu.

»Ich kann Turia betreten, wenn ich es wünsche«, sagte er. »Ich kenne einen Weg.«

»Vielleicht sollte ich dich begleiten«, schlug ich vor.

»Vielleicht«, räumte er ein und wischte vorsichtig sein Quiva am linken Ärmel sauber.

»Wann gehst du nach Turia?«, fragte ich.

»Heute Nacht«, sagte er.

Ich blickte ihn an. »Warum bist du nicht schon eher gegangen?«, fragte ich.

Er lächelte. »Kamchak«, sagte er, »hat mir gesagt, ich solle auf dich warten.«

16 Ich finde die goldene Kugel

Es war kein angenehmer Weg nach Turia, den Harold, der Tuchuk, mir zeigte, aber ich folgte ihm.

»Kannst du schwimmen?«, fragte er.

»Ja«, sagte ich. Dann hakte ich nach: »Wie kommt es, dass ein Tuchuk schwimmen kann?« Ich wusste, dass die wenigsten Tuchuks es konnten, obwohl einige es im Cartius gelernt hatten.

»Ich habe es in Turia gelernt«, sagte Harold. »In den öffentlichen Bädern, in denen ich einmal ein Sklave gewesen bin.«

Den Bädern von Turia sagte man nach, dass sie an zweiter Stelle direkt nach denen von Ar kamen, was ihren Luxus, die Anzahl der Becken, ihre Temperatur, die Düfte und Öle anbelangte.

»Jede Nacht wurden die Bäder geleert und gesäubert, und ich war einer von vielen, der für diese Aufgabe abgestellt war«, erzählte er. »Ich war erst sechs Jahre alt, als ich nach Turia gebracht wurde, und ich entkam der Stadt erst nach elf Jahren.« Er lächelte. »Ich habe meinen Herrn nur elf Kupfertarnscheiben gekostet«, sagte er. »Ich gehe davon aus, dass er keinen Grund gehabt hat, mit seiner Investion so unzufrieden zu sein.«

»Und die Mädchen, die die Bäder tagsüber betreuen, sind wirklich so schön, wie man behauptet?«, fragte ich. Die Badefrauen von Turia sind genauso berühmt wie jene von Ar.

»Vielleicht«, sagte er. »Ich habe sie nie gesehen. Tagsüber wurde ich zusammen mit den anderen männlichen Sklaven in einem verdunkelten Raum angekettet, damit wir schliefen und unsere Stärke für die Arbeit in der Nacht bewahrten.« Dann fügte er hinzu: »Um sie zu disziplinieren, wurde manchmal eines der Mädchen zu uns in den Raum geworfen, aber wir hatten keine Möglichkeit, festzustellen, ob es schön war oder nicht.«

»Wie kommt es, dass du entkommen konntest?«, fragte ich.

»Nachts, wenn wir die Becken säuberten, waren wir nicht angekettet, um die Ketten vor Feuchtigkeit und Rost zu schützen. Wir wurden nur am Nacken zusammengebunden. Ich wäre ohnehin nicht vor meinem vierzehnten Lebensjahr angebunden worden, zu der Zeit hätte es mein Herr wohl als angebracht empfunden. Vorher war ich frei, ein wenig in den Becken anzugeben, ehe sie geleert wurden, und manchmal machte ich Botengänge für den Herrn der Bäder. In dieser Zeit lernte ich schwimmen und wurde ebenso vertraut mit den Straßen von Turia. In einer Nacht, in meinem siebzehnten Lebensjahr, fand ich mich plötzlich an letzter Stelle am Seil, kaute es durch und rannte weg. Ich versteckte mich, indem ich ein

Brunnenseil ergriff und mich bis zum Wasser herabließ. Am Fuße des Brunnens war Bewegung im Wasser, und ich tauchte bis zum Grund und fand dort einen Spalt, durch den ich unter Wasser entwischte und in einem felsigen Tunnel herauskam, durch den ein unterirdischer Strom floss. Glücklicherweise gab es ein paar Zoll Luft zwischen dem Wasserstand und der Decke des Tunnels. Er war sehr lang. Ich folgte ihm.«

»Und wohin bist du ihm gefolgt?«, fragte ich.

»Hierhin«, sagte Harold und deutete auf einen Spalt zwischen den Felsen, etwa acht Zoll breit, durch den von einer unterirdischen Quelle Wasser herausfloss und sich in einen kleinen Strom ergoss, etwa vier Pasangs entfernt von den Wagen. Aphris und Elizabeth hatten oft Wasser von hier für die Wagenbosks geholt.

Harold sprach nicht weiter, sondern drückte sich, mit dem Quiva zwischen den Zähnen, einem Seil und Haken an seinem Gürtel, durch den Spalt und verschwand. Ich folgte ihm, bewaffnet mit Quiva und Schwert.

Ich möchte mich eigentlich nicht an diese Reise erinnern. Ich bin ein guter Schwimmer, aber wir mussten gegen den beständigen Strom ankämpfen und ihn über Pasangs hinweg bezwingen. In der Tat schafften wir es.

Endlich verschwand Harold an einem bestimmten Punkt im Tunnel unter der Oberfläche, und ich folgte ihm. Keuchend kamen wir in einem kleinen Beckenbereich heraus, der den Untergrundstrom speiste. Hier verschwand Harold abermals unter Wasser, und noch einmal folgte ich ihm. Nach einem für mich ziemlich unangenehm langen Moment tauchten wir wieder auf, diesmal am Grund eines gekachelten Brunnens. Es war eher ein breiter Brunnen, vielleicht fünfzehn Fuß in der Breite. Etwa einen Fuß über der Oberfläche hing ein riesiges, schweres Fass, das etwas zur Seite geneigt war. Es würde buchstäblich Hunderte von Gallonen Wasser enthalten, wenn es gefüllt war. Zwei Seile führten um das Fass herum, ein kleines, um die Füllung zu kontrollieren und ein großes, um es zu unterstützen. Das große Seil hatte übrigens einen Kettenkern und war mit einem wasserfesten Leim behandelt worden, der aus den Häuten, Knochen und Hufen von Bosks gewonnen und von den Wagenvölkern getauscht wurde. Dennoch mussten Seil und Kette zweimal im Jahr ersetzt werden. Ich schätzte, dass der Brunnenrand vielleicht acht- oder neunhundert Fuß über uns lag.

Ich hörte Harolds Stimme in der Dunkelheit, die hohl von den gefliesten Wänden über dem Wasser widerhallte. »Die Kacheln werden regelmäßig überprüft«, sagte er. »Zu diesem Zweck gibt es Trittknoten in dem Seil.«

Ich seufzte erleichtert auf. Es ist eine Sache, ein langes Seil herunterzurutschen, eine gänzlich andere, eines hochzuklettern, selbst in der geringeren Schwerkraft von Gor. Besonders wenn man so ein langes vor sich hatte, wie das, das ich undeutlich über mir sah.

Die Trittknoten wurden mit einem unterstützenden Seil gemacht, waren aber in die Fasern des Hauptseils eingearbeitet und umleimt, sodass sie fast wie ein einziges erschienen. Sie waren etwa im Abstand von zehn Fuß ins Seil eingefügt, dennoch war der Aufstieg recht erschöpfend, selbst wenn man regelmäßige Pausen einlegte. Noch beunruhigender war für mich die Aussicht, die goldene Kugel am Seil herunter und unter Wasser durch den unterirdischen Strom bis zu dem Ort, an dem wir dieses Abenteuer begonnen hatten, zu bringen. Ebenso war mir nicht klar, wie Harold, sollte er erfolgreich bei seinem Einkauf unter den Farnen und Blumen von Saphrars Vergnügungsgärten sein, beabsichtigte, seine sich windende Beute über die undramatische, schwierige und unwahrscheinliche Route zu leiten.

Als neugieriger Bursche fragte ich ihn danach, als wir uns zwei- oder dreihundert Fuß über dem Fass befanden.

»Um zu entkommen, werden wir zwei Tarne stehlen«, informierte er mich.

»Freut mich zu hören, dass du einen Plan hast«, sagte ich.

»Natürlich«, sagte er. »Ich bin doch ein Tuchuk.«

»Bist du jemals zuvor einen Tarn geritten?«, fragte ich ihn.

»Nein«, sagte er, noch immer irgendwo über mir kletternd.

»Wie erwartest du dann, das zu schaffen?«, hakte ich nach und zog mich selbst hinter ihm hinauf.

»Du bist doch ein Tarnreiter, nicht wahr?«, fragte er.

»Ja«, sagte ich.

»Sehr gut«, sagte er. »Du wirst es mir beibringen.«

»Man sagt, dass ein Tarn weiß, wer ein Tarnreiter ist und wer nicht«, murmelte ich, »und dass er denjenigen tötet, der keiner ist.«

»Dann muss ich ihn täuschen«, sagte Harold.

»Und wie willst du das anstellen?«, fragte ich.

»Das wird leicht sein«, sagte Harold. »Ich bin ein Tuchuk.«

Ich überlegte, ob ich mich nicht wieder am Seil hinablassen, zu den Wagen zurückkehren und mir eine Flasche Paga holen sollte. Sicherlich war morgen ein genauso günstiger Tag für meine Mission, wie jeder andere Tag. Allerdings legte ich keinen großen Wert darauf, wieder dem unterirdischen Strom zu folgen und besonders nicht darauf, erneut auf dem Trip nach Turia gegen ihn zu schwimmen. Es ist eine Sache, sich in einem öffentlichen Bad zu wälzen oder in einem Becken oder Strom zu planschen, aber eine gänzlich andere, für Pasangs gegen eine Strömung zu kämpfen, die durch einen Tunnelkanal führt, mit nur wenigen Zoll Abstand zwischen dem Wasser und der Tunneldecke.

»Das sollte eigentlich eine Mutnarbe wert sein«, sagte Harold von oben. »Was meinst du?«

»Was?«, fragte ich.

»Eine Hure aus dem Haus von Saphrar zu stehlen und auf einem gestohlenen Tarn zurückkehren.«

»Zweifellos«, brummte ich. Ich ertappte mich dabei, mich zu fragen, ob die Tuchuks auch eine Blödheitsnarbe hatten. Falls ja, würde ich den jungen Mann, der sich da über mir an dem Seil hochzog, als Kandidaten für diese Auszeichnung nominieren.

Dessen ungeachtet, ertappte ich mich dabei, irgendwie Bewunderung für den zuversichtlichen jungen Burschen zu empfinden.

Ich nahm an, wenn irgendjemand die Verrücktheit dieses Plans umsetzen konnte, dann sicherlich er oder jemand wie er, jemand, der genauso mutig war oder blöd.

Andererseits, so erinnerte ich mich selbst, standen meine eigenen Aussichten auf Erfolg und zu überleben kaum besser. Und hier war ich nun, sein Kritiker, das Fassseil hochkletternd, nass, unterkühlt, schnaufend, ein Fremder in der Stadt Turia, mit der Absicht ein Objekt – das Ei der Priesterkönige – zu stehlen, das unzweifelhaft inzwischen so gut bewacht wurde, wie der Heim-Stein der Stadt selbst. Ich entschloss, dass ich uns beide, Harold und mich, für die Blödheitsnarbe vorschlagen und die Tuchuks dann wählen lassen würde.

Mit einem Gefühl der Erleichterung bekam ich meinen Arm letztendlich über eine Querstange in der Winsch und zog mich selbst hoch. Harold war bereits in Position nahe dem Brunnen und sah sich um. Die turianischen Brunnen hatten übrigens keine hochgezogenen Wände, sondern waren, außer einer etwa zwei Zoll hohen Kante, ebenerdig errichtet. Ich gesellte mich zu Harold. Wir befanden uns in einem umgrenzten Brunnenhof, umgeben von etwa sechszehn Fuß hohen Wänden mit einem Verteidigungslaufsteg an der Innenseite. Die Wände waren ein Mittel, um das Wasser zu verteidigen und ebenso, wenn man die Anzahl der Brunnen in der Stadt betrachtete, von denen einige übrigens von Quellen gespeist wurden, boten sie natürlich eine Anzahl an verteidigungsfähigen Enklaven, sollten Teile der Stadt in Feindeshand fallen. Es gab einen Torbogen, der vom runden Brunnenhof wegführte; die beiden Hälften des gezimmerten, bogenförmigen Tors waren zurückgeschwungen und an beiden Seiten befestigt. Wir brauchten nur durch diesen Torbogen zu gehen und würden uns in einer der Straßen Turias wiederfinden. Ich hatte nicht erwartet, dass der Zugang zur Stadt so einfach war.

»Das letzte Mal war ich vor über fünf Jahren hier«, sagte Harold.

»Ist es weit bis zu Saphrars Haus?«, fragte ich.

»Ziemlich weit«, antwortete er. »Aber die Straßen sind dunkel.«

»Gut«, sagte ich, »dann los.« Ich fröstelte in der Frühlingsnacht, denn meine Kleidung war natürlich durchnässt. Harold schien diese Unannehmlichkeit nicht zu beachten, oder sie kümmerte ihn nicht. Die Tuchuks im Allgemeinen tendieren zu meiner Verwirrung nicht dazu, solche Dinge zu beachten. Ich war froh, dass die Straßen dunkel und der Weg lang war.

»Die Dunkelheit«, sagte ich, »wird unsere nassen Kleider verbergen. Und wenn wir angekommen sind, werden sie vielleicht getrocknet sein.«

»Natürlich«, sagte Harold. »Das war Teil meines Plans.«

»Oh«, sagte ich.

»Andererseits würde ich gern bei den Bädern anhalten«, sagte Harold.

»Sie sind um diese Zeit doch geschlossen, oder nicht?«, fragte ich.

»Nein«, sagte er. »Nicht vor der zwanzigsten Stunde.« Das war nach goreanischem Tag Mitternacht.

»Warum willst du bei den Bädern anhalten?«, fragte ich.

»Ich war noch nie als Kunde dort«, sagte er, »und habe mich oft gefragt – genau wie du wahrscheinlich –, ob die Badefrauen von Turia genauso schön sind, wie man von ihnen behauptet.«

»Das ist alles schön und gut«, sagte ich, »aber ich denke, es wäre besser, bei Saphrars Haus zuzuschlagen.«

»Wie du wünschst«, sagte Harold. »Schließlich kann ich noch oft genug die Bäder besuchen, nachdem wir die Stadt eingenommen haben.«

»Die Stadt eingenommen?«, fragte ich.

»Natürlich«, sagte Harold.

»Schau mal«, sagte ich zu ihm, »die Bosks ziehen bereits fort. Die Wagen ziehen sich am Morgen zurück. Die Belagerung ist vorbei. Kamchak gibt auf!«

Harold lächelte und blickte mich an. »Ach ja«, sagte er.

»Aber wenn du willst, werde ich für deinen Weg zu den Bädern zahlen«, sagte ich.

»Wir könnten immer noch wetten«, schlug er vor.

»Nein«, sagte ich bestimmt. »Lass mich zahlen.«

»Wie du wünschst ...«, sagte er.

Ich sagte mir selbst, dass es besser war, bei Saphrars Haus später anzukommen, als möglicherweise vor der zwanzigsten Stunde. In der Zwischenzeit war es vernünftig, ein wenig zu verweilen, und die Bäder von Turia schienen dafür genauso gut wie jeder andere Ort zu sein.

Arm in Arm, streiften Harold und ich unter dem Torbogen durch, der vom Brunnenhof führte. Wir hatten kaum das Portal hinter uns gebracht und einen Fuß auf die Straße gesetzt, als wir ein schnelles Rasseln von schwerem Draht hörten. Erschrocken sahen wir auf und erblickten ein Stahlnetz, das sich auf uns senkte.

Sofort hörten wir mehrere Männer auf die Straße springen und an den Schnüren des Drahtnetzes ziehen, wahrscheinlich eines der Art, mit dem man sonst Sleens fing. Es begann sich festzuzurren. Weder Harold noch ich selbst konnten einen Arm oder eine Hand bewegen und waren im Netz gefesselt; wir standen wie Narren da, bis ein Wächter unter uns mit dem Fuß austrat und wir, gefangen im Draht, zu seinen Füßen rollten.

»Zwei Fische aus dem Brunnen«, sagte eine Stimme.

»Das bedeutet natürlich, dass auch andere von dem Brunnen wissen«, sagte eine andere Stimme.

»Wir sollten die Wachen verdoppeln«, sagte eine dritte Stimme.

»Was sollen wir mit ihnen tun?«, fragte noch ein anderer Mann.

»Bringt sie zum Haus von Saphrar«, sagte der erste Mann.

Ich drehte mich so gut ich konnte herum. »War das«, fragte ich Harold, »ein Teil deines Plans?«

Er grinste, presste sich gegen das Netz, um dessen Stärke auszutesten. »Nein«, sagte er.

Ich versuchte mich ebenfalls am Netz. Der dicke Draht hielt stand.

Harold und ich waren an eine turianische Sklavenstange gefesselt worden, eine Metallstange mit einem Halsreif an jedem Ende und, hinter dem Reif, Handfesseln, die die Hände des Gefangenen hinter seinem Nacken festbanden.

Wir knieten vor einem niedrigen Podium, das mit Teppichen und Polstern ausstaffiert war, auf dem Saphrar von Turia lag. Der Händler trug seine Vergnügungsroben aus Weiß und Gold, und seine Sandalen waren ebenfalls aus weißem Leder mit goldenen Riemen. Seine Fußnägel waren wie seine Fingernägel von karmesinroter Farbe. Die kleinen, feisten Hände bewegten sich mit Begeisterung, während er uns beobachtete; die goldenen Tropfen über seinen Augen hoben und senkten sich. Er lächelte, und ich konnte die Spitzen seiner goldenen Zähne sehen, die ich das erste Mal in der Nacht des Banketts bemerkt hatte.

Neben ihm saß auf jeder Seite ein Krieger im Schneidersitz. Der Krieger zu seiner Rechten trug eine Robe, die man vielleicht anlegte, wenn man aus einem Bad kam. Sein Kopf war mit einer Kapuze bedeckt, ähnlich wie jene, die von den Mitgliedern des Clans der Folterer getragen werden. Er spielte mit einem paravacischen Quiva. Ich erkannte ihn irgendwie an seinem Körperbau und seiner Haltung. Er musste der Mann sein, der das Quiva bei den Wagen nach mir geschleudert hatte. Er wäre mein Mörder gewesen, wenn nicht das plötzliche Flackern eines Schattens in der lackierten Wagenbohle gewesen wäre. Zur Linken von Saphrar saß ein anderer Krieger im Leder eines Tarnreiters, abgesehen davon, dass er einen Juwelengürtel trug und um seinen Hals eine getragene, mit Diamanten besetzte Tarnscheibe aus der Stadt Ar hing. Neben ihm ruhten auf dem Podium liegend Speer, Helm und Schild.

»Ich freue mich, dass du dich entschlossen hast, uns zu besuchen, Tarl Cabot von Ko-ro-ba«, sagte Saphrar. »Wir haben erwartet, dass du es bald versuchen würdest, aber wir wussten nicht, dass du die Brunnenpassage kennst.«

Durch die Metallstange fühlte ich eine Reaktion auf Harolds Seite. Als er vor Jahren geflohen war, war er augenscheinlich über eine Route, die in die Stadt hinein- und aus ihr herausführte, gestolpert und die bestimmten Turianern nicht unbekannt war. Ich erinnerte mich daran, dass die Turianer wegen der Bäder allesamt Schwimmer waren.

Die Tatsache, dass der Mann mit dem paravacischen Quiva eine Robe trug, gewann nun an Bedeutung.

»Unser Freund mit der Kapuze«, sagte Saphrar und deutete zu seiner Rechten, »ist euch heute durch die Brunnenpassage vorausgeeilt. Da wir mit ihm in Kontakt standen und ihm von dem Brunnen erzählt hatten, glaubten wir, es wäre klug eine Wache in der Nähe aufzustellen – glücklicherweise, wie es aussieht.«

»Wer ist der Verräter an den Wagenvölkern?«, fragte Harold.

Der Mann mit der Kapuze versteifte sich.

»Natürlich«, sagte Harold. »Ich sehe es jetzt. Das Quiva ... er ist natürlich ein Paravaci.«

Die Hand des Mannes wurde weiß auf dem Quiva, und ich befürchtete, er könnte auf seine Füße springen und das Quiva bis zu seinem Heft in die Brust des jungen Tuchuks rammen.

»Ich habe mich oft gefragt«, sagte Harold, »wo die Paravaci ihre Reichtümer herbekommen.«

Mit einem Zornesschrei sprang die verhüllte Gestalt auf ihre Füße und hob das Quiva.

»Bitte«, sagte Saphrar und hob seine kleine, fette Hand. »Lasst nichts Böses unter Freunden kommen.«

Vor Wut zitternd, nahm die verhüllte Gestalt wieder ihren Platz auf dem Podium ein.

Der andere Krieger, ein starker, hagerer Mann mit einer Narbe über dem linken Wangenknochen und klugen dunklen Augen, sagte nichts, aber er beobachtete uns und schätzte uns ab wie ein Krieger seinen Feind.

»Ich würde euch unseren verhüllten Freund ja vorstellen«, erklärte Saphrar, »aber selbst ich kenne weder seinen Namen noch sein Gesicht – ich weiß nur, dass er einen hohen Rang bei den Paravaci bekleidet, dementsprechend ist er von großem Nutzen für mich.«

»Ich kenne ihn gewissermaßen«, sagte ich. »Er verfolgte mich im Lager der Tuchuks und hat versucht, mich zu töten.«

»Ich hoffe, dass wir mehr Glück haben«, sagte Saphrar.

Ich sagte nichts.

»Bist du wirklich vom Clan der Folterer?«, fragte Harold den verhüllten Mann.

»Das wirst du herausfinden«, sagte er.

»Denkst du, dass du in der Lage bist, mich um Gnade schreien zu lassen?«, fragte Harold.

»Wenn ich will«, sagte der Mann.

»Würdest du darum wetten?«, fragte Harold.

Der Mann lehnte sich vor und zischte: »Tuchuk-Sleen!«

»Darf ich vorstellen?«, fragte Saphrar. »Ha-Keel von Port Kar, Anführer der Söldnertarnreiter.«

»Weiß Saphrar davon, dass du Gold von den Tuchuks bekommen hast?«, fragte ich.

»Natürlich«, sagte Ha-Keel.

»Du denkst vielleicht, dass ich es abstreiten könnte«, sagte Saphrar kichernd, »und dass du daher vielleicht Zwietracht zwischen uns, deinen Feinden, säen könntest. Aber wisse, Tarl Cabot, dass ich ein Händler bin und Männer, genauso wie die Bedeutung von Gold, verstehe. Ich werfe Ha-Keel genauso wenig vor, mit den Tuchuks Geschäfte zu machen wie die Tatsache, dass Wasser gefriert und Feuer brennt. Und niemand verlässt je den Gelben Teich von Turia lebend.«

Ich konnte dem Hinweis auf den Gelben Teich von Turia nicht ganz folgen. Ich blickte jedoch zu Harold hinüber und mir schien es, als wäre er plötzlich erbleicht.

»Wie kommt es, dass Ha-Keel von Port Kar eine Tarnscheibe aus der Stadt Ar um seinen Hals trägt?«, fragte ich.

»Ich war einmal in Ar«, sagte der narbige Ha-Keel. »Tatsächlich kann ich mich an dich erinnern, aber eher als Tarl von Bristol, von der Belagerung von Ar.«

»Das ist lange her«, sagte ich.

»Dein Schwertkampf mit Pa-Kur, dem Meister der Attentäter, war ausgezeichnet.«

Ein Nicken meines Kopfes erkannte dieses Kompliment an.

»Du fragst dich vielleicht, wie es kommt, dass ein Tarnreiter von Ar für Händler und Verräter in den südlichen Ebenen reitet«, sagte Ha-Keel.

»Es betrübt mich«, sagte ich, »dass ein Schwert, das einmal zur Verteidigung von Ar erhoben wurde, nun nur noch auf Abruf von Gold zur Verfügung steht.«

»Um meinen Hals siehst du eine goldene Tarnscheibe des ruhmreichen Ars«, sagte er. »Ich habe eine Kehle für diese Tarnscheibe durchgeschnitten, um Seide und Parfüme für eine Frau zu kaufen, dennoch floh sie mit einem anderen. Ich wurde gejagt und floh ebenfalls; ich folgte ihnen und tötete den Krieger im Kampf, wodurch ich meine Narbe erhielt. Die Hure verkaufte ich in die Sklaverei, doch ich konnte nicht mehr ins großartige Ar zurückkehren.« Er fingerte an der Tarnscheibe herum. »Manchmal«, sagte er, »scheint sie schwer zu sein.«

»Ha-Keel«, sagte Saphrar, »ging klugerweise nach Port Kar, dessen Gastfreundschaft gegenüber Männern seiner Art wohlbekannt ist. Dort haben wir uns kennengelernt.«

»Ha!«, rief Ha-Keel. »Dieser kleine Urt hat versucht, meine Börse zu stehlen!«

»Du warst also nicht immer ein Händler?«, fragte ich Saphrar.

»Unter Freunden«, sagte Saphrar, »können wir vielleicht offen sprechen, besonders wenn wir davon ausgehen, dass alles, was wir hier erzählen, nicht weitererzählt werden kann. Du siehst, ich kann dir durchaus vertrauen.«

»Wie das?«, fragte ich.

»Weil du getötet werden wirst«, sagte er.

»Ich verstehe«, sagte ich.

»Ich habe einst Parfüm in Tyros verkauft«, sprach Saphrar weiter. »Aber eines Tages verließ ich den Laden und, wie es aussah, versehentlich mit einigen Pfund Nektar der Talenderblume, der unter meiner Tunika in einer Blase verborgen war. Und dafür wurde mein Ohr eingekerbt, und ich wurde aus der Stadt verbannt. Ich machte meinen Weg nach Port Kar, wo ich für einige Zeit unglücklich vom Abfall lebte, der in den Kanälen trieb, und ähnlichen Leckerbissen, die ich irgendwo aufstöberte.«

»Wie bist du dann ein reicher Händler geworden?«, fragte ich.

»Ich begegnete einem Mann«, sagte Saphrar. »Einem großen Mann, mit furchterregendem Aussehen, mit einem Gesicht grau wie Stein und Augen wie Glas.«

Ich erinnerte mich sofort an Elizabeths Beschreibung des Mannes, der ihre Eignung, das Nachrichtenband zu tragen, begutachtet hatte – auf der Erde!

»Ich habe diesen Mann nie gesehen«, sagte Ha-Keel. »Ich wünschte, ich hätte.«

Saphrar erschauderte. »Du kannst von Glück sagen, dass du es nicht hast«, sagte er.

»Dein Glück hat sich gewendet, nachdem du diesen Mann getroffen hast?«, fragte ich.

»Zweifelsohne«, sagte er. »In der Tat«, fuhr der kleine Händler fort, »war er es, der mein Glück beeinflusst hat und mich vor ein paar Jahren nach Turia schickte.«

»Und welches ist deine Stadt?«, fragte ich.

Er lächelte. »Ich denke …«, sagte er, »… Port Kar.«

Das erklärte, was ich wissen wollte. Obwohl er in Tyros aufgewachsen und erfolgreich in Turia war, dachte Saphrar der Händler von sich selbst, zu Port Kar zu gehören. *Solch eine Stadt konnte die Seele eines Mannes beschmutzen,* dachte ich.

»Das erklärt«, sagte ich, »warum du eine Galeere in Port Kar besitzt, obwohl du in Turia bist.«

»Natürlich«, sagte er.

»Die Nachricht war von dir«, sagte ich.

»Das Nachrichtenband wurde in diesem Haus um den Hals des Mädchens genäht«, sagte er. »Obwohl das arme Ding zu der Zeit betäubt und sich der Ehre, die ihr zuteil wurde, nicht bewusst war.« Saphrar lächelte. »Gewissermaßen«, sagte er, »war es eine Verschwendung. Ich hätte auch nichts dagegen gehabt, sie in den Vergnügungsgärten als Sklavin zu behalten.« Saphrar hob die Schultern und spreizte seine Hände. »Aber er wollte davon nichts hören. Es musste unbedingt sie sein!«

»Wer ist ›er‹?«, fragte ich.

»Der graue Bursche«, sagte Saphrar, »der das Mädchen betäubt auf dem Rücken eines Tarns in die Stadt gebracht hat.«

»Wie ist sein Name?«, fragte ich.

»Er hat sich immer geweigert, ihn mir zu verraten«, sagte Saphrar.

»Wie hast du ihn genannt?«, fragte ich ihn.

»Herr«, sagte Saphrar. »Er hat gut gezahlt«, fügte er hinzu.

»Fetter, kleiner Sklave«, sagte Harold.

Saphrar nahm es ihm nicht übel, sondern richtete seine Roben und lächelte.

»Er hat gut gezahlt«, sagte er.

»Warum hat er dir nicht erlaubt, das Mädchen als Sklavin zu behalten?«, fragte ich.

»Sie sprach mit barbarischer Zunge«, antwortete Saphrar. »Wie du scheinbar auch. Wie es aussieht, war der Plan, dass die Nachricht gelesen wurde und die Tuchuks das Mädchen dann benutzten, um dich zu finden und dich anschließend zu töten. Aber sie taten es nicht.«

»Nein«, sagte ich.

»Es spielt jetzt keine Rolle mehr«, sagte Saphrar.

Ich fragte mich, welchen Tod er wohl für mich im Sinn hatte.

»Wie kommt es, dass du, der mich nie zuvor gesehen hatte, mich kanntest und mich beim Bankett mit Namen ansprachst?«, fragte ich.

»Du wurdest mir von dem grauen Burschen sehr gut beschrieben«, sagte Saphrar. »Außerdem war ich sicher, dass es unter den Tuchuks keine zwei mit deinem Haar geben konnte.«

Ich sträubte mich leicht. Aus keinem bestimmten Grund reagierte ich manchmal wütend darauf, wenn Feinde oder Fremde über mein Haar sprachen. Ich nehme an, das reicht bis in meine Jugend zurück, denn mein flammendes Haar, vielleicht ein bedauernswertes, himmelschreiendes Rot, war Gegenstand von Dutzenden spöttischer Kommentare, von denen jeder üblicherweise wieder eine Gegenreaktion erzeugte, der eine hitzige Auseinandersetzung folgte, die mit bloßen Fäusten ausgetragen wurde. Ich erinnerte mich sogar im Haus von Saphrar mit innerlicher Befriedigung daran, dass ich die meisten Streitereien zu meinen Gunsten gelöst hatte. Meine Tante untersuchte meine Fingerknöchel jeden Abend, und wenn die Haut abgeschürft war, was nicht selten der Fall war, wurde ich ohne Ehre und Abendessen ins Bett geschickt.

»Mich hat es köstlich amüsiert«, lächelte Saphrar, »deinen Namen damals zu nennen und zu sehen, was du tun würdest. Ich wollte dir etwas geben, wie sagt man so schön, dir etwas in deinen Wein rühren.«

Das ist ein turianisches Sprichwort. Sie benutzen tatsächlich Weine, in die man hin und wieder Dinge rührt, meist Gewürze oder Zucker.

»Wir sollten ihn töten«, sagte der Paravaci.

»Niemand hat mit dir gesprochen, Sklave«, bemerkte Harold.

»Kann ich den da haben«, wandte sich der Paravaci an Saphrar und deutete mit der Spitze seines Quivas auf Harold.

»Vielleicht«, sagte Saphrar. Dann stand der kleine Händler auf und klatschte zweimal in seine Hände. Von einer Seite kamen zwei Soldaten durch eine Pforte, die zuvor hinter einem Vorhang verborgen war. Ihnen folgten zwei weitere. Die ersten beiden trugen ein mit Purpur behangenes Podium. Darauf sah ich, in die purpurnen Falten eingebettet, den Gegenstand meiner Suche. Ich hatte es geschafft, hatte das gefunden, wofür ich mein Leben riskiert hatte und es augenscheinlich auch verlieren würde: die goldene Kugel.

Es war eindeutig ein Ei. Seine Längsachse war anscheinend etwa achtzehn Zoll lang; an seinem breitesten Punkt war es ungefähr einen Fuß dick.

»Du bist grausam, ihm das zu zeigen«, sagte Ha-Keel.

»Aber er ist so weit gekommen und hat so viel riskiert«, sagte Saphrar freundlich. »Sicherlich hat er sich das Recht verdient, wenigstens einen Blick auf unsere kostbare Beute zu werfen.«

»Dafür wurde Kutaituchik getötet«, sagte ich.

»Viele mehr als nur er«, sagte Saphrar. »Und vielleicht werden am Ende noch mehr sterben.«

»Weißt du, was das ist?«, fragte ich.

»Nein«, sagte Saphrar, »aber ich weiß, dass es für die Priesterkönige wichtig ist.« Er stand auf und ging zu dem Ei. Dann legte er einen Finger darauf. »Ansonsten«, sagte er, »habe ich keine Idee. Es ist nicht wirklich aus Gold.«

»Es sieht wie ein Ei aus«, sagte Ha-Keel.

»Ja«, stimmte Saphrar zu. »Was immer es ist, es hat die Form eines Eies.«

»Vielleicht ist es ein Ei«, deutete Ha-Keel an.

»Vielleicht«, stimmte Saphrar zu, »aber was wollen die Priesterkönige mit einem Ei?«

»Wer weiß?«, fragte Ha-Keel.

»Deswegen bist du nach Turia gekommen, um das hier zu finden, nicht wahr?«, fragte Saphrar und sah mich an.

»Ja«, gab ich zu. »Das ist es, weswegen ich hergekommen bin.«

»Siehst du, wie leicht das war!«, lachte er.

»Ja«, sagte ich. »Sehr leicht.«

Ha-Keel zog sein Schwert. »Lass mich ihn töten, wie es einem Krieger geziemt«, sagte er.

»Nein«, schrie der Paravaci. »Lass mich ihn töten, genau wie den anderen.«

»Nein«, sagte Saphrar fest. »Sie gehören beide mir.«

Ha-Keel rammte zornig sein Schwert zurück in die Scheide. Er wollte mich tatsächlich töten. Ehrenhaft. Schnell. Er hatte offensichtlich keine Lust auf die Spiele, die der Paravaci oder Saphrar im Sinn haben mochten. Ha-Keel mochte ein Halsabschneider und Dieb sein, aber er stammte auch aus Ar – und war ein Tarnreiter.

»Du hast das Ei gestohlen, um es dem grauen Mann zu geben?«, fragte ich.

»Ja«, sagte Saphrar.

»Wird er es den Priesterkönigen zurückgeben?«, fragte ich unschuldig.

»Ich weiß nicht, was er damit tun wird«, sagte Saphrar. »Solange ich mein Gold dafür bekomme – und dieses Gold wird mich wahrscheinlich zum reichsten Mann auf Gor machen –, kümmert es mich nicht.«

»Wenn das Ei beschädigt wird, könnten die Priesterkönige wütend werden«, sagte ich.

»Soweit ich weiß, ist der Mann ein Priesterkönig«, sagte Saphrar. »Wie sonst würde er es wagen, den Namen der Priesterkönige in einem Nachrichtenband zu benutzen?«

Ich wusste natürlich, dass dieser Mann kein Priesterkönig war. Aber ich konnte nun sehen, dass Saphrar keine Ahnung hatte, wer er wirklich war – oder für wen, falls überhaupt, er arbeitete. Ich war zuversichtlich, dass der Mann derselbe war, der Elizabeth Cardwell in diese Welt gebracht hatte. Derjenige, der sie in New York gesehen und entschieden hatte, dass sie eine Rolle in seinem gefährlichen Spiel innehaben. Und daher stand ihm eine fortgeschrittene Technologie zur Verfügung, sicherlich mindestens auf dem Stand des Raumfluges. Ich wusste natürlich nicht, ob diese Technologie, die zu seiner Verfügung stand, seine eigene war oder die seiner Art, oder ob sie von den Anderen ausgestattet wurde. Unbekannten. Bisher noch nicht in Erscheinung getreten. Jemand, der vielleicht seinen eigenen Anteil an diesen Spielen von zwei Welten trug. Ich nahm an, dass er genauso gut nur ein Agent sein konnte. Aber für wen oder was? Etwas, das die Priesterkönige herausforderte. Aber es musste etwas sein, das die Priesterkönige fürchtete, ansonsten hätte es längst zugeschlagen. Auf dieser Welt oder der Erde. Etwas, das die Priesterkönige sterben sehen wollte, dass eine Welt oder beide, vielleicht selbst unser Sonnensystem, von ihnen befreit wurde.

»Woher wusste der graue Mann, wo sich die Kugel befand?«, fragte ich.

»Er sagte, dass es ihm jemand erzählt habe«, sagte Saphrar.

»Wer?«, fragte ich.

»Ich weiß es nicht«, sagte Saphrar.

»Mehr weißt du nicht?«

»Nein«, sagte Saphrar.

Ich grübelte. Die Anderen, jene mit Macht, nicht die Priesterkönige, mussten bis zu einem gewissen Grad die Politik, die Bedürfnisse und die Regeln der fernen Bewohner des Sardar verstehen. Sie waren wahrscheinlich nicht alle unwissend über das Treiben der Priesterkönige, insbesondere nicht jetzt, wenn man den kürzlichen Krieg der Priesterkönige verfolgte, nachdem viele Menschen der Stätte der Priesterkönige entkommen waren und nun frei herumliefen. Einige wurden für die Geschichten, die sie erzählten verspottet und verachtet. Wahrscheinlich hatten die Anderen von ihnen oder von Spionen oder Verrätern des Nestes selbst etwas gelernt. Die Anderen, da war ich mir sicher, würden einen Vagabunden, der Geschichten über die Priesterkönige verbreitete, weder verachten oder verspotten. Sie konnten von der Zerstörung eines Großteils der Überwachungsinstrumente des Sardar erfahren haben, von der bedeutenden Reduzierung der technischen Möglichkeiten der Priesterkönige, zumindest für kurze Zeit. Und am wichtigsten war, dass der Krieg wegen der Nachfolge von Dynastien geführt worden war. Folglich erfuhren sie auch, dass Generationen von Priesterkönigen in Gefahr waren. Wenn es Rebellen gab – welche, die eine neue Generation wollten –, musste es auch die Samen dieser Generation geben. Aber in der Stätte der Priesterkönige gab es nur eine Trägerin der Jungen, die Mutter, und sie war bereits kurz vor dem Krieg gestorben. Daher mochten die Anderen schlussfolgern, dass es ein oder mehrere versteckte Eier gab, die nun sichergestellt werden mussten, damit die neue Generation eingeweiht werden konnte. Aber versteckt, bedeutete nicht unbedingt in der Stätte der Priesterkönige selbst, sondern irgendwo anders, weit fort von der Heimat der Priesterkönige, sogar jenseits des schwarzen Sardar. Und sie mochten auch erfahren haben, dass ich im Krieg der Priesterkönige ein Leutnant von Misk, dem Fünftgeborenen, Anführer der Rebellen, war, und dass ich nun zu den südlichen Ebenen gereist war, zum Land der Wagenvölker. Dann brauchte man nicht mehr viel Intelligenz, um anzunehmen, dass ich nur wegen des Eies oder der Eier der Priesterkönige hergekommen war.

Wenn sie dies geschlussfolgert hatten, lag ihre Strategie in erster Linie sehr wahrscheinlich darin, dafür zu sorgen, dass ich nicht das Ei fand und an zweiter Stelle, es für sich selbst sicherzustellen. Sie konnten ihr erstes Ziel natürlich erfüllen, wenn sie mich töteten. Die Sache mit dem Nachrichtenband war eine schlaue Methode für einen Versuch, dieses Ziel zu erreichen, aber wegen der Gerissenheit der Tuchuks, die selten etwas für bare Münze nehmen, hatten sie versagt. Jedoch erinnerte ich mich grimmig daran, dass ich mich jetzt in der Gewalt von Saphrar von Turia befand. Das zweite Ziel, das den Erwerb des Eies für sich selbst beinhaltete, war inzwischen fast erfüllt. Kutaituchik war ermordet, und es war aus seinem Wagen gestohlen worden. Alles was blieb war, es zu dem grauen Mann zu bringen, der es im Gegenzug den Anderen auslieferte – wer oder was immer sie auch sein mochten. Saphrar war natürlich seit Jahren in Turia. Das wies für mich darauf hin, dass möglicherweise die Anderen den Bewegungen der beiden Männer, die das Ei vom Sardar zu den Wagenvölkern gebracht hatten, gefolgt waren. Vielleicht schlugen sie jetzt öffentlicher und schneller zu – indem sie goreanische Tarnreiter anheuerten –, weil sie fürchteten, dass ich das Ei vor ihnen an mich bringen und zum Sardar zurückbringen konnte. Der Anschlag auf mein Leben fand in der einen Nacht statt und der Raubzug auf Kutaituchiks Wagen in der nächsten. Wie ich mich erinnerte, hatte Saphrar ebenfalls gewusst, dass die goldene Kugel sich im Wagen von Kutaituchik befand. Ich war etwas verwirrt, dass er über diese Informationen verfügt hatte. Tuchuks geben keine guten Spione ab, denn sie neigen dazu, obwohl sie wild und grausam sind, äußerst loyal zu sein. Und es gibt nur wenige Fremde, die den Wagen eines Tuchuk-Ubars betreten dürfen. Mir fiel ein, dass die Tuchuks kein Geheimnis aus der Anwesenheit der goldenen Kugel in Kutaituchiks Wagen gemacht hatten. Das machte mich stutzig. Andererseits mochten sie ihren wahren Wert nicht richtig verstanden haben. Kamchak selbst hatte mir erzählt, die goldene Kugel wäre wertlos – armer Tuchuk! Aber jetzt sagte ich mir selbst ... *armer Cabot!* Jedoch trug es sich zu – dessen konnte ich mir nicht sicher sein –, dass Andere als die Priesterkönige nun die Spiele von Gor betreten hatten. Und diese Anderen wussten von dem Ei und wollten es. Und, so sah es aus, sie würden es auch bekommen. Bald würden die Priesterkönige, die noch verblieben, sterben. Ihre Waffen und Geräte würden rosten und im Sardar zerfallen. Und dann, eines Tages, würden die Anderen wie Piraten von Port Kar in langen Galeeren, unangekündigt und unerwartet die Meere des Weltraums durchkreuzen und ihre Schiffe an den Ufern und im Sand von Gor landen.

»Willst du um dein Leben kämpfen?«, fragte Saphrar von Turia.

»Natürlich«, sagte ich.

»Ausgezeichnet«, sagte Saphra. »Das kannst du im Gelben Teich von Turia tun.«

17 Der Gelbe Teich von Turia

Am Rande des Gelben Teiches von Turia standen Harold und ich, nun befreit von der Sklavenstange, allerdings mit unseren Handgelenken auf dem Rücken gebunden. Mir war mein Schwert nicht zurückgegeben worden, aber mein Quiva, das ich bei mir getragen hatte und das nun in meinem Gürtel steckte.

Der Teich liegt innerhalb des Hauses Saphrars in einer großzügigen Halle, die eine domartige Decke in etwa achtzig Fuß Höhe besitzt. Der Teich selbst, um den ein bemerkenswerter Laufsteg mit einer Breite von sieben bis acht Fuß angelegt worden war, ist von der Form eher grob kreisförmig und besitzt einen Durchmesser von vielleicht sechzig oder siebzig Fuß.

Die Halle ist großartig und hätte eine der Hallen innerhalb der berühmten Bäder von Turia sein können. Sie war mit verschiedenen Blumendekors geschmückt, hauptsächlich in Grün und Gelb, die die Vegetation eines tropischen Flusses darstellten, vielleicht die tropische Zone des Cartius oder bestimmter seiner Nebenflüsse, weit im Norden und Westen. Abgesehen von den Dekors gab es Ranken, die in bepflanzten, abgelegenen Bereichen hier und dort mit breiten Blättern entlang des marmornen Laufstegs wuchsen: Reben, Farne, zahlreiche exotische Blumen. Es sah schön aus, jedoch eher auf eine bedrückende Art und Weise. Die Halle war in dem Maße geheizt worden, dass sie fast dunstig war. Ich stellte fest, dass die Temperatur und Luftfeuchtigkeit in der Halle genau richtig für die Pflanzen war, um das Klima der tropischen Gebiete, die hier dargestellt wurden, zu simulieren.

Das Licht in der Halle kam interessanterweise durch eine durchsichtige blaue Decke, die wahrscheinlich mit Energielampen ausgestattet war. Saphrar war in der Tat ein reicher Mann, wenn er in seinem Haus Energielampen besaß. Nur wenige Goreaner konnten sich solch einen Luxus leisten. Tatsächlich machen sich nur wenige etwas aus ihnen, denn die Goreaner lieben aus irgendeinem Grund das Licht einer Flamme, von Lampen und Fackeln und ähnlichem. Flammen müssen erzeugt, gepflegt und beobachtet werden. Sie sind schöner und lebendiger.

Um den Rand des Teichs gab es acht große Säulen, hergestellt und bemalt wie die Stämme von Bäumen, jede von ihnen auf einem der acht Kardinalpunkte des goreanischen Kompasses. Von ihnen erstreckten sich Reben quer über den Teich, so viele, dass die Decke nur als Flickwerk aus Blau durch rebenartige Verwicklungen gesehen werden konnte. Einige der Reben hingen so tief, dass sie beinahe die Oberfläche des Teiches berührten. Ein Sklave stand auf einer Seite an einer Art Konsole, die aus Drähten und Hebeln bestand. Ich war verwundert, wie die Hitze und Feuchtigkeit in die Halle gelangte, denn ich sah keine Öffnungen oder Kessel mit kochendem Wasser oder Geräte, die Wassertropfen auf erhitzte Platten oder Steine fallen ließen. Ich war für vielleicht drei oder vier Minuten in der Halle, ehe ich bemerkte, dass der Dampf von dem Teich selbst aufstieg. Ich stellte fest, dass er beheizt war; er schien ruhig zu sein. Ich fragte mich, was mich im Teich wohl erwarten würde. Zumindest hatte ich das Quiva dabei. Ich bemerkte, dass die Oberfläche des Teiches leicht zitterte, kurz nachdem wir eingetreten waren, und jetzt wieder ruhig war. Ich nahm an, dass etwas, das unsere Anwesenheit wahrnahm, sich in den Tiefen geregt hatte und nun wartete. Allerdings war diese Bewegung seltsam gewesen, denn es sah fast so aus, als wenn der Teich sich selbst erhoben hätte, sich kräuselte und dann wieder verebbte.

Harold und ich wurden, obwohl wir gefesselt waren, von zwei Soldaten festgehalten, vier weitere mit Armbrüsten hatten uns begleitet.

»Was ist das für ein Tier in dem Teich?«, fragte ich.

»Du wirst es erfahren«, lachte Saphrar.

Ich mutmaßte, dass es sich um ein Wassertier handelte. Bisher hatte nichts die Oberfläche durchbrochen. Wahrscheinlich war es ein See-Tharlarion oder vielleicht sogar einige von ihnen. Manchmal wurden die kleineren See-Tharlarions, die anscheinend aus nicht viel mehr als Zähnen und Schwanz bestanden und in Rudeln unter den Wellen flatterten, noch mehr gefürchtet, als ihre größeren Brüder, deren Kiefer manchmal eine komplette Galeere von der Oberfläche des Meeres anhoben und in zwei Hälften zerbrachen wie eine Hand voll getrockneter Rohrblätter der Rencepflanze. Es konnte auch eine Vosk-Schildkröte sein. Einige von ihnen sind gigantisch, fast unmöglich zu töten, ausdauernd und fleischfressend. Wenn es sich allerdings um ein Tharlarion oder eine Vosk-Schildkröte gehandelt hätte, wären sie durch die Oberfläche gebrochen, um Luft zu holen. Das war nicht geschehen. Dieser Gedankengang führte mich zu der Annahme, dass es nicht wahrscheinlich war, dort unten irgendetwas wie einen Wassersleen oder einen gigantischen Urt aus den Kanälen von Port Kar zu finden. Diese beiden wären ebenfalls wie ein Tharlarion oder die Schildkröte schon aufgetaucht, um zu atmen.

Daher musste das, was auch immer wartend in dem Teich lag, ein reines Wassertier sein, das in der Lage war, seinen Sauerstoff direkt aus dem Wasser zu absorbieren. Es mochte Kiemen besitzen wie die goreanischen Haie, wahrscheinlich Nachkommen der irdischen Haie, die aus wissenschaftlichen Gründen vor Jahrtausenden von den Priesterkönigen in der

Tassa ausgesetzt worden waren. Oder es konnte ein Gurdo sein, mit einer überlagerten Bauchmembran, die von porösen Platten abgeschirmt wurde, einer der Meeresräuber, der vielleicht auf Gor geboren war oder vielleicht auch von den Priesterkönigen von einer anderen, vielleicht noch weiter als die Erde entfernten Welt gebracht worden war. Was immer es auch war, ich würde es bald erfahren.

»Das muss ich mir nicht ansehen«, sagte Ha-Keel. »Mit deiner Erlaubnis werde ich mich zurückziehen.«

Saphrar blickte gequält drein, allerdings versuchte er dabei noch, die Höflichkeit zu wahren. Er hob gütig seine kleine, fette Hand mit den karmesinroten Fingernägeln und sagte: »Gewiss kannst du dich zurückziehen, wenn du es wünschst, mein lieber Ha-Keel.«

Ha-Keel nickte knapp, wandte sich abrupt um und schritt verärgert aus der Halle.

»Soll ich gefesselt in den Teich geworfen werden?«, fragte ich.

»Sicherlich nicht«, sagte Saphrar. »Das wäre kaum fair.«

»Freut mich zu sehen, dass du dich um solche Dinge kümmerst«, sagte ich.

»Solche Dinge sind sehr wichtig für mich«, sagte Saphrar.

Der Ausdruck auf seinem Gesicht war der gleiche, den ich auch beim Bankett gesehen hatte, als wir das kleine, zitternde Ding, das auf dem farbigen Stäbchen aufgespießt war, essen sollten.

Ich hörte den Paravaci unter seiner Kapuze kichern.

»Holt den hölzernen Schild!«, befahl Saphrar. Zwei Soldaten verließen den Raum.

Ich studierte den Teich. Er war schön, gelb und glitzerte, als wäre er mit Edelsteinen gefüllt. In seiner Flüssigkeit schienen Bänder und Drähte umeinander gewickelt und diese hier und dort mit kleinen Kugeln verschiedener Farben verstreut worden zu sein. Dann wurde mir bewusst, dass der Dampf aus dem Teich nicht beständig aufstieg, sondern eher in gewissen Abständen. Es schien einen Rhythmus im Aufsteigen des Dampfes aus dem Teich zu geben. Ich bemerkte auch, dass die Oberfläche, die am marmornen Rand des Beckens, in dem er wie gefangen lag, hochleckte, sich leicht mit dem Ausblasen des Dampfes erhob und dann wieder zu fallen schien.

Diese Reihe an Beobachtungen wurde von der Ankunft von Saphras beiden Soldaten unterbrochen. Sie trugen eine Art hölzerne Abdeckung, etwa viereinhalb Fuß hoch und zwölf Fuß breit, die sie zwischen mir und meinen Geiselnehmern, Saphrar, dem Paravaci und dem mit der Armbrust, platzierten.

Harold und seine Bewacher befanden sich nicht hinter dieser Barrikade.

Sie war genau wie die gekrümmte Wand des Raums, mit exotischen Blumenmustern verziert.

»Wozu ist der Schild?«, fragte ich.

»Dafür, dass du vielleicht in Versuchung kommst, das Quiva auf uns zu schleudern«, sagte Saphrar.

Das erschien mir einfältig, aber ich schwieg. Ich hatte sicherlich nichts so Lächerliches im Sinn, wie die einzige Waffe, die für mich Leben oder Tod in meinem Kampf im Gelben Teich von Turia bedeutete, auf meine Feinde zu schleudern.

Ich drehte mich so gut ich konnte um und untersuchte noch einmal den Teich. Ich hatte noch immer nichts gesehen, das zum Atmen an die Oberfläche gekommen war, und nun war ich sicher, dass mein unsichtbarer Gegner in der Tat ein Wassergeschöpf war. Ich hoffte, dass es nur ein Wesen war. Und für gewöhnlich bewegten sich größere Tiere viel langsamer als kleinere. Wenn es beispielsweise ein Schwarm der fünfzehn Zoll großen goreanischen Hechte war, würde ich ein Dutzend von ihnen töten können, aber innerhalb von Minuten selbst halb aufgefressen sterben.

»Lass mich zuerst in den Teich«, sagte Harold.

»Unsinn«, sagte Saphrar. »Aber sei nicht ungeduldig – du kommst auch noch an die Reihe.«

Obwohl es vielleicht nur Einbildung war, schien das Gelb des Teiches intensiver geworden zu sein, und das Wechseln der Farbtöne der Flüssigkeit hatte neue Bereiche eines Glanzes erreicht. Einige der fadenförmigen Schlangen unter der Oberfläche schienen sich nun zu trüben, und die Farben der Kugel pulsierten. Der Rhythmus des Dampfes steigerte sich in seinem Tempo, und ich konnte nun feststellen oder dachte zumindest, dass ich es könnte, dass sich mehr als nur einfache Feuchtigkeit in dem Dampf befand, vielleicht ein anderes leichtes Gas oder Rauch, vielleicht bislang unbeachtet, aber sich nun ausbreitend.

»Löst seine Fesseln«, sagte Saphrar.

Während zwei Soldaten mich weiterhin festhielten, öffneten die anderen die Fesseln an meinen Handgelenken. Drei Soldaten mit Armbrüsten standen bereit, die Waffen auf meinen Rücken gerichtet.

»Wenn ich erfolgreich sein sollte, das Monster im Teich zu töten oder ihm zu entkommen, gehe ich davon aus, dass ich dann natürlich frei sein werde«, sagte ich beiläufig.

»Das ist nur fair«, sagte Saphrar.

»Gut«, sagte ich.

Der verhüllte Paravaci warf seinen Kopf zurück und lachte. Die Armbrustmänner lächelten ebenfalls.

»Natürlich hat niemand bisher eines von beiden geschafft«, sagte Saphrar.

»Ich verstehe«, sagte ich.

Ich schaute über die Oberfläche des Teiches. Sein Aussehen war jetzt wahrhaft bemerkenswert. Es war fast so, als wäre er in der Mitte niedriger und die Ränder höher am marmornen Laufsteg, fast bis zu unseren Sandalen heraufreichend. Ich nahm an, dass es eine optische Illusion irgendeiner Art war. Der Teich funkelte jetzt buchstäblich und glänzte mit einer phänomenalen Helligkeit seiner Farben, fast wie Hände, die sich erhoben und Edelsteine in sonnenbeschienenes Wasser schütteten. Die fadenförmigen Strähnen schienen in ihrer Bewegung verrückt zu werden, und die Kugeln in verschiedenen Farben wurden fast phosphoreszierend und pulsierten unter der Wasseroberfläche. Der Dampfrhythmus war nun schnell, und das Gas oder der Rauch, vermischt mit der Feuchtigkeit, waren widerlich. Es war fast so, als atmete der Teich selbst.

»Geh in den Teich!«, befahl Saphrar.

Mit den Füßen zuerst, das Quiva in der Hand tauchte ich in die gelbe Flüssigkeit.

Zu meiner Überraschung war der Teich zumindest nahe am Rand nicht tief. Ich stand nur bis zu meinen Knien in der Flüssigkeit. Ich ging ein paar weitere Schritte in den Teich. Er wurde in Richtung Zentrum tiefer. Nach einem Drittel der Strecke zur Mitte hin, stand ich bis zu meiner Hüfte in der Flüssigkeit.

Ich sah mich um und suchte nach dem, was auch immer es war, das mich angreifen würde. Es war schwer in die Flüssigkeit zu blicken, weil die Helligkeit des Gelbs und die gleißende Brillanz der Oberfläche mir Schwierigkeiten auf meinem Weg bereiteten.

Ich bemerkte, dass der Dampf und das Gas oder der Rauch, nicht weiter vom Teich aufstiegen. Es war still.

Die faserigen Fäden näherten sich mir nicht, auch sie schienen nun ruhig zu sein, als wären sie zufrieden. Die Kugeln waren ebenfalls ruhig. Einige von ihnen, meist weißlich strahlend, trieben näher und schwebten leicht unterhalb der Wasseroberfläche in einem Ring um mich herum, vielleicht zehn Fuß entfernt. Ich machte einen Schritt auf den Ring zu, und die Kugeln bewegten sich zweifellos durch die Flüssigkeit, die durch meine Schritte verdrängt wurde. Sie schienen sich langsam zu zerstreuen und fortzuschwimmen. Das Gelb der Teichflüssigkeit stieg nicht mehr weiter an, und seine Schwingung alarmierte mich nicht weiter.

Ich wartete auf den Angriff des Monsters.

So stand ich da, mit der Flüssigkeit bis zu den Hüften, für vielleicht zwei oder drei Minuten.

Dann schrie ich wütend, weil ich dachte, der Teich wäre vielleicht leer oder ich wäre zum Narren gehalten worden, zu Saphrar: »Wann werde ich auf das Monster stoßen?«

Ich hörte Saphrar, der hinter dem hölzernen Schild stand, über die Wasseroberfläche hinweg lachen. »Du bist bereits darauf gestoßen«, sagte er.

»Du lügst!«, schrie ich.

»Nein«, antwortete er amüsiert. »Du hast es bereits getroffen.«

»Wer ist das Monster?«, rief ich.

»Der Teich!«, schrie er zurück.

»Der Teich?«, fragte ich.

»Ja«, sagte Saphrar vergnügt. »Er lebt!«

18 Die Vergnügungsgärten

Genau in dem Moment, in dem Saphrar sich in Sicherheit gebracht hatte, gab es einen gewaltigen Dampfstoß, der aus der Flüssigkeit um mich herum zu explodieren schien, als wenn das Monster, in dem ich mich befand, nun, da seine Beute zufriedenstellend gefangen war, es wagte zu atmen, und gleichzeitig fühlte ich wie die gelbe Flüssigkeit sich um meinen Körper verdickte und gelierte. Ich schrie plötzlich alarmiert und entsetzt in meiner Zwangslage auf und kämpfte dagegen an, mich umzudrehen und zum Rand des marmornen Beckens, das den Käfig dieses Dings, in dem ich mich befand, darstellte, zu waten. Doch die Flüssigkeit zog sich um mich zu und schien nun die Konsistenz von ergiebig gelbem heißem Schlamm zu haben. Dann, in der Zeit, in der ich eine Stufe erreichte, wo die Flüssigkeit zu einem Punkt in der Mitte zwischen meinen Knien und meiner Hüfte anstieg, wurde sie so widerstandsfähig wie nasser gelber Zement, und ich konnte mich nicht weiter bewegen. Meine Beine begannen zu prickeln und zu stechen, und ich konnte fühlen, wie die Haut verätzte und von den zersetzenden Elementen, die sie nun angriffen, zerpflückt wurde. Ich hörte Saphrar bemerken: »Es braucht manchmal Stunden, bis man vollständig verdaut ist.«

Mit dem nutzlosen Quiva schlitzte und pflügte ich wild durch das klamme, dicke Zeug um mich. Die Klinge sank gänzlich ein, als würde sie in eine Wanne feuchten Zements eintauchen und hinterließ eine Markierung, aber als ich sie zurückzog, wurde die Marke wieder ausradiert, als das Material darin zurückfloss, um das Loch zu füllen.

»Einige Männer, die nicht dagegen ankämpften, haben bis zu drei Stunden überlebt«, sagte Saphrar. »In einigen Fällen lang genug, um ihre eigenen Knochen zu sehen.«

Ich sah eine der Reben in meiner Nähe. Mein Herz klopfte wie wild bei dieser Chance. Wenn ich sie nur erreichen konnte! Mit all meiner Kraft bewegte ich mich darauf zu. Ein Zoll – und dann ein weiterer Zoll. Meine Finger ausgestreckt, meine Arme und mein Rücken voller Schmerz, bis ich nach einem weiteren Zoll die Rebe erreichen konnte. Und dann, als ich im Todeskampf die Rebe erreichte, zog sie sich zu meinem Entsetzen außer Reichweite zurück. Ich bewegte mich erneut auf sie zu, und sie tat es wieder. Ich heulte vor Wut. Ich wollte es noch einmal versuchen, als ich den Sklaven, den ich vorher schon bemerkt hatte, erblickte. Er beobachtete mich, seine Hände lagen auf bestimmten Hebeln an der Konsole an der gekrümmten Wand. Ich stand in der gerinnenden, sich enger zuziehenden

Flüssigkeit, als Gefangener festgehalten, und ich warf meinen Kopf vor Verzweiflung zurück. Er hatte natürlich die Bewegungen der Reben von der Konsole aus kontrolliert, zweifellos über Drähte.

»Ja, Tarl Cabot«, schnaufte Saphrar kichernd, »und genauso wirst du es wieder tun, in einer Stunde oder so, wenn du verrückt vor Schmerz und Angst bist. Versuch es immer wieder, versuche eine Ranke zu berühren und zu ergreifen, in dem Wissen, dass du es nicht schaffen wirst, aber immer wieder und wieder versuchen wirst, weil du glaubst, dass du es irgendwie doch schaffst. Aber das wird nicht geschehen!« Saphrar kicherte unkontrolliert. »Ich habe gesehen, wie einige versuchten, eine auf Speerlänge über ihrem Kopf hängende Ranke zu erreichen, weil sie glaubten, sie könnten sie erreichen!« Saphrars goldene Vorderzähne wurden sichtbar wie goldene Fänge, als er seinen Kopf zurücklegte und vor Vergnügen heulte. Seine fetten, kleinen Hände klopften auf das Holz des Schildes.

Das Quiva hatte ich wie von selbst in meiner Hand gedreht, und mein Arm flog zurück, auf dass ich vielleicht im Augenblick meines Todes meinen Peiniger, Saphrar von Turia, mit mir nehmen würde.

»Vorsicht!«, schrie der Paravaci, und Saphrar hörte plötzlich zu lachen auf und beobachtete mich argwöhnisch.

Falls mein Arm vorwärts fliegen sollte, hatte er genug Zeit hinter den hölzernen Rahmen zu springen.

Nun legte er sein Kinn auf den hölzernen Schild und sah mich wieder an, erneut kichernd.

»Viele haben das Quiva benutzt«, sagte er. »Aber für gewöhnlich versenken sie es in ihr eigenes Herz.«

Ich blickte auf die Klinge.

»Tarl Cabot«, sagte ich, »tötet sich nicht selbst.«

»Ich denke doch«, sagte Saphrar. »Und aus diesem Grund wurde es dir erlaubt, das Quiva zu behalten.«

Dann warf er seinen Kopf zurück und lachte erneut.

»Du fetter, dreckiger Urt!«, schrie Harold und kämpfte in seinen Fesseln mit den beiden Söldnern, die ihn festhielten.

»Geduld«, kicherte Saphrar. »Hab Geduld, mein ungestümer junger Freund. Du bist bald an der Reihe!«

Ich stand so ruhig, wie ich nur konnte. Meine Füße und Beine fühlten die Kälte, und gleichzeitig war es, als würden sie verbrennen – vermutlich waren die Säuren des Teiches an der Arbeit. Soweit ich es bestimmen konnte, war der Teich nur im Bereich nahe meines Körpers dick, gummiartig, gallertartig. Ich konnte ihn sich kräuseln und ein wenig gegen den Rand des marmornen Beckens spritzen sehen. In der Tat war er zum Rand hin niedriger und hatte sich selbst in meiner Nähe gekrümmt, als wenn er bald an meinem Leib hochklettern und mich, vielleicht in einigen Stunden, verschlingen wollte. Aber zweifellos war ich bis dahin halb verdaut, einiges von mir nicht mehr als eine Creme aus Flüssigkeit und Proteinen, die sich dann mit der Substanz meines Fressers vermischte, von der er sich ernährte – der Gelbe Teich von Turia.

Ich drückte jetzt mit all meiner Kraft nicht zum Rand des marmornen Beckens, sondern eher zur tiefsten Stelle des Teiches. Zu meiner Zufriedenheit stellte ich fest, dass ich mich in diese Richtung bewegen konnte, wenn auch nur notdürftig. Der Teich war einverstanden, dass ich tiefer zu ihm vorstieß, vielleicht wünschte er es sogar, dass seine Mahlzeit leichter serviert wurde.

»Was tut er?«, rief der Paravaci.

»Er ist wahnsinnig«, sagte Saphrar.

Mit jedem Zoll, den ich in Richtung Zentrum des Teiches ging, wurde meine Reise leichter. Dann plötzlich, sonderte sich die gelbe, kreisende, zementähnliche Substanz von meinen Gliedern, und ich konnte zwei oder drei freie Schritte machen. Die Flüssigkeit befand sich jetzt jedoch bis zu meinen Achselhöhlen. Eine der leuchtenden weißen Kugeln glitt ziemlich nah an mir vorbei. Zu meinem Entsetzen sah ich, wie sie ihren Farbton änderte, als sie sich der Oberfläche näherte, näher zum Licht hin. Als sie zur Oberfläche aufgestiegen war und direkt darunter verharrte, hatte ihre Pigmentierung sich von einem leuchtenden Weiß zu einem eher dunklen Grau verändert. Sie war offensichtlich lichtempfindlich. Ich griff hinaus und zerschlitzte sie mit dem Quiva, schnitt hindurch, und plötzlich zog sie sich zurück, rollte durch die Flüssigkeit, und der Teich schien sich plötzlich mit Dampf und Licht aufzuwühlen. Dann war es wieder ruhig. Dennoch wusste ich nun irgendwie, dass der Teich, wie jede Lebensform, einen gewissen Reizbarkeitsgrad besaß. Mehr der leuchtenden weißen Kugeln glitten nun um mich, umkreisten mich, aber keine von ihnen näherte sich nahe genug, um mir zu erlauben, das Quiva zu benutzen.

Ich planschte schwimmend zum Zentrum des Teiches. Sobald ich die Mitte durchquert hatte, fühlte ich die Flüssigkeit des Teiches wieder gelieren und fest werden. Als ich den Wasserstand in Höhe meiner Hüfte auf der anderen Seite erreicht hatte, konnte ich mich wieder nicht länger vorwärts zum Rand des Teichs bewegen. Ich versuchte dies zwei weitere Male in verschiedenen Richtungen mit dem gleichen Ergebnis. Jedes Mal schienen die leuchtenden, lichtempfindlichen Kugeln hinter mir her und um mich herum in der Flüssigkeit zu schwimmen. Dann schwamm ich frei in der gelben Flüssigkeit im Zentrum des Teiches. Unter mir, einige

Fuß unter der Oberfläche, konnte ich unklar eine Sammlung von ineinandergegriffenen und sich windenden Fäden und Kugeln sehen, ähnlich den Fäden und Körnchen in einem durchsichtigen Sack, die in einem schwärzlichen gelben Gelee eingebettet und von einer durchsichtigen Membran umgeben waren.

Mit dem Quiva zwischen meinen Zähnen tauchte ich nach unten zur tiefsten Stelle des Gelben Teiches von Turia, wo die Lebendigkeit und Substanz des lebenden Dings, in dem ich herumschwamm, glomm.

Fast sofort, nachdem ich getaucht war, begann die Flüssigkeit unter mir zu gelieren, mich von der glühenden Masse am Grund des Teiches ausgrenzend, aber daran entlanghangelnd, zog ich daran und stieß weiter vor. Ich bezwang meinen Weg tiefer und tiefer in ihn hinein. Schließlich grub ich mich buchstäblich hinein, mit den Füßen unter der Oberfläche. Meine Lungen schrien nach Luft. Ich grub weiter in der gelben Flüssigkeit, Hände und Fingernägel bluteten, und dann, als es aussah, als würden meine Lungen platzen und die Dunkelheit mich einhüllte und ich das Bewusstsein verlieren würde, fühlte ich ein kugelförmiges, membranartiges Gewebe, nass und schleimig, vor meiner Berührung krampfhaft zurückzuckend. Auf den Kopf gestellt, eingeschlossen in der gelierenden Flüssigkeit, nahm ich das Quiva aus meinem Mund und drückte es, in beiden Händen haltend, mit der Klinge gegen die zuckende, zupfende, zurückziehende Membran. Es schien, dass die lebende, amorphe Stoffkugel, sich fortbewegte, als ich zustieß. Sie schlitterte fort durch die gelbe Flüssigkeit, aber ich verfolgte sie, mit einer Hand in der zerrissenen Membran, und fuhr damit fort, sie zu schlitzen und zu zerreißen. Mein Körper war nun übersät mit den verwickelten Fasern und Kugeln, die versuchten, wie Hände und Zähne, mich von meiner Arbeit fortzureißen, aber ich schlug und riss immer wieder und dann betrat ich die geheime Welt unter der Membran, schnitt links und rechts, und plötzlich wurde die Flüssigkeit locker und zog sich von mir zurück. Innerhalb der membranartigen Kammer verfestigte es sich gegen mich und stieß mich hinaus. Ich blieb solange ich konnte, aber meine Lungen rissen, und endlich erlaubte ich mir, von der membranartigen Kammer weggestoßen und in die lockere Flüssigkeit über mir gewirbelt zu werden. Unter mir begann die Flüssigkeit schnell zu gelieren, fast wie ein aufsteigendes Geschoss, und es lockerte sich und zog sich an allen Seiten zurück, und plötzlich brach mein Kopf durch die Oberfläche, und ich atmete. Ich stand nun auf der gehärteten Oberfläche des Gelben Teiches von Turia und sah die Flüssigkeit von den Seiten in die Masse unter mir sickern und sich auf der Stelle verhärten. Ich stand nun auf einer warmen, trockenen, kugelförmigen Masse, fast wie eine große, lebende Muschel. Ich konnte die Oberfläche mit dem Quiva nicht ankratzen.

»Tötet ihn!«, befahl Saphrar schreiend, und ich hörte plötzlich das Fauchen eines Armbrustbolzens, der an mir vorbeistrich und in der gekrümmten Wand hinter mir zerbrach. Nun, da ich auf dem hohen, gekrümmten, getrockneten Ding stand, hochmütig auf dieser schützenden Hülle, sprang ich leicht hoch und ergriff eine der niedrig hängenden Ranken und kletterte schnell zu der blauen Decke der Halle. Ich hörte ein weiteres Fauchen und sah einen Bolzen von der Armbrust durch die kristalline blaue Substanz schmettern. Ein Armbrustschütze war auf den nun trockenen Boden des Marmorbeckens gesprungen und stand mit hochgehobener Armbrust fast unter mir. Ich wusste, ich würde nicht in der Lage sein, seinem Bolzen auszuweichen. Dann plötzlich hörte ich seinen Todesschrei und sah unter mir wieder die glitzernde gelbe Flüssigkeit des Teichs um ihn treibend, denn das Ding — wahrscheinlich wärmeempfindlich — hatte sich genauso schnell wieder verflüssigt wie zuvor verhärtet und wirbelte um ihn herum. Die leuchtenden Kugeln und Fäden waren unter der Oberfläche sichtbar. Der Armbrustbolzen schoss fehl und zerschmetterte an der blauen Oberfläche des Doms. Ich hörte den wilden, unheimlichen Schrei des glücklosen Mannes unter mir, und dann brach ich mit meiner Faust durch die Oberfläche des Doms und kletterte hindurch. Ich erspähte das Eisen der netzartigen Struktur, die unzählige Energielampen versorgte.

Weit entfernt, wie es schien, konnte ich Saphrar nach mehr Wachen kreischen hören.

Ich rannte über die eiserne Rahmenstruktur bis ich, die Entfernung und Krümmung des Doms beurteilend, über dem Punkt, an dem Harold und ich am Rand des Teichs gewartet hatten, ankam. Dann, mit dem Quiva in der Hand, stieß ich den Schlachtruf von Ko-ro-ba aus und sprang mit den Füßen voran von der Rahmenstruktur, schmetterte durch die blaue Oberfläche und landete unter meinen bestürzten Feinden. Die Armbrustschützen spannten die Sehnen fest, um einen neuen Bolzen aufzulegen. Das Quiva suchte und fand die Herzen von zweien, ehe sie überhaupt begriffen, wie ihnen geschah. Dann fiel ein weiterer. Harold schleuderte sich mit noch immer auf seinem Rücken gefesselten Händen gegen zwei Männer, und sie fielen schreiend rückwärts in den Gelben Teich von Turia. Saphrar schrie auf und lief weg.

Die verbleibenden beiden Wächter, die keine Armbrüste besaßen, zückten gleichzeitig ihre Schwerter. Hinter ihnen konnte ich den verhüllten Paravaci mit auf den Fingerspitzen balancierendem Quiva sehen. Ich schützte mich vor dem Flug des paravacischen Quivas, indem ich mich auf die beiden Wachen stürzte. Aber bevor ich sie erreichte, hatte mein Quiva den Wächter zu meiner Linken mit einem hinterlistigen Griffwurf erwischt. Ich bewegte mich auf seine rechte Seite und riss ihm seine Waffe aus der kraftlosen Hand, bevor er zu Boden fiel.

»Runter!«, rief Harold, und ich fiel zu Boden, mir kaum des silbrigen Quivas des Paravaci bewusst, das über meinen Kopf hinwegfegte. Ich begegnete dem Angriff des zweiten Wächters, indem ich über meinen Rücken abrollte und meine Klinge zur Verteidigung hochriss. Viermal schlug er zu, und jedes Mal parierte ich, und dann hatte ich meinen Stand wiedererlangt. Er fiel vor meiner Klinge zurück, drehte sich um und stürzte in die glänzende, lebende Flüssigkeit des Gelben Teiches von Turia.

Ich fuhr zu dem Paravaci herum, doch er wandte sich waffenlos und mit einem Fluch ab und floh aus der Halle. Ich löste das Quiva aus der Brust des ersten Wächters und wischte es an seiner Tunika ab.

Ich schritt auf Harold zu und schnitt ihm mit einer einzigen Bewegung die Fesseln durch.

»Nicht schlecht für einen Korobaner«, räumte er ein.

Wir hörten eilende Schritte sich nähern; zahlreiche Männer mit scheppernden Waffen, begleitet von der hohen Tonlage des wütend schreienden Saphrars von Turia.

»Beeilung!«, rief ich.

Zusammen liefen wir um die Eingrenzung des Teiches, bis wir zu einem Wirrwarr von Ranken kamen, die von der Decke herabhingen und an denen wir hochkletterten, durch die blaue Substanz brachen und uns wild nach einer Fluchtmöglichkeit umsahen. Es musste eine geben, obwohl die Decke weder von einer Tür oder einer Platte unterbrochen wurde, aber irgendwo musste es eine Versorgungsmöglichkeit geben, über die die Energielampen neu angeordnet oder ersetzt werden konnten. Wir fanden schnell den Ausgang, obwohl er nur eine Platte von zwei mal zwei Fuß war, die Größe, durch die ein Sklave kriechen konnte. Sie war verschlossen, aber wir traten sie auf. Der Schließbolzen splitterte aus dem Holz, und wir kamen auf einer schmalen geländerlosen Galerie heraus.

Ich besaß das Schwert des Wächters und mein Quiva, Harold nur sein Quiva.

Er war geschmeidig an der Außenseite eines Kuppeldachs hochgeklettert, das mittig unter uns lag, und sah sich um.

»Da sind sie!«, rief er.

»Was?«, fragte ich nach. »Tarns? Kaiilas?«

»Nein«, rief er. »Saphrars Vergnügungsgärten!« Und er verschwand auf der anderen Seite des Kuppeldachs.

»Komm zurück!«, rief ich.

Aber er war fort.

Wütend hetzte ich das Kuppeldach hinauf, darauf bedacht, dass meine Silhouette sich nicht auf ihrer Krümmung gegen den Himmel abzeichnete und ich kein Ziel für mögliche, feindliche Bogenschützen in Reichweite bot.

Etwa hundertfünfzig Meter entfernt sah ich über mehrere kleine Dächer und Kuppeln hinweg, die zu dem riesigen Anwesen Saphrars von Turia gehörten, die hohen Mauern von etwas, das unzweifelhaft ein Vergnügungsgarten war. Ich konnte hier und dort im Inneren die Wipfel von anmutigen Blumenbäumen sehen.

Ich konnte ebenso Harold im Licht der drei Monde von Dach zu Dach springen sehen.

Wütend folgte ich ihm.

Wenn ich zu diesem Zeitpunkt meine Hände an ihn hätte legen können, hätte ich vermutlich einen Tuchuk erwürgt.

Nun sah ich ihn auf die Mauer springen, sich kurz umsehend und auf ihr entlanglaufend und sich dann auf den schwankenden Stamm einer der Blumenbäume schwingen. Er stieg flink in die Dunkelheit der Gärten hinab.

Einen Moment darauf folgte ich ihm.

19 Harold findet ein Mädchen

Ich hatte keine Schwierigkeiten, Harold zu finden. Tatsächlich landete ich fast auf ihm, als ich mich am Stamm des Blumenbaums herabließ. Er saß mit seinem Rücken zum Baum, keuchte und ruhte sich aus.

»Ich habe mir einen Plan überlegt«, sagte er zu mir.

»Das sind in der Tat gute Neuigkeiten«, antwortete ich. »Beinhaltet das auch eine Vorkehrung zur Flucht?«

»An diesem Teil des Plans bin ich noch nicht angekommen«, gab er zu.

Ich lehnte mich mit dem Rücken gegen den Baum und atmete schwer.

»Wäre es nicht eine gute Idee, sofort die Straßen aufzusuchen?«, fragte ich.

»Die Straßen werden kontrolliert«, schnaufte Harold. »Augenblicklich. Von allen Wächtern und Soldaten in der Stadt.« Er nahm zwei oder drei tiefe Atemzüge. »Es würde ihnen niemals in den Sinn kommen, die Vergnügungsgärten zu durchsuchen«, sagte er. »Nur Narren würden versuchen, sich dort zu verstecken.«

Ich schloss kurz meine Augen. Ich fühlte mich bereit, seinem letzten Punkt zuzustimmen.

»Du bist dir natürlich bewusst«, bemerkte ich, »dass die Vergnügungsgärten eines solch reichen Mannes wie Saphrar von Turia eine stattliche Anzahl weiblicher Sklaven beherbergen. Du kannst nicht darauf vertrauen, dass alle von ihnen still sein werden – und einige von ihnen werden zweifellos bemerken, wie ungewöhnlich es ist, wenn zwei fremde Krieger unter den Büschen und Farnen herumlaufen?«

»Das ist richtig«, sagte Harold. »Aber ich habe nicht vor bis zum Morgen hierzubleiben.« Er nahm einen Stängel aus einem Beet violetten Grases, einer der vielen Farbtöne in solchen Gärten, und begann darauf herumzukauen.

»Ich denke«, sagte er, »eine Stunde oder so wird ausreichen. Vielleicht weniger.«

»Ausreichen wofür?«, fragte ich.

»Bis die Tarnreiter gerufen werden, um die Suche zu unterstützen«, sagte er. »Ihre Bewegungen werden unzweifelhaft im Haus von Saphrar koordiniert werden – und einige Tarne und ihre Reiter, wenn auch nur Boten oder Kommandeure, werden bestimmt verfügbar sein.«

Plötzlich erschien mir Harolds Plan doch reelle Chancen zu haben. Zweifellos kamen Tarnreiter auf ihren Tieren von Zeit zu Zeit während der Nacht zu Saphrars Haus.

»Du bist schlau«, sagte ich.

»Natürlich«, sagte er. »Ich bin ein Tuchuk.«

»Aber ich dachte, du hättest mir erzählt, dass dein Plan noch keine Vorkehrungen für eine Flucht beinhaltet«, sagte ich.

»Da noch nicht«, sagte er. »Aber während wir hier herumsitzen, kam mir die Idee.«

»Gut«, sagte ich. »Da bin ich aber froh.«

»Irgendetwas fällt mir immer ein«, sagte er. »Ich bin ein Tuchuk.«

»Was schlägst du vor, das wir tun sollen?«, fragte ich.

»Lass uns erst einmal ausruhen«, sagte Harold.

»Also gut«, sagte ich.

Und so blieben wir sitzen und lehnten uns mit dem Rücken an den Blumenbaum im Vergnügungsgarten von Saphrar, dem Händler von Turia. Ich betrachtete die hübschen, baumelnden Schlingen von verflochtenen Blüten, die von den gekrümmten Ästen des Baumes hingen. Ich wusste, dass die Blumenhaufen, Büschel auf Büschel, die die geradlinigen, hängenden Stängel zierten, jeder einen Strauß für sich selbst darstellten, denn die Bäume werden so gezüchtet, dass die angehäuften Blumen in subtilen, zarten Mustern aus Schatten und Farben sprießen. Abgesehen von den Blumenbäumen gab es auch einige Ka-la-na-Bäume oder die gelben Weinbäume von Gor. Dort stand ein dickstämmiger, rötlicher Tur-Baum, um den eine Ansammlung der Tur-Pah geschlungen war, ein rankenähnlicher Baumparasit mit gekringelten, scharlachroten, eiförmigen Blättern, die hübsch anzusehen waren. Die Blätter der Tur-Pah sind übrigens essbar und werden in bestimmten goreanischen Speisen geschätzt, wie zum Beispiel in der Sullage, einer Art Suppe. Vor langer Zeit hatte ich gehört, dass ein Tur-Baum in der Prärie nahe einer Quelle gefunden worden war. Vielleicht war er lange vorher von jemandem, der vorbeizog, gepflanzt worden. Der Tur-Baum verlieh der Stadt Turia ihren Namen. Am fernen Ende der Mauer auf einer Seite des Gartens befand sich ein Temholzhain, geradlinig, schwarz, geschmeidig. Außer den Bäumen gab es zahlreiche Büsche und Anpflanzungen, fast alle blühend, manche fantastisch. Unter den Bäumen und den farbigen Gräsern wanden sich gebogene, schattige Wanderwege. Hier und dort konnte ich das Fließen von Wasser von künstlichen Wasserfallminiaturen und Springbrunnen hören. Von dort, wo ich saß, konnte ich zwei schöne Teiche sehen in denen lotusähnliche Pflanzen schwammen. Einer der Teiche war groß genug, um darin zu schwimmen. Der andere war, wie ich vermutete, mit kleinen, leuchtenden Fischen aus den verschiedenen Meeren und Seen von Gor bestückt. Dann wurde ich mir des Flimmerns und der Spiegelungen des Lichtes bewusst, ausgelöst von der Mauer eines der höheren, umliegenden Gebäude. Ich hörte auch rennende Schritte und den Klang von Waffen.

Ich konnte jemanden rufen hören. Dann verschwanden sowohl der Lärm als auch das Licht.

»Ich bin ausgeruht«, sagte Harold.

»Gut«, sagte ich.

»Nun muss ich ein Mädchen für mich finden«, sagte er und sah sich um.

»Ein Mädchen!«, rief ich fast schreiend.

»Pst!«, machte er und mahnte mich zur Stille.

»Haben wir nicht schon genug Ärger?«, fragte ich nach.

»Warum, glaubst du, bin ich nach Turia gekommen?«, fragte er.

»Für ein Mädchen«, sagte ich.

»Sicherlich«, sagte er. »Und ich beabsichtige nicht, ohne eines aufzubrechen.«

Ich biss meine Zähne zusammen. »Nun«, sagte ich, »ich bin sicher, hier laufen genug rum.«

»Zweifellos«, sagte Harold und stand auf, gerade so, als müsste er wieder zurück zur Arbeit gehen.

Ich kam ebenfalls auf meine Füße.

Er hatte keine Bindeschnur, keine Sklavenhaube, keinen Tarn. Dennoch hielt ihn die Abwesenheit dieser Ausrüstung nicht von seinem Vorhaben ab, noch schien er das Fehlen in dieser besonderen Lage nicht einmal als beachtungswürdig zu betrachten.

»Es kann einen Moment dauern, bis ich eine gefunden habe, die mir gefällt«, entschuldigte er sich.

»Das ist okay«, versicherte ich ihm. »Nimm dir die Zeit.«

Ich folgte Harold dann einen der glatten Steinpfade entlang, die unter den Bäumen herführten. Wir streiften auf unserem Weg durch die Blumenbüschel und gingen an dem näher gelegenen blauen Teich entlang. Ich konnte die drei Monde von Gor auf der Oberfläche reflektieren sehen. Sie schienen wunderschön unter den grünen und weißen Blüten auf dem Wasser.

Die Mengen an Blumen und Vegetation in Spahrars Vergnügungsgärten füllten die Luft mit gemischten, schweren, süßen Düften. Auch die Brunnen und Teiche waren parfümiert.

Harold verließ den Pfad und schritt vorsichtig weiter, um nicht ein Beet mit Talenderblumen, einer zarten gelben Blume, die oft in goreanischem Sinn mit Liebe und Schönheit assoziiert wird, zu zertrampeln. Er ging über das dunkelblaue und gelblich orange Gras und gelangte zu den Gebäuden, die an einer Mauer der Gärten gebaut worden waren. Hier kletterten wir einige niedrige, breite Marmorstufen nach unten, passierten eine säulenbewehrte Veranda und betraten das Hauptgebäude, wo wir uns in einer dämmrigen, von Lampen erleuchteten Halle wiederfanden, die mit Teppichen und Kissen ausgelegt und hier und dort mit gebogenen, netzartigen, weißen Abschirmungen unterteilt war.

Dort befanden sich sieben oder acht Mädchen, in Vergnügungsseide gekleidet, die in der Halle kreuz und quer auf den Kissen schliefen. Harold inspizierte sie, aber er schien nicht zufrieden zu sein. Ich sah sie mir an und hätte gedacht, dass eine von ihnen gute Beute wäre, angenommen sie konnte irgendwie sicher zu den Wagen der Tuchuks transportiert werden. Ein armes Mädchen schlief nackt auf den Fliesen am Brunnen. Um ihren Hals befand sich ein dicker Metallreif, an den eine schwere Eisenkette angebracht worden war. Die Kette selbst war mit einem Eisenring am Boden verbunden. Ich nahm an, dass sie diszipliniert wurde. Sofort befürchtete ich, dass es dieses Mädchen war, das Harold ins Auge sprang. Zu meiner Erleichterung untersuchte er sie knapp und ging weiter.

Bald hatte Harold die Haupthalle verlassen und schritt einen langen, mit Teppich belegten, mit Lampen erhellten Korridor entlang. Er betrat verschiedene vom Korridor abzweigende Räume, und nachdem er, wie ich vermutete, ihr Inneres inspiziert hatte, kam er wieder heraus und marschierte weiter.

Wir untersuchten dann andere Korridore und Räume und kehrten letztendlich in die Haupthalle zurück und fingen bei einem anderen Weg erneut an. Wieder trafen wir auf Korridore und Räume. Das Ganze brachten wir viermal hinter uns, bis wir dann den letzten Korridor hinunterschritten, der von einem der fünf Hauptkorridore von der Haupthalle wegführte. Ich hatte nicht mitgezählt, aber wir mussten mehr als sieben- oder achthundert Mädchen passiert haben und noch immer schien Harold, unter all diesen Reichtümern Saphrars, nicht die finden zu können, die er gesucht hatte. Einige Male drehte oder bewegte sich ein Mädchen im Schlaf oder warf einen Arm aus, und jedes Mal hörte mein Herz beinahe auf zu schlagen. Aber keines der Mädchen wachte auf, und wir konnten zum nächsten Raum marschieren.

Schließlich gelangten wir in einen ziemlich großen Raum, der jedoch um einiges kleiner als die Haupthalle war, in dem etwa siebzehn Schönheiten verstreut herumlagen, alle in Vergnügungsseide gekleidet. Das Licht in dem Raum bestand aus einer einzigen Tharlarionöllampe, die von der Decke hing. Er war mit einem großen roten Teppich ausgelegt, auf dem etliche Kissen in verschiedenen Farben lagen, die meisten in Gelb und Orange. In diesem Raum gab es keinen Brunnen, aber an der Wand standen einige niedrige Tische mit Früchten und Getränken darauf. Harold sah sich die Frauen an und ging dann zu einem der niedrigen Tische, um sich etwas einzuschenken, dem Geruch nach Ka-la-na-Wein. Dann nahm er eine saftige rote Larmafrucht und biss geräuschvoll in sie hinein, es knirschte teilweise, als ginge er durch den Kern, teilweise matschend, als hätte er in eine fleischige, gegliederte Endocarp gebissen. Er schien sehr viel Krach zu machen. Obwohl ein oder zwei der Mädchen sich unruhig regten, erwachte zu meiner Erleichterung keines von ihnen.

Harlod angelte nun in einer Holztruhe am Ende des Tisches herum, noch immer die Frucht kauend. Er zog vier seidene Schals aus der Kiste, nachdem er einige andere verworfen hatte, die ihm nicht ausreichend erschienen.

Dann stand er auf und ging zu einem der Mädchen, das zusammengerollt auf dem dicken roten Teppich lag. »Ich schätze, ich mag die hier«, sagte er, nahm einen Bissen von der Frucht und spuckte einige Kerne auf den Teppich. Sie trug gelbe Vergnügungsseide, und unter ihrem langen schwarzen Haar glänzte an ihrem Hals ein silberner turianischer Halsreif. Sie lag mit angezogenen Knien da, und ihr Kopf ruhte auf ihrem linken Ellenbogen. Ihre Haut war hellbraun, nicht unähnlich der des Mädchens von Port Kar, das ich gesehen hatte. Ich beugte mich näher hinunter. Sie war eine Schönheit, und die durchsichtige Vergnügungsseide, die sie als einzige Kleidung tragen durfte, verhüllte nicht, aufgrund ihres Schnittes, ihre Anmut. Als sie ihren Kopf ein wenig unruhig auf dem Teppich bewegte, sah ich in ihrer Nase den kleinen goldenen Ring eines Tuchuk-Mädchens.

»Diese hier«, sagte Harold. Es war natürlich Hereena vom Ersten Wagen.

Harold warf die leere, zusammengefallene Hülle der Larmafrucht in eine Ecke des Raums und nahm einen der Schals von seinem Gürtel.

Dann gab er dem Mädchen einen kurzen, schnellen Tritt, nicht um es zu verletzen, sondern einfach, um es grob in seinem Schlaf zu erschrecken.

»Auf deine Füße, Sklavenmädchen«, sagte er.

Hereena kämpfte sich auf die Beine, ihren Kopf gesenkt, und dann war Harold hinter sie getreten, zog ihre Arme auf den Rücken und band sie mit dem Schal in seiner Hand zusammen.

»Was ist los?«, fragte sie.

»Du wirst gerade entführt«, teilte Harold ihr mit.

Der Kopf des Mädchens flog hoch, und es wirbelte zu ihm herum und versuchte, sich zu befreien. Als sie ihn sah, weiteten sich ihre Augen so breit wie eine Larmafrucht, und ihr Mund klappte auf.

»Ich bin es«, sagte Harold. »Harold, der Tuchuk.«

»Nein!«, sagte sie. »Nicht du!«

»Ja«, sagte er. »Ich.« Er drehte sie wieder herum und überprüfte routinemäßig die Knoten, die ihre Handgelenke zusammenbanden, nahm dabei die Gelenke in seine Hand, versuchte sie zu teilen und prüfte die Knoten auf Schlüpfrigkeit. Es gab keine. Er erlaubte ihr, sich wieder zu ihm zu drehen.

»Wie bist du hierhergekommen?«, fragte sie.

»Rein zufällig«, sagte Harold.

Sie versuchte sich zu befreien. Nach einem Moment begriff sie, dass sie es nicht konnte, weil sie von einem Krieger gebunden worden war. Dann benahm sie sich so, als hätte sie nicht bemerkt, dass sie perfekt gesichert war, dass sie eine Gefangene war, die Gefangene von Harold von den Tuchuks. Sie straffte ihre schmalen Schultern und blitzte ihn an.

»Was tust du überhaupt hier?«, verlangte sie von ihm zu wissen.

»Eine Sklavin stehlen«, sagte er.

»Wen?«, fragte sie.

»Ach komm schon«, sagte Harold.

»Nicht mich!«, sagte sie.

»Natürlich«, sagte er.

»Aber ich bin Hereena«, rief sie, »vom Ersten Wagen!«

Ich befürchtete, die Stimme des Mädchens könnte die anderen wecken, aber sie schienen weiterhin zu schlafen.

»Du bist nur eine kleine turianische Sklavin«, sagte Harold, »die meine Fantasie anregt.«

»Nein!«, sagte sie.

Dann hatte Harold seine Hände über ihrem Mund und hielt ihn auf. »Siehst du«, sagte er zu mir.

Ich sah hin. Tatsächlich gab es eine kleine Lücke zwischen zwei Zähnen oben rechts.

Hereena versuchte etwas zu sagen. Es war vermutlich ganz gut, dass sie es im Moment nicht konnte.

»Es ist leicht zu erkennen, warum sie nicht für den Ersten Pfahl ausgewählt wurde«, sagte Harold.

Hereena, nicht in der Lage zu sprechen, kämpfte wütend gegen den jungen Tuchuk, dessen Hände ihre Kiefer auseinanderdrückten.

»Ich habe ein Kaiila schon mit besseren Zähnen gesehen«, sagte er.

Hereena gab einen wütenden Laut von sich. Ich hoffte, dass sie sich kein Blutgefäß aufriss. Dann entfernte Harold flink seine Hände und verpasste nur knapp etwas, das ein ziemlich wilder Biss hätte werden können.

»Sleen!«, fauchte sie.

»Andererseits«, sagte Harold, »alles in allem ist sie kein so unattraktives Mädchen.«

»Sleen! Sleen!«, fluchte Hereena.

»Ich werde mich daran erfreuen, dich zu besitzen«, sagte Harold, ihren Kopf tätschelnd.

»Sleen! Sleen! Sleen!«, fluchte sie wieder.

Harold wandte sich mir zu. »Sie ist ... ist sie nicht ... alles in allem betrachtet ... eine schöne kleine Hure?«

Ich wusste mir nicht zu helfen, aber betrachtete die wütende, mit Halsreif gebundene Hereena in wirbelnder Vergnügungsseide.

»Ja«, sagte ich, »sehr.«

»Ärgere dich nicht, kleines Sklavenmädchen«, sagte Harold zu Hereena. »Du wirst schon bald in der Lage sein, mir zu dienen. Und ich werde dafür sorgen, dass du dies fabelhaft erledigst.«

Unvernünftigerweise kämpfte Hereena wieder wie ein erschrockenes, bösartig kleines Tier, um sich selbst zu befreien.

Harold stand geduldig da und unternahm keinen Versuch, sich einzumischen.

Schließlich näherte sie sich ihm zitternd vor Wut, mit ihrem Rücken in seiner Richtung und hielt ihm die Handgelenke hin.

»Dein Scherz ist weit genug gegangen«, sagte sie. »Lass mich frei.«

»Nein«, sagte Harold.

»Befreie mich!«, befahl die Frau.

»Nein«, sagte Harold.

Sie wirbelte zu ihm herum. In ihren Augen lagen Tränen der Wut.

»Nein«, wiederholte Harold.

Sie richtete sich auf. »Ich werde niemals mit dir gehen«, fauchte sie. »Niemals! Niemals! Nie!«

»Das ist interessant«, sagte Harold. »Und wie willst du das verhindern?«

»Ich habe einen Plan«, sagte sie.

»Natürlich«, sagte er, »du bist eine Tuchuk.« Er betrachtete sie näher. »Was für ein Plan hast du denn?«

»Einen sehr einfachen«, antwortete sie.

»Natürlich«, sagte Harold. »Obwohl du eine Tuchuk bist, bist du auch eine Frau.«

Eine von Hereenas Augenbrauen zog sich skeptisch hoch. »Der einfachste Plan ist meist der beste«, bemerkte sie.

»Gelegentlich«, stimmte Harold zu. »Wie ist dein Plan?«

»Ich werde einfach schreien«, sagte sie.

Harold dachte für einen Moment nach. »Ein ausgezeichneter Plan«, gab er zu.

»Also«, sagte Hereena, »befreie mich – und ich gebe dir zehn Ihn Vorsprung, damit du um dein Leben rennen kannst.«

Das schien nicht besonders viel Zeit zu sein. Eine goreanische Ihn oder Sekunde ist nicht viel länger als eine irdische Sekunde. Ungeachtet ihres Niveaus war es klar, dass Hereena nicht besonders großzügig war.

»Ich werde es nicht tun«, bemerkte Harold.

Sie zuckte die Achseln. »Na schön«, sagte sie.

»Ich denke, du wirst deinen Plan in die Tat umsetzen«, sagte Harold.

»Ja«, sagte sie.

»Tu es«, sagte Harold.

Sie blickte ihn einen Moment an, legte ihren Kopf in den Nacken, sog die Luft ein und dann öffnete sich ihr Mund, um einen wilden Schrei auszustoßen.

Mein Herz setzte fast aus, aber Harold steckte genau in dem Moment, bevor sie schreien konnte, einen der Schals zusammengeknüllt in ihren Mund und schob ihn zwischen ihre Zähne. Ihr Schrei war nur noch ein gedämpfter Laut, kaum mehr als entweichende Luft.

»Ich hatte ebenfalls einen Plan«, teilte Harold ihr mit. »Einen Gegenplan.«

Er nahm einen der beiden übrigen Schals und band ihn über ihren Mund, damit er den ersten Schal gut in ihrem Mund festhielt.

»Mein Plan, den ich nun in die Tat umgesetzt habe, war deinem sichtlich überlegen«, sagte Harold.

Hereena gab einige gedämpfte Geräusche von sich. Ihre Augen betrachteten ihn wütend über den farbigen Schal hinweg, und ihr ganzer Körper begann sich wild zu winden.

»Ja«, sagte Harold. »Ganz klar überlegen.«

Ich war gezwungen, ihm in diesem Punkt zuzustimmen. Sie stand nur knapp fünf Fuß entfernt, und ich konnte kaum einen der leisen, wütenden Laute, die sie machte, hören.

Harold hob sie dann von ihren Füßen, und als ich zusammenzuckte, ließ er sie einfach auf den Boden fallen. Sie sagte irgendetwas, das sich wie »Uff« anhörte, als sie auf dem Boden aufschlug. Er überkreuzte ihre Knöchel und band sie fest mit dem verbleibenden Schal zusammen.

Sie blitzte ihn vor schmerzhafter Wut über dem farbigen Schal an.

Er hob sie hoch und warf sie sich über seine Schulter. Ich war gezwungen, zuzugeben, dass er die ganze Sache ziemlich geschickt angestellt hatte.

In kurzer Zeit, mit der kämpfenden Hereena auf der Schulter, waren wir unseren Schritten zurück in die Haupthalle gefolgt und stiegen die Stufen der Veranda hinab und erreichten über die Mauern zwischen den Gebüschen und Teichen den Blumenbaum, über den wir ursprünglich die Vergnügungsgärten Saphrars von Turia betreten hatten.

20 Der Bergfried

»Inzwischen werden die Wachen die Dächer kontolliert haben«, sagte Harold. »Also wird es sicher sein, darüber zu unserem Ziel zu gehen.«

»Und wo liegt das?«, fragte ich.

»Wo immer Tarne sich aufhalten«, antwortete er.

»Wahrscheinlich auf dem höchsten Dach des höchsten Gebäudes im Haus von Saphrar«, sagte ich.

»Das ist der Bergfried«, behauptete Harold.

Ich stimmte ihm zu. Der Bergfried ist in den meisten privaten Häusern der Goreaner oft ein runder Steinturm, der zur Verteidigung gebaut wird und Wasser und Nahrung enthält. Er ist schwer von außen anzugreifen, und die Rundung – wie die allgemeine Rundung von goreanischen Türmen – neigt dazu, die Summe von abgefälschten Treffern von Katapultsteinen zu steigern.

Unseren Weg über den Blumenbaum mit Hereena, die wie ein junges Larlweibchen kämpfte, hochzuklettern, war nicht leicht. Ich ging ein Stück voran und bekam das Mädchen, dann kletterte Harold an mir vorbei nach oben, und ich schob Hereena hoch. Danach kletterte ich wieder an ihm vorbei und so weiter.

Gelegentlich wurden wir zu meiner Verwirrung von den herabhängenden, geschlungenen Stängeln des Baumes umfangen, jeder mit einem Reichtum an angehäuften Blumen, deren Schönheit mich nicht länger in eine Stimmung versetzte, sie zu würdigen. Endlich hatten wir Hereena zum Wipfel des Baumes hochgeschafft.

»Vielleicht«, keuchte Harold, »willst du noch einmal zurückgehen und auch für dich ein Mädchen holen?«

»Nein«, sagte ich.

»Na gut«, sagte er.

Obwohl die Mauer einige Fuß von dem Baum entfernt war, schaffte ich es, indem ich auf einen der gebogenen Äste federte, genug Schwungkraft aufzubringen, um zu einem Punkt zu springen, an dem ich meine Finger über die Mauer bekam. Ich rutschte mit einer Hand ab und hing dort, die Füße an der Wand entlangkratzend, etwa fünfzig Fuß über dem Boden, für einen unangenehmen Moment, aber dann schaffte ich es, beide Hände auf den Rand der Mauer zu bekommen und zog mich selbst hoch.

»Sei vorsichtig«, riet Harold.

Ich war drauf und dran zu antworten, als ich einen erstickten Entsetzensschrei hörte und sah, dass Harold Hereena in meine Richtung geschleudert hatte, über den leeren Raum zwischen dem Baum und der Mauer. Ich schaffte es, sie aufzufangen. Sie war nun mit kaltem Schweiß bedeckt und zitterte vor Entsetzen. Auf der Mauer hockend und das Mädchen mit einer Hand festhaltend, um sie davor zu bewahren, herunterzustürzen, beobachtete ich Harold auf- und abfedern, und dann sprang er in meine Richtung. Er rutschte ebenfalls ab, wie ich nicht ungehalten bemerkte, aber unsere Hände erreichten sich, und er wurde in Sicherheit gezogen.

»Sei vorsichtig«, riet ich ihm und versuchte, keinen zu starken Ton von Triumph in meiner Mahnung mitschwingen zu lassen.

»Ganz richtig«, keuchte Harold. »Wie ich schon vorher gesagt habe.«

Ich überlegte, ob ich ihn nicht einfach von der Wand stieß, aber, als ich an die Höhe dachte, bestand die Wahrscheinlichkeit, dass er sich dabei das Genick brach oder den Rücken oder etwas Derartiges, und konsequenterweise hätte das Maßnahmen der Flucht kompliziert. Ich verwarf den Gedanken als unbrauchbar, wenn er auch verführerisch war.

»Komm weiter«, sagte er, warf sich Hereena über seine Schultern wie einen Schenkel Boskfleisch und rannte die Mauer entlang. Wir gelangten zu meiner Zufriedenheit bald zu einem einfachen zugänglichen Flachdach und kletterten darauf. Harold legte Hereena auf einer Seite des Daches ab und setzte sich mit überkreuzten Beinen für eine Minute schwer atmend hin. Ich war selbst genauso atemlos.

Dann hörten wir über uns in der Dunkelheit den Schlag von Tarnflügeln und sahen einen der monströsen Vögel über uns vorbeifliegen. Einen kurzen Moment lang hörten wir ein Flattern, als das Tier irgendwo jenseits von uns landete. Harold und ich standen auf. Mit Hereena unter einem seiner Arme, machten wir uns besonnen auf unseren Weg von Dach zu Dach, bis wir den Bergfried wie einen dunklen Zylinder gegen einen der drei Monde Gors aufsteigen sahen. Er stand etwa siebzig Fuß von jedem anderen Gebäude des Geländes entfernt, das das Haus von Saphrar darstellte; eine einziehbare Fußgängerbrücke, geformt aus Seilen und Stöcken, schwankte von einer offenen Tür des Berfrieds zu einer Veranda, einige Fuß unter uns. Die Brücke erlaubte den Zugang zum Turm von dem Gebäude, auf dessen Dach wir standen. In der Tat stellte sie den einzigen Zugang dar, außer auf dem Rücken eines Tarns, denn es gibt keine Türen auf der Bodenebene in einem goreanischen Bergfried. Etwa die ersten sechzig Fuß des Turms waren vermutlich solider Stein, der den Turm vor gewaltsamem Eintreten schützte oder vor dem direkten, effizienten Gebrauch einer Belagerungsramme. Der Turm selbst war etwa hundertvierzig Fuß hoch und besaß einen Durchmesser von etwa fünfzig

Fuß. Er war mit zahlreichen Öffnungen für Bogenschützen versehen. Das Dach des Turms, das mit aufspießenden Speeren und Tarndraht verstärkt worden war, war nun frei, um herunterkommende Tarne und ihre Reiter aufzunehmen.

Als wir auf dem Dach lagen, konnten wir ab und an jemanden über die Fußgängerbrücke rennen hören. Dann gab es einige Rufe. Von Zeit zu Zeit landete ein Tarn oder stieg vom Dach des Bergfrieds auf.

Als wir sicher waren, dass sich mindestens zwei Tarne auf dem Dach des Bergfrieds befanden, sprang ich vom Dach auf die leichte Brücke und rang um mein Gleichgewicht, als sie unter meinen Füßen zu schwingen begann. Fast augenblicklich hörte ich einen Schrei aus dem Gebäude. »Da ist einer von ihnen!«

»Beeilung!«, rief ich Harold zu.

Er warf Hereena zu mir herunter, und ich fing sie auf der Brücke auf. Ich sah kurz den wilden, ängstlichen Blick in ihren Augen, hörte etwas, das eine gedämpfte Bitte sein konnte. Dann war Harold neben mich auf die Brücke gesprungen und griff nach dem Handseil des Bergfrieds, um sich vor dem Herunterfallen zu bewahren.

Ein Wächter mit Armbrust, vom Licht der Türschwelle umhüllt, trat aus dem Eingang zur Brücke aus dem Gebäude hervor. Ein Bolzen lag in der Führung, und er hob die Waffe an seine Schulter. Harolds Arm schoss an mir vorbei, und der Kerl stand plötzlich still, dann gaben seine Knie langsam unter ihm nach und er fiel auf den Boden der Veranda. Ein Quivagriff ragte aus seiner Brust, die Armbrust fiel klappernd an seine Seite.

»Weiter!«, befahl ich Harold.

Ich konnte weitere Männer rennen hören. Sie kamen.

Dann sah ich zu meiner Bestürzung zwei weitere Armbrustschützen, diesmal ganz in der Nähe des Daches.

»Ich sehe sie!«, schrie einer von ihnen.

Harold sprintete die Brücke mit Hereena in seinen Armen entlang und verschwand im Bergfried.

Zwei Schwertkämpfer stürzten aus dem Gebäude, sprangen über den gefallenen Armbrustschützen und hetzten über die Brücke auf mich zu. Ich griff sie an, brachte einen zu Fall und verwundete den anderen. Ein Bolzen von einem der Armbrustschützen auf dem Dach splitterte plötzlich durch die Streben der Brücke zu meinen Füßen, kaum sechs Fuß von mir entfernt, wo ich stand.

Rasch zog ich mich über die Brücke zurück, während ein weiterer Bolzen an mir vorbeijagte. Funken schlugen aus dem Steinturm hinter mir. Ich konnte nun einige weitere Wächter sehen, die auf die Brücke zurasten.

Es würde elf oder zwölf Sekunden dauern, bis die Armbrustschützen wieder schussbereit waren. Ich drehte mich um und hackte auf die Seile ein, die die schwingende Brücke mit dem Turm verbanden. Im Innern hörte ich einen bestürzten Wächter, der von Harold verlangte zu wissen, wer er war.

»Ist das nicht offensichtlich!«, rief Harold ihm zu. »Du siehst, ich habe das Mädchen!«

»Welches Mädchen?«, fragte der Wächter.

»Eine Hure aus den Vergnügungsgärten von Saphrar, du Narr!«, rief Harold zu ihm.

»Aber warum solltest du solch eine Hure hierherbringen?«, fragte der Wächter.

»Du bist dumm, richtig?«, fragte Harold. »Hier, nimm sie!«

»Also gut«, sagte der Wächter.

Ich hörte dann einen plötzlichen, scharfen Knall, als eine Faust einen Knochen traf.

Die Brücke begann jetzt zu schaukeln und in ihren Seilen nachzugeben; einige Männer kamen aus dem Gebäude auf mich zugedonnert. Dann gab es einen entsetzten Schrei, als ein Seil durchtrennt war, der Boden der Brücke sich plötzlich drehte und einige der Wächter auf den Boden darunter warf. Ein Bolzen schlug in den Boden zu meinen Füßen ein und schlitterte in das Gebäude. Ich schlug wieder zu, und das andere Seil riss unter meinem Hieb. Die Brücke schwang mit klappernden Streben und Schreien schnell zurück gegen die Wand des Gebäudes gegenüber und stieß die verbleibenden, sich festklammernden Wächter ab und ließ sie wie Holz bewusstlos zum Fuße der Mauer fallen. Ich sprang durch die Tür des Bergfrieds und schwang sie zu. Gerade in dem Moment schlug ein Bolzen in die Tür und splitterte durch sie, sein Vorderteil ragte etwa sechs Zoll auf meiner Seite heraus. Ich warf die beiden Balken, die die Tür verriegelten, in Position, damit nicht die Männer vom Boden aus mit Leitern hereinstürmen konnten. In dem Raum, in dem ich mich wiederfand, lag der bewusstlose Wächter, aber es gab kein Zeichen von Harold oder Hereena. Ich kletterte die Holzleiter hinauf zur nächsten Ebene, die jedoch leer war, und dann kletterte ich weiter, Ebene um Ebene. Ich kam in einem Zimmer unter dem Dach des Bergfrieds heraus und fand dort Harold schwer atmend auf der ersten Sprosse der letzten Leiter sitzend. Hereena lag, sich windend, zu seinen Füßen. »Ich habe auf dich gewartet«, sagte Harold keuchend.

»Dann lass uns weitergehen, damit die Tarne nicht vom Dach fliegen, und wir hier im Turm isoliert sind«, sagte ich.

»Ganz genau mein Plan«, sagte Harold, »aber solltest du mir nicht zuerst beibringen, wie man einen Tarn lenkt?«

Ich hörte Hereena vor Schrecken aufstöhnen, und dann kämpfte sie wie verrückt gegen die Schals, die sie festbanden, an, um sich zu befreien.

»Für gewöhnlich dauert es Jahre, bis aus einem ein geschickter Tarnreiter wird«, sagte ich.

»Das ist alles schön und gut«, antwortete Harold, »aber kannst du mir nicht ein paar bestimmte, wichtige Dinge dazu in einer kürzeren Zeitspanne vermitteln?«

»Komm aufs Dach!«, schrie ich.

Ich ging voran, an Harold vorbei die Leiter hinauf, und stieß die Luke auf, die uns zum Dach führte. Auf dem Dach befanden sich fünf Tarne. Ein Wächter kam gerade auf die Luke zu. Der andere ließ die Tarne, einen nach dem anderen, frei.

Ich war bereit, den ersten Wächter anzugreifen und stand halb auf der Leiter, aber Harold kam aus der Öffnung hinter mir. »Kämpf nicht!«, rief er dem Wächter zu. »Das ist Tarl Cabot von Ko-ro-ba, du Narr!«

»Wer ist Tarl Cabot von Ko-ro-ba?«, fragte der Wächter erschrocken.

»Ich bin es«, antwortete ich, ohne zu wissen, was ich sonst hätte sagen sollen.

»Dieses Mädchen«, sagte Harold, »schnell, nimm es!«

Der Wächter schob sein Schwert in die Scheide zurück. »Was gibt es da unten für Ärger?«, fragte er. »Wer bist du?«

»Stell keine Fragen«, schnappte Harold. »Hier ist das Mädchen – nimm es!«

Der Wächter zuckte die Achseln und nahm Hereena von Harold. Ich zuckte, als der junge Mann ihn mit einem Schlag, der den Schädel eines Bosks gebrochen hätte, fällte. Bevor sie herunterfallen konnte, pflückte Harold Hereena geschickt aus den Armen des Wächters. Er stieß den Wächter dann die Luke hinunter auf die Ebene unter uns.

Der andere Wächter beugte sich auf der anderen Seite des dunklen Daches herunter, um die Tarnfesseln zu lösen. Er hatte bereits zwei der großen Vögel freigelassen und sie mit einem Tarnschrei vom Dach getrieben.

»Du da!«, rief Harold. »Lass noch einen Tarn frei!«

»Sicher«, sagte der Mann. Er schickte einen weiteren der großen Vögel flügelschlagend vom Dach.

»Komm hierher!«, befahl Harold.

Der Bursche rannte über das Dach. »Wo ist Kuurus?«, fragte er.

»Unten«, teilte ihm Harold mit.

»Wer seid ihr?«, fragte der Wächter. »Was geht hier vor sich?«

»Ich bin Harold von den Tuchuks«, antwortete Harold von den Tuchuks.

»Was machst du hier?«, fragte der Wächter.

»Bist du nicht Ho-bar?«, fragte Harold nach. Das war ein gebräuchlicher Name in Ar, von wo viele der Söldner stammten.

»Ich kenne keinen Ho-bar«, sagte der Mann. »Ist er Turianer?«

»Ich hatte gehofft, Ho-bar zu finden«, sagte Harold. »Aber vielleicht wirst du auch genügen.«

»Ich werde es versuchen«, sagte der Wächter.

»Hier«, sagte Harold. »Nimm das Mädchen.«

Hereena schüttelte heftig ihren Kopf in Richtung des Wächters, protestierte durch die gedämpften Falten des Schals, der ihren Mund verstopfte.

»Was soll ich mit ihr tun?«, fragte der Wächter.

»Einfach festhalten«, sagte Harold.

»Na schön«, meinte der Wächter.

Ich schloss meine Augen, und es war in einer Sekunde vorbei. Harold hatte erneut Hereena über seine Schulter geworfen und schritt kühn auf die Tarne zu.

Nur zwei der großen Vögel waren noch auf dem Dach übrig, beide schöne Geschöpfe, riesig, bösartig, alarmiert. Harold legte Hereena auf dem Dachboden ab und schritt zu dem ersten Tarn. Ich schloss meine Augen, als er ihm einmal energisch und herrisch auf den Schnabel schlug. »Ich bin Harold von den Tuchuks«, sagte er. »Ich bin ein erfahrener Tarnreiter – ich habe über tausend Tarne geritten – ich habe mehr Zeit im Tarnsattel verbracht als die meisten Männer auf ihren Füßen. Ich wurde auf einem Tarnrücken gezeugt. Ich wurde auf einem Tarnrücken geboren. Ich esse Tarne. Fürchte mich! Ich bin Harold von den Tuchuks!«

Der Vogel, falls er überhaupt solche Emotionen zum Ausdruck bringen konnte, blickte ihn misstrauisch und verdutzt an. Ich erwartete jeden Moment, dass er Harold mit seinem Schnabel vom Dach hackte, ihn in zwei Hälften biss und ihn dann in Stücken verspeiste. Aber der Vogel schien völlig erschrocken zu sein, wenn möglich sogar verblüfft.

Harold wandte sich zu mir um. »Wie reite ich einen Tarn?«, fragte er.

»Steig in den Sattel«, sagte ich.

»Ja!«, sagte er und stieg auf, verpasste eine der Sprossen der Seilleiter am Sattel und schlüpfte mit seinem Bein hindurch. Ich schaffte es, ihn in den Sattel zu heben und vergewisserte mich, dass er an den Sicherheitsriemen festgebunden war. So schnell ich konnte, erklärte ich ihm die Lenkausrüstung, den Hauptsattelring und die sechs Zügel.

Als ich ihm Hereena aushändigte, zitterte das Mädchen und stöhnte vor

Schreck. Sie, eine Frau der Ebenen, vertraut mit den wilden Kaiilas, sie selbst eine stolze, feurige Frau, tapfer und wagemutig, und dennoch – wie viele Frauen – hatte sie völlig verständlich Angst vor einem Tarn. Ich bemitleidete dieses Tuchuk-Mädchen wirklich. Andererseits schien Harold ziemlich glücklich damit zu sein, dass sie in ihrem Schrecken außer sich war. Die Sklavenringe am Tarnsattel waren ähnlich denen an einem Kaiilasattel, und im Nu hatte Harold das Mädchen auf ihrem Rücken quer über den Sattel vor sich gefesselt, indem er die Riemen, die aus den Sklavenringen auf jeder Seite des Sattels führten, benutzte. Dann, ohne Zögern, einen lauten Ruf ausstoßend, zog er am ersten Zügel. Doch der Tarn bewegte sich nicht, aber, so dachte ich, obwohl es unzweifelhaft nicht der Fall war, drehte sich um und betrachtete ihn skeptisch und vorwurfsvoll.

»Was ist los?«, fragte Harold.

»Er ist noch immer angebunden«, sagte ich.

Ich beugte mich zu der Tarnfessel und öffnete sie. Sofort begannen die Flügel des riesigen Vogels zu schlagen, und er sprang himmelwärts. »Aiii!«, hörte ich Harold schreien und konnte mir gut vorstellen, was mit seinem Magen geschah.

So schnell ich konnte, machte ich den anderen Vogel los, kletterte in den Sattel und verzurrte die breiten Sicherheitsriemen. Dann zog ich den Zügel an mich, sah Harolds Vogel vor den goreanischen Monden kreisen und eilte an seine Seite.

»Lass die Zügel los!«, rief ich ihm zu. »Dein Vogel wird dann dem meinen folgen!«

»In Ordnung«, hörte ich ihn vergnügt rufen. Einen Moment darauf rasten wir hoch über der Stadt Turia dahin. Ich nahm eine lange Wende und sah Fackeln und Lichter im Haus von Saphrar unter uns, und dann führte ich meinen Vogel hinaus über die Prärie in die Richtung der Wagen der Tuchuks.

Ich war ermutigt, dass wir es geschafft hatten, lebend aus dem Haus von Saphrar zu entkommen, aber ich wusste, dass ich noch einmal zur Stadt zurückkehren musste, denn ich hatte nicht den Gegenstand bekommen, den zu bekommen, ich hergekommen war – die goldene Kugel, die noch immer in der Festung des Händlers lag.

Ich musste es irgendwie schaffen, sie zu erobern, ehe der Mann, mit dem Saphrar seine Geschäfte gemacht hatte, der graue Mann mit den Augen wie Glas, sie holte und zerstörte oder sie fortbrachte.

Als wir hoch über die Prärie dahinrasten, fragte ich mich, wie es kam, dass Kamchak die Wagen und Bosks, von Turia abziehen ließ, dass er so schnell die Belagerung aufgab.

Dann, im Morgengrauen, sahen wir die Wagen unter uns und die Bosks dahinter. Es waren bereits Feuer angezündet, und es gab einige Akitiväten im Lager der Tuchuks: das Kochen, das Überprüfen der Wagen, das Sammeln, das Anhängen der Wagenbosks. Ich wusste, dass dies der Morgen war, an dem die Wagen von Turia fortzogen, Richtung der fernen Tassa, dem Meer. Pfeilbeschuss riskierend und von Harold gefolgt, ging ich in den Sinkflug, um zwischen den Wagen zu landen.

21 Kamchak kehrt in Turia ein

Ich war nun vor vier Tagen in der Stadt Turia gewesen und kehrte jetzt in der Verkleidung eines kleinen Juwelenhändlers zurück. Ich hatte den Tarn bei den Wagen gelassen und meine letzte Tarnscheibe für ein paar Handvoll kleiner Steine ausgegeben, viele von diesen von wenig oder gar keinem Wert. Dennoch gab mir ihr Gewicht in meiner Tasche einen Vorwand, um in der Stadt zu sein.

Wie mir gesagt worden war, hatte ich Kamchak beim Wagen von Kutaituchik gefunden, der auf seinen Hügel nahe der Standarte der vier Boskhörner gezogen und mit allem Holz, das man finden konnte, und mit schmutzigem, trockenem Gras gefüllt worden war. Das Ganze war dann mit duftenden Ölen durchtränkt worden, und im Morgengrauen des Rückzugs hatte Kamchak selbst eine Fackel in den Wagen geschleudert. Irgendwo in dem Wagen befand sich, in aufrechter Haltung festgemacht und mit seinen Waffen in den Händen, Kutaituchik, der Kamchaks Freund gewesen war und den man den Ubar der Tuchuks genannt hatte. Der Rauch des Wagens musste leicht von den fernen Mauern Turias sichtbar sein.

Kamchak hatte kein Wort verloren, sondern sich mit dunklen Zügen der Entschlossenheit auf seinem Gesicht auf sein Kaiila gesetzt. Er war schrecklich anzusehen, und ich wagte es nicht, ihn anzusprechen, obwohl ich sein Freund war. Ich war nicht zu dem Wagen, den ich mit ihm teilte, zurückgekehrt, sondern hatte mich direkt auf den Weg zum Wagen Kutaituchiks gemacht, nachdem man mir mitgeteilt hatte, wo er zu finden war.

Mehrere Hundertschaften der Tuchuks hatten sich auf dem Hügel versammelt und saßen auf ihren Kaiilas in Reih und Glied, die schwarzen Lanzen in den Steigbügeln festgemacht. Wütend betrachteten sie den brennenden Wagen.

Ich wunderte mich darüber, dass solche Männer wie Kamchak und die anderen so freiwillig die Belagerung Turias aufgaben.

Schließlich war der Wagen niedergebrannt, und der Wind trieb um die geschwärzten Balken und verstreute Asche über die Prärie. Kamchak hob seine rechte Hand. »Lasst die Standarte umziehen«, rief er.

Ich beobachtete einen speziellen Wagen, der von einem Dutzend Bosks den Hügel hinaufgezogen wurde. In diesen Wagen würde man die Standarte legen, sobald sie entwurzelt war. In wenigen Minuten war der große Pfahl der Standarte auf dem Wagen montiert worden und fuhr den Hügel hinunter und ließ das verbrannte Holz und die schwarze Asche, die einmal den Wagen von Kutaituchik darstellten, auf dem Gipfel zurück und übergab sie Wind und Wetter, an die Zeiten und Schneefälle, die kommen würden, und an das grüne Gras der Prärie.

»Dreht die Wagen!«, rief Kamchak.

Langsam, Wagen für Wagen, wendeten die langen Reihen, die die Tuchuks zum Rückzug gebildet hatten, jeder Wagen in seiner Reihe, jede Reihe an ihrem Platz. Sie bedeckten Pasangs in der Prärie und begannen den Marsch, fort von Turia.

Jenseits der Wagen konnte ich die Boskherden sehen, und der Staub ihrer Hufe färbte den Horizont.

Kamchak richtete sich in seinen Steigbügeln auf. »Die Tuchuks reiten von Turia fort!«, rief er.

Reihe um Reihe wendeten die Krieger ihre Kaiilas mürrisch von der Stadt fort und ritten langsam los, um ihre Wagen zu finden, außer den Hundertschaften, die den Rückzug flankierten und seine Nachhut bildeten.

Kamchak ritt sein Kaiila den Hügel hoch, bis er an diesem kalten Morgen am Rande des verbrannten Holzes und der Asche von Kutaituchiks Wagen stand. Er blieb dort für eine Weile, schließlich wendete er sein Reittier und kam langsam den Hügel herab.

Als er mich sah, hielt er an. »Ich freue mich, dich am Leben zu sehen«, sagte er.

Ich senkte meinen Kopf und erkannte die Bürde an, die er anerkannte. Mein Herz fühlte Dankbarkeit für den strengen, wilden Krieger, obwohl er in den letzten Tagen rau und seltsam gewesen war, halb betrunken, mit Hass auf Turia. Ich wusste nicht, ob der Kamchak, den ich gekannt hatte, je wieder leben würde. Ich befürchtete, dass dieser Teil von ihm – wahrscheinlich der Part, den ich am meisten mochte – in der Nacht des Raubzugs gestorben war, als er den Wagen von Kutaituchik betreten hatte.

Bei seinen Steigbügeln stehend, blickte ich zu ihm auf. »Willst du so abziehen?«, fragte ich. »Reicht dir das?«

Er sah mich an, aber ich konnte keine Regung in seinem Gesicht erkennen. »Die Tuchuks werden von Turia fortreiten«, sagte er. Dann ritt er los und ließ mich, auf dem Hügel stehend, zurück.

Irgendwie überraschte es mich, dass ich am nächsten Morgen nach dem Rückzug der Wagen keine Schwierigkeiten damit hatte, die Stadt zu betreten. Bevor ich die Wagen verließ, war ich ihnen rasch auf ihrem Marsch gefolgt, lang genug, um meine Kleinhändlerverkleidung und etwa ein Pfund Steine zu erwerben, die sie vervollständigten. Ich kaufte diese Dinge von dem Mann, von dem Kamchak an einem glücklicheren Nachmittag den Sattel und das Set Quivas erworben hatte. In dem Wagen des

Mannes hatte ich eine Menge Dinge gesehen, und ich hatte festgestellt, dass er selbst eine Art Kleinhändler war. Ich folgte dann zu Fuß eine Weile den Spuren der abfahrenden Wagen, dann entfernte ich mich von ihnen und kehrte in die Nähe von Turia zurück. Ich verbrachte die Nacht in der Prärie und dann, am zweiten Tag des Rückzugs, betrat ich die Stadt zur achten Stunde. Mein Haar wurde von der Kapuze eines dünnen, knöchellangen Gewandes aus Reptuch verborgen, einem schmutzigen Weiß, durch das sich feine goldene Fäden zogen. Meiner Meinung nach ein passendes Gewand für einen unbedeutenden Händler.

Unter meinem Gewand verborgen, trug ich Schwert und Quiva.

Ich wurde kaum von den Wachen an den Toren von Turia befragt, denn die Stadt war eine Handelsoase in den Ebenen, und während des Jahres passierten Hunderte von Karawanen, nicht zu vergessen Tausende von unbedeutenden Händlern ihre Tore zu Fuß oder mit einzelnen Tharlarionwagen. Zu meiner Überraschung standen die Tore von Turia nach dem Rückzug der Wagen und dem Auflösen der Belagerung offen. Bauern strömten durch sie hindurch und kehrten zurück zu ihren Feldern, und ebenso kamen Hunderte von Stadtbewohnern heraus, um Spaziergänge zu unternehmen oder bei den Überbleibseln des Tuchuk-Lagers nach Souvenieren zu jagen. Als ich die Stadt betrat, betrachtete ich die erhabenen Doppeltore und fragte mich, wie lange man brauchte, um sie zu schließen.

Als ich mit einem halb geschlossenen Auge durch die Stadt Turia humpelte und auf die Straße starrte, als hoffte ich, eine verlorene Kupfertarnscheibe unter den Steinen zu finden, bewegte ich mich auf das Gelände von Saphrar von Turia zu. Ich wurde in der Menge angerempelt und zweimal fast von Offizieren der Wache von Phanius Turmus, dem Ubar von Turia, niedergeschlagen.

Mir wurde entfernt bewusst, dass ich von Zeit zu Zeit verfolgt wurde. Ich verwarf diese Möglichkeit jedoch wieder, denn wenn ich mich umblickte, konnte ich niemanden sehen, den ich fürchten musste. Die einzige Person, die ich mehr als einmal sah, war ein Mädchen in den Roben der Verhüllung und mit Schleier, das einen Marktkorb an seinem Arm trug und zum zweiten Mal an mir vorbeiging, ohne mich zu beachten. Ich stieß einen Erleichterungsseufzer aus. Sich in einer feindlichen Stadt zu bewegen, war eine nervenaufreibende Angelegenheit, da man sich in der ständigen Gewissheit befand, dass eine Entdeckung einem Folter oder den plötzlichen Tod einbringen konnte, am schlimmsten die Pfählung bei Sonnenuntergang auf den Mauern der Stadt, eine Warnung für alle, die versuchten, die Gastfreundschaft einer goreanischen Stadt zu übertreten.

Ich gelangte an einen flachen, freien Platz, etwa hundert Fuß breit, der das ummauerte Gelände mit Gebäuden, die das Haus von Spahrar von Turia darstellten, von allen anderen umgebenden Gebäuden abgrenzte. Zu meiner Verwirrung erfuhr ich bald, dass man sich der hohen Gelände-mauer nicht mehr als bis auf zehn Speerlängen nähern konnte.

»Hau ab, du!«, rief ein Wächter mit einer Armbrust von der Mauer. »Hier ist Herumlungern verboten!«

»Aber, Herr!«, rief ich. »Ich habe Edelsteine und Juwelen, die ich dem ehrenwerten Saphrar zeigen möchte!«

»Komm näher zum Tor«, rief er, »und benenne die Art deines Ge-schäfts.«

Ich fand ein eher kleines Tor in der Mauer, schwer verbarrikadiert und bat um Einlass, um Saphrar meine Waren zu zeigen. Ich hoffte, bis an ihn herangeführt zu werden und dann, in der Bedrohung, ihn zu töten, die goldene Kugel und einen Tarn für die Flucht an mich zu bringen.

Zu meinem Ärger wurde ich nicht auf das Gelände gelassen, sondern mein erbärmlicher Vorrat an fast wertlosen Steinen wurde draußen am Tor von einem Verwalter in Begleitung von zwei bewaffneten Kriegern untersucht. Er brauchte nur wenige Augenblicke, um den Wert der Steine zu bestimmen und dann, als er es tat, schleuderte er sie mit einem ange-widerten Aufschrei vom Tor weg in den Staub, und die beiden Krieger bearbeiteten mich mit den Griffen ihrer Waffen, während ich Angst und Schmerz vortäuschte. »Geh fort, Narr!«, knurrten sie.

Ich humpelte den Steinen hinterher und fiel im Staub auf meine Knie, krabbelte hinter ihnen her, stöhnte und schrie laut auf.

Ich hörte die Wächter lachen.

Ich hatte gerade den letzten Stein aufgehoben, ihn in meiner Tasche ver-staut und wollte mich von meinen Knien erheben, als ich die hohen, schweren Sandalen, fast schon Stiefel, eines Kriegers anstarrte.

»Gnade, Herr«, winselte ich.

»Warum trägst du ein Schwert unter deiner Robe?«, fragte er.

Ich kannte die Stimme. Sie gehörte Kamras von Turia, dem Champion der Stadt, den Kamchak bei den Spielen des Liebeskrieges grausam be-siegt hatte.

Ich stürzte vorwärts, griff ihn bei den Beinen und warf ihn in den Staub und sprang dann auf meine Füße und rannte. Die Kapuze flog von mei-nem Kopf.

Ich hörte ihn rufen: »Stoppt diesen Mann! Haltet ihn auf! Ich kenne ihn! Es ist Tarl Cabot von Ko-ro-ba! Stoppt ihn!«

Ich stolperte in den langen Händlerroben und fluchte, sprang wieder hoch und rannte. Der Bolzen einer Armbrust zersplitterte an einer Ziegelwand auf meiner rechten Seite und meißelte eine Tasse voll Mauerwerk von Spänen und Staub los.

Ich flitzte eine enge Straße hinunter. Ich konnte jemanden hören, wahrscheinlich Kamras, und dann einen oder zwei andere, die hinter mir herrannten. Dann hörte ich ein Mädchen rufen und schreien und zwei Männer fluchen. Ich blickte hinter mich und sah das Mädchen mit dem Marktkorb, das versehentlich in die Krieger hineingelaufen war. Sie schrie wütend auf sie ein und wedelte mit ihrem zerbrochenen Korb. Sie schoben sie grob beiseite und eilten weiter. In der Zeit hatte ich eine Ecke umkurvt und sprang zu einem Fenster. Ich zog mich selbst hoch zum nächsten Fenster und zog mich noch einmal auf das Flachdach eines Ladens. Ich hörte die rennenden Schritte der beiden Krieger, und dann von sechs weiteren Männern, die die Straße unter mir passierten. Dann schrien einige Kinder und liefen hinter den Soldaten her. Ich hörte einige spekulative Unterhaltungen unten auf der Straße zwischen zwei oder drei Passanten, und dann schien alles ruhig zu sein.

Ich lag dort und wagte kaum zu atmen. Die Sonne brannte heiß auf dem flachen Dach. Ich zählte fünf goreanische Ehn oder Minuten. Dann entschied ich, dass ich besser über die Dächer in die entgegengesetzte Richtung weiterging und ein geschütztes Dach fand, unter dem ich bis zur Abenddämmerung bleiben konnte, um vielleicht die Stadt zu verlassen. Ich konnte den Wagen hinterhergehen, die sich ohnehin langsam fortbewegten, den Tarn holen, den ich dort gelassen hatte, und dann auf dem Rücken des Tarns zu Saphrars Haus zurückkehren. Es würde äußerst gefährlich sein, die Stadt so schnell zu verlassen. Sicherlich würden die Wachen an den Toren sehr bald informiert sein, nach mir Ausschau zu halten. Ich war ohne Schwierigkeiten nach Turia hereingekommen. Ich hatte nicht erwartet, es genauso leicht zu verlassen. Aber wie konnte ich in der Stadt bleiben, bis die Wachsamkeit an den Toren vielleicht nachgelassen hatte, vielleicht drei oder vier Tage von nun an? Jeder Wächter in Turia würde nach Tarl Cabot Ausschau halten, der unglücklicherweise nicht allzu schwierig zu erkennen war.

Plötzlich hörte ich jemanden die Straße entlangkommen, eine Melodie pfeifend. Ich hatte sie schon einmal gehört. Dann erinnerte ich mich, dass ich sie bei den Wagen der Tuchuks gehört hatte. Es war eine Tuchuk-Melodie, eine Wagenmelodie, die manchmal von den Frauen mit den Boskstöcken gesungen wurde.

Ich griff die Melodie auf und pfiff ein paar Takte, und die Person unter mir fiel mit ein, und wir beendeten zusammen die Melodie.

Vorsichtig schob ich meinen Kopf über den Rand des Daches. Die Straße war verlassen, ausgenommen des Mädchens, das unten stand und zum Dach heraufblickte. Sie war verschleiert und trug die Roben der Verhüllung. Sie war es, die ich zuvor schon gesehen hatte, als ich dachte, ich würde verfolgt werden. Sie war es, die versehentlich meine Verfolger aufgehalten hatte. Sie trug einen zerbrochenen Marktkorb.

»Du bist ein lausiger Spion, Tarl Cabot«, sagte sie.

»Dina von Turia!«, rief ich.

Ich blieb vier Tage in den Räumen über dem Laden Dinas von Turia. Dort färbte ich mein Haar schwarz und tauschte die Roben des Händlers gegen die gelbe und braune Tunika der Bäcker, zu deren Kaste ihr Vater und ihre beiden Brüder gehört hatten.

Unten waren die hölzernen Wandschirme, die den Laden von der Straße trennten, auseinandergerissen worden. Die Theke war zerstört und die Öfen ruiniert, ihre ovalen Kuppeln zertrümmert, ihre Eisentüren hingen verdreht in ihren Scharnieren. Selbst die oberen Steine und die beiden Kornmühlen waren zu Boden geworfen worden und gebrochen.

Einst, so erfuhr ich von Dina, war der Laden ihres Vaters sehr berühmt unter den Bäckereien Turias gewesen. Die meisten davon gehörten Saphrar von Turia, dessen Interessen ziemlich weit reichten, obwohl sie natürlich nach goreanischer Sitte von den Mitgliedern der Kaste der Bäcker geführt wurden. Ihr Vater hatte sich geweigert, den Laden an einen von Saphrars Vertretern zu verkaufen und damit seine Dienste in den des Händlers zu stellen. Kurz darauf hatten sieben oder acht Raufbolde, mit Keulen und Eisenstangen bewaffnet, den Laden angegriffen und die Einrichtung zerstört. In dem Versuch, sich gegen den Angriff zu verteidigen, waren sowohl ihr Vater als auch ihre beiden älteren Brüder zu Tode geprügelt worden. Ihre Mutter war kurz darauf an dem Schock gestorben. Dina hatte für eine Weile von den Ersparnissen ihrer Familie gelebt, hatte sie dann aber genommen, in den Bund ihrer Roben eingenäht und sich einen Platz in einer Karawane erkauft, die nach Ar aufbrach. Diese Karawane war in einen Hinterhalt der Kassars geraten, und Dina war bei diesem Überfall selbst in deren Hände gefallen.

»Willst du keine Leute anheuern, um den Laden wieder zu eröffnen?«, fragte ich.

»Ich habe kein Geld«, sagte sie.

»Ich habe etwas«, sagte ich, nahm die Börse und schüttete die nicht sehr wertvollen Steine in einem schillernden Wurf auf den kleinen Tisch im Hauptraum.

Sie lachte und stieß sie mit ihren Finger an. »Ich habe etwas über Juwelen in den Wagen von Albrecht und Kamchak gelernt – und das hier ist kaum mehr als eine silberne Tarnscheibe wert«, sagte sie.

»Ich habe eine goldene Tarnscheibe für sie bezahlt«, behauptete ich.

»Aber an einen Tuchuk ...«, sagte sie.

»Ja«, gab ich zu.

»Mein lieber Tarl Cabot«, sagte sie, »mein süßer, lieber Tarl Cabot.« Dann blickte sie mich an, und ihre Augen wurden traurig. »Aber«, sagte sie, »selbst wenn ich das Geld hätte, um den Laden neu zu eröffnen, würde das nur bedeuten, dass die Männer Saphrars wiederkämen.«

Ich blieb still. Ich nahm an, dass das, was sie sagte, der Wahrheit entsprach.

»Ist genug da, um eine Fahrt nach Ar zu buchen?«, fragte ich.

»Nein«, sagte sie. »Aber ich ziehe es sowieso vor, in Turia zu bleiben. Das ist mein Zuhause.«

»Wovon lebst du?«, fragte ich.

»Ich kaufe für wohlhabende Frauen ein«, sagte sie. »Gebäck, Torten und Kuchen – Dinge, die sie nicht ihren weiblichen Sklaven anvertrauen möchten.«

Ich lachte.

Als Antwort auf ihre Fragen erzählte ich ihr den Grund, weswegen ich in die Stadt gekommen war – um einen wertvollen Gegenstand von Saphrar von Turia zu stehlen, den er selbst von den Tuchuks gestohlen hatte. Das gefiel ihr, und wie ich vermutete, würde ihr alles gefallen, das im Gegensatz zu den Interessen des turianischen Händlers stand, für den sie den größten Hass hegte.

»Ist das wirklich alles, was du hast?«, fragte sie und deutete auf den Haufen Steine.

»Ja«, sagte ich.

»Armer Krieger«, sagte sie, ihre Augen lächelten über den Schleier. »Du hast nicht einmal genug, um eine erfahrene Sklavin zu bezahlen.«

»Das ist wahr«, gestand ich ein.

Sie lachte, und mit einer leichten Bewegung zog sie den Schleier von ihrem Gesicht und schüttelte ihren Kopf, um ihr Haar zu befreien. Sie streckte die Hände aus. »Ich bin nur eine arme, freie Frau«, sagte sie. »Aber würde ich nicht auch genügen?«

Ich nahm ihre Hände und zog sie zu mir in meine Arme. »Du bist sehr schön, Dina von Turia«, sagte ich zu ihr.

Vier Tage lang blieb ich bei Dina und jeden Tag, einmal mittags, einmal abends, schlenderten wir zu einem oder mehreren Toren von Turia, um zu sehen, ob die Wächter nun weniger wachsam waren, als sie zuvor gewesen waren. Zu meiner Enttäuschung überprüften sie noch immer jede Person oder jeden Wagen, die nach draußen wollten mit großer Sorgfalt und verlangten einen Beweis der Identität und ihres Geschäftes. Wenn es den geringsten Zweifel gab, wurde die Person von einem Offizier der Wache zum Verhör mitgenommen. Andererseits bemerkte ich verwirrt, dass hereinkommende Personen und Wagen durchgewunken und kaum eines Blickes gewürdigt wurden. Dina und ich zogen wenig Aufmerksamkeit durch Wächter oder Soldaten auf uns. Mein Haar war nun schwarz. Ich trug die Tunika der Bäcker, und ich wurde von einer Frau begleitet.

Einige Male gingen Schreier durch die Straßen und riefen, dass ich noch immer auf freiem Fuß war und fügten meine Beschreibung hinzu.

Einmal kamen Wächter zu dem Laden, durchsuchten ihn, wie sie die meisten anderen Gebäude in der Stadt durchsuchten, genauso wie ich es erwartet hatte. Während dieser Zeit kletterte ich aus einem Fenster an der Rückseite, das zu einem anderen Gebäude hinausführte, zog mich auf das Flachdach des Ladens und kehrte dann auf die gleiche Art zurück, als die Wächter wieder fort waren.

Ich hatte mich fast schon von Anfang an in Kamchaks Wagen in Dina verliebt, und ich denke, sie sich auch in mich. Sie war wirklich ein gutes, geistreiches Mädchen, schlagfertig, intelligent und mutig. Ich bewunderte sie und fürchtete um sie. Ich wusste, auch wenn ich nicht mit ihr darüber sprach, dass sie bereitwillig ihr Leben riskierte, indem sie mir Schutz in ihrer Heimatstadt gewährte. Tatsächlich hätte es geschehen können, dass ich in der ersten Nacht in Turia gestorben wäre, wenn es nicht Dina gewesen wäre, die mich gesehen hatte und mir gefolgt war und in Zeiten meiner Not als Verbündete an meiner Seite gestanden hatte. Als ich an sie dachte, erkannte ich, wie närrisch einige goreanische Vorurteile im Hinblick auf die Kaste waren. Die Kaste der Bäcker wurde nicht als hohe Kaste betrachtet, in der man den Adel suchte. Und dennoch hatten ihr Vater und ihre Brüder, obwohl sie in der Unterzahl waren, für ihren kleinen Laden gekämpft und waren dafür gestorben. Und dieses mutige, waffenlose, allein und ohne Freunde dastehende Mädchen war mir mit einem Heldenmut, den ich von vielen Kriegern nicht erwartete, sofort zu Hilfe geeilt, indem es mir Schutz und Ruhe in seinem Haus gewährte und stellte mir sein Wissen über die Stadt und über welche Mittel es auch sonst noch gebot zur Verfügung, ohne dass es dafür eine Gegenleistung verlangte.

Wenn Dina ihrem eigenen Geschäft nachging und für ihre Kunden gewöhnlich am frühen Morgen oder am späten Nachmittag einkaufte, blieb ich in den Räumen über dem Laden. Dort verbrachte ich meine Zeit damit, lange über die Sache mit dem Ei der Priesterkönige in Saphrars Haus nachzudenken. Bald, wenn es sicher war, würde ich die Stadt verlassen und zu den Wagen zurückkehren, um mir den Tarn zu holen und dann einen Schlag für das Ei führen.

Ich rechnete mir jedoch nicht so hohe Erfolgsaussichten bei einem so verzweifelten Wagnis aus. Ich lebte in ständiger Angst, dass der graue Mann mit den Augen wie Glas auf einem Tarn nach Turia kam und sich die goldene Kugel beschaffte, für die bisher so viel riskiert worden war und so viele Männer gestorben waren, ehe ich eingreifen konnte.

Manchmal, wenn Dina und ich durch die Stadt spazierten, stiegen wir auf die hohen Mauern und schauten über die Ebenen. Wir konnten dies gefahrenlos tun, vorausgesetzt, dass kein Versuch unternommen wurde, die Wachstation zu betreten. In der Tat war der etwa dreißig Fuß breite Weg innerhalb der Mauern von Turia mit Aussicht über die Ebenen eine Lieblingspromenade für turianische Paare. Während der Zeiten von Gefahr und Belagerung war es natürlich nur militärischem Personal oder zivilen Verteidigern gestattet, sich auf den Mauern aufzuhalten.

»Du wirkst beunruhigt, Tarl Cabot«, sagte Dina an meiner Seite, während wir uns gemeinsam die Prärie anschauten.

»Das ist richtig, meine Dina«, sagte ich.

»Du fürchtest, der Gegenstand, den du suchst, könnte die Stadt verlassen, ehe du ihn bekommen hast?«, fragte sie.

»Ja«, sagte ich, »genau das fürchte ich.«

»Möchtest du die Stadt heute Nacht verlassen?«, fragte sie.

»Ich denke, dass ich das vielleicht tun sollte«, sagte ich.

Sie wusste genauso gut wie ich, dass die Wächter noch immer jene, die von Turia abreisten, befragten, aber sie wusste auch, dass jeder Tag, jede Stunde, die ich in Turia blieb, gegen mich zählte.

»Ich hoffe, dass du erfolgreich bist«, sagte sie.

Ich legte meinen Arm um sie und zusammen sahen wir über die Brüstung.

»Schau«, sagte ich, »da kommt ein einzelner Händlerwagen – es muss auf den Ebenen jetzt sicher sein.«

»Die Tuchuks sind fort«, sagte sie. Und sie fügte hinzu: »Ich werde dich vermissen, Tarl Cabot.«

»Ich werde dich auch vermissen, meine Dina von Turia«, antwortete ich ihr.

Ohne Eile von der Mauer zu steigen, standen wir dort zusammen. Es war kurz vor der zehnten goreanischen Stunde oder Mittag des goreanischen Tags.

Wir standen auf der Mauer neben dem Haupttor von Turia, durch das ich vor vier Tagen, an dem Morgen nach meiner Abreise von den Wagen der Tuchuks zu den Wiesen auf dieser Seite der Ta-Thassa-Berge, die Stadt betreten hatte. Hinter den Bergen lag die riesige, schimmernde Thassa selbst.

Ich beobachtete den Händlerwagen. Er war groß, schwer und breit mit verzimmerten Seiten, abwechselnd in weiß und gold, bedeckt mit einem weißgoldenen Regentuch. Er wurde nicht wie die meisten Händlerwagen von einem Breit-Tharlarion gezogen, sondern von vier braunen Bosks.

»Wie willst du die Stadt verlassen?«, fragte Dina.

»Mit einem Seil«, sagte ich. »Und zu Fuß.«

Sie lehnte sich über die Brüstung und sah skeptisch an den Steinen hinunter zum etwa hundert Fuß entfernten Boden.

»Das wird Zeit brauchen«, sagte sie. »Und die Mauern werden nach Sonnenuntergang bewacht und von Fackeln beleuchtet.« Sie blickte mich an. »Und du wirst zu Fuß unterwegs sein«, sagte sie. »Wusstest du, dass wir Jagdsleens in Turia haben?«

»Ja«, sagte ich. »Ich weiß.«

»Schade«, sagte sie, »dass du kein flinkes Kaiila hast und im hellen Tageslicht an den Wachen vorbeirasen und deinen Weg hinaus in die Prärie reiten kannst.«

»Selbst wenn ich ein Kaiila oder ein Tharlarion stehlen könnte, gibt es da immer noch die Tarnreiter«, sagte ich.

»Ja«, sagte sie. »Das ist wahr.«

Tarnreiter würden kaum Schwierigkeiten haben, einen Reiter und sein Reittier in der offenen Prärie nahe Turia aufzuspüren. Es war fast sicher, dass sie innerhalb von Minuten, nachdem der Alarm losgegangen war, fliegen würden, selbst wenn sie noch von den Bädern hergerufen werden mussten, aus den Pagatavernen oder den Spielräumen von Turia, in denen sie nach dem Ende der Belagerung ihr Söldnergold zur Freude der Turianer ausgaben. In ein paar Tagen, wenn sie sich genug entspannt hatten, erwartete ich, dass Ha-Keel sein Gold wiegen, seine Männer sammeln und dann durch die Wolken von der Stadt abziehen würde. Ich wollte natürlich nicht ein paar Tage warten – oder gar mehr. Oder wie lange es auch immer dauerte, bis sich Ha-Keels Männer erholt hatten, die Konten mit Saphrar abgeglichen worden waren und sie aufbrachen.

Der schwere Händlerwagen befand sich nun nahe dem Haupttor und wurde durchgewinkt. Ich schaute hinaus auf die Prärie in die Richtung, die wahrscheinlich die Tuchuk-Wagen genommen hatten. Vor etwa fünf Tagen. Nun waren sie fort. Es war mir sehr seltsam erschienen, dass

Kamchak, der entschlossene, unerbittliche Kamchak der Tuchuks, so bald seinen Angriff auf die Stadt aufgegeben hatte – nicht, dass ich erwartet hätte, dass er erfolgreich gewesen wäre, wenn er länger angedauert hätte. Tatsächlich respektierte ich seine Weisheit. Ein Rückzug im Angesicht einer Situation, in der nichts gewonnen, sondern, in Anbetracht der Verletzbarkeit der Wagen und Bosks durch Tarnreiter, eher viel verloren werden konnte. Er hatte einen weisen Entschluss gefasst. Aber wie musste es ihn getroffen haben, ihn, Kamchak, die Wagen zu wenden und von Turia abzuziehen, den Tod Kutaituchiks ungesühnt und Saphrar von Turia triumphierend zurücklassend. Auf seine Art und Weise war es für ihn eine sehr mutige Sache, die er getan hatte. Ich hatte eher angenommen, dass Kamchak vor den Mauern Turias auf seinem Kaiila mit Pfeilen in der Hand stand und darauf wartete, bis die Stürme und der Schnee ihn und die Tuchuks, die Wagen und die Bosks letztendlich von den Toren der belagerten Stadt, der Festung mit ihren neun Toren und hohen Mauern, unberührt und nie erobert, forttreiben würden.

Dieser Gedankengang wurde von den Geräuschen einer Auseinandersetzung unter uns unterbrochen: das Schreien eines verärgerten Wächters am Tor, die protestierenden Rufe des Fahrers des Händlerwagens. Ich blickte von der Mauer, und zu meiner Belustigung, auch wenn mir der Fahrer leid tat, sah ich, dass das rechte Hinterrad des breiten, schweren Wagens aus der Achse gerutscht war und der Wagen, sichtlich schwer beladen, zur Seite neigte, und schließlich die Achse in den Dreck schlug und sich selbst dort hinein vergrub.

Der Fahrer war sofort heruntergesprungen und gestikulierte wie wild neben dem Rad.

Unvernünftigerweise stemmte er seine Schulter gegen das Wagenchassis und fing an zu drücken, versuchte den Wagen zu richten, was sicherlich eine unmögliche Aufgabe für einen einzelnen Mann war.

Dies amüsierte einige Wächter und auch einige Passanten, die sich sammelten, um die Niederlage des Fahrers mit anzusehen. Dann befahl der Offizier der Wache, der vor Wut fast außer sich war, einigen seiner belustigten Männer, ebenfalls ihre Schultern gegen den Wagen zu stemmen. Aber selbst all die Männer zusammen mit dem Fahrer konnten den Wagen nicht richten, und es sah so aus, als ob Hebel vonnöten wären.

Ich schaute in Gedanken versunken über die Prärie. Dina beobachtete weiterhin das hitzige Getue unter uns und lachte, denn der Fahrer schien völlig verzweifelt und rechtfertigend zu sein, unterwürfig und zitternd, vor dem zornigen Offizier tanzend. Dann bemerkte ich über der Prärie, kaum auszumachen, eine Staublinie am Horizont.

Selbst die Wächter und die Stadtbewohner hier und dort auf der Mauer schienen ausschließlich dem zum Stillstand gekommenen Wagen unten zuzusehen.

Ich blickte wieder nach unten. Der Fahrer, so bemerkte ich, war ein junger Mann, gut gebaut. Er hatte blondes Haar. Irgendetwas an ihm schien mir vertraut zu sein.

Plötzlich wirbelte ich herum und griff an die Brüstung. Die Staublinie war nun offensichtlicher. Sie näherte sich dem Haupttor von Turia.

Ich nahm Dina von Turia in meine Arme.

»Was ist los?«, fragte sie.

Ich flüsterte heftig zu ihr: »Geh nach Hause und schließ dich ein. Geh nicht mehr auf die Straße!«

»Ich verstehe nicht«, sagte sie. »Wovon sprichst du überhaupt?«

»Frag nicht«, befahl ich ihr. »Tu, was ich dir sage! Geh nach Hause, verriegle die Türen zu deinen Zimmern und verlass das Haus nicht!«

»Aber, Tarl Cabot«, sagte sie.

»Beeil dich!«, sagte ich.

»Du tust mir weh«, rief sie.

»Gehorche mir!«, befahl ich.

Plötzlich blickte sie hoch über die Brüstung. Sie sah ebenfalls den Staub. Ihre Hand fuhr zu ihrem Mund. Ihre Augen weiteten sich vor Angst.

»Du kannst nichts tun«, sagte ich. »Flieh!«

Ich küsste sie wild, und drehte sie dann um und schubste sie ein Dutzend Fuß den Gehweg hinunter zum Inneren der Mauer. Sie stolperte ein paar Schritte und wandte sich um. »Was ist mit dir?«, rief sie.

»Flieh!«, befahl ich.

Und Dina von Turia rannte den Gehweg hinunter, entlang am Rand der hohen Mauer von Turia.

Unter der ungegürteten Tunika des Bäckers, unter meinen linken Arm geschlungen, die Umrisse größtenteils durch einen kurzen braunen Umhang verhüllt, den ich über der linken Schulter trug, hingen mein Schwert und das Quiva. Ich holte die Waffen ohne Eile unter meiner Tunika hervor, legte sie auf den Mantel und wickelte sie dort ein.

Dann blickte ich abermals über die Brüstung. Die Staubwolke war nun näher gekommen. Jeden Moment würde ich in der Lage sein, die Kaiilas zu sehen, das Blitzen von Lanzenklingen. Dem Staub nach zu urteilen, seinen Ausmaßen und der Geschwindigkeit, mit der er sich näherte, ritten die Reiter, vielleicht Hunderte von ihnen, in der ersten Welle in einer engen Reihe mit vollem Galopp. Die enge Reihe, und damit wahrscheinlich der Abstand zwischen den Tuchuks, eine Hundertschaft und dann

Platz für ein weiteres Hundert, öffnete sich, offenbarte eine weitere Hundertschaft und so weiter, engte die Staubfront ein, und die Freiräume zwischen den Hundertschaften gaben ihnen die Zeit, die der Staub brauchte, um sich zu zerstreuen und aufzusteigen, sodass das Vorankommen jeder Hundertschaft nicht behindert wurde. Ich konnte nun die erste Hundertschaft sehen, fünf auf derselben Höhe, dann öffnete sich der Raum hinter ihnen, und ich sah die zweite Hundertschaft.

Sie kamen mit hoher Schnelligkeit heran. Ich sah nun einen plötzlichen Blitz, als die Sonne die Spitzen der Tuchuk-Lanzen berührte.

Leise und ohne den Wunsch, mich zu beeilen, stieg ich die Mauer hinunter und näherte mich dem festgefahrenen Wagen, dem offenen Tor, den Wächtern. Sicherlich würde irgendjemand auf der Mauer jeden Moment Alarm schlagen. Am Tor zankte sich der Offizier noch immer mit dem blonden Burschen. Er hatte blaue Augen, soweit ich wusste und von oben erkannt hatte.

»Du wirst dafür leiden«, schrie der Wachhabende. »Du dummer Narr!«

»Oh, Gnade, Herr!«, winselte Harold von den Tuchuks.

»Wie ist dein Name?«, verlangte der Offizier zu wissen.

In diesem Moment gab es einen langen, jammernden Entsetzensschrei von den Mauern. »Tuchuks!« Die Wächter sahen sich plötzlich an und waren bestürzt. Dann nahmen zwei weitere Leute auf der Mauer den Schrei auf und deuteten wild über die Mauer nach draußen. »Tuchuks! Schließt die Tore!«

Alarmiert sah der Offizier auf und schrie dann zu seinen Männern auf der Winschplattform: »Schließt die Tore!«

»Ich denke, du wirst feststellen, dass mein Wagen im Weg steht«, sagte Harold.

In plötzlichem Verständnis schrie der Offizier wütend auf und zog sein Schwert aus der Scheide, aber ehe er seinen Arm heben konnte, war der junge Mann auf ihn gesprungen und stieß ihm ein Quiva ins Herz. »Mein Name«, sagte er, »ist Harold von den Tuchuks!«

Schreie kamen von der Mauer; Wächter stürzten sich auf den Wagen. Die Männer an der Winschplattform ließen langsam die großen Doppeltore, so weit sie konnten, zuschwingen. Harold hatte das Quiva aus der Brust des Offiziers gezogen. Zwei Männer sprangen mit gezogenen Schwertern auf ihn zu, aber ich sprang vor ihn und griff sie an, brachte einen zu Fall und verwundete den anderen.

»Gut gemacht, Bäcker«, rief er.

Ich biss meine Zähne zusammen und begegnete dem Angriff eines anderen Mannes. Ich konnte das Trommeln der Kaiilahufe hinter dem Tor hören, vielleicht nicht mehr als einen Pasang entfernt. Die Doppeltore hatten sich jetzt geschlossen, außer dass der Wagen zwischen den beiden Torflügeln eingeklemmt war. Die Wagenbosks brüllten wild vor Aufregung über die rennenden Männer und über das Schreien und das Scheppern der Waffen um sie herum. Sie warfen ihre Köpfe hoch und wieder runter, stampften auf und scharrten im Staub.

Mein turianischer Gegner bekam das Kurzschwert in sein Herz. Ich trat ihn von der Klinge und hatte kaum Zeit, dem Angriff zweier weiterer Männer zu begegnen.

Ich hörte Harolds Stimme hinter mir. »Ich nehme an, während das Brot backt, gibt es nicht viel zu tun, außer herumstehen und seinen Schwertkampf zu verbessern«, sagte er.

Ich hätte vielleicht geantwortet, aber ich wurde arg bedrängt. »Ich hatte einen Freund«, sagte Harold. »Sein Name war Tarl Cabot. Aber er hätte beide längst erledigt.«

Ich fälschte eine Klinge knapp von meinem Herzen ab.

»Und das schon vor einiger Zeit«, fügte Harold hinzu.

Der Mann zu meiner Linken begann, links um mich herumzugehen, während der andere mich weiter von vorn bedrängte. Es hätte vor Sekunden schon erledigt sein können. Ich machte einen Schritt zurück, bis ich mit dem Rücken am Wagen stand und versuchte, ihren Stahl von mir fernzuhalten.

»Es gibt eine gewisse Ähnlichkeit zwischen dir und meinem Freund Tarl Cabot«, sagte Harold. »Außer, dass dein Geschick mit dem Schwert seinem ausgesprochen unterlegen ist. Er war auch aus der Kaste der Krieger und würde es nicht erlauben, sich selbst auf dem Scheiterhaufen in so niedrigen Roben, wie denen aus der Kaste der Bäcker sehen zu lassen. Außerdem war sein Haar rot, wie ein Larl in der Sonne, wobei deins eher gewöhnlich ist, wenn ich es so sagen kann, von einem langweiligen Schwarz.«

Ich schaffte es, meine Klinge durch die Rippen des einen Mannes zu stoßen und drehte mich, um dem Stoß des anderen zu entgehen. Im Nu wurde die Position des Mannes, den ich gefällt hatte, schon wieder durch einen weiteren Wächter besetzt.

»Es wäre gut, auch auf der rechten Seite aufmerksam zu sein«, bemerkte Harold.

Ich drehte mich nach rechts, gerade rechtzeitig, um die Klinge eines dritten Mannes abzuwehren.

»Es wäre nicht nötig gewesen, Tarl Cabot so etwas zu sagen«, sagte Harold.

Einige Passanten flohen und schrien. Die großen Alarmbalken der Stadt läuteten, als sie mit Eisenhämmern geschlagen wurden.

»Manchmal frage ich mich, wo der alte Tarl Cabot abgeblieben ist«, sagte Harold wehmütig.

»Du Tuchuk-Idiot!«, schrie ich.

Plötzlich sah ich, wie sich die Gesichter der Männer, die mich bekämpften, von Wut zu Angst wandelten. Sie wandten sich um und rannten vom Tor weg.

»Es wäre jetzt gut, unter dem Wagen Zuflucht zu suchen«, sagte Harold. Dann sah ich seinen Körper darunter tauchen und unter den Wagen kriechen. Ich warf mich selbst zu Boden und rollte unter ihn.

Fast augenblicklich gab es einen wilden Schrei. Den Kriegsschrei der Tuchuks, und die ersten fünf Kaiilas sprangen von außerhalb des Tors auf den Wagen, fanden sicheren Stand auf dem, was ein simples Regendach hätte sein sollen, aber tatsächlich war das Tuch über eine Ladung Felssteine und Erde gespannt worden, was das unglaubliche Gewicht des Wagens erklärte. Dann sprangen sie vom Wagen, jeweils zwei auf jeder Seite, zwei weitere und der mittlere Reiter sprangen vom Wagendach in den Staub jenseits der angeschirrten Bosks. Im Nu wiederholten die nächsten fünf dieses Manöver, dann die nächsten und wieder die nächsten. Bald raste eine Hundertschaft nach der anderen, manchmal mit kreischenden Kaiilas, manchmal mit absteigenden Reitern, wenn ein Tier zwischen den Toren und den anderen eingeklemmt wurde, heulend in die Stadt, mit schwarz lackierten Schilden in der linken Hand und den Lanzen in der rechten. Über uns waren die stampfenden Hufe der Kaiilas, das Schreien der Männer, der Klang der Waffen, und immer mehr und mehr Tuchuks streiften die Oberseite des Wagens und preschten in die Stadt, ihren Kriegsschrei ausstoßend. Jede der Hundertschaften, die durchkam, wandte sich in ihre eigene Richtung, nahm verschiedene Straßen und Wendungen, einige stiegen ab und kletterten auf die Dächer, um sie mit ihren kleinen Bogen zu besetzen. Ich konnte bereits Rauch riechen.

Gemeinsam mit uns befanden sich unter dem Wagen drei hockende turianische Zivilisten: ein Weinhändler, ein Töpfer und ein Mädchen. Der Weinhändler und der Töpfer sahen angstvoll zwischen den Rädern den Reitern zu, wie sie durch die Straßen donnerten. Harold schaute, mit den Händen auf seinen Knien, in die Augen des knienden Mädchens, die starr vor Entsetzen waren. »Ich bin Harold von den Tuchuks«, erzählte er ihr. Er entfernte geschickt die Schleiernadeln, und sie bemerkte es kaum, so entsetzt war sie. »Ich bin nicht wirklich ein schlechter Kerl«, teilte er ihr mit. »Möchtest du gerne meine Sklavin sein?« Sie schaffte es, ihren Kopf zu schütteln, ein Nein, eine winzige Bewegung, ihre Augen vor Angst geweitet. »Ah, gut«, sagte Harold und steckte ihr wieder den Schleier an.

»Das geht wahrscheinlich in Ordnung. Ich habe schon eine Sklavin und zwei Frauen in einem Wagen – wenn ich denn einen Wagen hätte – würde wahrscheinlich schwierig sein.« Zustimmend nickte das Mädchen. »Wenn du den Wagen hier verlässt«, erklärte ihr Harold, »wirst du vermutlich von Tuchuks angehalten. Üble Gesellen, die deinen schönen Hals vermutlich in einen Halsreif stecken, verstehst du?« Sie nickte ein Ja. »Also sagst du ihnen, dass du bereits die Sklavin von Harold von den Tuchuks bist, verstanden?« Sie nickte wieder. »Es wird von deiner Seite aus gelogen sein«, sagte Harold entschuldigend, »aber dies sind harte Zeiten.« Tränen standen in ihren Augen. »Dann geh nach Hause und schließ dich im Keller ein«, sagte er. Er starrte nach draußen. Immer noch strömten Reiter in die Stadt. »Momentan kannst du jedoch noch nicht gehen«, sagte er. Sie nickte ein Ja. Er öffnete wieder ihren Schleier und nahm sie in die Arme, um die Zeit totzuschlagen.

Ich saß im Schneidersitz unter dem Wagen, mein Schwert über den Knien und sah den Klauen und Beinen der wirbelnden Kaiilas zu, wie sie an uns vorbeistürmten. Ich hörte das Fauchen von Armbrustbolzen, und ein Reiter und sein Tier stolperten von dem Wagendach, fielen und rollten auf eine Seite. Andere sprangen über sie hinweg. Dann hörte ich den Klang der kleinen Hornbogen der Tuchuks. Irgendwo auf der anderen Seite des Wagens, hörte ich auch das schwere Grunzen eines Tharlarions und das Kreischen eines Kaiilas sowie das Aufeinandertreffen von Lanzen und Schilden. Ich sah eine unverhüllte Frau, ihr Haar hinter ihr herwehend, sich unter den Kaiilas drehend und hin- und herschleudernd. Sie schaffte es irgendwie, von ihnen fortzukommen und rannte zwischen zwei Gebäuden davon. Das Läuten der Alarmbalken war nun lautstark in der gesamten Stadt zu hören. Ich konnte Schreie in ein paar hundert Metern Entfernung hören. Das Dach eines Gebäudes auf der Linken stand in Flammen; Rauch und Funken stoben in den Himmel und wurden vom Wind zu den anderen Gebäuden hinübergefegt. Ein Dutzend abgestiegener Tuchuks befand sich nun an der großen Winsch auf der Plattform und öffnete langsam die Tore zu ihrer höchsten Breite. Und als sie damit fertig waren, kamen die Tuchuks brüllend und mit wirbelnden Lanzen in Zwanzigerreihen nebeneinander in die Stadt, sie waren jetzt nicht mehr die Fünferreihen eines Hunderts. Ich konnte jetzt Rauch in der langen Straße sehen, die vom Tor zu einem Dutzend anderer Orte führte. Und ich sah bereits einen Tuchuk mit einem Dutzend Silberbechern, die an seinem Sattel befestigt waren. Ein anderer hatte eine schreiende Frau an den Haaren gefasst, und sie musste neben seinem Steigbügel herrennen. Und noch immer sprangen Tuchuks in die Stadt. Die Wand eines Gebäudes auf der Hauptstraße kollabierte unter Flammen auf der Straße. Ich konnte an drei oder vier Stellen das Aufeinandertreffen von Waffen hören, das Fauchen von Armbrustbolzen, die antwortenden federflinken Flüge der mit Widerhaken versehenen Tuchuk-Kriegspfeile. Eine andere Mauer brach auf der anderen Seite der Straße in sich zusammen. Zwei turianische Krieger sprangen von ihr und wurden von Tuchuks, die mit Lanzen in den Händen auf ihren Kaiilas über die Trümmer sprangen, niedergeritten.

Dann sah ich in der Öffnung innerhalb des Tors, auf seinem Kaiila, die Lanze in seiner rechten Faust, sich drehend und Befehle bellend, Kamchak von den Tuchuks; er winkte den Männern zu seiner Linken und Rechten und auf den Hausdächern zu. Seine Lanzenspitze war rot. Der schwarze Lack auf seinem Schild war tief eingeschnitten und zerkratzt. Das Kettennetz an seinem Helm war zurückgeschlagen, und seine Augen und sein Gesicht sahen schrecklich aus. Er wurde von Tuchuk-Offizieren flankiert, Befehlshabern über Tausende, auf ihren Reittieren und genauso bewaffnet, wie er es war. Er wendete sein Kaiila in Richtung Stadt, es richtete sich auf, und er hob den Schild an seinem linken Arm. »Ich will das Blut Saphrars von Turia!«, rief er.

22 Kamchaks Fest

Die Wende ging natürlich an die Tuchuks.

Man sucht einen Vorwand, eine Stadt ernsthaft zu belagern, verbringt einige Tage, manchmal Wochen mit diesem Unterfangen, und dann gibt man augenscheinlich die Belagerung auf, zieht sich zurück, entfernt sich langsam tagelang mit den Wagen und den Bosks – in diesem Fall vier – und schließlich, wenn die Bosks und die Wagen außer Gefahrenreichweite sind, fegt man schnell, in einer einzigen Nacht und unter dem Deckmantel der Dunkelheit, zur Stadt zurück und nimmt sie überraschend ein.

Es hatte gut funktioniert.

Der größte Teil Turias stand in Flammen. Sicherlich hatten die Hundertschaften, denen die Aufgabe übergeben worden war, sofort, noch fast bevor die Alarmbalken läuten konnten, viele der Brunnen, Kornspeicher und öffentlichen Gebäude erobert, den Palast von Phanius Turmus eingeschlossen. Der Ubar und Kamras, sein höchster Offizier, waren Gefangene der Hundertschaften geworden, die zu diesem Zweck ausgeschickt worden waren. Die meisten des hohen Rates von Turia waren ebenfalls in Tuchuk-Ketten gelegt worden. Die Stadt war größtenteils ohne Führung, obwohl hier und dort mutige Turianer Wächter und Soldaten um sich geschart hatten und einige bestimmte Zivilisten die Straße abriegelten und innerhalb der Stadt Festungen gegen die Eindringlinge bildeten. Das Gelände um das Haus von Saphrar war jedoch nicht gefallen, sondern wurde von seinen unzähligen Wächtern und seinen hohen Mauern beschützt. Auch der Turm, der die Tarnunterkünfte und die Krieger von Ha-Keel, dem Söldner von Port Kar enthielt, stand.

Kamchak hatte im Palast von Phanius Turmus Quartier bezogen, der, abgesehen vom Plündern und Herunterreißen der Wandteppiche und den schamlos entstellten Wandmosaiken, unbeschädigt war. Von diesem Palast aus hatte er die Besetzung der Stadt geleitet.

Nachdem die Tuchuks die Stadt betreten hatten, bestand Harold darauf, das junge Mädchen, dem er unter dem Wagen begegnet war, nach Hause zu begleiten und als Zugabe den Weinhändler und den Töpfer ebenso. Ich begleitete ihn und blieb nur lange genug stehen, um die oberen Teile der Bäckertunika herunterzureißen und die Farbe aus meinem Haar an einem Straßenbrunnen herauszuspülen. Ich verspürte nicht den Wunsch, als turianischer Zivilist in den Straßen von einem Tuchuk-Pfeil niedergestreckt zu werden. Ich wusste auch, dass viele Tuchuks mit meinem vielleicht zu roten Haar vertraut waren. Wenn sie es sahen, würden sie es wohlwollend unterlassen, seinen Besitzer zu erschießen. Für mich sah es so aus, als würde mein Haar endlich einmal einen guten Zweck erfüllen, eine Wendung, die ich mit Vergnügen betrachtete. Verstehen Sie mich nicht falsch. Im Ganzen betrachtet bin ich von meinem Haar schon angetan. Es ist lediglich, dass man, um objektiv bei solchen Dingen zu sein, erkennen muss, dass es mich von Zeit zu Zeit in verschiedene Schwierigkeiten gebracht hat – angefangen in meinem vierten Lebensjahr. Jetzt jedoch tat es nicht weh, daran umgehend und treffsicher erkannt zu werden.

Als ich meinen Kopf von dem Brunnen in der turianischen Straße hob, rief Harold zu meinem Erstaunen aus: »Meine Güte, du BIST Tarl Cabot!«

»Ja«, hatte ich geantwortet.

Nachdem wir das Mädchen, den Töpfer und den Weinhändler zu welchem Schutz auch immer, den ihre Häuser boten, gebracht hatten, marschierten wir zum Hause Saphrars, wo ich mich nach einiger Untersuchung des Schauplatzes davon überzeugte, dass es nichts gab, das sofort getan werden konnte. Es wurde von mehr als zwei der Tausendschaften belagert. Bisher hatte kein Angriff auf diesen Ort begonnen. Zweifellos waren Felsbrocken und große Stücke aus Gebäudesteinen schon hinter den Toren aufgetürmt worden. Ich konnte Thalarionöl auf den Mauern riechen, das darauf wartete, von Flammen entfacht und dann auf jene geschüttet zu werden, die versuchten, an den Mauern zu graben oder Leitern an sie zu stellen. Gelegentlich wurden Pfeile und Armbrustbolzen ausgetauscht. Eine Sache beunruhigte mich. Die stehende Mauer um das Gelände hielt die Bogenschützen der Tuchuks weit genug vom Dach des Bergfrieds entfernt, sodass die Tarne ohne zu große Gefahr landen und das Gelände verlassen konnten. Saphrar konnte auf dem Rücken eines Tarns entkommen, wenn er wollte. Bis jetzt, abgeschnitten vom Rest, hatte er wahrscheinlich noch keine Ahnung, in welch ernsthafter Gefahr er schwebte. Im Innern hatte er unzweifelhaft reichlich Nahrung und Wasser, um einer langen Belagerung standzuhalten. Es sah für mich so aus, dass er in Sicherheit fliegen konnte, wenn er wollte, es aber bisher noch nicht in Erwägung gezogen hatte.

Dann wünschte ich, sofort zum Palast von Phanius Turmus weiterzugehen, wo Kamchak sein Hauptquartier errichtet hatte, um mich selbst zu seiner Verfügung zu halten, aber Harold bestand darauf, erst einmal in der Stadt herumzumarschieren, um die Nester turianischen Widerstands zu überprüfen.

»Warum?«, fragte ich.

»Wir schulden es unserer Stellung«, sagte er.

»Oh«, machte ich.

Schließlich war es Nacht, und wir zogen durch die Straßen von Turia, manchmal zwischen brennenden Gebäuden hindurch.

Wir kamen zu einem hohen, ummauerten Bauwerk und gingen daran entlang.

Ich konnte gelegentliche Schreie aus dem Inneren hören; ebenso wurde das Wehklagen von Frauen an meine Ohren getragen.

»Was ist das für ein Ort?«, fragte ich.

»Der Palast von Phanius Turmus«, sagte er.

»Ich habe das Weinen von Frauen gehört«, sagte ich.

»Turianische Frauen«, sagte Harold, »die von Tuchuks benutzt werden.« Dann fügte er hinzu: »Fast die gesamte Beute von Turia liegt hinter diesen Mauern.«

Ich war erstaunt, dass die vier Tuchuk-Wächter am Tor des Palastes von Phanius Turmus ihre Lanzen dreimal gegen ihre Lederschilde schlugen. Die Lanze schlägt den Schild, einmal für den Kommandanten einer Zehnerschaft, zweimal für den Kommandanten eines Hunderts, dreimal für den Kommandanten eines Tausends. »Passage frei für die Kommandanten«, sagte der Anführer der vier Wächter und trat beiseite. Natürlich wollte ich kurz nach unserem Eintreten von Harold wissen, was die Ehrenbezeigung der Wächter bedeutete. Ich hatte erwartet, herausgefordert zu werden und dann vielleicht, wenn alles gut verlief, drinnen wegen irgendeiner List zu streiten, die sich Harold spontan erträumt hatte.

»Es bedeutet«, bemerkte Harold und blickte über den Hof, »dass du den Rang eines Kommandanten einer Tausendschaft innehast.«

»Ich verstehe nicht«, sagte ich.

»Es ist ein Geschenk von Kamchak«, sagte Harold. »Ich schlug es als angemessen vor im Hinblick auf deine mannhaften, wenn auch unbeholfenen, Bemühungen am Tor.«

»Danke«, sagte ich.

»Ich habe natürlich den gleichen Rang für mich selbst empfohlen«, sagte Harold, »da ich derjenige bin, der wirklich gewonnen hat.«

»Selbstredend«, sagte ich.

»Du hast natürlich keine Tausendschaft zu deiner Verfügung«, wies Harold auf.

»Nichtsdestotrotz beinhaltet der Rang selbst beträchtliche Macht«, sagte ich.

»Das ist richtig«, sagte er.

Tatsächlich stimmt das, denn die nächste Ebene unter einem Ubar der Wagenvölker war der Kommandant einer Tausendschaft.

»Warum hast du es mir nicht erzählt?«, fragte ich.

»Es erschien mir nicht so wichtig«, sagte der junge Mann.

Ich ballte meine Fäuste und erwog, ihm mit mäßiger Härte einen Schlag auf die Nase zu verpassen.

»Korobaner sind wahrscheinlich beeindruckter von solchen Dingen als Tuchuks«, bemerkte Harold.

Mittlerweile war ich Harold zu einer Ecke der Hofmauer gefolgt, in der eine Menge Dinge angehäuft waren: wertvolle Metalle und Tabletts, Becher, Schalen voll Juwelen, Halsbänder und Armreife. Schatullen mit Münzen und, in schweren, hölzernen Verschlägen, unzählige aufgeschichtete Würfel aus Silber und Gold, jeder mit seinem Gewicht geprägt, denn der Palast eines Ubars ist ebenso die Prägestätte einer Stadt, in der die Münzen mit einem Hammer bearbeitet werden, der auf den flachen Aufsatz einer Gussform schlägt. Übrigens werden goreanische Münzen nicht hergestellt, um gestapelt zu werden, und dementsprechend ist die goreanische Münze aufgrund ihrer möglichen Tiefe des Abdrucks und den konsequenten Freiheiten des Künstlers fast immer schöner als die maschinengewalzten, flachen der Erde. Einige goreanische Münzen werden übrigens gebohrt, damit sie aufgereiht werden können – die Münzen von Tharna beispielsweise. Turianische Münzen und die meisten anderen werden es nicht.

Weiter an der Mauer entlang gab es riesige Stoffballen, meist Seide. Ich erkannte sie als die Roben der Verhüllung. Dahinter, ebenfalls auf einem großen Haufen, waren unzählige Waffen, Sättel und Harnische. Jenseits davon sah ich zahlreiche Teppiche und Gobelins, die für den Transport aus der Stadt zusammengerollt worden waren.

»Als Kommandant kannst du dir hiervon nehmen, was du willst«, sagte Harold.

Ich nickte.

Wir betraten jetzt einen anderen Hof, den Innenhof, zwischen dem Palast und der inneren Mauer des Außenhofs.

Hier sah ich, entlang der Mauer, eine lange Reihe unbekleideter turianischer Frauen, die kniend auf verschiedene Weise mit Ketten und Riemen zusammengebunden worden waren. Die Handgelenke jeder Frau waren jedoch abwechselnd, eines vor ihrem Körper und das andere hinter ihrem Rücken, gebunden. Es waren jene Frauen gewesen, die ich außerhalb der Mauern gehört hatte. Einige schluchzten, andere jammerten, aber die meisten waren still, starr vor Schreck und starrten zu Boden. Zwei Tuchuk-Wächter standen über ihnen. Einer trug eine Sklavenpeitsche, mit der er die Frauen zum Schweigen brachte, wenn ihr Weinen zu aufdringlich wurde.

»Du bist der Kommandant einer Tausendschaft«, sagte Harold. »Wenn dir eines dieser Mädchen gefällt, lass es den Wächter wissen, und er wird es für dich markieren.«

»Nein«, sagte ich. »Lass uns direkt zu Kamchak gehen.«

In diesem Moment gab es Raufen und Tumult am Tor des Innenhofs, und zwei Tuchuks, einer lachend mit einer blutigen Schulter, zogen ein wildes, widerspenstiges, unverhülltes aber noch bekleidetes Mädchen zwischen sich her.

Es war Dina von Turia!

Der lachende Tuchuk mit der blutigen Schulter schleppte sie zu uns.

»Eine Schönheit«, sagte er, »Kommandant!« Er nickte zu seiner Schulter. »Prächtig! Eine Kämpferin!«

Plötzlich hörte Dina mit dem Ziehen, Treten und Kratzen auf. Sie warf ihren Kopf hoch und blickte mich schwer atmend und bestürzt an.

»Kettet sie nicht an«, sagte ich. »Und ihre Kleidung bleibt, wo sie ist. Sie wird nicht gefesselt. Erlaubt ihr, sich zu verhüllen, wenn sie es wünscht. Sie wird in jeder Hinsicht wie eine freie Frau behandelt. Bringt sie nach Hause zurück und so lange wir in der Stadt bleiben, beschützt sie mit eurem Leben.«

Die beiden Männer waren erschrocken, aber die Disziplin der Tuchuks ist unumwerflich. »Ja, Kommandant!«, riefen beide und ließen sie frei. »Mit unserem Leben!«

Dina von Turia sah mich mit dankbarem Blick an.

»Du wirst sicher sein«, versicherte ich ihr.

»Aber meine Stadt brennt«, sagte sie.

»Es tut mir leid«, sagte ich und drehte mich schnell um, um den Palast von Phanius Turmus zu betreten.

Ich wusste, dass, solange die Tuchuks in Turia blieben, es in der ganzen Stadt keine sicherere Frau als die reizende Dina geben würde, auch wenn sie nur aus der Kaste der Bäcker stammte.

Gefolgt von Harold eilte ich die Stufen hinauf, und schon bald fanden wir uns in der marmornen Eingangshalle des Palastes wieder. Kaiilas waren dort festgemacht worden.

Von Tuchuks geleitet, waren wir auf unserem Weg zum Thronsaal von Phanius Turmus, wo wir zu meiner Überraschung in ein bereits fortgeschrittenes Bankett platzten. Am Ende des Saals, auf dem Thron des Ubars, in einer purpurnen Robe, die er sich über sein schwarzes Leder geworfen hatte, saß der mürrische Kamchak von den Tuchuks. Sein Schild und die Lanze lehnten gegen den Thron, ein blankes Quiva lag auf der rechten Lehne des Throns. An den niedrigen Tischen, wahrscheinlich von verschiedenen Orten aus dem Palast hergebracht, saßen viele Tuchuk-

Offiziere und selbst einige Männer ohne Rang. Bei ihnen befanden sich, von ihren Halsreifen befreite, ausgelassene und in den Roben der freien Frauen geschmückte Tuchuk-Sklavinnen. Alle lachten und tranken. Nur Kamchak schien ernst zu sein. In seiner Nähe, an einem langen, niedrigen Tisch als Ehrenplatz, saßen über den Schalen mit gelbem und rotem Salz viele der Adligen von Turia, in ihren feinsten Roben, ihr Haar geölt und parfümiert, für das Bankett gekämmt. Unter ihnen erblickte ich Kamras, den Champion von Turia, und andere. Zu Kamchaks rechter Hand saß ein schwerer, verquollener, niedergeschlagener Mann, der nur Phanius Turmus selbst sein konnte. Hinter ihnen standen Tuchuk-Wächter mit Quivas in ihren rechten Händen. Auf ein Zeichen von Kamchak, das wussten diese Männer sehr gut, würden ihre Kehlen sofort durchgeschnitten werden.

Kamchak drehte sich zu ihnen um.

»Esst«, sagte er.

Vor sie war goldenes Geschirr hingestellt worden, angehäuft mit Delikatessen, die in der Küche des Ubars zubereitet worden waren. Dazu große prächtige Kelche, gefüllt mit turianischen Weinen, kleine Schalen mit Gewürzen und Zucker mit Löffeln.

Die Tische wurden von nackten turianischen Frauen aus den höchsten Kreisen der Stadt bedient.

Es waren Musiker anwesend, und sie versuchten, in Anbetracht der Umstände das Beste aus ihren Fähigkeiten herauszuholen und eine gute Musik für die Feier zu spielen.

Manchmal wurde eine der bedienenden Frauen von einem Mann am Fußgelenk oder am Arm gepackt und schreiend zu den Kissen bei den Tischen gezogen – sehr zur Freude der Männer und der Tuchuk-Frauen.

»Esst!«, befahl Kamchak.

Gehorsam begannen die gefangenen Turianer, Essen in ihre Münder zu stecken.

»Willkommen, Kommandanten«, sagte Kamchak und wandte sich uns zu. Er lud uns ein, uns hinzusetzen.

»Ich habe nicht erwartet, dich in Turia zu sehen«, sagte ich.

»Ebenso wenig wie die Turianer«, bemerkte Harold, griff über seine Schulter zu jemandem des hohen Rates von Turia und nahm ein gezuckertes Verrkotelett.

Aber Kamchak blickte weg und schaute trostlos in Richtung des Teppichs vor dem Thron, der nun mit verschütteten Getränken befleckt war, angehäuft mit dem weggeworfenen Müll des Festes. Er schien sich kaum bewusst zu sein, was um ihn herum vor sich ging. Obwohl dies eine Nacht des Triumphes für ihn sein sollte, schien er nicht zufrieden zu sein.

»Der Ubar der Tuchuks scheint nicht glücklich zu sein«, bemerkte ich.
Kamchak drehte sich zu mir und blickte mich wieder an.
»Die Stadt brennt«, sagte ich.
»Lass sie brennen«, sagte Kamchak.
»Sie gehört dir«, sagte ich.
»Ich will Turia nicht«, sagte er.
»Was willst du dann?«, fragte ich.
»Nur das Blut von Saphrar«, sagte er.
»All das nur, um Kutaituchik zu rächen?«, fragte ich.
»Um Kutaituchik zu rächen«, sagte Kamchak, »würde ich tausend Städte niederbrennen.«
»Wie kommt das?«, fragte ich.
»Er war mein Vater«, sagte Kamchak und wandte sich ab.
Während des Mahls kamen von Zeit zu Zeit Boten aus verschiedenen Teilen der Stadt und selbst von den um Stunden entfernten Wagen, die auf Kaiilas hetzten und zu Kamchak vorgelassen wurden, mit ihm sprachen und hastig wieder fortgingen.

Neue Gerichte und Wein wurden serviert, und selbst die hohen Männer von Turia, die Quivaspitze an der Kehle, waren gezwungen, heftig mitzutrinken, und einige begannen bald zu nuscheln und zu weinen, während die Feiernden zu den barbarischen Melodien der Musiker immer betrunkener und wilder wurden. An einem Punkt kamen drei Tuchuk-Frauen in wirbelnden Seiden und Gerten in ihren Händen in den Raum und schleppten eine jämmerliche, entkleidete, turianische Frau mit. Sie hatten ein langes Stück Seil gefunden und banden ihr die Hände auf dem Rücken zusammen und hatten dann das gleiche Seil drei- oder viermal um die Hüfte der Frau gewickelt, es sicher verknotet und führten sie nun herum. »Sie war unsere Herrin!«, rief eine der Tuchuk-Frauen, die die Turianerin herumführte und sie hart mit der Gerte schlug, worauf die Tuchuk-Frauen an den Tischen freudig in ihre Hände klatschten. Dann kamen zwei oder drei andere Gruppen von Tuchuk-Frauen als Nachzügler, jede führte ein elendiges Mädchen herein, dessen Eigentum sie vor Stunden noch gewesen waren. Diese Frauen wurden gezwungen, ihnen ihr Haar zu kämmen, ihnen die Füße vor den Tischen zu waschen und Tätigkeiten von Dienstsklaven auszuüben. Später ließen sie sie für die Männer tanzen. Dann deutete eine der Tuchuk-Frauen auf ihre ehemalige Herrin und rief: »Was wird mir für diese Sklavin geboten?« Einer der Männer fiel in den Scherz ein und schrie einen Preis, irgendetwas in der Währung von Kupfertarnscheiben. Die Tuchuk-Frauen kreischten vor Spaß, und jede von ihnen animierte Käufer, um für ihre Herrinnen mitzubieten. Eine schöne turianische Frau wurde weinend und gefesselt für nur sieben Kupfertarnscheiben in die Arme eines ledergekleideten Tuchuks geworfen.

Auf der Höhe der Festlichkeiten eilte ein verzweifelter Bote zu Kamchak. Der Ubar der Tuchuks hörte teilnahmslos zu und erhob sich dann. Er gestikulierte zu den gefangenen turianischen Männern. »Bringt sie fort«, sagte er. »Kleidet sie in den Kes und kettet sie an – lasst sie arbeiten.« Phanius Turmus, Kamras und die anderen wurden von ihren Tuchuk-Wächtern von den Tischen fortgezerrt. Die Feiernden blickten Kamchak an. Auch die Musikanten waren nun still.

»Das Fest ist zu Ende«, sagte Kamchak.

Die Gäste und Gefangenen, die von denen geführt wurden, die sie für sich beanspruchten, verschwanden aus dem Saal.

Kamchak stand vor dem Thron von Phanius Turmus, die purpurne Robe des Ubars über seiner Schulter, und sah zu den umgestürzten Tischen, zu den verschütteten Bechern und den Überresten des Festes. Nur er, Harold und ich befanden uns noch in dem großen Thronsaal.

»Was ist los?«, fragte ich ihn.

»Die Wagen und die Bosks werden angegriffen«, sagte er.

»Von wem?«, rief Harold.

»Von den Paravaci«, sagte Kamchak.

23 Die Schlacht bei den Wagen

Kamchak hatte seinen mobilen Kolonnen etwa zwei Dutzend Wagen mit Vorräten folgen lassen. Auf einem dieser Wagen, mit entferntem Dach, befanden sich die beiden Tarne, die Harold und ich vom Dach von Saphrars Bergfried gestohlen hatten. Sie waren uns gebracht worden, weil man dachte, dass sie in der Kriegführung in der Stadt vielleicht von Nutzen waren oder wenigstens zum Transport von Material und Männern. Ein Tarn kann übrigens ohne Schwierigkeit ein mit sieben bis zehn Mann verknüpftes Seil tragen.

Harold und ich hetzten auf Kaiilas diesen Wagen entgegen. Hinter jedem von uns donnerte eine Tausendschaft her, die bis zum Hauptlager der Tuchuks, einige Ahn entfernt, weiterreiten würde. Harold und ich würden jeder einen Tarn nehmen, er würde die Kassars und ich die Kataii aufsuchen, um sie um Hilfe zu bitten. Ich hatte wenig Hoffnung, dass eines der beiden Völker den Tuchuks zu Hilfe kommen würde. Dann, auf dem Pfad zum Hauptlager der Tuchuks, sollten Harold und ich jeweils unserem Tausend folgen und anschließend tun, was wir konnten, um die Bosks und die Wagen zu beschützen. Kamchak würde inzwischen seine Truppen in der Stadt sammeln, sich auf den Rückzug vorbereiten und Kutaituchik ungerächt zurücklassen, um zurückzureiten und sich den Paravaci zu stellen.

Zu meiner Überraschung hatte ich erfahren, dass die Ubars der Kassars, Kataii und Paravaci, also Conrad, Hakimba und Tolnus, die allerersten drei waren, denen ich zusammen mit Kamchak auf den Ebenen von Turia begegnet war, als ich zu den Wagenvölkern kam. Was ich bloß für eine Gruppe von vier Vorreitern gehalten hatte, war tatsächlich eine Versammlung der Ubars der Wagenvölker gewesen. Ich hätte wissen müssen, dass keine vier gewöhnlichen Krieger der vier Völker gemeinsam geritten wären. Weiterhin hatten die Kassars, die Kataii und die Paravaci ihre wahren Ubars genauso wenig freiwillig enthüllt wie die Tuchuks. Jedes Volk, genau wie bei den Tuchuks, besaß einen falschen Ubar, einen Lockvogel, um den richtigen Ubar vor Gefahr und Meuchelmord zu schützen. Aber Kamchak hatte mir versichert, dass Conrad, Hakimba und Tolnus tatsächlich die wahren Ubars ihrer Völker waren.

Ich wurde fast von Pfeilen getötet, als ich den Tarn inmitten der bestürzten Rappen der Kataii senkte, aber mein schwarzes Lederwams mit dem Emblem der vier Boskhörner, dem Emblem eines Tuchuk-Kuriers, erwies rasch seinen Wert, und ich wurde zum Podium des Ubars der Kataii geführt. Mir wurde erlaubt, direkt zu Hakimba zu sprechen, als ich meiner Eskorte klarmachte, dass ich die Identität ihres wahren Ubars kannte und dass er es war, den ich sprechen musste.

Wie ich erwartete, zeigten Hakimbas braune Augen und sein reichlich vernarbtes Gesicht wenig Interesse an der Notlage der Tuchuks.

Augenscheinlich bedeutete es ihm recht wenig, dass die Paravaci die Herden und Wagen der Tuchuks ausraubten, während die meisten Tuchuk-Krieger in Turia beschäftigt waren. Andererseits missbilligte er die Tatsache, dass der Raubzug während des Omenjahres stattfand, zur Zeit einer generellen Waffenruhe unter den Wagenvölkern. Ich fühlte jedoch, dass er wütend darüber war, als ich von der möglichen Komplizenschaft der Paravaci mit den Turianern sprach, wie und wann sie zuschlugen, selbst während des Omenjahres, um vermutlich die Tuchuks von Turia fortzulocken. Kurzum, obwohl Hakimba nicht die Tat der Paravaci billigte und erbost über ihren angenommenen Bund mit den Turianern war, fühlte er sich nicht ausreichend stark genug, um seine eigenen Männer in einem Kampf einzusetzen, der ihn anscheinend nicht direkt betraf.

»Wir haben unsere eigenen Wagen«, sagte Hakimba schließlich. »Unsere Wagen sind nicht die Wagen der Tuchuks oder die der Kassars oder die der Paravaci. Wenn die Paravaci unsere Wagen angreifen, werden wir kämpfen. Eher werden wir nicht kämpfen.«

Hakimba war hartnäckig, und mit schwerem Herzen stieg ich einmal mehr in den Sattel meines Tarns.

Im Sattel sagte ich zu ihm: »Ich habe gehört, dass die Paravaci Bosks töten.«

Hakimba sah auf. »Sie töten Bosks?«, fragte er skeptisch.

»Ja«, sagte ich, »und schneiden ihnen die Nasenringe heraus, um sie in Turia zu verkaufen, sobald sich die Tuchuks zurückgezogen haben.«

»Das ist schlecht«, sagte Hakimba, »Bosks zu töten.«

»Wirst du uns helfen?«, fragte ich.

»Wir haben unsere eigenen Wagen«, sagte Hakimba. »Wir werden unsere eigenen Wagen beschützen.«

»Was wirst du machen, wenn in einem anderen Jahr die Paravaci und die Turianer die Kataii angreifen und ihre Bosks töten?«, fragte ich.

»Die Paravaci«, sagte Hakimba langsam, »würden gerne das einzige Volk sein und das Gras der ganzen Prärie besitzen – und alle Bosks.«

»Wirst du nicht kämpfen?«, verlangte ich zu wissen.

»Falls die Paravaci uns angreifen, dann werden wir kämpfen«, sagte Hakimba. Er sah hoch. »Wir haben unsere eigenen Wagen«, sagte er, »und wir müssen sie beschützen.«

Ich zog den ersten Zügel und brachte den Tarn in die Luft. Ich jagte über den Präriehimmel meiner Tausendschaft entgegen, die sich auf dem Weg zu den Wagen der Tuchuks befand.

Während meines Fluges konnte ich an einem Punkt das Omental sehen, wo die Haruspexe noch immer an ihren zahlreichen, rauchenden Altären arbeiteten. Ich lachte verbittert.

In ein paar Ehn hatte ich meine Tausendschaft überholt und übergab meinen Tarn fünf Männern, die ihn so lange behielten, bis sein Wagen, der den Spuren der Reiter folgte, sie erreichte.

Innerhalb einer Ahn brachte der düstere, wütende Harold seinen Tarn zwischen den beiden Reihen von seinem und meinem Tausend herunter. Er brauchte nur einen Moment, seinen Tarn zur Verwahrung an fünf Krieger abzugeben und sprang dann auf den Rücken seines Kaiilas. Ich hatte zu meiner Zufriedenheit bemerkt, dass er mittlerweile gut mit dem Tarn umgehen konnte. Er hatte sich augenscheinlich in den letzten Tagen seit unserer Flucht von Saphrars Bergfried mit den Sattelzügeln und den Gewohnheiten des Vogels sowie seinen Reaktionen vertraut gemacht. Aber er war nicht begeistert, als er neben mir ritt, auch sprach er nicht viel.

Wie meine eigene Mission zu den Kataai war auch Harolds Mission zu den Kassars fruchtlos geblieben. Aus dem gleichen Grund wie die Kataii war auch Conrad nicht gewillt, seine Truppen zur Verteidigung der Tuchuk-Herden zu übergeben. Als wir zusammen ritten, fragten wir uns, warum Kamchak überhaupt einen so unwahrscheinlich erfolglosen und närrischen Auftrag gegeben hatte, vor allen Dingen, wenn man das Temperament der Wagenvölker betrachtete.

Als wir die Wagen der Tuchuks und die Herden erreichten, waren unsere Kaiilas erschöpft, und wir waren nur zweitausend. Hunderte von Wagen brannten, und überall wurde gekämpft. Wir fanden Tausende von Bosks abgeschlachtet im Gras, ihre Kehlen durchgeschnitten, ihr Fleisch faulend, die goldenen Nasenringe abgeschnitten oder weggerissen.

Die Männer hinter uns schrien vor Wut.

Harold führte sein Tausend zwischen die Wagen und bekämpfte die Paravaci, wo immer er sie finden konnte. Ich wusste, dass in weniger als fünfzehn oder zwanzig Ehn seine Streitmacht verloren sein würde, verstreut zwischen den Wagen, und dennoch mussten die Paravaci auf ihn treffen und würden genauso kämpfen wie in der Prärie.

Ich fegte mit meiner Tausendschaft am Rand der Herde entlang, bis wir einige hundert oder zweihundert Paravaci fanden, die auf grausame Weise damit beschäftigt waren, Bosks zu töten. Diese zweihundert waren zu Fuß und sahen plötzlich mit ihren Quivas und Äxten in den Händen bestürzt auf, schrien und wurden innerhalb einer Ehn niedergetrampelt. Aber dann konnten wir auf dem Gipfel eines Hügels sich Tausende von Paravaci-Kriegern formieren sehen, um sich für den Fall, dass Verstärkungen eintrafen, bereitzuhalten. Sie bestiegen bereits ihre frischen und ausgeruhten Kaiilas. Wir konnten die Boskhörner hören, die ihre Hundertschaften formierten, wir sahen die Reflexionen des Sonnenlichts auf ihren Waffen. Ich hob meinen Arm und schrie und führte die Tausendschaft in ihre Richtung, darauf hoffend, dass ich sie erreichte, ehe sie sich formieren und ihrerseits angreifen konnten. Unsere Boskhörner ertönten, und meine mutige Tausendschaft, erschöpft und müde in den Sätteln von verbrauchten Kaiilas, wendete, ohne zu murren oder zu protestieren und folgte meiner Führung, um inmitten der paravacischen Streitkräfte zuzuschlagen.

Im Nu waren wir in Kämpfe mit wütenden Männern verwickelt, halb formierte, unorganisierte Hundertschaften der Paravaci. Wir schlugen links und rechts zu und brüllten den Kriegsschrei der Tuchuks. Ich verspürte nicht den Wunsch, lange genug auf dem Hügelgipfel zu verweilen, um den linken und rechten Flanken der Paravaci, die sich schnell sammelten, zu erlauben, meine Männer einzupferchen. So ertönte in weniger als vier Ehn, in denen ihre unorganisierte, erstaunte Mitte zurückfiel, unser Boskhorn zum Rückzug, und unsere Männer drehten gleichzeitig von den Herden ab – nur einen Moment, bevor die linken und rechten Flanken der Paravaci zu uns aufschließen konnten. Wir ließen sie sich selbst gegenüberstehen, fluchend, während wir uns langsam durch unsere Bosks zurückzogen und die Tiere als Schild benutzten. Wir blieben nahe genug, damit kleinere Gruppen nicht in der Lage waren, sich uns wieder straffrei zu nähern. Falls sie Bogenschützen nach vorn schickten, um die Tiere zu töten, konnten wir von der Herde aus ihr Feuer erwidern oder sogar die Herde sich öffnen lassen und hinausreiten, um die Schützen zu zerschmettern.

Während wir uns zwischen den Bosks befanden, befahl ich meinen Männern, sich auszuruhen.

Aber die Paravaci schickten weder kleine Gruppen noch Kontingente von Bogenschützen, sondern formierten sich und ritten dann en masse über die Körper ihrer gefallenen Kameraden und begannen, sich der Herde langsam zu nähern, um durch sie hindurchzureiten. Dabei töteten sie die Tiere und näherten sich uns.

Einmal mehr ertönten unsere Boskhörner, und diesmal schrie meine Tausendschaft auf und begann, die Tiere mit ihren Lanzen zu stechen, um sie zu den Paravaci zu treiben. Tausende von Tieren hatten sich bereits in Richtung des Feindes gedreht und begannen, sich in seine Richtung zu bewegen, als die Paravaci plötzlich verstanden, was geschah. Nun fingen die Bosks an, sich schneller zu bewegen. Brüllend. Schnaubend. Und dann, als die paravacischen Boskhörner verzweifelt aufklangen, begannen unsere Bosks zu rennen. Ihre mächtigen Köpfe mit den furchterregenden Hörnern nickten rauf und runter, und die Erde fing an zu beben, und Männer schrien lauter auf und stachen die Tiere. Sie ritten mit der Flut, und die Entsetzensschreie der Paravaci hallten über die ganze Länge ihrer Linien, als sie versuchten, anzuhalten und ihre Kaiilas zu wenden, aber die Reihen hinter ihnen drückten sie vorwärts, und sie wurden vor uns zermalmt. Sie waren verwirrt und versuchten, einen Sinn aus den wilden Klängen ihrer eigenen Boskhörner herauszuhören. Die Herde schlug sie mit voller Geschwindigkeit und gesenkten Hörnern nieder.

Das war die Vergeltung der Bosks. Die verängstigten, verrückt gemachten Tiere donnerten in die paravacischen Linien, spießten Kaiilas und Reiter auf oder trampelten sie nieder. Die Paravaci, die es schafften, ihre Reittiere zu wenden, ritten um ihr Leben.

Einen Moment darauf, während ich versuchte, mich trotz meines über geschlachtete Bosks gefallenes und schreiende Männer springendes und stolperndes Kaiila im Sattel zu halten, gab ich den Befehl, die Bosks zurückzutreiben und sie nahe den Wagen wieder neu zu formieren. Die fliehenden Paravaci konnten nun auf ihren Kaiilas leicht die Herde überholen, und ich wollte nicht, dass sich die Tiere langgestreckt über der Prärie befanden, der Gnade der Paravaci ausgeliefert, wenn sie schließlich wieder wendeten und den Kampf von Neuem aufnahmen.

In der Zeit, in der sich die Paravaci neu formierten, schafften es meine Tuchuks, die Herde zu wenden, sie zu verlangsamen und zurück zu einem Kreis um die Wagen zu treiben.

Es war fast Nachteinbruch, und ich war zuversichtlich, dass die Paravaci, die uns zahlenmäßig in einem Verhältnis von zehn oder zwanzig zu eins ziemlich überlegen waren, bis zum Morgen warten würden, ehe sie den Vorteil ihrer zahlenmäßigen Größe nutzen konnten. Dann würde im Ganzen das langfristige Gleichgewicht der Schlacht auf ihrer Seite liegen. Es hatte wenig Sinn, das Risiko der Dunkelheit einzubeziehen.

Am Morgen würden sie jedoch vermutlich die Herde meiden und einen freien Weg zum Angriff finden, um sich vielleicht zwischen den Wagen hindurchzuschlagen und uns gegen unsere eigene Herde zu drängen.

In dieser Nacht traf ich mich mit Harold, dessen Männer bei den Wagen gekämpft hatten. Er hatte einige Bereiche von den Paravaci gesäubert, aber hier und da waren immer noch welche von ihnen zwischen den Wagen. Während wir uns berieten, schickten wir einen Reiter zu Kamchak nach Turia, um ihn über die Situation zu informieren und ihm mitzuteilen, dass wir nur wenig Hoffnung hatten, hier standzuhalten.

»Es macht kaum einen Unterschied«, sagte Harold. »Der Reiter braucht, wenn er durchkommt, sieben Ahn, um Turia zu erreichen, und selbst wenn Kamchak seine gesamte Streitmacht in dem Moment in Bewegung setzt, wenn der Reiter die Tore der Stadt erreicht, wird es acht Ahn dauern, bis ihre Vorhut uns erreicht, und dann ist es zu spät.«

Was Harold sagte, war vermutlich richtig, und es ergab keinen Sinn, diesen Punkt weiter zu diskutieren. Ich nickte schwach.

Harold und ich sprachen mit unseren Männern und gaben den Befehl, dass jeder Mann, der es wünschte, sich von den Wagen zurückziehen konnte, um sich der Hauptstreitmacht in Turia anzuschließen. Nicht einer der Tausend tat dies.

Wir stellten Posten auf und genossen die Ruhe, die wir bekommen konnten, unter freiem Himmel, mit den gesattelten Kaiilas an unsere Hände gebunden.

Am Morgen, noch vor der Dämmerung, wachten wir auf und aßen getrocknetes Boskfleisch und leckten den Tau vom Präriegras.

Kurz nach der Dämmerung entdeckten wir, wie die Paravaci ihre Tausendschaften von der Herde weg formierten und sich darauf vorbereiteten, die Wagen von Norden anzugreifen, sich durchzukämpfen und alle lebenden Wesen, denen sie begegneten, abzuschlachten – außer Frauen, ganz gleich ob Sklavinnen oder Freie. Die Letzteren würden vor den Kriegern zwischen die Wagen getrieben werden, sowohl Sklavinnen als auch freie Frauen würden nackt und in Gruppen zusammengebunden, um Schilde gegen Pfeile und Lanzenangriffe von Reitern auf Kaiilas zu bilden, während die Männer hinter ihnen vorwärtsrückten. Harold und ich bestimmten, dass wir den Paravaci vortäuschen würden, ihnen auf offenem Feld zu begegnen – vor den Wagen. Und dann, wenn sie angriffen, würden wir uns zu den Wagen zurückziehen und diese vor ihrer angreifenden Front schließen, die Attacke haltend, und dann auf fast kürzester Entfernung bezahlten ihre Streitkräfte hoffentlich einen hohen Blutzoll an unsere Bogenschützen. Es würde natürlich nur eine Frage der Zeit sein, ehe sie unsere Barrikade bezwangen oder überrannten, vielleicht fünf Pasangs entfernt in einem unverteidigten Bereich.

Die Schlacht begann zur siebten goreanischen Stunde, und kaum war das Zentrum der Paravaci gebildet, zog sich der Großteil unserer Streitkräfte, wie geplant, zwischen die Wagen zurück. Der Rest unserer Truppen wendete und schob die Wagen zusammen. Sobald unsere Männer die Barrikade hinter sich hatten, sprangen sie von ihren Kaiilas und nahmen mit Bogen und Quiva in den Händen ihre vorbestimmten Positionen unter den Wagen, zwischen ihnen und hinter ihnen ein – und nutzten die Pfeilöffnungen in den Wagenkästen zu ihrem Vorteil.

Der Hauptstoß des paravacischen Angriffs kippte beinahe die Wagen und wäre fast durch sie hindurchgebrochen, aber wir hatten sie verzurrt, und sie hielten. Das Ganze sah aus wie eine Flut aus Kaiilas und Reitern, die mit geschwungenen Waffen gegen die Wagen brandete und sich dort aufhäufte. Die hinteren Reihen pressten die vorderen vorwärts. Einige der hinteren Reihen stiegen tatsächlich über gefallene und kämpfende Kameraden und sprangen über die Wagen auf die andere Seite, wo sie von Bogenschützen zu Fall gebracht und von ihren Kaiilas gezerrt wurden, um unter die Messer der freien Tuchuk-Frauen geschleudert zu werden.

In einer Entfernung von etwas mehr als ein Dutzend Fuß ergossen sich Tausende von Pfeilen in die Reihen der abgeschnittenen Paravaci, und dennoch drängten sie weiter vorwärts, auf und über ihre Brüder, und dann, als die Pfeile verbraucht waren, begegneten wir ihnen auf den Wagen mit Lanzen in unseren Händen und drängten sie zurück und hinunter. In einem Pasang Entfernung konnten wir neue Streitkräfte der Paravaci sich auf dem Gipfel einer weitreichenden Anhöhe sammeln sehen.

Der Klang ihrer Boskhörner war uns willkommen, denn er signalisierte den Rückzug derjenigen, die bei den Wagen waren. Wir sahen die überlebenden Paravaci blutig, mit Schweiß bedeckt und keuchend sich zurückziehen und zwischen den neu formierenden Linien auf der Anhöhe zurückfallen.

Ich gab rasch Befehle aus, und die erschöpften Männer kamen unter und zwischen den Wagen hervor, um so viele gefallene Kaiilas und Reiter wie möglich von den Wagen zu schleppen, damit keine Mauer sterbender Tiere und Männer entstand, die den Zugriff auf die Höhe unserer Wagen erlaubte.

Kaum dass wir den Boden vor den Wagen gesäubert hatten, erklangen erneut die Boskhörner der Paravaci, und eine weitere Welle von Kaiilas und Reitern preschte mit angelegten Lanzen auf uns zu. Viermal griffen sie an, doch viermal hielten wir stand.

Meine Männer und die von Harold waren dezimiert worden, und es gab nur wenige, die kein Blut verloren hatten. Ich schätzte, dass kaum noch ein Viertel der Männer, die mit uns zur Verteidigung der Wagen und Herden geritten waren, lebte.

Erneut gaben Harold und ich Befehle aus, dass jeder, der es wünschte fortzugehen, es jetzt tun könnte.

Keiner unserer Männer bewegte sich.

»Seht!«, rief ein Bogenschütze und deutete zu der Anhöhe.

Dort konnten wir neue Tausendschaften sich formieren sehen, die Standarten der Hundert- und Tausendschaften markierten ihre Positionen. »Das ist die Hauptstreitmacht der Paracaci«, sagte Harold. »Das ist unser Ende.«

Ich blickte von links nach rechts über die zerrissene, blutige Barrikade aus Wagen, über die Überreste meiner Männer, verwundet und erschöpft, viele von ihnen lagen auf der Barrikade oder auf dem Boden dahinter und versuchten, einen Moment der Ruhe zu bekommen. Freie Frauen und sogar einige turianische Sklavinnen gingen hin und her, brachten Wasser, und hier und dort verbanden sie Wunden, wenn sie konnten. Einige der Tuchuks fingen an, das Lied vom blauen Himmel anzustimmen, dessen Refrain lautet: »Auch wenn ich sterbe, wird es weiter den Bosk, das Gras und den Himmel geben.«

Ich stand mit Harold auf einer verplankten Plattform, die über den Wagenkasten des Wagens in unserer Mitte, dessen kuppelartiges Gerüst weggerissen worden war, führte. Gemeinsam blickten wir über das Feld. Wir betrachteten das Umherlaufen von Kaiilas und ihren Reitern in der Ferne und die Bewegungen der Standarten.

»Wir haben unsere Sache gut gemacht«, sagte Harold.

»Ja, das denke ich auch«, stimmte ich zu.

Wir hörten die Boskhörner der Paravaci, die den Tausenden signalisierten, sich zu sammeln.

»I wish you well«, sagte Harold.

Ich wandte mich ihm zu und lächelte ihn an. »I wish you well«, sagte auch ich.

Dann hörten wir erneut die Boskhörner, und die Paravaci begannen, langsam auf uns zuzumarschieren, in riesigen Reihen, wie fegende Halbmonde, wie Stahlsensen aus Männern und Tieren und Waffen, weit über unsere eigenen Linien hinausreichend. Mit jedem überquerten Meter in der besudelten Prärie gewannen sie beständig an Geschwindigkeit.

Harold, ich und die Männer, die uns noch blieben, standen an den Wagen und sahen dem Annähern der Reiterwellen zu, beobachteten den Moment, in dem das Kettennetz an den paravacischen Helmen der Wächter nach vorn geworfen wurde, den Moment, in dem die Lanzen sich wie von einem einzigen Mann geführt, senkten. Wir konnten das Trommeln der Kaiilatatzen hören, das immer schneller und intensiver wurde, das Kreischen der Tiere hier und da, entlang der Linie, das Rascheln der Waffen und Ausrüstungen.

»Hört!«, rief Harold.

Ich lauschte, aber ich schien nur den aufreizenden, verstärkenden Donner der paravacischen Kaiilas zu hören, die uns entgegenfegten. Aber dann hörte ich von der linken und rechten Seite den Klang von entfernten Boskhörnern.

»Boskhörner!«, rief Harold.

»Was macht das schon für einen Unterschied?«, fragte ich.

Ich fragte mich, wie viele Paravaci es möglicherweise geben konnte.

Ich beobachtete die näherkommenden Krieger, ihre Lanzen waren bereit. Die Schnelligkeit ihres Angriffs steigerte sich in volle Raserei.

»Seht!«, rief Harold und strich mit seiner Hand nach links und rechts.

Mir wurde bange ums Herz. Plötzlich stiegen über den Gipfeln der Hügellandschaften, wie schwarze Fluten von beiden Seiten, rasende Kaiilas mit Tausenden von Kriegern auf. Tausende auf Tausende!

Ich zog mein Schwert. Ich nahm an, dass es das letzte Mal sein würde, dass ich das tat.

»Sieh!«, rief Harold.

»Ich sehe es«, sagte ich. »Was macht das jetzt schon noch?«

»Sieh!«, schrie er nun und hüpfte dabei auf und ab.

Ich schaute hin, und plötzlich schien mein Herz stehen zu bleiben. Ich stieß einen wilden Schrei aus, denn von der Linken ritten die Tausendschaften fegend über die Hügel, und ich sah ihre Standarte mit dem gelben Bogen. Und auf der rechten flog die Standarte mit den rasenden Tausendschaften vorwärts, ihr Leder hinter ihrer Stange herströmend – die dreigewichtige Bola.

»Kataii!«, schrie Harold und umarmte mich. »Kassars!«

Ich stand verblüfft auf der Planke und sah die beiden großen Keile der Kataii und der Kassars, sich den eingeschlossenen Paravaci wie Zangen nähern, sie an den ungeschützten Flanken nehmend und die Reihen vor sich mit dem Gewicht ihres Angriffs zerquetschend. Und selbst der Himmel schien für einen Moment dunkel zu werden, als von links und rechts, Tausende von Pfeilen wie dunkler Regen auf die bestürzten, stolpernden, abdrehenden Paravaci niedergingen.

»Wir sollten helfen«, bemerkte Harold.

»Ja!«, rief ich.

»Korobaner sind sehr langsam darin, an so etwas zu denken«, bemerkte er.

Ich drehte mich zu den Männern um. »Öffnet die Wagen!«, rief ich. »Zu euren Tieren!«

Im Nu schienen die Wagenschnüre von Quivas aufgeschnitten worden zu sein, und Hunderte von Kriegern, das bedauernswerte Überbleibsel von zwei Tausendschaften, fegten vorwärts auf die Paravaci zu. Sie ritten, als hätten sie sich lange genug ausgeruht und schrien den wilden Kriegsschrei der Tuchuks.

Noch vor dem späten Nachmittag traf ich Hakimba von den Kataii und Conrad von den Kassars. Wir begegneten uns auf dem Feld wie Waffenbrüder und umarmten uns gegenseitig.

»Wir haben unsere eigenen Wagen«, sagte Hakimba, »aber wir gehören dennoch zu den Wagenvölkern.«

»Genauso verhält es sich mit uns«, sagte Conrad von den Kassars.

»Ich bedaure nur«, sagte ich, »dass ich eine Nachricht an Kamchak geschickt habe, und er in diesem Moment seine Männer von Turia abgezogen hat, um zu den Wagen zurückzukehren.«

»Nein«, sagte Hakimba. »Wir haben Reiter nach Turia geschickt, als wir unser eigenes Lager verlassen haben. Kamchak wusste von unseren Bewegungen schon lange vor dir.«

»Und von unseren«, sagte Conrad. »Denn wir haben ihm ebenfalls eine Nachricht zukommen lassen, weil wir dachten, es wäre vielleicht gut, ihn in diesen Dingen auf dem Laufenden zu halten.«

»Für einen Kataii und einen Kassar seid ihr beide keine schlechten Burschen«, sagte Harold, und er fügte hinzu: »Passt auf, dass ihr nicht wieder wegreitet und dabei einige von unseren Bosks oder Frauen mitnehmt.«

»Die Paravaci haben ihr Lager größtenteils unbewacht zurückgelassen«, sagte Hakimba. »Ihre Stärke wurde hierher gebracht.«

Ich lachte.

»Ja«, sagte Conrad, »die meisten paravacischen Bosks befinden sich nun in den Herden der Kataii und der Kassars.«

»Vernünftigerweise gleichmäßig verteilt«, bemerkte Hakimba.

»Ich denke schon«, sagte Conrad. »Falls nicht, können wir das immer noch mit Eisen austragen und ein wenig Bosk rauben.«

»Das ist wahr«, stimmte Hakimba zu. Seine gelben und roten Narben runzelten sich zu einem Grinsen in seinem mageren schwarzen Gesicht.

»Wenn die Paravaci, zumindest diejenigen, die uns entkommen sind, zu ihren Wagen zurückkehren«, bemerkte Conrad, »werden sie eine kleine Überraschung vorfinden.«

»Oh?«, fragte ich nach.

»Wir haben die meisten ihrer Wagen niedergebrannt, so viel wir konnten«, sagte Hakimba.

»Und ihre Waren und Frauen?«, wollte Harold wissen.

»Die haben uns gefallen. Beide. Wir haben die Waren und Frauen fortgeschafft«, bemerkte Conrad. »Und die Waren, die uns nicht gefallen haben, haben wir verbrannt. Und die Frauen, die uns nicht gefallen haben, ließen wir nackt und heulend bei den Wagen zurück.«

»Das bedeutet Krieg«, sagte ich. »Für viele Jahre unter den Wagenvölkern.«

»Nein«, sagte Conrad. »Die Paravaci werden ihre Bosks zurückhaben wollen. Und ihre Frauen. Vielleicht bekommen sie sie – zu einem gewissen Preis.«

»Du bist weise«, sagte Harold.

»Ich glaube nicht, dass sie wieder Bosks abschlachten oder sich je wieder mit den Turianern verbünden werden«, sagte Hakimba.

Ich nahm an, dass das richtig war. Später am Nachmittag waren die letzten Paravaci von den Wagen fortgeschafft worden, wo immer man sie auch noch fand. Harold und ich schickten einen Reiter mit der Nachricht über den Sieg zurück zu Kamchak. Ihm würden in ein paar Stunden jeweils eine Tausendschaft der Kataii und der Kassars folgen, um ihm Hilfe bei seiner Arbeit in Turia anzubieten.

Am Morgen führten die Verbleibenden der zwei Tausendschaften, die mit mir und Harold geritten waren, mit der Hilfe von anderen überlebenden Tuchuks die Wagen und die Bosks vom Feld. Die Bosks wurden allmählich unruhig wegen des Geruchs von Tod. Und schon bald raschelte das Gras im Lager von den kleinen braunen Prärie-Urts, Aasfressern, die zum Essen kamen. Ob wir, nachdem wir die Wagen und Bosks ein paar Pasangs fortgeführt hatten, hier verbleiben sollten oder zu den Weiden auf dieser Seite der Ta-Thassa-Berge ziehen sollten oder nach Turia zurückkehrten, war noch nicht entschieden. Sowohl Harold als auch ich wollten diese Entscheidung Kamchak überlassen. Die Hauptstreitmacht der Kataii und die der Kassars lagerten getrennt einige Pasangs entfernt vom Lager der Tuchuks und den Weiden und würden am Morgen zu ihren Wagen zurückkehren. Beide hatten Reiter ausgetauscht, die von Zeit zu Zeit ihrem Lager vom jeweils anderen Lager Bericht erstatteten. Jeder hatte, ebenso wie die Tuchuks, seine eigenen Posten aufgestellt. Keiner wollte sich im Verborgenen zurückziehen oder sich das antun, was sie gemeinsam den Paravaci angetan hatten – und was die Paravaci zuvor mit den Tuchuks versucht hatten. Es war nicht so, als würden sie sich in dieser Nacht wahrlich misstrauen, sondern es war eher das Misstrauen von lebenslangen Raubzügen und Kriegen, die jeden einfach dermaßen geprägt hatten, dass sie einander argwöhnisch betrachteten.

Ich selbst war bestrebt, so schnell ich es einrichten konnte, nach Turia zurückzukehren. Harold schlug freiwillig vor, im Lager zu bleiben, bis der

Kommandant eines Tausends von Turia ausgeschickt werden konnte, um ihn abzulösen. Ich schätzte dies sehr, denn ich brannte darauf, nach Turia zurückzukehren, schließlich hatte ich eine dringende und bedeutsame, noch unerledigte Angelegenheit hinter seinen Mauern zu erledigen.

Ich würde am Morgen aufbrechen.

In der Nacht fand ich Kamchaks alten Wagen, und obwohl er geplündert worden war, war er nicht verbrannt worden.

Es gab keine Spur von Aphris oder Elizabeth, weder bei den Wagen, noch in dem umgestürzten, zerstörten Sleenkäfig, in den Kamchak sie eingesperrt hatte, als ich sie das letzte Mal gesehen hatte. Mir wurde von einer Tuchuk-Frau berichtet, dass die beiden nicht im Käfig waren, als die Paravaci angriffen, aber Aphris wäre im Wagen gewesen, und die Barbarin, so nannte sie Miss Cardwell, war zu einem anderen Wagen geschickt worden. Über ihren Verbleib wusste sie jedoch nichts. Der Frau nach war Aphris in die Hände der Paravaci gefallen, die den Wagen Kamchaks geplündert hatten. Was aus Elizabeth geworden war, wusste sie nicht. Ich schloss natürlich aus der Tatsache, dass Elizabeth zu einem anderen Wagen geschickt worden war, dass Kamchak sie verkauft hatte. Ich fragte mich, wer ihr neuer Herr sein mochte und hoffte um ihretwillen, dass sie ihm gefiel. Sie mochte natürlich genauso wie Aphris auch in die Hände der Paravaci gefallen sein. Ich war verbittert und traurig, als ich mich im Inneren von Kamchaks Wagen umsah. Die Abdeckung des Gestells war an etlichen Stellen gerissen und die Teppiche zerrissen oder weggetragen worden. Der Sattel an der Seite war zerschnitten, und die Quivas waren aus ihren Scheiden genommen worden. Die Wandbehänge waren heruntergerissen worden, das Holz des Wagens zerkratzt und ruiniert. Der Größte Teil des Goldes und der Juwelen, der prächtigen Tabletts, Becher und Kelche fehlte. Nur hier und dort lag eine Münze oder ein Stein herum, der am Rande der Wagenfelle oder am Fuße einer der gebogenen Wagenpfeiler übersehen worden war. Viele der Weinflaschen waren fort, und die, die noch hier waren, lagen zerschmettert auf dem Boden oder an den Wagenpfeilern und hinterließen dunkle Flecken an den Pfeilern oder den Fellen. Der Boden war mit zerbrochenem Glas übersät. Einige Dinge von wenig oder gar keinem Wert, an die ich mich aber liebevoll erinnerte, lagen noch herum. Dort war eine Messingpfanne, die Aphris und Elizabeth zum Kochen benutzt hatten, und eine Blechdose mit gelbem turianischem Zucker, nun verbeult und ihr Inhalt verschüttet. Und das große graue Lederding, das Kamchak gelegentlich als Hocker benutzt hatte, das er einmal über den Boden getreten hatte, damit ich es untersuchen konnte. Er war vernarrt danach und würde wahrscheinlich erfreut sein, dass es nicht, wie die meisten anderen Dinge, in den ledernen Plündersäcken der paravacischen Räuber fortgetragen worden war. Ich machte mir Gedanken über das Schicksal von Aphris von Turia. Ich wusste, dass Kamchak sich jedoch nicht viel aus der Sklavin machte und es ihn nicht kümmern würde. Allerdings kümmerte mich ihr Schicksal sehr wohl, und ich hoffte, dass sie noch lebte, dass ihre Schönheit, wenn schon nicht Mitleid oder Gerechtigkeit, ihr Leben gerettet hatte, wenn auch nur als Sklavin in einem Wagen der Paravaci. Und dann machte ich mir auch wieder Gedanken über das Schicksal von Miss Elizabeth Cardwell, der liebreizenden, jungen New Yorker Sekretärin, die so grausam und weit fort von ihrer eigenen Welt verschleppt worden war. Und dann legte ich mich erschöpft auf die Dielen in Kamchaks geplündertem Wagen und schlief ein.

24 Der Wagen eines Kommandanten

Turia befand sich nun größtenteils unter der Kontrolle der Tuchuks. Seit Tagen brannte es schon.

Am Morgen nach der Schlacht bei den Wagen war ich auf ein ausgeruhtes Kaiila gestiegen und hatte mich auf den Weg nach Turia gemacht. Einige Ahn nach meiner Abreise vom Lager der Tuchuks begegnete ich dem Wagen, der meinen Tarn und seine Wächter beherbergte, und noch immer auf dem Weg zum Lager war. Der Wagen, der Harolds Tarn und Wächter trug, begleitete ihn. Ich ließ das Kaiila bei den Tuchuks und stieg auf meinen Tarn, und in weniger als einer Ahn sah ich in der Ferne die schimmernden Mauern Turias. Schleier von Rauch stiegen über der Stadt auf.

Das Haus von Saphrar stand noch immer, und der Turm wurde von Ha-Keels Tarnreitern gesichert. Neben diesen verblieben noch ein paar Kessel organisierten Widerstandes in der Stadt, obwohl hier und dort in den Gassen und auf den Dächern kleinere Gruppen von Turianern heimlich und sporadisch versuchten, den Krieg zu den Invasoren zu bringen. Sowohl ich als auch Kamchak erwarteten von Saphrar, dass er mit einem Tarn jederzeit aus der Stadt fliehen würde, denn es musste ihm klar sein, dass der paravacische Schlag gegen die Tuchuk-Wagen und Herden Kamchak nicht zum Rückzug aus der Stadt gezwungen hatte. In der Tat wurden seine Streitkräfte nun von denen der Kataii und der Kassars ergänzt, eine Entwicklung, die ihn bestürzt haben musste. Die einzige Ursache, die mir einfiel, warum Saphrar noch nicht geflohen war, war, dass er in Turia aus einem außerordentlichen Grund wartete – gut möglich, auf die Ankunft des grauen Mannes auf einem Tarnrücken. Mit ihm hatte er augenscheinlich über das Sicherstellen der goldenen Kugel verhandelt. Darüber hinaus musste ich mich selbst daran erinnern, dass Saphrar, falls sein Haus tatsächlich bezwungen und er selbst bedroht wurde, mit relativer Sicherheit jederzeit im letzten Moment fliehen konnte und seine Männer, seine Diener und Sklaven der Gnade der verwüstenden Tuchuks überließ.

Ich wusste, dass Kamchak durch die Reiter in permanentem Kontakt mit den Wagen der Tuchuks stand, und so sprach ich weder mit ihm über die Plünderung seines Wagens, noch über das Schicksal von Aphris von Turia, noch glaubte ich, dass es gut war, mit ihm über Elizabeth Cardwell zu reden, denn es schien offensichtlich, dass er sie verkauft hatte, und meine Nachfrage würde für einen Tuchuk so erscheinen, als würde ich neugierig oder unverschämt sein. Ich würde, wenn möglich, ihren Herrn und dessen Verbleib unabhängig von Kamchak herausfinden. Tatsächlich war alles, was ich wusste, dass sie vielleicht von den überfallenden Paravaci entführt worden war, und niemand unter den Tuchuks würde etwas darüber wissen.

Ich fragte allerdings Kamchak, warum er Turia nicht verlassen und mit seiner Hauptstreitmacht zu den Wagen zurückgekehrt war, angesichts der Wahrscheinlichkeit, dass die Kataii und die Kassars den Tuchuks nicht zu Hilfe gekommen wären. »Es war eine Wette, die ich mit mir selbst abgeschlossen habe«, sagte er.

»Eine gefährliche Wette«, bemerkte ich.

»Vielleicht«, sagte er. »Aber ich denke, ich kenne die Kataii und die Kassars.«

»Das Risiko war hoch«, sagte ich.

»Höher, als du denkst«, sagte er.

»Ich verstehe nicht«, sagte ich.

»Die Wette ist noch nicht beendet«, sagte er, sprach dann aber nicht weiter.

An dem Tag nach meiner Ankunft in Turia schloss sich mir Harold auf dem Rücken seines Tarns im Palast von Phanius Turmus an. Er war auf sein Ersuchen vom Kommando über die Wagen und Herden abgelöst worden.

Während des Tages und der Nacht, in der wir einige Stunden Schlaf suchten, wo wir nur konnten, manchmal auf den Läufern im Palast von Phanius Turmus, manchmal auf den Steinen in den Straßen bei den Wachfeuern, erfüllten Harold und ich einige Aufgaben nach Kamchaks Befehlen. Manchmal schlossen wir uns Kämpfen an, manchmal fungierten wir als Verbindung zwischen ihm und seinen anderen Kommandanten, manchmal postierten wir bloß Männer, überprüften Vorposten oder kundschafteten. Kamchaks Streitkräfte waren im Ganzen so angeordnet, dass sie die Turianer gegen die offen gelassenen und unverteidigten Tore drücken konnten, deshalb wurde eine Fluchtroute für Zivilisten und Soldaten, die davon Gebrauch machen wollten, bereitgestellt. Von bestimmten Positionen auf den Mauern konnten wir den Strom der Flüchtlinge, die aus der brennenden Stadt flohen, sehen.

Sie trugen Nahrungsmittel und so viele Besitztümer, wie sie konnten. Es war später Frühling, und das Klima der Prärie war nicht unfreundlich, obwohl gelegentlich lange Regenfälle über einigen Landstrichen die Flucht zu anderen Städten zu einer unglücklichen werden ließen. Es gab einige Bäche auf den Pfaden der Fliehenden, sodass Wasser verfügbar war. Zu meiner Freude, aber auch zu meiner Überraschung, hatte Kamchak seinen Männern befohlen, Verrherden und einige Bosks hinter den Flüchtlingen herzutreiben.

Ich befragte ihn danach, denn die Kriegskunst der Tuchuks, so wie ich sie verstand, war vollständig darauf ausgerichtet, keine lebenden Dinge im Schlepptau zu lassen, sondern sogar Haustiere zu töten und Brunnen zu vergiften. Bestimmten Städten, die von den Wagenvölkern vor mehr als hundert Jahren niedergebrannt woren waren, sagte man immer noch nach, verwüstete Ruinen zwischen ihren gefallenen Mauern zu sein, still, außer dem Wind und dem gelegentlichen Tritt von herumtreibenden Sleens, die nach Urts jagten.

»Die Wagenvölker brauchen Turia«, sagte Kamchak einfach. Ich war perplex. Dennoch schienen mir seine Worte wahr zu sein, denn Turia war die Hauptstraße der Kontakte zwischen den Wagenvölkern und den anderen Städten auf Gor; das Tor, durch das sie mit Waren handelten, die in die Wildnis der Gräser flossen – dem Land der Kaiilareiter und den Hirten der Bosks. Ohne Turia wären die Wagenvölker ohne Zweifel ärmer.

»Und«, sagte Kamchak, »die Wagenvölker brauchen einen Feind.«

»Das verstehe ich nicht«, sagte ich.

»Ohne Feind«, sagte Kamchak, »würden sie niemals zusammenstehen – und wenn sie das nicht schaffen, werden sie eines Tages fallen.«

»Hat das etwas mit der Wette zu tun, von der du gesprochen hast?«, fragte ich.

»Vielleicht«, sagte Kamchak.

Trotzdem war ich noch nicht völlig zufrieden, denn meiner Meinung nach hätte Turia auch überlebt, wenn Kamchaks Streitkräfte weniger Zerstörung verursacht hätten; wenn sie beispielsweise nur ein einzelnes Tor geöffnet hätten, um ein paar Hundertschaften statt Tausendschaften, das Entkommen zu erlauben. »Ist das alles?«, fragte ich. »Ist das der einzige Grund dafür, dass so viele von Turia jenseits der Stadt leben?«

Er sah mich ausdruckslos an. »Sicher hast du anderweitige Pflichten, Kommandant«, sagte er.

Ich nickte knapp, wandte mich ab und verließ entlassen den Raum.

Vor langer Zeit habe ich gelernt, einen Tuchuk nicht zu drängen, wenn er es nicht wünscht zu sprechen. Aber als ich ging, war ich über seine verhältnismäßige Nachsicht erstaunt. Ich kannte seinen grausamen Hass auf Turia und die Turianer, und dennoch hatte er, betrachtete man die normale Praxis der Wagenvölker, die nicht für ihre Gnade für hilflose Gegner bekannt waren, die unbewaffneten Bürger der Stadt mit einzigartiger Milde behandelt und erlaubte ihnen im Ganzen, ihre Leben und ihre Freiheit zu behalten, wenn auch nur als Flüchtlinge jenseits der Mauern.

Die anschaulichste Ausnahme lag natürlich in dem Fall der schöneren Frauen der Stadt, die nach goreanischen Bräuchen als Anteile der Beute behandelt wurden.

Ich verbrachte meine freie Zeit, die ich erübrigen konnte, in der Nähe von Saphras Gelände. Die Gebäude rings um das Gelände wurden von Tuchuks befestigt; Mauern aus Stein und Holz waren in die Straßen und die Breschen zwischen den Gebäuden geworfen worden und umschlossen somit das Gelände. Ich hatte etwa hundert Tuchuks im Gebrauch der Armbrust ausgebildet. Dutzende der Waffen waren bis jetzt in unsere Hände gefallen. Jeder Krieger hatte fünf Armbrüste zu seiner Verfügung sowie vier turianische Sklaven, die die Waffen spannten und luden. Diese Krieger stationierte ich auf den Dächern der Gebäude rings um Saphrars Gelände, so nahe wie möglich an den Mauern. Die Armbrust hatte, auch wenn sie keine so hohe Feuerrate besaß wie der Tuchuk-Bogen, eine größere Reichweite. Mit Armbrüsten in unseren Händen war die Angelegenheit von ein- und ausfliegenden Tarnen auf dem Gelände wesentlich gefährlicher, was natürlich meine volle Absicht war. Tatsächlich brachten einige meiner frischgebackenen Armbrustschützen zu meinem Hochgefühl vier Tarne herunter, die versuchten, in dem Gelände einzufliegen. Um ehrlich zu sein, entkamen einige von ihnen auch. Wenn wir die Armbrustschützen innerhalb des Geländes postieren könnten, oder auch nur an den Außenmauern, hätten wir das gesamte Gelände für ein- und ausfliegende Tarne sperren können. Ich fürchtete natürlich, dass diese zusätzliche Bewaffnung Saphrars Abflug beschleunigen konnte, aber wie sich herausstellte, tat es das nicht. Vielleicht weil das erste Wort, das Saphrar über unsere Absichten hörte, die Tatsache war, dass Tarne hinter den Mauern des Geländes starben.

Harold und ich kauten Boskfleisch, das über einem Feuer auf dem marmornen Boden des Palastes von Phanius Turmus entfacht, gebraten wurde. Wir hockten in der Nähe unserer festgemachten Kaiilas, die ihre Klauen auf den Körpern getöteter Verrs hatten und sie verschlangen.

»Die meisten Leute befinden sich jetzt außerhalb der Stadt«, sagte Harold.

»Das ist gut«, sagte ich.

»Kamchak wird bald die Tore schließen«, fuhr Harold fort. »Und dann werden wir uns mit Saphrars Haus und den Tarnstangen von Ha-Keel befassen.«

Ich nickte. Die Stadt war nun fast frei von Verteidigern, und abgeschlossen von der Außenwelt konnte Kamchak nun seine Streitkräfte auf Saphrars Haus konzentrieren: das Fort innerhalb eines Forts – und auf den

Turm von Ha-Keel, ihn notfalls im Sturm nehmen. Wir schätzten, dass Ha-Keel die meisten von tausend Tarnreitern noch bei sich hatte, plus viele turianische Wächter. Saphrar hatte wahrscheinlich hinter seinen Mauern mehr als dreitausend Verteidiger zu seiner Verfügung, dazu eine vergleichbare Menge an Diener und Sklaven, die ihm vielleicht von Nutzen sein konnten, besonders in Dingen, wie die Tore verstärken, Wände hochziehen, Armbrüste laden und Pfeile auf dem Gelände aufsammeln, kochen und Essen verteilen und, im Falle der Frauen, seine Krieger verwöhnen.

Als ich das Boskfleisch zu Ende gegessen hatte, legte ich mich zurück auf den Boden, ein Kissen unter meinem Kopf und starrte an die Decke. Ich konnte Flecken von unserem Kochfeuer an der gewölbten Kuppel sehen.

»Wirst du eine weitere Nacht hier verbringen?«, fragte Harold.

»Ich nehme es an«, antwortete ich.

»Aber heute sind einige tausend Bosks von den Wagen gekommen«, sagte er.

Ich wandte mich zu ihm und sah ihn an. Ich wusste, dass Kamchak die letzten paar Tage etliche hundert Bosks herbeordert hatte, um sie in der Nähe von Turia grasen zu lassen und um sie als Nahrung für seine Truppen bereitstellen zu können.

»Was hat das damit zu tun, wo ich schlafe?«, fragte ich. »Schläfst du etwa auf dem Rücken eines Bosks, weil du ein Tuchuk bist?« Ich dachte, das wäre ein ziemlich guter Witz, und ich würde punkten.

Aber Harold schien nicht besonders erschüttert zu sein, und ich seufzte.

»Ein Tuchuk«, erklärte er mir hochmütig, »kann sich sehr komfortabel ausruhen, wenn er es wünscht. Selbst auf den Hörnern eines Bosks. Aber nur ein Korobaner legt sich auf einen Marmorboden, wenn er ebenso gut auf dem Fell eines Larls im Wagen eines Kommandanten schlafen könnte.«

»Ich verstehe nicht«, sagte ich.

»Merke ich«, sagte Harold.

»Was denn?«, fragte ich.

»Verstehst du immer noch nicht?«

»Nein«, gestand ich ein.

»Armer Korobaner«, murmelte er. Dann stand er auf, wischte sein Quiva an seinem linken Ärmel ab und stieß es in seinen Gürtel.

»Wohin gehst du?«, fragte ich.

»Zu meinem Wagen«, sagte er. »Er ist mit den Bosk angekommen, zusammen mit mehr als zweihundert anderen Wagen – einschließlich deinem.«

Ich stützte mich auf einem Ellenbogen auf. »Ich habe keinen Wagen«, sagte ich.

»Aber natürlich hast du einen«, sagte er. »Ebenso wie ich.«

Ich blickte ihn nur an und fragte mich, ob es Harold der Tuchuk war, der daran arbeitete, mich wieder auf den Arm zu nehmen.

»Es ist mein Ernst«, behauptete er. »In der Nacht, in der du und ich nach Turia gingen, befahl Kamchak, dass für jeden von uns beiden ein Wagen hergerichtet wird – um uns zu belohnen.«

Ich erinnerte mich an diese Nacht – an das lange Schwimmen im Untergrundstrom, an den Brunnen, an unsere Gefangennahme, den Gelben Teich von Turia, die Vergnügungsgärten, die Tarne – an unsere Flucht.

»Zu der Zeit waren unsere Wagen natürlich noch nicht rot gestrichen«, sagte Harold. »Ebenso wenig wie sie mit Beute und Reichtümern gefüllt waren, denn damals waren wir noch keine Kommandanten.«

»Aber uns belohnen ... wofür?«, fragte ich.

»Für unseren Mut«, sagte er.

»Nur das?«, fragte ich.

»Für was sonst?«, fragte Harold.

»Für Erfolg«, sagte ich. »Du warst erfolgreich. Du hast das erreicht, wofür du aufgebrochen warst. Ich nicht. Ich habe versagt. Ich habe nicht die goldene Kugel bekommen.«

»Aber die goldene Kugel ist wertlos«, sagte Harold. »Kamchak hat es so gesagt.«

»Er kennt ihren Wert nicht«, sagte ich.

Harold hob die Schultern. »Vielleicht«, sagte er.

»Du siehst also«, sagte ich, »ich war nicht erfolgreich.«

»Aber du warst erfolgreich«, beharrte Harold.

»Wie das?«, fragte ich.

»Für einen Tuchuk ist Erfolg gleich Mut«, sagte Harold. »Das ist eine wichtige Sache. Mut an sich – selbst wenn alles andere versagt – ist Erfolg.«

»Ich verstehe«, sagte ich.

»Es gibt etwas, von dem ich denke, dass du es noch nicht erkennst«, sagte Harold.

»Was denn?«, fragte ich.

Er hielt inne.

»Indem wir nach Turia gingen und wieder entkamen, wie wir es taten und dabei noch Tarne zum Lager brachten, haben wir beide uns die Narbe des Mutes verdient.«

Ich schwieg. Dann blickte ich ihn an. »Aber du trägst keine Mutnarbe«, sagte ich.

»Es wäre auch eher schwer gewesen, sich den Toren von Turia zu nähern, wenn ich die Mutnarbe getragen hätte, nicht wahr?«

»In der Tat!« Ich lachte.

»Wenn ich Zeit habe, werde ich jemanden vom Clan der Narbenstecher rufen und mir die Narbe verpassen lassen. Sie wird mich noch attraktiver aussehen lassen.«

Ich lächelte.

»Vielleicht willst du ihn für dich auch rufen?«, hakte Harold nach.

»Nein«, sagte ich.

»Sie könnte eventuell von deinem Haar ablenken«, bemerkte er.

»Nein, danke«, sagte ich.

»Na gut«, sagte Harold. »Es ist ja sehr wohl bekannt, dass du nur ein Korobaner bist und kein Tuchuk.« Aber dann fügte er nüchtern hinzu: »Aber du trägst trotzdem die Mutnarbe, für das, was du getan hast. Nicht alle Männer, die die Mutnarbe haben, zeigen diese so offensichtlich.«

Ich sprach nicht.

»Nun«, sagte Harold, »ich bin müde und werde zu meinem Wagen gehen. Ich habe dort eine kleine Sklavin und bin erpicht darauf, sie zum Arbeiten zu kriegen.«

»Ich wusste nichts von meinem Wagen«, sagte ich.

»Das glaube ich«, sagte Harold. »Wenn ich daran denke, dass du augenscheinlich die Nacht nach der Schlacht komfortabel auf dem Boden von Kamchaks Wagen verbracht hast. Ich habe in dieser Nacht nach dir gesucht, dich aber nicht gefunden.« Er fügte hinzu: »Es wird dir gefallen, dass dein eigener Wagen sich unter denen befand, die die Paravaci verschont haben, genau wie der meine.«

Ich lachte. »Das ist seltsam«, sagte ich. »Ich wusste nichts von dem Wagen.«

»Du hättest das schon längst herausgefunden«, sagte Harold, »wenn du nicht nach unserer Rückkehr wieder nach Turia gehetzt wärest, als die Wagen nach Ta-Thassa gefahren sind. Du hast an dem Tag nicht einmal an Kamchaks Wagen Halt gemacht. Hättest du es, dann hätte dir Aphris oder irgendjemand von deinem Wagen erzählt.«

»Aus dem Sleenkäfig?«, fragte ich.

»Sie war nicht im Sleenkäfig, als wir am Morgen mit den Tarnen von Turia zurückkehrten«, sagte Harold.

»Oh«, machte ich. »Freut mich, das zu hören.«

»Auch die kleine Barbarin war nicht dort«, sagte Harold.

»Was ist aus ihr geworden?«, fragte ich.

»Kamchak hat sie einem Krieger gegeben«, sagte er.

»Oh«, machte ich. Das zu hören wiederum freute mich nicht. »Warum hast du mir nichts von meinem Wagen erzählt?«, fragte ich.

»Ich hielt es nicht für wichtig«, sagte er.

Ich runzelte die Stirn.

»Ich nehme jedoch an«, sagte er, »dass Korobaner von solchen Dingen beeindruckt sind – Wagen zu besitzen und sowas.«

Ich lächelte. »Harold von den Tuchuks«, sagte ich, »ich bin jetzt müde.«

»Gehst du nicht zu deinem Wagen?«, fragte er.

»Ich denke nicht«, sagte ich.

»Wie du willst«, sagte er. »Aber ich habe ihn gut ausgestattet, mit Paga und Ka-la-na-Weinen aus Ar und noch einigen anderen Dingen.«

Obwohl eine Menge der Reichtümer Turias zu unserer Verfügung standen, hatten wir nicht viel Paga oder Ka-la-na-Wein. Wie ich erwähnt habe, bevorzugen die Turianer insgesamt eher schwere, süße Weine. Ich hatte im Zuge meiner Beuteteilung hundertzehn Flaschen Paga und vierzig Flaschen Ka-la-na-Wein von Tyros, Cos und Ar genommen, aber diese hatte ich an meine Armbrustschützen verteilt, mit Außnahme einer Flasche Paga, die Harold und ich uns vor einigen Nächten geteilt hatten. Ich entschloss mich, vielleicht doch die Nacht in meinem Wagen zu verbringen. Vor zwei Nächten hatte ich eine Paganacht. Heute Nacht glaubte ich, dass es Zeit für eine Ka-la-na-Nacht war. Es freute mich zu erfahren, dass es davon einigen in meinem Wagen gab.

Ich blickte Harold an und grinste.

»Ich bin dir dankbar dafür«, sagte ich.

»Anständig«, bemerkte Harold und eilte zu seinem Kaiila, machte das Tier los und sprang in den Sattel. »Aber ohne mich wirst du niemals deinen Wagen finden«, sagte er, »und ich für meinen Teil werde hier nicht weiter herumtrödeln.«

»Warte!«, rief ich.

Sein Kaiila sprang aus dem Raum, setzte über den Teppich in die nächste Halle, schlug dort auf und hetzte zum Haupteingang.

Brummelnd löste ich die Zügel meines Kaiilas von der Säule, an der ich es festgemacht hatte, sprang in den Sattel und raste hinter Harold her. Ich verspürte keine Lust, irgendwo in den Straßen von Turia zurückgelassen zu werden oder zwischen den dunklen Wagen hinter dem Tor, um gegen jeden Wagen zu hämmern, um herauszufinden, welcher davon mir gehörte. Ich setzte die Stufen des Palastes von Phanius Turmus hinunter und jagte durch den inneren und äußeren Hof hinaus auf die Straße, die erschrockenen Wächter, die versuchten mir als Kommandanten zu salutieren, hinter mir zurücklassend.

Ein paar Meter hinter dem Tor zog ich mein Kaiila kurz, sodass es sich auf die Hinterläufe stellte und in der Luft scharrte. Harold saß dort ruhig auf dem Rücken seines Kaiilas, mit tadelndem Blick in seinem Gesicht.

»So eine Eile«, sagte er, »geziemt sich nicht für einen Kommandanten einer Tausendschaft.«

»Na schön«, sagte ich, und wir führten unsere Kaiilas in würdevoller Gangart auf Turias Haupttor zu.

»Ich befürchtete, dass ich ohne dich meinen Wagen nicht finden würde«, sagte ich.

»Aber es ist der Wagen eines Kommandanten«, sagte Harold irgendwie verwirrt. »Jeder kann dir sagen, wo er sich befindet.«

»Daran habe ich nicht gedacht«, sagte ich.

»Das überrascht mich nicht«, sagte Harold. »Du bist ja nur ein Korobaner.«

»Vor langer Zeit haben wir euch zurückgeschlagen«, bemerkte ich.

»Da war ich nicht dabei«, sagte Harold.

»Das ist wahr«, gab ich zu.

Wir ritten eine Weile.

»Wenn es nicht um deine Würde gehen würde, würde ich diese Sache regeln, indem wir ein Wettrennen bis zum Haupttor veranstalten«, bemerkte ich.

»Vorsicht!«, schrie Harold. »Hinter dir!«

Ich drehte mein Kaiila herum und riss mein Schwert aus der Scheide. Ich blickte mich wild um, zu Eingängen, zu Dächern und Fenstern.

»Was?«, rief ich.

»Dort!«, rief Harold. »Zu deiner Rechten!«

Ich sah nach rechts, konnte jedoch nichts erkennen außer der Seite eines Ziegelsteingebäudes.

»Was ist los?«, rief ich.

»Das ist die Seite eines Ziegelsteingebäudes!«, rief Harold entschlossen.

Ich wandte mich zu ihm um und sah ihn an.

»Ich nehme deine Wette an«, rief er und spornte sein Kaiila in Richtung des Haupttores an.

In der Zeit, die ich brauchte, um mein Tier zu wenden und hinter ihm herzuhetzen, war er bereits einen Viertelpasang die Straße heruntergeprescht, sprang über Balken und Abfall, einiges davon rauchte noch. Am Haupttor überholte ich ihn, und gemeinsam flitzten wir hindurch, verlangsamten unsere Reittiere anschließend zu einem geziemenden Tempo, das eher zu unseren Rängen passte.

Wir ritten ein wenig in die Wagengruppen hinein, dann zeigte Harold auf einen von ihnen. »Das ist dein Wagen«, sagte er. »Meiner ist in der Nähe.«

Es handelte sich um einen riesigen Wagen, der von acht schwarzen Bosks gezogen wurde; zwei Tuchuk-Wächter standen davor. Neben dem

Wagen befand sich, an einem Pfosten in der Erde befestigt, die Standarte der vier Boskhörner. Der Pfosten war rot gestrichen worden, was die Farbe der Kommandanten darstellte. Innerhalb des Wagens, unter der Tür, konnte ich Licht sehen.

»Alles Gute«, sagte Harold.

»Alles Gute«, sagte ich.

Die beiden Tuchuk-Wächter salutierten uns und schlugen ihre Lanzen dreimal gegen ihre Schilde.

Wir erkannten die Ehrenbezeigung an, indem wir unsere rechten Hände mit der Handfläche nach innen hoben.

»Du hast gewiss ein schnelles Kaiila«, bemerkte Harold.

»Das Rennen liegt in der Hand des Reiters«, sagte ich.

»So war es«, sagte Harold. »Ich habe dich nur knapp geschlagen.«

»Ich dachte, ich hätte dich geschlagen«, sagte ich.

»Oh?«, machte Harold.

»Ja«, sagte ich. »Wie willst du wissen, dass ich dich nicht geschlagen habe?«

»Nun«, sagte Harold, »ich weiß nicht, aber das sieht doch eher unwahrscheinlich aus, oder nicht?«

»Ja«, sagte ich. »Ich nehme es an.«

»Tatsächlich bin ich unsicher, wer gewonnen hat«, sagte Harold.

»Ich auch«, gab ich zu. »Vielleicht war es ein Unentschieden«, schlug ich vor.

»Vielleicht«, sagte er. »Auch wenn es mir unglaublich erscheint.« Er sah mich an. »Willst du die Kerne in einer Tospit raten?«, fragte er mich. »Gerade oder ungerade?«

»Nein«, sagte ich.

»Na schön«, sagte er, grinste und hob seine rechte Hand in goreanischem Salut. »Bis morgen.«

Ich erwiderte den Salut. »Bis morgen«, sagte ich.

Ich sah Harold zu, wie er zu seinem Wagen ritt und dabei eine Tuchuk-Melodie pfiff. Ich nahm an, dass die kleine Hure Hereena auf ihn wartete, wahrscheinlich mit einem Halsreif gebunden und an einen Sklavenring gekettet. Ich wusste, dass morgen der Angriff auf Saphrars Haus und den Turm von Ha-Keel beginnen würde.

Ich nahm an, dass morgen einer von uns beiden oder wir beide gar tot sein würden.

Ich bemerkte, dass meine Bosks gut versorgt, ihre Felle gestriegelt, die Hörner und Hufe poliert waren.

Erschöpft übergab ich das Kaiila an einen der Wächter und stieg die Stufen zum Wagen hinauf.

25 Mir wird Wein serviert

Ich betrat den Wagen und blieb erschrocken stehen.

Drinnen stand ein Mädchen am anderen Ende des Wagens, hinter der kleinen Feuermulde, in der Mitte des Bodens auf dem dicken Teppich, nahe einer hängenden Tharlarionöllampe und drehte sich zu mir um.

Ich hörte das Rasseln von Ketten.

Sie umklammerte sich selbst so gut sie konnte mit einem prächtig gefertigten gelben Stoff, einem seidigen gelben Tuch. Das rote Band, die Koora, hielt ihr Haar zurück. Es hob sich auffällig von dem gelben Tuch ab; es handelte sich um ein großes, üppiges Tuch, das sich erst auf dem Boden glättete. Ich bemerkte eine Kette, die quer über den Teppich von einem Sklavenring bis zu dem Tuch verlief und darunter verschwand. Wegen des gelben Lakens konnte ich kein Ende der Kette sehen, aber ich hatte keine Zweifel, dass sie nach Art des Brauches gesichert war.

Hatte ich nicht das Rasseln von Ketten gehört?

Dachte sie, sie könnte ihre Fesseln und ihre Situation verbergen?

Sicher würde jeder Goreaner, abgesehen von dem Tuch, sofort von ihr das annehmen, was sie auch war: eine Sklavin, gebunden mit verhärtetem Metall.

»Du!«, rief sie.

Sie hielt sich eine Hand vor ihr Gesicht.

Ich sagte nichts, stand verblüfft da und fand mich selbst, Elizabeth Cardwell anstarrend, wieder.

»Du lebst!«, sagte sie. Und dann zitterte sie. »Du musst fliehen!«, rief sie.

»Warum?«, fragte ich.

»Er wird dich entdecken!«, weinte sie. »Geh!«

Noch immer nahm sie nicht ihre Hand von ihrem Gesicht.

»Wer ist er?«, fragte ich bestürzt.

»Mein Herr!«, rief sie. »Bitte, geh!«

»Wer ist er?«, fragte ich nach.

»Der Besitzer dieses Wagens«, schluchzte sie. »Ich habe ihn bisher noch nicht gesehen!«

Plötzlich fühlte ich ein Zittern, bewegte mich jedoch nicht, noch verriet ich irgendeine Emotion. Harold hatte gesagt, dass Elizabeth Cardwell von Kamchak an einen Krieger gegeben worden war. Er hatte nicht gesagt, an welchen Krieger.

Nun wusste ich es.

»Hat dein Herr dich schon oft besucht?«, fragte ich.

»Bisher noch gar nicht«, antwortete sie. »Aber er ist in der Stadt – und er soll in dieser Nacht zum Wagen zurückkommen!«

»Ich habe keine Angst vor ihm«, sagte ich.

Sie wandte sich ab, die Kette bewegte sich mit ihr. Sie zog das gelbe Tuch enger an ihren Körper. Dann senkte sie die Hand von ihrem Gesicht und stand dort mit Blick in Richtung der Rückseite des Wagens.

»Wessen Name steht auf deinem Halsreif?«, fragte ich.

»Sie haben es mir gezeigt«, sagte sie. »Aber ich weiß es nicht. Ich kann nicht lesen!«

Was sie sagte, war natürlich wahr. Sie konnte Goreanisch sprechen, aber es nicht lesen. Eigentlich konnten es viele Tuchuks nicht, und das Gravieren der Halsreife ihrer Sklaven war oft nicht mehr als ein Zeichen, von dem bekannt war, dass es ihnen gehörte. Selbst jene, die lesen konnten oder vorgaben es zu können, ließen ihr Zeichen genauso auf den Halsreif prägen wie ihren Namen, damit andere, die nicht lesen konnten, zumindest wussten, wem dieser Sklave gehörte. Kamchaks Zeichen war das der vier Boskhörner und der zwei Quivas.

Ich ging um den Feuerkessel und näherte mich dem Mädchen.

»Sieh mich nicht an«, schluchzte sie, beugte sich herunter, hielt ihr Gesicht aus dem Licht und bedeckte es dann mit ihren Händen.

Ich griff hinüber und drehte den Halsreif etwas. Er war mit einer Kette verbunden. Ich stellte fest, dass das Mädchen den Sirik trug, die Kette auf dem Boden war mit dem Sklavenring verbunden, der zweifellos zu zwei Knöchelringen führte, wahrscheinlich zu ihrem linken Knöchel.

Eine einzelne Knöchelkette wird normalerweise um den linken Knöchel einer Frau geschlagen. In Reihen marschierende Mädchen werden gewöhnlich mit einer Halskette oder einer Handgelenkskette zusammengebunden. Wenn eine Handgelenkskette benutzt wird, ist diese normalerweise am linken Gelenk befestigt; benutzt man eine Knöchelkette wird diese gewöhnlich am linken Knöchel befestigt.

Sie wollte mich nicht ansehen, sondern stand einfach da, bedeckte ihr Gesicht und sah woanders hin. Die Gravierung auf dem turianischen Halsreif bestand aus dem Zeichen der vier Boskhörner und dem Zeichen der Stadt Ko-ro-ba, das Kamchak, so nahm ich an, als mein Zeichen benutzt hatte. Es gab auch eine goreanische Inschrift auf dem Halsreif, eine ziemlich einfache: »Ich bin das Mädchen von Tarl Cabot.« Ich richtete den Reif und ging zur anderen Seite des Wagens zurück, lehnte meine Hände dagegen und wollte nachdenken.

Ich konnte das Bewegen der Kette hören, als sie sich in meine Richtung wandte. »Was steht darauf?«, wollte sie wissen.

Ich schwieg.

»Wessen Wagen ist dies?«, flehte sie.

Ich wandte mich zu ihr um, und sie hob eine Hand vor ihr Gesicht, die andere hielt das gelbe Tuch um ihren Körper. Ich konnte sehen, dass ihre Handgelenke von Sklavenarmbändern umgeben waren, die wiederum mit der Kette des Halsreifs verknüpft waren, die zu den Knöchelringen führte. Sie trug tatsächlich den Sirik. Die zweite Kette, die ich zuerst gesehen hatte, band den Sirik selbst an den Sklavenring und an den linken Knöchelring, wie ich angenommen hatte. Über der Hand, die den unteren Teil ihres Gesichtes abschirmte, konnte ich ihre Augen sehen, die vor Angst geweitet zu sein schienen.

»Wem gehört dieser Wagen?«, flehte sie mich an.

»Das ist mein Wagen«, sagte ich.

Sie sah mich perplex an. »Nein«, sagte sie. »Das ist der Wagen eines Kommandanten – von jemandem, der ein Tausend kommandiert.«

»So einer bin ich«, sagte ich. »Ich bin ein Kommandant.«

Sie schüttelte ihren Kopf.

»Der Halsreif?«, fragte sie.

»Er sagt, dass du das Mädchen von Tarl Cabot bist«, antwortete ich.

»Dein Mädchen?«, fragte sie.

»Ja«, sagte ich.

»Deine Sklavin?«, fragte sie.

»Ja«, sagte ich.

Sie schwieg und starrte mich, in ihrem gelben Tuch eingewickelt, an, eine Hand bedeckte noch immer ihr Gesicht.

»Ich besitze dich«, sagte ich.

Tränen schimmerten in ihren Augen, und sie sank zitternd, nicht mehr in der Lage zu stehen, weinend auf die Knie.

Ich kniete mich neben sie. »Es ist vorbei, Elizabeth«, sagte ich. »Es ist zu Ende. Du wirst nicht länger verletzt werden. Du bist nicht länger eine Sklavin. Du bist frei, Elizabeth.«

Behutsam nahm ich ihre Handgelenke in meine Hände und entfernte sie von ihrem Gesicht.

Sie versuchte, ihren Kopf zu drehen. »Bitte, sieh mich nicht an, Tarl«, sagte sie.

Wie ich vermutet hatte, funkelte in ihrer Nase der kleine, feine, goldene Ring der Tuchuk-Frauen.

»Sieh mich bitte nicht an«, sagte sie.

Ich hielt ihren hübschen Kopf mit dem weichen schwarzen Haar in meinen Händen, starrte ihr Gesicht an, ihre Stirn, ihre dunklen sanften Augen, in denen die Tränen standen, den fabelhaften, zitternden Mund und den zarten und schönen kleinen goldenen Ring in ihrer Nase.

»Er ist tatsächlich sehr schön«, sagte ich.

Sie schluchzte und drückte ihren Kopf gegen meine Schulter. »Sie haben mich an ein Rad gebunden«, erzählte sie.

Mit meiner rechten Hand drückte ich ihren Kopf noch näher gegen mich und hielt ihn fest.

»Ich bin gebrandmarkt«, sagte sie. »Ich bin gebrandmarkt.«

»Es ist jetzt vorbei«, sagte ich. »Du bist frei, Elizabeth.«

Sie hob ihr von Tränen verweintes Gesicht zu meinem.

»Ich liebe dich, Tarl Cabot«, sagte sie.

»Nein«, sagte ich sanft, »das tust du nicht.«

Sie lehnte sich wieder gegen mich. »Aber du willst mich nicht«, sagte sie. »Du wolltest mich nie.«

Ich sagte nichts.

»Und nun«, sagte sie bitter, »hat Kamchak mich dir gegeben. Er ist grausam. Grausam, grausam.«

»Ich glaube, Kamchak hat nur gut von dir gedacht«, sagte ich, »indem er dich seinem Freund gegeben hat.«

Sie zog sich ein wenig von mir zurück und schien verwirrt zu sein. »Kann das sein?«, fragte sie. »Er hat mich ausgepeitscht, er ... hat mich berührt ...« Sie schauderte. »Mit dem Leder.« Sie blickte nach unten und wollte nicht in meine Augen sehen.

»Du wurdest geschlagen, weil du fortgelaufen bist«, sagte ich. »Das war eine leichte Bestrafung, hauptsächlich von ermahnender Natur. Du hattest eigentlich sogar Glück. Ein Mädchen, das so etwas tut, was du getan hast, kann sogar verstümmelt oder den Sleens oder Kaiilas zum Fraße vorgeworfen werden. Und dass er dich mit der Peitsche berührt hat, der Sklavenliebkosung, das war nur, um mir zu zeigen, und vielleicht auch dir, dass du weiblich bist.«

Sie blickte nach unten.

»Er hat mich beschämt«, sagte sie. »Ich kann es nicht ändern, dass ich mich bewegt habe, wie ich es tat – ich kann nichts dafür, dass ich eine Frau bin.«

»Es ist vorbei«, sagte ich ihr.

Sie hob noch immer nicht ihre Augen, sondern starrte auf den Teppich.

»Tuchuks betrachten das Durchstechen von Ohren als einen barbarischen Brauch, der von Turianern ihren Sklavinnen auferlegt wird.«

Elizabeth sah auf, der kleine Ring funkelte im Licht des Feuerkessels.

»Sind deine Ohren durchstochen?«, fragte ich.

»Nein«, sagte sie. »Aber viele meiner Freundinnen auf der Erde, die schöne Ohrringe besitzen, haben durchstochene Ohren.

»Ist das so furchtbar für dich?«, fragte ich.

»Nein«, sagte sie und lächelte.

»Für Tuchuks wäre es das aber«, sagte ich. »Sie würden es nicht einmal ihren turianischen Sklaven auferlegen.« Ich fügte hinzu: »Und es ist eine der größten Sorgen einer Tuchuk-Frau, dass, sollte sie in turianische Hände fallen, genau das mit ihr gemacht wird.«

Elizabeth lachte unter Tränen. »Der Ring könnte entfernt werden«, sagte ich. »Er kann mit Geräten geöffnet und dann herausgezogen werden. Das hinterlässt kein Zeichen, das irgendjemand sehen könnte.«

»Du bist so freundlich, Tarl Cabot«, sagte sie.

»Ich nehme nicht an, dass es was nützt, aber tatsächlich ist der Ring sehr attraktiv«, bemerkte ich.

Sie hob ihren Kopf und lächelte keck. »Oh?«, fragte sie.

»Ja«, sagte ich, »ziemlich.«

Sie lehnte sich zurück auf ihre Fersen und zog das gelbe Seidentuch enger um ihre Schultern und sah mich lächelnd an.

»Bin ich eine Sklavin oder frei?«, fragte sie.

»Frei«, sagte ich.

Sie lachte. »Ich glaube nicht, dass du mich frei haben willst«, sagte sie. »Du lässt mich angekettet wie eine Sklavin!«

Ich lachte. »Tut mir leid!«, rief ich. Um ehrlich zu sein, Elizabeth Cardwell trug noch immer den Sirik.

»Wo ist der Schlüssel?«, fragte ich.

»Über der Tür«, sagte sie und fügte betont hinzu: »Gerade außerhalb meiner Reichweite.«

Ich sprang hoch und griff nach dem Schlüssel.

»Ich bin glücklich«, sagte sie.

Ich nahm den Schlüssel von einem kleinen Haken.

»Dreh dich nicht um!«, sagte sie.

Ich tat es nicht. »Warum nicht?«, fragte ich. Ich hörte eine leise Bewegung der Ketten.

Ich hörte ihre heisere Stimme hinter mir. »Wagst du es, dieses Mädchen freizulassen?«, fragte sie.

Ich drehte mich um, und zu meinem Erstaunen sah ich, dass Elizabeth Cardwell sich aufgerichtet hatte und stolz, trotzig und verärgert vor mir stand, als wenn sie eine frisch mit Halsreif versehene Sklavin wäre, die erst eine Ahn zuvor hergeschleppt worden war, über einen Kaiilasattel gebunden, als Beutefrucht eines Raubzugs.

Ich keuchte.

»Ja«, sagte sie. »Ich werde mich enthüllen, aber wisse, dass ich dich bis zum Tode bekämpfen werde.«

Anmutig und frech bewegte sich das gelbe Seidentuch um und über ihren Körper und fiel von ihr herunter. Sie stand dort in vorgetäuschtem Zorn, anmutig und schön. Sie trug den Sirik und war natürlich kajirge-kleidet: die Curla und die Chatka, das rote Band und den schmalen Strei-fen aus schwarzem Leder, das Kalmak, die knappe, offene und ärmellose Weste aus schwarzem Leder, die Koora, den Streifen aus rotem Stoff, der ihr braunes Haar zurückband. Um ihren Hals lag der turianische Reif mit seiner Kette, die mit den Sklavenarmbändern und den Knöchelringen ver-bunden war, einer der letzteren hing an der Kette, die bis zu dem Sklaven-ring führte. Ich sah auf ihrem linken Oberschenkel, klein und tief, das Brandzeichen der vier Boskhörner.

Ich konnte kaum glauben, dass dieses stolze Geschöpf, das angekettet vor mir stand, jenes war, das Kamchak und ich als kleine Barbarin bezeichnet hatten. Jenes, von dem ich glaubte, dass es nur ein schüchternes, einfaches Mädchen von der Erde war, eine junge, hübsche, kleine Sekretärin, nur eine von namenlosen, unwichtigen Tausenden in den großen Büros der irdi-schen Hauptstädte. Aber was ich nun vor mir sah, entsprach nicht meiner Vorstellung der Glas- und Rechteckbauten und der Umweltverschmutzung der Erde oder ihrer drückenden Menschenmengen, der wütenden, hetzen-den niederträchtigen Massen, die nur fliehende Sklaven zu den Peitschen-schlägen ihrer Uhren waren, Sklaven, die für die Liebkosung von Silber sprangen und liefen und sich danach die Finger leckten. Sklaven ihres Wett-bewerbs um Positionen und Titel und Straßenanschriften, für Bewunde-rung und Neid frustrierter Meuten, für die ein wahrer Goreaner nichts an-deres als Verachtung übrig hätte. Was ich nun vor mir sah, zollte eher, auf seine Art, von dem Gebrüll der Bosks und dem Geruch niedergetrampelter Erde; von dem Geräusch der ziehenden Wagen und dem pfeifenden Wind um sie; von den Schreien der Mädchen mit dem Boskstock und dem Duft der offenen Kochfeuer; von Kamchak und seinem Kaiila, so wie ich ihn von früher kannte – so wie Kutaituchik einmal gewesen sein musste. Es zollte vom Pochen erdiger Rhythmen des Grases und des Schnees und dem Hü-ten der Tiere. Vor mir stand ein Mädchen, anscheinend gefangen, das ge-nauso gut aus Turia, Ar oder Cos oder Thentis stammen könnte, das stolz seine Ketten trug und beinahe trotzig im Wagen seines Feindes stand, wie für sein Vergnügen angezogen, jede Identität und Bedeutung abgestreift, außer der unbestreitbaren Tatsache dessen, was es zu sein schien und nur das, nichts anderes – ein Tuchuk-Sklavenmädchen.

»Nun«, sagte Miss Cardwell und brach damit den Bann, den sie ausgesprochen hatte. »Ich dachte, du wolltest mir die Ketten abnehmen.«

»Ja, ja«, sagte ich und stolperte vorwärts auf sie zu. Schloss für Schloss, ein wenig fummelnd, entfernte ich ihre Ketten und warf den Sirik und die Knöchelkette auf die Seite des Wagens unter den Sklavenring.

»Warum hast du das getan?«, fragte ich.

»Ich weiß es nicht«, antwortete sie leise. »Ich muss wohl ein Tuchuk-Sklavenmädchen sein.«

»Du bist frei«, sagte ich bestimmt.

»Ich werde das im Hinterkopf behalten«, sagte sie.

»Tu das«, antwortete ich.

»Mach ich dich nervös?«, fragte sie.

»Ja«, gestand ich.

Sie hatte nun das gelbe Tuch aufgehoben und befestigte es mit ein oder zwei Nadeln, vermutlich Beute von Turia, anmutig um ihren Körper.

Ich überlegte, ob ich sie einfach benutzen sollte.

Natürlich würde ich das nicht tun.

»Hast du gegessen?«, fragte sie.

»Ja«, sagte ich.

»Es ist noch etwas gebratenes Bosk übrig«, sagte sie. »Es ist kalt. Es wäre ein Umstand, es wieder aufzuwärmen, also werde ich es nicht tun. Ich bin ja keine Sklavin, wie du weißt.«

Ich begann meine Entscheidung, sie frei zu lassen, zu bedauern.

Sie sah mich mit ihren hellen Augen an.

»Es hat bestimmt eine Weile gedauert, bis du zum Wagen kommen konntest.«

»Ich war beschäftigt«, sagte ich.

»Kämpfen und so was, nehme ich an«, sagte sie.

»Nehme ich an«, sagte ich.

»Warum bist du heute Nacht zum Wagen gekommen?«, fragte sie. Mir entging nicht der Ton in ihrer Stimmen, als sie die Frage stellte.

»Um Wein zu holen«, sagte ich.

»Oh«, machte sie.

Ich ging zu der Truhe am Rande des Wagens und zog eine kleine Flasche Ka-la-na-Wein, der dort lag, heraus, eine von vielen.

»Lass uns deine Freiheit feiern«, sagte ich und schenkte ihr einen kleinen Kelch mit Wein ein.

Sie nahm den Weinkelch und lächelte und wartete, bis ich mir selbst etwas eingegossen hatte.

Als ich es getan hatte, sah ich sie an und sagte: »Auf eine freie Frau, eine, die stark ist, eine, die mutig ist, auf Elizabeth Cardwell, auf eine Frau, die beides ist: schön und frei.«

Wir stießen an und tranken.

»Danke, Tarl Cabot«, sagte sie.

Ich leerte meinen Kelch.

»Wir sollten natürlich einige andere Vereinbarungen um den Wagen treffen«, sagte sie. Sie blickte sich um, die Lippen geschürzt. »Wir sollten ihn irgendwie aufteilen. Ich weiß nicht, ob es angemessen wäre, einen Wagen mit einem Mann zu teilen, der nicht gleichzeitig mein Herr ist.«

Ich war verwirrt. »Ich bin sicher, wir finden eine Lösung«, murmelte ich. Ich füllte meinen Weinkelch auf. Elizabeth wollte keinen Wein mehr. Ich bemerkte, dass sie kaum an dem genippt hatte, was ich ihr zuvor eingeschenkt hatte. Ich stürzte einen großen Schluck Ka-la-na hinunter und dachte mir dabei, dass dies wohl doch eine Nacht für Paga war.

»Eine Wand oder so etwas«, sagte sie.

»Trink deinen Wein«, sagte ich und drückte den Kelch in ihren Händen an sie.

Abwesend nippte sie daran. »Das ist wirklich kein schlechter Wein«, sagte sie dann.

»Er ist vortrefflich«, sagte ich.

»Eine Wand aus schweren Planken würde das Beste sein, denke ich«, sinnierte sie.

»Du kannst immer die Roben der Verhüllung tragen«, riskierte ich zu sagen, »und ein blankgezogenes Quiva mit dir führen.«

»Das ist wahr«, sagte sie.

Ihre Augen sahen über den Rand des Kelchs zu mir, als sie trank. »Es heißt, dass jeder Mann, der ein Mädchen gehen lässt, ein Narr ist«, bemerkte sie mit schelmischem Blick.

»Das ist wahrscheinlich richtig«, sagte ich.

»Du bist süß, Tarl Cabot«, sagte sie. Sie war für mich wunderschön. Erneut dachte ich daran, sie zu benutzen, aber jetzt war sie frei und keine einfache Sklavin mehr. Ich nahm an, das wäre in dem Fall dann unangebracht. Ich schätzte jedoch die Entfernung zwischen uns, ein Gedankenexperiment, und entschied, dass ich sie in einer einzigen Bewegung erreichen und fesseln könnte – mit etwas Glück landete sie dabei auf dem Teppich.

»Was denkst du?«, fragte sie.

»Nichts, was ich dir verraten müsste«, sagte ich.

»Oh«, sagte sie und blickte lächelnd in ihren Weinkelch.

»Trink mehr Wein«, forderte ich sie auf.

»Wirklich!«, sagte sie.

»Er ist sehr gut«, sagte ich. »Ausgezeichnet.«

»Du versuchst, mich betrunken zu machen«, sagte sie.

»Der Gedanke kam mir«, gab ich zu.

Sie lachte. »Und nachdem ich betrunken bin, was wirst du dann mit mir tun?«, fragte sie.

»Ich denke, ich werde dich in den Dungsack stecken«, sagte ich.

»Wie einfallslos«, bemerkte sie.

»Was schlägst du vor?«, fragte ich.

»Ich bin in deinem Wagen«, schniefte sie. »Ich bin allein, ziemlich wehrlos, völlig deiner Gnade ausgeliefert.«

»Bitte«, sagte ich.

»Wenn du es wolltest«, deutete sie an, »könnte ich im Nu wieder in Sklavenstahl gelegt werden – einfach wieder versklavt – und würde dann dir gehören, und du würdest genau das mit mir tun, was dir gefällt.«

»Das hört sich für mich nicht unbedingt nach einer schlechten Idee an«, sagte ich.

»Kann es sein, dass der Kommandant einer Tuchuk-Tausendschaft nicht weiß, was er mit einem Mädchen wie mir anfangen kann?«, fragte sie.

Ich griff nach ihr, um sie in meine Arme zu ziehen, aber der Weinkelch war mir plötzlich im Weg.

»Bitte, Mr. Cabot«, sagte sie.

Zornig trat ich zurück.

»Bei den Priesterkönigen!«, rief ich. »Du bist eine Frau, die nur Schwierigkeiten macht!«

Elizabeth lachte über ihren Wein hinweg. Ihre Augen funkelten. »Ich bin frei«, sagte sie.

»Ich bin mir dessen sehr wohl bewusst«, schnappte ich.

Sie lachte.

»Du hast von Vereinbarungen gesprochen«, sagte ich. »Es gibt einige. Frei oder nicht, du bist eine Frau und in meinem Wagen. Ich erwarte, Essen serviert zu bekommen. Ich erwarte, dass der Wagen gesäubert wird, dass die Achsen geschmiert und die Bosks gestriegelt werden.«

»Hab keine Sorge«, sagte sie. »Wenn ich mein Essen zubereite, werde ich genug für uns beide machen.«

»Schön, das zu hören«, murmelte ich.

»Außerdem würde ich in keinem Wagen bleiben, der nicht sauber ist, genauso wenig in einem, dessen Achsen nicht geschmiert sind oder bei einem, dessen Bosks nicht ordentlich gestriegelt sind.«

»Nein«, sagte ich. »Ich nehme es nicht an.«

»Aber für mich sieht es so aus, dass du dich vielleicht an dieser Arbeit beteiligst«, sagte sie.

»Ich bin der Kommandant eines Tausends«, sagte ich.

»Und welchen Unterschied macht das?«, fragte sie.

»Es macht einen gewaltigen Unterschied!«, schrie ich.

»Du brauchst nicht zu schreien«, sagte sie.

Meine Augen blickten zu den Sklavenketten unter dem Sklavenring.

»Wir könnten das Ganze doch einfach als Arbeitsteilung oder so betrachten«, sagte Elizabeth.

»Gut«, sagte ich.

»Andererseits«, sinnierte sie, »könntest du auch einen Sklaven für diese Arbeit mieten.«

»Na gut«, sagte ich und sah sie an. »Ich werde einen Sklaven mieten.«

»Aber du kannst Sklaven nicht vertrauen«, sagte Elizabeth.

Mit einem wütenden Aufschrei verschüttete ich fast meinen Wein.

»Du hast beinahe deinen Wein verschüttet«, sagte Elizabeth.

Die Einrichtung von Freiheit für Frauen war, so entschied ich – genauso wie viele Goreaner es glaubten – ein Fehler.

Elizabeth winkte mir verschwörerisch zu. »Ich werde mich um den Wagen kümmern«, sagte sie.

»Gut«, sagte ich. »Gut!«

Ich setzte mich neben die Feuerstelle und starrte den Boden an. Elizabeth kniete sich ein paar Fuß von mir entfernt hin und nippte erneut am Wein.

»Ich habe von einer Sklavin namens Hereena gehört, dass es morgen einen großen Kampf geben wird«, sagte das Mädchen ernsthaft.

Ich blickte auf. »Ja«, sagte ich. »Ich denke, das stimmt.«

»Wenn es diesen Kampf morgen geben sollte, wirst du daran teilnehmen?«, fragte sie.

»Ja, das nehme ich an«, sagte ich.

»Warum bist du heute Nacht zum Wagen gekommen?«, fragte sie.

»Um Wein zu holen«, sagte ich. »Das habe ich dir schon erzählt.«

Sie blickte nach unten.

Keiner von uns sagte eine Zeit lang etwas. Dann sprach sie: »Ich bin glücklich, dass dies dein Wagen ist.«

Ich sah sie an und lächelte, dann blickte ich wieder gedankenverloren zu Boden.

Ich fragte mich, was aus Miss Cardwell werden würde. Sie war, daran musste ich mich zwangsweise selbst erinnern, keine goreanische Frau, sondern eine von der Erde. Sie war weder eine geborene Turianerin, noch eine Tuchuk. Sie konnte nicht einmal die Sprache lesen. Sie würde für jeden, der auf sie stieß, wie eine schöne Barbarin aussehen, nur passend von Geburt und Blut für den Halsreif eines Herrn. Sie würde verletzbar sein. Sie würde ohne einen Verteidiger hilflos sein. Tatsächlich konnte nicht einmal die goreanische Frau außerhalb ihrer Stadt ohne einen Verteidiger auf lange Sicht dem Eisen, der Kette und dem Halsreif entgehen, selbst wenn sie den Gefahren der Wildnis draußen entkam. Selbst Kleinbauern konnten solche Frauen aufgreifen und sie in den Feldern benutzen, bis sie an den nächstbesten vorbeiziehenden Sklavenhalter verkauft werden konnten. Miss Cardwell brauchte einen Beschützer, einen Verteidiger. Und dennoch schien es, dass ich schon morgen an den Mauern zu Saphrars Anwesen sterben würde. Was würde dann ihr Schicksal sein? Außerdem, erinnerte ich mich selbst an meine Arbeit, konnte ein Krieger sich nicht mit einer Frau belasten, besonders nicht mit einer freien Frau. Sein Gefährte ist, wie man so schön sagt, das Risiko und der Stahl. Ich war traurig. *Es wäre besser gewesen*, sagte ich mir, *wenn Kamchak mir nicht dieses Mädchen gegeben hätte.*

Meine Überlegungen wurden von der Stimme des Mädchens unterbrochen. »Ich bin überrascht«, sagte sie, »dass Kamchak mich nicht verkauft hat.«

»Vielleicht hätte er das tun sollen«, sagte ich.

Sie lächelte. »Vielleicht«, stimmte sie zu. Sie nahm einen weiteren Schluck Wein. »Tarl Cabot«, sagte sie.

»Ja«, sagte ich.

»Warum hat Kamchak mich nicht verkauft?«

»Ich weiß es nicht«, sagte ich.

»Warum hat er mich dir gegeben?«, fragte sie.

»Ich bin mir ehrlich gesagt nicht sicher«, sagte ich.

Ich wunderte mich tatsächlich, dass Kamchak mir das Mädchen gegeben hatte. Es gab eine Menge Dinge, die mir verwirrend erschienen. Ich dachte an Gor und an Kamchak und die Bräuche der Tuchuks – so verschieden von denen, die Miss Cardwell und mir geläufig waren.

Ich fragte mich, warum Kamchak den Ring an dieses Mädchen gelegt hatte, warum er sie gebrandmarkt und ihr den Halsreif angelegt und sie kajirgekleidet hatte? War es wirklich so, weil sie ihn wütend gemacht hatte, indem sie das eine Mal von den Wagen geflohen war? Oder war es aus einem anderen Grund geschehen? Und warum hatte er sie in meinem Beisein der Sklavenliebkosung unterworfen? Ich hatte gedacht, ihn kümmerte dieses Mädchen. Und dann hatte er sie mir gegeben, wo es doch genügend andere Kommandanten gegeben hätte. Er hatte gesagt, dass er in sie vernarrt war. Und ich kannte ihn als meinen Freund. Warum hatte er das wirklich getan? Für mich? Oder auch für sie? Wenn ja, warum? Aus welchem Grund?

Elizabeth hatte ihren Wein ausgetrunken. Sie hatte sich aufgerichtet, spülte den Kelch aus und stellte ihn zurück. Sie kniete sich im hinteren Bereich des Wagens und hatte die Koora abgenommen und ihr Haar ausgeschüttelt. Sie betrachtete sich selbst im Spiegel und hielt ihren Kopf mal in dieser, mal in jener Position. Ich war amüsiert. Sie fand heraus, wie sie den Nasenring zu ihrem Vorteil präsentieren konnte. Dann begann sie, ihr langes dunkles Haar zu kämmen. Nun, da sie frei war, nahm ich an, dass sie es bald kürzen würde. Ich würde das bedauern. Ich habe langes Haar an Frauen immer schon gut gefunden.

Ich betrachtete sie, wie sie ihr Haar kämmte. Dann legte sie den Kamm zur Seite und band ihr Haar im Nacken mit der Koora zusammen. Nun studierte sie wieder ihr Abbild in dem Bronzespiegel und bewegte dabei leicht ihren Kopf.

Plötzlich glaubte ich, Kamchak zu verstehen! Er war tatsächlich vernarrt in dieses Mädchen!

»Elizabeth«, sagte ich.

»Ja«, sagte sie und legte den Spiegel fort.

»Ich denke, ich weiß warum Kamchak dich mir gegeben hat – abgesehen von der Tatsache, dass ich annehme, er dachte, ich könnte ein hübsches Mädchen in meinem Wagen gebrauchen.«

Sie lächelte.

»Ich bin froh, dass er es getan hat«, sagte sie.

»Ja?«, fragte ich.

Sie lächelte und blickte in den Spiegel. »Wer sonst sollte so närrisch sein, mich freizulassen?«, sagte sie.

»Natürlich«, gab ich zu.

Eine Zeit lang schwieg ich.

Das Mädchen legte den Spiegel weg. »Warum denkst du, hat er es getan?«, fragte sie und sah mich neugierig an.

»Auf Gor gibt es einen Mythos, der besagt, dass nur eine Frau, die eine totale Sklavin war, wirklich frei sein kann.«

»Ich bin nicht sicher, dass ich die Bedeutung davon verstehe«, sagte sie.

»Ich denke, es hat nichts damit zu tun, ob eine Frau tatsächlich Sklavin oder frei ist. Es hat wenig mit der Einfachheit von Ketten, dem Halsreif oder dem Brandzeichen zu tun.«

»Was dann?«, fragte sie.

»Ich denke, es bedeutet, dass nur eine Frau, die sich völlig ergeben hat

302

und sich völlig ergeben kann, die sich selbst in der Berührung eines Mannes verliert, wahrlich eine Frau ist und sein kann, was sie ist. Dann ist sie frei.«

Elizabeth lächelte. »Ich akzeptiere deine Theorie nicht«, bemerkte sie. »Ich bin jetzt frei.«

»Ich rede nicht von Ketten und Halsreif«, sagte ich.

»Es ist eine blöde Theorie«, sagte sie.

Ich sah hinunter. »Ich nehme an, ja«, sagte ich.

»Ich hätte wenig Respekt für eine Frau, die sich vollkommen einem Mann unterwirft«, sagte Elizabeth Cardwell.

»Ich denke nicht«, sagte ich.

»Frauen sind Menschen«, sagte Elizabeth. »Genauso wie Männer und ihresgleichen.«

»Ich denke, wir sprechen über verschiedene Dinge«, sagte ich.

»Vielleicht«, sagte sie.

»In unserer Welt gibt es viel Gerede über Menschen – und wenig über Männer und Frauen. Männer werden gelehrt, dass sie keine Männer sein sollen und Frauen lehrt man, sie sollen keine Frauen sein.«

»Unsinn«, sagte Elizabeth. »Das ist Unsinn!«

»Ich rede nicht von den Worten, die gebraucht werden, oder wie Männer der Erde über diese Dinge sprechen«, sagte ich, »sondern davon, was nicht ausgesprochen wird, was aber in dem, was gesagt und gelehrt wird, inbegriffen ist. Aber was, wenn die Gesetze der Natur und des menschlichen Blutes viel einfacher, viel primitiver und grundlegender sind als die Sitten und Lehren der Gesellschaft? Was, wenn diese alten Geheimnisse und Wahrheiten, wenn sie Wahrheiten sind, verschlossen und vergessen wurden oder untergraben für die Anforderungen einer Gesellschaft, die in Bahnen von austauschbaren Arbeitseinheiten denkt, jede mit ihren funktionellen, technischen, geschlechtslosen Fähigkeiten?«

»Also wirklich!«, sagte Elizabeth.

»Was denkst du, würde dabei herauskommen?«, fragte ich.

»Ich bin sicher, dass ich das nicht weiß«, sagte sie.

»Unsere Erde«, schlug ich vor.

»Frauen wollen sich nicht Männern unterwerfen, sie wollen nicht dominiert oder entmenscht werden«, sagte Miss Cardwell.

»Wir sprechen von verschiedenen Dingen«, sagte ich.

»Vielleicht«, gab sie zu.

»Es gibt keine freiere oder höhere, keine schönere Frau«, sagte ich, »als die goreanische freie Gefährtin. Vergleiche sie mit deiner Durchschnittsfrau auf der Erde.«

»Die Tuchuk-Frauen haben ein unglückliches Schicksal«, sagte Elizabeth.

»Ein paar von ihnen würden in den Städten als freie Gefährtinnen betrachtet werden«, sagte ich.

»Ich habe nie eine Frau kennengelernt, die eine freie Gefährtin war«, sagte Elizabeth.

Ich schwieg und war traurig, denn ich hatte einmal eine gekannt.

»Vielleicht hast du recht«, sagte ich. »Aber durch die Reihe aller Säugetiere scheint es, dass es jeweils einen gibt, dessen Natur es ist zu besitzen und einen, dessen Natur es ist, besessen zu werden.«

»Ich habe mich nicht daran gewöhnt, von mir als Säugetier zu denken«, lächelte Elizabeth.

»Was denkst du denn, was du biologisch gesehen bist?«, fragte ich.

»Nun«, lächelte sie, »wenn du meinst, du müsstest es so formulieren.«

Ich stapfte auf den Wagenboden und Elizabeth sprang auf. »So ist das nun einmal«, sagte ich.

»Unsinn«, sagte sie.

»Die Goreaner haben erkannt, dass diese Wahrheit schwer für Frauen zu verstehen ist, dass sie sie ablehnen und dass sie sie fürchten und dagegen ankämpfen.«

»Weil es nicht wahr ist«, sagte sie.

»Du denkst, dass ich behaupte, eine Frau wäre nichts wert, aber das ist nicht so. Ich sage, eine Frau ist fabelhaft, aber sie wird erst umwerfend sein, wenn sie sich der Liebe ergibt.«

»Das ist dämlich«, sagte Elizabeth.

»Genau deshalb werden Frauen auf dieser barbarischen Welt, die sich selbst nicht aufgeben können, ganz einfach und bei Gelegenheit erobert.«

Elizabeth warf ihren Kopf zurück und lachte belustigt.

»Ja«, lächelte ich. »Ihre Aufgabe wird gewonnen. Oft von einem Herrn, der sich mit nicht weniger zufrieden gibt.«

»Und was geschieht anschließend mit diesen Frauen?«, fragte Elizabeth.

»Sie tragen entweder Ketten, oder sie tun es nicht«, sagte ich. »Aber sie sind ganz Frau.«

»Kein Mann, dich eingeschlossen, mein lieber Tarl Cabot, kann mich zu solch einer Überzeugung bringen«, sagte Elizabeth.

»In den goreanischen Mythen heißt es, dass die Frau sich nach dieser Identität sehnt«, sagte ich. »Sie selbst sein, indem sie ihm gehört. Wenn es sich auch für den Moment paradox anhört, sie ist Sklavin und daher frei.«

»Das ist wirklich dämlich«, sagte Elizabeth.

»Warum hast du vorher schon als Sklavin vor mir gestanden, wenn du nicht gewünscht hast, eine Sklavin zu sein?«, fragte ich.

»Das war ein Witz!« Sie lachte. »Ein Witz!«

»Vielleicht«, sagte ich.

Verwirrt senkte sie die Augen.

»Und deswegen denke ich, dass Kamchak dich mir gegeben hat.«

Erschrocken sah sie auf. »Warum?«, fragte sie.

»Weil du in meinen Armen die Bedeutung eines Sklavenhalsreifs verstehen lernen wirst und damit die Bedeutung, eine Frau zu sein.«

Sie sah mich erstaunt an, ihre Augen vor Unglauben geweitet.

»Du siehst, er hat nur Gutes über dich gedacht«, sagte ich. »Er war wirklich vernarrt in seine kleine Barbarin.«

Ich stand auf und warf den Weinkelch in eine Ecke. Er knallte gegen die Weintruhe.

Ich drehte mich um.

Sie sprang auf ihre Füße. »Wo gehst du hin?«, fragte sie.

»Ich gehe zum öffentlichen Sklavenwagen«, sagte ich.

»Aber warum?«, fragte sie.

Ich sah sie offen an. »Ich will eine Frau«, sagte ich.

Sie blickte mich an. »Ich bin eine Frau, Tarl Cabot«, sagte sie.

Ich schwieg.

»Bin ich nicht so schön wie die Mädchen in dem öffentlichen Sklavenwagen?«, fragte sie.

»Doch, das bist du«, sagte ich.

»Und warum bleibst du dann nicht bei mir?«

»Morgen werden wir einen schweren Kampf austragen«, sagte ich.

»Ich kann dich genauso zufriedenstellen wie irgendein Mädchen aus dem Sklavenwagen«, sagte sie.

»Du bist frei«, erinnerte ich sie.

»Ich werde dir mehr geben«, sagte sie.

»Bitte, sprich nicht so, Elizabeth«, sagte ich.

Sie streckte sich. »Ich nehme an, du hast auf den Sklavenmärkten Sklavinnen gesehen, die genau wie ich durch die Berührung der Peitsche betrogen wurden.«

Ich sagte nichts. Es war wahr, dass ich das gesehen hatte.

»Du hast gesehen, wie ich mich bewegt habe«, forderte sie mich heraus. »Hättest du nicht noch ein Dutzend Goldstücke auf meinen Preis draufgelegt?«

»Ja«, sagte ich. »Hätte ich.«

Ich näherte mich ihr und hielt sie sanft an der Hüfte. Ich sah auf sie hinab, in ihre Augen.

»Ich liebe dich, Tarl Cabot«, flüsterte sie. »Verlass mich nicht.«

»Liebe mich nicht«, sagte ich. »Du kennst nur wenig von mir und darüber, was ich tun muss.«

»Das macht mir nichts aus«, sagte sie und legte ihren Kopf an meine Schulter.

»Ich muss gehen«, sagte ich. »Sei es nur deshalb, weil du dich um mich sorgst. Es wäre grausam für mich zu bleiben.«

»Nimm mich, Tarl Cabot!«, sagte sie. »Wenn nicht als freie Frau, dann als Sklavin.«

»Schöne Elizabeth«, sagte ich, »ich kann weder die eine noch die andere haben.«

»Du wirst mich nehmen!«, rief sie. »Entweder als die eine oder die andere!«

»Nein«, sagte ich sanft. »Nein.«

Plötzlich zog sie sich wütend zurück und schlug mich mit der flachen Hand, ein böser Schlag und dann wieder, wieder und wieder.

»Nein«, sagte ich.

Erneut schlug sie mich. Mein Gesicht brannte. »Ich hasse dich«, sagte sie. »Ich hasse dich!«

»Nein«, sagte ich.

»Du kennst deinen Kodex, richtig?«, forderte sie mich heraus. »Den Kodex eines Kriegers von Gor?«

»Tu das nicht«, sagte ich.

Sie schlug mich wieder, und mein Kopf flog zur Seite. Brannte. »Ich hasse dich«, fauchte sie.

Und dann, ich wusste, dass sie es tun würde, kniete sie sich plötzlich vor mich, vor Wut, den Kopf gesenkt, die Arme ausgestreckt, die Handgelenke über Kreuz und unterwarf sich wie eine goreanische Frau.

»Nun«, sagte sie und sah auf. In ihren Augen stand lodernde Wut. »Du musst mich entweder töten oder mich versklaven.«

»Du bist frei«, sagte ich ernst.

»Dann töte mich«, bat sie.

»Ich kann das nicht tun«, sagte ich.

»Dann versklave mich«, sagte sie.

»Ich will das nicht tun«, sagte ich.

»Dann gib zu, dass dein Kodex betrogen wurde«, sagte sie.

»Nimm den Halsreif«, sagte ich.

Sie sprang hoch, um den Halsreif zu fangen und gab ihn mir, dann kniete sie wieder vor mir. Ich legte ihr den Stahl um den schönen Hals, und sie sah mich zornig an.

Ich verschloss ihn.

Sie begann sich zu erheben. Aber meine Hand auf ihrer Schulter hielt sie davon ab. »Ich gebe dir nicht die Erlaubnis, dich zu erheben, Sklavin«, sagte ich.

Ihre Schultern schüttelten sich wütend. Dann sagte sie: »Natürlich, es tut mir leid, Herr.« Und sie senkte ihren Kopf.

Ich entfernte die beiden Stifte des gelben Seidentuches, es fiel von ihr, und sie hockte dann kajirgekleidet da.

Wütend versteifte sie sich.

»Ich will mein Sklavenmädchen sehen«, sagte ich.

»Vielleicht möchtest du, dass ich auch die restlichen Kleidungsstücke ablege?«, fragte sie sauer.

»Nein«, sagte ich.

Sie schleuderte ihren Kopf herum.

»Ich sollte es tun«, erklärte ich ihr.

Sie keuchte.

So wie sie auf dem Teppich kniete, den Kopf gesenkt, in der Position einer Vergnügungssklavin, nahm ich ihr die Koora ab, löste ihr Haar, dann das Lederkalmak und dann zog ich ihr die Curla und die Chatka vom Leib.

»Wenn du eine Sklavin sein willst«, sagte ich, »dann sei eine Sklavin.«

Sie hob nicht ihren Kopf, aber sie starrte wild auf den Teppich, ihre kleinen Fäuste geballt. Ich ging über den Teppich und setzte mich im Schneidersitz in der Nähe des Feuerkessels hin und sah das Mädchen an.

»Komm her, Sklavin«, sagte ich, »und knie.«

Sie hob ihren Kopf und blickte mich für einen Moment zornig und stolz an, aber dann sagte sie: »Ja, Herr.« Und sie tat, was ihr befohlen wurde.

Ich betrachtete Miss Elizabeth Cardwell, die vor mir mit gesenktem Kopf kniete und nur mit dem Halsreif eines Sklaven bekleidet war.

»Was bist du?«, fragte ich.

»Eine Sklavin«, sagte sie verbittert, den Kopf nicht hebend.

»Bring mir Wein«, sagte ich.

Sie tat es, kniete vor mir, den Kopf gesenkt und reichte mir den schwarzen rotgefüllten Weinbecher, den des Herrn, genauso wie Aphris ihn an Kamchak gegeben hatte. Ich trank.

Als ich fertig war, stellte ich den Weinbecher beiseite und sah das Mädchen an.

»Warum hast du das getan, Elizabeth?«, fragte ich.

Mürrisch sah sie nach unten. »Ich bin Vella«, sagte sie, »eine goreanische Sklavin.«

»Elizabeth ...«, sagte ich.

»Vella«, sagte sie wütend.

»Vella«, stimmte ich zu, und sie sah auf. Unsere Augen trafen sich, und wir sahen uns eine lange Zeit an. Dann lächelte sie und sah wieder nach unten.

Ich lachte. »Sieht so aus, als würde ich es heute Nacht doch nicht zum öffentlichen Sklavenwagen schaffen.«

Elizabeth sah schüchtern auf. »Sieht nicht so aus, Herr.«

»Du bist eine Füchsin, Vella«, sagte ich.

Sie hob die Schultern. Während sie in der Position einer Vergnügungssklavin vor mir kniete, streckte sie sich träge mit katzenhafter Anmut, hob ihre Hände hinter ihren Nacken und warf ihr dunkles Haar nach vorn. Für einen wohligen Moment kniete sie so vor mir, ihre Hände über ihrem Kopf, das Haar haltend und mich ansehend.

»Denkst du, dass die Frauen in dem öffentlichen Sklavenwagen so schön sind wie Vella?«

»Nein«, sagte ich, »sind sie nicht.«

»Oder so bewundernswert?«, fragte sie weiter.

»Nein«, sagte ich. »Niemand ist so bewundernswert wie Vella.«

Dann streckte sie sich, noch immer mit gekrümmtem Rücken und mit einem Lächeln, weiter und, als ob sie müde wäre, drehte sie ihren Kopf mit geschlossenen Augen langsam zu einer Seite und öffnete sie. Mit einer kleinen, trägen Handbewegung warf sie ihr Haar über ihren Kopf zurück, und mit einer winzigen Bewegung ihres Kopfes schüttelte sie es wieder in die richtige Lage.

»Es sieht so aus, als möchte Vella ihren Herrn zufriedenstellen«, sagte ich.

»Nein«, sagte das Mädchen. »Vella hasst ihren Meister.« Sie sah mich mit vorgetäuschtem Hass an. »Er hat Vella gedemütigt. Er hat sie ausgezogen und ihr den Halsreif eines Sklaven angelegt!«

»Natürlich«, sagte ich.

»Aber«, sagte das Mädchen, »vielleicht kann sie dazu gezwungen werden, ihn zufriedenzustellen. Letztendlich ist sie nur eine Sklavin.«

Ich lachte.

»Es heißt, dass Vella, ob sie es zugibt oder nicht, sich danach sehnt, eine Sklavin zu sein – die vollkommene Sklavin für einen Mann –, wenn, dann für eine Stunde.«

Ich klatschte vor Freude auf mein Knie. »Das hört sich für mich nach einer dämlichen Theorie an«, sagte ich.

Sie zuckte die Achseln. »Vielleicht weiß Vella es nicht besser«, sagte sie.

»Vielleicht findet Vella es heraus«, sagte ich.

»Vielleicht«, sagte das Mädchen und lächelte.

»Bist du bereit, Sklavin, deinem Herrn Vergnügen zu bereiten?«, fragte ich.

»Habe ich eine Wahl?«, fragte sie.

»Keine«, sagte ich.

»Dann nehme ich an, dass ich bereit bin«, sagte sie resigniert.

Ich lachte.

Elizabeth sah mich lächelnd an. Dann legte sie plötzlich spielerisch ihren Kopf auf den Teppich vor mich. Ich hörte ihr Flüstern. »Vella bittet nur darum, zu zittern und zu gehorchen.«

Ich stand auf, lachte und hob sie auf die Füße.

Sie lachte auch, stand nahe bei mir, ihre Augen strahlten. Ich konnte ihren Atem auf meinem Gesicht spüren. »Ich denke, wir werden jetzt zusammen etwas Spaß haben«, sagte ich.

Sie blickte resigniert und senkte den Kopf. »Welches Schicksal ist deiner schönen, zivilisierten Sklavin bestimmt?«, fragte sie.

»Der Dungsack«, antwortete ich.

»Nein!«, schrie sie plötzlich verängstigt. »Nein!«

Ich lachte.

»Ich werde alles lieber tun als das«, versprach sie. »Alles!«

»Alles?«, fragte ich.

Sie sah mich an und lächelte. »Ja«, sagte sie. »Alles.«

»Na schön, Vella«, sagte ich. »Ich werde dir eine Chance geben. Wenn du mich zufriedenstellst, wird das zuvor genannte Schicksal nicht deines sein. Zumindest nicht heute Nacht.«

»Vella wird dich zufriedenstellen«, sagte sie ernsthaft.

»Sehr schön«, sagte ich. »Dann tu es.«

Ich erinnerte mich daran, wie sie vor einiger Zeit vor mir angegeben hatte und dachte, dass ich der jungen Amerikanerin einen kleinen Geschmack ihrer eigenen Medizin geben könnte.

Erschrocken sah sie mich an.

Dann lächelte sie. »Ich werde dir zeigen, dass ich sehr wohl die Bedeutung meines Halsreifes kenne, Herr«, sagte sie.

Plötzlich küsste sie mich. Ein tiefer, langer Kuss, feucht, reich und zu schnell vorbei.

»Da!«, lachte sie. »Der Kuss eines Tuchuk-Sklavenmädchens!« Dann lachte sie wieder und drehte sich weg, blickte über ihre Schulter. »Du siehst«, sagte sie, »ich kann es sehr gut.«

Ich sagte nichts.

Sie sah in die andere Richtung. »Aber«, sagte sie herausfordernd, »ich denke, einer wird genug sein für den Herrn.«

Ich wurde etwas zornig und erregt. »Die Frauen im öffentlichen Sklavenwagen wissen, wie man küsst«, sagte ich.

»Ach ja?«, erwiderte sie und drehte sich um.

»Sie sind keine kleinen Sekretärinnen, die vorgeben Sklavinnen zu sein«, sagte ich.

Ihre Augen blitzten. »Dann nimm das!«, sagte sie, näherte sich mir, und diesmal lag mein Kopf in ihren kleinen Händen, und sie verweilte mit ihren Lippen auf meinem Mund. Warm, nass, unser Atem begegnete und vermischte sich in einer genießerischen Berührung.

Meine Hände hielten ihre schlanken Hüften fest.

Als sie aufhörte, bemerkte ich: »Nicht schlecht.«

»Nicht schlecht!«, rief sie.

Dann küsste sie mich voll und sehr lange, mit zunehmender Entschlossenheit, doch auch versuchter Raffinesse, dann ängstlich und schließlich hölzern; sie senkte ihren Kopf

Ich hob ihr Kinn mit meinen Fingern an. Zornig sah sie mich an. »Ich vermute, ich hätte es dir sagen sollen, dass eine Frau nur gut küsst, wenn sie voll erregt ist, nach mindestens einer halben Ahn und nachdem sie hilflos und nachgiebig ist«, bemerkte sie.

Sie sah mich wütend an und drehte sich fort.

Dann wirbelte sie lachend herum. »Du bist eine Bestie, Tarl Cabot«, rief sie.

»Und du auch«, lachte ich. »Du bist ein Biest, ein schönes, kleines, angekettetes Biest.«

»Ich liebe dich, Tarl Cabot«, sagte sie.

»Zieh dir Vergnügungsseide an, kleines Biest«, sagte ich, »und dann komm in meine Arme.«

Die Flamme der Herausforderung blitzte in ihren Augen auf. Sie schien überwältigt vor Aufregung zu sein.

»Obwohl ich von der Erde bin«, sagte sie, »versuch, mich wie eine Sklavin zu benutzen.«

Ich lächelte. »Wenn du willst«, sagte ich.

»Ich werde dir beweisen, dass all deine Theorien falsch sind«, sagte sie.

Ich hob die Schultern.

»Ich werde dir beweisen, dass eine Frau nicht erobert werden kann«, sagte sie.

»Du verlockst mich«, sagte ich.

»Ich liebe dich«, sagte sie, »aber selbst dann wirst du nicht in der Lage sein, mich zu erobern, denn ich erlaube es nicht, erobert zu werden – auch nicht, obwohl ich dich liebe!«

»Wenn du mich liebst«, sagte ich, »will ich dich vielleicht gar nicht erobern.«

»Aber Kamchak, der großzügige Bursche, hat mich dir gegeben, nicht wahr?«, fragte sie. »Damit du mich als Sklavin lehrst, eine Frau zu sein.«

»Ich denke ja«, gab ich zu.

»Und seiner Meinung nach und vielleicht auch deiner liegt das nicht in meinem besten Interesse?«

»Vielleicht«, sagte ich. »Ich weiß es wirklich nicht. Das sind komplizierte Angelegenheiten.«

»Nun«, sagte sie lachend, »dann werde ich euch beweisen, dass ihr beide falsch liegt!«

»Also gut, wir werden sehen«, sagte ich.

»Aber du musst mir versprechen, dass du wirklich eine Sklavin aus mir machst, wenn auch nur für den Moment.«

»In Ordnung«, sagte ich.

»Der Einsatz«, verkündete sie, »wird meine Freiheit sein, gegen ...«

»Ja?«, fragte ich.

»Gegen deine!« Sie lachte.

»Ich verstehe nicht«, sagte ich.

»Eine Woche lang, im Verborgenen des Wagens, wo niemand es sehen kann, wirst du mein Sklave sein. Du wirst den Halsreif tragen und mir dienen und tun, was immer ich verlange«, sagte sie.

»Solche Dinge liegen mir nicht«, sagte ich.

»Du scheinst wenig Anteil daran zu nehmen, dass Männer weibliche Sklaven besitzen«, sagte sie. »Warum solltest du dann männliche Sklaven ablehnen, die Frauen gehören?«

»Ich verstehe«, sagte ich.

Sie lächelte schüchtern. »Ich denke, es wird sehr spaßig sein, einen männlichen Sklaven zu besitzen.« Sie lachte. »Ich werde dich die Bedeutung des Halsreifs lehren, Tarl Cabot«, sagte sie.

»Zähl deine Sklaven nicht, so lange du sie nicht gewonnen hast«, warnte ich sie.

»Ist das eine Wette?«, fragte sie.

Ich starrte sie an. Jedes Bisschen von ihr erschien mir eine Herausforderung zu sein! Ihre Augen, ihre Haltung, der Klang ihrer Stimme! Ich sah den kleinen Nasenring, barbarisch, glänzend im Licht des Feuerkessels. Ich sah die Stelle an ihrem Oberschenkel, wo vor nicht allzu vielen Tagen das Eisen so grausam hineingepresst worden war und, rauchend für den Moment, ein tiefes, reines Zeichen der vier Boskhörner hinterlassen hatte. Ich sah an ihrem schönen Hals den rauen Reif turianischen Stahls, glänzend und verschlossen, sich so sehr abhebend von der unglaublichen Weichheit ihrer Schönheit und deren quälender Verletzbarkeit. Wie ich wusste, trug der Halsreif meinen Namen und verkündete, sollte ich es wünschen, dass sie meine Sklavin war. Und dennoch stand dieses schöne, weiche, stolze Ding dort, obwohl gepierced und gebrandmarkt, obwohl mit einem Halsring versehen, und machte mich frech und dreist mit leuchtenden Augen an. Ihre Herausforderung, die ewige Versuchung einer uneroberten Frau, einer ungezähmten Frau, die den Mann versuchte, sie zu berühren. Oder er es zumindest versuchte, während sie ihm widerstand und sich selbst auf einen einträchtigen Preis reduzierte. Es war die Herausforderung, sie zu bedingungsloser Aufgabe zu zwingen, zur totalen und völligen Unterwerfung einer Frau, die keine Wahl hat außer sich selbst einzugestehen, hilflos zu sein und eine sich aufgebende Sklavin, die sich in die Arme von dem warf, dessen Gefangene sie war.

Wie die Goreaner sagen, steckt in all dem ein Krieg, in dem die Frau nur den Mann respektieren kann, der in der Lage ist, sie zur völligen Niederlage herabzusetzen.

Aber es schien mir, dass es wenig in den Augen oder der Haltung von Miss Cardwell gab, das die Glaubhaftigkeit der goreanischen Auslegung untermauerte. Sie erschien mir klar darauf aus zu sein zu gewinnen, sich selbst dabei zu amüsieren, aber in jedem Fall zu gewinnen, dann von mir etwas in der Art einer Vergeltung einzufordern – für all die Monate und Tage, in denen sie statt stolz und unabhängig zu sein, nur eine Sklavin gewesen war. Ich erinnerte mich daran, dass sie mir erzählt hatte, sie wolle mir genauso die Bedeutung des Halsreifs erklären. Wenn sie erfolgreich war, hatte ich wenig Zweifel daran, dass sie ihre Drohung wahrmachte.

»Nun, Herr?«, forderte sie.

Ich starrte sie an, diese peinigende Füchsin. Ich wollte nicht ihr Sklave sein. Ich beschloss, wenn einer von uns beiden Sklave sein musste, dann würde sie es sein, die hübsche Miss Cardwell, die den Halsreif tragen sollte.

»Nun, Herr?« Sie ließ nicht locker.

Ich lächelte. »Es ist eine Wette«, sagte ich, »Sklavenmädchen.«

Sie lachte fröhlich und wandte sich um. Sie stand auf ihren Zehenspitzen und senkte die Tharlarionöllampen. Sie bückte sich und fand unter den Reichtümern des Wagens gelbe Vergnügungsseide.

Endlich stand sie vor mir. Sie war schön.

»Bist du bereit, ein Sklave zu werden?«, fragte sie.

»Bis du gewonnen hast«, sagte ich, »bist du diejenige, die den Halsreif trägt.«

Sie senkte ihren Kopf in vorgetäuschter Demut. »Ja, Herr«, sagte sie. Dann blickte sie schelmisch zu mir auf.

Ich gab ihr ein Zeichen, sich mir zu nähern, und sie tat es.

Ich deutete an, dass sie in meine Arme kommen sollte, und sie tat es.

Als sie in meinen Armen lag, sah sie zu mir hoch.

»Bist du sicher, dass du bereit bist, ein Sklave zu sein?«, fragte sie.

»Sei still«, sagte ich sanft.

»Ich werde mich freuen, dich zu besitzen«, sagte sie. »Ich wollte schon immer einen ansehnlichen männlichen Sklaven haben.«

»Sei still«, flüsterte ich.

»Ja, Herr«, sagte sie gehorsam.

Meine Hände teilten die Seide und warfen sie beiseite.

»Also wirklich, Herr!«, sagte sie.

»Jetzt will ich den Kuss meines Sklavenmädchens schmecken«, sagte ich.

»Ja, Herr«, sagte sie.

»Jetzt aber mit mehr Leidenschaft«, wies ich sie an.

»Ja, Herr«, sagte sie gehorsam und küsste mich mit gespielter Leidenschaft.

Ich war für kurze Zeit wütend. Verärgert über die falsche Leidenschaft, die offensichtliche falsche Hitze.

Ich legte meine Hände in den turianischen Reif, hob ihn hoch gegen ihr Kinn und zwang ihren Kopf nach hinten und drängte sie ein paar Zoll zurück.

Für einen Moment war sie ängstlich, hielt ihren Kopf hoch und zurückgelegt.

Dann ließ ich den Halsreif los, und er fiel zurück.

Es brachte natürlich nichts, Miss Cardwell als Sklavin zu behandeln.

Sie gewann im Nu ihre Gelassenheit wieder.

»Es scheint, mein Herr fürchtet die Nähe seines Sklavenmädchens«, sagte sie. »Vielleicht fürchtet er ihre Macht, dass sie ihn verführt, ihn in ihre seidenen Fesseln wickelt und ihn vielleicht in einen bettelnden Sklaven verwandelt?«

»Ich denke nicht«, entgegnete ich.

»Oh?«, sagte sie.

Ich streckte meine Hände erneut aus und ergriff den Halsreif. Dann drückte ich ihn ein wenig herunter. Sie fühlte den Druck des runden Metalls an der Seite ihres Nackens, auf ihren nackten Schultern.

Sie war unsicher, und ihr war unbehaglich zumute.

Mit dem turianischen Halsreif kann man eine Frau auf verschiedene Art kontrollieren: sie auf die eine oder auf die andere Seite ziehen, sie drehen, sie nach unten zwingen, auf ihre Knie oder auf ihren Hintern und so weiter. Er hat auch schöne Leinenverschlüsse.

»Willst du mich mit dem Reif unter Kontrolle bringen?«, fragte sie.

»Vergib mir«, sagte ich.

Wenn ich sie mit dem Reif nach unten drückte, konnte ich sie natürlich vor mir auf die Knie zwingen und dann, wenn ich den Reif wieder hoch und zurück gegen ihr Kinn drückte, konnte ich sie von ihren Knien hilflos auf ihren Rücken auf den Teppich vor meine Füßen zwingen.

Ich löste meine Hände von dem Halsreif.

Sie lächelte.

Ich war wütend. Ich hatte wenig Zweifel, dass ich Miss Cardwell schnell genug überzeugen würde, wenn es ernst wurde, zum Beispiel mit einem Schlag oder zweien der Sklavenleine, und dann würde ich sie zu mir kriechen, sie angsterfüllt die Peitsche küssen lassen, damit sie sie nicht noch einmal spüren müsste. Ich würde sie fassungslos zu mir kriechen lassen, mich ersuchend, das erzieherische, ermahnende Gerät zu küssen, in bestürzter Erkenntnis, dass sie zu den Füßen ihres Herrn lag.

Sie hätte sich einem Goreaner wie Kamchak gegenüber ganz anders verhalten.

Miss Cardwell spielte.

Und vielleicht, dachte ich, *würde eine Frau, die nur spielt, einem Mann widerstehen können, weil sie nicht versteht, was es bedeutet, tatsächlich Eigentum von jemandem zu sein, ein Eigentum, das völlig der Gnade seines Herrn ausgeliefert ist.*

»Knie nieder«, sagte ich.

Sie fügte sich.

»Leg dich zurück auf den Teppich«, sagte ich.

Sie platzierte sich auf dem Teppich und lächelte mich von unten an.

Ich fragte mich, wie Miss Cardwell aussehen würde, hilflos, gekrümmt, verprügelt, keuchend, getreten, Tränen in ihren Augen, heiße Tränen, die ihren Körper herunterliefen und über ihr versklavtes Fleisch strömten und um die Berührung des Mannes bettelnd.

Es war nicht wahrscheinlich, dass ich es erfahren würde.

Sie kam von der Erde.

Ich kniete neben ihr.

Sie sah mich mit einem schlauen Lächeln auf ihrem Gesicht an.

Ich dachte an die Frauen in dem öffentlichen Sklavenwagen. Sie wussten wenigstens, dass sie Sklavinnen waren, und sie waren begeistert davon, als solche zu dienen. In ihren Schößen war das Sklavenfeuer entzündet worden und brannte. Sie würden alles für die Berührung ihres Herrn tun. Es war nicht bloß so, dass sie nicht wünschten, getötet zu werden.

Ich sah Miss Cardwell an.

»Hallo«, sagte sie.

»Hallo«, sagte ich.

Ich nahm den Nasenring zwischen meinen Daumen und Zeigefinger und zog leicht daran.

Um sie zumindest daran zu erinnern, dass sie ihn trug.

»Au!«, rief sie mit brennenden Augen. Sie sah auf. »So behandelt man keine Lady«, bemerkte sie.

»Du bist nur eine Sklavin«, erinnerte ich sie.

»Stimmt«, sagte sie abwesend und drehte den Kopf zur Seite.

Ich war etwas irritiert.

Sie sah zu mir auf und lachte vergnügt.

Man sollte einer Frau sofort zeigen, wer der Herr ist, aber ich wollte es nicht, obwohl ich versucht war, es doch zu tun.

Sie war von der Erde.

Ich versuchte, geduldig zu sein.

Ich begann ihren Hals zu küssen, dann ihren Körper, und meine Hände lagen hinter ihrem Rücken, hoben sie an, sodass ihr Kopf nach hinten sank.

»Ich weiß, was du versuchst«, sagte sie.

»Was denn?«, murmelte ich.

»Du versuchst zu erreichen, dass ich mich so fühle, als ob ich dir gehöre«, sagte sie.

»Ach ja«, sagte ich.

»Du wirst keinen Erfolg haben«, teilte sie mir mit.

Ich wurde mittlerweile auch skeptisch.

Sie wackelte zu einer Seite herum und sah mich an. Meine Hände hielten sie noch immer am Rücken fest.

»Die Goreaner sagen, dass jede Frau, egal ob sie es weiß oder nicht, danach trachtet, eine Sklavin zu sein – die völlige Sklavin eines Mannes – selbst wenn es nur für eine Stunde ist«, bemerkte das Mädchen sehr ernsthaft.

»Bitte sei still«, sagte ich.

»Jede Frau«, sagte sie mit Nachdruck. »Jede Frau.«

Ich sah sie an. »Du bist eine Frau«, bemerkte ich.

Sie lachte. »Ich finde mich selbst in den Armen eines Mannes wieder und trage den Halsreif einer Sklavin. Ich denke, es besteht wenig Zweifel, dass ich eine Frau bin!«

»Und für den Moment wenig mehr«, schlug ich vor.

Sie blickte mich für einen Augenblick irritiert an. Dann lächelte sie. »Die Goreaner sagen«, bemerkte sie mit völligem Ernst und vorgetäuschter Bitterkeit, »dass eine Frau in einem nur eine Frau sein kann.«

»Die Theorie, die du erwähnt hast, über Frauen, die sich danach sehnen, Sklavinnen zu sein, selbst wenn es nur für eine Stunde ist, ist zweifellos falsch«, sagte ich brummend.

Sie hob die Schultern und legte den Kopf auf eine Seite, ihr Haar fiel dabei auf den Teppich. »Vielleicht«, gestand sie offenherzig. »Vella weiß es nicht.«

»Vielleicht wird Vella es herausfinden«, sagte ich.

»Vielleicht«, sagte sie lachend.

Dann schloss sich meine Hand, vielleicht weniger angenehm, um ihren Knöchel.

»Oh!«, sagte sie.

Sie versuchte, ihr Bein zu bewegen, schaffte es aber nicht.

Ich beugte dann ihr Bein, damit ich, wie ich es wünschte, zu meinem Vergnügen die wundervollen Kurven ihrer Wade betrachten konnte, ganz gleich, ob sie es wollte oder nicht. Sie versuchte, ihr Bein wegzuziehen, aber sie konnte es nicht. Es würde sich so lange nicht bewegen, wie ich es wollte.

»Bitte, Tarl«, sagte sie.

»Du wirst mein sein«, sagte ich.

»Bitte«, sagte sie. »Lass mich los.« Mein Griff um ihren Knöchel war nicht hart, aber bei all ihrer Weiblichkeit ließ sie zu, dass ich sie hielt.

»Bitte«, sagte sie noch einmal. »Lass mich los.«

Ich lächelte in mich hinein. »Sei still, Sklavin«, sagte ich.

Elizabeth Cardwell keuchte.

Ich lächelte.

»Du bist also stärker als ich«, spöttelte sie. »Das bedeutet gar nichts!«

Ich begann dann, ihren Fuß zu küssen. Und dann die Innenseite ihres Knöchels, unter dem Knochen, und sie zitterte augenblicklich.

»Lass mich los!«, rief sie.

Aber ich küsste sie weiter, hielt sie, meine Lippen bewegten sich auf der Rückseite ihres Beines hinunter, dort wo es in den Fuß übergeht und wo der Knöchelring geschlossen würde.

»Ein wahrer Mann«, rief sie plötzlich aus, »würde sich nicht so verhalten! Nein! Ein wahrer Mann ist sanft und nett, zärtlich, respektvoll, die ganze Zeit süß und sorgsam! Das ist ein wahrer Mann!«

Ich lächelte über ihre Abwehrhaltung, so klassisch, so typisch für die moderne, unglückliche, zivilisierte Frau, verzweifelt verängstigt, eine wahre Frau in den Armen eines Mannes zu sein. Sie versuchte, über die Männlichkeit zu entscheiden und zu bestimmen, nicht nach der Natur eines Mannes oder seinen Wünschen und ihrer Natur als Objekt der Begierde, sondern einzig nach ihren Ängsten. Sie versuchte, einen Mann zu erschaffen, den sie akzeptieren konnte, den sie nach ihrem Bild formen konnte.

»Du bist eine Frau«, sagte ich beiläufig. »Ich akzeptiere nicht deine Definition eines Mannes.«

Sie gab ein wütendes Geräusch von sich.

»Streite«, schlug ich vor, »erkläre – beschimpfe mich.«

Sie stöhnte.

»Es ist seltsam«, sagte ich, »dass wenn das Blut eines Mannes in Wallung kommt, er seine Frau sieht und sie haben will, dass es dann heißt, er wäre kein wahrer Mann.«

Vor Pein heulte sie auf.

Dann, wie ich es erwartet hatte, weinte sie plötzlich und zweifelsfrei mit großer Offenheit. Ich nahm an, zu der Zeit hätten viele wohlkonditionierte Männer der Erde sie geschüttelt und sich prompt dieser scharfen Waffe ergeben, beschämt, gebeutelt und vor Schuld nachgebend, von Zweifeln geplagt – ganz wie es die Frau haben wollte. Aber ich lächelte in mich hinein, dass in dieser Nacht das Weinen der kleinen Füchsin ihr keine Pause einbrachte.

Ich lächelte sie an.

Sie blickte mich an, entsetzt, ängstlich, mit Tränen in den Augen.

»Du bist eine hübsche kleine Sklavin«, sagte ich.

Sie kämpfte wild, doch sie konnte mir nicht entkommen.

Als ihr Kampf abgeklungen war, begann ich, halb beißend, halb küssend, an ihrer Wade hochzugehen bis zu den Wonnen der empfindlichen Bereiche hinter ihren Knien.

»Bitte!«, weinte sie.

»Sei still, hübsches kleines Sklavenmädchen«, murmelte ich.

Dann ließ ich sie küssend wissen, wie sich meine Zähne anfühlten, die ich, wenn ich wollte, in ihr Fleisch graben konnte. Ich bewegte mich an der Innenseite ihres Schenkels hoch. Langsam, mit meinem Mund, Zoll für Zoll, begann ich hochzufahren.

»Bitte«, sagte sie.

»Was ist los?«, fragte ich.

»Ich glaube, ich will dir nachgeben«, flüsterte sie.

»Hab keine Angst«, sagte ich ihr.

»Nein«, sagte sie. »Du verstehst nicht.«

Ich war verwirrt.

»Ich will mich fügen«, flüsterte sie. »Als Sklavin!«

»Du wirst dich mir fügen«, erklärte ich ihr.

»Nein!«, rief sie. »Nein!«

»Du wirst dich mir fügen«, erklärte ich ihr. »Als Sklavin einem Meister.«

»Nein!«, rief sie. »Nein! Nein!«

Ich hörte nicht auf, sie zu küssen, sie zu berühren.

»Bitte, hör auf«, schluchzte sie.

»Warum?«, fragte ich.

»Du machst mich zu deiner Sklavin«, flüsterte sie.

»Ich werde nicht aufhören«, sagte ich.

»Bitte«, weinte sie. »Bitte!«

»Vielleicht«, sagte ich zu ihr, »haben die Goreaner recht?«

»Nein!«, schrie sie. »Nein!«

»Vielleicht ist es das, was du begehrst«, sagte ich, »dich in die Vollkommenheit einer weiblichen Sklavin zu fügen.«

»Niemals!«, rief sie und weinte vor Wut. »Lass mich!«

»Nicht, bevor du meine Sklavin geworden bist«, erklärte ich ihr.

Sie schrie vor Qual auf. »Ich will nicht deine Sklavin sein!«

Aber als ich ihre intimsten Stellen berührte, wurde sie unkontrollierbar, wand sich in meinen Armen, und ich wusste, dass die schöne Elizabeth Cardwell sich in diesem Moment hilflos fühlte, mir gehörend – Frau und Sklavin.

Nun suchten ihre Lippen und ihr Körper den meinen. Sie war jetzt nur ein entrücktes Mädchen in Gefangenschaft. Nur zu bereit, völlig und uneingeschränkt, schamlos und hoffnungslos mit hilfloser Aufgabe für ihren Herrn.

Ich war erstaunt über sie, denn nicht einmal die Berührung der Peitsche, ihre unfreiwillige Antwort auf die Sklavenliebkosung, hatte so viel versprochen.

Sie schrie auf, als sie sich plötzlich mir völlig ausgeliefert wiederfand.

Dann wagte sie es, sich kurz zu bewegen.

»Du wirst beansprucht, Sklavin«, flüsterte ich ihr zu.

»Ich bin keine Sklavin«, flüsterte sie zurück. »Ich bin keine Sklavin.«

Ich konnte ihre Nägel in meinem Arm spüren. In ihrem Kuss schmeckte ich Blut, und plötzlich erkannte ich, dass sie mich gebissen hatte. Ihr Kopf lag zurück, die Augen geschlossen, ihre Lippen geöffnet.

»Ich bin keine Sklavin«, sagte sie.

Ich flüsterte in ihr Ohr: »Schöne kleine Sklavin.«

»Ich bin keine Sklavin!«, rief sie.

»Du wirst bald eine sein«, erkkärte ich ihr.

»Bitte, Tarl«, sagte sie. »Mach mich nicht zu einer Sklavin.«

»Du merkst, dass ich dazu in der Lage bin?«, fragte ich.

»Bitte«, sagte sie, »tu es nicht.«

»Haben wir nicht eine Wette laufen?«, fragte ich.

Sie versuchte zu lachen. »Lass uns die Wette vergessen«, sagte sie. »Bitte, Tarl, das war dumm von mir. Lass uns die Wette vergessen, ja?«

»Erkennst du dich als meine Sklavin an?«, hakte ich nach.

»Niemals!«, fauchte sie.

»Dann«, sagte ich, »liebes Mädchen, ist die Wette noch nicht beendet.«

Sie kämpfte, um mir zu entkommen, aber sie konnte es nicht. Dann plötzlich, als wäre sie wie erstarrt, bewegte sie sich nicht mehr.

Sie blickte mich an.

»Es beginnt bald«, erklärte ich ihr.

»Ich spüre es«, sagte sie. »Ich spüre es.«

Sie bewegte sich nicht, aber ich konnte das Schneiden ihrer Nägel in meinen Armen fühlen.

»Kann es da noch mehr geben?«, schluchzte sie.

»Es beginnt bald«, erklärte ich ihr.

»Ich habe Angst«, wimmerte sie.

»Du brauchst keine Angst zu haben«, sagte ich ihr.

»Ich fühle mich ... wie Eigentum«, flüsterte sie.

»Du bist welches«, sagte ich.

»Nein«, sagte sie. »Nein.«

»Du brauchst keine Angst zu haben«, erklärte ich ihr.

»Du musst mich gehen lassen«, sagte sie.

»Es beginnt bald«, sagte ich.

»Bitte lass mich gehen«, flüsterte sie. »Bitte!«

»Auf Gor sagt man, dass eine Frau, die den Halsreif trägt, nur eine Frau sein kann.«

Wütend sah sie mich an.

»Und du, liebe Elizabeth«, sagte ich, »trägst einen Halsreif.«

Sie wandte ihren Kopf auf eine Seite, hilflos, wütend, Tränen in ihren Augen.

Sie bewegte sich nicht, und dann plötzlich fühlte ich den Schnitt ihrer Nägel tief in meinen Armen, und obwohl ihre Lippen geöffnet waren, waren ihre Zähne zusammengebissen. Ihr Kopf lag zurück, die Augen waren geschlossen, das Haar hing unter und über ihrem Körper, ihre Augen schienen dann überrascht zu sein, bestürzt, und ihre Schultern hoben sich etwas vom Teppich ab, und sie blickte mich an, und ich konnte den

Anfang in ihr spüren, seinen Atem und sein Blut, ihr Blut, in meinem eigenen Fleisch, schnell und wie Feuer in ihrer Schönheit, alles mein. Und ich wusste, dass es an der Zeit war. Ich begegnete ihrem wilden Blick und sagte zu ihr mit plötzlicher Verachtung und Wildheit, den allgemeinen goreanischen Riten der Unterwerfung folgend: »Sklavin!« Und sie sah mich mit Entsetzen an und schrie: »Nein!« Halb von dem Teppich gezogen, wild, hilflos und heftig, genauso wie ich es beabsichtigte, wollte sie gegen mich kämpfen. Ich wusste, sie würde es tun, wollte mich töten, wenn es in ihrer Macht lag. Ich wusste es, und ich erlaubte ihr zu kämpfen, zu beißen, zu kratzen und zu schreien. Dann brachte ich sie zum Schweigen mit dem Kuss eines Herrn und akzeptierte die erlesene Aufgabe, zu der sie keine andere Wahl hatte, als sich zu ergeben. »Sklavin«, schluchzte sie. »Sklavin, Sklavin, Sklavin ... ich bin eine Sklavin!«

Mehr als eine Ahn darauf lag sie in meinen Armen auf dem Teppich und sah zu mir mit Tränen in den Augen auf. »Ich weiß es jetzt«, sagte sie, »was es bedeutet, die Sklavin eines Herrn zu sein.«

Ich schwieg.

»Auch wenn ich eine Sklavin bin«, sagte sie, »bin ich doch zum ersten Mal in meinem Leben frei.«

»Zum ersten Mal in deinem Leben bist du eine Frau«, sagte ich.

»Ich liebe es, eine Frau zu sein«, sagte sie. »Ich bin glücklich, dass ich eine Frau bin, Tarl Cabot. Ich bin glücklich.«

»Vergiss nicht, dass du nur eine Sklavin bist«, sagte ich.

Sie lächelte und fingerte an ihrem Halsreif herum. »Ich bin Tarl Cabots Mädchen«, sagte sie.

»Meine Sklavin«, sagte ich.

»Ja«, sagte sie, »deine Sklavin.«

Ich lächelte.

»Du wirst mich nicht oft schlagen oder, mein Herr?«, fragte sie.

»Das wirst du sehen«, sagte ich.

»Ich werde danach streben, dich zu erfreuen«, sagte sie.

»Schön, das zu hören«, sagte ich.

Sie lag auf ihrem Rücken, die Augen geöffnet, und sah zur Decke des Wagens, zu den Behängen, den Schatten, die von dem Licht der Feuerstelle auf die scharlachroten Felle geworfen wurden.

»Ich bin frei«, sagte sie.

Ich sah sie an.

Sie rollte auf einen Ellenbogen. »Es ist seltsam«, sagte sie. »Ich bin eine Sklavin. Aber ich bin frei. Ich bin frei.«

»Ich muss schlafen«, sagte ich und drehte mich um.

Sie küsste mich auf die Schulter. »Danke«, sagte sie. »Tarl Cabot, Dank dafür, dass du mich befreit hast.«

Ich rollte zurück, griff sie an den Schultern und drückte sie auf den Teppich. Sie sah hoch und lachte.

»Genug von diesem Unsinn von Freiheit«, sagte ich. »Vergiss nicht, dass du eine Sklavin bist.« Ich nahm ihren Nasenring zwischen meinen Daumen und Zeigefinger.

»Oh!«, sagte sie.

Ich hob ihren Kopf mit dem Ring vom Teppich, und ihre Augen blickten schmerzverzerrt.

»Das ist kaum die Art, wie man einer Lady Respekt zeigt«, sagte das Mädchen.

Ich justierte den Nasenring, und Tränen schossen ihr in die Augen.

»Aber dann«, sagte sie, »bin ich nur eine Sklavin.«

»Und vergiss das nicht«, ermahnte ich sie.

»Nein, nein, Herr«, sagte sie lächelnd.

»Du hörst dich nicht sehr aufrichtig an«, sagte ich.

»Aber ich bin es!«, lachte sie.

»Ich denke, morgen werde ich dich einem Kaiila vorwerfen«, sagte ich.

»Aber wo willst du dann eine andere Sklavin finden, die so reizend ist wie ich?«, lachte sie.

»Unverschämte Hure!«, rief ich.

»Au!«, sagte sie, als ich spielerisch an dem Ring zog. »Bitte!«

Mit meiner linken Hand zupfte ich den Halsreif gegen ihren Nacken.

»Vergiss nicht«, sagte ich, »dass du um deinen Hals einen Reif aus Stahl trägst.«

»Deinen Reif!«, sagte sie sofort.

Ich schlug ihr auf den Oberschenkel. »Und«, sagte ich, »auf deinem Schenkel trägst du das Brandmal der vier Boskhörner!«

»Ich gehöre dir«, sagte sie. »Wie ein Bosk!«

»Oh«, rief sie, als ich sie auf den Teppich fallen ließ.

Sie sah mich mit neckischen Augen an. »Ich bin frei«, sagte sie.

»Augenscheinlich hast du die Lektion mit dem Halsreif noch nicht gelernt«, sagte ich.

Sie lachte fröhlich. Dann hob sie ihre Arme und legte sie um meinen Nacken, hob ihre Lippen an meine. Zärtlich. Sanft. »Dieses Sklavenmädchen«, sagte sie, »hat die Lektionen des Halsreifs sehr wohl gelernt.«

Ich lachte.

Sie küsste mich erneut. »Vella von Gor«, sagte sie, »liebt ihren Herrn.«

»Und was ist mit Miss Elizabeth Cardwell?«, wollte ich wissen.

»Diese hübsche kleine Sklavin«, sagte Elizabeth verächtlich.

»Ja«, sagte ich. »Die Sekretärin.«

»Sie ist keine Sekretärin«, sagte Elizabeth. »Sie ist nur eine kleine goreanische Sklavin.«

»Schön«, sagte ich. »Und was ist mit ihr?«

»Wie du vielleicht gehört hast«, flüsterte das Mädchen, »wurde Miss Elizabeth Cardwell, diese kleine unartige Hure, gezwungen, sich als Sklavin einem Herrn zu unterwerfen.«

»Soviel habe ich gehört«, sagte ich.

»Was für eine grausame Bestie er war«, sagte das Mädchen.

»Was ist nun mit ihr?«, fragte ich.

»Die kleine Sklavin«, sagte das Mädchen verächtlich, »ist nun verrückt vor Liebe nach der Bestie.«

»Wie ist sein Name?«, fragte ich.

»Der gleiche, der gewonnen hat, als die stolze Vella von Gor sich ihm hingab«, sagte sie.

»Und sein Name?«, hakte ich nach.

»Tarl Cabot«, sagte sie.

»Ein Glückspilz«, bemerkte ich, »wenn er solche Frauen haben kann.«

»Sie sind aufeinander eifersüchtig«, vertraute mir das Mädchen an.

»Wirklich?«, fragte ich.

»Ja«, sagte sie. »Jede versucht, ihren Herrn mehr zu erfreuen als die andere, damit sie seine Favoritin wird.«

Ich küsste sie.

»Ich frage mich, welche von ihnen seine Favoritin wird?«, fragte sie.

»Lass sie beide versuchen, ihm zu gefallen«, schlug ich vor. »Jede mehr als die andere.«

Tadelnd sah sie mich an. »Er ist ein grausamer, grausamer Herr«, sagte sie.

»Zweifellos«, gab ich zu.

Eine Weile küssten und berührten wir uns. Und von Zeit zu Zeit, während der Nacht, flehten beide Frauen, sowohl Vella von Gor als auch die kleine Barbarin, Miss Elizabeth Cardwell, um die Gunst ihres Herrn. Er ließ es zu, dass sie ihm beide dienten und Freude spendeten. Aber er handelte nicht überstürzt, sondern wog sorgfältig die Vor- und Nachteile ab, konnte sich jedoch nicht zwischen ihnen entscheiden.

Es war schon früh am Morgen, und er war fast im Schlaf versunken, als er sie an seinem Körper fühlte, die Wange gegen seinen Schenkel gepresst. »Frauen«, murmelte er. »Vergesst nicht, dass ihr meinen Stahl tragt.«

»Wir werden es nicht vergessen«, sagten sie.

Und ich fühlte ihren Kuss.

»Wir lieben dich«, sagten sie, »... Herr.«

Während er einschlief, entschied er, dass er beide als Sklavinnen für ein paar Tage behalten wollte, wenn auch nur, um ihnen eine Lektion zu erteilen. Außerdem, so erinnerte er sich selbst, lässt nur ein Narr Sklavenmädchen frei.

26 Das Ei der Priesterkönige

In der Feuchtigkeit und Dunkelheit, lange vor dem Morgengrauen, belagerten die Streitkräfte von Kamchak die Straßen von Turia in der näheren Umgebung von Saphrars Gelände. Sie warteten still wie dunkle Konturen aus Stein. Hier und dort war das Funkeln einer Waffe oder Ausrüstung im schwindenden Licht der Monde zu sehen. Jemand hustete. Das Rascheln von Leder war zu hören. Ich hörte auf einer Seite das Schleifen eines Quivas, das leise Geräusch eines Kurzbogens, der gespannt wurde.

Kamchak, Harold und ich standen mit einigen anderen auf dem Dach eines Gebäudes gegenüber dem Gelände.

Hinter den Mauern konnten wir ab und zu einen Wachmann von seinem Posten rufen hören und jemand anderen, der ihm antwortete. Kamchak stand halb in der Dunkelheit, seine Handflächen auf der Mauer, die am Rande des Daches von dem Gebäude, auf dem wir standen, entlangführte.

Vor mehr als einer Stunde hatte ich den Wagen des Kommandanten verlassen, nachdem ich von einem der Wächter draußen geweckt worden war. Als ich aufbrach, war Elizabeth Cardwell erwacht. Wir hatten uns nichts gesagt, aber ich hatte sie in meine Arme genommen und geküsst. Dann verließ ich den Wagen.

Auf dem Weg zu dem Anwesen traf ich Harold, und wir hatten gemeinsam von einem der Proviantwagen, die jeweils einer Hundertschaft in der Stadt zugewiesen waren, etwas getrocknetes Boskfleisch gegessen und Wasser getrunken. Als Kommandanten konnten wir essen, wo wir wollten.

Die Tarne, die Harold und ich vor einigen Tagen von Saphrars Bergfried gestohlen hatten, waren beide in die Stadt gebracht worden und befanden sich in der Nähe, denn man dachte daran, dass sie eventuell gebraucht wurden, wenn auch nur, um Berichte von einem Punkt zum anderen zu übermitteln. In der Stadt befanden sich natürlich ebenfalls Hunderte von Kaiilas, auch wenn der Hauptteil dieser Reittiere außerhalb der Stadt war, wo sie ihre Beute leichter jagen konnten.

Ich hörte Kaugeräusche in meiner Nähe und bemerkte, dass Harold, der sich einige Streifen Boskfleisch vom Proviantwagen hinter den Gürtel gesteckt hatte, ziemlich beschäftigt damit war, mit dem Quiva das Fleisch zu schneiden und zu essen.

»Es ist fast Morgen«, murmelte er. Die Feststellung klang etwas undeutlich mit all dem Fleisch in seinem Mund.

Ich nickte.

Ich sah Kamchak sich nach vorn lehnen, seine Handflächen noch immer auf der Mauer, die um das Dach führte. Er starrte auf das Gelände; er wirkte in der Dunkelheit gekrümmt, nackenlos und breitschultrig. Seit einer Viertelahn hatte er sich nicht mehr bewegt. Er wartete auf die Dämmerung.

Als ich den Wagen verlassen hatte, war Elizabeth Cardwell, auch wenn sie nichts gesagt hatte, ängstlich gewesen. Ich erinnerte mich an ihre Augen, ihre Lippen, und wie sie auf meinen gezittert hatten. Ich hatte ihre Arme von meinem Hals genommen und mich umgedreht. Ich fragte mich, ob ich sie wiedersehen würde.

»Mein eigener Vorschlag wäre«, sagte Harold, »zuerst meine Tarnkavallerie über die Mauern zu fliegen, diese mit Tausenden von Pfeilen zu säubern und dann, in einer zweiten Welle, Dutzende von Kriegern zu den Dächern der Hauptgebäude zu fliegen, sie zu erobern und die anderen niederzubrennen.«

»Aber wir haben keine Tarnkavallerie«, bemerkte ich.

»Da liegt der Fehler in meinem Vorschlag«, räumte Harold kauend ein.

Ich schloss kurz meine Augen und sah dann zurück zu dem dunklen Gelände gegenüber.

»Kein Vorschlag ist perfekt«, sagte Harold.

Ich wandte mich an einen Kommandanten einer Hundertschaft, der die Männer befehligte, die ich mit der Armbrust trainiert hatte. »Haben Tarne letzte Nacht das Gelände betreten oder verlassen?«, fragte ich.

»Nein«, sagte der Mann.

»Bist du dir sicher?«, fragte ich.

»Wir hatten Mondlicht«, sagte er. »Wir haben nichts gesehen.« Er sah mich an. »Aber«, fügte er hinzu, »nach meiner Schätzung gibt es drei oder vier Tarne innerhalb des Geländes.«

»Lasst sie nicht entkommen«, sagte ich.

»Wir werden es versuchen«, sagte er.

Nun sahen wir im Osten, wie auf der Erde, eine Helligkeit am Himmel. Ich atmete sehr tief durch.

Kamchak hatte sich noch immer nicht bewegt.

Unten in den Straßen hörte ich das Rascheln der Männer, die ihre Waffen prüften.

»Dort ist ein Tarn!«, rief einer der Männer auf dem Dach.

Sehr hoch am Himmel, nicht mehr als ein kleiner Fleck, sahen wir einen Tarn aus der Richtung des Turmes, von dem ich annahm, dass er von Ha-Keel gehalten wurde, auf das Gelände von Saphrar zurasen.

»Zum Schießen bereithalten!«, rief ich.

»Nein«, sagte Kamchak. »Lasst ihn rein.«

Die Männer hielten ihr Feuer, und der Tarn, der sich bereits fast im Zentrum des Geländes befand, so weit weg von unseren umschließenden Positionen wie möglich, stürzte plötzlich abwärts, seine Flügel hoch und in letzter Sekunde öffnend, um auf der Spitze des Bergfrieds zu landen – jenseits der wirksamen Reichweite unserer Armbrüste.

»Saphrar könnte entkommen«, sagte ich.

»Nein«, entgegnete Kamchak. »Für Saphrar gibt es kein Entkommen.«

Ich schwieg.

»Sein Blut gehört mir«, sagte Kamchak.

»Wer ist der Reiter?«, erkundigte ich mich.

»Ha-Keel, der Söldner«, sagte Kamchak. »Er kommt, um mit Saphrar zu verhandeln, aber was immer ihm auch angeboten wird, ich kann ihn überbieten – denn ich habe das Gold und die Frauen von Turia, und bei Einbruch der Nacht werde ich auch die privaten Heerscharen von Saphrar selbst haben.«

»Vorsichtig«, warnte ich. »Die Tarnreiter von Ha-Keel könnten den Hauptstoß der Schlacht gegen dich wenden.«

Kamchak antwortete nicht.

»Die tausend Tarnreiter von Ha-Keel«, sagte Harold, »sind vor der Dämmerung nach Port Kar abgezogen. Der Turm ist verlassen.«

»Aber warum?«, wollte ich wissen.

»Sie wurden gut bezahlt«, sagte Harold. »Mit turianischem Gold – davon haben wir eine ziemliche Menge.«

»Dann ist Saphrar allein«, sagte ich.

»Mehr allein, als er ahnt«, bemerkte Harold.

»Was meinst du damit?«, fragte ich.

»Das wirst du schon sehen«, sagte er.

Im Osten war nun klares Licht, und ich konnte die Gesichter der Männer unter mir sehen. Einige von ihnen trugen Seilleitern mit Metallhaken an den Enden, andere Sturmleitern.

Es sah für mich aus, als würde ein Sturmangriff auf das Gelände innerhalb der nächsten Ahn anstehen. Das Haus von Saphrar war wörtlich umzingelt von Tausenden von Kriegern.

Wir übertrafen die verzweifelten Verteidiger zahlenmäßig um vielleicht zwanzig zu eins. Der Kampf würde erbittert werden, aber am Ausgang konnte es keinen Zweifel geben, selbst von Anfang an – besonders, da nun die Tarnreiter von Ha-Keel die Stadt verlassen hatten, die Satteltaschen der Tarne prall gefüllt mit turianischem Gold.

Dann sprach Kamchak wieder. »Ich habe lange auf das Blut von Saphrar von Turia gewartet«, sagte er. Er hob seine Hand, und jemand in seiner Nähe stieg auf die Mauer, die ums Dach führte und blies einen langen Stoß in ein Boskhorn.

Ich dachte, das wäre das Signal für den Beginn, das Areal zu stürmen, aber niemand der unten stehenden Männer bewegte sich.

Zu meinem Erstaunen öffnete sich ein Tor des Anwesens; achtsame Soldaten traten mit bereiten Waffen hervor, jeder von ihnen trug einen Stoffsack, und reihten sich vor uns unten in der Straße auf, unter den verächtlichen Blicken der Krieger der Wagenvölker. Jeder von ihnen ging zu einem langen Tisch, auf dem viele Waagen platziert worden waren, und jede von diesen war mit vier goreanischen Goldsteinen ausgewogen, etwa sechs irdischen Pfund, die jeder Soldat in seinen Stoffsack verschwinden ließ und dann durch eine offene Straße zwischen den Kriegern davonhastete. Sie würden bis vor die Stadt eskortiert werden. Vier goreanische Goldsteine waren ein Vermögen.

Ich stand völlig erschrocken und überwältigt da. Ich zitterte. Hunderte über Hunderte von Männern mussten unter uns vorbeigegangen sein.

»Ich ... ich verstehe nicht«, stammelte ich an Kamchak gewandt.

Er wandte sein Gesicht nicht zu mir um, sondern starrte weiterhin zu dem Anwesen. »Lass Saphrar von Turia am Gold sterben«, sagte er.

Dann erst verstand ich mit Schrecken die Tiefe von Kamchaks Hass gegen Saphrar von Turia. Mann um Mann, Goldstein um Goldstein, starb Saphrar. Seine Mauern und Verteidigungsstellungen wurden Gramm für Gramm geräumt, glitten einfach davon. Sein Gold konnte ihm nicht die Herzen seiner Männer kaufen. Kamchak stand in seiner Tuchuk-Grausamkeit stumm da und kaufte Münze um Münze, Stück für Stück, Saphrar von Turia.

Ein- oder zweimal hörte ich das Schleifen von Schwertern innerhalb der Mauern; vielleicht versuchten einige Männer, die loyal zu Saphrar oder ihrem Kodex standen, ihre Kameraden davon abzuhalten, das Gelände zu verlassen. Aber ich vermutete, dass die Loyalen versprengt und nur noch wenige waren, dem anhaltenden Exodus von den Mauern nach zu urteilen. In der Tat mussten einige, die für Saphrar kämpften, beim Anblick der desertierenden Kameraden in solcher Anzahl unzweifelhaft die drohende Gefahr für sich selbst erkennen, die sich hundertfach verstärkt hatte – so beeilten sie sich, sich den Desertierenden anzuschließen. Ich sah sogar einige Sklaven das Gelände verlassen, und obwohl sie Sklaven waren, wurden ihnen ebenso die vier Goldsteine gegeben, vermutlich, um die freien Männer, die die Bestechung der Tuchuks angenommen hatten, zu beleidigen. Ich dachte daran, dass Saphrar in all den Jahren, in denen er seine Macht in Turia gefestigt und für seine eigenen Zwecke so viele Männer um sich geschart hatte, nun den Preis dafür mit seinem eigenen Leben zahlen würde.

Kamchaks Gesicht zeigte keine Regung.

Endlich, nach etwa einer Ahn nach Sonnenaufgang, verließen keine weiteren Männer mehr das Gelände, und die Tore waren offen gelassen worden.

Kamchak stieg vom Dach herunter und bestieg sein Kaiila. Langsam, einem Spaziergang gleich, ritt er zum Haupttor des Geländes. Harold und ich begleiteten ihn zu Fuß. Hinter uns schlossen sich etliche Krieger an. Zu Kamchaks Rechten marschierte ein Sleenmeister, der zwei der bösartigen, geschmeidigen Tiere an Kettenleinen hielt.

Um den Knauf von Kamchaks Sattel waren einige Säcke mit Gold gebunden, jeder wog vier Steine. Unter den Kriegern, die ihm folgten, befanden sich einige turianische Sklaven in Ketten und im Kes, unter ihnen auch Kamras, der Champion von Turia, und Phanius Turmus, der turianische Ubar; sie alle trugen große Gefäße, die mit Goldsäcken gefüllt waren.

Durch das Tor des Geländes sah ich, dass es verlassen und die Mauern frei von Verteidigern waren. Der Boden zwischen den Mauern und den ersten Gebäuden war gleichermaßen leer, obwohl ich etwas Müll, Teile von Kisten, gebrochenen Pfeilen und Stoffstücke herumliegen sah.

Kamchack hielt auf dem Gelände an und sah sich um. Seine dunklen wilden Augen blickten von Gebäude zu Gebäude und prüften mit großer Sorgfalt die Dächer und Fenster.

Dann bewegte er sein Kaiila leicht vorwärts zum Hauptportal. Ich sah zwei Krieger davorstehen, bereit, es zu verteidigen. Ich war verwundert, hinter ihnen die hastende Gestalt Saphrars von Turia in Weiß und Gold zu erblicken. Er trat von der Tür fort und hielt etwas Großes in seinen Armen, das mit purpurfarbenem Stoff umwickelt war.

Die beiden Männer bereiteten sich darauf vor, das Portal zu verteidigen.

Kamchak hielt sein Kaiila an.

Hinter mir hörte ich Hunderte von Leitern und Enterhaken, die gegen die Mauern schlugen, und als ich mich umdrehte, sah ich Hunderte und Aberhunderte von Männern, die über die Mauern kletterten und ebenso durch die offenen Tore kamen, bis die Mauern mit Tuchuks und Männern von den anderen Wagenvölkern überlaufen waren. Dann standen sie auf den Mauern innerhalb des Geländes und bewegten sich nicht.

Rittlings auf seinem Kaiila verkündete Kamchak: »Kamchak von den Tuchuks, dessen Vater Kutaituchik von Saphrar von Turia ermordet wurde, ruft Saphrar von Turia.«

»Spießt ihn mit euren Speeren auf«, schrie Saphrar vom Eingang her.

Die beiden Verteidiger zögerten.

»Bestellt Saphrar von Turia die Grüße Kamchaks von den Tuchuks«, sagte Kamchak ruhig.

Einer der Wächter drehte sich hölzern um. »Kamchak von den Tuchuks lässt Saphrar von Turia grüßen«, sagte er.

»Tötet ihn!«, schrie Saphrar. »Tötet ihn!«

Schweigend traten ein Dutzend Tuchuk-Bogenschützen mit ihren kurzen Hornbogen vor Kamchaks Kaiila, ihre Pfeile auf die Herzen der beiden Wächter ausgerichtet.

Kamchak band zwei Säcke mit Gold von dem Sattelknauf los. Er warf einen zu der Seite des einen Wächters, den anderen zu dem zweiten Wächter hinüber.

»Kämpft!«, schrie Saphrar.

Die beiden Wächter brachen von der Tür aus, jeder nahm einen Sack Gold, und sie flohen durch die Reihen der Tuchuks.

»Sleen!«, schrie Saphrar und wandte sich um, um tiefer ins Haus hineinzurennen.

Ohne Eile führte Kamchak sein Kaiila die Treppen hinauf; auf dem Rücken seines Kaiilas betrat er die Haupthalle des Hauses von Saphrar.

In der Haupthalle blickte er sich um. Harold und ich folgten ihm, ebenso der Mann mit den beiden Sleens und die Sklaven mit dem Gold, die Bogenschützen und andere Männer. Er führte sein Kaiila vorwärts über die breiten Marmorfliesen und folgte dem entsetzten Saphrar von Turia.

Immer wieder begegneten wir Wachen innerhalb des Hauses, aber jedes Mal, wenn Saphrar hinter ihnen Zuflucht suchte, warf Kamchak ihnen Gold zu, und sie zerstreuten sich. Saphrar keuchte und ächzte und hielt immer noch das große in Purpur gewickelte Objekt in seinen Händen. Er eilte auf seinen kurzen Beinen weg. Er schloss Türen hinter sich, die jedoch aufgebrochen wurden. Er warf Möbelstücke die Treppen hinab, aber wir konnten an ihnen vorbeigehen. Unsere Verfolgung brachte uns von Raum zu Raum, von Halle zu Halle in dem riesigen Haus von Saphrar von Turia. Wir passierten die Bankethalle, wo wir vor einiger Zeit von dem fliehenden Händler unterhalten worden waren.

Wir passierten Küchen und Galerien, selbst die privaten Gemächer Saphrars, wo wir zahlreiche Roben und Sandalen des Händlers erblickten, alle überwiegend in Weiß und Gold gearbeitet, wenn sie auch oft mit Hunderten anderer Farben vermischt waren. Die Verfolgung schien in seinen eigenen Gemächern zu einem Ende zu kommen, denn Saphrar war verschwunden, aber Kamchak schien kein bisschen Verwirrung oder Verärgerung zu zeigen.

Er stieg ab und nahm ein herumliegendes Kleidungsstück von dem riesigen Schlafpodium in dem Raum auf und hielt es an die Nasen der beiden Sleens. »Holt ihn euch!«, befahl Kamchak.

Die Sleens schienen den Duft in der Robe aufzusaugen, und dann begannen sie zu zittern. Die Klauen an ihren breiten, weichen Füßen fuhren aus und zogen sich wieder zurück, und ihre Köpfe hoben sich und begannen hin und her zu schwanken. Wie ein einziges Tier wandten sie sich um und zogen ihren Halter an den Kettenleinen zu etwas, das wie eine solide Wand aussah. Dort richteten sie sich auf ihre beiden Hinterläufe auf und legten ihre anderen vier Beine dagegen, knurrend, wimmernd, fauchend.

»Brecht durch die Wand!«, befahl Kamchak. Er bemühte sich erst gar nicht darum, einen Knopf oder Hebel zu suchen, der die Wand öffnete.

In wenigen Augenblicken war die Wand zertrümmert und offenbarte dahinter eine dunkle Passage.

»Bringt Lampen und Fackeln«, sagte Kamchak.

Kamchak gab sein Kaiila nun an einen Untergebenen und ging dann mit Fackel und Quiva in der Hand zu Fuß durch die Passage. Neben ihm befanden sich die beiden knurrenden Sleens, dahinter gingen Harold und ich und hinter uns der Rest seiner Leute mit etlichen Fackeln. Selbst die Sklaven mit dem Gold waren dabei. Von den Sleens geführt, hatten wir keine Schwierigkeiten der Spur Saphrars durch die Passage zu folgen, obwohl sie oft und wechselnd abzweigte. Der Durchgang war im Ganzen dunkel, aber dort, wo er verzweigte, hing in den meisten Fällen eine kleine, brennende Tharlarionöllampe. Ich nahm an, dass Saphrar von Turia entweder eine Lampe oder Fackel bei sich trug oder sehr vertraut mit der Passage war.

An einem Punkt blieb Kamchak stehen und rief nach Brettern. Der Boden der Passage war über einen Bereich von zwölf Fuß in der Breite und der Länge heruntergefallen, indem man einen Bolzen entfernt hatte. Harold warf einen Kieselstein in die Öffnung, der etwa zehn Ihn brauchte, ehe wir ihn weit unten im Wasser aufschlagen hörten.

Kamchak schien sich von der Warterei nicht stören zu lassen. Er saß wie ein Fels im Schneidersitz vor der Öffnung und blickte darüber hinweg, bis die Bretter gebracht wurden. Dann waren er und die Sleens die Ersten, die hinübergingen.

Ein andermal hielt er uns zurück und rief nach einer Lanze, mit der er einen Draht in der Passage auslöste. Vier Speere mit bronzenen Spitzen brachen plötzlich aus kreisförmigen Öffnungen über die Passage. Ihre Spitzen schlugen in andere kleinere Öffnungen auf der anderen Seite. Kamchak zerbrach mit seinem Stiefel die Speerschäfte, sodass wir zwischen ihnen hindurchgehen konnten.

Schließlich kamen wir in einer großen Audienzhalle mit kuppelförmiger Decke heraus. Der Raum war mit schweren Teppichen ausgelegt und mit Wandvorhängen behangen. Ich erkannte ihn sofort wieder, denn es war der Raum, in dem Harold und ich als Gefangene vor Saphrar gebracht worden waren.

In der Halle befanden sich vier Personen.

Auf dem Ehrenplatz saß ruhig und im Schneidersitz auf den Kissen des Händlers, auf seinem persönlichen Podium, der schlanke, vernarbte Ha-Keel, der gerade etwas Öl auf der Klinge seines Schwertes verrieb. Früher aus Ar, jetzt ein Söldnertarnreiter des armseligen, bösartigen Port Kar.

Auf dem Boden neben dem Podium war Saphrar von Turia, der verzweifelt blickte und den in Purpur eingeschlagenen Gegenstand umklammerte, ebenfalls anwesend war der Paravaci, der noch immer die Kapuze des Clans der Folterer trug und beinahe mein Mörder gewesen wäre. Derselbe Paravaci, der bei Saphrar von Turia gewesen war, als ich den Gelben Teich von Turia betreten hatte.

Ich hörte Harold vor Freude aufschreien, als er den Kerl sah. Der Mann drehte sich zu uns um und hielt ein Quiva in seiner Hand. Ich wettete, dass er unter seiner schwarzen Kapuze erbleichte, als er Harold von den Tuchuks erspähte. Ich konnte fühlen, wie er zitterte.

Der andere Mann bei ihnen war ein junger Mann mit dunklen Haaren und Augen, ein einfacher Soldat, vielleicht nicht älter als Zwanzig. Er trug das Scharlachrot eines Kriegers und ein Kurzschwert; er stand zwischen uns und den anderen.

Kamchak betrachtete ihn mit der geringsten Spur von Erheiterung, wie ich dachte.

»Misch dich nicht ein, Knabe«, sagte er ruhig. »Es gibt hier einige Männerangelegenheiten zu erledigen.«

»Bleib zurück, Tuchuk«, rief der junge Mann und hielt sein Schwert bereit.

Kamchak gab das Zeichen für einen Sack Gold, und Phanius Turmus wurde nach vorn getreten. Von einem großen bronzenen Teller, den er trug, nahm Kamchak einen Sack Gold und warf ihn vor ihn hin. Der junge Mann bewegte sich nicht von der Stelle, sondern bereitete sich auf den Angriff der Tuchuks vor.

Kamchak warf ihm einen weiteren Sack Gold vor die Füße und schließlich noch einen.

»Ich bin ein Krieger«, sagte der junge Mann stolz.

Kamchak gab seinen Bogenschützen ein Zeichen, und sie traten vor. Ihre Pfeile zielten auf den jungen Mann. Dann warf er ein Dutzend Säcke voller Gold auf den Boden, einen nach dem anderen.

»Spar dir dein Gold, Tuchuk-Sleen«, sagte der junge Mann. »Ich bin ein Krieger und kenne meinen Kodex.«

»Wie du willst«, sagte Kamchak und hob seine Hand als Zeichen für die Bogenschützen.

»Tu es nicht!«, rief ich.

In dem Moment stieß der junge Krieger den turianischen Kriegsschrei aus und stürzte, mit seinem Schwert auf Kamchak gerichtet, vorwärts. Ein Dutzend Pfeile flogen gleichzeitig los und bohrten sich ein Dutzend Mal in ihn hinein und ließen ihn sich zweimal um sich selbst drehen. Dennoch versuchte er weiterhin, vorwärts zu taumeln. Dann durchbohrte ein weiterer Pfeil und noch einer seinen Körper, bis er vor Kamchaks Füße fiel.

Zu meinem Erstaunen sah ich, dass keiner der Pfeile seinen Oberkörper, Kopf oder Bauch durchbohrt hatte, sondern dass sie in seinen Armen und Beinen steckten.

Das war kein Zufall.

Kamchak drehte den jungen Mann mit seinem Stiefel um. »Sei ein Tuchuk«, sagte er.

»Niemals«, weinte der junge Mann vor Schmerz und zwischen zusammengepressten Zähnen. »Niemals, Tuchuk-Sleen, nie!«

Kamchak wandte sich zu bestimmten Kriegern in der Nähe um. »Versorgt seine Wunden«, sagte er. »Seht zu, dass er am Leben bleibt. Wenn er reiten kann, bringt ihm bei, im Sattel eines Kaiilas zu sitzen. Lehrt ihn den Umgang mit dem Quiva, dem Bogen und der Lanze. Packt ihn in das Leder eines Tuchuks. Wir brauchen solche Männer bei den Wagen.«

Ich sah die erstaunten Augen des jungen Mannes, der Kamchak betrachtete. Dann wurde er hinausgetragen.

»Beizeiten wird dieser Junge eine Tausendschaft kommandieren«, sagte Kamchak.

Kamchak hob seinen Kopf und betrachtete die anderen drei Männer, Ha-Keel, der ruhig und mit seinem Schwert dasaß, den verzweifelten Saphrar von Turia und den großen Paravaci mit dem Quiva.

»Der Paravaci gehört mir!«, rief Harold.

Der Mann wandte ihm wütend das Gesicht zu, aber er kam weder heran, noch schleuderte er sein Quiva.

Harold sprang vor. »Lass uns kämpfen!«, rief er.

Auf ein Zeichen von Kamchak trat Harold wieder zurück. Er war wütend und hielt ein Quiva in seiner Hand.

Die beiden Sleens knurrten und zogen an ihren Halsbändern. Das lohfarbene Haar hing von ihren Kiefern und war gesprenkelt vom Schaum ihrer Erregung. Ihre Augen blitzten. Die Klauen traten hervor und zerrissen den Teppich, dann zogen sie sich zurück, kamen wieder hervor und zogen sich zurück und rissen weiter an dem Teppich.

»Kommt nicht näher!«, schrie Saphrar, »oder ich werde die goldene Kugel zerstören!« Er riss den purpurnen Stoff fort, der die goldene Kugel umhüllt hatte und hob sie hoch über seinen Kopf. Mein Herz hörte auf zu schlagen. Ich streckte meine Hand aus, um Kamchaks ledernen Ärmel zu berühren.

»Das darf er nicht«, sagte ich. »Er darf das nicht tun.«

»Warum nicht?«, fragte Kamchak. »Sie ist wertlos.«

»Bleibt zurück!«, schrie Saphrar.

»Du verstehst das nicht!«, rief ich zu Kamchak.

Ich sah Saphrars Augen glühen. »Hört auf den Korobaner!«, sagte er. »Er weiß es! Er weiß es!«

»Macht das wirklich einen Unterschied, ob er die Kugel zerschmettert oder nicht?«, fragte Kamchak mich.

»Ja«, sagte ich. »Es gibt nichts Wertvolleres auf ganz Gor – sie ist wahrscheinlich so wertvoll wie der Planet selbst.«

»Hört auf ihn!«, schrie Saphrar. »Wenn jemand sich nähert, werde ich das hier zerstören!«

»Es darf ihr kein Schaden zugefügt werden«, flehte ich Kamchak an.

»Warum?«, wollte Kamchak wissen.

Ich schwieg, weil ich nicht wusste, wie ich es sagen sollte, was gesagt werden musste.

Kamchak betrachtete Saphrar. »Was ist das für ein Ding, das du da hältst?«, fragte er.

»Die goldene Kugel!«, rief Saphrar.

»Aber was ist die goldene Kugel?«, erkundigte sich Kamchak.

»Ich weiß es nicht«, sagte Saphrar, »aber ich weiß, dass es Männer gibt, die dafür die Hälfte des ganzen Reichtums von Gor bezahlen werden ...«

»Ich würde nicht einmal eine Kupfertarnscheibe dafür geben«, sagte Kamchak.

»Hört auf den Korobaner!«, rief Saphrar.

»Sie darf nicht zerstört werden«, sagte ich.

»Warum?«, wiederholte Kamchak.

»Weil ... sie der letzte Samen der Priesterkönige ist«, sagte ich. »Ein Ei. Ein ... Kind. Die Hoffnung der Priesterkönige, für alle ... die Welt, das Universum.«

Die Männer um mich herum murmelten überrascht. Saphrars Augen schienen zu zerplatzen. Ha-Keel sah plötzlich auf und hatte sein Schwert und das Öl vergessen. Der Paravaci betrachtete Saphrar.

»Das glaube ich nicht«, sagte Kamchak. »Ich halte sie eher für wertlos.«

»Nein, Kamchak«, sagte ich. »Bitte!«

»Bist du wegen der goldenen Kugel zu den Wagenvölkern gekommen?«, fragte Kamchak.

»Ja«, sagte ich. »Deswegen.« Ich erinnerte mich an unser Gespräch im Wagen von Kutaituchik.

Die Männer um uns bewegten sich; einige waren verärgert.

»Du hättest sie gestohlen?«, fragte Kamchak.

»Ja«, sagte ich. »Das hätte ich.«

»Wie Saphrar es getan hat?«, fragte Kamchak weiter.

»Ich hätte Kutaituchik nicht getötet«, sagte ich.

»Warum wolltest du sie stehlen?«, fragte Kamchak.

»Um sie zum Sardar zurückzubringen«, sagte ich.

»Nicht, um sie selbst zu behalten? Nicht wegen des Reichtums?«

»Nein«, sagte ich. »Dafür nicht.«

»Ich glaube dir«, sagte Kamchak. Er sah mich an. »Wir wussten, dass irgendwann jemand vom Sardar kommen würde. Wir wussten nur nicht, dass du derjenige sein würdest.«

»So wenig wie ich«, sagte ich.

Kamchak betrachtete den Händler. »Willst du dein Leben mit der goldenen Kugel erkaufen?«

»Wenn nötig, ja!«, sagte Saphrar.

»Aber ich will sie nicht«, sagte Kamchak. »Ich will dich.«

Saphrar erbleichte und hielt die Kugel wieder hoch über seinen Kopf.

Ich war erleichtert, als ich sah, dass Kamchak seinen Bogenschützen signalisierte, nicht zu schießen. Er winkte sie und seine anderen Männer, mit Ausnahme von Harold, mir und dem Sleenhüter, einige Meter zurück.

»Das ist besser«, schnaufte Saphrar.

»Steckt eure Waffen weg!«, befahl der Paravaci.

Wir gehorchten.

»Geh mit deinen Männern zurück!«, rief Saphrar und trat einen Schritt von uns zurück. »Ich werde die goldene Kugel zerschmettern!«

Langsam bewegten sich Kamchak, Harold und ich und der Sleenhüter, der die beiden Sleens zog, rückwärts. Die Tiere tobten gegen die Kettenleinen an, waren wie verrückt als sie weiter von Saphrar, ihrer Beute, zurückgezogen wurden.

Der Paravaci wandte sich zu Ha-Keel um, der nun seinerseits wieder ein Schwert gezogen hatte und aufgestanden war. Ha-Keel streckte sich und blinzelte einmal.

»Du hast einen Tarn«, sagte der Paravaci. »Nimm mich mit. Ich kann dir die Hälfte der paravacischen Reichtümer bieten! Bosks und Gold, und Frauen und Wagen!«

»Ich nehme an, dass alles das, was du hast, nicht so viel wert ist wie die goldene Kugel«, sagte Ha-Keel. »Und die hat Saphrar von Turia.«

»Du kannst mich nicht hier zurücklassen!«, schrie der Paravaci.

»Du bist für meine Dienste überboten worden«, gähnte Ha-Keel.

Die Augen des Paravaci waren weiß unter der schwarzen Kapuze, und sein Kopf drehte sich wild herum, um die Tuchuks zu betrachten, die sich am fernen Ende der Halle zusammengeschart hatten.

»Dann wird sie mein sein!«, rief er und stürmte auf Saphrar zu und bemühte sich, die Kugel zu ergreifen.

»Meine! Meine!«, kreischte Saphrar und versuchte, die Kugel zu behalten.

Ha-Keel sah interessiert zu.

Ich wäre vorwärts geprescht, doch Kamchak streckte seine Hand aus, berührte meinen Arm und hielt mich zurück.

»Der Kugel darf kein Schaden zugefügt werden!«, rief ich.

Der Paravaci war viel stärker als der kleine, fette Händler, und schon bald hatte er seine Hände auf der Kugel und zog sie dem kleineren Mann aus den greifenden Händen. Saphrar kreischte wie wahnsinnig und dann, zu meinem Erstaunen, biss er den Paravaci in den Unterarm und senkte den goldenen oberen Eckzahn in das Fleisch des verhüllten Mannes. Der Paravaci schrie plötzlich vor Verblüffung und Angst auf und schauderte. Zu meinem Entsetzen wurde die Kugel, die er erfolgreich Saphrar abgenommen hatte, ein Dutzend Fuß durch den Raum geworfen und zerschmetterte auf dem Boden.

Ein Schrei des Entsetzens floh von meinen Lippen, und ich stürmte vorwärts. Tränen schossen mir in die Augen. Ich konnte ein Aufstöhnen nicht zurückhalten, als ich neben den zerschmetterten Teilen des Eies in die Knie fiel. Es war vorbei, aus, zu Ende! Meine Mission war gescheitert! Die Priesterkönige würden sterben! Diese Welt und vielleicht meine andere, die gute Erde, würden nun den mysteriösen Anderen in die Hände fallen, wer immer oder was immer sie sein mochten. Es war aus, vorbei, zu Ende, tot, tot, hoffnungslos, vorbei, tot.

Ich war mir kaum des kurzen Wimmerns des Paravaci bewusst, als er sich auf dem Teppich drehte und wand, seinen Arm hielt und hineinbiss, und sein Fleisch orangefarben von dem Gift der Ost wurde. Er krümmte sich und lag im Sterben.

Kamchak ging zu ihm hinüber und riss ihm die Kapuze vom Kopf. Ich sah das verzerrte, nun orangefarbene, verdrehte, gequälte Gesicht. Es glich bereits farbigem Papier und blätterte ab, als würde es von innen erleuchtet und verbrannt werden. Ich sah Blutstropfen und Schweiß darauf. Ich hörte Harold sagen: »Das ist ja Tolnus.«

»Natürlich«, sagte Kamchak. »Es musste der Ubar der Paravaci sein. Wer sonst hätte seine Reiter gegen die Tuchuk-Wagen schicken können, wer sonst hätte einem Söldnertarnreiter den halben Boskbestand und Gold und Frauen und Wagen der Paravaci versprechen können?«

Ich nahm ihr Gespräch nur undeutlich wahr. Ich erinnerte mich an Tolnus, er war einer der vier Ubars der Wagenvölker gewesen, die ich unwissend getroffen hatte, als ich das erste Mal die Ebenen von Turia betrat und zum Land der Wagenvölker kam.

Kamchak bückte sich zu dem Sterbenden, öffnete dessen Robe und riss den fast unbezahlbaren, mit Juwelen besetzten Halsreif, den er trug, von seinem Hals.

Er warf ihn einem seiner Männer zu. »Gib das den Paravaci«, sagte er. »Sie können damit einige ihrer Bosks und Frauen von den Kataii und den Kassars zurückkaufen.«

Ich nahm nur teilweise diese Dinge wahr, denn ich war vor Trauer überwältigt und kniete in Saphrars Audienzhalle vor den Scherben der zerschmetterten goldenen Kugel.

Mir wurde bewusst, dass Kamchak jetzt neben mir stand und hinter ihm Harold.

Unbeschämt weinte ich.

Es war nicht nur, dass ich versagt hatte, dass das, wofür ich gekämpft hatte, verschwunden und zu Asche geworden war. Nicht nur, dass der Krieg der Priesterkönige, in dem ich eine herausragende Rolle gespielt hatte, lange vor solchen Dingen, nun fruchtlos und bedeutungslos geworden war, dass das Leben meines Freundes Misk und sein Zweck nun zerrüttet war, selbst dass diese Welt und vielleicht auch die Erde beizeiten in die Hände der geheimnisvollen Anderen fallen würde, da sie nun unverteidigt waren. Aber das, was in dem Ei selbst lag, das unschuldige Opfer von Intrigen, die über Jahrhunderte andauerten und Welten zusammenprallen ließen, war tot. Es hatte nichts getan, das solch ein Schicksal rechtfertigte. Das Kind der Priesterkönige, das sozusagen die Mutter werden sollte, war nun tot.

Mir war es egal, dass ich mich schluchzend schüttelte.

Vage hörte ich jemanden sagen: »Saphrar und Ha-Keel sind geflohen.«

Kamchak sagte in meiner Nähe ruhig: »Lasst die Sleens frei. Sie sollen jagen.«

Ich hörte, wie die Ketten gelöst wurden, und die beiden Sleens mit lodernden Augen aus der Halle jagten.

Mir war es gleichgültig, was mit Saphrar von Turia geschah.

»Sei stark, Krieger von Ko-ro-ba«, sagte Kamchak freundlich.

»Du verstehst es nicht, mein Freund«, weinte ich. »Du verstehst es nicht.«

Die Tuchuks standen in ihrem schwarzen Leder um uns herum. Der Sleenhüter war ebenfalls in der Nähe, die Kettenleinen lose in seinen Händen. Im Hintergrund standen einige Sklaven mit Eimern voll Gold.

Ich wurde mir des starken Geruchs von Fäulnis bewusst, der von dem zerschmetterten Ding, das vor mir lag, ausströmte.

»Es riecht«, sagte Harold. Er kniete sich mit Ekel im Gesicht neben den Bruchstücken nieder und betastete das steife, lederne, zerbrochene Ei. Einige der goldenen Stücke waren von ihm abgebrochen. Er rieb mit Daumen und Zeigefinger an einem.

Mit gesenktem Kopf hockte ich da. Mir war alles gleichgültig.

»Hast du die goldene Kugel gründlich untersucht?«, fragte Kamchak.

»Ich hatte nie die Gelegenheit dazu«, sagte ich.

»Jetzt hast du sie möglicherweise«, sagte Kamchak.

Ich schüttelte meinen Kopf.

»Sieh«, sagte Harold und stieß seine Hand unter meine Nase. Ich sah, dass sein Daumen und der Zeigefinger von goldenen Flecken markiert waren.

Verständnislos starrte ich seine Hand an.

»Es ist Farbe«, sagte er.

»Farbe?«, fragte ich.

Harold stand auf und ging zu den zertrümmerten, steifen Schalen des Eies hinüber. Daraus zog er den nassen, runzligen, verfaulten, für vielleicht Monate oder gar Jahre toten Körper eines ungeborenen Tharlarions hervor.

»Ich habe es dir doch gesagt«, sagte Kamchak freundlich. »Das Ei war wertlos.«

Ich taumelte auf meine Füße und stand nun, sah hinunter auf die zerschmetterten Fragmente des Eies. Ich bückte mich und nahm eine der steifen Schalen auf, rieb daran und sah, wie ein goldener Fleck auf meinen Fingerspitzen zurückblieb.

»Das ist nicht das Ei der Priesterkönige«, sagte Kamchak. »Hast du wirklich geglaubt, wir würden Feinden erlauben, den Aufenthaltsort von solch einem Ding zu erfahren?«

Ich blickte Kamchak mit Tränen in den Augen an.

Plötzlich hörten wir aus der Ferne einen eigenartigen Schrei, hoch, schwankend und dann das schrille Heulen der frustrierten Sleens.

»Es ist vorbei«, sagte Kamchak. »Es ist vorbei.«

Er wandte sich in die Richtung, aus der der Schrei gekommen war. Langsam und ohne Eile wanderten seine Stiefel über den Teppich zu dem Geräusch. Er hielt neben dem verdrehten, hässlichen Körper Tolnus' von den Paravaci an. »Es ist schade«, sagte er. »Ich hätte es bevorzugt, ihn auf den Pfaden der Bosks zu pfählen.« Dann, ohne ein weiteres Wort zu verlieren, verließ Kamchak den Raum, gefolgt von dem Rest von uns. Wir ließen uns von den fernen, frustrierten Heullauten der enttäuschten Sleens führen.

Wir fanden uns am Ufer des Gelben Teiches von Turia ein. An seinem marmornen Rand befanden sich die zwei gelbbraunen Jagdsleens. Sie fauchten und zitterten vor Wut, warfen ihre Köpfe ab und zu hoch und heulten vor Enttäuschung zornig auf. Ihre verrückt gewordenen runden Augen flackerten die jämmerliche Gestalt Saphrars von Turia an. Er plärrte, wimmerte, schluchzte, und seine Finger fuhren kratzend durch die Luft, als wenn er daran hinaufklettern könnte. Die anmutigen, dekorativen Reben, die über dem Teich hingen, befanden sich mehr als zwanzig Fuß über seinem Kopf.

Er kämpfte darum, sich in der glitzernden, atmenden und funkelnden Substanz des Gelben Teiches zu bewegen, aber er konnte seinen Standort nicht wechseln. Seine fetten Hände mit den scharlachroten Fingernägeln schienen plötzlich dünn und verzogen, wollten nach etwas greifen. Der Händler war mit Schweiß bedeckt. Er war umgeben von den leuchtend weißen Kugeln, die unter der Oberfläche um ihn trieben, vielleicht beobachteten sie ihn, vielleicht erfassten sie seine Position aufgrund von Druckwellen in dem Medium. Die goldenen Tröpfchen, die Saphrar anstelle von Augenbrauen trug, fielen unbemerkt in die träge Flüssigkeit, die langsam um ihn anstieg, sich hocharbeitete und sich um ihn verdickte. Unter der Oberfläche konnten wir Stellen sehen, an denen seine Roben weggefressen worden waren und die Haut sich weiß verfärbte. Die Säfte des Teiches ätzten ihren Weg in seinen Körper, nahmen sein Protein und Nahrung als ihre eigene an und verdauten sie.

Saphrar machte einen Schritt tiefer in den Teich, und der Teich erlaubte es. Der Flüssigkeitspegel reichte ihm nun bis zu seiner Brust.

»Senkt die Reben!«, flehte Saphrar.

Niemand bewegte sich.

Saphrar warf seinen Kopf zurück wie ein Hund und heulte vor Qual auf. Er begann, an seinem Körper zu kratzen und zu reißen, als wenn er wahnsinnig geworden wäre. Dann schossen ihm Tränen in die Augen, und er hielt seine Hände in Kamchaks Richtung.

»Bitte!«, rief er.

»Erinnere dich an Kutaituchik«, sagte Kamchak.

Saphrar schrie im Todeskampf auf, und unter der gelben glitzernden Oberfläche des Teiches sah ich einige der fadenförmigen Stränge, die sich um seine Beine wickelten und ihn tiefer in den Teich, unter Wasser, ziehen wollten.

Dann kämpfte Saphrar, der Händler von Turia, und hämmerte gegen das zusammengebackene Material neben sich, um zu verhindern, dass er heruntergezogen wurde.

Die Augen traten vielleicht ein Viertelzoll aus dem kleinen, runden Kopf hervor, und der Mund mit den beiden goldenen Zähnen, die nunmehr ohne Gift waren, schien zu schreien, doch kein Laut kam heraus.

»Das Ei«, teilte Kamchak ihm mit, »war das Ei eines Tharlarions – es war wertlos.«

Die Flüssigkeit hatte nun Saphrars Kinn erreicht, sein Kopf lag im Nacken, und er versuchte, seine Nase und den Mund über der Oberfläche zu halten. Sein Kopf schüttelte sich vor Entsetzen.

»Bitte!«, schrie er einmal mehr, doch die Silben verloren sich im Plärren der gelben Masse, die seinen Mund erreicht hatte.

»Erinnere dich an Kutaituchik«, sagte Kamchak, und die fadenartigen Stränge umschlossen Saphrars Beine und Knöchel, zogen ihn langsam nach unten. Einige Blasen durchbrachen die Oberfläche. Dann verschwanden die noch immer in Richtung der Reben ausgestreckten Hände mit ihren scharlachroten Fingernägeln, die Kleidung vom Fleisch weggefressen, unter der funkelnden glitzernden Oberfläche.

Wir standen eine Weile still da, bis Kamchak kleine weiße Knochen sah, die wie ausgebleichtes Treibholz auf der nun wässrigen Oberfläche schaukelten und Stück für Stück wie durch Gezeiten zum Rand des Teichs bewegt wurden, wo Diener sie normalerweise aufgesammelt und entsorgt hätten.

»Bringt eine Fackel«, sagte Kamchak.

Er blickte hinunter in die funkelnde, glitzernde, lebende Flüssigkeit des Gelben Teiches von Turia.

»Es war Saphrar von Turia, der Kutaituchik mit den Kandasträngen bekannt gemacht hat«, sagte Kamchak zu mir. Dann fügte er hinzu: »Er hat meinen Vater zweimal getötet.«

Die Fackel wurde gebracht, und der Teich schien seinen Dunst viel schneller auszustoßen. Die Flüssigkeit fing an sich aufzuwühlen und zog sich von den Rändern des Teichs zurück. Das Gelbe des Teiches begann zu flackern und die fadenförmigen Stränge krümmten sich. Die verschiedenfarbigen Kugeln unter der Oberfläche drehten sich und schwankten. Dann schossen sie in eine Richtung und sofort in eine andere. Kamchak nahm die Fackel in seine rechte Hand und schleuderte sie in einem großen Bogen zum Zentrum des Teiches.

Plötzlich brach der Teich wie bei einer Explosion und Feuerbrunst in Flammen aus, und Kamchak, ich und Harold und die anderen schirmten unsere Gesichter und Augen ab und zogen uns vor der Heftigkeit des Feuers zurück. Der Teich begann zu brausen und zu fauchen und Blasen und entflammte Teile seines Selbst in die Luft und zu den Wänden zu zerstreuen. Auch die Ranken fingen Feuer. Der Teich versuchte, sich selbst auszutrocknen und sich in seinen gehärteten, muschelähnlichen Zustand zurückzuziehen, aber das Feuer innerhalb des sich schließenden Gehäuses ließ es zerplatzen. Dann glich der Teich wieder einem See aus brennendem Öl mit Teilen des Gehäuses, die wie flammende Splitter emporgeschleudert wurden.

Mehr als eine Stunde lang brannte er, und dann war das Becken des Teichs, nun schwarz und mit stellenweise geschmolzenem Marmor, leer, außer von der Beschmutzung durch Kohlenstoff und Schmiere und einigen geborstenen, geschwärzten Knochen und einigen Tropfen geschmolzenen Goldes – das war vielleicht von den goldenen Tropfen, die Saphrar von Turia über seinen Augen getragen hatte, übrig geblieben, und von den beiden goldenen Zähnen, die einmal das Gift einer Ost enthielten.

»Kutaituchik ist gerächt«, sagte Kamchak und wandte sich von dem Raum ab.

Harold, ich und die anderen folgten ihm.

Draußen auf dem Gelände Saphrars, das nun in Flammen stand, stiegen wir auf unsere Kaiilas und kehrten zu den Wagen außerhalb der Mauern zurück.

Ein Mann näherte sich Kamchak. »Der Tarnreiter«, sagte er, »ist entkommen.« Er fügte hinzu: »Wie du befohlen hast, haben wir nicht auf ihn gefeuert, da er nicht den Händler Saphrar von Turia bei sich hatte.«

Kamchak nickte. »Ich habe keinen Streit mit Ha-Keel, dem Söldner«, sagte er. Dann blickte Kamchak mich an. »Du wirst ihm aber, da er nun den Einsatz in diesem Spiel kennt, wahrscheinlich wieder begegnen«, sagte er. »Er zieht sein Schwert nur im Namen von Gold, aber ich vermute, dass nun, wo Saphrar tot ist, jene, die den Händler angeheuert haben, neue Agenten für ihre Arbeit benötigen – und sie werden den Preis für ein Schwert wie das von Ha-Keel zahlen.« Kamchak grinste mich an, das erste Mal seit Kutaituchiks Tod. »Es heißt, das Schwert von Ha-Keel ist kaum weniger flink und klug als das von Pa-Kur, dem Meister der Attentäter.«

»Pa-Kur ist tot«, sagte ich. »Er starb bei der Belagerung von Ar.«

»Wurde sein Leichnam gefunden?«, fragte Kamchak.

»Nein«, sagte ich.

Kamchak lächelte. »Ich glaube, Tarl Cabot, du wirst nie ein Tuchuk werden«, sagte er.

»Wie kommst du darauf?«, fragte ich.

»Du bist zu unschuldig und zu vertrauensselig«, meinte er.

»Vor langer Zeit habe ich es aufgegeben, mehr von einem Korobaner zu erwarten«, sagte Harold neben mir.

Ich lächelte. »Pa-Kur«, sagte ich, »wurde in einem persönlichen Kampf auf dem Dach des Zylinders der Gerechtigkeit in Ar besiegt. Um der Gefangennahme zu entgehen, hat er sich selbst über den Rand in die Tiefe gestürzt. Ich glaube nicht, dass er fliegen konnte.«

»Wurde sein Leichnam gefunden?«, fragte Kamchak noch einmal.

»Nein«, sagte ich. »Aber was macht das schon?«

»Für einen Tuchuk macht das eine Menge aus«, sagte Kamachak.

»Ihr Tuchuks seid schon ein argwöhnischer Haufen«, bemerkte ich.

»Was wäre denn mit der Leiche geschehen?«, fragte Harold, und er schien die Frage ernst zu meinen.

»Ich nehme an«, sagte ich, »sie wäre von der Menge unten in Stücke gerissen worden – oder mit den anderen Toten abhanden gekommen. Viele Dinge hätten mit ihm geschehen können.«

»Wie es aussieht«, sagte Kamchak, »ist er tot.«

»Sicher«, sagte ich.

»Lasst es uns hoffen«, sagte Kamchak, »... um deinetwillen.«

Wir trieben die Kaiilas vom Hof des brennenden Hauses von Saphrar und ritten nebeneinander von dem Ort fort. Wir ritten schweigend, aber Kamchak pfiff das erste Mal seit Wochen eine Melodie. Einmal wandte er sich Harold zu. »Ich denke in ein paar Tagen können wir Tumits jagen«, bemerkte er.

»Das würde mich freuen«, erwiderte Harold.

»Vielleicht schließt du dich uns an?«, fragte Kamchak.

»Ich denke, ich sollte die Wagen bald verlassen«, sagte ich. »Meine Mission im Auftrag der Priesterkönige ist gescheitert.«

»Welche Mission war das?«, wollte Kamchak unschuldig wissen.

»Das letzte Ei der Priesterkönige zu finden«, sagte ich, vielleicht etwas gereizt, »und es zum Sardar zurückzubringen.«

»Warum erledigen die Priesterkönige ihre eigenen Botengänge nicht selbst?«, fragte Harold.

»Sie vertragen die Sonne nicht«, sagte ich. »Sie sind nicht wie Menschen.

Und wenn Menschen sie sehen, werden sie sie vielleicht fürchten und versuchen, sie zu töten. Das Ei könnte zerstört werden.«

»Eines Tages«, sagte Harold, »musst du mir von den Priesterkönigen erzählen.«

»Abgemacht«, stimmte ich zu.

»Ich dachte, dass du derjenige bist«, sagte Kamchak.

»Welcher?«, fragte ich.

»Derjenige, von denen die beiden Männer, die die Kugel brachten, mir sagten, er würde eines Tages kommen und sie beanspruchen.«

»Die beiden Männer sind tot«, sagte ich. »Ihre Städte befanden sich im Krieg, und in der Schlacht haben sie sich gegenseitig getötet.«

»Sie schienen in meinen Augen gute Krieger gewesen zu sein«, sagte Kamchak. »Tut mir leid, das zu hören.«

»Wann kamen sie zu den Wagen?«, fragte ich.

»Erst vor zwei Jahren«, sagte er.

»Sie haben dir das Ei gegeben?«, fragte ich.

»Ja«, sagte er. »Um es für die Priesterkönige aufzubewahren.« Dann fügte er hinzu: »Das war klug von ihnen, denn die Wagenvölker sind die freiesten und wildesten Goreaner und leben Hunderte von Pasangs von jeder Stadt entfernt, außer von Turia.«

»Weißt du, wo sich das Ei jetzt befindet?«, fragte ich.

»Natürlich«, sagte er.

Ich begann, im Sattel des Kaiilas zu wanken und zu beben. Die Zügel bewegten sich in meinen Händen, und das Tier ruckte nervös.

Ich zügelte das Kaiila.

»Erzähl mir nicht, wo es ist«, sagte ich, »oder ich fühle mich verpflichtet, den Versuch zu unternehmen, es zu stehlen und zum Sardar zu bringen.«

»Aber bist du nicht derjenige, der von den Priesterkönigen gekommen ist, um das Ei zu beanspruchen?«, hakte Kamchak nach.

»Ich bin derjenige«, sagte ich.

»Warum würdest du es dann stehlen und fortbringen wollen?«, fragte er.

»Ich habe keine Möglichkeit zu beweisen, dass ich von den Priesterkönigen komme«, sagte ich. »Warum würdest du mir glauben?«

»Weil ich dich kennengelernt habe«, sagte Kamchak.

Ich schwieg.

»Ich habe dich sorgfältig beobachtet, Tarl Cabot von der Stadt Ko-ro-ba«, sagte Kamchak von den Tuchuks. »Du hast einmal mein Leben verschont, und wir haben zusammen Gras und Erde gehalten, und seit dieser Zeit, selbst wenn du ein Gesetzloser und Schuft wärest, wäre ich für dich gestorben, aber dennoch hätte ich dir da noch nicht das Ei geben können. Dann bist du mit Harold in die Stadt gegangen, und ich wusste, dass du das Ei gegen die überwältigen Chancen eines Erfolges ergreifen wolltest und bereit warst, dein Leben dafür zu geben. Solch ein Wagnis würde sehr wahrscheinlich nicht von jemandem unternommen werden, der für Gold angeheuert worden ist. Das lehrte mich, dass du in der Tat der Auserwählte der Priesterkönige bist, um das Ei zu holen.«

»Deshalb hast du mich nach Turia gehen lassen?«, fragte ich. »Obwohl du wusstest, dass die goldene Kugel wertlos war?«

»Ja«, sagte Kamchak. »Genau deshalb.«

»Und warum hast du mir danach nicht das Ei gegeben?«, fragte ich.

Kamchak lächelte. »Ich brauchte noch eine letzte Sache, Tarl Cabot«, sagte er.

»Und was war das?«, fragte ich.

»Ich musste wissen, ob du das Ei für die Priesterkönige haben wolltest und nicht für dich selbst.« Kamchak streckte seine Hand aus und berührte meinen Arm. »Deshalb wollte ich, dass die goldene Kugel zerschmettert wird«, sagte er. »Ich hätte es selbst getan, wenn sie nicht zerbrochen wäre. Ich wollte sehen, was du tun würdest, ob du wütend über deinen Verlust bist oder ob dich die Trauer überkommt, um der Priesterkönige willen.« Kamchak lächelte freundlich. »Als du geweint hast, wusste ich, dass du dich um das Ei gesorgt hast und um die Priesterkönige, dass du wahrhaftig gekommen bist, um das Ei für sie zu holen und nicht für dich selbst«, sagte er.

Sprachlos sah ich ihn an.

»Vergib mir«, sagte er, »wenn ich grausam bin. Ich bin immerhin ein Tuchuk. Aber obwohl ich dich mag, musste ich die Wahrheit über diese Dinge erfahren.«

»Es ist keine Vergebung nötig«, sagte ich. »An deiner Stelle hätte ich, glaube ich, genau das Gleiche getan.«

Kamchaks Hand schloss sich um meine, und wir schüttelten einander die Hände.

»Wo ist das Ei?«, fragte ich.

»Wo denkst du, könntest du es wohl finden?«, fragte er.

»Ich weiß es nicht«, sagte ich. »Wenn ich es nicht besser wüsste, würde ich erwarten, es im Wagen von Kutaituchik zu finden – dem Wagen des Ubars der Tuchuks.«

»Ich stimme deiner Vermutung zu«, sagte er. »Aber Kutaituchik war nicht der Ubar der Tuchuks, wie du weißt.«

Ich starrte ihn an.

»Ich bin der Ubar der Tuchuks«, sagte er.

»Du meinst ...«, sagte ich.

»Ja«, sagte Kamchak. »Das Ei befindet sich seit zwei Jahren in meinem Wagen.«

»Aber ich habe in deinem Wagen für Monate gelebt!«, rief ich.

»Hast du das Ei nicht gesehen?«, fragte er.

»Nein«, sagte ich. »Es muss fabelhaft verborgen gewesen sein.«

»Wie sieht das Ei aus?«, fragte er.

Ich saß ruhig auf dem Rücken des Kaiilas. »Ich ... ich weiß es nicht«, sagte ich.

»Du dachtest vermutlich, dass es golden und kugelförmig ist?«, fragte er.

»Ja«, sagte ich. »Sicher.«

»Genau aus diesem Grund haben wir Tuchuks das Ei eines Tharlarions gefärbt, es in Kutaituchiks Wagen gelegt und den Ort bekannt gegeben.«

Ich war sprachlos und konnte dem Tuchuk nicht antworten.

»Ich denke«, sagte er, »du hast das Ei der Priesterkönige oft gesehen, denn es liegt in meinem Wagen. In der Tat haben die Paravaci, die meinen Wagen ausgeraubt haben, es nicht als notwendig betrachtet, es mitzunehmen.«

»Das!«, rief ich.

»Ja«, sagte er. »Das merkwürdige, graue, ledrige Ding. Genau das!«

Ich schüttelte vor Unglauben meinen Kopf.

Ich erinnerte mich daran, dass Kamchak auf dem grauen, eher quadratischen Ding mit den abgerundeten Ecken gesessen hatte. Ich erinnerte mich, dass er es mit seinem Fuß bewegt hatte, dass er es durch den Wagen zu mir geschossen hatte, damit ich es untersuchte.

»Manchmal«, sagte Kamchak, »ist der beste Weg, um etwas zu verstecken, es nicht zu verstecken. Man denkt immer, etwas, das von Wert ist, muss versteckt sein, und so ist es nur natürlich, dass etwas, das nicht versteckt wird, als nicht wertvoll betrachtet wird.«

»Aber«, sagte ich mit zitternder Stimme, »du hast es herumgerollt – du hast es von einer Wagenseite zur anderen geworfen. Du hast es sogar über den Teppich zu mir geschossen, damit ich es untersuchen kann.« Ich blickte ihn skeptisch an. »Du hast sogar gewagt, dich darauf zu setzen!«, sagte ich.

»Ich hoffe, die Priesterkönige nehmen mir das nicht übel, aber du solltest verstehen, dass solche Kleinigkeiten, bei denen ich mir nichts anmerken ließ, sehr wichtige Bestandteile meiner Täuschung waren.«

Ich lächelte und dachte an Misks Freude, wenn er das Ei erhielt. »Sie werden das nicht übel nehmen«, sagte ich.

»Keine Sorge, das Ei wurde nicht verletzt«, sagte Kamchak, »denn um das Ei der Priesterkönige zu verletzen, hätte ich ein Quiva oder eine Axt benutzen müssen.«

»Gerissener Tuchuk«, sagte ich.

Kamchak und Harold lachten.

»Ich hoffe«, sagte ich, »dass nach all der Zeit das Ei noch lebensfähig ist.«

Kamchak hob die Schultern. »Wir haben es beschützt«, sagte er. »Wir haben getan, was wir konnten.«

»Und ich und die Priesterkönige sind euch dankbar«, sagte ich.

Kamchak lächelte. »Wir sind erfreut, den Priesterkönigen zu Diensten sein zu können«, sagte er, »aber denk daran, dass wir nur den Himmel verehren.«

»Und Mut«, fügte Harold hinzu. »Und solche Dinge.«

Kamchak und ich lachten.

»Ich denke, letzten Endes ist die Tatsache, dass ihr den Himmel, den Mut und solche Dinge verehrt eine Konsequenz daraus, dass euch das Ei gebracht worden ist«, sagte ich.

»Vielleicht«, sagte Kamchak. »Aber ich bin froh, es los zu sein, und abgesehen davon ist jetzt fast die beste Zeit, um Tumits mit der Bola zu jagen.«

»Apropos, Ubar«, fragte Harold und winkte mir zu. »Was hast du eigentlich für Aphris von Turia bezahlt?«

Kamchak warf ihm einen Blick zu, der dem Quivastoß ins Herz ähnelte.

»Du hast Aphris gefunden!«, rief ich.

»Albrecht von den Kassars hat sie aufgenommen, als er das Lager der Paravaci überfallen hat«, bemerkte Harold wie beiläufig.

»Wunderbar!«, rief ich.

»Sie ist nur eine Sklavin und unwichtig«, brummte Kamchak.

»Was hast du für ihre Rückkehr bezahlt?«, wollte Harold mit großer Arglosigkeit wissen.

»Fast nichts«, murmelte Kamchak. »Denn sie ist beinahe wertlos.«

»Ich bin sehr erfreut«, sagte ich, »dass sie noch lebt, und es ihr gut geht. Und ich denke, du hast sie ohne Schwierigkeiten von Albrecht von den Kassars zurückgekauft.«

Harold legte eine Hand auf seinen Mund und wandte sich kichernd ab, und Kamchaks Kopf schien wütend in seinen Schultern zu versinken.

»Was hast du bezahlt?«, fragte ich.

»Es ist schwer, einen Tuchuk in einem Handel auszutricksen«, bemerkte Harold, bevor er sich wieder überzeugt umdrehte.

»Es wird bald Zeit sein, Tumits zu jagen«, grummelte Kamchak und blickte über das Gras zu den Wagen hinter den Mauern.

Ich erinnerte mich noch gut daran, wie Kamchak Albrecht von den Kassars für die Rückgabe von seinem kleinen Liebling Tenchika bluten ließ, und wie er vor Lachen gebrüllt hatte, weil der Kassar solch einen Preis gezahlt hatte und damit durchblicken ließ, dass er sich um eine Sklavin, und dazu noch um eine turianische, sorgte.

»Ich denke, dass so ein gerissener Tuchuk wie Kamchak, der Ubar unserer Wagen, nicht mehr als eine Hand voll Kupfertarnscheiben für eine Hure dieser Sorte bezahlt hat«, sagte Harold.

»Die Tumits rennen zu dieser Jahreszeit am besten, meist zum Cartius«, bemerkte Kamchak.

»Es freut mich sehr zu hören, dass du Aphris zurück hast«, sagte ich. »Sie mag dich, weißt du.«

Kamchak zuckte die Achseln.

»Ich habe gehört«, sagte Harold, »dass sie nichts anderes macht, als um die Bosks und Wagen zu gehen und zu singen. Den ganzen Tag. Ich würde wahrscheinlich ein Mädchen schlagen, das darauf besteht, so einen Krach zu machen.«

»Ich denke«, sagte Kamchak, »ich werde mir eine neue Bola zum Jagen machen.«

»Er ist natürlich ziemlich ansehnlich«, bemerkte Harold.

Kamchak knurrte bedrohlich.

»Auf jeden Fall weiß ich, dass er die Ehre der Tuchuks in solchen Angelegenheiten hochgehalten hätte«, fuhr Harold fort, »und einen schweren Handel mit den unvorsichtigen Kassars getrieben hätte.«

»Das Wichtigste ist doch, dass Aphris zurück ist und sicher«, sagte ich. Wir ritten eine Weile weiter. Dann fragte ich: »Übrigens, nur mal so, was hast du eigentlich für sie bezahlt?«

Kamchaks Gesicht wurde vor Wut rot. Er blickte Harold an, der unschuldig und fragend lächelte, und dann zu mir, der ich, ehrlich gesagt, neugierig war. Kamchaks Hände glichen weißen Knüppeln, die an die Zügel des Kaiilas geknotet waren. »Zehntausend Goldbarren«, sagte er.

Ich hielt das Kaiila an und betrachtete ihn verblüfft. Harold begann, gegen seinen Sattel zu hämmern und heulte vor Lachen.

Kamchaks Augen hätten den jungen blonden Tuchuk in seinem Sattel verbrutzelt, wären sie Feuerstrahlen gewesen.

»Nun gut«, sagte ich mit einer bestimmten boshaften Freude, die meiner

346

Stimme zu entnehmen war. Nun hätten mich Kamchaks Augen ebenfalls verbrutzelt.

Dann funkelte ein ironisches Flackern der Erheiterung in den Augen des Tuchuks, und das zerfurchte Gesicht runzelte sich zu einem verlegenen Grinsen. »Ja«, sagte er, »Tarl Cabot, ich wusste bis dahin nicht, dass ich ein Narr bin.«

»Trotzdem, Cabot«, bemerkte Harold, »denkst du nicht, dass er, wenn man alles in allem betrachtet, – von einigen unklugen Dingen abgesehen – einen ausgezeichneten Ubar abgibt?«

»Abgesehen von einigen vielleicht unklugen, bestimmten Dingen, ist er ein exzellenter Ubar«, stimmte ich zu.

Kamchak blitzte Harold an, dann mich, dann sah er zu Boden und kratzte sich am Ohr. Schließlich sah er uns wieder an, und plötzlich brachen wir alle drei in Gelächter aus, bis selbst Kamchak Tränen aus den Augen strömten und über sein Gesicht durch die vernarbten Furchen seiner Wangen liefen.

»Du solltest darauf hinweisen«, sagte Harold zu Kamchak, »dass das Gold turianisches Gold war.«

»Ja«, rief Kamchak. »Das ist wahr. Es war Saphrars Gold!« Er schlug seine Faust auf seinen Oberschenkel. »Turianisches Gold!«

»Man könnte behaupten, dass das durchaus einen Unterschied macht«, sagte Harold.

»Ja!«, rief Kamchak.

»Anderseits wäre ich niemand, der das behaupten würde«, sagte Harold.

Kamchak richtete sich im Sattel auf und dachte darüber nach. Dann kicherte er und sagte: »Ich auch nicht.«

Wir lachten erneut, und plötzlich drängten wir die Kaiilas in großen Sprüngen vorwärts, jeder von uns erpicht darauf, die Wagen zu erreichen, denn dort warteten drei begehrenswerte Frauen. Fabelhafte Frauen. Unsere Frauen. Hereena vom ehemals Ersten Wagen, die Sklavin von Harold, ihrem Herrn. Aphris von Turia mit ihren mandelförmigen Augen und auserlesen, einmal die reichste und vielleicht die schönste Frau ihrer Stadt, nun eine einfache Sklavin des Ubars der Tuchuks – Kamchaks. Und die schlanke, reizende, dunkelhaarige und dunkeläugige Elizabeth Cardwell, früher eine stolze Frau der Erde, nun nur noch die hilflose und schöne Sklavin eines Kriegers von Ko-ro-ba – eine Frau, in deren Nase der zarte, aufreizende goldene Ring der Tuchuk-Frauen angebracht war. Eine Frau, in deren Oberschenkel das unverkennbare Brandzeichen der vier Boskhörner eingebrannt war, deren reizender Hals von einem Reif aus Stahl umgeben war, der meinen Namen trug. Eine Frau, deren entzückende und unkontrollierbare Unterwerfung in ihrer Gänze uns beide erstaunt hatte. Uns beide, ich, der befahl, sie, die diente. Ich, der nahm und sie, der keine Wahl gegeben wurde, außer freimütig nachzugeben. Als ich sie aus meinen Armen entließ, hatte sie auf dem Teppich gelegen und geweint. »Ich habe nichts mehr zu geben«, schluchzte sie. »Nichts mehr!«

»Das ist genug«, hatte ich ihr gesagt.

Und dann hatte sie vor Freude geweint und ihren Kopf mit ihrem offenen, wilden Haar an meine Seite gedrückt.

»Ist mein Herr mit mir zufrieden?«, hatte sie mich gefragt.

»Ja«, hatte ich ihr erzählt. »Ja, Vella, Kajira mira. Ich bin zufrieden. Ich bin in der Tat erfreut.«

Ich sprang von dem Rücken des Kaiilas und rannte auf meinen Wagen zu, und das Mädchen, das dort wartete, schrie vor Freude und rannte zu mir, und ich nahm es in meine Arme und unsere Lippen trafen sich. Sie weinte. »Du bist in Sicherheit! Du bist in Sicherheit!«

»Ja«, sagte ich. »Ich bin in Sicherheit. Und du bist in Sicherheit. Die Welt ist in Sicherheit!«

Zu der Zeit nahm ich an, dass das, was ich sagte, wahr war.

27 Die Schonung des Heim-Steins von Turia

Ich wusste, dass die beste Zeit, um Tumits zu jagen, diese großen, flugunfähigen, fleischfressenden Vögel der südlichen Ebenen, nah war, denn Kamchak, Harold und die anderen schienen sich mit großem Eifer darauf zu freuen. Kutaituchik war gerächt, Kamchak war nicht länger an Turia interessiert, dennoch wünschte er, dass die Stadt wiederaufgebaut wurde, vielleicht in der Art, dass die Wagenvölker mit ihr einen nützlichen Handelspartner hatten. Wenn die Raubzüge auf Karawanen nicht gewinnbringend waren, konnten sie zumindest Felle und Horn gegen die Waren der Zivilisation tauschen.

Am letzten Tag vor dem Rückzug der Wagenvölker von dem neuntorigen und hochummauerten Turia hielt Kamchak Gericht im Palast von Phanius Turmus. Der turianische Ubar war zusammen mit Kamras, dem ehemaligen Champion von Turia, beide im Kes, an die Tür gekettet, um die Füße derer, die eintraten, zu waschen.

Turia war eine reiche Stadt gewesen, und obwohl viel Gold an die Tarnreiter von Ha-Keel und die Verteidiger des Hauses von Saphrar gegeben worden war, war dies nur eine winzige Menge im Vergleich zum Ganzen, nicht einmal den Verlust eingerechnet, den die Zivilisten durch die von Kamchak bestimmten Fluchttore aus der brennenden Stadt hinausgetragen hatten. In der Tat besaßen allein Saphrars Scharen viele Dutzende von unterirdischen Warenlagern, die genug enthielten, um jeden Tuchuk und vielleicht dazu noch jeden Kataii und Kassar zu einem reichen Mann in jeder Stadt auf Gor zu machen – einem sehr reichen Mann. Ich erinnerte mich daran, dass Turia nie zuvor gefallen war, nicht seit der Stadtgründung vor vielleicht tausend Jahren.

Dennoch bestimmte Kamchak einen großen Teil dieses Reichtums – vielleicht ein Drittel – für die Hilfe und den Wiederaufbau der Stadt.

Als Tuchuk brachte Kamchak es nicht fertig, genauso großzügig mit den Frauen der Stadt umzugehen, und die fünftausend schönsten Frauen von Turia wurden gebrandmarkt und an die Kommandanten der Hundertschaften verteilt, um sie von ihnen an die mutigsten und wildesten Krieger zu verteilen. Den anderen wurde es erlaubt, in der Stadt zu bleiben oder durch die Tore zu fliehen, um ihre Mitbürger jenseits der Mauern aufzusuchen. Die Frauen der Wagenvölker, die versklavt worden waren, wurden natürlich befreit. Die anderen jedoch, außer ein paar von Ko-ro-ba, in deren Interesse ich sprach, würden ihre parfümierten Seiden und ihre gewärmten, duftenden Bäder gegen die Härte von Trecks, das Versorgen von Bosks und der Waffen ihrer Kriegerherren eintauschen. Einige von ihnen schienen sich nur schwer von dem luxuriösen Leben in den Gärten von Saphrar lösen zu können, um es gegen die Freiheit der Winde und Prärien, den Staub und den Geruch von Bosks, den Halsreif eines Mannes, der sie völlig beherrschen würde, einzutauschen. Aber vor ihm würden sie als menschliche Frauen stehen, einzigartig, jede verschieden, jede allein und fabelhaft und im Verborgenen des Wagens von ihrem Herrn geschätzt.

Im Palast von Phanius Turmus saß Kamchak auf dem Thron, die purpurfarbene Robe des Ubars locker über die Schulter seines Tuchuk-Leders geworfen. Er saß nicht mehr so mürrisch wie zuvor da, ernst und in Gedanken verloren, sondern wohnte den Einzelheiten seiner Aufgaben mit gutem Humor bei und hielt nur hier und da inne, um Fleischstückchen zu seinem Kaiila zu werfen, das hinter dem Thron angeleint war. Ganz selbstverständlich wurden verschiedene Güter und Reichtümer um seinen Thron geworfen und unter ihnen, als Teil der Beute, knieten einige der schönsten turianischen Mädchen im Sirik. Aber an seinem rechten Knie, nicht angekettet aber kajirgekleidet, kniete Aphris von Turia.

Um seinen Thron standen auch seine Kommandanten, einige Führer der Hundertschaften, viele mit ihren Frauen. Neben mir, jedoch nicht kajirgekleidet, aber in dem knappen Leder einer der Wagenfrauen, wenn auch mit Halsreif gebunden, stand Elizabeth Cardwell. Ähnlich gekleidet und mit Halsreif, bemerkte ich, ein wenig hinter Harold von den Tuchuks stehend, die feurige Hereena. Sie war vielleicht die einzige von all den Frauen der Wagenvölker an diesem Tag in Turia, die nicht frei war. Sie allein blieb eine Sklavin und würde es bleiben, bis es ihrem Herrn Harold gefiel, dass es anders sein sollte. »Ich mag den Halsreif an ihrem Hals«, bemerkte er einmal in seinem Wagen, ehe er ihr auftrug, Essen für Kamchak und Aphris, für mich und Elizabeth oder Vella, wie ich sie manchmal nannte, zuzubereiten. Ich stellte fest, dass die stolze Hereena sich vielleicht danach sehnte, die Sklavin von Harold von den Tuchuks zu sein.

Nachdem Bursche auf Bursche, Männer von Wichtigkeit in Turia, im Kes vor seinen Thron gezogen worden waren, sagte Kamchak zu ihnen: »Eure Besitztümer und eure Frauen gehören mir. Wer ist der Herr von Turia?«

»Kamchak von den Tuchuks«, sagten sie und wurden fortgezogen.

Einige fragte er: »Ist Turia gefallen?«

Und sie beugten ihre Köpfe und sagten: »Es ist gefallen.«

Schließlich wurden Phanius Turmus und Kamras vor den Thron gezerrt und in ihre Knie gezwungen. Kamchak deutete zu den Reichtümern, die sich um ihn auftürmten. »Wem gehört das Vemögen von Turia?«, fragte er.

»Kamchak von den Tuchuks«, sagten sie.

Kamchak schob seine Hand liebevoll in das Haar von Aphris von Turia und drehte ihren Kopf zu sich.

»Wem gehören die Frauen von Turia?«, fragte er.

»... Herr«, sagte Aphris.

»Kamchak von den Tuchuks«, sagten die beiden Männer.

»Wer«, lachte Kamchak, »ist der Ubar von Turia?«

»Kamchak von den Tuchuks«, sagten die zwei.

»Bringt den Heim-Stein der Stadt!«, befahl Kamchak, und der ovale und alte Stein, in den der Anfangsbuchstabe der Stadt eingeritzt war, wurde ihm gebracht.

Er hob den Stein über seinen Kopf und las Angst in den Augen der beiden Männer, die vor ihm angekettet waren. Aber er schmetterte den Stein nicht auf den Boden. Vielmehr erhob er sich von seinem Thron und legte den Stein in die gefesselten Hände von Phanius Turmus. »Turia lebt«, sagte er, »Ubar.«

Tränen bildeten sich in den Augen von Phanius Turmus, und er hielt den Heim-Stein der Stadt an sein Herz.

»Morgen früh werden wir zu unseren Wagen zurückkehren«, rief Kamchak.

»Du wirst Turia verschonen, Herr?«, fragte Aphris verwundert, da sie den Hass kannte, den er der Stadt entgegengebracht hatte.

»Ja«, sagte er, »Turia wird leben.«

Aphris sah ihn unverständlich an.

Ich selbst war zu verdutzt, um etwas zu sagen. Ich hatte gedacht, dass Kamchak vielleicht den Stein zerstören und damit das Herz der Stadt zerstören würde, um sie als Ruine in den Erinnerungen der Menschen zurückzulassen. Zu dem Zeitpunkt, als er Gericht im Palast von Phanius Turmus hielt, erkannte ich, dass er der Stadt ihre Freiheit und ihre Würde zurückgab. Ich hatte bisher nur verstanden, dass die Turianer vielleicht zur Stadt zurückkehren würden, und dass ihre Mauern noch stehen würden. Ich hatte nicht verstanden, dass er ihnen erlaubte, ihren Heim-Stein zu behalten.

Das schien für mich eine seltsame Tat für einen Eroberer und Tuchuk zu sein.

War es nur, weil Kamchak glaubte, wie er einmal gesagt hatte, dass die Wagenvölker einen Feind haben mussten? Oder gab es darüber hinaus noch einen anderen Grund?

Plötzlich gab es an den Türen einen Tumult und drei Männer, die von einigen anderen begleitet wurden, brachen in die Halle.

Der Erste war Conrad von den Kassars und mit ihm kam Hakimba von den Kataii herein und ein dritter Mann, den ich nicht kannte, der allerdings zu den Paravaci gehörte. Hinter ihnen befanden sich einige andere, von denen ich Albrecht von den Kassars sehen konnte, und hinter ihm entdeckte ich zu meinem Erstaunen Tenchika, die in knappes Leder gekleidet war und keinen Halsreif trug, aber dafür ein kleines in Stoff eingewickeltes Bündel in ihrer rechten Hand hielt.

Conrad, Hakimba und der Paravaci schritten zum Thron von Kamchak, aber niemand von ihnen, als geziemte Ubars ihrer Völker, kniete.

Conrad sprach: »Die Omen wurden empfangen.«

»Sie wurden sorgfältig gelesen«, sagte Hakimba.

»Zum ersten Mal seit mehr als hundert Jahren gibt es einen Ubar San«, sagte der Paravaci. »Den Einen Ubar, Herr aller Wagenvölker!«

Kamchak stand auf und zog die purpurne Robe des turianischen Ubars von seinen Schultern und stand im schwarzen Leder eines Tuchuks da.

Wie ein Mann hoben die drei Ubars ihre Arme zu ihm.

»Kamchak«, riefen sie. »Ubar San!«

Der Ruf wurde von jedem in der Halle aufgenommen, selbst von mir. »Kamchak, Ubar San!«

Kamchak streckte seine Hände nach vorne, und es wurde still. »Ihr alle«, sagte er, »die Kassars, die Kataii, die Paravaci, habt eure eigenen Bosks und eure eigenen Wagen. Lebt weiter so. Aber in Zeiten des Krieges, wenn jene, die uns spalten wollen, wenn jene, die gegen uns kämpfen, unsere Wagen, Bosks und Frauen bedrohen, unsere Ebenen und unser Land, dann lasst uns gemeinsam in den Krieg ziehen. Und niemand wird sich uns entgegenstellen. Wir mögen alleine leben, aber jeder von uns gehört zu den Wagen, und das, was uns voneinander trennt, ist geringer als das, was uns verbindet. Jeder von uns weiß, dass es falsch ist, Bosks abzuschlachten, und dass es richtig ist, stolz zu sein und Mut zu haben und unsere Wagen und unsere Frauen zu verteidigen. Wir wissen, dass es richtig ist, stark und frei zu sein. Und so werden wir zusammen stark und frei sein. Lasst uns das geloben.«

Die drei Männer kamen zu Kamchak, und er und sie legten ihre Hände aufeinander.

»Wir schwören es«, sagten sie. »Wir schwören es!« Dann traten sie zurück. »Heil Kamchak«, riefen sie. »Ubar San!«

»Heil Kamchak«, drang es durch die ganze Halle. »Kamchak! Ubar San!«

Es war später Nachmittag, ehe die Angelegenheiten des Tages nachließen, und die große Halle sich leerte. Schließlich blieben nur noch wenige an dem Ort zurück: einige Kommandanten und einige Führer der Hundertschaften sowie Kamchak und Aphris. Harold und ich waren ebenso dort wie Hereena und Elizabeth.

Kurz zuvor waren Albrecht und Tenchika hier gewesen und Dina von Turia mit ihren beiden Tuchuk-Wächtern, die sie sicher vor Schaden während des Falls der Stadt bewahrt hatten.

Tenchika war auf Dina zugegangen.

»Du trägst keinen Halsreif mehr«, hatte Dina gesagt.

Tenchika hatte ihren Kopf schüchtern gesenkt. »Ich bin frei«, sagte sie.

»Wirst du nach Turia zurückkehren«, fragte Dina.

»Nein«, sagte Tenchika lächelnd. »Ich werde bei Albrecht und den Wagen bleiben.«

Albrecht selbst war beschäftigt und unterhielt sich mit Conrad, dem Ubar der Kassars.

»Hier«, sagte Tenchika und schob den kleinen Stoffsack, den sie gehalten hatte, in Dinas Hände. »Dies gehört dir. Du solltest sie haben, denn du hast sie gewonnen.«

Verwundert öffnete Dina das Päckchen und sah darin die Becher und Ringe und Goldstücke, die Albrecht ihr für ihre siegreichen Bola-Rennen gegeben hatte.

»Nimm sie«, drängte Tenchika.

»Weiß er das?«, fragte Dina.

»Natürlich«, sagte Tenchika.

»Er ist freundlich«, sagte Dina.

»Ich liebe ihn«, sagte Tenchika, küsste Dina und eilte fort.

Ich näherte mich Dina von Turia. Ich sah die Dinge an, die sie hielt. »Du bist tatsächlich sehr gut gelaufen«, bemerkte ich.

Sie lachte. »Es ist mehr als genug, um Hilfe anzuheuern«, sagte sie. »Ich werde den Laden meines Vaters und meiner Brüder wieder eröffnen.«

»Wenn du möchtest, werde ich dir hundertmal so viel geben«, sagte ich.

»Nein«, sagte sie lächelnd, »denn das hier ist mein Eigentum.«

Sie hob kurz den Schleier und küsste mich. »Auf Wiedersehen, Tarl Cabot«, sagte sie. »I wish you well.«

»I wish you well, edle Dina von Turia.«

Sie lachte. »Närrischer Krieger«, schalt sie mich. »Ich bin nur die Tochter eines Bäckers.«

»Er war ein edler und tapferer Mann«, sagte ich.

»Danke«, sagte sie.

»Und seine Tochter«, sagte ich, »ist ebenso eine edle und tapfere Frau – und schön.«

Ich erlaubte ihr nicht, ihren Schleier wieder zu senken, bis ich sie geküsst hatte. Sanft. Ein letztes Mal.

Dann senkte sie den Schleier und berührte ihre Lippen mit ihren Fingerspitzen und presste sie auf meine Lippen. Dann drehte sie sich um und eilte davon.

Elizabeth hatte uns beobachtet, aber sie zeigte kein Anzeichen von Wut oder Verwirrung.

»Sie ist schön«, sagte Elizabeth.

»Ja«, sagte ich, » das ist sie.« Und dann blickte ich Elizabeth an. »Du bist auch schön«, sagte ich ihr.

Sie sah mich lächelnd an. »Ich weiß«, sagte sie.

»Eitles Mädchen«, sagte ich.

»Eine goreanische Frau braucht nicht vorzugeben, unattraktiv zu sein, wenn sie weiß, dass sie schön ist.«

»Das ist wahr«, gab ich zu. »Aber woher kommt dir der Gedanke, dass du schön bist?«

»Mein Herr hat es mir erzählt«, schnaubte sie. »Und mein Herr lügt nicht, oder?«

»Nicht oft«, sagte ich. »Und besonders nicht in Dingen von solcher Wichtigkeit.«

»Und ich habe gesehen, wie die Männer mich ansehen«, sagte sie. »Und ich weiß, dass ich einen guten Preis einbringen würde.«

Ich musste entrüstet gewirkt haben.

»Ich würde!«, sagte Elizabeth bestimmt. »Ich bin viele Tarnscheiben wert.«

»Bist du«, stimmte ich zu.

»Also bin ich schön«, schloss sie.

»Das ist wahr«, sagte ich.

»Aber du wirst mich nicht verkaufen, oder?«, fragte sie.

»Nicht sofort«, sagte ich. »Wer werden sehen, wie du dich darin machst, mir zu gefallen.«

»Oh, Tarl!«, sagte sie.

»Herr«, forderte ich.

»Herr«, sagte sie.

»Nun?«, fragte ich.

»Ich werde danach streben, dir zu gefallen«, sagte sie lächelnd.

»Sieh zu, dass du das tust«, sagte ich.

»Ich liebe dich«, sagte sie plötzlich. »Ich liebe dich, Tarl Cabot, Herr.« Sie legte ihre Arme um meinen Nacken und küsste mich.

Ich hielt sie lange in meinen Armen, genoss die Wärme ihrer Lippen und die Zartheit ihrer Zunge auf meiner.

»Deine Sklavin«, flüsterte sie. »Herr, für immer deine Sklavin.«

Es war kaum zu glauben, dass diese fabelhafte, mit Halsreif gebundene Schönheit in meinen Armen einmal ein einfaches Mädchen von der Erde gewesen war, dass dieses erstaunliche Mädchen, eine Tuchuk und Goreanerin, dieselbe war wie Miss Elizabeth Cardwell, die junge Sekretärin, die sich vor langer Zeit auf unerklärliche Weise in die Intrigen und Umstände jenseits ihres Vorstellungsvermögens auf den Ebenen von Gor wiedergefunden hatte. Was immer sie vorher gewesen war, eine Arbeitsnummer, ein Satz Einträge in einer Personalakte, eine unwichtige Angestellte mit ihrem Gehalt und Vergünstigungen, mit der Pflicht, andere Angestellte zufriedenzustellen und zu beeindrucken, die kaum wichtiger waren als sie selbst. Nun war sie lebendig und frei in ihren Gefühlen, auch wenn ihr Fleisch in Ketten lag. Sie war jetzt vital, leidenschaftlich, liebend, mein. Ich fragte mich, ob es andere Frauen von der Erde gab, die solch eine Verwandlung durchgemacht hatten, andere, die vielleicht noch nicht ganz verstanden, warum sie sich nach einem Mann sehnten und einer Welt. Einer Welt, in der sie sich selbst finden, und sie selbst sein mussten – zu ihrer eigenen Wahl. Einer Welt, in der sie vielleicht rannten, atmeten und lachten und flink und liebend waren und als Preis angesehen wurden, in ihren Herzen jedoch schließlich offen und frei waren. Auch wenn es paradox erschien, dass sie für eine Zeit, oder bis ein Mann es sich anderes überlegte, den Halsreif eines Sklavenmädchens trugen. Aber ich schob solche Gedanken als närrisch beiseite.

Außer Kamchak und Aphris, Harold und Hereena, mir selbst und Elizabeth Cardwell befand sich niemand mehr am Hofe des Ubars. Kamchak blickte über die Halle zu mir. »Nun«, sagte er, »die Wette ist gut verlaufen.«

Ich erinnerte mich daran, dass er davon gesprochen hatte. »Du hast gespielt«, sagte ich, »als du Turia nicht aufgegeben hast, um zu den Wagen zurückzukehren. Um sie und die Bosks zu verteidigen, hast du gepokert, dass die anderen, die Kataii und die Kassars zu Hilfe kommen würden.« Ich schüttelte meinen Kopf. »Das war ein verdammt gefährliches Spiel«, sagte ich.

»Vielleicht nicht so gefährlich, denn ich kenne die Kataii und die Kassars besser, als sie sich selbst kennen«, sagte er.

»Du sagtest, dass die Wette noch nicht zu Ende sei«, bemerkte ich.

»Jetzt ist sie es«, sagte er.

»Was war der letzte Teil der Wette?«, fragte ich.

»Dass die Kataii und die Kassars und auch irgendwann die Paravaci einsehen mussten, wie wir durch uns selbst getrennt und einzeln zerstört werden können. Und sie daher die Notwendigkeit erkennen, die Standarten zu vereinigen und die Tausendschaften unter einem Kommando zusammenzuführen.«

»Dass sie die Notwendigkeit eines Ubar San erkennen?«, fragte ich.

»Ja«, sagte Kamchak. »Das war die Wette. Dass ich sie vom Ubar San überzeugen konnte.«

»Heil«, sagte ich, »Kamchak, Ubar San!«

»Heil«, rief Harold, »Kamchak, Ubar San!«

Kamchak lächelte und sah nach unten. »Es wird bald Zeit, Tumits zu jagen«, sagte er.

Als er sich umdrehte, um den Thronsaal von Phanius Turmus zu verlassen und zu den Wagen zurückzukehren, erhob sich Aphris sofort auf ihre Füße und begleitete ihn.

Aber Kamchak drehte sich zu ihr um. Fragend sah sie ihn an. Es war schwer, in seinem Gesicht zu lesen. Sie stand dicht bei ihm.

Zärtlich, sehr zärtlich, legte Kamchak seine Hände auf ihre Arme und zog sie an sich, und dann küsste er sie sehr sanft.

»Herr?«, fragte sie.

Kamchaks Hände befanden sich an dem kleinen, schweren Schloss auf der Rückseite des turianischen Stahlhalsreifs, den sie trug. Er drehte den Schlüssel und öffnete den Reif und warf ihn weg.

Aphris schwieg, aber sie zitterte und schüttelte leicht ihren Kopf. Ungläubig berührte sie ihren Hals.

»Du bist frei«, sagte der Tuchuk.

Das Mädchen sah ihn skeptisch und fassungslos an.

»Hab keine Angst«, sagte er. »Du wirst Reichtümer erhalten.« Er lächelte. »Du wirst wieder die reichste Frau von ganz Turia werden.«

Sie konnte ihm nicht antworten.

Das Mädchen und der Rest von uns Anwesenden standen wie erstarrt da. Alle von uns kannten das Risiko, die Mühsal und die Gefahr, die der Tuchuk erlitten hatte, um dieses Mädchen zu bekommen. Wir alle kannten den Preis, den er erst kürzlich bezahlt hatte, um sie von anderen, in deren Hände sie gefallen war, zurückzukaufen.

Wir konnten nicht verstehen, was er tat.

Kamchak wandte sich abrupt von ihr ab und schritt zu seinem Kaiila, das er hinter dem Thron angebunden hatte. Er steckte einen Fuß in den Steigbügel und stieg leicht in den Sattel. Dann, ohne das Tier zu zwingen, ritt er aus dem Thronsaal heraus. Der Rest von uns folgte ihm, abgesehen von Aphris, die gebeutelt zurückblieb und neben dem Thron des Ubars stand, noch kajirgekleidet, aber nun ohne Halsreif und frei. Ihre Fingerspitzen lagen auf ihrem Mund. Sie wirkte betäubt; sie schüttelte ihren Kopf.

Ich ging hinter Kamchak auf seinem Kaiila her. Harold marschierte an meiner Seite. Hereena und Elizabeth folgten uns, jede, wie es angemessen war, ein paar Schritte hinter uns.

»Wie kommt es, dass er Turia verschont hat?«, fragte ich Harold.

»Seine Mutter war Turianerin«, sagte Harold.

Ich blieb stehen.

»Wusstest du das nicht?«, fragte Harold.

Ich schüttelte meinen Kopf. »Nein«, sagte ich. »Das wusste ich nicht.«

»Nach ihrem Tod hat Kutaituchik das erste Mal die gerollten Kandastränge genommen«, sagte Harold.

»Das wusste ich nicht«, sagte ich.

Kamchak war uns ein Stückchen voraus.

Harold blickte mich an. »Ja«, sagte er, »sie war ein turianisches Mädchen – das Kutaituchik als Sklavin zu sich nahm. Aber er liebte sie und befreite sie. Sie blieb bei ihm im Wagen bis zu ihrem Tod, als Ubara der Tuchuks.«

Draußen vor dem Haupttor des Palastes von Phanius Turmus wartete Kamchak auf seinem Kaiila auf uns. Unsere Tiere waren dort festgemacht, und wir stiegen auf. Hereena und Elizabeth rannten neben unseren Steigbügeln her.

Wir wandten uns vom Tor ab und ritten die lange Straße herunter, die zum Haupttor von Turia führte. Kamchaks Miene war undurchdringlich.

»Wartet!«, hörten wir.

Wir drehten unsere Tiere um und sahen Aphris von Turia, die uns barfuß und kajirgekleidet hinterherrannte. Sie blieb neben Kamchaks Steigbügel stehen und senkte den Kopf.

»Was bedeutet das?«, wollte Kamchak ernst wissen.

Weder antwortete das Mädchen, noch hob es seinen Kopf.

Kamchak wendete sein Kaiila und begann zum Haupttor zu reiten, der Rest von uns folgte ihm. Aphris rannte wie Hereena und Elizabeth neben dem Steigbügel.

Kamchak zügelte sein Tier, und wir alle blieben stehen. Aphris stand dort, mit gesenktem Kopf.

»Du bist frei«, sagte Kamchak.

Ohne ihren Kopf zu heben, schüttelte sie ihn verneinend. »Nein«, sagte sie. »Ich gehöre Kamchak von den Tuchuks.«

Sie legte ihren Kopf scheu an Kamchaks Pelzstiefel im Bügel.

»Ich verstehe nicht«, sagte Kamchak.

Sie hob ihren Kopf, und Tränen standen in ihren Augen. »Bitte«, sagte sie, »Herr.«

»Warum?«, fragte Kamchak.

Sie lächelte. »Ich habe mich in den Geruch der Bosks verliebt«, sagte sie.

Kamchak lächelte. Er streckte seine Hand nach dem Mädchen aus. »Reite mit mir, Aphris von Turia«, sagte Kamchak von den Tuchuks.

Sie nahm seine Hand, und er zog sie in den Sattel vor sich, wo sie sich drehte und über dem Sattel saß und ihren Kopf weinend gegen seine rechte Schulter lehnte.

»Diese Frau«, sagte Kamchak von den Tuchuks schroff mit ernster Stimme, die allerdings kurz davor war zu brechen, »die Aphris heißt, wisset, sie ist die Ubara der Tuchuks, sie ist die Ubara Sana, die Ubara Sana meines Herzens!«

Wir ließen Kamchak und Aphris vorausreiten und folgten ihnen – einige hundert Meter dahinter – zum Haupttor von Turia. Wir verließen die Stadt, ihren Heim-Stein und ihre Menschen, kehrten zu den Wagen zurück und dem offenen, windumtosten Land jenseits der hohen Mauern der Stadt, dem einmal eroberten, neuntorigen Turia der südlichen Ebenen von Gor.

28 Elizabeth und ich verlassen die Wagenvölker

Tuka, das Sklavenmädchen, nahm keinen Abschied von Elizabeth Cardwell.

Im Lager der Tuchuks hatte mich Elizabeth darum angefleht, dass ich sie nicht innerhalb der nächsten Stunde freilassen würde.

»Warum?«, hatte ich gefragt.

»Weil Herren sich nicht in die Streitereien von Sklaven einmischen«, hatte sie gesagt.

Ich zuckte die Achseln. Es würde mindestens noch eine weitere Stunde dauern, ehe ich bereit war, mit dem Ei der Priesterkönige, das sicher im Sattel meines Tarns verstaut war, zum Sardar zu fliegen.

Einige Leute versammelten sich um Kamchaks Wagen, unter ihnen auch Tukas Herr und das Mädchen selbst. Ich erinnerte mich daran, wie grausam sie zu Elizabeth während der langen Monate, die sie bei den Tuchuks war, gewesen war. Und wie sie sie gepeinigt hatte, als sie hilflos im Sleenkäfig gewesen war. Sie hatte sie verspottet und mit dem Bokstock gestoßen.

Vielleicht erfasste Tuka, was Elizabeth im Sinn haben könnte, denn als sich die amerikanische Frau in ihre Richtung wandte, drehte sie sich um und floh von dem Wagen.

Innerhalb der nächsten fünfzig Meter hörten wir ein ängstliches Kreischen und sahen, wie Tuka mit einer Attacke zu Boden geworfen wurde, die jedem qualifizierten Profispieler der amerikanischen Form von Football zur Ehre gereicht hätte. Kurz darauf folgte ein energischer, Staub aufwirbelnder Kampf zwischen den Wagen mit einigem Herumrollen, Beißen, Schlagen und Kratzen und von Zeit zu Zeit dem einfach herauszuhörenden Geräusch einer kleinen Faust, die augenscheinlich mit einem beachtlichen Schwung gegen nur halb widerstandsfähige Körperteile traf. Es gab eine Menge dieser Dinge, und bald hörten wir Tuka um Gnade kreischen. In diesem kritischen Augenblick, so erinnerte ich mich, kniete Elizabeth auf dem turianischen Mädchen mit ihren Händen in ihrem Haar und hämmerte ihren Kopf auf und nieder in den Dreck. Elizabeths Tuchuk-Leder war halb von ihr zerrissen worden, aber Tuka, die nur kajirgekleidet war, erging es nicht so gut. Als Elizabeth mit ihr fertig war, trug Tuka tatsächlich nur noch die Koora, das rote Band, das ihr Haar im Nacken zusammenhielt, und dieses Band verknotete nun ihre Handgelenke auf ihrem Rücken. Elizabeth band dann einen Riemen in Tukas Nasenring und zog sie zu dem Bach, wo sie eine Gerte fand. Als sie ein Werkzeug mit entsprechender Länge und Biegsamkeit und geeignetem Durchmesser und Geschmeidigkeit gefunden hatte, befestigte sie Tuka mit Nasenring und Riemen an der offenen Wurzel eines kleinen, aber stabilen Busches und verprügelte sie geräuschvoll. Danach band sie den Riemen von der Wurzel los und erlaubte ihr, noch immer mit dem Riemen in ihrem Nasenring und den auf den Rücken gebundenen Händen, zu dem Wagen ihres Herrn zu rennen, verfolgte sie aber wie ein Jagdsleen mit einigen boshaften Anstachelungen zu schnellerem Tempo.

Schließlich kehrte Elizabeth keuchend, hier und da blutend, an einigen Stellen verfärbt, halb nackt und triumphierend an meine Seite zurück, wo sie sich als demütige, gehorsame Sklavin niederkniete. Als sie einigermaßen wieder zu Atem gekommen war, entfernte ich den Reif von ihrem Hals und befreite sie. Ich setzte sie in den Sattel des Tarns und sagte ihr, dass sie sich am Sattelknauf festhalten solle. Wenn ich mich selbst aufschwänge, würde ich sie an dem Knauf mit Bindeschnüren festbinden und für mich selbst den breiten, gewöhnlich dunkelroten Sicherheitsgurt, der einen beständigen Teil eines Tarnsattels darstellt, benutzen. Elizabeth schien keine Angst zu haben, rittlings auf dem Tarn zu sitzen. Ich war erfreut, einige Kleidung zum Wechseln in den Satteltaschen zu finden. Ich stellte fest, dass sie solche brauchte oder zumindest etwas davon.

Kamchak war da und seine Aphris, und auch Harold und seine Hereena, immer noch seine Sklavin. Sie kniete neben ihm, und einmal, als sie es wagte, ihre Wange an seinen rechten Oberschenkel zu legen, gab er ihr einen gutmütigen Klaps.

»Wie geht es den Bosks?«, fragte ich Kamchak.

»So gut, wie man es von ihnen erwartet«, antwortete er.

Ich wandte mich Harold zu. »Sind die Quivas scharf?«, erkundigte ich mich.

»Wir versuchen, sie scharf zu halten«, sagte Harold.

Ich drehte mich wieder zu Kamchak. »Es ist wichtig, die Achsen der Wagen zu schmieren«, erinnerte ich ihn.

»Ja«, sagte er, »ich denke, das ist wahr.«

Ich klatschte die Hände der beiden Männer ab.

»I wish you well, Tarl Cabot«, sagte Kamchak.

»I wish you well, Kamchak von den Tuchuks«, sagte ich.

»Du bist wirklich kein schlechter Kerl«, sagte Harold, »für einen Korobaner.«

»Du bist auch nicht so übel«, räumte ich ein, »... für einen Tuchuk.«

»I wish you well«, sagte Harold.

»I wish you well«, sagte auch ich.

Schnell kletterte ich die kurze Leiter zum Tarnsattel hoch und band sie an den Sattel. Dann nahm ich die Bindeschnur, schlang sie mehrmals um Miss Cardwells Hüfte und einige Male um den Sattelknauf. Dann band ich sie fest.

Harold und Kamchak sahen zu mir auf. In den Augen der beiden Männer standen Tränen. Wie ein dunkelrotes Rangabzeichen, das die Flucht der Wangenknochen diagonal durchkreuzte, blitzte jetzt auf Harolds Gesicht die Mutnarbe des Tuchuks.

»Vergiss nicht, dass du und ich zusammen Gras und Erde gehalten haben«, sagte Kamchak.

»Ich werde es nie vergessen«, sagte ich.

»Und während du dich an diese Dinge erinnerst, solltest du dich vielleicht auch daran erinnern, dass wir beide zusammen die Mutnarbe in Turia errungen haben«, bemerkte Harold.

»Nein«, sagte ich. »Das werde ich ebenso wenig vergessen.«

»Deine Ankunft und Abreise bei den Wagenvölkern hat eine Zeitspanne von zwei unserer Jahre eingenommen«, sagte Kamchak.

Ich sah ihn an, nicht wirklich verstehend. Was er sagte, war natürlich wahr.

»Es waren zwei Jahre«, sagte Harold lächelnd. »Das Jahr, in dem Tarl Cabot zu den Wagenvölkern kam, und das Jahr, in dem Tarl Cabot ein Tausend befehligte.«

Innerlich keuchte ich. Es waren Jahresnamen, an die sich die Jahreshüter erinnern würden, deren Gedächtnis die Namen von Tausenden von aufeinanderfolgenden Jahren kannte.

»Aber es hat viel wichtigere Dinge als diese Jahre gegeben«, protestierte ich. »Die Belagerung von Turia, die Einnahme der Stadt, die Wahl des Ubar San!«

»Wir ziehen es vor, uns am meisten an Tarl Cabot zu erinnern«, sagte Kamchak.

Ich schwieg.

»Wenn du jemals die Tuchuks brauchst, Tarl Cabot«, sagte Kamchak, »oder die Kataii oder die Kassars – oder die Paravaci – brauchst du es nur zu sagen, und wir reiten. Wir reiten an deiner Seite, selbst wenn es zu den Städten der Erde sein muss.«

»Du weißt von der Erde?«, fragte ich. Ich erinnerte mich an das, was ich für Skepsis von Kamchak und Kutaituchik gehalten hatte, vor einiger Zeit, als sie mich und Elizabeth Cardwell über diese Dinge befragt hatten.

Kamchak lächelte. »Wir Tuchuks wissen von vielen Dingen«, sagte er, »mehr, als wir erzählen.« Er grinste. »Möge das Glück dich begleiten, Tarl Cabot, Kommandant von tausend Tuchuks, Krieger von Ko-ro-ba!«

Ich hob meine Hand und zog am ersten Zügel, und die Flügel des großen Tarns begannen gegen den Luftwiderstand zu schlagen. Die Tuchuks fielen auf allen Seiten zurück und stolperten durch den Staub. Sie wurden von dem, unter den mächtigen Schwingen des Vogels, peitschenden Wind zurückgetrieben, und im Nu sahen wir die Wagen unter uns zurückfallen, die sich über mehrere Pasangs im Quadrat ausgebreitet hatten, und wir sahen den Bachlauf, das Omental und die Turmspitzen des fernen Turia.

Elizabeth Cardwell weinte, und ich legte meinen Arm um sie, um sie zu trösten und vor den schnellen Windstößen zu schützen. Ich bemerkte verwirrt, dass der Strom der Luft meine eigenen Augen ebenfalls feucht werden ließ.